U0468353

# 花落亭静時

静海◎著

文化藝術出版社
Culture and Art Publishing House

**图书在版编目（CIP）数据**

花落宁静时 / 杨静海著. —北京 : 文化艺术出版社, 2022.7

ISBN 978-7-5039-7272-0

Ⅰ. ①花… Ⅱ. ①杨… Ⅲ. ①中篇小说—小说集—中国—当代②长篇小说—小说集—中国—当代 Ⅳ. ①I247.5

**中国版本图书馆CIP数据核字（2022）第117495号**

花落宁静时

著　　者　杨静海
责任编辑　梁一红　董　斌
责任校对　邓　运
书籍设计　马夕雯
出版发行　文化艺术出版社
地　　址　北京市东城区东四八条52号（100700）
网　　址　www.caaph.com
电子邮箱　s@caaph.com
电　　话　（010）84057666（总编室）　84057667（办公室）
　　　　　84057696—84057699（发行部）
传　　真　（010）84057660（总编室）　84057670（办公室）
　　　　　84057690（发行部）
经　　销　新华书店
印　　刷　国英印务有限公司
版　　次　2022年8月第1版
印　　次　2022年8月第1次印刷
开　　本　710毫米 × 1000毫米　1/16
印　　张　35.25
字　　数　530千字
书　　号　ISBN 978-7-5039-7272-0
定　　价　98.00元

# 目 录

## 花落宁静时



## 敬礼

## 情满岁月

# 花落宁静时

# 人性本善的深情礼赞

## ——评静海小说《花落宁静时》

徐　生

进入新时代，面对史诗般波澜壮阔的时代跨越，中短篇军旅小说快速反映现实生活的文体优势得以发挥，题材内容相较过去也有了大幅拓展，在诸如战争史、展现官兵风采、观照军人感情与家庭、关注退役官兵生活与描述军民关系等领域，都收获了大量的优秀作品。最近，作者静海创作的长篇小说《花落宁静时》引起了广泛的关注。小说以独特的视角，把经过岁月沉淀的精华，浓缩成为史存证的军营叙事文学作品。拜读之后，喜悲交加，一种难言的情绪在心头萦绕，我感到激动，但是一种平静中的激动，因为小说具有多重能量，令人激动，又使人平静，也让人深思。

《花落宁静时》描写的是20世纪80年代军营、社会、家庭“三位一体”中发生的爱情故事，情节跌宕起伏，各种情感交织，生活感极强。男主人公——“我”是驻京某部汽车队的一名驾驶员，因工作需要住在景山公园附近一条胡同内，时间久了与这里的居民结下了友谊。某日清晨，男主人公和女主人公——北京姑娘沐雨在故宫后门筒子河边第一次相遇，相互留下了美好的印象。随着接触的增多而互生情愫，可又因诸多现实问题不可违拗而无果。由此，两个人的命运变得复杂起来。

在人类的爱情与婚姻当中，始终存在着双重关系，一是男女本能的欲望，二是这种欲望要受到人类社会关系的制约与影响。或许只有在这样的认知基础上，人们才有可能真正地认识并理解爱情、婚姻和婚外恋的现象。《花落宁静时》为读者提供了多对婚恋故事：沐雨的姐姐沐枫与初恋男友孙向华的爱情纠葛了十年，最终以沐枫在车祸中丧生而告终；沐雨的父母，一对恩爱夫妻却因种种不幸而过早地离开了人世。孙向华的父亲与母亲因第三者插足而离婚。三德子和女主人公沐雨的婚姻，末了也因三德子对爱情的亵渎而导致沐雨和他分手。如果说男女之间的关系是衡量社会文明的重要尺度之一的话，那么小说《花落宁静时》则是反映社会文明的风向标，亦是对时代的礼赞。但也应当看到，在现实生活中，由于受传统封建思想影响，男女间的爱情、婚姻也会被一些人利用并成为某种权力、金钱的交易，演出了很多人间悲剧。而在《花落宁静时》这部小说里，作者在向我们展示男女主人公的情感纠葛时，总是弘扬着一种健康向上的主旨思想，一种纯粹纯洁的、真挚美好的爱情观。同时对玷污甜美情感的行为，对被物欲侵蚀的丑陋现象，给予了无情的鞭挞。

军事题材的小说一直伴随着时代的发展而发展。《花落宁静时》文中的男主人公虽然是 20 世纪 80 年代的一位军人，但作品中展现出的画面并不是“直线加方块”的内容，作者有意在军队生活的边缘地带进行开掘，从而大大增加了作品对整个时代社会生活的涵盖面，进而引起人们对那个时代的深情回忆。从小说的构思上来看，作者也很费了一番心思，巧妙地运用了对比的手法，在叙事状物中使人物形象鲜明起来、突出起来，刻画一种强烈的印象。作者还设置了一个又一个悬念，将读者的注意力从开篇吸引到结尾。

爱情和婚姻这类题材并不新鲜，而作者居然把这样一个司空见惯的题材写得这般扣人心弦、耐人寻味。特别是作者对文中女性爱恋中心态的描写、性格的刻画是那样真实，笔触是那么细腻，犹如出自一位女作家之手，我想这应该与作者对生活的成熟思考和卓越的艺术感觉是分不开的。这也反映出作者拥有超凡的叙事天赋和饱满的艺术表现力。从笔下的功夫来看，作者文笔流畅，锦心绣口：“‘世间情有多种，既有男女间的爱情，也有血缘之亲情，还有一种是朋友间的友情。可交友要远小人，近君子，君子记恩不记仇，小人记仇不记恩。君子和而不同，是是非非；小人同而不和，只非不是。蛇暖不热，狼喂不熟。远离那些用人时叫爹，不用充爷，有利向前，无利向后的人……’谷阿姨讲的这些该怎样交友、该交什么样的朋友之言，可以说是我人生二十多年里得到的最全面的教诲。”这段描写，寥寥数语，就将一位阅历丰富、睿哲聪慧的教师形象与职业特征呈现了出来。才思如许，作者对文字没有驾轻就熟的功力、没有千锤百炼的功底是很难做到的。书中塑造的胡爷爷与陈跃、小马和刘队长，以及孔经理等人的形象也非常逼真，作者以这些人物故事发生的原因、进程与结局来表达人的一生该如何面对爱情和婚姻、家庭和社会，着意呼唤做人要有担当，要自修自悟、自律自重，以提高自己的道德修养，不要被动地接受命运的安排，而是要承担起爱情和家庭、社会和生命所赋予的责任。相爱的人要相互理解、包容，同甘苦，共患难，为他（她）的快乐而快乐，为他（她）的痛苦而痛苦。

在那个年代，北京一条胡同里上演的故事，为我们今天认识和研究现实爱情与婚姻生活状态提供了一份非常有价值的参考资料。还有，小说《花落宁静时》无论是在构思叙事，还是在行文脉络上都着重强调“人性本善”这一理念，并以此来呼唤人性光辉的回归。人性的光辉就是出自人所创造的文化中的善。善，能给人一种力量，能让人克服人性中的野蛮、残忍、邪恶、自私而去关爱他人、善待他人。“勿以恶小而为之，勿以善小而不为”，人可以不爱，但不可以不善。从这个意义上来讲，小说《花落宁静时》既是一曲礼赞人性本善的颂歌，又为时代留下了美丽的记忆。

2021. 09. 16

（作者为军旅作家，解放军报社原记者部主任，诗人）

秋天的风没了狂躁，和煦温柔，吹散了乌云，使天空湛蓝碧透，也吹走了烦闷，令人心境焕然一新。

秋天的雨没了急骤，淅淅沥沥、飘飘洒洒；如丝如绢，如烟如雾，一场秋雨一场寒，天凉好个秋。

秋天的阳光也一改夏日的热辣，既不似春天那般撩人，也不似冬日那般凝重，一缕缕的温文尔雅，温馨缠绵，灿烂中热情，明媚中脱俗。

秋天的月亮皎洁清澈，望着它时隐时现、幽幽柔柔的身影，想着它亦真亦幻的故事，不由得让人轻轻吟起《月亮走我也走》……

秋天是多情的，北京的秋天情亦多，亲情与友情，爱情与孽情一样也不少。秋天是北京最美的季节，遍地金黄，斑斓多彩，点缀其间的菊花，味香花也美，艳丽中典雅，浓郁中柔和，给人带来的是不尽的相思……

## 一　风习习

### 1

清晨的北京是一天里难得的清静时刻，随着路灯的熄灭，胡同里显得更加静寂。我站在门前向两边望了望，朦胧中除去看到在胡同口扫街的胡爷爷及听见“唰、唰”的扫地声，没见到其他人，也没听到其他声音。

20 世纪 80 年代初年的一个五一节前，车队安排我给单位的领导魏主任开专车。魏主任家住在景山公园附近一条胡同内，为工作方便我也搬来这里住。自搬来这里，出于习惯每天都会早早地起床去跑操。出胡同口向左两百米是景山前街，这是一个丁字路口，往东去是美术馆方向，向西是北海公园，路的南侧是故宫的护城河。我出来锻炼大都是随性而为，高兴的时候沿着护城河外侧的马路由东华门、天安门、西华门跑一圈，情绪低落时就在护城河内侧的小路上走走晃晃，活动一会儿。这天早上，有些懒散，就没去跑步，而是在这条小路上随意溜达着。此时天还没亮透，大街上车辆与行人稀少，天空雾蒙蒙、灰沉沉的，只看见紫禁城角楼的琉璃瓦上有丝丝金光在闪烁，似乎在告诉人们，新的一天即将开始。

风来了，悠悠的秋风不热、不冷，轻柔温和，给人以清爽、轻松，让人安谧、惬意。行至一棵杨树下，随着头顶上一阵“沙沙”声响起，仰头望见枝头上部分叶子已变色，隐隐约约中似乎还听到了它们脱离枝干的“啪啪”声响，接着便有一些枯黄的叶子随风旋转着轻轻地飘落下来，坠落的速度既慢且柔。

清澈透明的护城河水像一面镜子，不但清晰地映出了岸边大树的倒影，也映出了落在上面的黄叶各种美丽的影像，有的似高大的帆船，有的像灵敏的小舢板。在水中还看到了一些沉在底部已发黑的树叶，这些树叶是否愿意离开树的怀抱让人不得而知。只见几片飘落在树根的黄叶还在那里翻腾着，那些坠入护城河中的叶子随水漂流，一时快、一时慢。

“早。”和我打招呼的是邻居谷阿姨。谷阿姨的年纪在五十岁上下，中等偏瘦的身材，头发剪得很短，一边用发卡向上夹起，一边夹在耳后，两道细长眉下一双眼睛淡静如海，眉目间隐现着一股书卷清气。她说话声音不高，慢条斯理，走路也是不紧不慢，不慌不忙。因是邻居，我们先是碰面点头，继而在晨练中遇到就打招呼问候。“谷阿姨早。”“落叶带来的是寂寥失意，是萧瑟，也象征着万物的终结，关注飘零的落叶易让人伤感。”听了谷阿姨这幽幽的话语，望着她充满关切的目光，我笑起来道：“阿姨，我看落叶是出于好奇。”“落叶也会给人增添思乡之情，思念家乡的母亲啦？”“春节期间母亲来过。也是，已过去大半年了。”谷阿姨人亲切、和善，知识面广，说话有见地。自我们相识、相熟后对我很是关心、关爱，聊天中总会给一些建言与指导。“儿女时时刻刻都系在母亲的心上，记得要时常写信回去哦。”我刚搬来这里时从胡爷爷口中知晓谷阿姨之前是一位优秀的中学老师后，心中对她就产生了一份尊重，现听到她这句叮嘱又让我多了一份对她的敬重。“是。谢谢您阿姨。”

晨曦徐徐拉开了帷幕，街上自行车与汽车多了起来，不时还会响起汽车尖厉的喇叭声与自行车的清脆铃声。一阵清风拂过，一位身穿白色运动服的姑娘跑来谷阿姨身边，对她悄声说了句什么，谷阿姨眉头微微皱起随即又展开，然后对我介绍道：“这是我女儿沐雨。”着一身运动装的沐雨二十来岁的样子，比谷阿姨高些也壮些，她身上的运动装非常修身，那种紧绷感将她曼妙的身姿呈现出一种丰腴美，同时还不失青春少女的魅力。沐雨也剪着和谷阿姨同样的短头发，弯弯的眉毛下是一双明亮的大眼睛，白皙无瑕的脸颊不似谷阿姨那般清瘦，略显丰满圆润，鼻梁不高却很直，红润的嘴唇也稍厚些，嘴角处还有一颗痦子，不过这颗痦子在她精致的五官中不但没产生违和感，反而平添了一种异样的美丽。

风大了些，一股儿一股儿的风一次次撩着沐雨的秀发，沐雨一次次地用手去侍弄那飘在脸前的头发时动作温婉、优雅。“家中有点事，我们先回。”被沐雨的美丽所吸引的我和她相互致意后好一会儿都忘了移开眼睛，直到谷阿姨说出这句话才像从梦中惊醒一般慌乱地回应道：“好，好。”接着又像是受到一种不可抗力牵引似的跟在她们身后往回走。

胡同里扫落叶的胡爷爷和谷阿姨互道过“早安”后问我：“爷们儿，你是去跑步了吗？”自见到沐雨心里一直莫名激动的我对胡爷爷的问话又是愣怔了好一阵才“啊，啊”两声。见胡爷爷对我露出了疑惑之表情，谷阿姨马上替我解释道：“刚才在护城河边陪我散步来着。”“我说嘛，出去这么长时间不见出汗呢。”边说话边用毛巾擦自己脸上汗水的胡爷爷已七十岁，秃脑袋红脸膛的他个头不高，体格却很壮实，说话瓮声瓮气的。秋日的早晨凉意很浓，可他只穿一件单褂，袖口还挽起老高。入伍来京已近四年的我之前从没听过他人对自己用“爷们儿”这个称呼，记得搬来这里住的第二天早晨擦车时听到胡爷爷这么叫我，因不明白是什么意思当时都没敢接话，后咨询过他人才知这是老北京人长辈见到晚辈时打招呼的一种尊称。

我住的这条胡同是东西走向，长五百米左右，胡同南侧是一排排的灰砖房，北侧则是一座连一座的四合院。一般情况下北京四合院的大门都开在院子临街那排房中间位置，不知是出于什么原因我住的院门和胡爷爷住的院门却紧挨着，我俩又都住在紧挨大门的第一间房内，由此我们两个人虽说住的是两个院子，实际距离却很近，谁说话声音稍大些都听得很清楚。对扫街这项工作胡爷爷是认真又负责，只要不下雨每天清晨准会听到那“唰、唰”的扫地声，这声音同我们营区里早上的号声一般准确，只要听到我便起床去跑步。

早晨跑步是我的第一件事，第二项就是擦车，干这件事我也和胡爷爷一样，只要不下雨每天早晨都会将车里里外外擦一遍。车库是临街的一间房改造而成的，又因街道也不宽绰，擦车时只能将车移出一半。也是因为窄的原因胡同里没种几棵树，只有我们住的门口才有几棵杨树和国槐。敬业的胡爷爷只要看到地上有被风吹落的叶子便过来清扫，边扫边和我聊两句。这天是周日，我服务的魏主任也没交代其他任务，因此擦完车就站在那里和胡爷爷聊了起来。突然从胡爷爷住的院子里传来几声男女的嚷嚷，随即就看到一体格壮硕的小伙子从里面走出，身后还跟着一位怀抱大提包、身着一件粉红色上衣的年轻姑娘。

“听话沐枫，在家再住两天，万一落下病是一辈子的事。”追出门的谷阿姨话音刚落，只见沐雨从院内跑出来拉住谷阿姨的胳膊，边往院内拽边气哼哼地道：“别理他们，叫他们快滚远点。”当被拉的谷阿姨抬头看见我和胡爷爷，旋即低下头快步走回院内。沐雨从院内出来，从她的动作与声音来看应是很生气，可胡同里偶起的阵风，将她的头发吹得飞舞着遮住了面部，使不眨眼盯着她的我，始终也没看清她脸上是什么表情。

初见从胡爷爷院内走出的小伙子我一愣，他竟是我虽不知姓名却印象深刻的一个老熟人。在新兵连受训那年，元旦前我们去驻地附近的奶牛场洗澡，正好看到我单位的高医生在烧锅炉处和另外两个小伙子争吵，就上前相劝，后在打斗中我用铁棍打伤了这位。部队对打架处理是相当严厉的，那次打架之后之所以只关了我一天禁闭而没给我其他处分是因他们有错在先，偷看女生洗澡还动手打了阻止他们的高医生。故而我虽打伤了这个小伙子的肩部，但他和他们单位因担心深究而殃及自己，最后由刘连长代我给他道个歉就算了事。

时隔几年，这个小伙子模样没什么变化，身材依然健壮，脸上的粉刺疙瘩也依旧。想来这人生真有意思，人常说的“山不转水转，水不转人转”还真准，要不然在这偌大的京城里怎么会再次遇上呢？这个年轻人应是也认出了我，先是一脸惊愕，然后十分戒备地向后退两步并攥起了拳头，稍许，乜斜我一眼转身向胡同口走去。那位身着粉色衬衫的姑娘连喊两声：“等我，向华，向华，等我。”看走去的人并没有停脚的意思，她嘴巴里嘟囔句什么，脚还在地上跺了两下。

“沐枫姑娘，听你母亲的话，回家去。”胡爷爷口中这位叫沐枫的姑娘出院门后眼睛一直都在走去的小伙子身上，现听到胡爷爷叫自己才转过脸对我们点点头，然后使劲挤出一丝笑容算作回应。她的身材和谷阿姨差不多，一头乌黑的长发披在肩上，细长眉下长着一双灵动的大眼睛，只是里面含着忧伤和哀怨。脸色也略显苍白的她回应过胡爷爷顺带着瞟我一眼，接着便一步紧一步地追那小伙子而去，手中的提包看来挺重，走几步换一下手。

“爷们儿，你们认识？”见我一直望着向胡同口走去的姑娘，一旁的胡爷爷拍我一下问。“不认识。”“说实话爷们儿，真不认识？”“男的见过一面，女的是第一次见。”“那姑娘是你谷阿姨大女儿沐枫，男的是沐枫的男友。爷们儿，你和这个小伙子熟不熟我不清楚，但我知道你们之间一定有过很深的过节。”

老话说“树大成材，人老成精”。凭着几十年的人生阅历，胡爷爷观人识相的本领的确老到。不过我说的也是实情，自那年在奶牛场和这个小伙子打了一架后我们再没见过。再说那天打的是乱架，不似古人那般先通报过姓名再动手，所以并不知道他姓甚名谁，也是刚才从胡爷爷劝其回家的那位沐枫姑娘的呼唤中知道他叫向华，其他一概不知。此时已知沐枫是谷阿姨的女儿，小伙子是她男友，因而在向胡爷爷叙述我们打架经过时对他偷看女生洗澡这一细节就没说。

“我说嘛，爷们儿，谁也骗不了我这双眼睛，你们见面的举动哪像不认识？”胡爷爷人热情、热心，眼毒，院内谁家的秘密他大都知道，可碎嘴子的他也不保密。此刻他得意地笑了笑，接下来给我介绍起谷阿姨的家庭情况。沐枫是谷阿姨的长女，在一家服装厂上班，那个叫向华的小伙子姓孙，他俩初中与高中都在一起读书，那时俩人已恋爱。谷阿姨的丈夫在邮局上班，平时吃住在单位，只有节假日才会回家来住一两个晚上。胡爷爷还透露沐枫应是刚做过流产，末了还不忘表达自己的不满："一个姑娘家，也不害臊，做出这等不检点之事，让家人也跟着抬不起头。"

北京冬季里住楼房的是集体供暖，胡同内住平房的为取暖大都是在室内生一煤火炉子，这使每家每户在入冬前都要贮存一些蜂窝煤或煤球等。买煤想省劲你只要多交一点钱给煤厂就行，那里的工人会给你送到家，想省钱就自己搬运。午饭后，我看到谷阿姨从一辆三轮车上搬煤，立时上前帮忙。煤厂工人搬蜂窝煤是用一木板放下面做托，然后将煤一块块往上码，这样一次搬得又多又稳当。谷阿姨显然不得法，她是用双手去托蜂窝煤的底部，这样一次不仅搬得少，还会把那些没干透的弄坏。"又麻烦你。"谷阿姨话没说完眼睛让风吹起的煤灰给眯住了，接过我递上的纸巾擦了一下眼睛后，见我把蜂窝煤在一块搓衣板上摞起老高，笑道："还是小伙子能耐，搬一次顶我几趟。""以后有这种蹬三轮车拉煤、搬煤的活，阿姨您尽管叫我。""谢谢，谢谢你。"

谷阿姨家正规房屋是两间，一间窗前搭一厨房，另一间房的窗前空地上摆放着很多盆菊花。花盆的大小不一，摆放却很规整，花的颜色也各不相同，每一种却有着自己不同的韵味，白的是冰清玉洁，黄的是高贵典雅，红的是热情似火。形状也是多种多样，有的似绒球，有的像圆月，一阵风吹来，摇头晃脑舞动起来的这些可爱的小精灵们散发出的清香沁人心脾，令人陶醉。

"这些花是我小女儿沐雨所种，原本也想在这搭一间房的，可看她酷爱养菊花，也就由她了。"搬完煤，谷阿姨邀请我进屋，介绍着这些菊花的由来。由于住房紧张，院内住户都会在自己家的房前屋后横七竖八地搭简易房住人，这导致院内杂乱无章，空间狭小，可以说在院内连个巴掌大的空地都难觅，人们常说的"大杂院"就是由此而来。谷阿姨家能留出这么一块空地用来种菊花实属难得，也足见风雅。

两间房是里外屋，谷阿姨住的外面这间面积不大，估计也就十平方米多一点儿，室内的家具也简单，只有一张床和一个柜子及一对木制单人沙发，也是因地方狭窄，沙发中间都没放茶几。床的对面墙上挂一面镜框，里面的照片大都是很小的单人照及一些集体合影等，只有一张四寸大的照片醒目些。相片里的谷阿姨及她身后站立的沐枫与沐雨我已见过，让人想不到的是和谷阿姨并肩坐着的中年男人我也认识，他是我新兵连受训时的驻地附近镇上邮电所的郝所长。“谷阿姨，这位郝所长是您？”正在沏茶的谷阿姨抬头看看我指的照片道：“是我爱人，你们认识？”“认识。在新兵连我是连队的通信员，每天都要去郝所长那里取信件报纸，他对我特别好，可自我分配来机关后就再没见过他。郝所长他现在还好吧？”“还行。”谷阿姨从里屋搬出一张折叠桌打开，把沏好的茶倒一杯放在桌上并示意我去沙发上坐。“阿姨，您坐沙发。”说着话，我将大衣柜与床之间放的轮椅拉过来，坐在上面。“这个挺好，又软和又方便移动。阿姨，这轮椅谁用啊？”“以前沐雨奶奶用过。”听我再次问起郝所长的近况，脸上现出一丝忧虑的谷阿姨回话很简洁：“因工作忙离家又远，他不常回来。”“下次郝所长回来请告诉我一声，我很想念他的。”“好，好。”

下午又起风了，天空也忽然暗了，风不大，送来的雨却急，在院内水池旁洗衣服的我听到落在树叶与地面上“啪啪”的雨滴声，第一时间想到了午饭后帮谷阿姨搬煤时看到的沐雨养的那些菊花。待飞奔至她家看到窗前的菊花已被雨水浇得湿淋淋的，有不少花瓣已被雨点拍落在地上。谷阿姨家的房门与厨房门都锁着，我只好将菊花搬进胡爷爷的房间内。

沐雨养的菊花有二十盆之多，一下子占满了胡爷爷不大的房间，地上、窗台上都是，就连放电话机的小桌子上也放了几盆。胡爷爷屋内装的是部公用电话，打电话一次收五分钱，若是被叫来接电话，人们都会给一毛，多出的五分钱算是胡爷爷的跑腿费。

菊花经过雨水的洗礼，显得更加清新可人，香味似乎也更浓郁些，瞬间胡爷爷的房间里就被菊花的独特香味所弥漫，人的心也随之清爽。“这些花是真香啊，沐雨人美，种的花也美，头些年种得更多，一到秋天，院子里可香啦，我在大门口都能闻到香味。”被花香陶醉的胡爷爷笑眯眯地赞叹着花香，并夸奖着种花的沐雨。

2

那场雨下过之后，气温明显降了许多，北京的秋天风也多，且刮起来就没完没了的连续多日。这时的风给人带来的已不是凉爽，而是寒意。门前杨树上那剩下的几片叶子在风中颤抖着，发出的声音让人的心也跟着颤抖。

半中午时，头上裹着一条绿纱巾的谷阿姨蹬着一辆三轮车来到了我面前。20世纪七八十年代北京的风沙大，尘土多，女士们出门，头上都会包一条纱巾。纱巾的颜色是多种多样，包的样式也不相同，有的是从前向后，有的是从后向前，也有的是裹住头发露出脸，还有的是将脑袋全包住，这样的装扮虽是无奈之举，可也给秋天的北京带来了一种别样的俏丽风景，增加了一份朦胧的美。

“谷阿姨好。”为人谦和的谷阿姨之前见人都会主动打招呼，不知为何这天对我的问候却迟疑了好一阵才低声问我道：“今天有时间吗？方便的话，阿姨想请您帮个忙。”“阿姨您别这么客气，周日没什么事，需要干啥您说。”谷阿姨的回应又是很迟缓：“真不好意思开口，是想，是想让你帮我去接个人。”谷阿姨的话让我认为她是要用汽车，这让我一下犯难。单位对车辆管理极为严格，办公事申请用车都要经过层层审批才行，这还只限于是车队的公务车，像我开的这类专车规定更严，除去领导本人，其他任何人都不可动用。“谷阿姨是这样啊，单位有明确规定，任何人都不能私自用车。”“怪我没表达清楚，是用我骑的这辆三轮车去接，因路远才想请你帮个忙。”谷阿姨看我误会了她的话意，即刻这么解释道。“这没问题，阿姨，去接什么人？”“沐雨父亲，他摔伤了腰，今儿接他出院。”

郝所长是年初五那天送信途中摔下镇北侧的温榆河的，先在市里医院做过手术又转回镇上医院康复，由于腰椎是粉碎性骨折，养了这么长时间一点起色也没有，双腿还是无法移动。坐在轮椅上的他精神尚可，头发理得很短，胡子也刮得很干净，可还是掩饰不住岁月留下的印迹，相比三年前他苍老多了。见到我，郝所长特高兴，从谷阿姨嘴里得知我和他家住邻居时乐呵呵地道："太巧了，真个是人生何处不相逢啊。"知道新兵连时期的刘连长现在是我们车队的队长，依然是我直接领导时又是一番感慨："岁月如梭，转眼已三年多没见过面了，那可是个工作能力强又正直的人，回去后你代我请他来家坐坐。"（刘队长是我新兵连的连长，当年和郝所长时常一起在镇上开会而相熟。）

我们到医院时已近中午，谷阿姨刚办完郝所长出院手续，沐雨就到了。"你怎么追来了？"沐雨和我打过招呼后回谷阿姨道："回到家，听胡爷爷说，你们是蹬三轮车来接我爸的，我就骑车来迎，没想到会一路迎到这。"

沐雨应是喜欢简洁的运动装，今天她身上又是一套运动服，只是颜色与故宫护城河相遇那天初见时所穿的那套不同，是淡淡的米黄色。这种颜色单看不是十分亮丽，可也正是这种颜色使娇艳的沐雨释放出的是一种典雅之气韵，也让她展现出了温婉的、清丽脱俗的美。和沐雨之前只有一面之缘，还没说过话，大概她是属于那种偏内向的性格，见面后同我打过招呼就安静地站在了一旁。在我和她父母说话时虽然也热情地给我倒过几次水，但多余的话一句也没有，只是在医院食堂里吃饭时才听她悄声地问谷阿姨："我姐和孙向华呢？""昨天沐枫在电话中是说孙向华要借辆小轿车来接你爸，定的是今天八点钟走，可我一直等到近十点也不见他们的影子。"谷阿姨说这些话时声音压得也很低。"孙向华历来就言而无信，我姐，简直了，信他？"从胡爷爷口中已知和我打过架的孙向华是沐雨姐姐沐枫的男友，现从沐雨说话的口气中听出她似乎对这个人并不是很满意。郝所长显然也听清了她们的谈话内容，他用意十分明显的一声咳嗽，使谷阿姨和沐雨随即停止了议论，也让专注于听她们谈话的我急忙收回了盯着沐雨的目光。

我先将郝所长背上三轮车，又安排谷阿姨在车上坐好，刚要走时，抢先一步跨上三轮车的沐雨对我道："来时蹬一路一定累了，你先骑我的自行车，我来蹬一会儿三轮。""会骑三轮吗？""我十二岁就会蹬三轮拉煤、拉白菜。""水平如何？”沐雨信心满满地说：“放心吧你，保证又快又稳。”沐雨的话我相信，那个年代无论男女大都会骑三轮车，只是因力量之差异，行进的速度快慢不同罢了。

秋日午后的阳光虽不及夏日那般火辣但也很热，没多长时间，就看到沐雨后背衣服上已有了汗渍的印迹。沐雨的背在女生中属于偏宽的那种，不过她的腰很细，腿也修长，这使得腰臀比很低，再加上身上穿的又是运动服，用力蹬起车来那优美的曲线尽显，满满的女人味格外迷人。一阵顶头风吹来，一个激灵后我感到自己脸上特别烫，这使我意识到了点什么，便坚持着和沐雨换回三轮车。

将郝所长送回家后，我回到自己屋里刚坐下不一会儿，就听到了胡爷爷吆喝的声音，跑来他门口看到谷阿姨和沐雨他们三人正在院内侧台阶下抬坐在轮椅上的郝所长。郝所长不是很胖，可他有一米七几的个头，在医院抱他上三轮车及刚才背他进屋时我都感到有些吃力，以胡爷爷他们几个老的老、弱的弱，再加上一个轮椅，哪里抬得动？

“这是要去哪？”面红耳赤的郝所长没吱声，胡爷爷回我道：“不愿在家里方便，要到胡同里的公厕去。”沐雨家的房子是里外屋两间，况且她又是个女孩，在家方便的确是让做父亲的难为情。明白原因后，我将郝所长背去了胡同里的公厕，然后又背回。接下来经胡爷爷和谷阿姨同意，我从院内找来一些砖块，又和沐雨去买了两袋水泥，叫来战友小马相助，在大门的两边砌起了两条坡道以便利使用轮椅的郝所长进出。沐雨一家人对此特感激，晚饭时谷阿姨做了满满一大桌菜，沐雨还打了两壶啤酒犒赏我们。给我倒酒时，沐雨依然没多说什么，可她看我的目光里似乎藏着好多话。

## 3

翌日，我下班刚回屋，沐雨来了，和她同来的还有胡爷爷。自四月份搬来至今，沐雨是第一个来我屋里拜访的年轻女性，这让我兴奋得在给她搬凳子时手都在哆嗦。聊天中沐雨为下雨那天替她搬花之事表达过一番谢意后问我：“你喜欢养花吗？”

农村长大的我以前在老家看到的花都是野生的，来到北京才看到有人在室内养花卉。养花能修身养性、陶冶情操这些书上讲得也清楚，可自己从没养过，往好听里说是工作忙没时间侍弄，实则是自己没这些雅兴与品味。“没养过花，对花卉的知识也知之甚少，可以说只是喜欢看看而已，连观赏都谈不上。”对我的回答沐雨应是有些失望，只见她长长的睫毛眨了眨又问：“那菊花呢？喜欢吗？”“菊花喜欢，不过我的喜欢偏重于它的实用性，在老家时母亲常在深秋时节采一些给我们煮水喝，说能疏风散热，清火明目。这捎带着让我也喜欢上了它的淳朴自然与傲霜精神。”对我这个回答沐雨似是满意了一些，说话的语速也缓了。“菊花是花中四君子之一，是中国名花，在世界花卉中也名列前茅，它虽没有荷花的娇艳，也没水仙的妖娆，但它们美得清雅、美得纯洁。还有如你所言，它们不畏风霜，生命力极强。”

人生八雅：琴棋书画，诗酒花茶。善花者，品性恬然，幽远淡定。生活中是需要诗意一些的，沐雨如此喜欢养花，足见她的心灵深处是向往浪漫、恬静，且似乎还在寻找一份别样的释然。进屋坐下后，沐雨就掏出一小袋干话梅放在桌上，说完这些，她从袋里掏出一颗递给我，见我摇头，她莞尔一笑，将这颗话梅放入了自己口中。接下来我们的话题一会儿是我家乡的风土人情，一会儿是故宫与天坛、相声及胡同等。其间沐雨口中一直含着话梅，可能是酸的原因，她的嘴唇时而闭得紧紧的，时而又一抿一抿的，连带着她嘴角处那颗痦子上下左右一起舞动着。

沐雨脖子上围着一条粉色的纱巾，那淡淡的粉红和她白嫩的肤色交相辉映着，让娇美无比的她恰如其分地诠释了什么是面如桃花，什么是肤若凝脂。此刻我不仅对沐雨那圆润的脸庞、大大的眼睛以及她那细细的弯眉痴迷，就是她那稍厚的嘴唇及嘴角处那粒细小的痦子也令我迷恋、沉醉。

“丫头，你不是还要赶车去密云吗？别误了车。”胡爷爷自进屋后一直坐在那里看报纸，此时冷不丁地这样提醒沐雨。20 世纪六七十年代，生活在城市里的孩子们初高中毕业后，大都要去农村接受锻炼、教育，初时是被分配至边疆省份，后期一般都下放到市郊。当年他们这批人有一个专有的名称叫“知识青年”，简称“知青”。沐雨此时下乡在北部山区密云的一个小山村。“有机会去密云玩，我们那个山村风景特别的美。”沐雨抬腕看了一下手表，起身时这样道。我跟着沐雨出门，目送她向胡同口走去。风吹起了沐雨的头发，待她将纱巾包在头上，整条胡同瞬间美丽了。

“爷们儿，人早没影了。”看过一眼“嘿嘿”笑着的胡爷爷，我讪笑着跑回了屋。室内似乎还留有沐雨的清香气息，深深吸过两口胸中却莫名地燥热起来，看到沐雨放在桌子上的那袋话梅，便掏出一颗放进嘴里，刚嚼了两下，酸得口水直往外淌。这是我人生第一次吃话梅，之前听说过它特别酸，但它酸到如此程度却没预料到。我急忙拿起一大杯水一气喝完，酸涩退去后，我脑袋里又闪出了沐雨有滋有味吃话梅的情景，不服气的我又把剩下的几颗话梅全放进嘴里，接下来我的牙不出意料地全给酸倒了。

## 二　月柔柔

每年的夏秋两季，驻京单位都会组织人员去郊区帮助农民收割庄稼，夏天的活比较单一，就是割麦子，秋季就比较杂一些，有时割谷子，有时掰玉米或者摘棉花。一个周六的清晨，我们坐车来到密云某个山村帮老乡摘梨，这个村子的梨园挺大，近百人进去只占了梨园一角。我和战友小马搭档，我爬上树摘，他在树下策应。这年是个丰收年，树枝上梨子又圆又大又稠密，转身时稍不留意梨子都会碰到你嘴唇，那馋人的甜香味道，诱得人垂涎欲滴，但在纪律约束下谁也不敢吃一个，口渴时只喝自己随身所携带水壶里的凉白开。

休息时，村里给我们烧了开水送来，挑水的是几位年轻姑娘。她们一出村，一直用目光迎接着她们的我突然发现其中一位是沐雨。沐雨下乡在密云我知道，但不知道她是在这个山村。自去年秋天我们相识至今，我俩只在春节期间我去给她父母拜年时见过一面，当时碍于她家里人多，两个人只是互相致意了一下，然后喝了杯她给倒的水，直到离开也没有过其他交流。其实，这一年里她也回家过几次，不过有时因她停留的时间短，有时是因我外出之故就没遇上。由于沐雨父亲郝所长的关系，她和我们带队的刘队长也相熟，见面自然是热情地打招呼问候。他们寒暄后，只见沐雨的眼睛看似随意地向我这边一扫，也就是眨眼的工夫，我俩的目光便遇到了一起，看到我她没吱声，先微微点一下头，接着是会心一笑。那个年代人们的思想都比较保守，年轻男女接触都很谨慎，这其中有羞涩的一面，更多的则是担心遭人非议。那次沐雨来我房间串门要胡爷爷相陪也是缘于此，目的就是避嫌。

沐雨今天穿的是一身深蓝色的劳动布工作服，脚上是一双黄胶鞋，头上戴一顶大草帽，这种打扮和乡村的年轻姑娘没什么区别，唯一不同的是她将雪白的衬衫衣领翻在外面。也正是她这一独特的穿搭，展现出的不一样的时尚气息与魅力是格外吸引人眼球的，还有她那白瓷般靓丽的肤色，在众多又黑又粗糙的人当中也是十分抢眼。沐雨忙着给大伙舀水时，随着她一次次地弯腰、低头，那夹在耳后的头发不时地滑落下来，这使她不时地用手去撩，那轻柔优美的撩发动作让我面红耳热、心跳加速。

休息了一会儿，大伙在刘队长的哨声中走进了梨园，一直站在后面的我这才上前和沐雨打招呼，刚问候过一句就听到了小马“嗨，别聊了”的催促声。我留在后面之目的就是想和沐雨单独聊几句，可小马这不合时宜的喊叫不但使我们没聊成，还使我引起了众人的关注而尴尬。

“瞪什么眼？不是怕你犯错误吗？别把人的好心当驴肝肺啊。”见我不高兴，嬉皮笑脸的小马这样为自己开脱着。“少美化自己，你肚子里本来长的就是驴肝肺。”一肚子气的我目送着走去村里的沐雨，还不忘这样骂着小马。

太阳落山前，刘队长吩咐我：“晚上村里拖拉机要往市里送梨，其中两车要送去孔经理那个商场，村里驾驶员对市区内路况不熟，你和小马留下给他们带一下路。”刘队长说的这家商场在我们单位对面，负责人孔经理和刘队长私交甚笃，两家单位关系也不错。通过刘队长我和孔经理相识后，为人热情的他对我是尤其好，那种关心体现在多个方面。去年冬天刘队长和我休探亲假时，他提议我俩开商场的大卡车去内蒙古拉羊肉，虽说主要目的是解决商场肉类短缺问题，但也有让我们挣些钱这层意思，后因天公不作美我们被大雪所困，肉没拉到还花去了不少费用。回京后孔经理是又致歉又掏出一些钱来给我们补偿损失，刘队长自然没接受，后来他就给了我一个大红包。

“是。”得知是给孔经理商场送梨，我回应的声音格外洪亮。“再就是明天我们还要来这里帮老乡摘梨，卸完车你俩不用回单位，跟车回这里就可以了。”“是。”我又一次给刘队长敬礼。

村干部安排小马和我在村里办公大院内的知青点上吃晚饭。我们到时，正在做饭的沐雨迎上前道：“饭还没好，你俩先到宿舍里休息会儿。”今天早上是半夜起的床，忙活了一天的确很累，于是我俩就接受了她的提议。来到沐雨宿舍门前，看到窗台下放着一排花盆，却只有一个花盆里种了一株黄菊花时，我不解地问她：“怎么只养一盆？”“这些盆里原来都种有我从山上移植的菊花，可惜前些日子不知被什么动物给吃了。唉，好在根还留着，明年它们还会发芽开花的。”沐雨的话引起了我的另一种好奇：“菊花是根繁殖还是用籽？”我提的这个问题使沐雨脸上的遗憾马上换成了盈盈笑意。“菊花结籽率低，也比较难发芽，一般都是用根植，根植的成活率高。喜欢的话，赶明儿回京我送你几盆，菊花很好养的。”“那先谢谢您，不过咱有言在先，我对养花一窍不通，希望你多指导。”“没问题的。”沐雨笑了，此时的笑容很灿烂。

沐雨推开宿舍的门，随即又关上道：“里面有人，你俩到三德子屋里休息吧。”她推开旁边另一间房门后立马又皱起了眉头：“三德子这个邋遢鬼，屋里脏得跟猪窝似的。”“你说的可是胡爷爷家的三德子？”“是他。”三德子是胡爷爷的孙子，年节期间他回家我也见过，不过没什么交往，之前在胡爷爷口中听说他也下乡在密云，但又让我没想到的是他和沐雨在一个村里。三德子住的这间屋里的确又脏又乱，且还散发出一股难闻的味道。

早上与中午我们吃的都是自带的干粮，加上之间相隔的时间又长，此时肚里早已是空空的，随着它发出的鸣响，我对沐雨道："肚子提意见了，我和小马给你打下手做饭去，先解决这个首要问题。"本意是想让我们休息一下的沐雨此时有些不好意思地抿嘴一乐道："好吧。"

吃晚饭时三德子从地里回来了。他的模样和胡爷爷有很多相似之处，略胖的身材不高，也是一副红脸膛，因脑袋已谢顶，脑门显得又大又亮，塌鼻梁，眼睛也不大，眼球有点偏黄，看人时爱眯眼。我们之间虽没什么交情，但此地遇见三德子还是感到很亲切，打过招呼后他就忙着给我们盛饭。他对沐雨很尊重，无论沐雨吩咐干啥都是乐呵呵地接受，同时对她也十分关照，盛的第一碗饭先递给沐雨。看到沐雨夹什么菜定会将那个盘子挪到她面前。和我们一起吃饭的还有村里几个拖拉机驾驶员，其中一位叫陈跃的又健谈又热情，中等个头的他肤色略黑，浓眉高鼻梁，最醒目的是那双眼睛，又黑又亮，将人衬托得格外精神。他身上穿的绿军装已褪色，只有领口处两侧的颜色还深一些，我和小马都知道这是长期缀领章之故。在聊天中得知这位举手投足间还不时露出些军人气质的陈跃，果然在山东某部服役了五年，是去年底复员回来的。

陈跃也很喜欢沐雨，自进门无论是和我还是与他人说话，也无论是开口前或是说完后都会看沐雨一眼，只是他看沐雨的目光稍含蓄些，不似三德子那种不加掩饰的直白。但那含蓄的目光里满是自信。饭刚吃完，沐雨接到了村里要她跟车去市里的通知，任务是负责结账。"三德子，你来归置一下碗筷，不许偷懒，要洗干净哦。"出门前沐雨这样吩咐三德子。

往市里送梨的是五台车，在装车地点看到刚装好两车，沐雨向我提议："我们去小河边溜达溜达，欣赏一下山村的夜景如何？""好，正有此意。"小马和陈跃一见面就十分投缘，此时两人还在热切地聊着，因而我就没招呼他们，悄然随着沐雨向村前那条小河走去。

风儿轻拂，一轮满月挂在树梢，月光之夜是那么平静与祥和，天地间处处散发着的迷人魅力是那么多情与缠绵。小路两旁大树上那窸窣作响的树叶，似情人在窃窃呢喃，悄悄地诉说着那无尽的情话。来到小河边，走在前面的沐雨转身问我："你喜欢这寂静的山村夜晚吗？"山村的夜的确宁静，随着一户户灯火的熄灭似乎进入了一个无声的世界，冉冉升起的圆月像银盘似的悬在天幕上，安详温柔地注视着大地。在似纱似雾的月光映衬下，田野与山村仿佛被一片轻烟笼罩，隐隐约约，若有若无。"我自小就生活在这样的环境里，对乡村虽有留恋但相比而言还是喜欢城市。你呢？""我喜欢这种氛围。"沐雨用手指指山村，然后抬头仰望着天空。

"天空中有两个发光体，一为太阳，一为月亮，你喜欢哪一个？""我喜欢月亮。月亮它虽没有太阳耀眼的光芒，它的光辉总是那么平淡、那么轻柔，不过也正是这轻柔才隐去了世间的一切丑陋，才赐人以静、赐人以梦，让人遐想，让人迷恋。之所以喜欢这里的圆月，是我以为月亮它不属于城市，月亮只属于乡村，只有在静谧的旷野里，你才能体会到什么是月色皎洁，什么是月光如水，只有沉浸在这样的月光下，人的身心才会退去浮躁，才能体会到清爽、清静。""城市里也有月亮的呀？"听沐雨如此地赞美乡村的月亮，我忍不住这样反问道。

"城市里的月亮虽也明亮，可因它的嘈杂喧嚣，让人感到那里的月光是燥热的，再就是少了星星的相伴，又让人感到它的凄然与寂寞。"之前在和沐雨不多的接触中，她给我的印象是一个理性之人，此刻听过她这番话，让我知道她心中也存有感性的一面。这让历来说话做事感性多于理性的我来了情绪，那话接得格外快："是的，也只有在这样的月夜下人的心情才会放松，才能浮想联翩，生出诗意。你看古往今来，多少文人墨客就是在对月遐想、望月兴叹中才留下了那些脍炙人口的诗句。像李白的'举头望明月，低头思故乡'，杜甫的'露从今夜白，月是故乡明'，张九龄的'海上生明月，天涯共此时'，等等。"大概是受我的情绪感染，沐雨没等我把话说完就笑道："从众多描写月亮的诗词中单挑出这几句来吟诵，说明你心中是存有浓浓思乡情愫的，这已间接暴露出了你所说的不喜欢乡村是言不由衷。其实我们每个人心中都有一个属于自己的月亮，有人心中的月亮高贵典雅，有人心中的月亮忧伤惆怅，这就让每个人对月亮的感受也大不相同，可不管你是满怀哀怨，还是被浪漫充盈，抑或是睹物思亲，这都属正常，月亮它从古至今都是恬静、温柔、思念的象征嘛。因而在思乡这一问题上，我们是有同感的，是啊，能和家人在娇媚而又安静的月光下共度良宵，本来就是人生中一大乐事。”

沐雨这些对月亮的见解更激起了我的谈兴：“月夜下谈月，就绕不开嫦娥奔月这个话题。这个民间传说有多种版本，流行最广的有两种，一说她是为避尘世烦忧，一说是丈夫后羿外出打猎久不归家，嫦娥在思念丈夫中误食王母娘娘所赠之药而升天成仙，造成了和丈夫两地相隔的局面。对这两种说法，你倾向于哪一种？”

“我认为是第二种。”对我提出的这一问题，沐雨没有即刻回答，怔怔地望着月亮，好一阵才这样道。“为何？请将见解讲来听听。”“女人是为情生为情活的，女人的一生都活在情感的世界里，对爱情看得尤为重，为爱可以奉献自己的一切。有人说女人是弱者，没错，女人在对待情感问题上的确是弱者。唉，女人啊……”见沐雨这般伤感，我对自己所提的这个话题有些后悔，可一时又无法撇开，只好半是辩白半是解释道：“从世人的眼光看，能成仙能过上荣华富贵的日子不也挺好吗？”“人活在世上，物质的东西固然重要，不过我以为更重要的是情，人的一生谁都离不开这个情字，小时我们离不开的是父母之情，长大结婚成家后享受的是夫妻情，年老之后要生活在子女的关怀之情中，只有生活在浓浓情爱里的人才会舒心、惬意，才会开心、快乐。谈到夫妻情，我认为最重要的是两个人要厮守，能相伴着平平安安地过日子才是完美的婚姻生活。若为了成仙而天各一方，一生不能相见，那情从何来？这样的生活有什么意义呢？”说到这里，沐雨轻叹一声后，没再往下说，又转脸望去那苍茫茫的原野。沐雨和我聊风花雪月的初衷，应是想在这月朗风清的夜色里抒发一下自己的情怀，可我的回应要么是答非所问的庸俗之言，要么是引人伤感之语，这不仅使沐雨没了兴致，同时也使自己感到无趣。

云生月隐，刚才在清朗月光下迷离如仙境一般的原野也变得幽幽暗暗，远处的小山村更是被这浓浓夜色包裹得漆黑一团。

一阵淡淡的带着花草与泥土的清香气息拂过，遮着月亮的云团也慢慢移动着，稍许，躲进云层中休息的月亮先探出半张脸来，羞答答地张望过好一阵后才笑盈盈地走了出来。月光下沐雨的双眸格外明亮，不知她想到了什么，只见那长长的睫毛微微颤动了几下后是浅浅一笑，那柔美的笑意里透着的是灵动与灵秀的神韵，可爱如天仙。对于嫦娥世人只见过贴画，画中的她瓜子脸、身材娇小苗条，一副不食人间烟火的模样。不过在我眼里，身材丰腴、珠圆玉润的沐雨更贴近生活，就是那略显丰满的下巴，也透出富态与端庄美。

山村的这条小河是从山脚下流向东南方向，靠村子这一侧应是朝阳的缘故，河坡上开满了野花，其中还有一些菊花。月光下这些菊花是粉是黄分不清楚，可它独特的香味令人兴奋。见我溜下河坡，沐雨大声地叮嘱着："小心些，别摔进河里。"看到我递上的菊花，沐雨的眼睛亮了，笑了。

喜欢会把两颗心的距离拉得很近，即使还并不那么熟悉，哪怕之前并没什么交往，但喜欢就有这种魔力，即刻让两个人产生亲近感，并有种很熟悉的感觉。

梨园那边响起了拖拉机的轰鸣声，接着就听到了小马呼喊我的声音。我和沐雨来到装车的地方，看到送梨的车已排好队准备出发。其中两车是送去孔经理单位，另外三车是送往崇文门外的一家商场，陈跃他们只是对市区的道路不熟悉，从村里到东直门怎么走都很清楚。经商议小马和沐雨我们都先坐在陈跃车上，到东直门再分头给带路。拖拉机没有驾驶室，我们几个人只能坐在货厢里。

"沐雨怕凉，风一吹就感冒，请你路上照顾她些。"刚要走时三德子来了，他将一件雨衣递给沐雨后给我安排了这项任务。三德子和沐雨从小学至高中都在一个班，又因在同一个院住着，占着近水楼台先得月的优势，几乎天天都能和沐雨在一起，从哪天起对沐雨产生超出友谊之情感的三德子自己都说不清楚，只知道自己已深深地爱上了这位心中的女神。追沐雨的自信也是源于此，认为自己和沐雨从小建立起来的感情无人能及。另外自理解了爷爷口中的"精诚所至，金石为开"，以及母亲的"好女怕三磨"这些话后对沐雨的关心、体贴、呵护做得更到位，想着只要自己在这方面下足功夫定能赢得沐雨的芳心。

“冷吗？冷的话请穿上这件夹衣。”拐上公路没多远，三德子交代的任务已有人代劳，这个人是陈跃。其他车辆停下的目的是检查一下车上的货物是否牢固，陈跃停下车后是拿着一件衣服走过来问沐雨。陈跃对沐雨也是关怀备至，体贴入微。在装车地点沐雨上车时他先搬来一个竹筐给垫脚下，接着麻利地打开后厢板，待沐雨上车又用一个柔软的草垫子给她在车上安置一个舒适的座位。做这些时，陈跃脸上总挂着笑容，那笑容里有洒脱、自信，似乎还有一种舍我其谁的味道。陈跃的这种自信，源于自己是村里少有的高中生，是受过部队锻炼的复转军人，是最年轻的村干部及一众小伙子中的领头人物等。还有就是此时已有两位比沐雨早几年来村里插队的女知青已和村中的小伙子结婚成家，有此先例，更增加了陈跃追沐雨的信心。至于自己的竞争对手三德子，陈跃根本就没放在心上，觉得三德子和自己不是一个层次的对手。首先是他在村中没基础，单说结婚的住房，三德子就没一间，现在的宿舍是合住的不说，还是村里的公房，这和父母已给自己准备好的三间大瓦房根本没可比性。由此认为若沐雨愿安家在这里，自己必定是第一人选。

“身上这件雨衣挺厚，不冷。”我们是并排坐在后厢板处，穿着雨衣的沐雨回话时因脑袋被雨衣帽遮着，看不到她脸上是什么表情，只听到声音是甜甜的。对来自三德子的关心与陈跃的关爱，沐雨的态度是不反对却也没动心，看不上三德子是因他又矮又胖还脏，别说让他做自己的男朋友，就是想想都让人有些不好意思。那么陈跃呢？陈跃的身高还行，人也算帅，可他也有不尽如人意的地方，比如他的学识、比如他生活在山村等。面对陈跃的示好，沐雨多次拷问自己，陈跃是不是理想人选？答案是否定的。故而对于三德子与陈跃向自己发起的甜蜜攻势，沐雨乐在其中并不接受。

望着手扒车厢和沐雨说话的陈跃那满是笑容的脸，我也笑了起来，我笑的原因是感到这人与人之间太有意思，在吃饭的时候我已看出陈跃与三德子两个人明里暗里都在较劲，三德子为沐雨做事时陈跃是一脸的不屑，陈跃为沐雨帮忙时三德子的目光也不是那么友好，可如果沐雨的目光瞟向谁，谁的脸上就会即刻堆满笑容。接下来我又思考起他俩到底谁能在沐雨这里胜出这个问题，待把他们每个人的优势、劣势考量过一番后，得出的结论是，谁胜出的希望都不大。三德子虽占着和沐雨一起长大、一起下乡这些优势，可通过这个晚上的接触，我看出这个人不仅能力差，素养也一般，长得又那么潦草，以沐雨的眼界，她是不可能和这种人一起生活的。况且三德子如今还在这里插队，哪天回城还没谱。不看好陈跃的原因，先不说他是农村人这一现实问题，单说他家住的这个山村，虽然是北京的郊区，可从村到乡、到县，再到市区走一趟要好几个小时，若他日沐雨回城工作，陈跃在乡村，夫妻两地分居定会给日常生活带来诸多不便，况且沐雨刚才和我在小河边谈论嫦娥时已明确表达了自己不喜欢这种日子的意思。

“我冷，把衣服给我吧。”一直沉默着的小马突然冒出这句话，让陈跃脸上的笑容一下子转换成了苦笑，嘴张了几张却没发声，张手把衣服扔给小马后即刻走去车头，紧接着拖拉机在震耳欲聋的轰鸣声中飞奔了起来。

头顶上月亮又圆又大，天空清澈而邈远，转头看看四周，月光下的原野朦胧又神秘。行驶没多长时间旁边的小马就进了梦乡，只见他的脑袋随着车辆的颠簸而晃悠着。沐雨没有睡觉，她在那里有滋有味地品着话梅，已领教过话梅之酸的我见她递过一枚急忙拒绝。拖拉机的声音本来就大，高速行进中那声音更加高昂，我们想要向对方表达什么就打手势。为了让她能准确理解，此刻我表达的拒绝是先张大嘴，接着用手指指牙，然后是又摇头又摆手。大概是我这些动作过于夸张之故，沐雨掩口笑了起来。

人们谈起异性间由友谊而友情、由喜欢而爱恋，总会讲出一大堆理由，是因为这、是因为那，实则不然，爱恋的产生没那么复杂，就是在两个人对视的那一瞬间。自去年秋天在故宫后门的护城河边见过沐雨后，她就留存在了我心里，只因对她的喜欢还没有上升到爱恋的高度，因而没见面就没想法，见到就想法多。面对沐雨甜美的笑容，想过刚才自己对三德子与陈跃所分析的结果后，脑袋里突然蹿出的一个想法：沐雨会喜欢我吗？回想一遍今晚我们在河边的聊天情景以及她对自己的热情，通身上下是一阵燥热。待分析过自己的条件又从头凉到脚，自己是外地人不说，老家至北京的距离比陈跃家远出几十倍，沐雨怎么会跟自己去那里生活呢？看来是自己想多了。

在孔经理商场卸车时，陈跃对我道："晚上还要过来，沐雨就没必要再跟车回去，等下送她回家休息一天如何？"大概是忙于秋收，沐雨已好久没回过家，她父亲郝所长及母亲谷阿姨在和我聊天中多次念叨过这一点，那话意里透出的是浓浓的思念之情。"好啊，这个决定可以说是个伟大的决定。"对陈跃这个能使沐雨少一趟颠簸之苦又能回家看望父母的提议，我立马赞美着。

拖拉机在市区行驶有明确的时间限制，大致上是夜行晓停，错过时间只能再等到天黑。因此在来的途中没敢耽误，在孔经理商场卸货速度也很快，不过忙完已是凌晨四点多，来到我住的地方天已蒙蒙亮。

"我之前从未见过这么漂亮、这么高级的小轿车。哥们儿，坐这车的领导职务一定很高吧，比团长高几级？"陈跃看到我开的小轿车，啧啧称赞后，又这样问我。鉴于保密条例中有不能对无关人员随便透露所服务领导信息之规定，我只好含蓄道："那不可比，相差太远。"不明就里的陈跃追着问："差几级？"见我笑而不答，沐雨道："不是要来喝水吗？别瞎打听，快喝水。"沐雨的话让陈跃咧嘴笑了起来，然后带着十分关切的口吻道："沐雨，你不用再跟车回村了，坐在拖拉机大厢里也挺累的，待会回家休息，晚上到孔经理商场等我们就行。""这样合适吗？他人会不会有意见？"见沐雨犹豫，我接话道："他人有什么意见？你来回坐在车上费油不说，还因占地要少放几筐梨。"沐雨笑着默认了，然后又倒了一杯水递给陈跃："谢谢，谢谢您。要不到家里坐坐？"人的心真是太过复杂，本来因陈跃安排沐雨在家休息一天，我对他还怀着一份感激之情，可看到沐雨对着他笑即生嫉意。"不能坐，否则天亮就无法出城了。"说着，我先一步出门跳上车，然后冲着和沐雨告别的陈跃大声道："别啰唆了，出发，出发。"

第二趟带路任务以及在商场里的交货工作依然很顺利，卸完车，沐雨和孔经理单位结账时，陈跃对我悄声道："趁这个工夫，咱俩把车上给沐雨家留的两筐梨送去。""等沐雨结完账一起走不好嘛？何必要多跑一趟？""这是村里对表现好的知青的一点儿表示，别声张，快走。”说着话，陈跃把我推上车。来到我住的地方，陈跃抬头看看天：“大夜里不便去打扰沐雨父母，先放你屋，天亮了你代劳给送去。”“这没问题。”接过陈跃从车上搬下来的两筐梨，放进屋出来和他告别时，看到他又从车上搬下了几筐，我不解地问：“你这是？”陈跃边往我门口搬边道：“这几筐梨给你服务的领导及沐雨家各两筐，余下是送给你们车队的。”“别，别。除去沐雨家的我敢收，其他不行，收下会挨批的。”“这是村里的决定，和你无关，你只管收，过后我给你们领导解释。”看我阻拦，陈跃又道：“我们村有一习俗，对帮忙的人一定要送一份礼表达谢意，若对方拒收，乡亲们会感到没面子。”说完跨上车来了一句“我要去接沐雨出城，你自己搬进屋”就离开了。

自前天晚上见到陈跃追沐雨的表现后，我就对他心生反感，不管这是嫉意也好，醋意也罢，反正不怎么待见他。还有，他见面就自我介绍自己是村中最年轻干部这一做法，也让我看不惯，认为这是一种低级的炫耀，是没有自信之人的做派。另外，昨晚他所问的我服务的魏主任比团长大几级的话也让我感到好笑，感觉这个人虽热情可知识面窄。我一向自诩不是那种见利就随意改变主见之人，可正是陈跃送这几筐梨的做法以及他为劝我收下梨而讲的那些说辞，使一向自负的我对他不由得生出了一丝敬佩之意。接下来又拿他和三德子做比较，虽然此刻我对陈跃还不是很喜欢，不过权衡之后认为沐雨若和他相好，尽管还不尽如人意，可和三德子相比，也算将就。

## 三　雨绵绵

### 1

年初二和刘队长来沐雨家拜年，进门发现她家的氛围和节日的喜庆不相符，她父亲郝所长和我们打招呼时脸上虽带着笑，只是那笑容很勉强，是挤出来的那种。自我在新兵连期间和他相识后，郝所长一直都是以热忱、随和、乐观的面貌示人，头些日子陪他去医院复查，面对医生“腰伤很难恢复，要有长期坐轮椅的思想准备”这令人失望的回答，郝所长都没有气馁，出了门还对垂头丧气的我做起工作：“医生的话只能信一部分，他说的那么邪乎，无非是为医不好我的腰伤给自己找台阶下而已。人活得就是信心，只要你信念不倒，就会有奇迹发生，我相信自己一定能站起来。”郝所长说这些话时信心十足，在以后的日子里也依然豁达开朗，不见有丝毫的落寞样子。

谷阿姨平时虽有老师那种严肃庄重、不苟言笑一面，但她也和郝所长一样平和达观，宽容大度，让我最敬重的还有她遇事沉稳、处变不惊的那种定力。别看谷阿姨身材单薄，可内心却特别的坚毅刚强，就拿郝所长摔伤腰这件事来说，为不给他人添麻烦，在大半年的时间里既没对亲戚朋友吐露半句，也没在邻居熟人面前透出一丝口风，让我帮忙去接郝所长是实在没有办法才张的口。

半月前从郝所长口中得知谷阿姨时常头晕胸闷，就坚持着带她去医院检查，结果她不但血压高，心脏也存在着严重问题。医生的意见是要谷阿姨立马住院治疗，她却表示家中有病人需要伺候坚决不同意。医生以为我是谷阿姨的家人，见我站在一边没个态度便气呼呼道：“作为晚辈不能对长辈的身体漠不关心，你什么意见？”面对医生的批评，我一时不知说什么好，刚要开口劝谷阿姨接受医生的建议，只见她对我摇摇头，然后回医生道：“谢谢您，大夫，我的身体我清楚，只是偶感不适，没那么严重，请给开些药即可。”

在郝所长受伤这一年多时间里，谷阿姨是边上班边照顾病人，我想，她患上的这些病定是太过劳累所致，走出门后劝她道：“阿姨，高血压和心脏病危险性都极大，不可掉以轻心。‘病从浅中医’嘛，不能自己认为不严重，就拒绝医生的建议。要不，您住院一段时间，检查治疗是一方面，也借机休息一下。”谷阿姨也不接受我这些劝言：“不用。平时我多注意些就行，再说，我住院，你郝叔咋办？”“可让沐枫或沐雨请几天假，这种情况她们的领导都会同意的。”“沐枫上班的服装厂是流水线作业，一人一个岗位，不方便请假，沐雨生产队活也忙，其实照顾你郝叔也简单，无非就是洗洗涮涮，做做饭什么的，我自己能行。”谷阿姨说这些话的口吻与脸上的表情都是一副风轻云淡的样子。今天的她却是一反常态，见到我们不但紧蹙眉头，脸上也挂满愁容，倒水时我看到她的手都有点颤抖。沐雨更是反常，见到我们招呼都没打就躲去了里屋。开始以为是两位长辈的身体又出了什么状况，后在郝所长和刘队长的交谈中得知，沐雨遇见了一件头痛之事。

沐雨下乡所在村那位叫陈跃的昨天来家中拜年，同来的还有他父母及一至亲，带的礼物相当丰厚，沐雨一家人自然是热情款待。酒至半酣，那位至亲就表达出给陈跃与沐雨提亲做媒的意思，且希望按农村风俗当场就定下这门亲事。陈跃自去年来市里送梨知道沐雨家地址后，又多次探望过郝所长和谷阿姨，因我们相熟，谷阿姨还叫我来相陪过。昨天陈跃来我也知道，因大年初一单位有集体活动就没来陪他，不过也收到了他给小马及我们带的一包山核桃。

对于陈跃时常来家中探望，郝所长和谷阿姨是明白其中情由的，为此俩人明确地问过沐雨对此的态度。知道沐雨没这个想法后，他们秉承着自己一贯遵循的与人为善、对人负责的做人准则，向陈跃婉转表达过沐雨年纪还小，不希望她过早涉足恋爱问题这个意思。谁承想陈跃不但没放弃，反而用起农村的传统方法——请了媒人、带着礼物上门提亲。

以前见郝所长与谷阿姨他们对陈跃那么热情，还以为是两位长辈同意陈跃追沐雨呢，现知道那只是客气，我马上表达出自己的观点：“这有什么好愁的？沐雨愿意就接受，不愿意就拉倒呗。”“事情哪有如此简单？直接拒绝会让人下不来台是一方面，再则沐雨还要在那里生活，以后如何面对嘛？”谷阿姨的担心是有道理的，在农村，上门提亲被拒的确是件伤人面子的事，有些人为此一辈子都会记恨你，先别说做村干部的陈跃是否会借机报复，就是给你只小鞋穿，也让人受不了。生活阅历丰富的郝所长和谷阿姨自然知道这件事的轻重，这愁就是由此而来。

“沐雨下乡锻炼这么久，什么时间可以回城有规定吗？”“没有明确的时间规定，有单位接收就可以。”刚才躲去里屋的沐雨打开门，这样回答刘队长。“回头我找下秋天你们给送梨的那家商场负责人孔经理，若政策允许，请他帮忙招你回城上班，这样既可避开这件难为人之事，也方便你照顾父母。”刘队长的话一扫室内的沉闷，沐雨一家三口同声道：“那敢情好。谢谢您。”“先别谢，这只是我个人的想法，结果如何，要看人家商场的情况而定。”刘队长话说得谨慎，可我认为以他和孔经理交情之深，只要他出面相托，孔经理那里是不会推诿的，沐雨回城上班的事十有八九能成。

为使沐雨能早一天回城，待走出她家门我便向刘队长提议：“过节期间孔经理一般都在单位值班，要不现在我们就去商场找他？”一贯注重效率的刘队长马上赞同：“好，我们这就给孔经理拜年去。”

“没问题。沐雨姑娘去年秋天送梨我见过，挺能干的，我记着这件事。”刘队长说明来意后，孔经理答应得很爽快。“孔经理，沐雨父母身体都不好，请您给尽快办。”我这句话使孔经理笑起来道：“这可急不来，一是要等上级分配下招工指标，还有沐雨是下乡知青，招她要安置办及劳资部门都同意才行，这一道道手续办下来很费时间的。你们有这方面的熟人吗？特事特办会快一些。”来时对沐雨到孔经理这里上班想得很简单，以为只要他同意就成，此时才明白这并非一蹴而就的事。不过孔经理后面这句话提醒了我，让我想起了沐雨姐姐的男朋友孙向华。

## 2

自帮忙去医院接回郝所长后，他家里无论做点什么好吃的，谷阿姨都惦记着我，要么叫我去家吃，要么给送一些来，有了客人也总叫我去作陪。在那次和孙向华相遇后不久的一个周日中午，谷阿姨又一次叫我去家中陪客，进门看到是他，我俩虽都有些尴尬但都保持了应有的礼貌，互相问候、致意，在饭桌上也是该吃吃、该喝喝。其间，孙向华背着郝所长和谷阿姨向我提出了不提过往、不计前嫌，今后像朋友般相处之愿望。那次在奶牛场打架并不是什么光荣之事，还有碍于沐枫、沐雨的关系，我便欣然接受了孙向华的提议。年轻人矛盾化解也简单，也就一杯酒的事，两杯之后，之前的恩怨便烟消云散。

孙向华贪杯，再加上我俩矛盾化解后心里也高兴，喝得是格外豪爽，饭还没吃完他已喝多，嚷嚷着要回家自己却又移不开步。我是谷阿姨请来相陪的，把他喝成这样自己也感到特不好意思，只好用胡爷爷的三轮车将其送回家。孙向华家在美术馆后面一栋楼里，他家住三层，到楼下见他仍然醉得一摊泥似的，只好扛他上楼。

在沐雨家孙向华已吐过，此时刚进楼道他又“哇哇”吐起来。吐完是大呼小叫地嚷嚷着让家人给开门。这个单元是一层两户，爬上楼看到两边的门都开着，正犹豫着去哪一家时，只见左边房间内走出一位身穿蓝色制服的中年妇女，向我指了指右边的房门。我刚要迈步，她又示意我停下，然后冲着右边房内道：“刘阿姨，拿拖把来给他擦一下。”随着她的喊声，从室内走出一位年纪稍大些的妇女，按穿蓝制服的妇女所指，用拖把将我身上孙向华吐的东西给擦去。擦完，这位年纪稍大些的妇女对我道：“快进屋，背着多累呀。”

人常说“酒醉心里明”，待我将孙向华背进屋，他指指穿制服的妇女向我介绍：“这是我妈。”又一抬手指着拿拖把的妇女：“我家保姆刘阿姨。”接着介绍我给自己母亲：“这是我铁磁。”我在卫生间洗涮时，又听到他断断续续地大声说着我的姓名及工作单位等。我还没擦干净身上孙向华呕吐的东西时，他家保姆刘阿姨敲开门递过一套衣服道：“洗个澡，把这身衣服换上。”“不用，谢谢您阿姨，我擦一下就走。”见我拒绝，刚才还冷若冰霜的孙向华母亲笑容可掬地走过来道：“别客气，身上的脏衣服脱下来让刘阿姨给洗一下，过后让向华给送去。”孙母这前倨后恭的态度让我愣了一下：“您客气了，谢谢！”

“你衣服上的味道呛鼻子，接着。”酒和食物在胃里发酵后再吐出来的那种味道的确难闻，经刘阿姨这么一说，我即刻感到身上难受刺挠起来，也就没再说什么，伸手接过了她递上的衣服。洗完澡换过衣服走出卫生间，保姆刘阿姨道：“区局长请你过去坐，并留你一起吃晚饭。”孙向华母亲姓区，是某单位的副局长，住在对面那套房里。

孙向华母亲个头不高，还有些胖，属于敦敦实实的那种身材，短发圆脸，眼角与嘴角都微微有点往上翘，给人的感觉特温和。她谈吐明快，优雅从容，那天我们聊了好长时间，交谈中得知孙向华父亲在铁路上工作，是某一货场的负责人。还知道孙向华是兄妹俩，他妹妹向菲正在上大学。提起女儿孙母是赞赏有加，说到孙向华又叹息连连。“我家向华不缺互相吹捧的朋友，不缺吃喝玩乐的伙伴，也不缺利用他的人，缺的是能给他带来正能量的正经人。之前向华和社会上不三不四的人交往过多，这让他走了不少弯路，现在见到他有你这样的朋友，我很高兴，希望你以后常来家中做客。”“谢谢区局长信任。”“在家中不要这样称呼，叫阿姨亲切。另外，刚才的误会之处，请别介意。”

送孙向华回家的途中，从他自我吹嘘的话里，我已对他的过去有了一个大致了解。孙向华在中学的后两年就开始逃课，爱和社会上三教九流的人交朋友，并时常打架斗殴，结果是“打输了进医院，打赢了进班房”。那年他在奶牛场就是在接受劳动改造。想来刚才他母亲应是把我当作了那类朋友，才会有初见时的态度。对这一点我是理解的，我的母亲也这样，在老家时对待我的朋友，她认为好的就支持交往，就热情相待，她看不上眼的就反对，就横眉冷对。“没关系的，区阿姨，我母亲也如此，对我和什么人交往不仅时常过问，而且还有严格要求。”“是啊，做母亲的哪能害孩子？把孩子往火坑里推？可惜我家向华就不理解这一点，这让我特失望。再强调一遍啊，希望以后常来家玩并和向华做好朋友。”孙向华母亲满面笑容地批评着自己的儿子，并这样要求着我。

这次和孙向华母亲长谈之后，逢年过节我都会去她家探望，一段时间没去，她还会打电话邀请我。“孙向华母亲应该有办法。”和孙向华的再次相遇以及他和沐雨姐姐沐枫的关系，还有后来和他的交往等，我都大致给刘队长汇报过，听我这么说，他哈哈笑起来道：“臭小子们，打架还打出交情来了。行，可以去找找。”孔经理也乐呵呵地道：“年轻人恩怨来得快，消得也快，真像人常说的‘来为一句话，去因一杯酒’。你尽快去找一下，如能批下指标我这里没问题。”“那好，我现在就去孙向华家一趟。”

很多事说起来复杂，若找对了懂得这方面政策的人却很简单，沐雨的事便是如此。孙向华母亲听我说完沐雨家眼下所面临的困难，即刻表态："这种情况是可以申请'困退'的，让沐雨父亲所在单位开个证明信，自己再写份申请交给街道，下面的工作我来做。"

一个月后的某日下午，我接到了孙向华的来电："下班来家我们喝几杯。""沐雨回城的事有眉目了？""来了面谈。"晚上来到他家，孙向华就将沐雨申请"困退"的批复及招工表递给我："沐雨的事虽说是我母亲出面联系，可都是我跑的腿，哥们儿这事办得够意思吧？该不该请我喝一杯？""好，咱一醉方休，今晚我请客。""不是哥们儿我挤对你，就你每月那几块钱津贴还是歇着吧。我父母都出差不在家，刚才我已吩咐刘阿姨给弄了几个菜，我俩喝个痛快，一见高低。"酒量不大的孙向华却爱逞能，我俩一笑泯恩仇后已喝过多次，次次他都喝醉，上个星期天和我拼酒，又一次出溜到了桌底下，看来他这晚是要报这一箭之仇。孙向华脸上的粉刺疙瘩依旧没消去，在激动与酒后，这些疙瘩是又红又亮，说话时他的心情一定又是很兴奋，这些疙瘩亮堂堂的，不同的是，此刻这些在我眼里已不是丑陋，而是一种男人味的象征。

托孙向华母亲帮助办沐雨这件事时，我只说出了她父母身体的问题，没提她和陈跃的事，现看到表格上有让沐雨下乡所在村、乡、县盖章之要求后，就将陈跃来沐雨家提亲的事对孙向华说了一遍，然后又说出了自己对下面的事该怎么做的想法："向华，你看这上面不仅要求相关部门签字盖章，还要写上沐雨在村里之劳动表现才行，这样的话，陈跃的态度很重要，我的意思要提前给他打个招呼比较好。"正喝在兴头上的孙向华对我这个提议很不以为然，对陈跃追沐雨的反应却很大："怎么着？他一个乡下人还存有癞蛤蟆吃天鹅肉之心？"之前陈跃来沐雨家做客也遇到过孙向华，俩人也算有一面之交。"这是什么话？乡下人就没理想没向往？就没资格追女孩？"见我反应如此激烈孙向华笑道："口误，口误，别计较哥们儿。赶明儿你开车拉我去一趟，我来摆平这小子。"

一样米养百样人，每个人的行事风格也是各不相同，有的人求人帮忙会施之以礼，有的人会施之以利，孙向华首先想到的是拳头。看在这次他在沐雨之事上尽心尽力帮忙的分上，尽管对他这含有江湖味的话特反感，可也没拿话去怼，而是用少有的婉转口吻道：“没法送你去，一是我车不能用，还有正常上班时间我也走不开。”“我妈单位的车就放在楼下，要不咱今晚就走一趟，你不说陈跃是个人物吗？我要去会会他。”不知是酒精的作用还是又为在我面前逞能，说完话，孙向华立马打电话吆喝起自己的弟兄们。“向华，又不是去找人打架你叫人干吗？”“多去些人好撑场子，这些事你不懂的，听我安排，保证今晚你马到功成。”说话声音响亮的孙向华一副胸有成竹的模样。

第一位来报到的是一个被孙向华称为“二嫂”的弟兄，这哥们儿本名鸿涛。鸿涛家境也很不错，父亲是一位挺有名的画家，三个哥哥都做着和文化相关的事，一个在研究所上班，一个是老师，还有一个在画院，只有他是个另类，不爱读书热衷打架，因和孙向华脾气相投，自中学起就混在了一起，整天形影不离的，就是孙向华在奶牛场劳动改造时两个人也相伴着。五短身材的鸿涛孔武有力，对打架斗殴特在行，属于“不服就干，生死看淡”那类人，据孙向华介绍每次开战都是鸿涛冲在前，我们在奶牛场闹的那场冲突他也是孙向华方的主要人物之一，小马就是被他一脚踹翻在地的。“二嫂”这个绰号之来历是因鸿涛偷看自己的二嫂洗澡，出来还绘声绘色地给大伙讲当时的情景，后被孙向华叫起来才传开。一次在酒桌上还听鸿涛讲起一件自己特引以为豪的事，某晚酒后手拿两把菜刀边做广播体操边骑车从西单至东单，也是因他这一举动震住了向他们挑衅的另一拨人。此事是真是假无从考证，但鸿涛讲得特认真，并以此来炫耀自己英雄了得。

第二位来报到的是一位孙向华口称“萧导”的朋友，“萧导”的真名叫萧涵，他父亲是一名电影导演。萧涵人很帅，细高挑的个头，五官也秀气，唯一不足之处是他的一只耳朵少了半个。别看他长着一副斯文模样，实际上也是一个狠角色，打起架来下手也特黑，他那缺少的半只耳朵就是在一次群殴中消失的。为遮挡这一缺陷他习惯侧脸示人，给人一种阴阴的感觉。在他们这个群体里，他和鸿涛是孙向华的左膀右臂，哼哈二将。

我们来到陈跃家已是深夜，睡眼惺忪的他见到我的第一句话是："沐雨家出什么事了？""别紧张，是沐雨的事，不过是好事。"我将沐雨回城的手续递上："孙向华已给沐雨办好回城上班的手续，只是还需要你们这里的相关部门签字盖章，你是本地人，办起事来熟门熟路的也方便。你知道我白天走不开，这才大晚上的跑来求你相助。"在我和陈跃说话时，孙向华他们几个已从车里出来围在身后，我刚说到这里，鸿涛便接话道："找你帮忙是我们华哥看得起你，别不识抬举噢。""陈跃你识相点儿，别出幺蛾子，沐雨是华哥家亲戚，若敢使绊我第一个不答应。"这句话出于萧涵之口。

在来的路上，我再三交代鸿涛和萧涵："我们见到陈跃，不管他愿不愿意帮忙，都不能施粗，无论结果如何也不可出言不逊，不要把关系搞僵，以留下之后转圜之余地。"鸿涛和萧涵虽满口应承，可一到裉节儿上，又露出了他们的本来面目。看陈跃脸上现出愤怒之色，我急忙挥手制止住鸿涛与萧涵，然后拉起陈跃往一边走几步道："别和他们一般见识，这些人说话欠考虑。他们跟来是为了坐车玩，没别的意思。"我跟陈跃之前在聊天中议论过孙向华，对孙向华的所作所为他也了解。只因鸿涛与萧涵的话太伤人，致使陈跃听过我这些解释还是一声不吭，只管用冷冷的目光斜视着我。

"陈跃，咱交往这么长时间，我一直拿你当朋友看，沐雨家现在面临的困难你也清楚，她不回去，家中那两位伤病在身的长辈咋办？还有这份回城的手续也来之不易，其中我们刘队长和商场的孔经理以及孙向华母亲都在帮忙与关注，我希望你也尽一份力，事成之后，不但沐雨及她家人会感谢您，我们这一圈朋友也都忘不了你的好。"我说这些话虽是用的恳求之口吻，但故意提陈跃认识的几位领导出来，是含有向他施压这层意思的。其实这次我还真是误会了陈跃，陈跃他喜欢沐雨是真，可心里并不糊涂，特明白"强扭的瓜不甜"这个道理。追沐雨无结果面子上是不好看，心中也存有遗憾、也存有别扭，但并没存报复之心。还有陈跃也不是那种一根筋之人，知道审时度势，眼下沐雨回城手续中重要的部分已审批下来，以她家目前的实际困难，这边的各级主管部门也不会故意为难，况且上有这么多领导出面相助，下有我们这些朋友大老远的过来当面相求，同时孙向华这些人也都不是好相与的主，自己与其从中作梗，得罪一圈人，还不如顺水推舟落个人情，以后也好相见。

“你把我当作什么人了？难道我会做出对沐雨不利的事吗？亏你还拿我当哥们儿呢。”陈跃埋怨过我两句，就转入了正题：“沐雨回城的事我不仅支持还会尽力帮忙，下面的事你交给我来办，办完立马给送去。”此刻又跟过来的孙向华乐呵呵地搂着陈跃的肩膀道：“哥们儿，一言为定。哪天我在王府井的东来顺给你接风洗尘，一醉方休。”陈跃也笑起来道：“擎好吧您。”

告别陈跃出村，刚拐上公路，坐在后面的萧涵对我将沐雨那些回城手续交给了陈跃办理提出了异议：“万一陈跃当面说得好听，背后做手脚咋办？”“他敢？这孙子敢这样，看我不扒了他的皮。”同萧涵坐在一起的鸿涛拍着我身后的靠背这样道。坐在副驾驶位置上的孙向华心里应是也起了疑虑，先回过鸿涛所言：“那是后话，如果真那样的话这麻烦就大了。”然后问我：“要不咱拐回去把那些手续要回来交给沐雨，让陈跃协助办如何？”对看人向来很自负的我之前就认为陈跃此人特通达人情，通过今晚一番交谈更进一步感到陈跃仗义、可靠，坚信他不会做那种下三烂之事。可经孙向华他们几个你一言我一语这么一说，心里也有些打鼓，嘴上回应着：“东西已交人手，再要回来那不是恶心人嘛？让陈跃咋想？”行动上却开始打方向掉头。

“我们拐回去给沐雨报个喜讯也好，一是让她也高兴高兴，同时让她陪着陈跃办这些手续。”刚才进村之所以没去找沐雨，是想着她一个姑娘家，这大晚上的几个大老爷们去打扰多有不便，现看孙向华他们几个都对陈跃不太放心遂这样道。

回到村前小河边，不愿将动静弄得太大就把车停在河堤上，然后和孙向华一起走进村。“谢谢，谢谢啊。”沐雨对“困退”申请已批复感到特高兴，对我和孙向华是一连串的致谢，同时对把手续交给陈跃办理也认同。“没事，陈跃人可靠，让他办没问题。”接着是乐呵呵地把我俩送出村外。

“沐雨我提醒你啊，以后别再和陈跃腻腻歪歪的，免得他想多了节外生枝惹麻烦。”沐雨不接受孙向华这样的劝告：“这是你的臆想。我对谁都挺热情的，是他思想跑偏了，你不能怪我。况且，陈跃父母早已给他订有亲事，至今也没退，我怎么会与他谈朋友呢？”第一次见到沐雨那天就发现她对孙向华很不客气，后来也见过她多次话里话外地怼他。平时对孙向华那种高高在上、颐指气使之姿态我也特看不惯，每每看到他被沐雨怼得窘迫的样子，要么敲锣边加两句，要么站在一边笑。这次我却认为孙向华说得有理，也认为沐雨之前对陈跃太过热情。想到这里，我刚要开口帮孙向华说点儿什么时，突然看到停在河堤上的汽车此刻已撞在河滩上一沙堆里，大声来句：“两位别争了，乐极生悲的事来了。”然后立马往河滩跑，孙向华跑得比我还快，边跑嘴里边骂。

我们拐回时天空淅淅沥沥下起了小雨。北方初春时节太阳下暖意融融，雨夜里依然很冷，为使在车上等候的鸿涛与萧涵暖和些，下车时就没关发动机。开始还以为是自己忘拉手刹汽车才溜下的河滩，待打开车门看到驾驶座位处有泥痕我厉声质问起鸿涛与萧涵：“你俩谁动的车？”这么问并非信口开河冤枉谁，雨，是我们往回拐的路上才下，中途没停车，现在这个位置上有泥痕说明是有人坐过来鼓捣车时所留下的。面对我的责问，鸿涛支支吾吾半天没个所以然，萧涵则躲着我的目光道：“我睡着了，车撞上沙堆才醒来。”一旁的孙向华听到这里上去就给鸿涛一大嘴巴：“你平时就手欠，是不是你动的车？”看孙向华举手又要打，沐雨将他拉开，然后问在车前检查的我：“严重吗？还能开吗？”“问题不大，还能开，撞弯的保险杠可以修，碎的车灯换一个就行。”听我这么说，沐雨将还在不依不饶乱骂的孙向华推上车：“得啦，消停些吧，修车钱算我的，回头我给你。”“钱我有的是。”接下来孙向华依然是骂骂咧咧的，一路也没停。

三天后是周日，我上午外出办事刚回屋，郝所长过来道：“沐雨回来了，那边的手续已办完，陈跃和三德子也把沐雨的行李给送了回来。你阿姨正在做饭，现在你去请一下孙向华，中午你们小哥儿几个喝几杯，以示庆贺。还有，再代我问一下孙向华父母什么时候有时间，我和你阿姨已商议好，要隆重地宴请一次，来答谢孙向华父母及你们刘队长与商场的孔经理。”前天晚上撞坏的孙向华母亲单位那辆车，送到了我单位附近的一家修理厂，因损伤较轻，修起来也简单，早上已来电话通知车已修好。“好，这就去。”回完郝所长，我先到修理厂接车，然后送到孙向华家。

“最近工作忙，又时常出差，这不，昨晚刚回来，明儿早又要走。沐雨父母的心意我领了，请代我谢谢他们。”孙向华母亲听我转达过沐雨父母的意思，这样道。“好的。向华呢？送沐雨回来的陈跃和向华关系也不错，中午请他过去作陪。”“他去送一客人，马上就回来。”“区阿姨真对不起，撞车的事责任在我。”见到我递上的车钥匙，孙向华母亲不解地问：“撞车？怎么回事？”听我将经过说过一遍，又问：“修车钱付没？”“送去修时向华已付。”我话音刚落，去送客人的孙向华刚好进屋，知道陈跃已将办好的手续送来，他竖起大拇指对我道：“你还真没看走眼，陈跃这哥们儿局气。”“你局气吗？撞坏车为什么不汇报？”面对母亲的指责，孙向华没解释也没致歉而是拿眼睛瞪我。“不知道之前你没汇报这件事，再说出了事故本该如实汇报嘛。”孙向华母亲接着我的话道：“是啊，你私自用车是错，出了事故不汇报更不该，瞪什么眼你？”一直拿眼瞪着我的孙向华并不接受母亲的批评，鼻子里“哼哼”着转身出门。

孙向华原本是打算将撞车之事隐瞒过去的，因而对我的嘴快特生气，在楼道里他就开始对我嘟嘟囔囔地埋怨个不停，一路上也叨叨个没完，可到了沐雨家坐在酒桌上他却一言不发。当三德子端起酒杯向他敬酒，表达出自己也想回城，也想请他帮忙这个意思时，孙向华不但没接话，甚至连眼皮都没抬。说心里话，对他这一做派，我是特腻歪，不过还是念其在沐雨回城这件事上出了不少力，也为了不使场面过于难看，就端起酒杯来到他面前自罚三杯。对我这一做法，孙向华应是满意了，只见他将嘴角向两边歪了歪，这才端起酒杯和大家推杯换盏起来。

3

夜半下的雨至午饭后也没停，闲来无事的我站在大门口欣赏起雨来。雨滴不是很大却很密，淅淅沥沥的，像一条条从天空中垂下的丝线。门口的杨树还没长出叶子，因而也就听不到雨打在上面的“沙沙”声，只见落在枝条上的雨滴都汇集在了树干上往下淌。

春天是世间万物复苏的季节，万物生长都离不开春雨的滋润，“春雨似乳汁，春雨似甘露。”这些话既证明了春雨的稀少，也道出了它的珍贵。也是因为下雨，胡同里很安静，我伸头向胡同口处望了望，那里也静悄悄的。往日那里车多人多，指挥通行的红绿灯给人的感觉十分忙碌。今日细雨中有些朦胧的它却在那里不急不躁、时红时绿地转换着，给人的感觉是格外悠闲。

雨大了些，顺房檐滴在头上的雨滴凉凉的，我刚要回屋，只见坐在轮椅上的郝所长被谷阿姨推着向我这边走来，急忙迎上前：“郝所长、谷阿姨，您们这是?”“别淋着，快回屋。”待我帮着将郝所长的轮椅拽进屋，他从身上的雨衣下掏出一碗饺子递给我道：“中午包的饺子，给你送一碗来。”

饺子还是热的，应是羊肉馅，挺香。刚吃一半，被谷阿姨拦住：“不是吃过午饭了吗？等下饿了再吃，别撑着，有事找你谈。”“年轻人吃这点没事，边吃边聊也不碍事嘛。”郝所长说着话，拿起我这两天看的一本书翻了一下，道：“看这类闲书，不能说无用，可我和你阿姨都认为，你还是应该系统地学习一下，拿个文凭为好。今天我们来的目的，就是要和你谈谈这个问题。现在虽说你会开车，已掌握一门技术，但你就想做一辈子司机吗？何不趁年轻多读一些书充实一下自己，以求更大发展呢?”“对于上学读书，我是十分向往的，前年还参加过高考，只是基础差没考上。再就是现在的课本比我之前所学深奥太多，翻看了一下，看不懂，就放下了。”听了我这辩白之言，郝所长摇摇头后示意谷阿姨开口。“在困难和容易之间选择容易，这是显而易见的人性之弱点，很少有人能够做到知难而进，大都是朝容易的方向走、滑。但结果呢？让人惊讶的是，开始选择容易的，往往后面的路越走越窄，开始选择艰难的，后面的路越走越阔。”谷阿姨说这些话时口吻严肃，目光殷切。“嗯，嗯。”

“有人说过青春是一本很仓促的书，你怎么来读这本书呢？是匆匆翻过还是细细研读咂摸？人要有大的出息，就要有真本事，一个人有真才实学才会进步，没有真能耐，是不可能出人头地的，人不常说‘机遇偏爱有准备的人’吗？否则梦想只能是幻想。即使侥幸成功那也不可能长久，很快就会跌落。还有，人世中的好多事，只要想做都能做到，该克服的困难也都能克服，用不着什么钢铁般的意志，更用不着什么技巧与谋略，只要一个人朴实而饶有兴趣地去做，你会发现造物主对世事的安排都是水到渠成的。故而，基础差不是问题，只要肯下功夫就行，考不上正规学校也没关系，现在不是有函授自考这种形式嘛。我家沐雨基础也差，这个问题你们都存在，现在沐雨已开始复习功课，我和你郝叔希望你和她一道复习，这样既可互相帮助，又可相互促进。”一般情况下谷阿姨说话都很简洁，今天说这么多是破例了，从这一点也看出了，她和郝所长对我是多么关怀、关爱。

上次高考名落孙山的结果使自己特灰心，之后也就没再奢望过上大学的事，再也没看过高考方面的书，只看一些闲书来打发时间。谷阿姨这席话对我触动很大，登时认识到这么虚度时光是错误的，是对自己的不负责任，于是即刻起身道：“谢谢两位长辈的教诲，明天我就开始复习功课。”“每一个昨天在成为昨天之前都曾有一个今天，每一个今天在成为今天之前都曾是我们的明天。人生最重要的一天，永远是今天。”明白谷阿姨说出的这绕口令似的话意后，我又重新表态：“等下立马开始复习。”我这个态度让郝所长和谷阿姨都笑了，郝所长的笑声很爽朗，谷阿姨的笑是淡淡的。

晚上或周日，很多大学的老师都会免费给我们这些自学的年轻人上大课做辅导，沐雨和我只要有时间就会按学习的进度到几个学校去听课。这天晚上下课回来，在胡同口处一餐厅门外看到孙向华醉得像死狗般躺在那里，因担心出意外便将他扛到后街医院，然后让沐雨照看着，自己飞奔至他家报信：“孙向华醉得不省人事，我已将他送去医院抢救。”话还没说完，孙向华父亲便冲着我吼叫起来：

“你灌他干吗？出问题你负得了责吗？”“我没和他一起喝，是路过看到。”孙父又是不等我说完就插话：“别解释了，快开车去医院。”把车钥匙扔给我的同时，又吼起进屋拿包的孙向华母亲：“别磨蹭，快下楼。”

我们来到医院，已被洗过肠胃的孙向华正在输液。孙父见到躺在床上的儿子，一步跑上前，随着“向华，向华”的一声声呼唤，两行老泪就滚落了下来。他母亲区阿姨倒显得镇静些，先谢过在门口迎接的沐雨，而后才走去孙向华床前。

只是因醉酒而昏迷的孙向华输了两瓶水后就醒了过来，在床上坐过片刻，就嚷嚷着要回家。他父母都不会开车，他会开又醉着，只能是我再开车将他们送回去。因知道沐雨是不愿和我们一起走的，出门后就对她道：“你在这等一下，我将他们送回去就来接你。”“不用。”沐雨接着又问我：“你回来咋办？要不等下我骑车去接你？”“那也不用，太晚了，你也早点回家休息吧。”和孙向华父母告别着的沐雨没回应我这句话。

孙向华没工作，闲得无所事事的他便经常喝酒，酒量又一般，常常醉得不省人事，因此还做出一些出格的事。“区阿姨，最近我和沐雨都在复习功课准备参加成考。我有个想法，让向华和我们一起复习吧，以他的聪明，复习一年半载的，考个学校应不是问题。”对我这个建议孙母颇以为然：“好，好，这个提议不错。向华是不能再这样浑浑噩噩地混日子了。”然后对孙向华父亲道：“老孙，明天我们一起和向华好好谈谈，要他也复习功课去。”

医院距孙向华家不远，和他母亲说过这些已到他家楼下，又是我将他扛进屋。他母亲没有跟着上楼，待我下楼来将车停回车库递上车钥匙时，她给我一个纸袋：“这是还你在医院给向华垫的费用，谢谢啊。”把孙向华扛去医院我就跑来他家报信，医院的事都是沐雨在办理，费用也是她所交。“钱是沐雨所垫付，我转交给她。”“沐雨是个好姑娘，爱学习、求上进，要珍惜哦。”孙母意味深长地言罢，又递上一个小纸袋：“里面是我单位发的一张自行车票及一些工业券，拿去买辆自行车，以方便工作与学习。”

在当年，男生有辆新自行车就如同现在有辆宝马车一般，走在大街上别提有多神气，就是交女朋友，自行车也是标配。那时人们兜里钱紧张，物资也匮乏，想买自行车首先要有自行车票，而这票也紧张，工作多年都不一定能分到一张。工业券也是当年的票证之一，买东西也需要附加上这个，为此人们私下都会自发地组成一个个互助会，谁有需要时大家都会把平时攒的票证贡献出来给这个人用。朋友或是亲戚之间赠送自行车票和工业券，那可是最珍贵的礼物，也说明之间的交情非同一般。我没有自行车，平时来孙向华家都是跑来跑去的，区阿姨能送我这些，足见她对我关注、关心之细微。“谢谢您区阿姨，太感谢了。”“别客气，阿姨也有事要请你帮忙，就是向华和你们一起去上课时，请多关照他一些，我特担心他在外惹麻烦。”“区阿姨，这一点请您放心，有我在保证不会发生任何事。”孙母对我这个表态很满意，夸奖过我，又指着车库内一辆自行车道：“夜已深，明天你还要上班，不多说什么了，回吧，你可以骑向华的自行车走，过后你送来还是让他去取都行。”“不用，我愿走走。”我回完话，区阿姨望着大门口笑起来道：“你是不用，接你的人来了。”转身看到推着自行车站在大门口路灯下的沐雨，我跟着区阿姨一起笑了起来。

人有时会不由自主地说一些心口不一的话，比如此刻见到沐雨，自己心里明明像吃了蜜似的特高兴，嘴里表达的却是：“天太晚你不该来嘛，家里会担心你的。”沐雨心里也明白我这句埋怨之言的真意，微微一笑后将自行车让给了我。

骑车带上沐雨没走多远，天上没有任何征兆地忽然下起了雨，沐雨立马拿出伞撑在我头上，伞不大，只能遮住我一人。为不让她被雨淋着，我一次次要她只管遮住自己，并强调说伞挡住了我的视线。沐雨不听，只是把伞往高举了举。无奈之下我将车蹬得飞快，拐弯都不减速。沐雨一手抓着自行车后座一手撑伞，在景山前街拐弯时，她没及时随风向而转伞的朝向，只听“哗啦”一声响，雨伞随风脱手飞去了护城河边。看到我捡回的伞向外翻着合不拢，沐雨笑弯了腰。沐雨头上已是湿淋淋的，见我脱下外衣要往她身上披，她边笑边甩头道：“不用，淋点雨挺惬意的嘛。”随着沐雨头发的舞动，沾过她头发的雨点飞到了我脸上，并有几滴飞到了嘴里，凉凉的雨点似乎别有一种味道。

建议孙向华和我们一道复习功课的事在路上就想告诉沐雨，只是被这场没来由的雨给搅和得没顾上说。回到她家门楼下讲过此事，我又解释道：“提议孙向华和我们一道复习，并非我多么喜欢他，是想着多读些书或许能改变他的思想与行为，不然的话就像眼下这样混着，沐枫咋办？”对于沐枫和孙向华的相恋，沐雨一家人都不赞成，有的是苦口婆心劝她不要和这种浪荡公子哥式的人交往，有的是直截了当告知她和孙向华断交，可沐枫并不接受，之前就因家里人说得太多，导致她搬去单位宿舍住，且好长时间都不回家，最后郝所长和谷阿姨也只能妥协。见沐雨静静地注视着我没表态，又道：“也叫上沐枫，让她和孙向华一起去一起回来去成双，比翼双飞。”话一出口，我即刻认识到此言太过突兀，光想着说他人了，自己和沐雨一起去一起回的又该做何解释呢？沐雨大概也意识到了这个，只见她将注视着我的目光转去一侧道：“沐枫不行，她打小就不爱读书只爱臭美。”

郝所长回家养伤这一段时间里我和沐枫也接触过多次，对她的认知的确如沐雨所说，除会打扮之外，没见她还有其他什么强项，不客气地说，她是一个没什么思想与追求的人。“我们常说‘近朱者赤，近墨者黑’，人是会随着环境的改变而改变的，到学校去经过浓浓的读书氛围熏陶，沐枫她来个质变也说不定。”毕竟是姐妹情深，沐雨心里当然也盼着沐枫好，听了我这番言语就没再反对。“嗯，那就叫上她试试。”

天上的雨一直下着，原本喧闹的城市，在夜雨中变得出奇的安详静幽，缠绵温婉。雨夜的风已不是凉爽而是冷，见沐雨随风一个激灵，我立马脱下外衣给她披上，这次沐雨没有拒绝，不过也没说什么感谢的话，用那双含着笑意的双眸看过我一眼，旋即便垂下了眼睑。接下来不知是我俩谁切换的话题，是一会儿谈学习，一会儿聊见闻，时而谈夜雨，时而聊人生，忘了寒冷也忘了时间。为了让对方多了解自己一些，两个人是你一言我一语，我言罢、你续说，将自认为有趣的东西通通地分享给对方听，直到听见胡爷爷的开门声响才意识到就要天亮了。

“胡爷爷早。”胡爷爷对沐雨我俩的问候还没回应，背后先传来了谷阿姨的声音：“你俩也早啊。”谷阿姨这句似调侃似埋怨的话让我是又紧张又不好意思。“阿姨早，是这样啊，我们下课回来碰到孙向华醉倒在胡同口那家餐厅门前，就先将他送去医院抢救后又把他送回家，我和沐雨这是刚回来没多一会儿。”谷阿姨听完我的解释笑了笑，然后伸手取下沐雨身上披着的我那件外衣递过来，催促道：“快回屋去躺会儿，等下不还要送领导上班嘛。”“听你阿姨的话回去眯一觉，到点我叫你。唉，唉，年轻真好啊，站着聊两个多小时也不累。”对胡爷爷后半句的感慨之言，我不知道该如何接，只好对着他和谷阿姨傻傻地笑，羞涩的沐雨低头跑回了家。

4

小马得知我手中有一张自行车票，特意跑来表达出要我相让的意思。“对不起，那是款女车票。”听说是女款车票，小马的话也不再含蓄：“就是老家的女朋友要买车，这可关系到我的终身大事，请把票让给我。”经过一阵软磨硬泡，见我不松口，他极为不快地说了一句“小气鬼，真不够意思”，便起身告辞。

我和小马在新兵连与汽训队期间都在一个班里，排队肩并肩，睡觉铺挨铺，一天 24 小时差不多都黏在一起。分配到机关车队后工作上互相帮助，生活上相互照顾，两个人要好得跟兄弟似的。见他不高兴，便追着他说一些致歉的话，以求谅解。送至胡同口，看到坐在红绿灯下马路牙子上的谷阿姨，我急忙跑上前问：“这是怎么了阿姨？”“唉，人老了腿脚不灵便，刚才遇上红灯下车，脚绊在大梁上没下来，摔了一跤。”谷阿姨骑的是一辆 26 款男车，骑这种车上下，要么从前面掏要么从后面搭，做这些动作年轻人都不是问题，对上了年纪的人来说却多有不便。“严重吗？要不我背你去后街医院检查一下？”谷阿姨在我和小马搀扶下起身活动活动腿脚，又往前走两步道：“不用，应该没伤着骨头。”看谷阿姨一瘸一拐走得艰难，我将她背回了家。

“要是骑款女车就不会发生这事了。唉，你说我这腰，如果还在单位上班，怎么着也能想办法给你弄辆女车骑。”郝所长在给谷阿姨往腿上抹药时，十分愧疚地道。“别这么说老郝，以后骑车我小心些就是。”听到两位长辈的对话，小马第一反应是直目瞪眼地看向我，我犹豫片刻，便将兜里的自行车票掏出来递给谷阿姨。“谢谢，谢谢。”平时庄重矜持、遇事从不喜形于色的谷阿姨见是张女款的自行车票，高兴得笑出了声，郝所长也笑得合不拢嘴。

之前小马瞪我的目光里所表达的是催我快掏之意，之后他还是瞪着我，只是此刻里面的内容已有了一股醋意。出了沐雨家，依旧耿耿于怀的他先骂我一番“重色轻友”之类的话，接着又一本正经地警告我：“你要注意和沐雨的关系啊，不可因她而影响自己，单位的规定可不是闹着玩的。”

自古就有良师诤友之说，可是有时候当你的朋友直言不讳时，自己往往会反感，哪怕对方说得很对，也未必能接受，会生气朋友没给自己留面子。“这你可想多了，请放心，我有自知之明，和沐雨只有友谊没其他。”看小马撇着嘴，我又解释道：“之所以将那张票给谷阿姨，主要是为感谢两位长辈这些年来对我的关怀，你刚才瞪眼看我不也是这个意思吗？别误会人家沐雨。”“真和沐雨一点关系也没有？”小马问过我这句话笑了，我也笑了，小马的笑是不相信我这些解释，认为我没说实话。我笑的是因自己没全说实话。

谷阿姨买回新车后，将自己骑的旧车让沐雨推过来送我，这辆车在当时的市值约五十块。“阿姨我不要，我兜里没这么多钱。”见我推辞，谷阿姨一脸严肃道：“不许客气，不许提钱，这是送你的，不收我可要生气的哦。”沐雨没言声，示意我不要拒绝，然后将备用的一把车钥匙放在了窗台上。一同来的郝所长则板起脸道：“你阿姨血压高啊，可不许惹她生气。”说完又笑着问起我工作与学习上的事。

课堂上沐雨口中总会含颗话梅，受上次吃话梅的刺激，只要见到她吃，我肚子里马上就会涌出一股股酸水，接着就感到特饿。我们来上课一般都是一天，中午饭我是从食堂里带两个馒头，沐雨会带一个面包。爱干净的沐雨怕弄脏课本和作业本，会把这些食物单放在一个包里，此刻忍不住饿的我就会去吃这些食物。

一是专注听讲费精神，再者自己本来就能吃，等中午下课那包里早已是空空如也。见我面带尴尬，沐雨哧哧笑道：“没关系的。”然后去买包饼干什么的充饥。下个星期天再来上课时，沐雨会带两个面包，又被我吃光后她依旧是笑笑没多说什么。再下个星期她就带了三个面包，可碰到我这位大肚汉又没给她留下半个，对此好奇的沐雨问：“你到底能吃多少？说个数嘛？”“我也不知道咋回事，你一吃话梅我就忍不住想吃东西。”苦笑的沐雨还摇起头：“这是什么逻辑嘛！”

孙向华第一次来上课这天，我自己不仅没带馒头，课堂上也没碰沐雨带的食物，对此沐雨产生了疑问，指指比平时大不少的那个食物包问：“咋回事？”“中午孙向华一定会请客，我得留着肚子。”这个解释让沐雨掩口笑过好长时间才来了一句：“瞧这出息。”孙向华在花钱上一向仗义大方，之后我们听课时的午饭大都是他请，沐雨和沐枫也会抢着去埋单，见我要结账孙向华总会一脸不屑道：“兜里装俩钢镚瞎积极什么？省省吧你。”开始我还有些不安，次数一多也就心安理得了，自己给自己找的理由也算堂皇，一是孙向华家庭条件好，二是沐雨姐俩都有工资。

5

我们会用细雨绵绵来形容秋天的雨，从词语上来讲这个时期的雨一般是平缓而绵软的，当然也包含着连绵不断、没完没了这层意思。这年秋天的雨就是这样，连绵下了多日也不停，给人带来凉爽的同时也带来了一丝忧愁。早饭前看到郝所长在他们大门下坐着时，以为他是嫌屋里憋闷而坐在这里透透气或是为了看看胡同里的风景，饭后还看到他坐在那里就感到是有什么事。“郝所长，有什么事吗？”“房子又漏雨了，你阿姨睡眠本来就差，听到雨水的滴答声更睡不好。昨天沐枫说今天休息，要带孙向华来给修补一下，我这是在等他们呢。”“这风大，您先回屋，这点小事别犯愁，等下我来修。”

送魏主任去单位后，我叫上小马来帮忙，他在下面和泥，我爬上房顶排查，发现有漏雨的地方就用水泥给抹一抹。我们干活时雨依然没停，不放心的郝所长也不进屋，摇着轮椅房前房后地跟着看。“我干活您尽管放心，修完保证不会再漏雨。不过话又说回来，若还漏，那明天我再来补。”郝所长明白我这是在逗他，勉强笑了笑，又责怪起自己来：“我这腰伤也不见好，有事就麻烦你们，真是拖累人啊。”说完又是一阵咨嗟。我们干完活他又带着歉意道：“我也无法招呼你俩吃午饭，晚上吧，晚饭让你谷阿姨做几个菜来款待你们。”

谷阿姨厨艺高超，煎炒烹炸样样在行，惦记着美餐一顿的我，下了班一路小跑来到她家。“孙向华怎么回事嘛？承诺了又不来，害得爸爸等他一早上都感冒了。这种言而无信的人真讨厌。”谷阿姨家的厨房是搭在主房门外，来到她家门口就听到里面的沐雨这样表达着对孙向华的不满。“少来啊沐雨，怎么言而无信了？你回城的事还不是人家帮的忙？咱家事也忒多，不是这个病就是那个伤的，今儿修房明儿瞧病的，太招人烦。再说我俩还没结婚，人家凭啥要来给我家当牛做马？到现在人家不提结婚，就和我家这些破事忒多有很大关系。”沐枫反击沐雨的话，说到这里，只听谷阿姨低声呵斥道：“闭嘴，不许这么说，让你爸听到他该多伤心啊。”厨房门没关，谷阿姨说完话，抬头看见我，将手中的半盆炖牛肉递过来：“还有两个青菜马上就得，先进屋陪你郝叔、小马他们喝茶去。”

端菜进屋，我看到坐在圆桌边的郝所长眉头紧锁，脸色也特难看。“是不是因下雨腰痛又加重了？”郝所长摇摇头没吱声，旁边的小马用手指了指厨房让我明白了，郝所长听到了刚才沐雨和沐枫的对话。

饭桌上，小马和我格外主动地向郝所长敬酒，闷闷不乐的他总是勉强应付一下，又陷入沉默。见此，很少喝酒的谷阿姨端起酒杯道：“老郝，我来敬你一杯，首先是祝你早日康复，再就是给你赔个礼。”说到这里，她用手指指沐雨和沐枫：“我怎么只给你生了两个女儿呢？”然后又指指小马和我：“要是给你生的是两个儿子多好嘛，说来真让人惭愧。”“老谷你可别这么说，你嫁给我这么些年来，福没享到，罪可没少受，现在我又在拖累你，该说惭愧的是我。”“老郝，我们是夫妻，不能说谁拖累谁的话，再说，有你在，家才完整，一个完整的家才是幸福的基础嘛。”“谢谢，谢谢你。娶你是我有福，嫁我是你倒霉。我知道你说幸福是宽我的心，唉，让我拖累的你，哪有幸福可言嘛。”谷阿姨说话的初衷是为了逗趣，增加些欢乐气氛，可被郝所长的回应给带偏了，让人心里是酸溜溜的。为调节室内的氛围，我举起酒杯道：“两位长辈不带这样秀恩爱的啊，我这满口的牙都给酸倒了，来，我陪您两位喝杯酒缓缓。”谷阿姨和我碰杯时是面带笑容，郝所长和我碰杯时脸上也现出了一丝笑意，可他喝酒时，我看到他眼睛里噙着泪花。郝所长的确是患上了感冒，时不时地会咳上两声，为让他早点儿休息，饭后我们没多坐，对郝所长说些祝福安慰的话，便离开了。

沐雨送给我的几盆菊花，这些天蔫头耷脑的不精神，有两盆不但花没了，叶子也卷曲着，这和在沐雨家看到的那些花反差太大。她养的菊花有的是婀娜多姿，有的亭亭玉立，含苞的赏心悦目，开花的香气袭人，那一朵朵不同色彩的花瓣，给秋天带来了迷人的绚烂，正应了沐雨所说的“菊花是秋天的化身，是秋天美丽的使者”这句话。可自己养的为何这般模样呢？思来想去半天也没弄明白个所以然，最后就归罪于这下了多日的雨。

我住的房间窗户外侧临街，因被铁丝网罩着无法放花盆，每次晒花只能放在墙根下，这些天因下雨没往外搬，这让我断定它们的不精神是没透风没见阳光所致。端起一盆行将枯萎的菊花正犯愁时，胡爷爷过来对我道：“怎么还在摆弄这个？不知道郝所长的事？”“他什么事？”“详细的我也不是很清楚，下午遛弯回来看到他被救护车拉走，据院内另一邻居讲，是他发现郝所长滚落在地上后打电话通知的你谷阿姨并叫的救护车，听他的意思，当时人已不行了。”听胡爷爷这么说，我左边的腿先是猛一抽，然后往他院门口跑，踉跄着差点摔倒在地上。“家没人，都在后街医院呢。”胡爷爷背后的喊声又让我转回身往医院跑。

“此人已不在这里，去太平间看看。”急诊室门口的护士听我报过郝所长的姓名，看了登记簿，向后院的方向指了指。初听胡爷爷说郝所长躺在地上以为他只是昏倒，再听过胡爷爷后面的话，认为他是在夸大其词，现听护士这么说，虽明白对这种事人家是不会信口开河乱说的，但还是将信将疑。可等我跑到医院后面的太平间门口，看见失声痛哭的谷阿姨和劝慰着她的孔经理与刘队长时，那颗心是“咣当”一下之后紧接着是“突突”狂跳，再紧接着嘴和手、腿与脚也跟着颤抖起来。

“已安排沐雨和小马去买寿衣，等他们回来就给郝所长换衣服，你先去锅炉房打桶水来，要温热的。”见到我，刘队长抹了一把脸这样吩咐道。

静静躺着的郝所长似乎是睡着了，望着他灰暗的面孔，我的泪水即刻涌出。之前我几次陪郝所长到医院检查身体，除去腰伤外没听说他有其他什么病，这让我对他的突然离世特不解。“这咋回事嘛？”刘队长说：“谷阿姨说是突发心梗。”“怎么这样呢？昨天还好好的。”“别哭，眼泪不能滴到逝者身上。”听到我的哽咽声，孔经理过来制止着。

我老家也有孔经理说的这种讲究，有的说法是这会让逝者走得不安心，有的说是会影响逝者去投胎，还有一种说法是这会勾走你的魂。人们嘴上都说这是迷信，但在给逝者换衣服期间又都特注意这一点。擦去泪水后，我刚把郝所长的衣服脱下，就听到身后“咚”的一声响，转脸看到是沐雨昏倒在门口。我急忙将她抱在凳子上，刘队长用手掐她的人中，谷阿姨一声一声地呼唤着：“沐雨，沐雨……”

雨还在淅淅沥沥地下着，天空乌蒙蒙的黯然无色，枕着我胳膊的沐雨呼吸很细弱，她原本鲜亮白皙的脸色是惨白惨白的。

沐雨醒了，她拉着我坐起身时，那只抖动的手是冰凉冰凉的。听孔经理将不能哭的话重复过一遍后，沐雨真就忍住了没哭，在之后我们给郝所长换衣服的过程中，她安静地站在一边，眉宇间透出的是超越她年龄的沉稳。

郝所长衣服刚换好，沐枫赶来了，进门就瘫坐在地上大放悲声。可能是一直淅沥着的雨下大了，沐枫从头到脚都是湿淋淋的，我上前劝慰、搀扶她时沐雨没过来，她用冷冷的目光瞟一眼沐枫，转身走向门外。

在刘队长和孔经理的主持下，郝所长的丧葬事宜第三天随着遗体火化而结束。返回的路上，陈跃悄声问我：“三德子说沐雨父亲去世是因吃多了安眠药，是真的吗？”前天晚上我从医院回到家，胡爷爷也对我说过这类的话：“爷们儿，听说没？有人议论郝所长是吃多了安眠药去世的。”“绝不可能。郝所长他那么积极向上的一个人，怎么会有厌世思想呢？就因腰伤？不至于吧？胡爷爷以后请不要再这样瞎议论。”可第二天在沐雨家窗台上看到一个安眠药空瓶子，我心里也犯起了嘀咕。这个瓶子我认识，谷阿姨失眠严重，大多时候要吃药才能入睡，头些天在她家看到这个药瓶，出于好奇还打开看了看，那时里面还有不少药片，怎么刚过几天这个瓶子就空了呢？由不得让我对郝所长的去世原因也生出一点疑虑。但出于对谷阿姨的信任，我还是相信她说的郝所长是因患心脏病而去世。另外，从世俗来说，一个人这样去世不仅自己的声誉会受损，还会给家人带来极大的负面影响。基于这些，我对他人议论郝所长的死因很反感，前天晚上回胡爷爷的话就没客气，此刻更厉声呵斥起三德子：“少瞎咧咧，就你闲话多。”

“孙向华怎么没来呢？”见我生气，陈跃转换了话题。郝所长去世的那天晚上，在医院没见到孙向华，以为他是没得到消息，回到家给他去过一个电话，也没联系上，之后我又抽时间去了一趟他家，当时孙向华及他父母都不在。故而对他没来参加葬礼，心里也感到有些蹊跷，只是这种事不便问沐枫，更不好问沐雨，因此也只好回应陈跃道：“不清楚。”

晚上临睡觉前，看到谷阿姨匆匆地往外走，我追上去问：“阿姨，这是要去哪？”“沐枫刚才去单位上班时沐雨去送，这么长时间没回来，我不放心，去前街车站那看看。”“这么晚了您回去休息，我去一趟。”

景山前街与故宫后门这个区域白天是人山人海，天一黑这里就变得十分安静。来到景山东街与前街交叉路口，就看到沐雨和沐枫在护城河内侧一棵槐树下正激烈地争论着。沐雨平时话不多，声音也低，沐枫则是个大嗓门：“沐雨，你少没完没了说这个，爸怎么可能会因我两句话就睡不着觉？然后服几片安眠药就犯心脏病而去世？你可真会联想。”

一个人对父母长辈无论是好是坏，可都不愿背上不孝之名，谁都清楚若那样的话，一生都会生活在他人的唾沫星子里，一辈子都抬不起头。沐枫当然也不愿意背这个锅，再就是父亲在沐枫心里是宽容大度之人，对人对事从不斤斤计较，这也是自己常在父亲面前使性子的原因。还有在修房的头天晚上，父亲还反复叮嘱自己工作上要认真，学习上也要努力，争取来年再考学等，因此认为慈祥的父亲绝不可能会因自己的“家里事多拖累重”这句话而气得犯病离世。

安眠药和心脏病是否有因果关系我不清楚，可我也认为沐雨说的郝所长是因沐枫的不当言论而生气，继而服用安眠药而犯病去世之说太牵强。那天晚上郝所长听到沐枫的那些牢骚话是有些不高兴，也可说是生气，但沐枫历来说话就是个管撂不管接，自己说得痛快不会在意他人感受的主，作为父亲的郝所长应比谁都更了解这些，因而我也认为已过知天命年纪的他绝不至于为此而想不开。

沐枫与沐雨的争论还在继续，我正为自己找不到化解她俩矛盾的好方法而着急时，只听沐枫高声嚷嚷了一句“懒得和你争”便怒气冲冲地往外走，走过护城河桥右转往美术馆的方向而去。沐雨没有追沐枫，而是转过身往里走，行至护城河的拐角处坐在那里失声痛哭。沐雨哭声很低，是很压抑的那种，可这种压抑的呜咽声让人听起来格外凄凉。

遇事一向沉稳冷静的沐雨，这次在父亲的丧事中也表现得特坚强，既没在人前像沐枫似的号啕大哭，人后也没有失控、失态之表现，一直是很有条理地配合着刘队长和孔经理处理一些事情。我知道她是极力地控制着自己，在忍着，对此还担心会憋出问题，现听到她这哭声，我那颗揪着的心才放下。稍许，陈跃和三德子来了，看到河对岸哭泣着的沐雨，他俩人一下子也静默无语。

人都说女人忘不了初恋，男人何尝不是如此呢？沐雨回城上班之后，陈跃还会时常来家探望谷阿姨和郝所长，陈跃给自己找的理由以及对他人的解释是放心不下两位长辈的身体，其实他自己心里很清楚，是自己放不下对沐雨的那份爱。自那年从部队回家探亲时见过一面沐雨就特喜欢，复员回来后随着接触的增多喜欢更甚。虽说那次提亲没得到回应，沐雨回城后自己也明白俩人在一起的可能已为零，只是感情的事就是如此，明白是明白，可就是不愿接受这个结果，心里总怀有一种自己也说不清、道不明的祈盼。陈跃平时不怎么抽烟，这晚却一根接一根地狂抽不止。人的语言可以骗人，人的眼睛却骗不了人，陈跃此时注视着沐雨的目光，谁见到都会明白那里面所含的内容。

坐在河对岸台阶上哭泣着的沐雨一直没停，也没抬头，隔河伫立望着她的我们除去抽烟便是相顾无言。休息了一个白天的雨又淅淅沥沥地下了起来，它亲吻河面时发出的声音细碎而温柔。雨的声音已听过千百次，用心时从雨滴声中就能分辨出当下是什么季节。往日无论是听到缠绵的春雨声还是强劲的夏雨声，或者是这淅沥的秋雨声，心里都会生出湿润、振奋与充实，只是今夜的雨声因伴有沐雨的呜咽声，让人的心里特别的空洞、忧伤。

在三德子心里，沐雨的位置是至高无上的，无人可替代的，并早已理所当然地将沐雨视作自己的人，心中只有一个信念，不把沐雨追到手就是撞了南墙也不回头。从局外人的角度观察，沐雨对三德子似乎并没这个意思，有的只是友情，有时对三德子过头的话、过头的行为还出言斥责，只是三德子并不在意这些，为沐雨该做什么还做什么，照样任由沐雨驱使，且心甘情愿。就拿这次郝所长的丧事来说，三德子就表现得相当抢眼，说话做事俨然一副家里人的样子。来到河边的三德子自见到河对岸哭泣着的沐雨，他的眼睛就一直没挪开，和我们呆立了一会儿后，便不顾我和陈跃的阻止，向沐雨跑去。

在沐雨和沐枫争吵之时，我之所以没有上前去劝，一是出于尊重他人隐私的考虑，再者是不知道该怎么劝她们，后来看到沐雨哭泣又没去劝慰的目的是让她尽情地发泄一下自己心中的苦痛。还有我知道性格刚强又极为理性，还特好面子的沐雨是不愿他人看到自己柔弱一面的。此刻，为避免她的尴尬，我招呼陈跃马上转身向回走，行至一棵槐树下，我回头看到已停止哭泣的沐雨正顺着三德子所指，朝我们刚才站的位置张望着。

## 四　情深深

时间飞逝，转眼又是两年。

20 世纪 80 年代海峡两岸关系解冻后，先是当年去台的老兵们陆陆续续回来探亲，接着是大量的观光游客一拨接一拨过来参观访问。兄弟情深，姊妹情浓，不但离散的家庭翘首以盼着这一天的到来，就是普通的民众也都敞开了怀抱欢迎这些久违的亲人们。那个年代汽车还不像现在这样普及，几乎没有私家车，出租车的数量也很少，只有大饭店里才有一些。春秋两季人员来得多时，相关部门就会从各单位抽调人员和车辆接待这些同胞们。

中秋节前已被调回车队值班室的我节后也被抽调到北京饭店做这项工作，时间是一个星期，任务是负责一个旅行团的接送。这天下班前，我接到一个从机场打来的电话："先生您好，我们是从台湾来的三个女生，怎么不见接我们的车呢？"听对方说出姓名后，我知道这是接人的环节出了差错，接这趟机的人员早已出发，只是那时的通信联络不像现在这般便利，一时间无法联系到去接机的人员，于是道："请稍候，我这就开车过去，我们约个位置，等下也方便找您们。"接下来我报出了自己的车牌号码给对方。"谢谢您，我们在出站大厅的 6 号门等您吧。"打电话的这位一口北京腔，没有港台电影中那种嗲嗲的味道，可语音绵软柔和。

"机场那边漏接了三个从台湾来的女学生，又无法联系上已去接机的小吕，现在我去接一下。"放下电话，对来接班的小马交代后，我便开车来到机场。

在机场出站大厅 6 号门前，我来来回回走过几趟，也没见到年轻女孩子的影子，只看到三个老太太站在那里。大约是我的行为引起了她们的注意，只见其中一个老太太走上前，看过我的车牌，对其他两位招手道："快来，这辆就是接我们的车吔。"看几位老太太提着行李往车前走，我迎过去解释道："我是接从台湾来的三位女学生的。"紧接着又报出所接客人的姓名。

"就是我们吔。"听到三位老太太这异口同声的回答，我的脑袋一下像卡住似的怎么也转不过弯来。按我的理解女性用女生来称呼自己，应该是在上小学或中学的女孩子，最多也就是在校的女大学生，对于一把年纪的阿姨大妈级别的女性用女生来称呼自己是特别不理解、想不通。可能是我夸张的表情让她们也感到了好奇，上车后坐在副驾驶位置上、一口京腔的阿姨便问起原因，待我将自己的困感说出，车内立刻爆发出一阵笑声，问我话的阿姨笑声最响，眼泪都笑了出来。

笑声持续了一段时间，这位阿姨调侃起我："先生抱歉啊，我们几个老太太让您失望了，实在对不起哦。"这句幽默诙谐之言又引起一阵大笑。这也难怪，那个年代我们对女性的称呼，少女时称小姑娘、小丫头，大了是女青年、女同志，上了年纪是大妈、阿姨。"女生"这个称呼是80年代后期才叫起来的，之前我是闻所未闻。

"明天我女儿来，请你再来接，她可是您理解的台湾女生哦。"送她们至北京饭店，北京口音的阿姨笑着对我这样说。开始以为她又是在开我的玩笑，没想到第二天她女儿真的来了。

"先生您好，但愿今天您不再失望。"看来阿姨的女儿已知道昨天发生在我和她母亲间的故事，见面后笑吟吟地这样道，她的玩笑自然又引来一片笑声。阿姨女儿名叫昕莹，她的双眸明净清澈，举止优雅，弯弯曲曲波浪般的长发披在肩上，刘海服服帖帖地卷在额前，这精致、考究的发型将人衬托得十分靓丽。

这天她们的行程安排是先去景山，下午去圆明园。开车来到景山东街停车后，这位阿姨和女儿并没进景山公园，而是匆匆走去我之前住的胡同。想着她们是要参观一下北京的胡同及民居什么的，我就急忙追上前，刚要给她们介绍些什么时，发现眼中含着泪花的阿姨行至沐雨家门口，停下脚步后仰头看看门楼，继而望望两边，嘴里一遍一遍念叨着："是这里，没变，没变。"接着大颗大颗的泪珠成串涌出。

"请问老先生，郝贵生还住在此处吗？"郝贵生是沐雨父亲郝所长的名字，此时已去世两年多，走出门的胡爷爷不知是对他人称自己先生不适应还是发现了哪里不对劲，瞪着一双大眼睛望着这位阿姨，好一阵才反问道："请问您是他什么人？""我是他姐姐，刚从台湾来。""敢情！我说怎么这么像呢？是沐雨的姑姑啊，唉，唉，怎么不早回呢？"说到这里，胡爷爷也已热泪盈眶，他擦过眼泪吩咐我："快去接你谷阿姨和沐雨回来。"

年初，沐雨虽已得到了这位去台的姑姑近期要回来探亲的消息，但从我口中得知人已到家还是格外兴奋，坐在车上不住地催促我："开快点，快点嘛。"就是一向从容、沉稳的谷阿姨，也一遍一遍地要求沐雨给自己的头发拢拢以及查看一下脸上是否有什么不妥之处。"妈，看您跟小媳妇第一次见公婆似的，紧张什么嘛？""你这位姑姑之前我还真没见过，她离开几年后我才和你父亲结的婚。你爸活着该多好嘛，他只有这么一个姐姐，有生之年没能见上一面，真是遗憾啊。"谷阿姨说话的声音低沉悲伤。

两家人的初次相见是悲喜交加，一会儿笑成一团，一会儿呜咽声一片，随着沐枫的加入，哭声与笑声是更高。在大门口哭哭笑笑过好长时间，才在胡爷爷的催促下走进院内。

沐雨家住的这处宅院是她姑夫家的祖产，那年她姑姑随夫去台时托付给沐雨父亲代为照看。今年初有关部门让其他的住户搬出，又将那些私搭乱建的房子全部拆去，经过整修，此时这座往日杂乱无章的院子已恢复了原貌。宅院正中是坐北朝南的主房五间，东西两侧是对称的两排厢房，房与房之间既独立又有游廊相连，原先被拆除的影壁墙也已重新修起，这使宅院私密感增强的同时又增添了一份神秘感。影壁墙至主房前的路面是用青砖铺就，这使院内看起来既宽绰疏朗又古朴规整，路两边的葡萄架枝繁叶茂，之前被房墙所包裹的槐树与枫树也解放了，当然主房前的空地上也少不了沐雨喜欢的菊花。往年因场地所限，沐雨养的菊花只有二十盆左右，今年摆的是一大片。此时正值盛花期，只见一朵朵、一簇簇的菊花争奇斗艳，竞相开放，有的绿如翠云，有的红似秋日，紫色的浪漫，黄色的炫丽，白色的清秀脱俗。菊花的香味也特别，它没有玫瑰的浓郁，也不似荷花的清新，它的香是一种幽香，一种无法用语言来形容的幽香。陶醉其中的沐雨姑姑连声赞着："太好了，太美妙、太壮观了！"得知这些菊花是沐雨所养后一把将她揽入怀中："好沐雨，不愧是我的好侄女，我也爱菊，当年在京时我每年也会种好多菊花，也是摆在这个位置。"望着热切谈菊的沐雨和她的姑姑，我想起了老家的"侄女随姑"这句俗语，不由得赞叹起了基因的强大与奇妙。

接下来的几天，沐雨一家人要么一起，要么轮流陪同姑姑游览，我则是全程服务，对这位阿姨的称呼也跟着沐雨改叫姑姑。游览八达岭的这天晚上，沐雨姑姑在西四的同和居请客，宴会行将结束时，谷阿姨从包内拿出一纸袋递向沐雨姑姑："姐姐，这里面是您当年交给沐雨她爸保管的房契，以及这次落实政策后相关单位给出的新手续，请收下。"沐雨姑姑闻此，叫着谷阿姨的名字道："淑毓，您这是为何？物尽其用，才有价值。我们一年里也不知能否回来一次，就是回来也住不上几天。昨天在颐和园，我们不是已谈好了吗？这宅院就留给您和孩子们吧。"言罢，将谷阿姨递上的纸袋又推回。是的，昨天在颐和园她们两位谈论此事时，姑姑已表达出了代表丈夫将这处宅院送给沐雨家的意思，不过当时谷阿姨的态度也很明确，是坚定地婉辞了。

这处位置极佳的四合院，谷阿姨不收并非不喜欢、不想要，说没有动心那也是骗人的，只是谷阿姨她做人有自己的准则，不自私、不贪婪，尤其看重自己的名声，说话做事从不越界。想着这处宅院是沐雨姑夫家的祖产，这次沐雨姑夫因身体有恙没有回来，沐雨姑姑表示自己可代表他，可按传统观念来说还是有点儿不合规矩，万一沐雨姑夫家意见不一呢？自己贸然收下，若给人家中带来不睦，那良心何安？"姐姐，现北京房屋已可买卖，您家愿留我们还可代为照看，想变现可随时出手，以这处宅院的位置，那价格是不菲的。再有就是我没照顾好沐雨他爸，才使他这么早离世，对此我深感愧疚，因而这处宅院我决不能要。"说完话，谷阿姨眼中的泪水又一次涌了出来，她迅捷地擦去后，再次将纸袋递向沐雨姑姑。

那个年代人们的收入普遍不高，一般工作人员的月工资大都在三十至五十元之间，六十至八十元已属高工资。当时北京市区内楼房不多，大部分是一片连一片的平房，一间平房的价格大概是一万元上下。沐雨姑夫家这个院子内大大小小二十多间房，再加上偌大的一个院子，以我的估算价值应在三十万至四十万元之间。对靠工资生活的人来说，一万元已是天文数字，当年鼓励人们创业致富的口号就是争当万元户，若听说自己的朋友或亲戚邻居谁家趁一万元都羡慕得不得了，不亚于现在听说谁家是亿万富翁，几十万元在当年那是做梦都不敢想的事。

沐雨姑夫家上几代都是财主，他自己大学毕业后一直是公职人员，薪水很高，姑姑是医生，收入也很可观，家中也是两个女儿，大女儿博士毕业后在美国工作，小女儿就是陪她回来的这位昕莹表姐。昕莹表姐也受过高等教育，现经商，且成就显著。再者，这位姑姑回来之前已知弟弟与弟媳因自己吃过瓜落，因而决定将这处宅院送给沐雨家作为一种补偿。“淑毓，钱重要，情更重要。沐枫和沐雨她们已到了成家的年龄，结婚不也需要房子吗？现如今她们的父亲已不在，我这个做姑姑的理该为她们多想想，这处宅院就算是我送她们的结婚礼物吧。”

院内其他住户腾退后沐枫是欣喜万分，只是对这处房产不归自己家所有存有些许遗憾，可沐枫心里也早已清楚，姑姑所表达的她家人不可能回来长住这一现实情况，因而在房屋整修之后几次建议母亲搬去正房住，但母亲没听，还坚持和沐雨住在原来的两间房内，只让自己搬进东厢房，且只让住两间，连着的另外三间空着也不让用，为此她还对母亲产生了很大的意见。以前因家中只有两间房，自己和沐雨只能挤在一间房内，也是因房间太小只能放一张书桌，姐妹俩为谁先写作业之事没少闹矛盾，没少挨父母责骂，又因自己是姐姐挨的批评更多。还有男朋友孙向华住的是两套房，不能否认这也是自己选择和他谈恋爱的原因之一，可又为两家父母地位以及住房条件不对等，自己总感到低人一头。倘若这处宅院归了自己家，那以后在孙向华面前便可挺直腰杆昂起头走路。这种种因素叠加在一起，使沐枫特想得到这处宅院。故而看到母亲不愿接受这份馈赠，且一而再、再而三地推辞，急忙起身道：“妈，姑姑将房子送给我们本是一番美意，一味地拒绝也不近人情嘛。您若不好意思收，我可代为保管。”说着话遂伸手去拿那个装有房契的纸袋。

天上掉下馅饼这等美事砸向自己家之时，用喜出望外这个词语来形容沐雨当时的心境最准确，刚才听到姑姑表示要把这处宅院的产权也一并送给自己家，心中的喜悦与兴奋之情更是无法用语言来形容。只是沐雨遇事比较冷静，兴奋之余既想到了母亲所顾忌的姑夫那方面的问题，也在关注着昕莹表姐的态度。在姑姑说出赠送之言时，昕莹表姐脸上现出的是一副此事似乎和自己无关的淡漠之神态，这个表象让沐雨心里没底，常言道：“一代亲，二代表，三代就拉倒。”诚然，姑姑和自己是骨肉情深，自己和昕莹表姐已隔了一层，这又促使沐雨想到了表姐的态度会不会是姑夫的态度呢？沐雨很清楚保存房契是一回事，产权过户又是一回事，也知道姑夫的态度更重要，还有表姐的态度一定会影响到姑姑一家人的态度。这使沐雨认识到在情况不明朗、条件不成熟的当下已不适宜谈论此事。也想到了沐枫之所想，姑姑家只是名义上的产权人，自己一家人长期住下去她们无法赶也不会赶。经过权衡，认为还是维持现状是最佳选择，不可操之过急。再加上对沐枫那副急不可耐的吃相看不惯，于是在沐枫的手还没触碰到那个纸袋时便将其拽回。“长辈的事由长辈们商量，作为晚辈不要去掺和。”

谷阿姨对沐枫的表现也极为不满，虽没出言批评，可已将脸绷得紧紧的，为缓和一下这尴尬场面，我拿过谷阿姨手中的纸袋道：“姑姑、阿姨，您两位客气得真让人不好意思，那么我就勉为其难将就着收下吧。”我这句玩笑话使在座的都笑了起来，有的将自己的座椅前后移移，有的将自己的身体在座位上来回晃动着选择最舒适的坐姿，只有渴求房子心切的沐枫对我的话意没领会，同时对他人的笑还表现得很莫名，茫然地看过大伙后，在我将拿过的纸袋还没往谷阿姨包里放之前皱着眉头诘问道：“你算老几？你一个外地人和沐雨还没怎么着呢，有你什么事？”

若单从外表看，大多数的年轻姑娘是无法和长相、打扮精致的沐枫媲美的，不过她别说话，一张口粗俗与浅薄尽现，什么话从她嘴里说出来就变味，似乎说话之目的不是用来和人沟通交流，而是要让人下不来台，要噎死谁。“沐枫，议论问题要就事论事，不可牵扯其他。这件事沐雨说得对，作为晚辈不要过问这些。我劝你还是把心思多用在学习上，多读些书，提高自己的修养，否则和孙向华之间会逐渐拉大差距的。”

经过一年多复习，沐雨考上的是成人本科，我考上的是成人大专，孙向华考得更好，是一所不错的全日制学校，只有沐枫什么学校也没考上。得到消息那天，谷阿姨在家宴请我们，饭桌上，表扬完我和沐雨后，还鼓励与批评了沐枫，要求她不能把精力都用在打扮上，让她再认真复习功课以再考。

沐枫说话做事虽从不顾及他人面子，对自己的颜面却看得特别重，那天面对谷阿姨的批评她已有些愤然，此刻听到自己母亲又提这些，则像被踩了狗尾巴似的一蹦老高：“差距？我和孙向华的差距不就是父母的地位及住房条件不同吗？如果姑姑把这处宅院给了我家，那差距不就扯平了吗？”

几天来沐雨姑姑已对沐枫的恋爱之事有所了解，看沐枫误会了谷阿姨的话意，规劝道：“沐枫，婚恋之事两个家庭门当户对固然重要，但更重要的是两个人的门当户对，这里讲的门当户对是指两个人学问、品行及价值观等，这都不能相差太多，相差太多，婚后是无法和睦相处的。因为婚后的生活是琐碎的，没了风花雪月，多了柴米油盐，怎么在和鸡毛蒜皮相伴的岁月中保持住相看两不厌，这就要两个人志趣相同。只有志趣相同才能彼此理解对方，避免争吵，婚姻生活才会美满、幸福。”

长辈对晚辈的教诲一般情况下篇幅都比较长，他们的本意就是想把自己的人生阅历、经验教训告知于你，目的是让你少走弯路或不走弯路。对待这一问题不同的人有不同的理解，通情达理者会认为这是长者对自己的关心、爱护，会认真聆听，细心领会。自以为是的人会理解成啰唆，特别是听到长辈的话语里带有批评便心生厌恶，立马翻脸。一来给沐雨搅和得没拿到房契，再则看一桌人对自己的不友好态度，这让原本脾气就不怎么平和的沐枫更为焦躁，只是碍于和姑姑是初次相会才没发作，不过回的话已极为生硬：“姑姑，您明天不是还要去姑夫老家吗？到此为止吧。”

沐枫历来爱美，之前没口红与眉笔的时候，她给自己嘴唇涂红的方法是将写门联的大红纸对折起来，然后用双唇轻含，待上色后再小心翼翼地取出。描眉是将火柴梗点燃，稍后吹灭，接着用燃烧后的黑炭头来画眉。今晚她嘴唇上涂的是饭前昕莹表姐送给她的口红，据说价格不菲，沐枫接过来便往嘴上抹，接下来挨个问在座的我们：“好看吗？好看吗？”得到大家首肯后，沐枫对自己嘴唇的保护是格外用心，吃饭喝水时都努力翘着，不动嘴时高高噘起，生怕碰掉自己嘴唇上的口红。这时她嘴唇上的口红保持得依然鲜艳，可在我眼里透出的却是俗气。说完话，只见沐枫又习惯性噘起嘴“哼”过两声转身出门，留下在座的一干人等，先是面面相觑，接着是各自摇头苦笑。

沐雨姑夫的老家在京北承德地区一个叫北山门的小山村，距承德市区五十公里左右。当年北京至承德只有一条普通公路，我们早上四点出发，九点前到达承德，休息片刻沿着一条山间小道一路向北。沐雨姑姑此行之目的是代表丈夫给祖辈上坟烧纸，凭吊先人。我们原来的计划是赶到北山门村上完坟即返回承德吃午饭，饭后去避暑山庄游览一下然后返京。谁知接下来的五十公里山路蜿蜒曲折，狭窄坡陡，待我们赶到目的地已是中午。沐雨姑夫家上几代就是村里的有钱人家，她姑夫是生在此长在北京，读书时也曾随长辈回来过几次，正式回乡探亲是和姑姑婚后那次回来上坟。村中有几位长者还依稀记得这件事，和沐雨姑姑忆起往事不胜唏嘘，边说着故人边感叹着岁月的无情。一和沐雨姑夫家是近门的村民更是分外热情，诚邀我们去他家吃午饭。在台湾长大的昕莹表姐对乡亲们带着浓重口音的土话一句也听不懂，我和沐雨对他们聊的东西也是一点儿兴趣也没有，于是在等饭的工夫一起来到村前的河边溜达。

北方的山村大都是背山依水而建，这样的选址虽说是基于天道、地道的风水学，不过也含有一定的科学性，背山是为遮挡蒙古高原上刮来的寒风，依水是便于生活。秋天的北方是一年里最靓的季节，此时的小河两岸林木葱茏，花草茂盛，花、草、树相间展现出的是一种朴实无华的美。更有那一枚枚、一串串叫不上名的野果，有红有黄晶莹闪光煞是好看，引得沐雨和昕莹表姐欢呼着采摘品尝。我则采一些鲜花给她们各编织了一个花环。

昕莹表姐身形高挑，玉立亭亭，双目就如一泓清泉，清丽秀雅，戴上花环给人的感觉是一种古典美。沐雨原本就白皙的肤色在花的映衬下显得更加鲜嫩，弯眉下水汪汪的双眸闪动的秋波妩媚得让人不敢直视，再加上她丰盈挺拔、曲线迷人的身材，此刻美得更是无法形容。“沐雨是天上下凡来的七仙女吔。”大概是明白了昕莹表姐所强调的七仙女之寓意，沐雨脸红了。“表姐乱讲。”接下来不知昕莹表姐对她耳语句什么，只见面孔绯红的沐雨羞答答看过我一眼，便和昕莹表姐搂抱着笑成了一团。

午饭很丰盛，从主人的口中得知，桌上的菜肴可以说是集中了全村之精华，村民为款待远道而来的客人倾其所有，有的送来了鸡，有的送来了鸭，有的送来的是少见的山野菜，有的送来的是狍子肉包的饺子，这一切让沐雨姑姑特别感动，一次次地给乡亲鞠躬答谢。

饭刚吃一半，随着一阵劲风刮过，天空下起了雨。秋雨一般都很舒缓，可这场雨却下得又猛又急，且持续有一个来小时。自空中落下雨滴就放下筷子的我待雨住便拔腿跑来河边，此时河水已暴涨，原来刚及脚面的河水此刻已没过膝盖，这么深的水位汽车已无法像来时那样涉过。望着奔流的河水，我虽然清楚要想水位退去，一是要上游不再下雨，并且还要经过一段时间，可还是忍不住去问同来的村民，他们的回答更让人沮丧，意思是要明天才行。

沐雨姑姑这次在京停留的时间只有一个星期，明早就要赶去广州参加一个活动，且她还是这个活动的重要宾客。乡亲们听我说明这个情况个个献策，而后从村里拖来两辆大车，放置河道中间，上面铺上一些门板，搭起了一座简易的桥。我小心翼翼地扶正方向盘往前开，村中的青壮年站在水中护着，连拉带推将车弄过河。又被这一感人场面感动得热泪盈眶的沐雨姑姑和大伙依依惜别："谢谢乡亲们，欢迎您们去台湾做客，我也一定会再来看望您们的。"乡亲们则要求沐雨姑夫也回来："这是他的老家，可不要忘了这个老根。"泣不成声的沐雨姑姑说："只要他身体允许，一定带他回来，一定的。"

雨后的山路更难走，加之又是夜间，为保证安全，我小心再小心，碰到危险路段还会先下车探过再行。这样，待我们赶到承德市区已是夜半。吃过消夜出发时，沐雨对昕莹表姐道："表姐，请您坐去副驾驶位置上，我有些困，想坐在后面打个盹。""不行，那个位置只属于你，这是规矩，他人去坐会招人骂的。""谁骂？为什么？"看着沐雨犯蒙的样子，昕莹表姐指着我笑道："自然是这位先生啦，至于为什么骂，他心里最清楚，你可问他。""乱讲，我是问这是什么规矩？

你要给我解释清楚，否则我挠你痒痒。”沐雨姑姑性格豁达，昕莹表姐像极了自己的母亲，是又活泼又开朗，见多识广还特别幽默的她一开口就会给人带来欢乐。通过几天来的接触，沐雨发现了昕莹表姐有一软肋，就是特别怕被人挠痒痒，这让沐雨有了治昕莹表姐的撒手锏，语言上斗不过就会拿这一招来威胁她。看沐雨作势又要挠自己，昕莹表姐马上要母亲出面作证。“妈，您说在台湾是不是有这样一个人人都遵守的潜规则，就是多人乘车时副驾驶的位置上一定要让年轻美丽的女生去坐？”沐雨：“为啥？”“为了提高男性驾驶员的兴奋度嘛，这对安全有利哦。”

昕莹表姐的话初听让人觉得她是在开玩笑，回味一下还真有些道理。之前就是我让沐雨坐在副驾驶位置上的，可自己讲不来这些理论，只知道沐雨坐在那里自己心里高兴。见我示意她还去副驾驶位置上坐，沐雨嘴里说着：“歪理，骗人。”可还是笑盈盈地坐去了那里。

行驶一段时间后，沐雨担心我犯困，问道：“要不要休息一下再走？”“不用，我注意些就行。赶早不赶晚，早到家心里踏实。”今天起得早，在北山门村又遇上下雨，慌张着架桥铺路，搞得很疲惫，回过沐雨后不久，我便哈欠连连。

“吃两颗话梅。”爱吃话梅的沐雨兜里总会带一些，见我犯困急忙递上两颗。受话梅的酸味刺激，我的精神为之一振，可不长时间就失去了作用，困意又袭来。见此，昕莹表姐道：“我们做个游戏，保证大家都不再困，愿不愿试试？”也正被困意困扰的沐雨首先响应：“愿意。”“这个游戏要有你配合才行，沐雨你愿意配合吗？”为了安全，为了早点回京，沐雨自然没有不同意之理，爽快道：“没问题，让我做什么？”“说出来你不配合怎么说？”被好奇心驱使的沐雨回答得更干脆：“不配合是小狗。”“好，一言既出，驷马难追。”昕莹表姐伸手和沐雨击过掌，然后又要求自己母亲：“妈，您老人家来做证人，我说出游戏规则，沐雨若不配合做的话，她就得学小狗‘汪汪’叫。妈妈，您要公证哦。”

自昕莹表姐说出做游戏就开始笑的沐雨姑姑此刻的笑声更响，笑了好一阵才点头应允。也一直笑嘻嘻的昕莹表姐见此马上拍了拍我肩膀，对沐雨说出了游戏的内容："其实这个游戏特别简单，就是隔段时间你亲他一下，你亲他一次他保证清醒一小时，亲吻两次他一路上都不会再犯困。"得知是要自己配合做这个，沐雨羞得即刻低下头，一遍一遍地重复着"表姐你好坏，表姐你好坏"这几个字。稍后听到姑姑与昕莹表姐开心的笑声，沐雨转回身跪在座位上伸手去挠昕莹表姐的痒痒，东躲西藏的昕莹表姐大声地要求母亲："妈，快管管您侄女，要她履行诺言，要么按游戏规则去做，要么学小狗'汪汪'两声。""姑姑，表姐她故意整人，太过分了，不能听她的。"笑得上气不接下气的昕莹表姐则对沐雨强调着："愿赌服输，愿赌服输，不许耍赖皮。""沐雨，人是应该信守诺言，输了就认吧。"祈盼着姑姑会制止这个游戏的沐雨得到这样的答复，一转身趴在车门上："我不干，我不干。"说话时她的肩膀在抖动着，这表明她并没生气而是在笑。

沐雨姑姑不知从他人口中还是自己观察出我和沐雨之间的关系并非我所强调的只是一般朋友那么单纯后，在颐和园那天很关心地问我："你俩是不是在恋爱？""喜欢沐雨是有，不过没恋爱，我也不敢往那方面想。"对我这一半真一半假的回答，沐雨姑姑显然是摸不着头脑："为何？""我俩年纪还小，要把工作和学习放在第一位。""通常情况下恋爱的最佳年龄在二十岁上下，低则稍显稚嫩，高于这个年龄则必被相伴而来的现实问题所纠缠，会使恋爱不那么纯粹。沐雨你俩的年纪不小了，正是恋爱的年华啊。""姑姑，说到现实，眼下就存有一些现实问题，一是户口问题，另一个是部队有规定，士兵不许在部队所在地区内搞对象结婚。""后一条我理解，部队嘛都带着老婆孩子那怎么行？可这也有变通之法嘛，你们先恋爱着，你退役后再结婚不就成了？前一条我不明白，户口怎么讲？"面对沐雨姑姑的不理解，我翻来覆去地解释了几遍，见她还是一头雾水的样子便这样道："反正是受条件所限，我和沐雨只能做普通朋友，不能恋爱。"

"沐雨，你这般扭捏，之前一定没接吻的经历，这样好了，看在你是初次的分上，就不用湿吻了，亲吻脸颊就好。别那么不好意思啦沐雨，我觉得还是亲一下比较简单，总比以后每次见面都得学小狗'汪汪'叫要好嘛。"昕莹表姐做思想工作真是一位高手，经她软硬兼施一通说，历来说话做事极有分寸的沐雨也给忽悠得乱了方寸，只见她转过身来，瞪着那双水汪汪的大眼睛，看我一眼又低下了头。“沐雨，若不好意思的话就闭上眼睛，快，吻喜欢的男生很美妙的。”说着话，昕莹表姐将沐雨的脑袋搬起来面向我。我双眼虽直视着前方，余光却一直在关注着沐雨，看来她没经得住昕莹表姐的这番诱导，嘴里嘟哝着：“表姐好坏，好坏。”眼睛已怯生生地望向我。

“昕莹表姐，我对男女间的亲吻是这样理解的，情到深处这是一种自然而然的表达，两情相悦才美好，勉强的吻是对爱情的亵渎，特别是初吻更不可随意。”我话音刚落，沐雨伸手拿起一改锥照我脑袋狠狠敲了两下：“臭美吧你，说的跟谁多爱你、真要亲你似的。”出手和话语同样快捷。她这“此地无银三百两”的表达及动手打我的行为换来的是姑姑和昕莹表姐的捧腹大笑。经这么一折腾，我困意全无，汽车也随着人的笑声一路飞奔。

## 五　夜沉沉

### 1

“请速来家，有事。”沐雨平时说话就简洁，电话里更不拖泥带水，听她口气这么急，刚想问一下原因，那边已挂了电话。

自那天从承德回来后再见到沐雨心跳突然加速的同时又会涌出一丝祈盼，接着便一时稀里糊涂的紧张，一时又莫名其妙的焦灼，搞得人精神恍惚，寝食难安。刘队长知道这些后瞪起眼睛警告我：“你和沐雨只能保持普通的朋友关系，否则会影响你的，明白吗？”刘队长的话我当然明白，也明白部队的规定绝不是儿戏，底线不可碰，因此是极力地控制住内心的那种强烈希冀，将和沐雨的友情牢牢地限制在朋友的范畴内。可人的心有时候复杂多变得让自己都扑朔迷离，一边是下着和沐雨尽量少见面少接触的决心，一边又十分渴望这诗意的、甜美的、纯洁的友情能更进一步。但又因严格遵守着部队规定之缘故，我俩之间的友谊虽逐渐在加深，却没敢前进一步。

夕阳落下之初，天边留下的那一丝亮光渐渐弱了后，幽幽暗暗的大街上远近都是一个色调，灰苍苍的。随着头顶上乌鸦的鸣叫声，路灯与霓虹灯亮了，紧接着行驶中的汽车大灯也亮了，街面上即刻又喧嚣起来。每天傍晚下班高峰期，人们无论是步行或骑车，个个是行色匆匆、人人都急急忙忙，奔向同一个目的地——家。

骑车来到沐雨家大门口，似乎在等我的胡爷爷迎上来道："爷们儿，沐枫失踪了。""失踪？一个大活人还能丢？""是真事爷们儿，没和你逗闷子。"看着胡爷爷脸上紧张而又焦虑的表情，我急忙跳下自行车。"怎么回事？""我也说不清楚，沐枫单位来家找她的人刚走，你谷阿姨和沐雨都在等你呢，快进去。"

"沐枫已三天没去上班，刚才单位的领导来家商议要不要报警，我正犹豫呢……"满脸忧愁的谷阿姨说到这里，沐雨接话道："问题一定出在孙向华身上，沐枫离家时说是去找他的。"沐枫是周日午饭后离开的家，星期一她没上班，第二天单位领导给谷阿姨打电话问原因，不明原因的谷阿姨放下电话先去了沐枫宿舍一趟，没见到人，又让沐雨去孙向华家问寻，孙向华和他父母都不在家，保姆刘阿姨啥也不知道。今天把所有想到的沐枫可能会去的地方又找一遍，还是没结果。给我介绍完这些，沐雨又道："沐枫在学习上不上心，对工作还是认真负责的，几天不请假、不上班太过蹊跷。近段时间，她和孙向华正在闹矛盾，不会出什么意外吧？"那个年代人们都觉得工作是事业，是根本，不会无故旷工，或糊弄自己的工作，沐枫也很敬业，这样连续几天不上班的行为令人意外。

沐枫和孙向华俩人的情感出现问题我知道，周日中午我们在一起吃饭时她已将此问题摊在了桌面上。"孙向华上大学不久就搬去了学校宿舍，起初还以为他是为方便学习，待他对我逐渐冷淡并提出分手之后，我去学校一打听，才知他是看上了班里一位外地来的女同学。那女的又瘦又矮，虽不到二十岁可相貌一般，和我相比差得不是一星半点儿，真闹不懂孙向华他看上那女的什么了？"沐枫说到这里抹过一把眼泪狠狠道："孙向华这个混蛋你想得美。"

初中时沐枫已开始和孙向华恋爱，上高中俩人已是形影不离，就是孙向华在奶牛场的那两年，俩人恋情也没断，沐枫经常带着大包小包的营养品去看望他。可以说这些年沐枫是全身心投入了这场恋爱中，因而此时遭到弃之如敝屣般的回报特别不甘心。“沐枫，感情上出现危机，最怕彼此都站在自己的角度看问题，死盯着对方的缺点，挑别人的毛病，一味地指责对方，这是错误的。要多从自身找原因，多检讨自己的错误和不足，这样才可缓和矛盾。还有，女人漂亮与否是很重要，但一个女人是否有魅力，绝不仅仅是漂亮，重要的是看她的学问、修养，更在她内心深处的善良、智慧，还要看她是否善解人意，所以真正漂亮的女人是内外兼修。与外表的精致相比，更高级的精致是内心的丰富，灵魂有香气的人，才能活得从容优雅，才会得到人的尊重，才会幸福。”说这番话时谷阿姨不仅脸上表情严肃，口吻也很严肃。

谷阿姨一家人一直都不赞同沐枫和孙向华搞对象，初时也阻止过，无果后才默认。见女儿沐枫对自己前面的话没回应，坐在那里依然是一副气鼓鼓的样子，谷阿姨又从另一层面来开导她：“喜欢一个男人，首先要看清他的品质，看他是不是懂得感恩，是否有仁慈之心，内心是否阳光、磊落，有担当、有责任与上进心。现孙向华提出分手，我的意见你正好借此认真思考一下，若他身上有这些品质，值得托付终身，那你就去挽留、坚持，若他身上缺乏这些东西，那就没必要再纠缠。”

“不行，我不能就这么黑不提、白不提地拉倒，他花我那么多钱咋办？这些年不但我自己挣的钱全花在了他身上，就是您给我的那一万块也给他买摩托车与BP机花光了。”听出母亲话里含有希望自己和孙向华分手之意，沐枫含泪表达着内心的不甘。

我们现在使用的手机前身叫“大哥大”，“大哥大”之前人们使用的最便捷、最先进的联络工具是BP机。早期的BP机类似于如今的电台，有需要的用户通过电话向寻呼台提出要求，寻呼台的工作人员再给机主发信息。它的鼎盛时期是20世纪八九十年代，BP机的价格不等，每台约在2000—5000元之间，不过在月工资几十块钱的年代这也是一件奢侈品。孙向华一向出手大方豪气，给人的印象特别仗义疏财，以前只以为他花的钱是父母所给，这时才明白有很大一部分是沐枫的钱。

郝所长和谷阿姨都是普通的工薪族，两个人月收入也就一百多元，除去日常费用已所剩无几，给沐枫的这一万块钱之来源是沐雨姑姑所赠。已到结婚年龄的沐枫过完春节就嚷嚷着要结婚，且表示婚后要住在自己家里。作为母亲谷阿姨自然了解自己女儿，心里也清楚沐枫她那个脾气很难和孙向华家人和睦相处，同时又担心着女儿住在婆家会受委屈，因而就同意了沐枫这个要求，并拿出一笔钱将院内东厢房装修一番且置办了一应家具，另外还给了沐枫一万元现金。

闻听这些钱已被孙向华给花光，谷阿姨是面色一紧，要开口时又生生把话顿住，端起水杯喝了一口，分作几次咽下，才道："那些钱既然已花出去，就算花钱买个教训吧，不要再去计较。""那不成。在这个问题上，我决不妥协，我咽不下他孙向华花着我的钱去搞野女人这口气，我决不放过这个负心贼。孙向华这个混蛋，他要么回头，要么还钱，还要赔偿我的青春损失。那个小妖精我也不放过，我要去学校大闹一场，让他们丢人，让学校开除他们。"沐枫说这些话的时候那张精致的脸已变形，眼睛也红得吓人。

往日，我对沐枫并不怎么待见，此刻却生出了同情心，想着这两天抽空去劝一劝孙向华，要他珍惜俩人这么多年的情感，珍惜这份爱。

"沐枫，不要去伤害那位女学生，这样不妥，人家也是无辜的嘛。再说你和孙向华两人现在只是恋爱关系并不是夫妻，他人也还有再选择的自由。听我的话，不要去闹，一闹不但于事无补，反而会变得更糟。女儿，此刻我知道你心里特别难受，是呢，在情感世界里，有一些人很幸运，一下子就遇到了对的人，从相识、相知、相恋、相爱到白头。还有的人一直都没遇到对的人，遇到的要么是玩弄感情、朝三暮四的无责任心之人，要么是没有担当的混混，这是不幸。那怎么办呢？这就要尽快地斩断情丝，分手。再就是，你要明白，对待所爱之人的伤害，一次原谅是深爱，三番五次的便是自己的问题了。舍不得和不值得的人说再见，这辈子可就完了。你知道孙向华他花心，可还想着他有一天会改变，这不是梦吗？”说着话，谷阿姨站了起来，并往沐枫跟前走了一步，看着沐枫的目光很复杂，恳切中有无奈、有祈盼，还有一股恨铁不成钢的味道。

孙向华的花心沐枫当然很清楚，心里自然也十分痛苦，可又无妨她一次次地原谅，一次次地灯蛾扑火，结果把自己一次次地弄得伤痕累累。“女儿，若实在放不下这段感情，就先让自己冷静下来，然后再去找孙向华谈谈，如他肯回头，你们就尽快结婚，不行则散，各人过各人的日子，这地球离开谁都照样转。还有，那个孙向华也不是个善茬，他之前的所作所为，你不清楚？我再强调一遍，要冷静，不能冲动。”谷阿姨为女儿可谓是苦口婆心，可身上的血已全部集中在脑袋上的沐枫，哪里能听进去这些？“他孙向华再厉害我也不怕，大不了鱼死网破，惹了姑奶奶我，谁也别想活痛快。”“沐枫，人的生命是无价的，我们都要对生命保持一份敬畏之心。热爱生命，既是对自己负责，也是对疼爱你的人负责，你是我女儿，我要求你在对自己生命负责的同时也不许伤害他人。女儿，听妈一句劝，为孙向华这样的人犯不上去拼命，他不值得。”显然是嫌自己母亲啰唆了，谷阿姨的话音刚落，沐枫“霍”的一下站起身，然后“哼”了两声起身就要走。

谷阿姨训导沐枫时，沐雨一直在一旁默默地听着，此时见沐枫要走，她上前一步道：“姐，妈讲的这些，不都是为你好吗？怎么不听劝呢？冷静些。再就是，以身家性命得到的东西，这叫爱情？”

沐雨自己爱吃话梅，就将吃话梅的好处罗列了很多，其中就有饭后吃颗话梅可清洁口腔这一论点。午饭后，她又拿出一包话梅准备给大家吃，只是因谷阿姨和沐枫的谈话一直没停，只好将那包话梅放在了桌上。情绪已怒愤到极点的沐枫对沐雨这些话更是听不进去，去桌上拿自己的包时看到这袋话梅，抓起来使劲摔在地上，随着“啪”的一声响，装话梅的纸袋破了，话梅散落了一地。沐枫的行为让沐雨很生气，厉声道：“干吗你？”“我怎么啦？”沐枫回应的嗓门更高，可当她看到谷阿姨严肃的目光，登时低下头向外走。走出门的她可能是嫌沐雨摆在门前的菊花盆碍事，接连踹翻了多盆。

那天走后沐枫再没回过家也没去上班，这一反常现象让人意外，但我想的意外和沐雨所表达的意外不同。沐枫那天的情绪是冲动些，说的话也有些过激，不过这对她来说是司空见惯的事。性格急躁的沐枫嘴上也不饶人，就是我们常说的“刀子嘴，豆腐心”那种类型，遇事话说得满，却不一定会付诸行动，他们的脾气来得快，可消得也快。再则沐枫她是把自己和孙向华的情感放在第一位的，临走前她话中表达出的希望孙向华回头的意思便证明其内心里还是深爱着他的。

从孙向华这方面来说，目前他已是高等学府的学生，不再是中学生那个阶段，也不是混社会的那个时候，平时他就特别顾及面子，现在我想他会更在意自己的形象。再有他和沐枫已相恋十多年，按老百姓的话说，这么长时间就是块石头也已焐热了，何况人乎？况且已到谈婚论嫁的阶段，足见俩人的感情之深厚，因而我认为他们见面争论与争吵会有，沐雨所担心的意外则不会发生。“阿姨别着急，沐枫那个辣椒脾气您更了解，别听她走时说得那么邪乎，说不定俩人一见面三言两语就把话说开，冰释前嫌后两个人没准正相伴在外游玩呢。现在我去找一下孙向华，见到沐枫让她立马回来。”“好，好。”心情急切的谷阿姨说着话已起身送我。

“这是孙向华 BP 机号码。”在大门口胡爷爷递给我一张字条。“胡爷爷，我有他的呼机号。”“沐枫走前是在我这呼的孙向华，稍后我看到孙向华骑着摩托车过来将她接走的。”“明白。”明白胡爷爷的意思后我将纸条装进了衣兜里。

孙向华不在家，他父母也不在。“刘阿姨，向华回来后请您给我打个电话。”将胡爷爷处电话号码留给孙向华家保姆刘阿姨后，我又骑车来到他学校。孙向华也不在学校，宿舍的同学表示也已几天没见到他。待我返回来时，胡爷爷从室内探出脑袋：“爷们儿，就差一步，找你的电话刚挂断。”“男的女的？”“女的。”和胡爷爷相识以来，他这里的电话号我之前从未给过其他女性，唯一的就是今晚给过孙向华家保姆刘阿姨，听胡爷爷说是女的来电话找我，车都没下，我又赶至孙向华家。

“你是在门后等着给我开门的？”孙向华似乎知道敲门的是我，刚敲了两下房门便应声而开。“我进屋刘阿姨就告知你来找过，想着大晚上的一定是有急事。”孙向华边说话边向厅里走，他说话的语调平稳，因是背着我，没看到他脸上是什么表情。走进厅里他指着已摆在茶几上的几个菜道：“坐下喝两杯，我俩边喝边聊。”骑车跑了一晚上，我肚子是有些饿，因而就没客气，不过在坐下之时也没忘自己来此的任务。“沐枫在吗？叫来我们一起喝。”沐枫爱热闹，之前我来这里只要和孙向华喝酒她总会凑过来。“没在，她好久没来这里了。”

厅里开的是沙发后面那盏落地灯，光线不甚明亮，孙向华倒酒时看到他手上裹有纱布，我起身打开了屋顶的日光灯，明亮光线下又看到了他脖子上有几道明显的伤痕。“你这是怎么了？”“上星期骑摩托车摔了一跤。”孙向华回话时没看我。“星期一至今沐枫都没去单位上班，她单位的领导已找来家里，谷阿姨很着急，派我来问一下她的去向。”“摔伤后我一直在家猫着，不清楚她的事。”今晚第一次来这里之前沐雨告诉过我，她这两天来过孙向华家两次，都没见到人，刚才保姆刘阿姨也亲口告诉我近段时间没见他回来过，孙向华此刻这么回答已证明他是在说谎。

“在家？这两天沐雨来过两趟怎么没见到你？”“可能是碰巧我刚下楼吧。”孙向华的狡辩使我感到不对劲，放下酒杯道：“孙向华，你看着我的眼睛，这几天你真没见过沐枫？向华，你和沐枫俩人闹矛盾的事我也有所耳闻，不过今晚来找你并非要介入你俩之间的情感问题，可作为朋友我认为有必要说出自己的意见。你和沐枫相爱这么多年，感情是有的吧？沐枫人漂亮对你又情深义重的，可不能做始乱终弃对不起人的事。话说回来，就是真的不能在一起也要和平解决，没必要闹得鸡飞狗跳的，让一圈人不得安宁。最后再奉劝你一句，人不要为暂时的得到而失去未来的拥有，靠伤害别人得到的快活、幸福决不会长久。记住，这是天道。”孙向华没有即刻回话，点支烟抽过两口才道：“哥们儿，话既然说到这份儿上，我也对你实说吧，上个月我已正式通知沐枫终止恋爱关系，之后我和她再没来往过，她在哪我的确不清楚。”

有人一生只谈一次恋爱，一生只爱一个人。孙向华呢，不夸张地说，有时候他一个月谈的恋爱次数比他人一生都多。若单论个人长相、能力，孙向华各方面都不怎么出众，虽说他身材高大、壮硕，可并不俊朗，充其量只能算是及格。之所以他身边不乏女性，那是缘于他的家境，由此致使他在恋爱问题上随性又随意。和沐枫好着，却也不耽误他爱心泛滥。以前，沐枫没提出结婚，他们的关系维持得也还行，待沐枫提出结婚之要求后，一向放荡不羁的孙向华怎么甘心被婚姻困住自己无处安放的心呢？因而是决绝地向沐枫提出了分手。

“向华，你爱玩、爱闹，愿游戏人生，那是你的事，可游戏人生也不是这个游戏法啊？不该游戏他人嘛，会有人为此而痛苦，甚至会失去生命的，你知道吗？因此，请你在情感这个问题上保持一份敬重和谨慎，承担起一个男人该承担的责任。出了问题直面相对，不回避、不耍奸。沐枫在哪？快让她回家一趟。”“哥们儿，我是真不知道沐枫在哪啊，她也没在这里，不信你搜。”孙向华先指了指厅两边的房间，接着玩了个洋派，耸起肩膀，两手一摊。

自第一次走进孙向华家我就生出很多感慨。首先是那个年代住房紧张，谁能分到一间房就高兴得不得了，对他所住的两室一厅的单元房可以说是想都不敢想。再有，那天他因醉酒吐了我一身，当时他母亲坚持要我脱下衣服来让家里的保姆刘阿姨给洗洗，周日来取时他笑道：“那破玩意儿让我扔垃圾桶了。”“干吗你？我只有这一套便装啊。”假日里外出穿便装会自由一些，可碍于自己手中拮据，来京几年都没如愿，这套衣服还是我和沐雨一起复习功课时她父亲郝所长所送。“急什么急？两件旧衣服至于嘛？哥们儿，我这有两柜子衣服呢，想要哪件随你挑。”从出生那天起，殷实的家境就给了孙向华所想要的一切，上了中学后，他人生的剧本可以说是围绕着“纨绔子弟”这样的人设展开了。再加上长辈们过分的溺爱，造就了他不尊重人，以及对什么都不在乎的性情。那天听到他这轻飘飘的随口之言，我就强烈地感到自己和他的差距犹如云泥，他随便丢弃的，有的是自己要付出几倍的努力才能得到的，有的是自己终其一生也未必能得到的。

两个卧室的门都开着，里面没有一点动静，不用看我也知道沐枫没在里面。“我又不是警察，没权力搜你的家。”说着话我掏出胡爷爷给的纸条放在孙向华面前:“这是胡爷爷记录的沐枫联系你的号码及时间等,说星期天下午两点三十分沐枫先呼的你,你也回了电话,并且胡爷爷后来还看到是你骑摩托带走的沐枫。你再三强调自己和沐枫已很久没来往,对此做何解释?”孙向华一向口齿利索,此时面对我的质问,抽了半支烟才吞吞吐吐道:“是我用摩托车接的她。开始我不打算去的,后来把她送去单位我就离开了。”孙向华这语无伦次、前言不搭后语的话,气得我拿起烟缸在桌子上重重拍了两下:“编,编,接着往下编,今晚我有的是时间和耐心,一定要听听你还能编出什么花活来?不过我要提醒你的是,编的时候请尊重一下他人的智商。”冷笑着说到此处,怒气已冲上脑袋的我大吼一声:“快编啊你。”在我出言斥责时,孙向华已低下了头,随着我这一声呵斥,他是一哆嗦,接着将那颗硕大的脑袋埋得更深。

“嘭嘭”,夜深人静之时两声并不是很重的敲门声听起来是格外的响亮。孙向华对这敲门声的反应特别大,只见他猛地站起身,双眼直直地盯着门,现出一副很警觉的样子,待我打开门,他看到敲门的是自己的父亲又一屁股坐回了沙发里。

在我问起沐枫之初,孙向华表现得很坦然,好像沐枫的失踪和他一点儿关系也没有似的,当他看到我拿出胡爷爷写的那张字条便面露紧张,接下来和我说话时那目光已游离不定。再将他听到敲门声时那副惊恐不安的样子以及那些漏洞百出、驴唇不对马嘴的话联系在一起,我相信了沐雨的判断,沐枫的失联十有八九是出在他身上。

“年轻人真是,这么晚了还喝什么酒?”走进厅里的孙向华父亲看我一眼,面露不悦地这样道。听我说过“沐枫联系不上,谷阿姨让我来问一下向华”后,他脸上又换作一副不屑表情说道:“沐枫已是成年人,她失踪了和我们有什么关系?”

出于对长辈的尊重,初时对孙父说明来意时才那样的含蓄些,此时见他态度如此之恶劣,我也拉下了脸。“问题是沐枫离家时是和你儿子一起走的,且一走就没了音信,难道不该来问问吗?”“话不可以这么讲,不能因沐枫和我家向华恋爱过，我们就该对她负责一辈子。天这么晚了，你请吧，我要带向华去医院换药。”孙父说着话已打开了房门。

“向华，你想想，你是最后一个和沐枫接触的人，现在她人不见了，你能脱得了干系吗？听我一句劝，去过医院就来沐雨家一趟，我在那等你。”孙向华在父亲催促着下楼时，我跟在后面再一次相劝着。

回到沐雨家，等了好久，也没等到孙向华。听我把孙向华及他父亲的一言一行述说一遍后，谷阿姨愤慨道：“有其父必有其子，一对不负责任的混账东西。”

一般情况下，恋爱男女关系明朗后双方的长辈都会互相走访，可孙向华和沐枫两家的关系很微妙，这些年从未见他们两家人来往过，就是沐雨回城工作后她父母也没去向孙向华母亲致谢。谷阿姨设宴答谢帮过忙的人时孙向华母亲也没到场，双方互致谢意都是由我两头给转告，之后谷阿姨口中没再提起过此事，同时也没评价议论过孙向华家任何人。此刻在我面前对孙家父子出言不逊是首次，可也透出了她心中对孙向华一家人是存有很深成见的。“阿姨，要不我再去孙向华家一趟？”没等谷阿姨表态，沐雨抢先道：“不用，给他们脸了还。”“刚才要不是孙向华父亲横插一杠子，我感觉能从他口中问出点儿什么。”“孙向华也不是什么好东西，没准现在他又躲开了，就是见着了又能怎么着？他还不是装蒜耍赖？”

凌晨，我不顾沐雨的阻止，又骑车到孙向华家一趟，结果又被沐雨给言中，孙向华和他父亲都不在。从保姆刘阿姨口中得知，这爷儿俩从医院回来停过片刻就离开了，去向不明。

## 2

白天上班期间，隔段时间我就往胡爷爷处打个电话，得到的回答要么是沐雨已报过案，要么是谷阿姨没吃饭等。至于沐枫，依然没有消息。下班后推起自行车刚出院子，阴沉沉的天空中接连响起雷声，但这震耳欲聋的雷声不是那种清脆的“炸雷”，而是连绵低沉的“闷雷”，像农村拉石磨那种声音。“雷是雨头”，一般情况下打过雷接着就会下雨，可这天的雷声则不然，它是一声连着一声，一声又响过一声，雨却迟迟不下。

沉沉的云团压得低低的，将人的心也压得沉沉的。从单位骑自行车到沐雨家大概要二十来分钟，这姗姗来迟的雨直到我拐进沐雨家这条胡同才哩哩啦啦落下几滴。在门前台阶下还没支好自行车，小跑着过来的胡爷爷对我高声嚷嚷道："爷们儿，真让人想不到啊，沐枫让孙向华给害了。"胡爷爷平时说话嗓门就大，今天他的声音是又高又尖，刺得我耳朵嗡嗡直响。"来家的警察刚走，他们说沐枫的尸体已从密云拉回来了。这闺女可是我看着长大的，年纪轻轻的多可惜嘛。"含着眼泪的胡爷爷说话时不仅嘴角的肌肉在哆嗦着，两只脚也在不住地颤抖。担心他摔倒，我急忙伸手去扶时，我那辆还没支稳的自行车"咣当"一声倒在台阶上，随着这响声，陈跃和三德子从胡爷爷室内走了出来。三德子年前已回城上班，由于还在锲而不舍地追沐雨，加上胡爷爷住在此处，因此是这里的常客，可对此时出现的陈跃我有些意外。

三德子将胡爷爷搀进屋，走下台阶把我的自行车扶起的陈跃一脸凄惶道："孙向华和沐枫是周日下午到的我家，晚上我们一起喝酒至深夜，沐枫嫌我家脏是坚决不住，而后他俩争吵过两句就骑摩托车回城了。今天中午警察找我问情况才知道，他俩在回城途中出了车祸，孙向华自己受了点轻伤，沐枫当场就不省人事，送去医院后没抢救过来。"

躺在沙发上的谷阿姨见到我，挣扎着坐起身："会不会是警察弄错人了？你去再确认下是不是沐枫？倘若是就求人家再抢救一次，好好的一个人怎么摔下就不行了呢？"说完就放声大哭。跪在沙发前的沐雨双手揽着谷阿姨的胳膊："妈，妈，您冷静些，接下来该做什么还等着您安排呢。""什么事情有我女儿的命重要？沐枫啊……"随着这声哭喊，谷阿姨昏了过去。

"快掐人中。"面对静静躺在那里一动不动的谷阿姨，我慌乱得不知如何是好，被进门的胡爷爷推了一把才回过神，慌忙用右手拇指使劲掐住谷阿姨的鼻子下方。慌张中用力过猛，待谷阿姨醒来，看到她嘴唇上有一道明显的血痕。

"沐枫啊……沐枫！"醒来的谷阿姨哭喊过一声后，猛地用双手撑起身，将自己的脑袋往一侧墙上撞去。被我按住双肩的她挣扎两下转而又哀求道：“你听阿姨的话，快去求人家再抢救一下沐枫嘛。”“三德子，你去卫生所请个医生来。”三德子没动窝，而是把脸转向沐雨。“人年纪大了过于悲伤会出意外的，你母亲本来血压就高，情况更危险。”对沐雨说过这些，已有些暴躁的我大声吼叫起三德子：“愣什么呢？快去。”

医生给谷阿姨打了一针镇静药，不长时间，她睡着了，应是梦见了自己女儿，含混不清的梦语里只有“沐枫”这两个字咬得很清，喊过两声，两行清泪无声地顺着她眼角往下淌。

进屋看到悲恸欲绝的谷阿姨，我的眼泪也溢出了眼窝，陈跃与三德子也是不住地擦眼睛，室内的人只有沐雨没有哭。“办案人员说沐枫死于交通事故，依据是孙向华的口供，说是他在骑行中受到身后沐枫的袭击，致使摩托车失控撞上山崖。我不相信这些，如真是这样孙向华为什么没撞死？他一定是为摆脱沐枫而故意加害于她的。”听沐雨说完这些，又把陈跃之叙说串联起来，使我对沐枫的死因有了一个大概的了解。周日下午，孙向华骑摩托车带沐枫去的密云陈跃家，晚饭后返城的路上，因俩人起争执，沐枫在背后袭击孙向华，导致摩托车失控，发生了事故。孙向华身上只擦破些皮，沐枫是因头撞在崖壁一块凸起的石头上伤势严重，后在医院不治身亡。还有医院在抢救沐枫过程中孙向华没守在那里，也没报案，而是躲去了他处。今天去投案自首是出于无奈，是办案人员从拉沐枫去医院的拖拉机驾驶员处查到了孙向华摩托车的号牌，顺藤摸瓜先找到他的父亲，然后他才去自首。

沐雨介绍完情况依次看着我和陈跃及三德子，我理解她这是想听听我们对此事情的看法及建议。三德子与陈跃沉默着，他们是怎么想的不得而知，我心里是不大同意她对孙向华这些推断的。首先我不相信孙向华会那么恶毒，再者他和沐枫只是恋人，恋人之间分分合合是平常的事，以他的精明绝不至于蠢到采用这种手段来达到分手之目的。正要向沐雨说明自己这些观点时鸿涛和萧涵来了，这二人是孙向华的铁哥们儿，此种情况下相见，让人一时不知该说什么，因而把问候与致意都省了，只应付性地点一下头。

“出事后华哥心里也特悔恨。”鸿涛吭吭哧哧一阵后这样说道。“悔恨？他的悔恨表现在哪里了？”面对陈跃的质问，鸿涛又是吞吞吐吐地解释着：“真的，我没说假话，这两天华哥也是吃不好，睡不好的。”“这你都知道？这两天你住他家？”陈跃这句话问得又很急。“没有，是他住在我家，今天上午才被他父亲带走的。”“瞎嘚嘚什么？先说正事。”鸿涛下面的话虽然被萧涵制止住没再说，可他和陈跃的这两句对话已让我知道了孙向华将受伤的沐枫送去医院后之去向，同时也知道了他父亲早已知晓此事。

“华哥父母对发生这样意外的不幸之事也很难过，特意让我们来请谷阿姨去家里协商。”面色阴沉的沐雨问鸿涛：“协商什么？”“意思是沐枫和华哥俩人虽没领证结婚，但念其相恋多年，沐枫的后事若由他家按儿媳的标准来办也可。”“给沐枫一点哀荣吗？想用这来堵人的嘴，以达到为自己儿子开脱罪责之目的吗？这是妄想。回去告诉他们，我不吃这一套，让他们别做这个梦。”鸿涛讲前面的话时，沐雨已十分生气，听完后面的话更加恼怒，待鸿涛与萧涵二人离去，还愤恨不已的她又对我们说道：“真是欺人太甚。之前他们对沐枫从不拿正眼瞧，现在又假惺惺地来这一套，真是把人看扁了。”沐雨说得没错，只要是知道孙向华和沐枫恋爱的人都清楚他父母是不接受沐枫做儿媳妇的，这次两个人闹分手想来与他父母也应有一定的关系，此刻提出这样示好的条件是让人不能接受的。

沐雨表明自己的态度后室内谁也没接话，沉默一阵，陈跃在桌下用脚碰我，他的意思我明白，是让我劝劝沐雨。“按通常的情况来说，处理交通事故的办案人员会先征求双方的意见，特别是受伤害方的意见，他们会认真对待的。我们有什么要求与条件可以先提些。”陈跃附和着：“对，对，我们商量一下，有什么要求多提些。”“多要钱，孙向华家不是有钱吗？让他家多出点血。”“少啰唆，我不要他家赔钱，我要孙向华赔命。”沐雨这句话是呵斥三德子的，三德子倒没什么，陈跃却面红耳赤地低下了头。见沐雨的态度如此冲动，我明白此时已不便再议什么，同时也认为孙向华父母处理问题欠考虑，自家孩子伤害了他人，不登门赔礼道歉，反而还要受害方到自己家协商后事，且派来传话的还是两个不怎么着调之人，对此别说沐雨会怒火中烧，试想这放在谁头上能接受？于是我决定去孙向华家一趟，让他父母来沐雨家道个歉，为解决问题开个好头。“沐雨，鸿涛说话糊里糊涂的，为了弄清孙向华父母真实所想，我现在去一趟他家如何？”沐雨虽同意我去，但依然怒气冲冲地道：“可以。去了请把我的态度转告给他父母，就是决不放过孙向华。”“对，我们不稀罕他家的钱，我们要孙向华给沐枫抵命。这孙子太不是个玩意儿了，死了最好，他早就该死。”三德子说这些话是咬牙切齿的。

3

在沐雨回城后谷阿姨设的答谢宴上，也想回城的三德子向孙向华提出了请求帮忙的意思，当时孙向华没接话。过后胡爷爷找我说这件事，要我去求孙向华帮忙。望着一把年纪、满脸皱纹的胡爷爷，我当天晚上就去找孙向华母亲。“三德子爷爷年纪大，父亲已不在，哥哥又在外地读书，这也符合回城条件。”区阿姨爽快答应，过后不长时间，就帮忙给三德子办回城了，就是他去铁路上的货场开叉车这份工作也是孙向华父亲所安排。按常理来说，孙向华家给三德子帮这么大忙，他应感谢感恩才对，可为什么他是心存怨恨呢？这又是因孙向华而起。

在三德子回城后上班前的某日，他家也设宴请孙向华及他父母，他父母照例不来，孙向华是满口答应。可等到三德子家做好饭菜去请他时却不动窝，后经陈跃和我再三央求才移步，来后又眼睛望着天摆出一副高人一等的模样。在座的都是熟人，都知道他平时就这副德行，前碍于三德子回城是他母亲帮的忙，后还要求他父亲给三德子安排工作，因而就没人计较，还都一味地哄着他。

这顿饭很丰盛，鸡鸭鱼这些硬菜都有，当一只烧鸡端上桌时，因孙向华是贵宾，大家都请他先动筷，这位也没客气，伸手拽下一只鸡腿，大快朵颐后撇撇嘴道：“味道还行。”那个年代人的生活还不是很富裕，三德子家也是普通人家，能摆出这么一大桌菜肴可以说竭尽了全力，鸡和鸭是三德子求陈跃带来的，鱼是胡爷爷凌晨骑车去东郊的农贸市场买回的，还特意请来谷阿姨给掌勺。

历来嘴馋的三德子看着孙向华吃鸡腿，自己的嘴巴也跟着动，那眼巴巴的样子让人特别扭。稍许，孙向华又将另一只鸡腿拽下来放进自己面前的盘子里，接着将鸡屁股撕下来递给三德子道：“这才是整只鸡的精华，给你解馋。”说完还一脸坏笑地朝我挤挤眼。不否认有人喜欢吃鸡屁股，但那都是喜欢这口儿的人自愿去吃，像孙向华这样在饭桌上当着众人送人鸡屁股，不合礼数，也可以说是对人的极不尊重。“谢谢您华哥，我就得意这肥嘟嘟的鸡屁股，那我先得着。”正在我们一桌人都面带尴尬不知如何才好的时候，三德子笑呵呵地将鸡屁股放进嘴里有滋有味地嚼着，咽下后又拿起孙向华啃过的鸡骨头道：“我再溜溜这骨头，这上面的肉最香。”看着三德子在那里认真地啃着，我对孙向华的做法很生气，做人嘛，不该因自己为他人做了丁点儿好事，就为寻开心而如此戏弄他人。同时也生三德子的气，认为他没骨气、没起子，他笑着吃鸡屁股已出我所料，接着又欢快地啃孙向华啃剩下的骨头更超出了我的想象。

看来那天三德子表现得那么豁达，貌似没什么，现在想来那只是表象、是伪装，他心里对此还是记恨的。由此，我想到了家乡人们常挂在嘴边的“泥人也有个泥性”这句俗话，明白是人都有脾气。

4

“两口子正在吵架。”保姆刘阿姨给我打开门后悄声道。孙向华父母俩人的争吵应该很激烈，对我的问候他父亲抬抬眼皮算是回应，接着又转过脸去怒视着他母亲。紧拧眉头的孙向华母亲也只是抬抬手示意我去沙发上坐，然后是一声连一声的长吁短叹。

“鸿涛与萧涵已讲了沐雨的态度，说她反应很强烈，年轻人嘛，冲动一些我理解，你谷阿姨态度呢？”须臾，孙向华母亲问我这些话时语气已趋于平静。“谷阿姨情绪波动大，担心出意外，让大夫给打了一针镇静药后睡了，我来时还没醒。”“真让人痛心啊，怎么会出这种不幸之事呢？”泪水涌出眼窝的孙母接过我递上的纸巾擦了擦又道：“鸿涛和萧涵可能没表达清楚我们的意思才惹得沐雨不高兴，你和沐雨关系好，和我家向华也是朋友，我想你来做我们两家之间的调解人最合适。本来就要给你打电话的，现在来了正好，我们一起拟个方案，以便尽快解决这件事。”通常情况下出现问题时国人的理念都是以协商解决为先，对簿公堂次之，那是无奈之举。按常理来讲我和两家关系都不错，我出面做调解人的确是不二人选，只是此事非同寻常，不是靠人情就能解决的，它要涉及刑事责任，牵扯到民事赔偿等，又想到之前他们两家的关系以及眼下沐雨的态度，自忖没这个能力。

“区阿姨，有什么事要我转告或要我提出建议这都行，不是我推托，居间调解这么大的事我担当不起。”“嗯，嗯。提一些建设性意见当然是欢迎的，转告双方意见也可，我先表个态，我这里一切都好说好商量，只是沐雨对这件事的定性有些不同意见，认识上存有偏差，请你对她多加劝解。唉，想不到沐雨平时那么和善的姑娘，遇事竟如此偏激，看来这人啊都有他人所不知的一面。”“区阿姨，这件事怎么定性，要由办案人员根据事实来决定，该是什么就是什么，说到两家的沟通交流，恕我直言，只靠中间人传话不合适，我的意思是您和孙叔叔先去沐雨家道个歉，以求得谅解，气一顺，下面的工作就不会太棘手。”“这个建议很好。”区阿姨看过自己丈夫一眼，又迟疑起来：“不过现在太晚了，看明天是否有时间。”“去什么去？道什么歉？这只是一起普通的交通事故，根据向华所言，之所以发生这样的事，责任还在沐枫身上，是她在背后攻击向华才出的这种事。且发生事故后我家向华也将她送去医院抢救，已做到了仁至义尽。”这些话孙向华父亲是冲着我说的，然后他转过脸对着自己老婆道：“明天去找相关人员谈谈，恳请人家尽快把儿子放回来，在拘留所里吃不好、睡不好的，向华哪受得了？”

初见孙向华父亲这个人也是在他家里。一次，孙向华邀请陈跃和我来家吃饭，饭桌上，当他父亲知道陈跃是密云山区的农民后，说：“你们好好相处，和我们这样的家庭交往是不会吃亏的。”这句话让人怎么听怎么不舒服，我是个极为情绪化的人，由此对他是特别不感冒。后来，他在我面前做过的另一件事，又增加了我对他的厌恶。

前年五一那天，我去修理厂保养车，试车的途中遇见了他，见顺道就捎他一段。坐上车，他提出要我帮忙去接一个人，然后一起去一家高级饭店吃大餐，因自己心中存有对高级餐厅及美味的向往，就同意了。我们去接的是一位三十来岁的女子，那女的见到我开的车眼睛放光道：“孙哥您真有能耐，用这么高级的车来接，让我太有面了。”女子人漂亮，打扮时髦，十分甜美的声音让听她说话的人耳朵格外享受。开始以为他们是亲戚，待进了餐厅包间后发现这两人的关系不一般，孙父帮那女子脱衣、挪凳子，那股子殷勤劲儿，让人肉麻。

“小美，想吃什么就点什么，别给哥哥我省钱。”满脸油腻腻笑容的孙父叫着女子的名字，并恭恭敬敬地将菜单递上。“我喜欢吃什么您还不清楚嘛?”叫小美的女子没接菜单，而是先对着孙父现出一脸媚笑，接着掏出一面镜子对着自己只管在那里照着，继而捋一下胸前曲曲弯弯的长发问：“孙哥，新做的这个发型好看吗?”“好看，小美什么发型都好看。”孙父回话后咧开嘴笑了，笑得后牙床都露了出来。“这家餐厅之前没来过，不清楚他家的菜有什么特色。”说着话，他将菜单推到我面前：“你来点。”

“谢谢您，我只会吃，不会点菜。”孙父的热情让人不好推辞，可待我瞄了一眼菜单，见到那不菲的价格还是推辞了。“点菜很简单的嘛，喜欢什么就点什么。”见我不按他说的做，孙父脸上现出一丝不快，只是这不快随着那位叫小美的女子瞟来的目光随即消失，即刻换上一副笑脸招来服务员：“报报菜名，推荐一下你们店里的招牌菜。”接下来随着服务员报出的菜名，听到喜欢的他就会先征求一个身边小美的意见，对方若同意就欢快地道：“听小美的，要这道菜。”“小美喜欢，就是它。”稍后，背着小美他悄声埋怨我：“怎么回事吗你？我是眼花看不清菜单上的字才要你来点的，以后碰到这种情况要积极主动，不能推辞，知道吗?”孙父这么说让我恍然大悟，明白了他那么热情地要我点菜，是怕自己出丑，是担心自己在小美面前露出人老眼花这个现实。也是这句话让我确定他和这位叫小美的是在搞婚外恋，在做对不起自己老婆的事。

人若自私，说话做事必然与常人不同，会令人不齿。诚然，从办案人员所做的沐枫死亡原因通告上看，事故的发生沐枫本人是该负一定责任，可让她那么冲动的原因是孙向华的无情。试想一个姑娘整个身心扑在恋人身上十多年，况且他俩人已超出了一般恋人关系，据说这些年沐枫为孙向华流产多次，现忽然没来由的被所爱之人抛弃，抛弃的原因还是恋人之间最不可接受之原因，是负心汉爱上了他人。碰上这种事谁不愤怒？谁能心平气和地咽下这口气？可孙父不提这些，罔顾前因，掐头去尾地只讲对自己儿子有利的一面。退一步讲，就算那些是事实，那他自己的儿子只是受一点皮外伤，沐枫失去的是生命，作为肇事者的父亲，一个长者，应该对此深怀惭愧、内疚之心才对，可他则不然，从他的言语中听不出一丝一毫对死者、死者家人的怜惜与怜悯，他所关心的是自己儿子吃得好不好，睡得是否安逸，还要求自己的老婆出面向有关方面疏通，尽快放出自己儿子。

所有果，必有因。不同的家庭文化，家风家训，决定着家里人的行为方式。孙父的作为使我想起了谷阿姨说他们的“有其父，必有其子”这句话，也让我明白了孙向华之前说话行事之所以那么自私、乖张、任性不讲理，是有渊源的。面对这样一个认为其他人似乎都是下等人、都不是人的人，我肚子里那忍了又忍的怒火一下子蹿了出来：“你振振有词说事故的主要原因在沐枫，那沐枫她抓挠孙向华的原因你不清楚吗？你儿子始乱终弃有理吗？发生事故后为什么不报案？作为肇事者父亲，你在里面起了什么作用？身为公职人员，你不知道这是什么性质的问题吗？”刚刚还大言不惭把自己儿子说得像受了多大委屈似的孙父，被我这一连串的责问给噎住了，平时那张能说会道的嘴张张合合过多次，也没发出声来。

面对质问，孙向华父亲哑口的重要原因是心虚。在孙向华和沐枫恋爱之初，作为父亲的他并不反对，并且还在金钱上给予支持，只是他的支持并非要儿子珍惜爱情，而是为了让儿子高兴快活。出面反对和沐枫交往是在孙向华考上大学以后，他认为沐枫配不上自己儿子，一边要求儿子尽快和沐枫分手，一边又怂恿着儿子和别人恋爱。还有，作为父亲，第一时间接到孙向华的求救电话后，不是让其积极协助抢救沐枫，竟然让肇事的儿子先藏匿。得知沐枫没抢救过来，依旧没让孙向华去投案，今天带他去自首一是接到了办案人员的电话，二是受到了上级领导的严厉警告。

在内心里孙父压根儿就瞧不起谷阿姨和沐雨，认为她们翻不起多大浪花，同时又认为只要自己老婆出面疏通一下，儿子的事就可大事化小，小事化无，就会被放出来。“儿子在牢里受罪，你做母亲的难道不心疼？还有，向华如被判刑，这必将影响到我，若如此，可别说我对不起你。”怕受儿子连累的孙父对自己老婆表达出威胁之意后摔门而出。

“还是拜托你先和沐雨谈谈，希望她不要咬住向华追究这、追究那的，我家愿在赔偿方面优厚些。”从第一次和孙母交谈后我一直对她很敬重，她平易近人、和蔼可亲的风范，帮人解困的热心与爽朗都让我对她特别敬仰，可今天通过沐枫这件事，她之前在我心中的高尚形象即刻被打了一个大大的折扣。刚才她还说沐雨对问题的认知上有偏差，现在看来她看问题的偏差更大。“区阿姨，不可否认在交通事故中肇事一方多出些钱有利于问题的解决，钱对某些人来说作用会特别显著，但对谷阿姨和沐雨来说未必，以我对她们的了解，以谷阿姨和沐雨的为人，眼下是拿点钱问题就能迎刃而解这么简单吗？显然不是。”

儿子和沐枫恋爱，作为母亲的区阿姨自始至终也是不同意的，理由同样是认为沐枫配不上自己儿子，她的反对之所以没像丈夫表现得那般露骨，是作为母亲的她对儿子知之更深，十分清楚孙向华和沐枫的恋爱有情感因素，但更多的是缘于荷尔蒙。深知此种爱恋是不会有结果的她就采用了不管不问之态度，耐心地等着这场爱恋自生自灭，可对出现这样的结局却没想到。实事求是地讲，得知沐枫死亡的消息区阿姨心里也极为难过，并十分痛恨自己的儿子，作为一个母亲也体会到了沐枫母亲谷阿姨的悲痛，只是碍于面子而不愿放下身段登门致歉。另一点，她想着沐枫的死亡已定性为交通事故，这种情况对儿子的处理不会太重，顶多是拘押一些日子，又认为这样对儿子也好，让他接受点教训对今后的人生之路是有益处的。“就先按刚才我说的原则谈吧。待你和沐雨谈过，看事情的发展我们再议。”在我阐述自己的观点时区阿姨不时地在点头，然而她的点头仅是出于礼貌，她这些话已基本为与沐雨家私下的沟通定了调。孙父不愿去沐雨家致歉我可以将其归类于人品问题，但区阿姨这个态度又让我很费解，既然想减轻儿子的罪责，想尽快解决问题，那为什么连致歉都不愿做呢？还有，从道义上讲，作为母亲，去为被自己儿子所伤害的家人赔个礼，不应该吗？

一辆洒水车驶过，将我喷得湿淋淋的，刚要呵斥司机时，发现自己骑行的位置太靠马路中间，只好把话又咽了下去。也是因洒了水的缘故，路面上出现了一些大大小小的水洼，它们在路灯的照射下，那乱糟糟的折射光将我的心也弄得乱糟糟的。无奈中抬头看看天，灰蒙蒙的天空中既没月亮，也没星星，让人的烦闷更甚。接下来又思考起孙向华母亲为何会这样对待谷阿姨及沐雨这个问题，可想了一路，直到进了沐雨家也没弄明白。

## 5

“不，不接受。”沐雨知道孙向华母亲的意思后一口回绝。谷阿姨是用摇头来表明了自己的态度。以往我参加过几起交通事故的处理，对怎样来定事故性质以及处理结果是清楚的，因此虽然也极不赞成孙向华父母不近人情之做法，可内心对孙母提出的多赔些钱并不反对，想着该给孙向华定什么罪是法律说了算，不是个人私自能左右的事，因而认为收他家一些赔偿未尝不可，这样也实惠些。“沐雨，在交通事故的处理上国家有明确的规定与标准，对肇事者的定罪要看所造成的损失及责任大小而定，一般来讲对此量刑较轻。”“如果是故意害人呢？沐枫定是被孙向华给害死的。”沐雨对我这些解释很抵触，依然坚持着自己的观点。“办案人员不是讲，孙向华骑摩托车行进时，坐在后面的沐枫有不当的行为吗？由此来说，事故的发生，沐枫本人也应有一些责任。”“果真如此，沐枫被摔死那是活该。”沐雨遇事冷静沉稳，说话条理分明有主见，这也是我对她爱慕的原因之一，现听她这句话，心里却多了一点东西，就是感到她的心可真够硬的。“可我决不相信沐枫是意外摔死之说法。我再重复一遍，不要他家赔钱，我要孙向华赔命。

让他的家人也尝尝失去亲人是什么滋味。”沐雨后面这句话一出口我心里“咯噔”一下，第一反应是不是沐雨她因过度的悲伤与悲愤思维已混乱？致使看问题进入了死胡同？

沐雨思维实际上并未混乱，不相信姐姐是意外身亡终究还是缘于对孙向华的不信任，这种不信任的产生根本还在孙向华身上，是他之前的所作所为造成的。在沐雨眼里，孙向华就是个混蛋、无赖，是个无底线的小人，是个玩弄女性的流氓。还有，孙向华父母看不上沐枫，顺带着对沐雨一家人也不尊重，这种不尊重并非有什么明显的过激行为，表现的形式是爱搭不理的轻视与居高临下的蔑视。这对沐雨一家人的伤害很深，而这种伤害又是无形的，让人无法说出口，只能窝在心里，这是一种隐痛。

时间所堆积的负面情绪就像湖面下的暗流漩涡，在某个时机的引领下迸发出的作用力会让人失控。之前性格倔强又倨傲的沐雨已将这种积怨化作了怨恨，待沐枫这件事情一出，怨恨又转化成了仇恨。其实，沐雨心里也清楚以沐枫之性格，争吵中是会做出那些抓挠孙向华脖子的行为，也明白是否构成谋杀罪要有证据，不可能会以自己空口说了算。她如此偏执，目的只是想以此向办案人员施加些压力，让孙向华付出代价，给孙向华父母一个好看，出一口胸中恶气。

陈跃应是和我有同样的想法，疑惑的目光定定看了沐雨好一阵又转向我，眼睛里满是问号，稍后又一次示意我开口相劝。“沐枫若真是被孙向华所谋害，那国法也饶不了他，如若是普通的交通事故，责任人没有被处以死刑的先例。因此，我们不要坐在这里主观臆断，要相信办案人员会秉公对孙向华做出惩处。再一点，尽管他父母做事有不尽如人意的地方，现在我们也没必要计较太多，否则会让人觉得我们……”“什么意思？怎么从你的话里听出了替孙向华一家人开脱的意思？”我的话还没说完便被沐雨打断，她说话时眼睛直直地瞪着我，异样的目光里有排斥、有审视。

看来沐雨已对我产生误会，为表明心迹我即刻站起身道：“在这里我先声明一下，孙向华及家人在对沐枫这件事上的做法我也不认同，也认为他们太可恶，但这种可恶是道德范畴，要一码归一码。之前我参加过几次交通事故的处理，作为朋友认为很有必要将自己知道的东西说给你听。沐雨，要想达到自己满意的结果，是可以多提一些要求，但一定要有理、有节，不能信口乱说。”应是我这些说教味太重的话让沐雨太过难堪，她一反常态对我下了逐客令：“你工作忙，不要过多掺和这些分外之事，时间已晚，回吧。”说完立时转身背对着我。这是和沐雨认识以来我俩之间第一次意见相左，也是她第一次对我这样鼻子不是鼻子、脸不是脸地说话。

“沐雨的意思是你累了一天，早点儿回去休息。”一直半躺着听我们讨论的谷阿姨说完这句为沐雨打圆场的话，又吩咐陈跃：“你送送。”送我出门的陈跃也劝解道：“沐雨的话是有些冷，别太在意，这也是因你俩交情深之缘故嘛。”“这你放心，我不会计较。也怪我，她今天心情不好，不该说那么多话。”“今天你话可不多，作为朋友就该知无不言，待沐雨冷静下来会接受的。”“但愿吧。”陈跃见我情绪低落，伸手拍了我肩膀一下又叮嘱着：“我们和沐雨可都是好朋友，你和她关系又最近，可千万不能往心里去啊。”“嗯，嗯。真的没什么。”自己的一片好心，受到这样的对待，嘴里应着陈跃没什么，可心里感到特别委屈，特别不舒服。

夜深了，劳累一天的人们熟睡了，白天喧嚣的大街上此刻悄无声息。骑自行车走了老半天不仅没看到一辆汽车，就是行人也没遇到一个，想来可能这个世界上的生物全都睡了。一肚子委屈的我边走边回忆一遍今晚自己说过的话，没发现哪里有倾向孙向华及他家人的地方啊？唯一认识到存有不足的地方是对沐雨说的话太坦率、太直接，可转念又想，作为朋友不就是要以诚相待？有一说一、有二说二吗？陈跃不也是这样想的吗？

睡过一夜，我心中的那点不快消去了。也是，想想沐雨她真是挺不容易，父亲已去世，母亲身体又不好，年纪轻轻的她摊上这么大的事，情绪冲动点也是正常现象，也可理解。下班后我又赶来她家，沐雨不在，胡爷爷告诉我她是去了负责沐枫案件的人员那里，同去的有三德子和陈跃。谷阿姨见到我依然是泪水涟涟，劝慰中，得知她一天除喝几口水没吃任何食物，便去厨房熬了一锅粥，做了两个青菜。刚端上桌，沐雨他们回来了，接过我递上的一碗粥，沐雨转手给陈跃："你先吃。""人家怎么说？""还是那些。"沐雨回母亲的话也这么简单，接着又陷入沉思。谷阿姨和陈跃没动筷也没再说话，室内只有三德子吸溜吸溜的喝粥声。陈跃很反感这个声音，目光轻蔑地扫一眼三德子，示意我出门。

"今天什么情况？"接过陈跃递上的烟，还没点，我先问起沐枫的事。"主管这件事的人员说为了慎重，又去了一趟事故现场，回来后经研究已确定这是一起交通事故，可沐雨对此依旧不认同。""见到孙向华家人没？他们是什么态度？""孙向华父亲去了，双方没在一个房间。我过去问了一下，他表示没什么意见，一切听办案人员的。"说完这些，陈跃又愤愤地补充一句："哼，还是之前那副狗眼看人低的样子，不看他是长辈我都会抽他。"看来陈跃还在为那次孙父对自己的鄙薄而耿耿于怀。"孙向华父亲我也不待见，他母亲还行，等下我还要去他家一趟，他母亲还在等我回话呢，你要不要和我一起去？""谈这件事我就别跟去了，碍着我说话还不方便。还有，这件事看来不是一两天就能解决的，明天我先回，有事给我打电话。"陈跃用脚将丢在地上的烟头狠狠踩了两下，又看看四周，压低声音接着道："沐雨只听三德子的，我的话也是一句也听不进去，今天也抢白我两次。""我们都是好朋友，千万不可计较啊。"听我用昨晚他劝我的话回劝，陈跃苦笑着摇一下头，又掏出一支烟点上。

"太遗憾了，沐雨怎么会这么想呢？怎么怀疑起沐枫是被我家向华所害？"已从自己丈夫和办案人员处知道沐雨态度的孙母说话时眉头锁得紧紧的，见我没应声，她将一包中华烟递给我："请抽烟。"然后又问道，"沐雨是什么意思嘛？"自己是个急性子，无论和谁交谈接话都特快，可此刻没立时接话，是在纠结：孙母之所问是什么意思？她是真不明白还是在装糊涂？难道真的没意识到自己两口子之前对沐枫及沐枫家人的漠视会伤人？认识不到沐枫死亡之后自己和丈夫不近人情之做法会带来积怨？思考了好一阵，也没找到答案，于是还是按着自己所想回应道："沐雨这样想问题，是由多种因素造成的，其中向华父亲之前对沐枫及她家人之态度就是原因之一。"自认为还算婉转的这句话，孙母听后马上辩解道：

"在向华的婚恋问题上作为父亲表达出自己的意见，也是人之常情嘛。"

孙向华母亲这句辩白如放在个人立场、放在平时都是无可厚非的，可在目前情况下，却让人难以接受。我清楚自己的脾气，若回应一定很难听，故而没接话。来时还打算着劝劝孙母去一趟沐雨家，此时也意识到已没必要，再想过孙父及沐雨这两人的态度，使我进一步认识到，自己在这件事上已无能为力，遂对孙母说句："夜已深，我回了。"便起身告辞。

6

鉴于沐雨一直不认同沐枫死因的结论，案件一直拖着，开始相关人员还时常来找沐雨做工作，之后逐渐减少，再之后，这件事似乎放了下来。这段时间内，下了班我还是会经常到她家来，沐雨见到我除去礼节性地打个招呼，大多时候都沉默着，初时以为她是心情不好不愿多说话，直到某晚在门口听到她和三德子热烈地议论着什么，顿时意识到自己在沐雨那里已失去了信任。有了失落感之后，就隔些日子过来看看，来了也是只陪着谷阿姨聊聊天，说些宽慰话，谷阿姨应是看出我受到了沐雨的冷落，每当我要离开时，她总会拉着我的手叮嘱着："常来，常来啊。"

"开始我也疑心是孙向华害的沐枫，现既然已定案，老拖着不解决也不是个办法。"两个多月后的一个周日上午，谷阿姨同我谈了一会儿沐枫的事，然后要求我："拜托你和沐雨谈谈，尽快做个了结。"谷阿姨本身就患有高血压，沐枫出事后虽加量吃药，血压还是控制不住，使她整日感觉天旋地转，头晕恶心，站不是，坐不是，只能老躺着。两个多月下来身体更糟，人瘦得皮包骨，多说几句话都气喘吁吁的。"好。听您的，阿姨，等沐雨下班回来，我就和她谈。"

为给谷阿姨增加营养，我就在厅里张罗着给她包饺子吃，先把胡爷爷叫来帮忙，又将谷阿姨从卧室搀出，接下来是和面、剁肉、切菜。包饺子时胡爷爷也对我道："快叫沐雨签字吧，人去世讲究的是入土为安，再说沐枫在太平间冷柜里放太久腐烂了咋说？沐枫姑娘从小就爱美，这样也对不起她不是？"胡爷爷的话惹得谷阿姨失声痛哭，我急忙放下擀面杖搂住她的肩膀，谷阿姨她顺势将脑袋依在我怀中哽咽着。伸手给谷阿姨擦眼泪时，她抓住我的手捂在自己脸上，泪水顺着我和她的指缝涌出。我看着她那骨瘦如柴的双手，心里是一阵刀割般的疼痛，随着一股酸楚涌上，也跟着谷阿姨和胡爷爷哭了起来。

饺子包好，我先去厨房给谷阿姨、胡爷爷煮一些端来，望着我递上的满满一碗饺子，谷阿姨道："太多了，拿个碗来往外拨些，沐雨今天是中班，等下就回。""放心吃您的，阿姨，今天包这么多，沐雨不仅晚饭可以放开吃，明天上班也有的带。"谷阿姨脸上泛出了这些日子难得一见的一丝笑容。

沐雨是和三德子一起回家的，得知晚饭吃饺子，她凝重的脸色稍稍舒缓一些，嘴角也微微向上翘了翘。吃饭时望着她那灰暗而憔悴的面孔，我心里特不舒服，并深为自己的负气而内疚。为让沐雨多吃些饺子，我先点起一支烟抽着，吃的时候也特意地放慢速度，可和沐雨一起回的三德子却没客气，甩开腮帮子风卷残云般一通大吃，最后别说沐雨第二天带了，估计她晚饭都没吃饱。

饭后，谷阿姨冲我使个眼色，然后自己进卧室休息。为不使沐雨反感，也为了表示庄重，我一改自己说话又快又急的习惯，尽最大努力将语速放得平缓又柔和："沐雨，沐枫的事既然已定性，我们这里又拿不出孙向华谋害沐枫的证据，那就签字吧。你母亲身体有病，心里老挂着这个事，也影响她的健康，你看她越来越瘦，身体一天比一天差，我的意见是尽快解决这件事。事情早一天完结，少了刺激，悲伤也会逐渐变淡，这对老人家的健康也有利不是？再就是老百姓都讲究入土为安，还是早点儿把沐枫火化安葬为好。"看来沐雨已极为反感我谈这件事，她的脸色随着我说话逐渐变冷，接下来的回应更冷："那是我亲妈，看着她那么虚弱，我自然也心疼，那这是什么原因造成的呢？在对沐枫死亡疑点没彻底消除，孙向华没受到严惩之前，我决不草率签字。""根据办案人员介绍的现场情况，说孙向华是故意骑摩托车摔死沐枫这不符合逻辑，让人怎么也想象不出谁有能耐将高速行驶的摩托车在撞向山崖的瞬间，把控得那么精准，只撞死后座上的人而不撞死自己？沐雨，我对孙向华还是了解一些的，别看他整天摆出一副嚣张跋扈、牛哄哄的模样，那是为在他们那群人中立万拔份儿，是为了唬人的虚张声势，实际上他是个胆小鬼，他根本没胆量用这种手段害沐枫。在此，我再一次提醒，从之前对交通肇事罪的判罚来看，孙向华判不了重罪。故而这样拖着意义不大。”人的习性真是难以改变，我又一次地顺着自己思路、认知说了这一堆招人不爱听的话。

我和沐雨说话的时候，三德子在一旁打着饱嗝，可能是吃饺子速度太快的原因，此刻还一脸汗珠的他接话道：“这样拖着好，拖的时间越长，孙向华就会在牢里待得越久，说不定能把他拖死在那里。”近来和沐雨之间产生嫌隙，我只想着是因我俩意见不合，她对我越来越冷淡，也只认为是自己建言坦率过了头所造成的。上个星期天和陈跃议论起此事，他提示过我两次，是不是三德子从中作祟。“在我们村知青点上，三德子就爱挑拨离间，搬弄是非，弄得大家不团结、闹矛盾，对此我还批评过他多次。”记得当时我对陈跃的推测还很不以为然，自信地认为以三德子的能力，他是左右不了我和沐雨关系的。就是沐雨在沐枫这件事情上和一圈人顶牛之做法，我也不接受陈跃的沐雨是受了三德子蛊惑之观点，固执地认为三德子是个没主见、没见识的蠢材，他不讲原则地顺着沐雨说话，纯粹是为了讨好沐雨。所以在回陈跃话时还打着哈哈：“三德子整个一童子军，不必多虑。”

三德子应是认为自己这句话很高明，说的时候摇头晃脑，说完习惯性地眯着双眼看着我，继而还冲着我似乎挑衅地抬抬下巴。望着那张得意扬扬的胖脸，想到他吃饺子时只顾自己不管他人的行为，我心中的愤慨是不打一处来，即刻起身对他厉声道：“你除去知道吃还懂什么？就你这幼儿园的水准，连拘押期可顶刑期都不懂，还在这卖弄啥？一边‘稍息’待着去。”三德子被我的呵斥吓得一个激灵，也忘了擦汗，这使他那张胖脸看上去格外油腻。

实际上，在对三德子的认知上是我自信过了头，看走了眼。三德子可不愚蠢，从个人角度来讲，他是相当的精明，说话做事目的性极强，为达到自己之目的可以不计一切，甚至可以说是不择手段。这次在沐枫事件上三德子目的就很明确，不分对错，和沐雨站在同一立场上，借此和沐雨套近乎、拉近情感是其一，二是要借此来整孙向华，以雪前耻。

我这番训斥三德子的话又犯了一大错误，就是顺带着又一次误伤了沐雨。近来这些日子，沐雨什么事都和三德子商量，把他看成了自己最贴心的知己，我如此责骂三德子，自然也触犯了她的忌讳。还有，此时她心里其实已经接受了办案人员对沐枫之死的定性，也清楚按交通肇事罪孙向华不可能被枪毙，之所以不松口、不签字火化沐枫的原因，是存有一些和孙向华父母斗气的成分，故而又顺带不接受我的建议。

“我就不明白孙向华给了你什么好处，使你这样地替他说话？”沐雨看了一眼被我训斥后窘在一旁的三德子，随即转换了话题，这样质问我。“这话有点儿过啊，沐雨，我说这些，目的是想让你丢掉幻想，面对现实，话说得诚恳些而已。从没想过要得到什么好处，再说，孙向华他能给我什么好处？”“劳你费心，幻想与现实我还是清楚的，不需要你来指教。”沐雨淡淡说完这句话，嘴角还向两边拉了拉。

看来自己的话又多了。见我沉默，三德子来了精神，猛一步跨到我面前：“你这样卖力，当然能从孙向华那里得到好处，他母亲不是答应给你找工作吗？”三德子这句话的出处是，在他回城工作安排就绪后，有天晚上我带他去向孙向华母亲致谢，聊天中不知怎么就把话题扯到我若退役之后的工作问题上，孙母表示：“到时可以来我单位开车，不过因户口所限只能是临时工。”那个年代工作都是统一分配，但要符合条件才行，其中最重要的一条就是户口，且这还是硬件，没有一点通融的余地。

临时工就是一份临时工作，没保障不说，待遇和正式工作也相差太多，单位还会根据需要与否随时辞退你。可就是这种临时工，也有很多要求，只是比起正式工稍微宽松一些。孙向华母亲能帮忙给我找这样一份工作已是尽力，不过说实话，对正式工作我很向往，对临时工是没什么兴趣的，因而谢过之后就没放在心上，现若不是三德子提起，都想不起这件事。“项庄舞剑，意在沛公。”三德子此刻抛出这些，其用意可谓是“司马昭之心，路人皆知”。其目的已昭然若揭，贬我而意在讨好沐雨。也是他这一表现，让我彻底信服了陈跃对他的“挑拨离间之本事异于常人”这一评价。

三德子回城上班，是孙向华父母帮的忙，可他们愿意帮忙是我出面相求的结果，就是能去货场开叉车，也是得益于他在村里开过拖拉机。能开上拖拉机，是因胡爷爷求我，我又向陈跃提出要他照顾三德子学点儿技术，陈跃才带的他。“如果一个人深受大恩之后又和恩人反目的话，他要顾全自己的体面，一定比不相干的陌生人更加恶毒。”这是一位英国作家的名言。对照三德子的言行，更进一步验证了这位作家对人性分析的正确性。再一点，通过三德子的这一表现，使我更深刻地理解了“以己度人”这个词语的含义。三德子的价值观是利益至上，因而他眼中的他人也一定都是为了利益而不讲原则、不分是非之人，可也正是这一点，让我认为这是对我人格之侮辱，让我忍无可忍。“混账东西，你以为别人都像你一样龌龊？都是你那样的势利小人？”本来下面还有一连串骂三德子的话，当抬眼看到扶着门框向我摆手的谷阿姨时，即刻住口。“孩子，别生这么大气，气大伤身，回去休息吧。”谷阿姨的劝慰，让我为自己的失态极为羞愧，说句“对不起”转身向外走。

跨出门，我扭头看了一眼沐雨，沐雨的脸依旧冷冷的，眼睛里还含着许多怨怒，不但没有起身相送的意思，甚至连语言上的表示也没有，这让我理解为自己在她那里已无足轻重。

深秋的北京，夜晚气温已很低，如果有了风和雨相伴会更冷，冻得人心都揪成了一个疙瘩，端的是秋风，秋雨，愁煞人。街两旁种的大都是杨树，夜深人静之时，那飘零的枯叶落在头上，给人又增添了一份忧伤与惆怅。听着枝头上叶子发出的呜呜咽咽的哀鸣，郁闷的我心中一会儿是空空的，一会儿又变得沉沉的。

让人没想到的是，这天晚上我对沐雨的理解是我所犯错误中最为严重的一个。实际我走时沐雨所表现的无动于衷并非要赶我离开，而恰恰是想让我留下。在沐枫的事情上，沐雨从内心里是愿意听我建议的，特希望从我这里得到宽慰、鼓励与体贴。反观我之所为，要么是否定，要么是说教，再不就是批评指责，语言尖酸刻薄，口吻似吵架一般，这让沐雨是又失望又苦恼。她故意说的那些气话，目的是为点醒我，故意和三德子走近，也是为引起我的重视。可恨的是，自己采用的是你冷我敬而远之，这次你不接受我的建议以后我就闭嘴不谈的消极之策，这让沐雨更伤心，更生气。反而，这又让我将此理解为她讨厌我，自己这一认知上的偏差致使我俩渐行渐远。

沐枫火化这件事一直拖到腊月中旬沐雨才签字同意，由于在冰柜里放得太久，沐枫面部已呈黑紫色，虽化了极浓的妆，也遮盖不住，遗体告别时谷阿姨看到面目全非的女儿，又一次昏了过去。沐雨让我和陈跃将谷阿姨送回家，三德子与小马及她的同事小苏陪着沐雨去的火化厂。又过一个星期，还是由我们这些人把沐枫的骨灰安葬在她父亲郝所长墓旁，这时已近春节，距沐枫出事已快五个月。

## 7

我是大年初一来她家拜年才知晓谷阿姨中风。看到坐在轮椅上的她，嘴边的拜年话换成了带着哭音的："阿姨，这咋回事嘛？"谷阿姨倒是坦然，说自己的病情时脸上还带着微笑。"没啥，医生说这只是轻微的'中风'，还说过些日子就可康复。"然后又表扬起沐雨："还多亏沐雨细心，稍发现苗头不对就将我送去医院，现在只是双脚不听使唤，其他都没问题。"谷阿姨是在沐枫安葬那天晚上犯的病，想来应是她悲伤过度，情绪波动大所引发。

沐雨大概没想到我会在大年初一的第一时间来家拜年，见到我眼睛里有喜悦、惊讶，当然也有沮丧。对我点过头接着倒一杯水递过来，然后默默地坐在一旁。

"节前给家里写信没？年节期间家里的亲人们会特想你的，记着时常写信回去。""嗯，嗯。"我嘴里应着谷阿姨的叮嘱，目光却落在了她坐的轮椅上。这个轮椅我太熟悉了，第一次来谷阿姨家她说这辆轮椅是沐雨奶奶生前所用，当时没多想还乐呵呵地将它拉过来当椅子坐。后来她丈夫郝所长用这辆轮椅时我心里就生出些别扭，认为它不吉利。郝所长去世后看到谷阿姨在擦它心里是特硌硬。"在我老家过世之人用过的东西要么丢弃、要么烧掉，阿姨您别再擦它，等下我将它丢了去。”“我不信这些，留着是个念想，说不定我上了年纪后还用得上呢。”望着轮椅上的谷阿姨，回想着之前上面坐过的她婆婆与她的丈夫，再结合一下她说过的话，这让始终都不相信宿命论的我为此纠结了好长时间。

陈跃也来给谷阿姨拜年了，他是带着未婚妻一起来的。世间的事有时巧合得让人都不敢相信它的真实性。陈跃的未婚妻竟是我所熟悉的人，是我在汽训队学开车期间去密云潮白河拉沙子时，常去买东西的那家向阳商店里那位个子稍高些的营业员小王。

见到坐在轮椅上的谷阿姨，陈跃也是一脸的惊愕，进门时笑嘻嘻的脸上顿时布满愁云，问谷阿姨的病情时眼睛是红红的。谷阿姨见到陈跃及他的未婚妻时很高兴，那久违的笑容久久地停留在了她清瘦而又苍白的脸颊上。不一会儿，三德子也来了，见到谷阿姨他没先问病情什么的，这一点表明他之前已知道谷阿姨生病的事。大家聊过一会儿，谷阿姨就催促沐雨和我准备午饭，而后她跟来厨房吩咐我：“去给我买个红包，给小王装见面礼用。”来拜年的陈跃不仅带来了未婚妻，还带来了鸡、鸭及鱼、蛋等，看着这些我对谷阿姨建议道：“我们车队刘队长及沐雨商场孔经理这两天也一定会过来给您拜年，要不今儿将他们一并请来，热热闹闹地过个年，冲冲晦气。”“好。”又经谷阿姨同意，在给刘队长打电话时，还请了当年汽训队里也和陈跃未婚妻小王很熟悉的我的教练朱班长与同班战友小马。

沐雨家一扫多日笼罩着的阴霾，每个人都特兴奋，聊天、喝酒、玩牌至天黑。醉酒的陈跃没走，住在了三德子家。我也醉了，醉的原因当然是喝得太多，还有就是因为沐雨对我的态度心存遗憾所致。以前我们在一起时就是不说话，也不管人多人少，只要我看她，她都会将目光对过来，两个人心灵似有感应一般特默契。今天的沐雨让我特失望，在做饭与吃饭期间我瞄过她多次，她是一点儿反应也没有。刘队长与孔经理走后，我本来想主动和沐雨说点儿什么的，可看到天已黑又闭紧了嘴巴。不知为何，这段时间内我和沐雨谈话、说事，如是白天两个人还可心平气静地说几句，若是黑天，每每都会抬杠、拌嘴与争论，不欢而散的结局搞得我都有些神经质了。

8

大年初二，刚吃过早饭，陈跃来单位找我。“我们一起去趟孙向华家，大家朋友一场，去给他母亲拜个年。”孙向华已被判刑，刑期是三年六个月。按以前的惯例，像他这样的交通肇事犯罪一般是一至二年的刑期，也有的是三年缓刑，对他这样判我想应是出事后没第一时间报案，还涉嫌逃逸这方面的原因。至于沐雨对他的不依不饶起没起作用不清楚。

自那次孙向华父母拒绝我的建议后也去过他家两回，一次是孙向华被判刑的第二天晚上，当时他父母都不在家。看到他原来住的房子在装修便问保姆刘阿姨原因，她气恼地道：“孙向华父亲已向他母亲提出离婚，并已将这套房子和他人做了调换，这是新来的在装修。”沐枫骨灰安葬的头天晚上我又去过他家一次，区阿姨知道沐枫尸体已火化后无声地哭泣了一会儿，就没再说什么，我无言地坐了片刻离开了。

在沐枫的事件上，对孙向华我是一肚子的恨，对他母亲也存有不少的意见，因而就没想过去拜年这个事，听陈跃这么一说，想到区阿姨之前对自己的垂青与关照，遂接受了这一建议。“你女朋友小王呢？叫上她一起去。”“孙向华因女朋友的事在坐牢，我如果带着未婚妻去他家，区阿姨见到会伤感的。”陈跃的这份细心让我自叹不如。

这几年春节期间我都会来孙向华家拜年，往年热闹的他家今年很清静，家里只有他母亲和他妹妹向菲。见到我们，脸上露出欣慰笑容的区阿姨边说着致谢的话边倒水、递烟、剥糖、削水果，她这一通热情款待，使我来之前心中还存有的些许气愤、怒怨一下淡去了许多。聊过一会儿家常话后孙向华自然是绕不开的话题，向菲妹妹介绍了几句他在劳改场的情况后，区阿姨接过话道：“自向华被拘留至今我们都没见过面，原来计划这两天去他服刑的所在地天津一趟的，可近来我身体不舒服，若向菲一个女孩子去那种地方我又不放心，你开我的车陪她去一趟如何？”区阿姨说自己身体有恙我知道这是托词，真正的原因是对探视自己服刑的儿子有所顾忌。其实对此我也腻歪、也顾忌，另一点是节日期间，由于单位里一部分人回老家探亲，弄得这些天排班都紧张。“区阿姨，这几天单位事忙不好请假，要不让萧涵或鸿涛陪着向菲去？”“你是知道的，我一向反对向华和社会上的人交往，嗯，嗯，”区阿姨想着下面的措辞时，一旁的向菲道：“我妈是想让你去和我哥多谈谈，好让他安心改造，争取减刑早日回来。”

向菲五官和她母亲很像，身材却细高。她不长的头发在脑后扎一个鬏，这使她看起来既干练又有一种浓浓的学生味，还不失女孩子的温婉可爱。区阿姨看我的目光很殷切，向菲说话时圆溜溜的眼睛里透出的目光也十分真诚，一边的陈跃也示意着我不可拒绝。“行，那就暂定明天去，我这就回单位把明天的白班调成夜班。陈跃，明天能一起去吗？”“没问题。”听了陈跃爽朗的回应，区阿姨先吩咐他：“去把你未婚妻小王接家来，我请大家去松鹤楼吃饭。”然后又叮嘱我：“你也快去快回。”

第二天，我和向菲、陈跃几个人一起来到了天津孙向华服刑的地方。在接待室孙向华见到我们施礼时眼睛里是红红的，鼻翼也不住地抽动着，一副要哭的样子，这可是认识他以来从未有过的现象。孙向华似乎胖了些，看着他硕大的光头，我想起了坐在轮椅上的谷阿姨以及去了天国的沐枫，胸中不由得升起一股怒火，听到他对向菲说出自己被判刑很委屈时，那股怒火立刻燃爆。“你这个肥头大耳的蠢货，自己不知道自己是个什么玩意儿吗？读书时你不思进取，忙的是打架斗殴，恋爱期间你朝三暮四，吃着碗里想着锅里的，致使爱你十多年的沐枫丢了生命。现她母亲因过度悲伤而患病坐在轮椅上，你自己父母也因你而离婚，不是我给你扣帽子，你自己扪心想一想，这些年你除了祸国、殃民、害亲人，做过什么有益于社会、有益于家人幸福与荣耀的事？他人骂你混蛋、人渣一点都不为过。你还口口声声为自己被判刑而抱屈，你有什么可委屈的？醒醒吧你，以你的所作所为，这不是咎由自取吗？按老百姓的话说，这不是活该吗？万事皆有因，有因必有果，天道轮回饶过谁？”开始我还是压低声音呵斥他，之后便怒吼起来，直到陪我们的管教人员给端来一杯水，我才止住怒骂。

“哥，沐枫的死虽属意外，但你是负有不可推卸责任的，因此对你这个判罚一点也不重。不要埋怨这、埋怨那，要多思自己之过。”向非刚批评完孙向华这些话，陈跃也接着骂起他道：“对，沐枫的事，你小子做得是忒不地道，想想她，你委屈啥？在我看来，法官对你判得轻，若是我，非将你这个混蛋枪毙不可。”“向非说得对，做人要知道反省自己。‘静中观心，真妄毕见’，反省是一面镜子，是一剂良药，是把自己引向有尊严、有人格的阶梯。我们不是常说‘人每天要三省其身’嘛，不过这你也做不到，但每晚临睡前反思自己一下总是可以的。弄清楚什么是对，什么是错，分清是非后做事才不会犯糊涂，才能少走弯路不犯罪。说一千，道一万，今天我们来的中心意思是，希望你认清自己，痛改前非，重新做人，不辜负你母亲及大家伙对你的期望。话就说到这里，望你好自为之。”孙向华在我这一通训斥与臭骂中流下了眼泪，临别，他将我的手握得生疼。

回京的路上天已黑，坐在副驾驶位置上的向非看到我在会车与超车时，不时地变换着车的远、近光大灯，感慨道：“光束之远近决定目之所及，在这幽暗的夜里，光线显得尤为重要，不可或缺。但愿我哥哥他经此一厄，心中能透进一丝亮光，改弦易辙，不再像以前那样混混沌沌地瞎折腾了。”声音清脆甜美的向非说这番话时语音是沉沉的。

## 六　花瑟瑟

### 1

沐雨订婚了。

她订婚的日期是五一劳动节这天，我是头天接到三德子的邀请：“谷阿姨要你明天中午去家里吃饭。”“有什么事吗？”“她没说，只交代要你务必去。”三德子神秘地笑着，汗渍渍的脸上闪着油亮亮的光。

“今天是给沐雨和三德子订婚。”酒过三巡，谷阿姨说出了宴请大家的目的。人逢喜事精神爽，这天的三德子是神采奕奕，不但眼睛里闪闪发光，那张大嘴也是笑得快咧到了脑后，饭桌上给我敬酒时总感到他那张胖脸上的笑容里有一股别有用心的味道。喝起酒来他也是少有的豪爽，用手中的酒杯和我手中的杯子撞过一下说声“干”，然后扬起头夸张地一口吞下。我没有陪着他一起喝，而是将目光转向和三德子并肩站着的沐雨。沐雨在给我倒酒及敬酒过程中，眼睛一直盯着酒壶和酒杯，此刻她非常清楚我目光所在，可她始终没看过来。

这天中午，面对这扎心之事，酒桌上的我虽极力控制着内心的伤感，还一次次地告诫自己，要像个绅士似的保持镇定，要坦然面对并接受这一现实，可由于伪装得过了头，使往日酒桌上爱逞能话又多的自己，这天不仅少言语还忘了给人倒酒敬酒，对他人的敬酒也只是端起杯回应一下又放下。我的脑袋里是木木的一片空白，唯一想的是尽快逃离。

“傻小子，振作点儿。”按惯例领导们退席都较早些，送刘队长至大门口，他目光严厉地瞪了我一眼后，又来了这么一句。和他一起走的孔经理对我则先是微微一笑，接着又意味深长地点点头。

“母亲身体不好，要人照顾，我只能守着她。”送走刘队长他们，我正在影壁墙处抽烟，沐雨走过来将声音压得低低的这样道。在宴席上听到谷阿姨说出“今天给沐雨和三德子订婚”这句话后我一直在责备自己，懊悔自己在沐枫的事情上处理欠妥，导致沐雨将绣球抛给了三德子。此刻她这句没头没尾、局外人听来一头雾水的话却让我清楚了她选择三德子除去情感的因素外还有其他成分，最起码不全是我在沐枫事情上处理不当这一种原因。

沐雨在选择三德子之前是认真考虑过我的。故宫博物院后门初见时，沐雨对我虽没什么想法，但眼缘颇佳。在去接她父亲出院那天已对我心生好感，后经过密云山村的那次夜谈，心中的好感已上升为喜欢，再后来通过一起复习功课，随着接触的增多，喜欢已升华为爱恋。她心里也反复思考过我是外地人这一现实问题，但经过再三斟酌、忖量，最后情感的砝码还是遵循本心，在陈跃、三德子和我三个追求者中还是意属于我。她思想起变化是沐枫出事及母亲身体出状况之后，成为家中唯一之女的沐雨面对这些现实问题，接受了三德子的追求。

说心里话，理智上我也认同沐雨选择三德子，首先他二人有一起成长、一起下乡这种经历，两个人是有感情基础的。再就是三德子能和沐雨厮守在一起照顾谷阿姨，这一点自己就不行，试想若自己退役后回乡，让沐雨带着母亲去我老家乡下生活也太不现实，之前刻意和她在情感上保持距离的大部分原因就是基于这个考虑。“我理解，理解的，以后把我当作你的知心朋友吧，有什么需要，有事尽管找我、尽管吩咐，只要你要，只要我有，啊不，是淡淡的那种，烦闷时一起聊聊天。”沐雨是否接纳我这个请求不清楚，眉眼低垂的她还没表态时，看到陈跃走来，便转身去了厨房。

“要愉快地接受自己成为别人的过去哦。”和陈跃相识是那次去他们村摘梨，成为好朋友是在他接受了我要求其不再追沐雨的规劝，并积极帮助办理沐雨回城手续之后。此时他说的这句话是那个时候我对他的调侃之语，今天又被他一字不差地奉还给了我。

面对似笑非笑的陈跃，我哑然失笑，抽完一支烟，对我的落寞十分同情的他拉我一起回厅里和谷阿姨辞别。谷阿姨对陈跃要她去密云山村游玩的邀请愉快地回应着：“好。自坐上轮椅就没出过门，真想去走走看看，等夏天吧，到时让这个傻小子送我去避暑。”谷阿姨说的傻小子是我。“以前听刘队长叫你傻小子，还为你抱冤，现在看来还真没冤枉你。”对谷阿姨的评价我依旧是咧嘴苦笑。“常来，常来家啊。”临出门，她又是依依不舍地叮嘱着。

“这什么事嘛？唉，唉。”走出大门口陈跃感慨过又嘱托我道，“你离得近，要时常过来陪陪谷阿姨，她心里太苦，太孤寂了。哥们儿，无论怎么说，沐雨我们都是好朋友，你可不能像有些人那样小肚鸡肠，追不到就形同陌路，自此不相往来，这可让人看不起。沐雨有事该帮还要帮，朋友还是要做的嘛。”“嗯，嗯。”对谷阿姨我是怀有深厚感情的，以后的日子里正像陈跃说的那样，该来还来，遇事还是积极地出手相助，只是来家的时间会尽量和沐雨在家的时间错开，就是遇上，交谈也不多，只限于问候类的客套话。

2

春节前，商场按惯例要备足货物，孔经理来我单位请求派辆车去义利食品厂拉糕点，车队派我出车，商场安排的跟车人是沐雨。沐雨选择和三德子订婚，爱自然是主因，但其中掺杂的让三德子帮忙照顾母亲的这一私念又使她心里总有些内疚。可莫名的是，面对三德子时她反而很坦然，见到我却有忐忑、沉重的愧疚感。我也是这样，自沐雨和三德子订婚那天起，心里总感到对不起她，行为上躲着，内心里又特想见到她，真见了面心里又特紧张，嘴里还无话可说。这天又是如此，卡车驾驶室内空间狭小，这让人的拘束感更甚，平时加减挡我不用踩离合器都很平稳，今天每个动作都按规矩踩着离合器，还“咔、咔”地加不进挡位。直到行驶出几公里，沐雨问起学习上的事，这种紧张与拘谨才缓解，接下来是小心翼翼地围绕着这个话题，一直谈到菜市口附近的义利食品厂。

这天来拉货的车辆在门口排起了长队，已近中午，还装不上车，我俩便去旁边的餐厅吃午饭，里面的人也很多，等座位时沐雨先去收款台点菜，待我们等到空位坐下，看到服务员摆上桌的两荤两素四个菜及一扎啤酒和两盘饺子，马上起身道：“我们只有两个人，两盘饺子已足够，其他的退掉。”那时因公在外就餐午饭的补助金额是五毛钱，这大概就是一盘饺子钱，可沐雨要的这些我粗略算过要花十块钱以上，这超出的部分自然是她自掏腰包。这天是给她单位拉东西，她埋单我也认同，可花这么多我无法接受，还有个难言之隐是，自己兜里没这么多钱。

“菜出单就不能退。”服务员回话时一脸的无奈。“那把酒退掉可以吧？开车不能喝酒。”“喝杯啤酒没关系的，按上午的装货速度，下午下班前能装上车就不错了，到时酒劲早已过去。菜也不多，你能吃多少我是清楚的。”沐雨边说话边往杯子里倒酒，话说完杯子已斟满，将一杯递给我，自己举起另一杯：“来，我陪一杯。”

“不用，早上走之前已交代过食堂给我留饭。”回到沐雨单位卸完车，已近晚上十点钟，谢过沐雨要我去家里吃饭的邀请刚要走，她将一包点心递给我：“也好，累了一天你也早点儿休息，若没留饭就吃些点心吧。”“怎么好意思收嘛？午饭已花你那么多钱。”对我的拒绝，沐雨有些不高兴，瞪着我的眼睛里有气、有怨，还看到了关爱。片刻之后嘟着嘴的沐雨把点心包往我手中一送，嫣然一笑转身而去。

情义虽不能用金钱来衡量，但除去利用，肯心甘情愿为你花钱的人一定是对你情深义重之人。中午那顿饭钱大概是沐雨半个月的工资，我手中沉甸甸的这包点心也要花不少钱，望着已走出商场大门的沐雨，我胸中涌起一股热浪，相伴而来的是幸福、甜蜜、温暖。可想到她和三德子已订婚，这让我又再一次地警告自己，以后和沐雨相处中友谊归友谊，情感上的事不可多想，也不能去想，要注意分寸和距离，免得他人误会是其一，重要的一点是别让自己误会而自寻烦恼。

3

“沐雨跳楼了。”

午饭后，我正在值班室看报纸，乍听到小马这句话，我呆愣了好一阵，急忙蹿到他面前：“在哪？什么时候的事？沐雨她伤势如何？”手扶着门框满脸汗水的小马：“在她们商场，上午的事，别的不清楚，我去商场买东西听到人议论就立马跑回来。”小马的话还没说完，我已冲出了大门。

沐雨工作的商场距我单位不到一公里，临街的主营业厅有两千平方米左右，围着的是一圈平房，这样的规模在20世纪80年代已算是一大型商场。营业的大门开在东侧，西侧是员工通道，从这个门进去是一座三层小楼。这栋楼是砖木结构，层距不高，目测从房顶至地面不超过十米的样子，我熟悉的商场负责人孔经理就在三楼办公。小马和我刚跨上楼梯第一个台阶，孔经理正好从上面下来，见到我们一脸懊丧的他摇摇头道：“怎么会这样嘛？真让人想不到。”走出楼道，他指着小楼一侧又道："沐雨就摔在这。我在局里开会，接到电话就往回赶。"由于挂念着沐雨的生死，不等孔经理把话说完就急忙问："现在沐雨人呢？""正在医院抢救。"

沐雨在工作上既能干又负责，一年前已被商场食品部提为副食组副组长，下个月组长要退休，所在部门拟提她为组长的报告已送孔经理处，谁知此时她怀孕了。

时代不同，人们对事物的认知自然也不同。20 世纪 80 年代之前，人们根本不接受未婚先孕这种事情，认为这有伤风化，是一个人作风不端之表现。那时候对结婚年龄要求也严格，距规定的年龄差一天都不能办登记手续，就是去医院做流产也不是一件简单的事。上午商场相关负责人找沐雨谈话，告诉她缘于怀孕之事在员工中负面影响太大，故而先暂停她所担任的副组长职务。单位做出这样的决定是可以理解的，现实生活中人们特乐意议论这等事，还不忘加上自己的想象加以渲染，使当事人灰溜溜的，无法抬头，无法展开工作。正所谓"三人成虎，众口铄金"。负面舆论对人的伤害有多大，体会过的人都懂。

"只是暂停副组长的职务，这也是不得已而为之嘛。当时沐雨她也诚恳地接受了批评，怎么转过脸就出这种事？真让人费解。"孔经理说到这里，我们已赶至医院，进门前小马问："沐雨怀的是谁的孩子？"孔经理："据说是她男朋友三德子的。"

"现在沐雨是什么情况？"在抢救室门口，送沐雨来医院的商场食品部王经理两手一摊，回孔经理道："还在抢救中，不清楚。""医生怎么说？"一同来送沐雨的小苏抢先道："问过出来的医生，人家没回答。"小苏与沐雨是同事，两个人关系很要好，情同姐妹，说话时眼泪汪汪的。

"沐雨历来做事都挺冷静的嘛，怎么会这样？"小苏没回我所问，先使了个眼色，然后带我走去一边才悄声道："沐雨姐说，有天大清早三德子闯进了她房间里，由于三德子力气大没挣脱。""我是问沐雨怎么会跳楼呢？""这我不清楚，当时我正在班上，是听到喊声才跑过去的，同事们都议论说，沐雨姐是受到批评想不开。”小苏话音刚落，孔经理拿着一张表格走过来道：“医生要求补签一下做手术的家属签字，沐雨家里只有一个患病的母亲，现也不便通知她，我意见是你和我代表家属签。”按常规来讲我是没资格签这个字的，可是沐雨母亲谷阿姨目前之身体状况，的确是不能贸然让她知晓此事，在场的人我和沐雨的关系又最近，因此也就没犹豫，接过笔在家属那一栏写上了自己的名字。

刘队长和朱班长来了，他和孔经理商议两句，转身对小马我俩道：“沐雨的手术还不定要多久，你俩现在去她家陪陪谷阿姨，先不要告知她沐雨受伤的事，至于接下来怎么解释，要等沐雨手术结束视情况而定。”往日执行刘队长交代的任何工作都应声而动的我，今天因实在放心不下手术中的沐雨，拒绝中又有央求道：“不。我要在这等沐雨，让小马一个人去就可以嘛。”平时说一不二的刘队长今天也有了少有的通融一面，看过我一眼后冲小马一挥手：“小马，快去。”

自听到沐雨跳楼的消息心里一直都处在惶恐与焦虑中的我在急救室门口坐立不安，随着时间的推移心中的惶恐变成了恐惧，焦虑变成了焦躁，在楼道里东一头、西一头地转起圈来，当又一次转到楼门口迎面碰上了三德子。可能是我脸上的表情太吓人，三德子即刻停下脚步惊诧地望着我。

“你个蠢货。”因胖，三德子平时就爱出汗，此刻随着我这一声呵斥他一哆嗦，那张胖脸上的汗水顺着那肥嘟嘟的下巴往下淌。“我真没想到会这样啊。”我没吃准三德子这句话是对沐雨怀孕没想到还是对她跳楼没想到，不过他这句话在我听来都是没担当的狡辩，这让正为在生死界上徘徊的沐雨而焦虑万分的我怎么也压不住胸中的怒火，对着他厉声大骂道：“没想到你强迫人做那种事！”

三德子没敢与我对峙，向后退了两步畏缩在门一侧，可心里对我的斥责并不接受，认为自己和沐雨已订婚，住在一起又没犯法，沐雨已是自己的人，只要沐雨不说他人无权指责。“我们已订婚。”听到三德子嘟哝出这句话，怒火中烧的我一下子炸了：“混账玩意儿，订婚又不是结婚，能胡来吗？”和着骂声我早已攥紧的拳头就打在了三德子脸上，三德子杀猪般号叫起来。

“闭嘴，再号掐死你。”三德子噤声了，但狂怒的我并没停手，对他时而用拳，时而用脚是一通拳打脚踢，直到被随后赶来的三德子母亲给推开。“凭什么打我儿子？”“你问他。”鼻青脸肿的三德子爬起身抹了一把嘴角淌出的血，一声没吭，向大门外走去。

“我怎么养了个你这样的窝囊废儿子。”对自己儿子之表现特不满的三德子母亲冲他骂完这句后，转身走进楼道里在刘队长面前告状道：“你的人把我儿子打得满脸是血，你做领导的可不能不管。”“有这事？我们没出门不知道啊。”打人的是我，我是刘队长的部下，本应刘队长出面表态，可回应的却是孔经理。见三德子母亲张嘴又要说什么，孔经理抢先道：“你儿子挨打的事先放一放，以后再说，现在请你先去办件正事，沐雨抢救费还不足，你去收费处再交些。沐雨可是你未过门的儿媳妇呢。”三德子母亲告我状的嗓门很响亮，回孔经理话的声音却很低，门口的我距她不到十米远的样子都没听清楚她说的是什么，不过她并未去收费处交钱，而是坐在地上呜咽起来。

“大妈，抢救室门口需要安静，咱到门外透透气。”朱班长边劝着三德子母亲边搀扶着她向外走，行至门口三德子母亲对我又是一通嚷嚷：“凭什么打我儿子？下手还那么黑，凭什么你？”和她的话正相反，我一直认为刚才揍三德子并未使出全力，下手还是留了情的。不过经她这么一提示感到手背上是有些异样，抬起来一瞧上面脱有拇指盖大小一块皮。“大妈，别再嚷嚷，回头我一定批评他，单位也会严肃处理的。”被朱班长拽走的三德子母亲剜了我一眼又道：“你等着，别以为这就完了，打我儿子我跟你没完。”

三德子母亲50多岁年纪，之前做邻居时和她没什么交往，对她有所了解，继而生厌，是在沐雨家院子腾退的时候。她家是第一个搬走的住户，可又是麻烦最多又没完全搬走的一家，胡爷爷之所以到现在还没搬走，就是因她的胡搅蛮缠。一天我到谷阿姨家玩，正好碰上嫌分配房屋小的三德子母亲在和负责这项工作的人员吵闹着：“一套三居怎么够住吗？我家人多，要想让我公公搬走除非再分我家一套房。”在腾退工作之初，是她代表家人在协议上签的字，可等房子分下来她和两个儿子搬去后立马要起无赖，要求再增加一套，否则就让胡爷爷赖在大门口那间房内不走。

“阿姨，你家在这里是三小间平房，现在分配给你家的是一套三居室，不仅增加了面积，又多了卫生间、厨房及一间大厅，怎么反而不够住了呢？”面对工作人员的质问，三德子母亲是这样回答的：“之前是两个儿子住在一间房内，如今他们已到了快成家的年纪，以后结婚还能住在一间房内吗？现在我住一间，他俩一人一间，这不就没他爷爷的地方了吗？”“你大儿子在外地读书，户口已随迁去学校所在地，按规定没户口就不在分房的计划内。阿姨，我是按政策办事，您的要求没可能。”工作人员明确拒绝了三德子母亲的要求。

“沐雨妈，你家就三口人，又是两个女儿，院内这么多房间，空着也是空着，你说一声让他爷爷留下得啦。反正他一把年纪也活不了多久。”与工作人员纠缠无果后，三德子母亲转过脸又找起谷阿姨麻烦。谷阿姨显然没想到有人会这样说话，重复过几遍“你怎能这样讲话”才找到反击之言：“岂有此理，我家几口人，是男是女，住多少房子与你何干？你有什么资格提这种无理要求？”“哟、哟，刚给你平反，这尾巴就翘上天了？以我的意思就不能对你这个臭老九客气，稍一客气就忘了自己姓啥。”

谷阿姨以前是一名中学老师，后因故被贬去做翻砂工，头年上级单位对她之前受的处分已明确宣布撤销。听过三德子母亲的一派胡言，谷阿姨冷笑了两声道：“从未反过，何来平反？我的问题和这房子的事是一样的，是落实政策，懂吗？不懂别瞎说。”“少跟我咬文嚼字地来这一套，反正不给我家再分一套房，想让他爷爷搬走，没门。”看三德子母亲一味地和谷阿姨无理取闹，我上前劝她道：“大妈，房子的事要找相关单位去谈，谷阿姨解决不了这种事。”“不归她解决归你解决？你一个外地人干吗老往她家跑？别以为我不知道你操的什么心？”“大妈，别这样外地人长外地人短的，北京是你家私有的？另外，我老来谷阿姨家是因她人品好，有学问，不像有些人似的谁见谁讨厌。”

“叫谁大妈呢？我比你谷阿姨还小三岁呢，你为什么称她阿姨而叫我大妈？”被我的讥讽之言给噎住的三德子母亲，喉咙像被什么东西卡住似的，伸长脖子扭动着，嘴巴嚅动过好一会儿才冲我这样嚷嚷起来。一直站在影壁墙处的胡爷爷实在听不下去自己家这位逮谁咬谁的儿媳妇瞎咧咧，急忙走过来又拉又拽地将其弄走。

这种撒泼耍赖想多要一套房的无理要求自然没得逞，三德子母亲自然也不让胡爷爷搬去新房内住。胡爷爷对此无助又无奈，想走没地儿去，留下又愧对于人，致使他一天到晚都处于忧愁、苦闷、不安之中，见到沐雨及其家人都不好意思抬头。拖过一段时间，谷阿姨实在不忍心看到胡爷爷痛苦的样子，遂让沐雨出面挽留胡爷爷留住原处。

沐雨在急救室内的时候，我心里是紧张和担心交织，沮丧与压抑交替，待双目紧闭、脸色如同一张白纸似的她被护士推出，我腿软得直打晃，若不是朱班长扶一把差点儿趴下。“病人的伤主要有两处，一为腰椎，还有就是意外流产对身体所造成的创伤，不过手术很成功，已脱离生命危险。”主治医生的话虽不是什么喜讯，但守在门口的大伙还是倍感欣慰，相互交换的目光里都是喜悦。刘队长拧着的眉头舒展了些，孔经理也如释重负般地长长吐出一口气。“腰伤能康复吗？”“这个问题现在不好回答，要看创伤的愈合情况以及伤者自身修复能力的强弱而定。”“怀的孩子怎么掉了呢？以后还能怀孕吗？”三德子母亲挤上前问起了自己所关心的问题。

三德子母亲十分喜欢沐雨这不能否认，在沐雨小时候喜欢她的聪明与乖巧，沐雨出落成大姑娘后喜欢她的漂亮与懂事。自己儿子三德子长大后便鼓励他去追沐雨，特别是沐雨姑姑回来探亲之后，她给三德子的鼓励是现实又直白：“沐雨家又有房又有钱的，儿子，一定把沐雨追到手哦。”五一节那天儿子和沐雨订婚后，她高兴得多日都没睡好觉，好多次打个盹的工夫都会笑醒。头些天得知沐雨怀孕乐得又是几天嘴都合不上，特意跑去商场几次观察沐雨的动态，并以自己的经验认为沐雨怀的是男孩。这可是自己人生中无可比拟的头等大事、喜事，昨天还催着三德子快办结婚手续呢，现突然听到沐雨因摔伤而流产，急得问医生的话语里都夹着哭音。

一脸倦容的医生对三德子母亲此问极为反感，眯缝起眼睛看了她好一阵才回了一个“切”字，然后便和护士推起沐雨向楼道深处走去。

孔经理安排小苏留下照顾沐雨，随后和刘队长带着朱班长我们一起来到沐雨家，转过影壁墙，看到的是陈跃正在抽跪在谷阿姨房门前的三德子，口中骂的也是“混蛋，混账”这类话。站在一旁的胡爷爷见到我苦着脸道：“爷们儿，快劝劝陈跃别这样嘛。”“你求他干吗？他更恶毒，刚才在医院差点儿没把你孙子打死。”先一步上前护住儿子的三德子母亲冲胡爷爷叫喊完这些，又伸长脖子冲着刘队长道：“打死人啦，你做领导的管管啊。”

在医院我揍三德子时刘队长没出面阻止，开始我真信了孔经理说的，是他们不知道。刚才朱班长告诉我，当时听到三德子的惨叫声，刘队长和孔经理走到门口看过一眼继而俩人对视后又立马转回了抢救室门口。此时刘队长依旧没有理会这事的意思，似乎没看到陈跃在干什么，也没听到三德子母亲呼喊似的，径直走去谷阿姨房前，轻轻敲起门：“谷阿姨，谷阿姨。”见室内没回应，他转身问小马：“这是？”小马指了指三德子：“是他给谷阿姨说了沐雨的事，我不让说，他不听。”刘队长闻此，怒视着三德子说句“败事有余 ”，接着又敲起门：“谷阿姨，我是小刘。”门开了，刘队长请孔经理先进去，自己进门时，对跟在后面的我们几个摇摇头，随即将门掩上。

退下台阶，陈跃急火火地问我：“沐雨情况怎样？接到小马电话太慌了，都忘了问是哪家医院。”“医生说已脱离生命危险，可又说腰伤很严重。”“有多严重？不会也坐上轮椅吧？”“医生的意思是要有这个思想准备。”闻此陈跃又怒了，大骂三德子道：“你等着，沐雨若有个三长两短，我非弄死你不可。”“怎么着？打我们打上瘾了还？沐雨是我儿子的媳妇，关你们什么事？我要告你们去。”红了眼睛的陈跃跳起老高，冲着三德子母亲：“告去，告去。”见他作势又要动手打三德子，小马连忙将他拉去一旁。

谷阿姨血压高，心脏也有问题，沐枫出事后她因太过悲伤而“中风”，坐上了轮椅。沐雨的腰伤能治愈还好，否则又只能在轮椅上生活，若娘儿俩都如此，这让人怎一个“愁”字了得？焦虑又焦躁的我急得在房前又是团团转。“接下来我该做什么？”三德子怯怯地走来我跟前，哆嗦着掏出一支烟递上，见我拒绝他将烟放入自己口中，他嘴角处还带着血迹，把烟的过滤嘴也染红了。一只眼睛肿成了一条缝的三德子，另一只也是瘀青着，之前他爱眯着眼睛看人，现在是努力地睁着。看到三德子被我和陈跃打成这个样子，心中生出的一丝怜悯又被他这句话给冲没了。“你能干什么？你不添乱就好。”说完冲他挥了挥手。三德子被母亲拉走后不长时间，从谷阿姨房内走出来的刘队长吩咐我：“谷阿姨刚吃过药，让她休息一下，你守在这，不要让人打扰，熄灯前回单位就行。”接着叮嘱陈跃：“今晚辛苦你在这值守，有事给我和孔经理打电话。”

沐雨手术第二天我来医院探望，病床上的她目光呆滞，神色凄楚，伤痛的折磨使她时而眉头蹙起，时而重重吐纳，往日丰盈又红润的脸庞这时苍白得没有一丝血色，依次看过陈跃与小马我们几个，便无力地合上那失去了神韵的双目。

再次来医院探望沐雨这天下着雨，室内外温度都不高，可紧闭着眼睛的沐雨脸上却全是汗。“怎么回事这是？”陪住的小苏道：“护士刚给换过药。”听到我的声音沐雨睁开了眼睛，目光和我对视也就两三秒钟的样子，急忙将头转向了另一侧。“小苏，我的头发。”“哎，哎。”小苏放下手中的水杯，拿起梳子给沐雨梳起头来。沐雨是侧着脑袋，梳头也只能是把额前及贴在脸上的几绺头发往一边给拢拢。“疼吗？”“还好。”沐雨回我话的声音又细又弱。“感觉好些吗？”“还行。”又是简单的回应后，沐雨将小苏用来给她擦汗的毛巾蒙在了自己脸上。爱美是女人的天性，女人在什么时候都特在意自己的形象，都愿以漂亮的面目示人。病中的沐雨亦如此。在后面的交谈中虽看不到沐雨脸上是什么表情，可苦闷了几天的我却为她这一可爱行为无声地笑了。

“你老过来不影响工作吗？”这是我又一次来探望沐雨时她对我说的第一句完整的话。“没事，最近朱班长特意为我调了一下值班表。还疼吗？”“好多了。”沐雨的声音依然很细弱，但脸色已不像刚做过手术那些天那样灰暗，头些天干裂、毫无血色的嘴唇也已恢复了往日的充盈与湿润，更令人欣慰的是她的目光也不再躲我。

“我妈呢？她还好吗？”沐雨问这句话时是犹豫与忧虑的。“放心，她一切都好。我和陈跃及小马对她的生活已有安排，没让来医院是担心她身体。”沐雨脸上的忧虑缓和了些：“你和小马工作忙，陈跃离得又远，老麻烦你们也不合适，你去居委会登记下，给我妈找个保姆。”“开始有过这个想法，可你母亲不同意，说自己生活能自理，要我们把生活用品买回去即可。”这天和沐雨聊了好长时间，直到被护士催才离开。

一个阳光明媚的下午，当我走进医院的大门就看到了坐在轮椅上的沐雨在草地中央一棵梧桐树下看书。上次来已从主治医生那里了解到沐雨身上其他的伤已基本痊愈，只有腰伤还恢复得不理想。沐雨头发长了些，被她用一条丝带扎在脑后，因扎的位置在发梢，使头发蓬松着，也是因系得松散的缘故，还有几绺没揽住的在眼前飘忽着。这看似简约又朴实的梳妆，却让沐雨展露出一种慵懒中有些许神秘、恬静与典雅之美。

“什么书看得那么认真？”“成考还有几门没过。”抬头看到我手中的花，笑靥如花的沐雨在亲吻花的那一刻美得不可方物。“这些花真美。”沐雨在花的芬芳中陶醉了。“花是很美，可世界上还有和花同样美的，那就是你。”我脱口而出的赞美让嘟着嘴欣赏花的沐雨一下子满面通红。稍许她用细白的牙齿咬住了嘴唇，然后将头转向一侧浅浅地笑了。望着美如画的沐雨我也笑了。

“怎么外面有人说我是跳楼？这从何说起嘛？那天我是想在楼顶上透透气，谁知眼一黑就什么都不知道了，我已给单位里说明了这一点，请你在熟人之间也替我解释一下，给我正名。”跳楼和坠楼虽一字之差，可它们的含意却大相径庭，坠楼是意外，能得到人们的同情。跳楼是自己故意为之，在世俗的眼光里这么做是一个人无能、懦弱之体现，不但得不到同情，反而令人耻笑。

小马给我报信时说沐雨是跳楼，小苏和孔经理的叙说与介绍也说她是因未婚先孕受到批评后出的意外，言外之意就是跳楼。这说法有起因，有现象，有理有据，因果相连。由果推因，是生活中人之常情，人们听后都会往跳楼这方面想。

沐雨这个解释我认为也具说服力，更经得起推敲。妇女孕期大都伴有头晕、恶心等不适。那天我清楚地看到她单位那栋小楼房顶上的护栏很矮，沐雨个头又偏高，因头晕歪倒而坠楼极有可能。另外，从沐雨复习功课这一现象上看，也足以证明她的话是可信的，哪有一个要跳楼自杀的人，侥幸没摔死转脸就准备参加考试？

“这没问题，我一定和朋友们说清楚，以正视听。”其实我心里是不相信、也不愿相信沐雨是跳楼，就像那年不相信她父亲郝所长是因吃安眠药过量而死亡一样，虽没证据，但凭的就是那份朴素的信任。可不相信不等于不纠结，只是因不想让沐雨难堪，所以这些天就没来碰这个话题，现听过沐雨这个解释心中的困惑顿消。

半年过去了，沐雨腰伤恢复得只是架拐或扶墙能站一会儿，还是不能移步。出院那天医生是对她这样说的：“腰伤恢复是一个缓慢的过程，不能着急，既要有信心，又要有耐心。”背后对孔经理和我这样道：“由于腰椎损伤严重，病人能康复到什么程度无法确定，明确的是不可能痊愈，要有长期在轮椅上生活的思想准备。”

## 4

谷阿姨去世了，她去世这天距沐雨出院还不到一个月。

在沐雨住院期间我时常去探望谷阿姨，还送她去陈跃家住了一段时间，考虑到健康原因只让谷阿姨去医院看过沐雨两次。其实是我多虑了，谷阿姨每次见到沐雨表现得都特坚强，不但没哭，还乐呵呵地鼓励沐雨：“别灰心女儿，人生谁没个七灾八难的？谁都会遇到些沟沟坎坎，你年轻，身体有活力，相信我的话，你一定能康复。”沐雨出院那天，她也特高兴，饭桌上不住地让我给孔经理倒酒、敬酒。

医生说谷阿姨的死亡原因是心力衰竭，这和我推测大致是一样的。在她丈夫郝所长去世前，谷阿姨已患上高血压和心脏病，大女儿沐枫意外身亡后因脑梗坐上了轮椅，现小女儿沐雨的腰伤经过半年的治疗不见好转，以她的精明心里是很清楚接下来之结果的，这定然又给这位善良的母亲带来了一次重击。面对这一次次不幸遭遇，心力交瘁的谷阿姨她已无力和病魔抗争了。

这次还是我给谷阿姨换的寿衣，看到她那形销骨立的躯体，强烈的悲伤如泰山般压在心头，血液似乎凝固了一般，憋得人喘不上气，手脚麻木了，心脏将要窒息了，继而又感到像有一把尖刀刺进了心窝，五脏六腑都破裂了，随着一阵钻心疼痛袭来我一下子蹴在了地上，泪水夺眶而出……

谷阿姨对我的喜欢和关爱不加掩饰，对我的不足之处也总是及时指出并给予指导。沐雨订婚后某日一起闲聊时，她忽然问我："喜欢我家沐雨吗？"见我点头，她带着惋惜的口吻责备道："喜欢怎么不对她说呢？唉，你是真笨，怎么帮你都不成。"谷阿姨说的帮我，是指让我和沐雨一起复习功课的事。

"不是笨，是沐雨不喜欢我，没办法。"对我的辩解之言谷阿姨淡淡一笑道："女孩子的爱不一定会说出来，但会自然而然地流露出来，会表现在行为当中，会体现在一举一动中。所以女孩子喜欢上一个人，动了真情之后即使嘴上不说，行为上是藏不住的。给阿姨说实话，是真的没感到沐雨的爱意吗？""是认为自己条件差，不能给沐雨带来幸福才没表白。"这句话确实是我的真实心声，但也不否认有小部分是给自己找台阶下的借口。自己条件差不愿让沐雨跟着受罪是真，可和她只保持友谊不发展恋情的做法也是存有私心的，小心又谨慎地拿捏着这种微妙关系之目的，就是想在不违犯纪律的基础上等待转机，比如提干、比如转业留京等。和沐雨渐行渐远是在沐枫出事后，这件事是分水岭，自己的小算盘这时才落了空。

我这些只讲客观原因的辩白，谷阿姨听后依然没生气，依然保持着她和人说话不急不躁，低声细语，平淡中透着亲和、柔和中带着严谨的语气道："不尽然。对幸福的理解也是因人而定，有的人认为锦衣玉食才幸福，有的人认为有衣暖身、有人暖心就幸福。沐雨是我的女儿，我最了解她，她不是那种特物质的女孩，你失去沐雨信任是因在沐枫的问题处理欠妥当。一是你没完没了地给她讲道理，要知道人与人之间的情感是尊重出来的，是欣赏出来的，不是讲道理讲出来的，男女之情感尤其不是。女人遇到事她需要的是关怀、宽慰和温暖，看重的是你对她的态度，你态度好，就乐意接受你的建议，态度不好，你讲得再有理也不认同。再就是你不能冷落她，两个人之间产生分歧后要更热情、更主动而不是回避，遇事冷落女人这是大忌。现实生活中，对于一个女人来说，她要的爱很简单，就是在自己内心深处最需要一个人的时候，对方恰巧可以给到她依靠。女人又都是很好哄的，很容易感动的，只要你能这样做她自然会特别感谢你，会把自己的心交给你。另一点，男人太抠门也不行，你在这方面的表现就不尽如人意，和沐雨交往这么长时间，从未见你给她买过什么礼物。尽管知道你家在农村经济拮据，但我想对你说的是，礼品的贵重与否不重要，一块钱的礼物总买得起吧？这也能表明心意，表明你心里有她。”谷阿姨这席点评中有建议，高屋建瓴中又蕴含着朴素道理的话，如醍醐灌顶般使我脑洞大开，理解最透彻的是男女对任何问题的认知是有差异的，议论问题时要注意态度与道理这个辩证关系。见满头大汗的我愣怔着发呆，谷阿姨递过一条毛巾然后拍拍我脑门又问：“跟上我的思路没？悟透这些道理没，傻儿子？”

“做不成我女婿做我儿子吧。”沐雨订婚那天谷阿姨跟着刘队长叫我“傻小子”，之后又这样要求我。刘队长叫我“傻小子”的含义有时是指责有时是赞赏，谷阿姨叫我傻小子或傻儿子，则是恨铁不成钢的那种意思。“再就是男子汉一定要有担当，有责任心，要稳重成熟，理智宽襟，遇事不能一触即跳，不能听到点儿不同意见就红头涨脸地和人争论，讲理也要和颜悦色地讲。作为朋友是有责任提醒对方不懂的东西，但一定要注意方式方法，这样不但会得到大家的尊重，女孩子更倾心这种男人。”望着表情肃穆、目光殷切的谷阿姨，胸中一股热浪往上涌，脑袋里想起了远在老家的母亲，母亲教育我也是有批评有表扬，也是这样批评的多，表扬的少。不同的是母亲说话嗓门大且急，会骂、会打。谷阿姨则不然，总是循循善诱。也是从这个时候起，谷阿姨对我履行起了一个母亲的职责，在以后的日子里对我在生活与学习、交友及婚恋诸方面给予了全方位的开导、叮嘱。

“儿子，生命是由光阴所组成的，人生苦短，光阴似箭，这世上最无情的就是光阴了。诗曰：花儿还有重开日，人生没有再少年。所以，要把有限的宝贵时间用到有意义的事物上去，给自己有限的人生，安排好科学的读书、工作、生活之规律。你最终会成为什么人，关键取决于你想成为什么人，以及为此而所做的努力。说到此，我要提醒你一句，若再遇到心仪的姑娘，可要及时对人表明态度，有很多人和事，一旦错过便是永远。所以，凡事不必等，凡事也别奢望会重来，唯有把握住机会，才不会空留遗憾。记住没，傻儿子？”谷阿姨后面的这些叮咛，应是要我吸取和沐雨情感无果的教训。

在男女婚恋问题上谷阿姨给了我这样的忠言：“人生最浪漫的就是爱情。人步入社会后，渐渐地走向成熟，有了自己的红颜知己，生命之花再次绽放。可在选择伴侣上也要格外慎重。‘女怕嫁错郎’是民间为女人总结出的教训，男人呢？亦如此，不也有‘娶对了妻子旺三代’之忠告嘛，反之，亦然。故而，在伴侣的选择上不仅仅是只看外表是否漂亮，更重要的是看对方的人品，看重她是否善良、贤淑、智慧等。美妇悦目，贤妇悦心。对骄横无理、气度狭隘的女子，就是她再漂亮也不能娶，否则将痛苦一生。”

“婚姻生活可以说是人一辈子生活中的重中之重，男女能结合在一起是缘，要珍惜、爱惜。纵观世间的夫妻无一不是因爱而生情，因情而长久。这个情是由相互关爱、相互照顾而生，它或是一方患病时的精心服侍，或是一方落难时的舍命相救；或是惨淡日子里的无怨无悔，或是众叛亲离时的不离不弃，是任何物质及名利引诱都不移的。可这一切的一切，男人都是主角，都是主导者。进入婚姻生活一段时间后，出现情感倦怠是必然，幸福感、满足感降低时，有些人会向外寻求，会出轨。可婚姻的排他性极强，专一是忠诚的体现，如果一个男人没有忠诚的态度，婚姻注定会失败。”如何经营好婚姻，谷阿姨从情缘的生成与持久，以及男人的担当及忠诚，一一叮嘱。

“世间情有多种，既有男女间的爱情，也有血缘之亲情，还有一种是朋友间的友情。可交友要远小人，近君子，君子记恩不记仇，小人记仇不记恩。君子和而不同，是是非非；小人同而不和，只非不是。蛇暖不热，狼喂不熟。远离那些用人时叫爹，不用充爷，有利向前，无利向后的人。常言道‘近朱者赤，近墨者黑’，现实生活中的确如此，跟着蝴蝶走下去的人看到的是芬芳的鲜花，而跟着苍蝇走下去的人，你能到达的是肮脏的沟渠。一如人常说的‘跟着好人学好人，跟着巫婆跳大神’。所以，交友要慎之又慎。”谷阿姨讲的这些该怎样交友、该交什么样的朋友之言，可以说是我人生二十多年里得到的最全面的教诲。

关于做人，她这样教导我：“做人一定要以真诚为本，要以善良为本。要尚风骨，尚人格，尚明净，尚优雅。其实，要做到这些并没有多难，无外乎十二个字：知分寸，懂礼貌，会顾人，也律己。”接着针对我性格上存在的缺陷，她又这样道：“没必要凡事都要争个明白，有些小事该糊涂就糊涂，跟家人争，争赢了，亲情没了；跟爱人争，争赢了，感情没了；跟朋友争，争赢了，情义没了。你争的是理，输的却是情，输的是自己。”

在金钱这个问题上，谷阿姨道：“人的一生最离不开的就是金钱，衣食住行，柴米油盐酱醋茶，每一样都离不开它。显然，人若离开了钱，是寸步难行。我们虽然总说金钱不是万能的，但‘有钱能使鬼推磨’这个理念与思想，还是根深蒂固地在人们脑袋里存在着，足见金钱还是有着巨大的魔力。可我要对你强调的是，要遵守‘君子爱财，取之有道’这个规则，这里的‘道’是指挣钱要凭能力，要来路正，切莫一时糊涂，挣不义之钱，为了钱而走上犯罪之路。真如此，定会悔恨终生，可此时此刻的恨有何用？悔之晚矣。”忆起这些我心中对谷阿姨的敬佩与敬爱更深、更重，同时对她的愧疚之心也更深、更重。

“这是我儿子。”谷阿姨在外人面前会这样介绍我。我来家看望她总是会“儿子回来了”或“儿子坐我身边来”的这样招呼我。遗憾的是，当时的我不知道自己是什么心理，在外人面前听到谷阿姨这样介绍还能坦然地笑笑以回应，若在三德子与沐雨面前不是低头不应就是把话岔开，从未叫过这位不是母亲、对我之关爱却和母亲一般无二的阿姨一声“妈”。此刻深为此而悔恨的我心里是一遍遍地呼喊着“娘，娘”。可谷阿姨却听不到了，也无法应声了。

5

“哪天休息？”“今晚夜班，明天休。”谷阿姨骨灰安葬后，沐雨避开他人这样问我。“明早下班请来家，有事要你帮忙。”“好，好。”

“胡爷爷，请把大门关上，今天谁来都不要开门。胡爷爷，我指的是任何人。”第二天在大门口见到我后，沐雨交代完胡爷爷，而后将我带进她住的房间道：“请你把这里面的墙皮铲掉，把所有的家具都拆散。”沐雨住的房屋是她家的原住房，这两间房在整个院子装修时没动，还保持着原来的样子，墙皮斑驳，家具也还是之前的老物件。沐雨让我铲墙面好理解，认为是要整修，对拆散家具却有些莫名：“这什么意思？”“找东西。”沐雨的回答使我顿悟，是的，谷阿姨去世很突然，家中一些秘密自然无法对沐雨事先讲。“什么东西会藏在这里面？”“存折。”“确定藏在这些地方？”“应该是。我妈平时生活极为节俭，姑姑给的钱除去给沐枫花过一些，大部分都没动，这些钱存在银行我知道，可在她住的房间里翻过两遍也没找到存折。之前她和我父亲就是将房契藏在墙缝里，再就是这两间房我妈不让装修，还坚持让我住在这，种种迹象表明，存折应是藏在这两间房屋内。”

室内是白灰抹的墙面，加上年头已久铲起来并不费多大劲，家具也就那么几件拆起来也快，半下午这些活就干完了。还真没白折腾，在一条墙缝里及柜顶的木缝中找到了两张存折。我干活时一直坐在门外一时静静发呆、一时悄悄抹泪的沐雨拿到存折后是泣不成声。“妈，您走了，留下我一个人您安心吗？爸、妈、姐，我想您们……”

几天来沐雨在人前从未哭过，这种每临大事有静气的表现好多男人都做不到。不过在对她敬佩之余又担心她憋出问题，所以此刻她的痛哭正是我之所盼，也可以说我在等着她的哭泣、哭诉，因此就没上前劝慰，而是在一旁默默地注视着。

天将黑，我去厨房给沐雨做了碗荷包蛋面端来，看到她将自己买的那辆轮椅放在一边，而换坐在之前她父母都用过的那辆旧轮椅上。“别用这个旧的，等下我要把它扔掉。”对于这辆沐雨奶奶及她父母都用过的旧轮椅我总认为它不吉利，记得他父亲去世后我就想扔掉它，因谷阿姨不同意就没坚持，待她母亲又用上这辆轮椅我是见着一次别扭一次。今天进门看到它还在厅里放着，心里即刻就生出厌恶，想着干完活就弄出去扔掉。

“不，我要用这个。”说话时亮晶晶的泪珠已在沐雨眼睛里滚动，然后大大的、圆圆的、一颗颗闪闪发光的泪珠顺着她的脸颊滚了下来，滴在嘴唇上，衣襟上，地上……

这些年命运对沐雨确实不公，先是父亲去世，接着是姐姐意外身亡，自己的腰伤还没痊愈母亲又离去。这一桩桩一件件不幸之事，都像大山似的压在了沐雨头上，这让一个弱女子怎么承受呢?

6

沐雨结婚了。

沐雨和三德子结婚，既在情理之中又在意料之外，情理之中是她和三德子有婚约，意料之外是她出的这次事故虽说不能把责任全算在三德子头上，但起码三德子要负大半责任，毕竟是未婚先孕才导致了这次坠楼事件的发生。难道沐雨对给自己带来这么大灾难的人没有一点儿意见？真是让人想不通。还有就是没事先告知，头天她在电话里说的是：“明儿和小马一起来家里坐坐。”关于结婚的事没露半点儿口风，语气轻描淡写得和平时邀请到她家小聚一样，唯一不同的是把这句话重复了一遍，以此来显示其重要性。待坐上饭桌看到沐雨拿出的结婚证，才知道这顿饭是她和三德子的婚宴，同时在他人的反应中，也知道了她事先对来参加婚宴的几个朋友都没透露这顿饭的真意。且邀请的人也不多，就陈跃、小马及她的同事小苏我们几个人。

“沐雨姐真是莫名其妙，是吃错了药还是脑子进水了？被三德子害成这样干吗还要嫁给他？还有这叫婚宴吗？主婚人、证婚人都没有，就我们几个吃顿饭，得，就把自己便宜给三德子了，这叫什么事嘛？咱走着瞧，不会有好结果的。”如此简单的结婚形式惹得与沐雨情同姐妹的同事小苏极不高兴，饭后出门便发起了牢骚。沐雨摔伤腰这件事虽已过去两年多，但她是坠楼还是跳楼在朋友之间自始至终都存在着争议，经过我解释，有相信沐雨是坠楼的，如小马，有不相信的，如陈跃。沐雨给单位书面及口头上也都解释过，可依然有人认为她是跳楼，包括她这位同事加好友小苏。

人们在很多事情上都注重仪式，特别对结婚典礼更加讲究，会提前做好准备，还会找人选黄道吉日，大喜之日更是极尽奢华，场面隆重，都认同与遵循仪式感而美满、而幸福这一讲究。沐雨这太过简单，也可以说是寒酸的婚宴是有点让人难以接受，这也是小苏不看好沐雨和三德子婚后能幸福生活的原因之一。

作家卡森·麦卡勒斯曾说过：“爱情是发生在两个人之间的一种共同经验。”在现实生活中很多情感都是通过聊天交流产生的，可能一开始你对一个人只是有些好感，但通过聊天你会觉得这个人越来越有趣味、魅力而你才喜欢上他，最后两个人才会走到一起并能和睦生活。聊天中两个人要有共同的话题及共同之兴趣，而毫无共同语言、说话根本说不到一起的人，即使走到了一起也不会幸福，不会长久。我不看好三德子和沐雨的婚后生活，感到他俩的志趣、品味根本就不在一个频道，同时还有之前三德子的所作所为。

夏天的某个晚上，我值夜班，单位值夜班是两个人，一正班，一副班，这天晚上是我和小马。值班室是两间房，一间有电话，一间是宿舍。我是正班，住在靠门口带电话的这间，小马是副班，睡在靠里那间宿舍里。由于天气炎热无法入睡，过了十点我还在看书，也没睡的小马在大门口溜达着，遇见三德子和鸿涛，聊过一会儿后将他们带进了宿舍，还买了个大西瓜招待他俩。西瓜刚切开，接到了一个让去机场接人的电话，临走前我交代小马：“别让他俩在这待太久，吃完西瓜就让他们离开。”

“什么事？”接机回来已是深夜，刚进院门就看到站在宿舍门口的小马打着手势要我快过去。看我停车与锁车的动作慢，他立马跑来跟前道："鸿涛和三德子在宿舍里打人。""为何打人？打谁?""一句两句也说不清，我已制止住他们，就等你回来解决呢。"

宿舍内原放在窗前的两张三屉桌被移在了两张床之间，桌上与地下散落的不是烟头就是麻将牌。三德子和鸿涛在门后站着，靠里墙根下蹲着的是两个小伙子。俩人的年纪都不大，不超过二十岁的样子，一个穿件白衬衫，一个穿黄T恤。此时穿白衬衫的小伙子鼻子在滴血，穿T恤的额头被打破，血顺着眼角往下淌。我急忙从兜里掏出一小包纸巾给鼻子流血的那位，又拿出床下脸盆里的毛巾给被打破脑袋的捂上。问起原因虽然他们各说各的理，但也让我对事情的经过有了一个大致之了解。

值班室不可离人，我走后，小马对三德子和鸿涛表达过吃完西瓜就离开这个意思后自己去了值班室。谁知这两位吃过西瓜不仅没走，看这里既清静又安全，便叫来了白天一起玩麻将的这两个年轻人接着赌。鸿涛和三德子输钱后赖账，还指责对方玩的不局气有出老千之行为。两个小伙子则回应技不如人别耍赖，遵守规矩给钱。动过嘴动手，不是对手的两个小伙子不仅人被打伤，之前赢的钱还被三德子和鸿涛给夺了去。

这间屋子是单位夜间值班人员宿舍，夜间留鸿涛与三德子在此已违反规定，又发生赌博、打架，还涉嫌抢劫这等事，问题可就严重了。气得我骂小马不该留人，接着骂三德子及鸿涛混蛋、混账，然后将他们身上的钱悉数掏出还给两个小伙子并和他们商议，表达出此事到此为止，不声张、不把事情闹大这个意思。两个小伙子是力量上败于三德子和鸿涛，心里并不服，他们对我做的这些表示感谢，但对我提出的事情到此结束的建议却支支吾吾不表态，其中一个还嘟哝出了要找朋友来和三德子与鸿涛再决胜负这类话。鸿涛最热衷的就是打架斗殴之事，对此是即刻响应："孙子，别吹牛，哪天？说个地，我一定奉陪。"我所担心的正是这一点，就怕他们把事情闹大殃及自己。以这件事的性质而言，如被领导知晓挨批评、受处分是必然、是跑不掉的，最关键的、我最害怕的是会因此而影响自己进步。望着斗鸡似的双方，我明白自己解决不了这类事情，于是让小马去给孙向华打电话。

孙向华已服完刑期回京半年多，其间他打电话约过我几次，因沐枫之事我已不愿和他再做朋友，就回避着，就是他母亲来电话我也借口工作忙而推辞，直到上个星期才去了他家一趟。那天我值白班，下班前又一次接到了他母亲邀我去家的电话，我依旧以自己有事要外出给回绝。待回到宿舍刚坐下不一会儿他妹妹向非来了，先笑着问我："你怎么也学会了骗人？在家坐着看书却说自己要外出办事？"而后催促着："走吧，给人个面子嘛。"

"向华已回来几个月，虽不再出去招惹是非，可整天窝在家搞卫生、做饭也不是个事，我说话他不爱听，阿姨是想让你劝劝他。"孙向华母亲见到我，没顾上寒暄，就先表明了请我来之目的。区阿姨瘦多了，也见老了，头发已花白，脸上还出现了老年斑，说话时脖子上的皮都在抖动。

"好。没问题。"我进门时孙向华正在厨房忙活，饭菜上桌，我俩喝过两杯便问他："今后有什么打算？"孙向华苦笑道："能有什么打算？今后不生非，不行恶，混一天算一天，了度残生。""不行恶、不生非这只是做人的准则之一，年轻轻的哪能这样颓废？该干吗干吗，快找个事做。"孙向华一口喝干杯中酒，自艾自怨道："我能干啥？谁会要我？""该干吗干吗的意思就是做自己力所能及的事，我单位对面的建筑工地就缺人，刚才来的时候还看到他家大门上贴着招壮工的告示。向华，不要把自己活成对自己、对他人都是一种负担的人，你喜欢被人蔑视、鄙视吗？"

我说话时孙向华脸上什么表情也没有，回话时也没有一点儿戏剧性的激荡，语音平淡、眼神漠然的他像泥塑木雕似的，典型的一种经历风雨之后而看淡人生的情态。应是被手指中夹的行将燃尽的烟头烫着了，只见孙向华的手哆嗦了一下，可他没即时将烟头丢掉，而是抬起手看了好一阵才松开了手指。孙向华两只手的小手指上都留有长长的指甲，这似乎是他仅留的之前的公子哥之派头的标志。稍后，不知他是接受了我的建议还是不愿和我争执，先目光蒙蒙的看看我，然后低下了那颗大脑袋，接着用两只手上长长的小手指甲互掏着指甲缝。

许是贫穷限制了我的理解能力，然后又限制了我的想象力，之前对孙向华的所作所为我就看不惯、想不通，规劝过、指责过，此刻看到他这副模样，我的表达能力也被限制住了，一时不想再说什么，也不知该说什么了。再者，出言规劝他是受他母亲及妹妹所托，并非我之意愿，所以饭后借口自己还有事就离开了他家。

孙向华进门先夺过三德子手中打人的皮带，然后呵斥鸿涛和他脱去上衣，接着对他二人劈头盖脸地抽打起来。顷刻间鸿涛和三德子身上是血淋淋一片。之前孙向华在社会上混的时候号称“孙大侠”，我总认为是吹牛，此刻见到他打起人来下手之重、之黑，身手之敏捷，我才知道这大侠之称谓并非浪得虚名。

“江湖事，江湖解决，江湖了。怎么样小哥俩？还算满意吗？”放下手中的皮带，孙向华征求着两个小伙子的意见，待二人点过头，孙向华指着我和小马又道：“你们小哥俩也看得出来，他俩和咱们不是一路人，今晚的事，以后无论你们见官也好，私了也罢，我只有一个要求，就是事发地点你们愿说哪里都随意，但不能讲是在此处，免得影响人家。今儿个我先把丑话说在前，谁若乱说被我知道，非给他好看不可。我叫孙向华，请给这个薄面如何？”孙向华说出自己的名字后，看着那两个小伙子对他肃然起敬的样子，以及即刻表达的“孙哥您放心，听您的”之恭敬言语，让我即时明白了香港武侠片中那句“就算他退出了江湖，江湖中也永远有他的传说”这句话。

鸿涛在孙向华出事后去了另一个圈子里混，在那里他也算是个扛把子的人物，但此刻在孙向华面前依然是毕恭毕敬：“华哥，明白。”三德子在孙向华凌厉目光下更是噤若寒蝉，大气都不敢出，只管将那颗胖脑袋点得如捣蒜一般。这时，接到孙向华电话的萧涵也赶了过来，和孙向华耳语过两句，就带着这些人来到沐雨家大门口，指着胡爷爷的住处道：“你们今晚是在这玩的牌，大家记住啊。”孙向华又特意叮嘱那两个小伙子一句：“小哥俩请记清楚这里的地址。”这些人自然明白这是什么意思，对孙向华施过礼各自走去。目送他们离去，又见孙向华去敲胡爷爷的门，我有些不解："没必要告诉胡爷爷吧？人多嘴杂。"孙向华淡淡笑了笑没言声，萧涵对我解释道："这种事我们有经验，事先打个招呼，防患于未然是有必要的。"

胡爷爷听孙向华说完今晚的事情满口应承："没问题。就说是在我这玩牌打的架，我一个老头子无所谓。三德子这个小混蛋怎么能这样呢？"接下来看着萧涵教胡爷爷若他人问时该怎么说，以及比画着当时的场景与各人的动态等，心想这萧涵不去继承自己父亲的衣钵做导演真是屈才了。事后证明孙向华与萧涵的这些安排并非多余，的确是有先见之明。头被打破的小伙子回家被母亲看到，即刻报了案，三德子和鸿涛为此付的代价是被拘留多日。

三德子被放出来那天跑来找我："我刚出来，请我撮一顿。"自和三德子在他下乡所在地第一次接触就对他印象不佳，后来他的一些行为更让我厌恶。"怎么要讹人吗？我哪有钱请你？""哥们儿，我这是刚从'号里'出来，想你了，来聊会儿。讹你干吗？你得感谢我，在拘留所受审时我是咬死了没吐露出是在你屋里打的架。""好，好。"三德子的话一出口我只好认栽，为尽快摆脱其纠缠，更怕他乱嚷嚷带来不必要的麻烦，立马带他到门口一家饺子馆，要了半斤饺子。

坐在我们桌子对面的那位姑娘可能是嫌三德子身上的味道难闻，瞟他一眼便起身走开，三德子见人起身，第一时间便伸手端过那位姑娘还没吃完的半盘饺子。"我已吃过饭，给你要的是半斤，不够可再要。"三德子没顾上回我话，连吃几个才"嘿嘿"一乐道："我是怕浪费。"说完吃的速度更快，嘴里发出的吧唧声让邻桌的人都皱起了眉头。"这算啥？有天警察提我，看到墙根下有块肥肉，我急忙装作肚子不舒服蹲下去捡起来后，连上面沾的土都没顾上吹就吞了下去，嗨，那个香啊。"面对众人异样的目光，三德子越发得意，说话时脸上放着光，声音也很高，好像是在讲一件多么光彩之事似的。

"哥们儿，你猜那天我为什么动手打人？猜不到吧？那是看鸿涛打人打得实在过瘾才上手的。嗨，这打人和挨打的滋味就是不一样，那叫一个爽，那叫一个痛快。"不知此时是一种什么心态的三德子边吃着饺子边高一声低一声地炫耀着自己的犯罪行为。老人们常说："一个人学好三年，学坏三天。"看来这三德子学坏用不着三天，是沾着便坏。见有人瞟向我这边来了，我逃似的跑出了饭馆。

通过这件事，再遇见三德子，我都保持着戒备之心，生怕他再做出什么事连累自己，可碰到三德子这类人也只能认倒霉，他做的事让你防不胜防。一天，我去北京饭店接人，因到得早，就坐在大堂等候。不一会儿，三德子和萧涵走了过来，见到我，他俩人嘀咕句什么之后便热情地向我打起招呼，来到桌前，萧涵将手中包得很严实的一卷东西放在我面前道："这是一幅名画，我们去谈笔生意不方便带，请代为照看一会儿。"说完给我要了一杯茶，就和三德子一起走去最靠里的一张桌子前坐下，那张桌上已坐有两人，接下来他们热切地聊着。过了一会儿，萧涵过来将画拿到那张桌子前打开，和那两个人聊了起来，稍后收起，让三德子将画又拿回来放我怀里。

饭店前厅的宋经理和我熟识，待三德子离开，她来到我跟前道："这是两个倒腾画的，你怎么和他们掺和在一起？"人们口中说的"倒腾画"是个贬义词，其中包含有骗子这层意思。经宋经理这么一说，再结合三德子和鸿涛刚才的行为，虽然不清楚他们在搞什么名堂，但这里有鬼是肯定的，于是我将手中的茶杯往桌子上重重一放，拿起画便向门外走。

"哥们儿，你什么意思？"我刚下饭店门外的高台阶，就被追来的三德子给拦住。"你什么意思？倒腾画扯上我干吗？"看我吼叫的声音大，三德子立时掏出一根烟递上，压低声音道："没别的意思，鸿涛父亲不是画家嘛，头两天鸿涛因打架被拘还没放出来，萧涵我俩的意思是让你装作鸿涛，说是偷家里的藏画出售。编这样的故事就是为出手快、卖个好价钱。""三德子你混蛋，干这种勾当不羞愧？良心何在？奉劝你一句，做人但行善，莫作恶，天地公道，昭彰因果。""这有啥？这是生意，现在我已被单位开除，这不是为了养家糊口嘛。哎，对了，多挣点钱好给沐雨治腰伤啊。"望着一本正经胡说八道的三德子，我差点儿动手。

三德子因赌博打人被拘留后让单位开除这沐雨自然知道，和萧涵及鸿涛他们一起倒卖假画她也清楚。面对三德子这斑斑劣迹，沐雨还要和三德子结婚使我很不理解，这也是我不看好他们婚后能幸福生活的重要原因。

沐雨和三德子订婚当时看重的一点是想让他帮助照顾自己母亲，后和三德子结婚则是多种因素所促成，但最重要的是自己的身体。这时沐雨对自己腰伤的康复虽还抱有希望，可这种希望随着时间的流逝已逐渐渺茫，淡去，想着自己和三德子最熟悉，对他最了解，因而认为三德子不会嫌弃自己。还有自己为三德子怀孕过，这也是让思想上还有从一而终之观念的沐雨不再有他想的原因之一。再就是行动上的不便，内心的孤寂、无依等这些，促使她最终把自己嫁给了三德子。

## 7

沐雨离婚了。

沐雨同三德子离婚既在意料之中也在情理之中。朋友们的共识是她结婚是意料之外，离婚是必然。不同的是，对她这段婚姻能维持多长时间这一点上有些出入。陈跃预测不会超过两年，沐雨的好姐妹小苏则认为一年都是极限，事实上真的没出大伙所料，俩人的婚姻只维系了一年多就亮起了红灯，彻底画上句号是两年多一点。

知道沐雨离婚后，朋友们都过来安慰她。“走这段弯路是遇人不淑，没遇上对的人。沐雨，责任不在你，没必要太过自责与难过。”“我不同意这种说法，三德子那样的人我都看不上，真不知道沐雨姐你喜欢他什么？这样的结果我早就预料到了。”心直口快的小苏打断陈跃的话，表达着自己的观点。“是，我认账，是自己眼瞎。”“沐雨姐这也不能全怪你，碰上这种狼心狗肺的小人谁也没辙。”看到沐雨沮丧又失落的样子，小苏又改口这么劝慰着。

在这段婚姻中，沐雨可以说做了自己应做的一切，付出了自己能付出的所有，对三德子是尽了心，尽了情，尽了意。坐在轮椅上的她虽不能上班，但家里洗衣做饭的活是全包了，对三德子像大爷般的侍奉着，此一阶段他们夫妻感情尚笃。三德子婚后也没上班，在外面的开销还挺大，这些钱自然也是沐雨所供给，还为他买了一辆摩托车。可沐雨这一片真心换来的是三德子在外胡搞，在家要混。小苏对他的评价很到位，三德子的确是一混蛋加小人。

同沐雨结婚后，三德子一改往日对我的敌视态度，无论在哪儿遇见，那个热情劲让人一下子都不适应。还有，不光在节假日期间相邀我去家里吃饭，平时包个饺子什么的也会打来电话请，因心里记着之前和他交往之教训，我总是一口回绝。三德子心里也清楚我不待见他，可他并不计较，总会乐颠颠地给我送一碗来。对此我并不领情，一则认为他这是在对我展现胜利者的姿态，是来我面前显摆与示威，再则总担心他又打什么鬼主意，故而对他是爱搭不理的，为防止意外，连大门都不让他进。有时三德子路过我单位和我打招呼，我依旧是不让他进门，三德子也依然表现出一副很大度的样子，给我递支烟，搭两句话就笑嘻嘻地离开了，好像来此之目的就是为给我敬支烟似的。

“摩托车坏了，我去前面不远处朋友家取个配件，顺我一段路吧，沐雨还在家等我带她去医院呢。”一天，在路上碰到了三德子，本不想理他的，因沐雨就让他上了车。“沐雨身体怎么了?”“噢，是检查身体。”到了地点三德子又央求我：“等下再送我回去好吗？我去去就来，我担心沐雨等得着急。”又是因为沐雨又同意了他的请求。稍许，三德子转去复来，看到他手中拿的是一件油腻腻的旧配件，不解地问他：“怎么是旧的？能用吗?”“快走，快走。别误了沐雨去医院的事。”三德子说话时脸上的表情及他的行为说不上怎么回事，但总让人感到有些诡异，可听他说沐雨急着去医院就没再问什么，又送他回去。途中，尽管心里很讨厌三德子，可想到他人勤快，对沐雨愿付出，还是对他进行了一番叮嘱：“三德子，你一定要对沐雨好啊，男人嘛，既然给了女人一个承诺，那就是一言九鼎的。沐雨她太不幸了，可不要再伤害她。”

第二天陈跃来市里买拖拉机配件，午饭后我陪他去看沐雨，进门看到躺在沙发上看电视的三德子身上捂着两床大棉被，很好奇：“这大热天的，干吗这是?”三德子咧咧嘴没言声，没好气的沐雨道：“缺德缺得发烧呢。自己摩托车零件坏了不花钱去买，去别人车上偷拆，钱是省了，自己被吓得发起了高烧。整个一胆小鬼，还去做贼，真可笑。”

“让人开车拉你去这不是害人吗？让人逮住了怎么说？你这个缺德带冒烟的玩意儿真不是个东西。”得知三德子还是骗我开车送他去做贼，更为生气的沐雨手指着他脑门骂。“逮不着，坐他的车就为逃得快。”咧嘴笑着的三德子回过沐雨又转过脸冲着我道：“哥们儿这一手玩的怎么样？让你送我去，你送了，叫你送我回，你又送我回了，服了吧？”三德子平时特会装傻充愣我知道，他鸡贼蔫坏我也清楚，但他行为如此之下作、狡黠我却没想到。望着他那张可能是因发烧，也可能是因得意而泛着酱红色的胖脸，以及胖脸上不经意露出的那个窃笑，无语的我瞬间对人性与人品有了新的认知，同时对厚颜无耻这个词语也有了更深之理解。

三德子还干了另一件让人恶心的事。在他和沐雨婚后某日，陈跃带着爱人小王来玩，中午是沐雨请，晚上是我招待，我们喝酒至深夜，为聊个痛快，几个人决定住在我宿舍里将就一晚。我住的是一间房，屋里也只有一张单人床，为照顾女生，让沐雨和陈跃爱人小王睡上面，陈跃和三德子我们几个打地铺，铺弄好后，三德子嫌挤，又嚷嚷要沐雨一同回家，沐雨表示不回后，他嘟囔两句，自己走了。

地铺是顺床而搭，陈跃那头挨着自己爱人小王，我这头挨着沐雨，躺下不久，先前已回家的三德子又转了回来要求住下，我也没多想就安排他躺在外侧。大伙又聊过一会困意袭来，没人再吱声后我就关了灯。少顷，脸朝外躺着的三德子就打起了呼噜。可待我刚有睡意时，三德子转过身来摸了我手一下，隔一阵又摸一次，开始只以为是他翻身无意间碰到，几次三番之后忽然明白这是有意为之，他是在检查我和沐雨暗中有什么勾当。三德子这种行为让我是又恶心又气愤，等他又一次伸手来摸，我一把攥住他的手同时将灯打开。“你真不是个玩意儿，三德子，把我当成了什么人？又把你自己老婆当成了什么人？自己一肚子男盗女娼的狗杂碎，也把别人当作和你一样的货色吗？怪不得大家都说你是个龌龊小人。”沐雨看到这一幕是一句连一句骂三德子：“缺德，混账，不是玩意。”陈跃爱人小王见此抱着肚子笑，陈跃没笑也没吭声，只将那眼珠子瞪得铜铃般大小怒视着三德子。三德子脸皮是真厚，“嘿嘿”笑了两声，转过身去，不一刻，不知是真是假，又打起了呼噜。

一般情况下，劝慰受害者时对加害者的诅咒、声讨、谩骂都会同时进行。“三德子这个混账东西一定没好下场，恶有恶报，早晚要遭报应。”小苏刚骂完陈跃也义愤地道：“这个坏蛋，下次见到我还会抽他。”陈跃已揍过三德子两次，第一次是沐雨摔伤在医院抢救那天，第二次是在半年前。三德子被单位开除后一直不找事做，嘴上说是和萧涵及鸿涛一起做生意，实际上是整日在社会上胡混，结果因嫖娼被关进了拘留所。这个时候他和沐雨的婚姻已产生危机，只是沐雨离婚决心还没下，还存有维持下去的意思，给三德子交过罚金又托陈跃劝劝他。对于一个女人来讲，特别是对沐雨这种特好面子的女人来说，能这样做，可以说已把自己的脸面扔在了地上，用女作家张爱玲的话说是那姿态“已低到了尘埃里”。

三德子被放出来的第二天是周日，陈跃约我在什刹海北岸一家名夕照的饭馆请他，目的是劝劝他别再胡闹，珍惜沐雨。这家饭馆是我车队刘队长内弟小龙所开，小龙打架伤人被判了几年，释放后因存有这个污点，再就是他也没什么专长，找不到工作，就和人合开了这家餐馆。我来得晚，到时菜已上桌，陈跃与小龙在抽烟，三德子与跟他一起混的一外号“老鹰”的小弟正在划拳：“一只螃蟹八只脚啊，两头尖尖这么大个啊。”这是酒令，划时的规矩是声音和手上比画的动作要同步。同时，说前半句话时要先跷起拇指来代表一字，紧接着用拇指和食指比画出一个八，以此来对应一只螃蟹的“一”与八只脚的“八”。喊第二句时要先握紧拳头，手心向内，然后伸出拇指和小指，意为尖尖，继而手心又转向下方，用拇指和食指形成一个半圆形的C字样，以此来表示螃蟹的大小。酒令中谁的手指伸错或喊错就算输，若谁都没错，就开始划拳：七个巧啊，八匹马啊……直到分出输赢这一拳才算完结。

喝了几杯后，因心里惦记着自己来此之目的，就趁老鹰给大家倒酒之时，我对已喝得脸红脖子粗的三德子道：“悠着点三德子，常言说‘小酌怡情，大酒伤身’，且还误事。”对我的话三德子他“嘿嘿”一乐，然后和老鹰同声道：“酒是粮食精啊，越喝越年轻啊。四季发呀，三桃园呀……哎，哎，走一个呀走一个。”三德子划拳时脸上表情得意，手势夸张。他输了后喝完自己杯中酒，又把小龙、陈跃及我的酒杯都拿在自己面前，要求老鹰：“续上，续上，都续上。下一拳我们一炮两响。”

“一条扁担颤悠悠啊，我挑大米下扬州啊，扬州喜欢我的好大米呀，我喜欢扬州的花妞妞啊。哥俩好啊，五魁首啊……该你喝呀。”此时的三德子眼睛瞪得铜铃般大，声音已撕裂，尖尖的特刺耳。可能是酒精的作用，他出拳时摇头尾巴晃的，胳膊比画挑东西的动作幅度也很大，碰到了一边的陈跃。这一拳又是三德子输了，他喝酒时将酒杯嘬得是“吱吱”响，放下酒杯还冲我挤挤眼。

“三德子，喝酒到此为止吧。我来是要想谈谈你和沐雨的事。”闻后言笑着的三德子是越发得意，脸上的笑容里还含有些许的恣肆。接着对老鹰使个眼色后声嘶力竭地呼喊着：“天上打雷雷碰雷啊，地上打锤锤碰锤啊，是男人的胆要壮呀，谁怕老婆谁倒霉呀。哥俩好啊，你倒霉啊……该你喝呀。”

桌子上的酒杯都空了，见三德子他伸手去拿酒壶，我一把抢过高声道：“不许再喝。”然后压低了声音极为恳切道：“三德子，沐雨你们从小一起长大，青梅竹马，这种感情基础多让人羡慕嘛，婚后沐雨对你也一往情深的，家有此妻，夫复何求？书上说‘世上的所有美好都源于专注’，别胡闹了，和沐雨踏踏实实地过日子吧。”大马金刀坐着的三德子此时似乎已把自己当成了人物，不等我把话说完，只见他把右手大拇指跷起向右后侧摇着道：“现在我和鸿涛及萧涵是铁瓷，我们在圈子里的地位是‘坟头改菜园子，一般齐’。就是和之前孙向华在江湖上的地位相比也差不离，你哥俩以后别再拿以前的眼光看我，如今我在此跺跺脚不说四九城乱颤，起码咱这一片是必须晃三晃，没人敢跟我叫板。”三德子这一通胡吹已让陈跃极不耐烦，眼睛里已生出火花来，但为了完成使命也耐心地劝道：“哥们儿，现在你是沐雨最亲近的人，你是她的依靠，收收心吧，好好把日子过下去，别再做那些让沐雨伤心的事。”三德子根本听不进陈跃的劝告：“陈跃，找女人怎么啦？这是男人的英雄本色知道吗？实话告你们，我这身后还一大堆傍家呢。”

不知是喝高了还是被自吹自擂的话给弄晕了头，三德子竟将我的怒目而视理解成：“傻哥们儿，听傻了吧？见过女人吗？那叫一个爽。哎，有机会哥们儿我带你去见识见识。”三德子对我说这些话时脸上的表情是讥讽中带有轻蔑，戏弄中含有不屑，说完扬起头嚣张地笑过几声又道：“哥儿俩，你们以为我傻呀？我门清着呢，知道你们在和我竞争沐雨中败下阵来不甘心，恨我，可那又怎么样？我就喜欢看你们看不惯我，又干不掉我的样子。”说完又用睨视的目光看着我和陈跃。

三德子这些满嘴“跑火车”之言，气得满腔怒火已冲上脑瓜顶的我怎么也忍不住了，刚站起身要去抽三德子时却被陈跃一把推开，随着他一声吼，一拳将三德子干翻在地，紧接着又蹿过去骑在三德子身上照着那颗胖脑袋打一拳问一句：“孙子，爽吗？”“爽吗？孙子。”问一句又打一拳这般周而复始。

实事求是地讲，我对于三德子娶沐雨之初恨则没有，忌妒心是存在的，要说对他生恨，是在三德子做出对不起沐雨这些事之后。至于陈跃心中对三德子有没有恨我说不好，但三德子还在陈跃村里下乡的那个时候，我已觉察到陈跃对三德子的意见很大，且后来他也直言不讳地告诉过我三德子是个小人，明里暗里都看不起三德子。

陈跃的拳头越来越重，三德子的叫唤声越来越弱。和三德子一同来的小弟老鹰初时还想上前相劝，被小龙一瞪眼吓得是撒丫子跑了。

“小龙，小龙，救救我啊。”先前听到三德子一声连一声的惨叫，小龙并没理会，而是在一旁边悠闲地抽着烟边笑。待听到三德子这声求助才上前对陈跃道：“哥们儿，哥们儿，三德子已认屄了，饶了这孙子吧。”然后揽住陈跃的拳头又道：“陈跃，咱往日无冤近日无仇的，千万别在我这打出人命。”

“陈跃，你自己的腌臜事儿少吗？自己是个什么玩意儿自己不清楚？你不也是吃着碗里惦记着锅里的？自己已订婚，不还在追沐雨吗？丫丫个呸，见异思迁的你在这装什么好人？你干的事别以为他人不知道，仗着自己是村干部，拿村里的梨送人。还有，为了卖河里的沙子，你拿着礼品去行贿。这些爷我都一一给你记着呢，孙子你等着，爷跟你没完。”在饭馆门外跳脚大骂的三德子见陈跃冲出门，转身便逃。

陈跃性格属于平和型，交往这些年很少见他发脾气，他两次这般地暴揍三德子更是少有，看来每个人的心里都藏着一颗英雄的种子。“头可断，血可流，冲冠一怒为红颜。”正在擦手上血迹的陈跃听到我这句调侃之语，咧嘴“哈哈”笑了起来。稍后，待他喊“埋单”时，也在笑着的小龙给我们各倒了一大杯酒端来道：“来，干了。陈跃，您这哥们儿我认了，今儿免单，以后来喝酒也免单。”

和陈跃一起回到沐雨家，刚把劝说三德子失败后动手之事说完，警察就进了门。在警察向陈跃了解情况时，我高声问尾随进来的三德子：“你不是道上的人物吗？怎么打个架还选择报警？”警察扭头看了看三德子后态度马上缓和了许多，问完情由，批评了陈跃一句：“打架不对，下不为例。”然后淡淡地对三德子道：“只是一点儿皮外伤嘛！”转脸又交代沐雨：“给抹点儿药。”对三德子“人白打啦？怎么着也让他赔我点医药费啊！”的要求充耳不闻，起身对沐雨说句“照顾好自己”便离去了。（事后从沐雨口中得知，上次抓三德子的就是这位警察，沐雨给三德子交罚金也是这位给办的手续。）

莎士比亚说过：“真正的爱情是不能用语言表达的，行为才是忠心的最好说明。”生活中的确如此，一个人说再多的甜言蜜语也没有用，行为、行动才更真实。责任是好品行的基础，人品决定态度，态度决定行为，行为决定结果。沐雨的婚姻，就是在三德子这位既无责任心，人品又低下之人的破坏下以失败告终。

天性使然，沐雨离婚之初偶尔会和朋友们说那么一两句为婚姻而悔恨、对三德子怨恨这方面的话，不长时间后她就把这些压在了心底，再也没提起过。再次流露这些，是谷阿姨忌日。这天墓园里特清静，门外停车场里没车，门里的路上也没有行人，我正在车内整理带来的祭品时，见沐雨摇动轮椅往里走，便问她道：“你不害怕吗？”“你指的是鬼吗？我是害怕鬼，鬼却从未伤我，我不怕人，却被有些人给伤得遍体鳞伤。”我知道沐雨这句话是有感而发，也清楚话里说的那个伤她之人是三德子，同时也让我明白了虽然沐雨平时在他人面前对三德子不骂、不怨，但那种怨与恨已根植在了心灵深处。

一个人无论在他人面前表现得多么坚强，把自己的内心世界裹得再紧、藏得再深，可在自己母亲面前都会流露出真情、本性以及懦弱的一面。“妈，对不起，请您原谅我的任性，不听话，如今我已深深地认识到了自己的错误，我向您道歉，您听到了吗？”这是沐雨在自己母亲去世后第二次在我面前流泪，头回是我帮她铲墙皮找存折那次。

“我母亲自始至终都不看好三德子，说他贪婪、市侩，奸诈、庸俗，当时选择和他在一起，真是鬼迷心窍瞎了眼。”这也是沐雨离婚后第一次在我面前这样评说三德子。“一个人的真实面目只有通过事才能看清楚，很多人是在认识后才知道不该认识，很多事又总是在发生之后才知道错了。况且我们做很多决定，做很多事又都离不开自身和外在的原因，客观与现实的条件等，因此事后总结经验教训有必要，没必要过于责备自己。”“道理是如此，可无论怎么说我也无法原谅自己，那时对母亲不让我和三德子交朋友的苦劝反感，把反对和三德子订婚的劝诫当耳旁风，后来又违反了她生前对我不许三德子住家里的要求，婚后不但让他住家里还放任他的不工作，还好吃好喝地供着，继而又步沐枫之后尘也买一辆摩托车给他骑。现在想来真是愧对母亲，说来自己也是活该。”说完这些，悔恨而又痛苦的沐雨掩面而泣。

“婚姻只考虑家境是荒谬的，不考虑家境则是愚蠢的。说到婚姻要考虑对方的家境，很多人会第一时间出来反驳‘这是封建’，实则不然，这不是按老旧的思想看门当户对，看经济地位及社会地位等，而是看两个人甚至于两个家庭的三观是不是相匹配。因为幸福婚姻只有两个人的努力是不够的，同时也需要两个家庭的齐心协力。在耳濡目染下，父母的人品会影响到孩子的人品性格，如果父母粗鄙无知，孩子就会毫无教养，如果父母虚伪奸诈，孩子就会谎话连篇。一定要记住，人品好的伴侣不是调教出来的，是好的家庭熏陶出来的。还有，这世间所有的关系，无论始于什么，最终都要落在人品上，婚姻更是如此，如果对方只知道摄取，时间久了婚姻是很难维持下去的。”那次听到谷阿姨这样开导沐雨，当时只以为她是看不上三德子母亲才这样说，还认为她这番话里有“龙生龙，凤生凤，老鼠生来会打洞”的唯心论之嫌，现仔细品过，这些话是富含哲理的。

“有件事，之前嫌丢人，没对他人讲过，今天也告诉你吧。三德子知道我不能生育后，提出一要求，要我拿出一些钱来，让他在外面找女人生一孩子，然后抱回家来养，并还要求我以后要把姑姑家的宅院过户到这孩子名下。”沐雨的话彻底颠覆了自己一直认为三德子是一蠢货的看法，同时也让我对他恨之入骨。“这个混蛋真是欺人太甚，看我怎么收拾他。”见我动怒，沐雨急忙道：“没必要和这种小人纠缠。我讲这些是让你认清他这个人后远离与防着他，我们是斗不过这种人的，斗不过是因我们没这么坏，没存害人之心，才会上这种人的当，才会被坑。”

沐雨和三德子离婚貌似是她主动提出，实则是三德子已早有此意。俩人从订婚到结婚直到离婚，从热恋到生厌既有自身的原因，环境的变化也是重要因素。三德子将心心念念的人儿追到手之初对沐雨也是千般宠、万般爱，视沐雨的话为圣旨一般，言听计从，百依百顺。沐雨摔伤腰之后三德子心里动摇、挣扎过之后还是选择了和沐雨结婚，而此时的结婚，感情因素已是其次，他所觊觎的是沐雨家的宅院。宅院的产权属于沐雨姑姑家这一点三德子是清楚的，不过对此三德子思量、分析得十分透彻，认为以目前沐雨之身体状况，她姑姑家决不会不管，管的最有效最直接的办法就是给钱送物。以前沐雨姑姑给钱的事三德子也知道，并知道那个数目巨大，以当下的生活水平，可以使沐雨一生在生活上都无忧，就是自己和沐雨结婚后不用工作也能过上不愁吃喝的富裕日子，并相信沐雨姑姑家以后还会给，且会给的更多。那么给物呢？必定是这处宅院，而沐雨是个女人，和自己结婚后生的孩子姓胡，之后这处宅院也就自然而然地姓了胡。厘清这些之后三德子随即便和沐雨结了婚。

婚后，三德子果真过上了不工作还有钱花又住着宽宅大院的日子，开始是天天供着沐雨，盼着沐雨怀孕。一年多不见沐雨肚子有动静，自己先偷偷去医院做了检查，没问题后又带沐雨去检查，结果让三德子大失所望。因上次坠楼而流产，沐雨身体损伤严重已不能再孕。而沐雨在三德子这里怀孕生孩子是剩下的唯一价值，随着因孩子而得房产这一期许的落空，那就变得是一文不值。思想上的质变让三德子马上扯下了脸上的那层面纱。做人的良善、良知及道德此刻在三德子身上统统消失了，他人性上的轻浮、嬗变，天性凉薄与无情无义的特质、没有原则和立场的本性也统统暴露出来了。他抛弃了自己先前的“一生一世对沐雨好，照顾沐雨一辈子”的承诺，只顾自己享乐，罔顾他人感受，肆无忌惮地破坏着家庭、婚姻的规则。接下来他对沐雨也不再装什么客气，之前的“舔狗”转脸变成了“疯狗”，不是恶语相向，便是破口大骂，还对沐雨动了两次手。在做事上他也是想起一出是一出，游移不定，只要能得到好处，不管背后意味着什么后果，只要自己合适就行。把他人的劝诫当耳旁风，我行我素，终日混迹于三教九流之中，荒唐至极。自此，沐雨肉体和精神上所受的灾难，一日比一日沉重。

“这是我和三德子婚姻无法维持下去的原因之一，还有一个重要原因是，我所祈盼的婚姻生活是男女间那种炽热的爱，那种一尘不染的幸福，可和三德子结婚后，我努力寻找过这些，遗憾的是怎么也找不到这种感觉。实事求是地讲，婚姻之初，三德子对我也很关爱、关怀，家庭生活也算和睦，可我渴望的不仅仅是这些，我真正喜欢的是能让自己生活充满色彩的男人。这个男人要有修养、品位，儒雅，这个男人带给我的快乐、感动不会因时间而减退、消失。三德子自然没有这些，他太粗俗，可这个时候我虽失望，但并没想同他分手，后来随着他越来越不地道，我绝望了，精神几近崩溃。”沐雨的话让我明白了婚姻生活中不仅需要面包，精神层面的东西也是不可或缺的，同时也弄明白了那段时间里她为何总是一副病恹恹的样子的根源。

最佳的婚姻配置不等于最佳的婚姻状态，没有女人对男人的仰视，没有男人对女人的欣赏，爱情将无从发生，婚姻将无从缠绵，无从美满。爱在于“迷”，过分地清醒、盘算，想婚姻幸福绝无可能。沐雨选择三德子感情的因素有，但并不纯粹，既有自己身体的原因，也有自己母亲需要有人帮忙照顾这一现实问题，想着三德子听话、勤快这些优点，便不顾母亲及朋友的劝告，义无反顾地同他订婚、结婚了。

世界上有两种东西不能直视，一是太阳，二是人心。结婚之初沐雨是想和三德子好好过日子的，就是三德子因嫖娼被拘留时还是想将就着把日子过下去，这我是清楚的，当时还受她所托与陈跃一起劝过三德子（就是在小龙的饭馆陈跃揍三德子那次）。之后是沐雨彻底明白了三德子之贪婪、之无耻的心机后才决心离婚。美满的婚姻生活是爱情加良心，面对既虚伪无情还带着一肚子账本的三德子，想婚姻幸福，只能是幻想。

## 8

异性之间如果对方将自己压在心底的秘密说给你听，特别是女性，能毫无保留地向你倾诉的时候，那就说明她对你的感情是真诚的，并且不仅有信任，也许还有渴望。也许她自己还没有想过你可以帮助她解决什么，这是她内心真情自觉不自觉地流露，是祈盼你能真心地理解她，明白她的感受。或许她内心已有了答案，也可能是她自己还没意识到，再则就是意识到了还不好意思说。

通过这次敞开心扉的交谈，之后再和沐雨聊天就少了一些禁忌。相处中我们越来越理解、关心对方，情谊也越来越深厚。当春风又一次拂过大地的时候，两颗心越来越近了。

农历惊蛰这天，我来看沐雨，正在门外扫地的胡爷爷见到我，放低声音道："爷们儿，给你说件事啊，昨天居委会的李大妈来给沐雨介绍男朋友，她说自己是'一朝被蛇咬，十年怕井绳'，表示要孤老终身。你劝劝这闺女，你说她整天这么孤苦伶仃的让人看着多难受嘛，这么一个大宅院只有她和我，我已这把年纪，过的是有今没明的日子，不定哪天就走了，若剩下她一个人咋办？我是真不放心啊，劝劝她快成个家，我也好安心。"开口说话之初胡爷爷是一脸忧愁，说完却笑了起来，那笑容意味深长。善良、热情的胡爷爷和沐雨这么些年的相伴，已把她看成了自己的孩子一般，三德子和沐雨离婚后他也特生气，不但骂过三德子，还抽过他的大嘴巴。胡爷爷所关心之事确实是一个现实问题，身有不便的沐雨也的确需要有一个知冷知热的人来照顾。“今儿就谈啊，爷们儿。”叮咛完，胡爷爷又笑了起来，异样的目光也让人有些难为情，不过他这一相托却给了我一个同沐雨谈论情感的契机。

春天的阳光暖融融的，沐浴在这温暖的阳光下会让人变得慵懒。沐雨在门前睡着了，睡得还挺沉，我走到跟前她都没醒。冬天收起的花盆又在门前摆放了一片，从迹象看应是刚搬过来的，院内没见其他人，这应是沐雨一人所为，看来她是累了。近了，看到她脸上风干的泪痕以及怀中抱着的那张放大的她和父母及姐姐的全家福合影，心里是百感交集，纷乱如麻，但有一点是明晰的，这个太苦、太累的女人需要有人照顾，而我要担当起这一责任。

“来了怎么不叫醒我？”醒来的沐雨先将照片藏在腿上的一本书下面才问我。“挪花盆怎么不叫我？累病了咋办？”见我埋怨，沐雨笑嘻嘻地道：“我知道你担心我的腰，没事的。”接着是扭扭脖子举举手又道：“过些天你帮我再买些花盆，今年我要扩大种植，等花开时好送你、陈跃、小马与小苏一些。”“先别讨论这个，今儿我要和你谈件正事。沐雨，怎么听说你要孤独终老？人要向前看嘛，不能因自己在过往的生活中遇到了丑陋的一面，就对今后的生活失去热情。”许是倦了，沐雨目光淡淡地看我好一阵，才弱弱地道：“这个世界上是没人喜欢孤独的，之所以选择孤独是想静静。”沐雨说完这句话犹如一个看破红尘老者似的，风轻云淡地微微一笑，然后拿起放在腿上的那本书翻看着。

“沐雨，你在我心中一直是既聪明又理智的一个人，怎么此时却像个傻子似的，老纠缠在之前的不幸中拔不出来呢？没完没了地折磨自己呢？人生中总会遇到很多人很多事，有的人只不过是一个喷嚏而已。”“但有些人注定是生命里的癌症。”沐雨回话时没抬头。“向前看沐雨，要相信一定会有一个对的人在等你。”对我这句话沐雨没回应，头也没抬。本想借这个话头探探沐雨真实想法的，可她的沉默让我一时也不知该说什么了。出师不利，使人默然。过了一会儿，见沐雨还没有再说话的意思，我只好走去给菊花培土。之前我侍弄菊花，沐雨总会跟着指导，今天的她既没跟着还一言不发，这让内心一直纠结着的我忍不住不时地去看她，当发现低头看书的沐雨眼睛的余光也瞟向我这里时，心里思量起另一个问题来，就是无心看书的沐雨在想什么呢？

## 9

周六我值夜班，周日上午刚交完班，孙向华过来找我。“心里烦，我俩喝一杯去。”“不行，我还有事。”见我要走，孙向华上前拦住道：“我知道你还在为那天酒桌上我说的话生气，至于吗哥们儿？”孙向华说得没错，我确实还在生他的气。那天在他家吃饭，刚喝过两杯，他突然质问起我：“你去参加那老混蛋的婚礼是怎么回事？”孙向华口中的老混蛋是他父亲，所问的这件事，发生在他服刑期间的某日，陈跃和三德子一起来约我去华丰宾馆吃饭，说是孙向华父亲请客。陈跃之前虽对孙向华父亲不感冒，可头年为卖沙子给孙父负责的货场，就前去联系并渐渐热络了起来。“什么事请客？”陈跃：“不清楚，来电话时我不在，是他人传的话。”三德子的工作是孙向华父亲帮忙安排，想着他应了解情况，问起，他也摇头：“不知道。”我对孙向华父亲印象本来就不好，自他和孙向华母亲离婚后再也没来往过，当即表示：“不去。”三德子说：“人家电话中要你一定参加，特意让我们来请你的。”“万一是孙向华或者他母亲有什么事呢？走吧，不就吃顿饭吗？”听陈跃这么说我想了想就没再反对。

来到华丰宾馆，知道这顿饭是孙向华父亲和他以前旧相好小美的婚宴，我一把将陈跃拽出门：“不给这个老家伙捧场，咱走。”“他已看见我们，离开合适吗？”陈跃的犹豫让我换了个想法：“那就这样，礼不送，我们白吃他的。你还有什么朋友都请来，顺便给小马也打个电话。”陈跃打电话时我从礼台上拿过一个红包，他叫来一人，我就在红包封面写上这个人的名字，等我们的人到齐后我把这个空红包交给了孙向华父亲。他的这场婚宴应是遭到了亲友们的杯葛，我们开吃时还有两桌空着，另外两桌也稀稀拉拉的没几个人，只有我们这桌坐得是满满当当。

“你出的是个馊主意，我们来这么多人是恶心老家伙呢还是给他捧场？”正为自己导演的这一恶作剧而得意的我听到陈跃的埋怨，向主桌望去，看到孙父那一脸得意的春色便起身去敬酒，接着又发动我们桌上的大伙都去敬。

“孙叔，我来替您喝，您别喝醉而误了大喜日子的美事。”满脸坏笑的三德子凑上前这样道。陈跃我们一进门，三德子就掏出衣兜里的红包递给了孙向华父亲，这证明他早已知晓孙父请客之原因。对此已心存不满的我见他又这般对孙父献殷勤，就示意大伙先灌他。十多杯下去，三德子没离开桌就“哇哇”吐起来，然后就出溜到桌下。接下来大伙又分外热情地敬起孙向华父亲，不长时间，他也喝瘫在地上，我们一哄而散。

作为儿子，对父亲在外养情人然后同母亲离婚，孙向华自然是特生气，服完刑回京后基本上和父亲不来往，提起父亲总是用老混蛋相称。“向华，事情过去这么久了，怎么还提起？”“事过去多久它不还是事吗？听三德子说起我还不相信，问过那老混蛋才知确有其事。我问你，我们是不是瓷器？你去给老混蛋捧场，这事做得也忒不地道了吧？”那天去参加他父亲的婚礼是出于误会，且认为自己那天在酒桌上的行为也算是恶心了那老家伙一道，见孙向华听过解释还这么出言指责，我就没好气地反唇相讥道：“你亲生父亲是老混蛋，那你是什么？”言罢起身告辞。

这件事情已过去多日，对孙向华的气是有，但不能同他一起吃饭是另有原因。“沐雨她现在一个人孤孤单单的，今天我休息，去陪陪她。”“我心烦的事正和沐雨有关。”孙向华这话让我意外：“什么事和沐雨有关？快说。”“一提沐雨你就起急，急什么？这是大事，你得容我慢慢说吧？”然后孙向华不由分说，将我拉进大门外一家饭馆内。菜上桌喝过两杯，在我再次敦促下，孙向华带着少有的严肃道：“沐雨家所遭遇的不幸及她目前所面临的困境，我是有责任的，两年来一直都想着要帮帮她，同时也想弥补一下自己之前的过失，可一直都不知该怎么做才好，经斟酌再三现有一想法：你说，我娶沐雨如何？”

一个男人决心卑微的时候，他的底线就是没底线。在自己人生低谷里经过一段时间彷徨后的孙向华，他放下了先前的自我，决心从卑微开始，重新踏上人生之旅途。之后他真按我的建议去建筑公司做了一名壮工，同时又和朋友合伙做服装生意。这个时期的他一改往日的懒散，每日不是在工地上忙就是守在卖服装的摊位上。这对自诩曾经是叱咤风云人物的孙向华来说，能做到大丈夫能屈能伸之地步实属不易。结果，金钱上自然是赚得盆满钵满。但孙向华的转变不仅仅是务实、谦卑，重要的是人性的蜕变，可以说与之前满身恶习的他判若两人。经过多年的沉淀与反思，成熟的他还学会了体谅，学会了换位思考，甚至后悔等。之前的孙向华为在社会上证明自己，以强凌弱，以大欺小。在恋爱问题上他放任自己的自私，陷入找女友、换女友，换女友、找女友的歧路不能自拔，对此不以为耻，反以为荣。现在变了的孙向华想做点好事以弥补之前的过失，不过对他这一选择我是怎么也没想到。

“俗话说‘浪子回头金不换’，对于你这个含着金汤匙出生，之前的混混来讲，如今能自食其力并想帮助他人，这是值得表扬的。可你要娶沐雨的想法却是异想天开，太不切实际了。向华，以前在生活、情感上的予取予求，可以说你是随心所欲，可那是缘于你的家境，眼下呢，你要知道你变了，时代也变了啊，关于你现在的这个想法，先抛开你和沐雨家的恩怨不讲，单就你在沐雨心中的印象，你认为这可能吗？”孙向华被我说得脸红了，这个现象在他这里可是少有的。“我清楚自己在沐雨眼里是个无赖、恶棍，是个卑鄙无耻的混蛋，可如今我认识到错了啊，并请相信我一定能改掉这些。”孙向华说这些话的语气很诚恳，看着我的目光也透着真诚。

孙向华这个玩世不恭的人在情感问题上发生转变是在沐枫意外死亡之后，这件事对他触动很大，首先是有了反思，监狱的改造也是重要原因。还有孙向华对沐枫还是有感情的，之所以弃沐枫找新女友并非又遇到了新爱情，也不是要娶谁，纯粹是为寻求感官上的刺激。出狱后，他每每忆起沐枫对自己的种种好处，寝食难安，对自己之前的行为痛心疾首，可时过境迁，沐枫不在了，想对她好也没了机会，思来想去，就有了娶沐雨以救赎自己这一想法。

“男女间由相互欣赏而爱恋而婚姻，是人世间最美丽情感之升华，若与此相悖，以你对沐雨的了解，她会接受吗？孙大侠、孙大老板，怎么，您通过改造与反思，成了空想家了？”尽管对我的讥笑之言存有不满，孙向华还是恳求着：“哥们儿，我这是和你说心里话，别挤对人啊。你甭管成不成，不管结果如何，帮我递个话，总可以吧？”沐雨的脾气性格我了解，她心中对孙向华的怨恨我也清楚，因不愿招不痛快，我再一次拒绝道：“这种事最好自己当面去说，别人传话不合适。”“哥们儿，你喜欢沐雨我知道，你这么推三阻四的我也知道是什么意思。那今天我俩谁也别掖着藏着，索性把话说透。你先别说沐雨不愿嫁我，此时非彼时，我认为这是有可能的。沐雨腰伤严重，生活上需要人照顾，我是个体户时间自由，照顾起她来方便。还有，为绝那个混蛋爹的后，我已决定不要孩子，沐雨的不能生育在他人处是不足，对我来讲反而正合适。这些都是我的优势。你呢？家在外地，要工作、要奔前程，你有多少空余时间来照顾沐雨？你想想是不是这个理？”孙向华说的这些从现实角度来讲中肯、实在、实际，可对我来讲，偏离情感的婚姻是难以接受的。“向华，你喝大了还是脑神经出了问题？怎么净说些不靠谱的话？男女的爱有多种、多个层次，低级的是肉体之爱，高级些的是情感之爱，而最高尚的是灵魂之爱。请问，你说的这些话哪一句和爱有关？听你的意思沐雨似乎是个包袱，娶她是施舍，这让沐雨会是什么感受，你想过吗？”“好，好。我表达有误，我认栽。”孙向华抽自己一个嘴巴，又道：“那我这么问你，咱是不是都为沐雨好？是不是都想让她幸福？若承认，就该把我的意思转告给她，让沐雨选。哥们儿，求你了，这是我人生中第一次这么求人，要不我现在给你磕一个？”

人性本善。人的善良与否是种选择，和家庭出身是优渥还是贫寒无关，和受教育的多寡也关系不大，善与恶，纯粹受自己的世界观支配。正所谓一念成魔，一念成佛。说实话这两年孙向华的确转变了行为准则，此刻又听他把话说到这份儿上，也知他这些话不是一时冲动之言，是经过深思熟虑的，同时也理解他之目的是出于对沐雨的爱护与关怀，于是就提示他转换一下方式：“话我是不会替你传的，你可以把自己的想法写成文字的东西，我可替你转交。”孙向华闻言立刻从饭馆借来纸笔，给沐雨写了一封信。

“哥们儿，我妹妹向菲对你印象颇佳，要不我给你们撮合撮合？”孙向华给沐雨写的信交我手上后这样道。“什么意思？怎么着要来个对等交换吗？向华，感情上的事不是生意，请谨记要尊重他人，不要再开这种玩笑，否则就不替你传信了。”对孙向华冒出的提议感到特别扭的我把刚接在手里的信又递向了他。“别，别，哥们儿，算我没说。不过向菲她的确喜欢你，我也是想成人之美，请相信我的真诚。”“向华，我相信真诚，可从你口中听到‘真诚’两个字让人感到好笑，同时似乎还让我感到了含有一丝丝的别有用心。”脸又红了的孙向华先将我递过去的信推回，紧接着将桌上的一杯酒一口喝干，然后杯口朝下道：“我自罚一杯，行了吧哥们儿。”

信交到我手可就变成了烫手山芋，不转对不起朋友，交给沐雨很清楚会给她带来不快，因此一直在我兜里装着。可也是孙向华的这封信促使我加快了向沐雨进攻的步伐。

## 10

女性大都有一个共同的爱好，换发型。心情不好换个发型，心情大好也会换个发型。沐雨虽一直留的是短发，可在短中也是时常变换着。初识时沐雨是齐耳短发，后来留过一侧长一侧短帅帅的那种，同三德子离婚后又将头发剪得极短，类似男孩子偏分头那种款式，近来头发稍长了些，梳了两根短辫，可又常常将两根短辫系在一起。再一个周日来看沐雨时，看到她又换了一个新发型，头发短了些，两侧及脑后的发梢向里扣着，刘海挑出一绺用卡子夹在头顶，这个发型让人看起来是稳重中又带着一点俏皮。

“沐雨，人说女孩子换发型一定会有重要的事情发生，难道是接受了我上次的劝告？”“规劝他人做什么首先自己在这方面一定是强项，常言道‘打铁先要自身硬’嘛。你劝我交男朋友，难不成你自己已有了女朋友？”某种场合下女人最撩人的性感不是相貌，也不是身材，而是她撩发的那一刻。之前我就为沐雨撩发的动作痴迷过，此刻当又一次看到她撩垂在脸前的一绺头发时，又为她这一丢丢的性感而挪不开眼，心跳加速，刹那间一种要恋爱的感觉油然而生，我确切地意识到自己和沐雨保持多年的友谊该越界了。

“没，没女朋友，没谁会看上我。”沐雨亮晶晶的双眸让我兴奋又慌乱，可也没忘极力否认她的话。“怎么没有？男子汉说话要诚实哦，之前是谁在刻意回避着？”在我和沐雨相识之初，我对她印象颇佳，沐雨对我也心存好感，继而喜欢，经过接触已意属于我。这一点还真不是自己的盲目自信与夸口，那时面对陈跃、三德子我们三个欣赏她的人，沐雨和我更亲近这是有目共睹的，也是毋庸置疑的。而自己怕违犯纪律、影响前途才没敢向前多迈半步，没敢对沐雨表白心迹。“是发现自己在她人心中已无足轻重”，我这句为自己辩护的话使沐雨有些失望，她话接得急且也不再绕弯：“我那是假装无所谓，却发现有些人对我是真不在乎。”

往日和人聊天或争论什么，我的回应总是相当快，这天面对沐雨却要么语无伦次，要么词不达意。“你怎么不直说啊？说了我才知道吗，不说我怎么知道？那时的我不解风情。”沐雨对我这些辩解虽还不满，但还是耐心地引导着：“现在解了？”“一知半解。”“把你的一知与半解讲来听听可好？”在沐雨鼓励下，我胆子壮了些，直视着她的眼睛道：“自见着你的那一刻我就喜欢上了你，这句话我一直都想对你说，可一直没这个勇气，对此我十分抱歉。”其实我说这些时勇气还不是很足，同时又被沐雨那双水灵灵的大眼睛忽闪得有些发蒙，说完这些急忙低下了头。“低头干吗？是不是后悔对我说这些了？”“不，不。我后悔的是自己说晚了。”见沐雨似笑非笑的不吱声，以为她是不相信自己所言，又马上道：“真的，后来真的特后悔，后悔之前没想过这些，这些是后来想到的。”听过我这些颠三倒四之语，沐雨用含有怜惜、幽怨的目光看着我足足有一分钟才道：“你不仅是个傻子，还是个坏透了的坏蛋。”

沐雨说我傻，我认，自己以前是傻，不仅在他处做过许多傻事，在沐雨这里也时常冒傻气犯错误。我也理解她此刻口中这个“坏”的意思，此坏非彼坏，故而对她说我坏，也认，同时还后悔坏晚了。想到此我即刻掏出了孙向华写的信，递给沐雨，目的是以此来刺激她一下，再次探探她的虚实。

看完孙向华的信，沐雨静静地看着我道：“学得很有绅士风度吗？怎么着？这是有意相让？”沐雨的话我当然明白是什么意思，却装起糊涂：“让什么让？”“信的内容你不清楚？这我可不信。”沐雨看着我的目光虽柔和，不过里面的内容很丰富。“这是一封孙向华的求爱信，”沐雨说着话，从我面前拿起打火机将信点燃后又道：“这是我的态度。”“请一定相信我沐雨，我是真的不知道信的内容，当时他让我转交给你，还以为有什么事就应了。请你放心，这次我谁也不让，谁来和我争，我一定会和他拼命。”“这是你早就该说的话，该有的态度，不过现在听来也让我受宠若惊。我原本想着今生今世不会有人对自己说这些了，谢谢你。”脸颊绯红的沐雨笑得很开心，目光里尽含妩媚。

“会嫌弃我一辈子生活在轮椅上吗？”决定和沐雨恋爱之前，对于她的身体状况我也犹豫过，知道以目前的医疗水平沐雨腰伤康复的希望不大，她很有可能要一辈子在轮椅上生活，那么久了自己会不会对此生厌呢？俗话说“久病床前无孝子”，何况夫妻？还有传宗接代是国人的固有观念，自己能接受沐雨的不育吗？自己的家人呢？生活在农村的人更在意这个，家人不接受咋办？对这类问题我经过长时间的思考，是几经拷问自己，又几经反复都得到自己的肯定答复后才向沐雨表明的心迹。

“我已下定呵护你一辈子之决心。”我的回答使沐雨脸上漾起了笑容。“你家人不接受我不能生育咋办？”“请相信我的能力，我能说服家人接受。另外，我已想好预案，必要的时候我们可以领养一个孩子。”沐雨抿嘴一乐又问：“你为什么喜欢我这个身体有问题的人？”“只因多看了一眼。”“说具体的。”沐雨的端庄美丽，成熟知性，善良仁爱，不做作、不矫情都是我所喜欢的。这一切在无形中成了一个巨大的磁场，她一举一动，举手投足间都充满着特殊的吸引力，让我沉醉其中，沉迷其中。还有，重要的是沐雨是主动喜欢自己的北京女孩，喜欢的时候她并没嫌弃我是个外地农村人，及我没工作等。之后若不是家遭变故，她是不会选择三德子的。再就是有一些东西是说不出来的，可却能感受得到，什么都能骗人，唯独那种在一起的舒适感、亲切感则不会骗人。“具体的不知道，只知道在故宫护城河边看过那一眼便无可救药地沉沦了。”沐雨开心地笑了，笑容烂漫娇憨，让人迷醉。

为庆贺自己追沐雨成功，晚饭我在什刹海北岸的烤肉季请沐雨，这也是和她相识以来第一次请客。饭后天空中飘起了细雨，沐雨坚持要在湖边遛遛。“对结婚及婚后的生活你是怎么考虑的？”“结婚要等我退役之后，至于在哪里生活随你，愿和我一起回老家，那我们就过田园生活，不愿离开北京，我也随你。现在北京找临时工作也方便了，且已有目标，我认识的一个朋友，告知我西山煤矿招工，还优先招退役军人。沐雨，你看以我这样的身体状况，做矿工每天肯定会比他人多挖几筐煤，我保证你生活无忧。”“好。到时我为你洗衣做饭，我也保证你是最健壮、最干净的煤矿工。”见我说得认真，沐雨回得也认真，回过她却笑了。

“那我们就老家、北京两边住，这都市、乡村的换着住一定会很惬意的。关于煤矿工的事说说可以，我是不会让你去做的，我要你陪我，至于过日子的钱我这里有。”沐雨手中有钱我清楚，那年还是我帮她找到的存折，当时我也看过一眼，上面的数额巨大，供她一生的生活费用都没问题。

我不否认自己也喜欢钱，沐雨那里钱多自然是好事，钱多可减轻自己日后生活负担，解除后顾之忧，对钱哪有不喜欢之理？可吃软饭这等事自己做不来，并极为排斥，认为这有损男子汉之称号与形象。“沐雨，不是我说漂亮话，我崇尚自食其力。在此，我要说句你可能不爱听的话，请吸取以前不让三德子去工作之教训，人不能太清闲，我们不是常说无事生非吗？你不让三德子工作已够荒唐了，又掏钱给他买摩托车的做法在我看来可以说是荒唐至极。”见沐雨凝视我的目光湿润了，我急忙拐弯道：“你若愿我离你近，那我和胡爷爷一同扫街去如何？”“还要扫院子哦。”沐雨含泪凑过这句趣言，又问我：“你计划什么时候带我回一趟老家？让我见未来的公婆？”“年底吧，年底我退役了一起回。家人们一定会欢迎你这个北京妞的。”“到时我的腰伤能痊愈该多好啊。”

这些日子沐雨同我聊天，每每总会流露出对腰伤的伤感之情。为逗她开心我放低声音道："沐雨，现在我太兴奋了，一定要把自己压在心底多年的秘密告诉你。我从小就立志，也可以说是愿望，一是有辆自行车，二是娶我的女同学玉茹，她是我们村长的女儿，可惜的是人家头年嫁人了。得到消息让我遗憾得饭不香、寝难安的。现在好了，自行车有了，另一人生目标也即将实现，且娶的还是一北京妞。够牛吧？哎，你说我该不该拐回饭馆再喝一杯庆祝一下？""该，该。"沐雨笑了，笑得前仰后合，边笑边拍着轮椅扶手："瞧这出息，瞧这志向，可真够远大的，哈哈哈……"

夜深了，有风吹过来了，笑了一阵的沐雨仿佛怕惊扰夜的静谧似的，一下子便收住了笑声，转脸望向繁星点点的夜空。专注地仰望了好一会儿，又转向泛起涟漪的后海湖面道："人生在世，拥有一个值得信任的人是多么美好啊。现在我拥有了，真是太幸福、太美妙了。"说到此，她又转向我："谢谢您，您的爱对我来说意义非凡，可不知为什么，此刻我却有些担心它的不真实，担心它是一个童话故事。""说什么呢沐雨？怎么会有这样想法呢？"沐雨没接我的话，将目光又投向了朦朦胧胧的湖面。

## 11

"沐雨失踪了。"

去外地出差半个月，昨晚才回京的我大清早听到胡爷爷来电中的这句话，瞬间身上汗毛一下全奓了起来。"沐雨失踪？什么时候？""一个星期了，爷们儿，一两句话说不清，快来家吧。"沐雨姐姐沐枫出事前胡爷爷对我也说过这样类似的话，当时我还取笑他是神经过敏，可第二天便得到了沐枫意外身亡的消息。现听到胡爷爷又说出同样的话，那颗心是怦怦乱跳，一下就蹿到了嗓子眼儿处，跳下床推起自行车就往外走。可看到车把上挂着的提包，那颗慌张着的心又稍稍缓和了一些，这个包是沐雨所送。出差前去和沐雨告别时，她指着桌上放着的这个包道："里面是给你织的一套毛衣裤及围脖和手套等。"然后又带着不舍的口吻叮嘱我："注意身体，少喝酒，少抽烟，完事早点回来。"这次出差去的是广东，包里是给沐雨带回的话梅，原本就打算今天抽时间给送家的。

“这是沐雨走前放在这的，让我交给你。人老了，心里搁不住事，这几天打过几个电话总找不到你，快急死我了。爷们儿，你说沐雨姑娘不会出意外吧？”胡爷爷说着话，递给我一个牛皮纸袋。“别着急，胡爷爷，许是她临时决定外出旅行或办事。”我这句话惹得胡爷爷更着急：“不，不，爷们儿，前两天我也这么想来着，可后来想到她走那天的情景总感到不对劲，临走前沐雨望着门楼偷偷抹眼泪，这奇怪吧？你也知道这闺女是从未当人面哭的啊。”胡爷爷的话又让我的心揪了起来，急忙打开他递给我的袋子，纸袋里有一串钥匙和一封信。

“我走了，这一别我们或许就不会再相见，再见之时有可能我已化成了灰烬，但我的记忆是不会成为灰烬的，它已永远地存在了心里。请不要找我，那将是徒劳的，也不要等我，等也不一定会有结果。但你不许忘记我。另，这串钥匙请代为保管，昕莹表姐来时交给她即可。”沐雨给我留的与其说是信，不如说是张字条更准确，可能是自己忧患意识重的缘故，从这寥寥数语的字里行间中首先领会到的意思是沐雨在向我交代后事，接下来认为这个时候的沐雨已在某个地方了却了自己生命也未可知。想到此，我一个激灵，紧接着心里一阵抽搐，随之通身冷汗直流。

沐雨姑姑回来之前，谷阿婕一直住在原来的西厢房内，是沐雨姑姑力主她搬进了正房，不过谷阿姨也坚持了一点，就是按国人东为上的传统，让沐雨姑姑住进了中厅东侧的两间房内，自己住进了西侧的两间。沐雨同三德子离婚后就搬进了这里。此时房间里还保持着原来的样子，只是卧室的梳妆台上与起居室的茶几上落有一层尘土。东侧她姑姑的房间里因久不住人，那张大床及其他家具上少了被褥及日用品的相伴，再加上房间宽大，使里面显得很空旷。西厢房内也是空荡荡的，那年沐雨为找存折让我将家具拆散、墙皮铲去后又请人装修过，和三德子婚后也还是住在这里。离婚后她不但将那些为婚后生活而置办的家具全部丢弃，就是窗帘也取下烧掉，此时打开门里面除去一股潮湿味道什么也没有。沐枫原来住的东厢房也是依然保持着她生前的样子，因房屋的后墙上没有窗户，门两边的窗户又有厚厚的窗帘遮着，室内是阴暗暗的，除去墙上挂着的镜框中那张沐枫的放大照片有点光泽外，里面一点生机也没有。

去各处房间查看之目的是为找沐雨，其实去查看之前心里就知道没希望，可又莫名地怀有一丝祈盼，待转过一圈心里只剩下懊恼与沮丧后，只好来到正房的厅里坐在椅子上发呆。我点起一支烟，弯腰去拿茶几下的烟缸时，里面的话梅核让我忆起了上次和沐雨在一起的情景。

农历寒露那天午饭后，沐雨见我用从自来水管上引出的一根橡皮胶管对着院子里的菊花浇水，幽幽道："深秋了，淋点水就行，多了烂根。""怎么个意思？你不会见到几盆萧瑟的菊花就会像林黛玉似的去葬花吧？"为逗她开心，贫过这句，我又学着舞台上林黛玉去葬花的台步扭了几下。沐雨笑了，是开心的那种哈哈大笑。笑过又嗔怪道："若我被话梅核噎住你可要负责哦。唉，真能扛着锄头去葬花就好了。"我把这个烟缸递过去："别着急，总有这一天。""借你吉言，"沐雨将话梅核放进烟缸里又道，"可这一天是哪一天啊？"然后又拿起一颗话梅放入口中。

回忆着和沐雨甜蜜的过往，胸中的痛苦减去了许多。又想起之前她遇上那么多艰难的事都能坚强地面对，现在我们就要携手拥抱美好的未来，幸福生活指日可待之时，沐雨她不该想不开嘛。近中午时，接到我电话的陈跃赶来了，接着孙向华也到了，他们看完信的内容想法很乐观，同我最初的想法一样，认为沐雨或是外出游玩或是去办事，要我不必惊慌。抽过一支烟，陈跃又提出了一个新观点："沐雨会不会用这种方式来考验你一下？"对他们前一种推测我还不是很认同，认为还值得商榷，但对陈跃的这一提示却十分乐意接受："嗯，极有可能。"

三德子来了，他是来送沐雨家那辆旧轮椅的，沐雨走时带的是自己买的那辆能折叠的轮椅，这辆她奶奶及父母都用过的旧轮椅就留在了大门口胡爷爷处。此时三德子在我这里已变成了仇人，刚要冲上去揍他却被孙向华拖住："你不宜干这种事。"然后对陈跃使了个眼色。

陈跃冲上去了，只见他一把揪住三德子，"啪啪"抽起了大嘴巴。过了一会儿，孙向华走上前说："陈跃，退下。"然后一脚将三德子踹翻在地，厉声道："自己抽。"在孙向华目光威逼下，三德子乖乖地抽起了自己。胡爷爷闻声走了过来，望着孙向华，嘴巴嗫嚅，过一会儿，又把目光转向我。"滚。"我对三德子挥了一下手。

一个星期过去了，又一个星期也过去了，一个月也过去了，失踪的沐雨依然是音信皆无。这些日子我差不多天天跑来沐雨家里，陈跃和孙向华每周也会过来一两次交流情况。这天我们交换过自己打听的结果后各自垂头丧气，仨人抽烟的心情都没有了，每个人都拿支烟却没一个点燃。陈跃嘴上劝着我："我相信沐雨会回来的。"可他脸上显示出的却是前所未有的惶惶不安之色。孙向华嘴巴闭得紧紧的不吱声，不过他那绝望的眼神已说明了一切。看着他俩的表情，我紧紧揪在一起的心时而针刺般疼痛难忍，时而又麻木地说不出是个什么感觉。

天空中落下的雨滴越来越密，并排坐在门前台阶上的陈跃和孙向华先一步进了屋，当看到屋檐下沐雨一家三代人都用过的那辆旧轮椅，我胸中的懊恼、悲伤、愧疚、哀怨凡此种种的情绪化作愤恨爆发了，跑上前举起这辆轮椅使劲摔在台阶下。随着"啪"的一声响，扭曲的轮椅颠了两下后倒扣在了地上，不知是对自己的被摔不服气还是惯性使然，只见轮椅的两个大轮子一前一后飞速旋转着。这一现象使我更加恼怒，冲过去再次将它举起猛摔，一下，二下……直到它散架。接下来我又摔那些菊花盆，一个，两个……

"这都是沐雨的宝贝，你摔它们干吗？"陈跃夺过我又举起的一个菊花盆，又将我推去一旁，然后叫上孙向华将这些花盆，一一往屋檐下搬。

有人喜欢菊花的婀娜多姿，香味芬芳，有人赞美它的不畏严寒，傲视寒霜。可眼前的这些菊花在失去了它的主人后已没了往日的灵性与品相，风韵与傲骨，此时的它们花已凋零，叶已枯萎，只剩下干黄的躯干伫立着，静静地迎着风雨。

室内不知是陈跃还是孙向华放起了沐雨喜欢听的《春光美》这首歌。之前和沐雨一起听这首歌时，心灵深处随着美妙悠扬的旋律而畅快、沉醉，此一刻又听到"我们在回忆"这句歌词是心烦意乱，别有一番滋味在心头。

风渐渐大了，雨更稠了，随着歌曲《秋风凉》委婉、舒缓的旋律我似乎听到了枫叶落下的声音，还似乎嗅到了秋日里枯黄的味道。我仰望天空，默默祈祷着，愿这秋风夹着落叶将我的牵挂、问候给沐雨捎去。站在萧瑟的凄风冷雨中的我头发湿了，衣服与脚上的鞋也湿了。

沐雨，我的心上人，你是在远方？天国？

## 12

沐雨来信了。

春暖花开的季节，台湾的昕莹表姐来京了，接到电话我立马跑去她住的酒店，一见面昕莹表姐就递给我一封信。信封上没有发信人的地址，只写着我的名字，不过这几个字也让我一下子呼吸急促，内心颤动，手也哆嗦，扯了几次才将封口撕开。这是沐雨写给我的信，可信的内容依然是无头无尾的寥寥几句："对故土的爱是永远不会消失的，对故人的情谊也是不会忘记的。现在我在外面治疗腰伤，若能痊愈，一定回京。还有，对离京时的不辞而别我深表歉意，望谅解并请保重。祝一切都好。"热恋中自己所爱的人突然玩失踪，过一段时间后又给你捎来她无恙的消息，他人心中怎么想我不清楚，反正此刻的我惊喜过后紧接着是一肚子怨气，先前的爱有多深现在的怨就有多深。

"怎么样？近来可好？"昕莹表姐这句关切的话是问候我的，可一心都系在沐雨身上的我却回她道："只要沐雨在你们那里过得开心就好，我这里好不好的无所谓。"听出我话中言外之意的昕莹表姐拿过我手中的信看后问："沐雨离京前没告诉你？""没有。""你误会了，她没在台湾。""那在什么地方？"昕莹表姐没有回复我的问题，而是用诙谐的口吻道："沐雨这个小贼妮偷走了他人的心，临走的时候连个告别都没有，这也太不厚道了嘛。"

沐雨失踪后，在分析原因时陈跃提示过她是不是用这种玩失踪之法来考验我，现看到她的信中没留地址，昕莹表姐又不肯说出她的所在，这让我生出了另一种想法："是不是您们家给沐雨介绍了优秀的新男友？""沐雨的不辞而别让您像哑巴吃黄连似的有苦说不出，且这个臭丫头给您吃的还是双份的，哈哈哈……我理解您的苦衷，但我要说明的是，有优秀的男生，我还缺男朋友呢。”昕莹表姐说话一直都特别的幽默风趣，可此刻我没有笑。“那会不会是沐雨在国外已有了新爱？”“没听说沐雨已成了外国帅哥的猎物啊？”回完这句话昕莹表姐还是笑，笑过指着信中“若能治愈，一定回京”的一行字道：“它已从侧面证明了您所想的问题并不存在，不过也暗示出了若治不好病有可能不再回来之意。”

世界上所有的爱情故事，都会或多或少地遭到一些阻力，受到一些外界元素的影响。经过昕莹表姐的提示，我明白了，影响我们的是她的身体。书上说爱情无关年龄，也无关身份地位，以及距离等，只要恰如其分，灵魂契合便可修成正果，携手到老。实则不然，爱情之路往往会掺杂许多外在的现实东西，也脱离不开自身存在的很多实际问题。沐雨和三德子离婚的重要原因是她的腰伤与不孕不育症，虽说这些年来已看过多家医院，可以说遍访名医，但结果令人失望。也是这次失败的婚姻使沐雨清醒地认识到情感在恋爱期间重要，在婚姻生活中却不能单独存在，婚后生活幸福和睦与否是和身体健康相辅相成、紧紧相连的。沐雨自己很清楚我对她的爱是真挚的，也不舍自己对我的爱，无奈她心中的阴影太深，思考之后还是毅然决然地把外出就医放在了首位，目的就是让自己成为一个健全之人再和我一起生活。信中暗示的治不好不回也是不愿给自己所爱的人添累赘，选择悄然离去也是缘于这份爱，因为沐雨自己心里清楚，若当面告别不但会非常痛苦，极有可能自己会不忍离开的。

有人说最爱的人也是伤害自己最深的人；也有人说比死亡更可怕的是莫过于被亲爱的人忘却、抛弃。沐雨的悄然离去虽说没伤到我怀疑人生，但也让我差点对爱情失去信心。好长时间都怀疑自己和她的爱恋是不是一个梦，是否真实存在过，是不是自己一个人演的独角戏？心中时不时地还会冒出一种受骗的感觉。对她的气也有，怨也有，还有些许的恨。可明白她的决绝出走并非不爱我，而是受三德子的伤害太深之故。我肚子里的怨泄了，恨没了，剩下的全是对她的放不下。

“接下来我该怎么做呢？恳请表姐不吝赐教。”听我这么问，昕莹表姐先递给我一块巧克力，然后又给茶杯续过水，道：“书上说‘发生在世上的事情没有一样是出于偶然’，沐雨是个行事缜密之人，外出就医之决定不会是临时起意，肯定考虑过很久，这在信中她也已说明了这一点。对此我要说的是，虽说她的出发点可以理解，可离京时不告知是极为不妥的，这是对人的不尊重，不信任。所以，在这个问题上你想不通我是理解的。是呢，世界上唯有爱和信任是不可辜负的嘛，你们这么些年的情感，灵魂伴侣式的爱恋，出现这样一种结果，着实令人惋惜。待见面我一定要批评她。”

没有沐雨的消息使我对她万分挂念、担心、焦虑，那种焦虑似一团火在心里燃烧，又如同阴云般一寸寸地吞噬着心房，折磨得我失魂落魄，痛苦异常。我搞不懂沐雨为什么不信任我？不理解她为何要离我而去？经过昕莹表姐的指点，我蓦然醒悟，明白是自己在很多地方误会了沐雨，现听昕莹表姐说要批评她，我急忙接话：“请不要再责怪沐雨，我此刻已明白是三德子透支了她对男人、对爱情与婚姻的信任才这么做的。请表姐您转告沐雨，无论她身体能否痊愈，我的爱是不变的，都会爱她、呵护她一辈子。”

“痴男一枚吔。”昕莹表姐微微一笑又道：“亨利·沃德·比彻牧师说过：‘情感，犹如浪花，很难长久保持其独特的形态，世上的聚散无常本就是正常现象。’因而对此要看开，实没必要为此而太过纠结、伤怀。一位叫伊藤·可夫斯基的诗人这样写道：‘爱情，不是一颗心去敲打另一颗心，而是两颗心共同撞击的火花。’的确如此，真正的爱情不是一个人的天长地久，也不是一个人凝视另一个人，而是两个人一起凝视同一个方向。所以你对沐雨理解归理解，可原则问题要坚持，你爱沐雨可以，等等她也可，但这个等不能是无限期的，要定一个时限，我意两年即可。她若回，皆大欢喜；否，你们也没结婚，没必要像企鹅似的死守对方一辈子，就开启自己新的生活吧。如何？”见多识广的昕莹表姐看问题视角独特，切入点准确，见解条理分明，给出的建议诚恳、可行，让我心服口服。“没问题，一切都听您的！表姐，唯一的不同意见是等沐雨的时间还可长些。”

“有些人注定是等别人的，有些人注定被别人等。”记得在一本书上初见此言时很不以为然，认为是一句包装精美的废话，情感是平等的嘛，等与不等取决于自己的意愿。可现实并非如此，情感它就是这个样子，没有平等可言，爱就是爱，不爱就是不爱，是无论你怎样努力都改变不了的。有的人能潇洒转身，有人会深陷其中不能自拔。对沐雨我也曾努力地忘过，可结果并不理想。昕莹表姐明了我的态度后边摇头边笑，接过我递上的水杯还笑个不停，我开始没笑，后来也跟着她一起笑了起来。随后即刻给沐雨写了一封信让昕莹表姐转交。

“沐雨，得到你的消息既喜且悲。自别离，心中无时无刻不在牵挂、担忧，白天装作若无其事，夜晚不是彻夜无眠，就是夜半推枕而起……熬到天明。在这每一个睡不着觉的夜里思念的全是你。人说万物皆有定数，我俩的遇见也应在定数之中，自遇见你之后便再也没了遇见，从那一刻起心中只住着你一人。山是水的故事，从相识的那天起我一直都认为你是我的故事，难道我们的结果真的只能是个故事？请你不要低估我的爱，同时也大可不必对自己的身体妄自菲薄，愈，爱亦然，否，爱依然。愿你每天带着微笑醒来，带着微笑入睡。

“您美丽了我的人生，我会爱你到永远。能和你说再见吗？”

两年时间过去了，沐雨没有回来也没有音信。昨天接到昕莹表姐今天来京的消息，我兴奋得几乎是一夜未合眼，大清早便跑来沐雨家，进门看到三德子已将院子打扫得干干净净。

爱情的世界里有定律吗？有。就是当你不再爱对方的时候，对方就会爱你了。婚姻生活中亦然，就有这么一种人，你对他付出再多，他不会把你这种付出放在心上，对于你无微不至的关怀习以为常后便一点儿也不珍惜，他会以为不管自己是什么样的态度你都会不离不弃。可待你转身逃离，这个人失去你的关爱后他反而会取悦你、讨好你。三德子就是这样的人，沐雨同他离婚不长时间，他便后悔了。固然，他的后悔在我看来重要之原因是钱的因素。接下来是追着沐雨要求复婚，遭到拒绝竟然还跑去单位找我帮忙。当然，那次若不是他逃得快定会饱受一顿皮肉之苦。

沐雨离京的那年春节初二上午我来给胡爷爷拜年，看到三德子在院内扫雪，我立刻大骂着将其赶走。“爷们儿，三德子已认识到自己的错误，想为沐雨做些什么，要不就让他做这些吧？反正沐雨姑娘也不在。”对胡爷爷的请求我即刻回绝：“问题是我也讨厌他，不愿看见他。胡爷爷，以后他来看您可以，但不许进院子。”“爷们儿，我已老了，清扫这么大个院子已有些力不从心。沐雨姑娘爱干净，万一哪天她回来看到院子又脏又乱的也不合适嘛。爷们儿，你看？”胡爷爷的这个理由让我犹豫再三默认了。

这年年底，一个飘着小雪花的上午，三德子突然来拜访我。此时的三德子又胖了些，他上穿一件红棕色羊皮短大衣，下穿一条米色裤子，白白的翻毛衣领将他脑袋衬托得格外大，但更为耀眼的是他中分向后梳的头发，亮亮的似乎有油要滴下来。他嘴里叼着一支加长过滤嘴香烟，头微微扬着，鼓鼓的黑色皮尔·卡丹包夹在腰里，摆出的姿势酷酷的很拉风，一副大款派头。对于三德子兜里有俩钱我是知道的，鸿涛与萧涵及三德子他们倒腾画发了点财，几个人合伙开了间酒吧，开业那天孙向华约我一起去庆贺。

酒桌上，孙向华及萧涵与鸿涛他们一致要我说几句。对于经商自己是个外行，可为了应景就站起身顺着自己的认知说道：“前人对生意如何才能兴旺已总结出‘信誉、门面、伙计好’这三要素。门面与伙计好这两点我就不多说了，重点讲一下信誉。‘人而无信，不知其可也。大车无輗，小车无軏，其何以行之哉？’这句先贤之言已说明了经商之道其实就是做人之道，要重信誉要厚德，对物，要货真价实，对人，要诚信，童叟无欺，按老百姓的话说就是老不坑，少不哄。今天的诚信，明天的市场，后天的利润。还要遵循前人留下的准则，就是不赚三种钱，一、国难之财；二、天灾之利；三、贫弱之食。再一点待客之道也很重要：生客是礼貌，熟客是热情，钱多是尊贵，豪客是仗义，挑剔是细节，随和是认同。还有合伙人之间要相互尊重，要彼此成全，不可相互掣肘、拆台。切记，利可共，而不可独。总而言之，若能坚持做到以上几点，我相信生意定会红红火火，财源定会滚滚而来。”我的话音刚落，坐在邻桌的三德子已端着酒杯来到我面前向众人道："这是我瓷器，多年的铁哥们儿。"面对三德子的大言不惭，面对他用实际行动再一次证明着什么叫睁着眼睛说瞎话的介绍，我只好将脸扭向一边。稍后，缘于沐雨，又因羞于与三德子为友，对他的敬酒我连杯都没端。

三德子是开了一辆 126P 微型车来的，虽然它特小跟一青蛙似的，不过在鲜有私家车的当年那也是极为风光的。同来的是原来他家隔壁院中一名叫二兰子的女孩。这个二兰子我也认识，她和沐雨很要好，之前在沐雨家时常遇到。二十来岁的二兰子中等个头，披着一件豆青色大衣，横条纹的贴身上衣将她丰满的身材勾勒得是凹凸有致。肤白脸略长的她大眼睛、高鼻梁、嘴大唇薄，看人时眼睛忽闪忽闪的又机灵又很有热度。三德子还带来了丰厚的礼物，两瓶剑南春白酒、两条凤凰烟及一大兜子苹果。

"什么事，三德子？""没什么事，我们老朋友很久没见了，很挂念。"三德子笑嘻嘻回完我，然后指着旁边的二兰子道："她是我现女友，今带她来看看您，中午有时间吗？我们一块堆坐坐弄二两。"说话时，三德子肥嘟嘟的下巴也随着嘴巴一起在抖动。之前，三德子和沐雨订婚后就时常来我面前嘚瑟，看来发了财的他又延续着老套来我面前显摆来了。"免了，中午我还有事，礼物我也承受不起，请带回。"

"别价哥们儿，已经拿来了，请收下哥们儿。"当着二兰子的面，被三德子一声比一声亲热的"哥们儿"这么叫着都快让我的尴尬症犯了。"常言道'物以类聚，人以群分'，三德子，我们道不同是做不了朋友的，不过在此我有几句忠告相送。《警世通言》关于怎样做人是这样说的：'势不可使尽，福不可享尽，便宜不可占尽，聪明不可用尽。'意思就是做人莫贪，莫耍鸡贼。要与人为善，'不以善小而不为，不以恶小而为之。'要活得干净、明亮，要无愧天地，无愧他人。再就是在这个变化多端的世界上，'三十年河东，三十年河西'是世间的常态，也许这一刻还在得意，可谁也不能保证自己永远都顺风顺水。请永远记住善良与厚道是做人的根本，送人玫瑰，手留余香。不信，骑驴看账本，咱走着瞧。"见三德子对我这番话不置可否地笑着我又道："顺便再说一句，'点滴之恩，涌泉相报'这是做人之准则，‘你关心我一时，我关爱你一世’这是对情感的准则，朝三暮四绝不会有好下场。”听了我后面这些话，三德子脸上的笑容一下子变得比哭还难看。其实这些话我也是有意说给二兰子听的，应是明白了我话意的她不住地点头。

这次和三德子见面之后没多长时间，二兰子来值班室找我，浓妆艳抹的她这天的穿搭极具时装范，白衬衫放在紧身的白裤子里，脚上的皮鞋鞋跟有十厘米以上高，使那匀称的双腿显得挺拔修长，她大波浪的黑发松散地披在肩上，脖子上系一条纱巾，衣领却敞开着，胸前露出了一片。“有事吗？”对我所问二兰子没回答，而是瞪着眼睛直直地看着我笑了起来。之前同二兰子只是认识并没交往，对她的突然到来已感到奇怪，此刻看她这样我是更纳闷。

“你有什么事？”二兰子依然笑着不言声，见我从衣兜里掏出烟来，她拿起桌上的打火机“啪”地打着伸到我面前，动作麻利又连贯。平时交往中帮人点烟，或他人给自己点都是平常事，可碍于二兰子是女的，更因她是三德子的女友，这让我产生了戒心，急忙回避着坐直了身体。见此，二兰子向前迈了一步，弯腰伏身在办公桌上将打火机伸了过来，由于她距我太近，我都感觉到了她呼吸时的气息。

“丁零零，丁零零。”桌上电话铃声突然响起让我忽然一个激灵，即刻起身走到门口，将二兰子进来时随手关上的门打开道：“我有事要外出，有事快说，没事你请。”

我这一过度反应让二兰子一下子满脸通红，她眼中充盈的泪珠似乎下一秒就要滑落了，然而她悠悠一笑后又将泪水收了回去。“哥哥，孔经理的商场正在招人，我知道你和他关系好，请您帮忙给打个招呼，让我去那里上班。”“二兰子，三德子不是大款吗？傍上他还用上班？”“什么大款？他整个一大骗子。酒吧开业几个月后，鸿涛随自己一哥哥去了国外，萧涵也犯事进去了，三德子就偷偷地把酒吧转让给了他人，转让费自己一人吞下。萧涵出来后找三德子要自己那一份钱，他哪还有？那些钱早已被他吃喝嫖赌给败光，为此两个人打得头破血流，末了他俩都给抓了。”“别说这些，二兰子，我没兴趣听。孔经理商场若招人，可自己应聘去。”“哥哥，我既无文凭，又无专长，之前就因找不到工作才去三德子酒吧里做服务员，才受了他这个大鸡贼的骗。如我自己去应聘肯定不成，帮帮忙吧哥哥，您知道的，自小沐雨姐对我就特好，待我跟亲妹妹似的，可照顾我了。”听二兰子提起沐雨，又怕她在此停留给我惹上什么事，即刻应了她的请托：“好，好，你请吧，回头我给孔经理说一下。”

品德不正的人风光注定是暂时的，浮华落尽，一切都必将被打回原形，这是历史已一次次证明了的铁律。夏初，三德子被放出来了，在沐雨家遇到时，剃着大光头的他上半身光着，下穿一条大裤衩子，脚上是一双趿拉板儿。“三德子，‘出来混，总是要还的’，这句话此刻用在你身上，真是太贴切了。”三德子没吱声，咧着嘴冲我点了点头，离开了。

“三德子栽了这么多跟头后变了，爷们儿以后你们做个朋友如何？拜托你带带他，也帮帮他，可好？”对自己的孙子，胡爷爷骂归骂、打归打，关爱自然是少不了的。“胡爷爷，恕我直言，我极其厌恶三德子这种酒色财气之徒，溜须拍马之辈，故而不能接受您的相托，再就是，人，不是米和面，难成一锅粥。我和三德子三观不同，难以为友。”“三德子本质是好的，只是跟错人被带偏了，才使他做了些错事。”“胡爷爷，在这一问题上我和您老的看法也不同，我是这么认为的，一个人心中的欲念，才是他一错再错的根源。”听我这么说胡爷爷“唉”了一声，便不再言语了。

“胡爷爷，还遵守以前的规矩啊，三德子他来看您、扫扫院子可以，但不许进屋。再一点请告知他，我依旧不愿见到他。”胡爷爷无奈着看看我道：“这个我知道。”之后三德子也算自觉，每次见到我来就会马上离开。这天，他却迎上来道：“明天是沐雨的生日，她会回来吗？”

自昨天接到昕莹表姐来京的消息，一直处在兴奋中的我整个晚上辗转难眠，夜半打了个盹还梦见沐雨回来了，醒来确定是个梦后心里还是美滋滋的，想着沐雨走时不声不响的，突然出现在我面前也并非没这个可能。也是因为兴奋，天不亮就起了床，想到昕莹表姐可能会住家里，便给胡爷爷打了个电话让他做好准备。

三德子以前无论对我说什么，得到的回复都是一顿臭骂，此刻他说的话让我激动无比，谢谢的话差点儿出口。“沐雨若回来请代为转告，我是个混蛋，我不是人，我错了。”三德子说完这句话扛起扫帚，踯躅而去。

沐雨酷爱菊花，在京时每年都会种近两百盆，在院内摆一大片。她离开的第二年春天，我将头年陈跃与孙向华码放在屋檐下的花盆搬出来摆在原位置，培土，浇水，殷勤地养护着它们。这些花也算是对得起我，花开时节虽比沐雨侍弄时差了许多，不过乍眼看去姹紫嫣红、五颜六色的，也算说得过去。之后是一年比一年差，今年我付出了同样的努力，可这些菊花成活率低不说，花也只开了寥寥几朵，自己看着都十分难为情，因而在下霜的第二天就将它们搬进沐雨原来住的西厢房内。得知明天是沐雨的生日，我急忙跑进西厢房搬这些花以给万一回来的沐雨增添一份喜悦，可此时这些花绝大部分已花枯叶黄，唯独一株上还有一朵又瘦又小的小白花。想着聊胜于无，就将这唯一的一盆宝贝似的搬来主房前沐雨原来摆花的位置中间，然后又搬来几盆虽没了花但叶子还泛着绿的放在它的周围并浇了水。

太阳高高升起来了。得到了滋润的这盆菊花似乎精神了许多，昂着头默默地仰望着天空。瓦蓝瓦蓝的天空中没有一片云，碧空如洗，恬静祥和。太阳当头时随着那些叶子缓缓地离开躯干，那朵小白花也散开了自己，花瓣一瓣一瓣地轻轻落下。

花开的时候人们对它总是十分留意，花落之时就不太在意了，我这也是第一次看花的凋谢。目睹着这株花的支离破碎，惆怅、失落、悲凉一齐涌上心头，我怕自己落泪，急忙闭上了眼睛。随着一阵细微无声的轻风，我又闻到了那熟悉的菊花清香，似乎还听到了它们的呢喃：我们不会消失，我们还会回来，请稍候……

落花不是无情物……沐雨，今天你会回来吗？

# 敬礼

# 军旅回眸——人生最浓的滋味

## ——读静海小说《敬礼》

徐 生

军事题材的作品一直是广大读者所喜爱追捧的热点，透视这一现象，应该说与作家站在时代前沿，抵近军旅生活现场，作品创作在变革中坚守、在挑战中前行、在探索中成长有关。八一前夕，阅读作者静海创作的小说《敬礼》，让我这个入伍近50年的老兵似乎找到了与其开怀畅饮、心灵碰撞的奇妙。

小说《敬礼》主要描写的是发生在20世纪70年代中期驻京某部一新兵连的故事，主人公刘连长是位“视战士高于自己、为战士不顾自己”的模范带兵人。故事自他接兵之日展开，围绕着他全心全意爱兵为兵这个基本点延伸并贯穿始终。但在部分章节中对主人公刘连长在长辈面前的孝顺恭敬、对部下的勇于担当等也有翔实的描绘，将一个血肉丰满、有情有义的基层带兵人呈现在了读者面前。

新兵连，顾名思义就是训练新兵的地方。实事求是地讲，新兵连的日常不是“立正”“稍息”，就是“齐步”“正步”，每天除了训练还是训练，在人们的印象里新兵连的生活简单乏味，是既缺少浪漫情调也少有情趣的地方，因而之前鲜有这方面的文章。而小说《敬礼》则将新兵连的训练生活写出了新意，写出了精彩，文字生动鲜活，文笔清新严谨，故事一波三折，扣人心弦，引人深思。《敬礼》让当过兵的人忆起了那段激情燃烧的岁月，也让没当过兵的人知道了新兵连是军人军旅生涯的第一步，是新兵们退去青涩、成为一名合格军人的必由之路，同时对军营的生活、军营的魅力有了新的认知。

小说者，故事也。源于生活，高于生活，写实之中亦杂糅着虚构。而《敬礼》描写的新兵连的训练生活和新兵们的心态则非常真切，是反映那个时代的一张“晴雨表”。在这一点上我是感同身受。我和作者静海是同时期入伍的，我在航空兵某师新兵连，他在陆军某部新兵连，虽然我们一个在天上，一个在陆地，但我们都是从新兵连起步，在那里学习军人基本常识和理论知识，接受基础训练，使初进军营的我们懂得了什么是信仰如磐和军纪如铁，并确立了军人“为打仗而生、为和平而战”的人生定位。文中刘连长的带兵故事之所以感人肺腑，催人泪下，固然是因他在手榴弹即将爆炸的生死关头舍生忘死地救战士，但更重要的是他在平凡岗位做了大量感人至深的事情，用自己的嘉言懿行，高尚的人格和道德情操感召、影响战士们的世界观、人生观和价值观，培养战士们的家国大义与责任感、使命感。也正是刘连长勇于奉献的精神，赢得了战士们发自内心的钦佩，才有了战士们或集体或个人的一次次用军人表达景仰的最高礼节向他表达敬意：敬礼！

《敬礼》中的故事悬念迭出、情景真实，笔调活泼、行文质朴。“新战友们一个一个地奔向投弹点，坐在待机区观看的我目送着他们跑来跑去，心却系在投弹点的刘连长身上，回忆着自己投弹时那样紧张，想着其他新战友们应该也是如此。这一次次的投掷，都会给刘连长带来一次次危险，故而每当一个战友跑去投弹，我的心都会提起来，待他们投出的手榴弹爆炸响过，看到卧倒的刘连长站起身，那颗提着的心才会放下。接下来又一个战友跑过去，我的心又一次紧紧地提起，我盼着投弹快点结束，祈祷着战友们投弹顺利。”这段看似稍显平淡的描述，寓意却丰富，不仅把新兵连投弹现场的情、景、物描绘得十分逼真、精彩，同时把人物心态和景物动态也描写得非常妥帖到位，画面感极强，读来犹如身临其境一般。如此寻常无华的行文风格一如大文豪苏轼所言：“凡文字，少小时须令气象峥嵘，彩色绚烂，渐老渐熟，乃造平淡。”

“男子汉应勇敢，并还要有一些霸气，也应该是火热的、激情的，甚至是燃烧的，没血性的男人绝不能称为一个优秀的男人，可这些只是衡量一个男人是否优秀的标准之一，优秀的男人还要具备理智、冷静及沉稳这些品质，会用思考来决定自己的判断，会用理智来决定自己的行动，并拥有把握约束自身的超强能力。而这些和男人的血性并不相悖，这是一种表象矛盾之后的高度融合。”刘连长这席教育战士时的表述，却又显示出了作者语言上丰饶的一面。这亦平实亦绚丽的语言风格恰恰又见证了作者对文字提炼、统驭能力之高和文学造诣之浑厚，还反映出作者对人生、对世界的认识和理解之深刻。

在文体上，小说《敬礼》也别具特色。其一，以报告文学为底色的跨文体写作。作者把历史、小说、报告文学几种文体的特征融合在一起，具有历史书写的特点，又有很强的文学性，读后给人以多重感受。因此，可以说这部表现 20 世纪 70 年代的作品，既是传统文学的接续，也是对新的小说架构的文学探索。其二，将鲜活的历史细节融于军队历史的长河中，把“以人代史”作为艺术架构的形式来创作，穿插的人物和历史资料像路标一般引领着人们重新回到了历史现场。为梳理人物命运与历史轨迹，作者除着重塑造了主人公刘连长外，还从多个角度刻画了新兵连新兵们的蜕变，生动地再现了豆蔻年华的他们在训练中的热血奋进，意气风发。当然，还有摸爬滚打中的酸甜苦辣。新兵们的形象也十分逼真，或热情开朗或性情恬静或调皮好动，性格急躁者有、江湖气十足者有，暴戾自傲者亦有。文中还塑造了一身正气的高医生和为人宽忠、诚挚的朱班长，以及贤淑善良的农村姑娘秀芹和她憨厚纯朴的哥哥等大大小小的普通人物。而这些普普通通的人物形象无论是浓墨重彩、大张大合，或是笔墨寥寥，像国画似的意到笔不到，意在画外，但笔下的他们都个性鲜明、栩栩如生，并通过他们身上发生的故事将那个时代的人文风情、军人的可爱、带兵人的可亲可敬生动又清晰地展现出来。

优良传统的代代相传，文艺理论应在其中发挥春风化雨、成风化人的作用。有人说，身处今天这个海量信息的网络时代，文艺生活的选择丰富多样，人们的审美口味更“挑剔”，情感燃点更高，能让人为之所“动”的作品越来越难得。可是，优秀历史剧画面上密密麻麻的弹幕，电影院观众眼中闪烁的泪光，网络上对优秀作品自发地推荐、转发和点赞，让我们看到了读者对主旋律正能量的作品是有旺盛需求的，认识到真正给人向上向善力量的作品是有深厚接受土壤的。还让我们领悟到好的作品之所以能打动人心，关键是如何结合现实写出新意。小说《敬礼》正是以此为主题，不仅极富创造性，文章主旨也紧扣时代脉搏，将文艺“动”人的作用亦挥发到了极致，读来让人会意到一股异乎寻常的浪漫感染力和精神引导力。

“军事题材的文艺发展，关系部队官兵的文化创造，关系军人，特别是那些老兵情感记忆的表达。我们这些退休的老兵应把军旅人生最浓的滋味写出来，以让军事文化薪火相传。再则，后辈人比较关注上代人身上发生的故事，因而作为老兵的我们有必要也有责任给后代人一个交代。”作者静海在畅谈创作感想时如是说，而他口中这句老兵之“老”，不只是词义上的表达，不只是时间长度上的概念，也不只是一种习惯上的称谓，更多的是一种情怀的表达，是一个老兵对一段岁月的怀念。

“铁打的营盘流水的兵。”入伍几年或多年后大部分军人都会陆续退出现役，他们不是元帅、不是将军，但有一个共同的名字：老兵。人的一生，有一段当兵的履历，是一件十分光荣的事，是一份值得自豪和傲骄的荣誉。

“老骥伏枥，志在千里。”小说《敬礼》是一曲老兵唱响的军旅情怀的赞歌。

2021.07.18

（作者为军旅作家，解放军报社原记者部主任，诗人）

时光荏苒，似水流年，青春逝去的时候翻开旧日笔记，品味尘封往事，才真正懂得了人生的精彩和意义。人生旅途中，在最美年华里所遇到的人、所经历的事，无论大小，只要对人生轨迹产生影响，带来转变，就会永远镌刻在心，无论过去多长时间，都难以忘却，且历久弥新。

## 一　北去的列车

汽笛一声长鸣，列车缓缓驶离了站台。

火车机头喷着白雾，吐着黑烟，“咣当、咣当”向前飞驶，载着我们这群刚入伍的新兵，离开生养我们的故乡，奔向那遥远而又陌生的远方。忐忑的心带着离愁、怀着憧憬和这片熟悉的故土渐行渐远。

1976 年农历大雪这天早晨，我先到乡里集合，然后赶往县城，洗澡换装后又马不停蹄赶来市里火车站。在广场上，来接我们的刘连长站在队前高声讲着途中注意事项，中等身材的他腰身匀称，宽宽的肩膀，挺拔的身姿，整个人显得英姿勃勃，气宇轩昂。那双炯炯有神的眼睛不是很大，却藏锋卧锐，流露出机警与智慧的神采，尤其身上那种庄重冷峻、沉着内敛的军人特有气质，一下子吸引住了大家的目光，还有那嗓音洪亮、铿锵有力的语言也让过往的旅客驻足聆听。大概是我们这个地区入伍的新兵都要在这天出发的缘故吧，刘连长讲话没多久，一队队新兵就先后来到了这里，不长时间我们这个城市最大的广场是一片绿色，变成了兵的海洋。注意力高度集中的刘连长在方队前来回巡视着，口中不时发出口令或大声提醒着班排长们照看好我们。这时我眼中的刘连长，像极了我家那只护小鸡的老母鸡。

在县城集合后刘连长将我们编排分班，我被分在二排六班。此刻他再一次地要求我们："一定要认准记清自己的班长与排长以及身边的战友。"新战友们是第一次集合在一起，大家虽然是来自同一个地区，可相互之间并不认识，对自己单位及部队番号也都懵懵懂懂的不是很清楚，若走失或跟错队，找起来是很困难的。班长们也是特别用心，时不时地清点人数。进站时我几乎是不眨眼地盯着班长，站里站外、亦步亦趋地紧跟着他，身与心始终都处在高度紧张状态中的我直到走进车厢才渐渐平静。

我们所坐的火车车厢不是那种通身刷着绿漆的绿皮车，而是通身黑黝黝俗称闷罐车的货车厢。因铁路部门客车车厢有限，每年新兵入伍期间需求量增大时就会用这种闷罐车厢来替代。这种铁皮制作的车厢，只有一个装卸货用的推拉门和很小的两个窗户，不过在我看来那两个小得可怜的窗户应该叫通气孔更确切。

车厢内地板上铺有十来厘米厚的稻草，在班长指导下我们顺着车厢依次将床单铺在稻草上，接着把被子叠成方块放在靠里一侧，这样自己的铺位就算安置完毕。一个车厢里住着几个新兵班，每个班是十多个人，这使每个人的床铺都是窄窄一条，就是坐下来也是人挨着人肩并着肩。

刘连长一个车厢一个车厢查看着，不断重复着"不许将肢体伸向车厢外"等各种安全规定，我们大家都安静地坐着并默记于心。自穿上军装就意识到自己身份已变，事事处处都按军人标准一丝不苟地严格要求自己，记住的第一条军规就是"一切行动听指挥"。我的铺位在车厢门的左侧，刘连长也住在我们车厢里，他的铺位在车门右侧。火车鸣笛了，这是要启动的节奏，见刘连长还没回来，这让我心里特着急。稍许，隔壁"咣当"一声关车门的声响传来后，急性子的我再也坐不住了，可当我站起身刚把头伸向门外便听到了"不许伸脑袋"这声呵斥，刘连长回来了，站在车厢门外另一侧的他瞪我的目光极严厉。

火车欢快地飞奔着，环顾黑洞洞的车厢，很期待的第一次坐火车旅行与我想象中的浪漫情愫相去甚远。没了好奇心后，肚子即刻感到饿，刘连长似乎是看透了我的心思，马上吩咐班长们给大家分发食物。晚餐是两个又圆又大、香气扑鼻的面包。出身农家的我在此之前除了见过面包图片，再就是听过那些父母在城市工作的同学品尝后的描述，自己是从未见过这让我仰慕已久，且散发着迷人香味的面包的真实面目。全麦精粉做的既松软可口，又很有劲道嚼头的面包在他人眼里可能是极为普通的食物，而在我这里却是世间最好的美味，这让我没顾上细细品尝其滋味就三口两口将一个面包吞进了肚里，也是因吞咽得太快噎得我又瞪眼又伸脖子。旁边的刘连长看到，笑着递过水壶，我猛喝了几口才解决了尴尬与难受。一个面包吃下去肚子并没饱，可没再吃另一个，而是悄悄地将它收藏进自己书包里，是节约？舍不得？抑或是备不时之需？反正从这一举动上已透出了我这个庄户子弟的本来面目。

闷罐车车厢的窗户不仅小，位置还开得较高，只有站起身才能看到外面，若坐在铺位上只能是仰望到窄窄的一线天空。暮色降临了，本来就幽暗的车厢内变得更黑了，无法看书后只好枕着自己的鞋钻进了被窝。躺下后折腾半天也睡不着，脑袋里不由得胡思乱想起来，一会是对要去的那个地方充满想象，一会又是忧虑满怀，加上深深眷恋着这难以割舍的故土与家中亲人，辗转反侧、难以成眠，初次品尝到了失眠的味道。

火车“轰轰隆隆，呼哧呼哧”地喘着粗气像脱缰的野马般狂奔飞驰，车厢外呼啸的风声仿佛从耳边擦过，穿过山洞时轰鸣声更是震耳欲聋。这闷罐车厢的门，因以前拉货磕磕碰碰的已变形走样，推上后四周还透着亮光，火车一加速这冬夜的寒风就从门的上下左右缝隙处吹了进来。车厢内人多地方狭窄，睡觉时我们已像罐头中的沙丁鱼般挤在一起，可还是感受到了寒冷。黑暗中只见刘连长起身用手电筒照照大家又照照车门，然后让我们班长打着手电将自己的被子拴在铁门上以遮挡寒风。他这一做法让我心里顿觉暖意融融，想着有这样似母亲般细心，还拥有舍己为人之爱心连长的保护与照顾，之前的一些担心与不安便瞬间释然，急忙起床抱起被子来到刘连长铺位上和他合盖一条被子。等我躺下刘连长将自己的大衣搭在了我身上。车厢内没了寒风吹进，又是和刘连长躺在一个被窝里，先前蜷缩的身与心此时也舒展开来，惬意安然。那巨大烦人的机车轰鸣声这时听起来也变得十分悦耳，高亢的笛鸣也像是摇篮曲，听着战友们的呼噜声，不一会儿，我也在这别具一格的摇篮中进入了梦乡。

睡梦中被一阵哨声叫醒，睁开眼发现火车已停下，走出车厢，朦朦胧胧的灯光里，看到的是一个很小很偏僻的火车站，估计平时旅客也不会太多，现在用来接待我们这些往来的新兵们。

火车需要加煤加水，坐了一夜火车的我们则需要“放水”，大家争先恐后跳下车飞也似的往厕所跑。车站厕所是个不大的旱厕，里面光线很暗，这么多人拥进去挤得连身都转不开，有那把持不住的进门就急火火地将尿撒在前面或站或蹲的战友衣服及头上。厕所内立马是吵成一团，乱成一团，随着后边更多人涌入，前边的差点被拥进粪池内，吓得是高声尖叫。

“集合。”一阵哨声响起，厕所内已方便完及还没方便的战友们都急忙忙跑了出来。刘连长让大家在厕所门前排好队，然后一班一班轮流进入，为加快速度还让我们在门外等的提前解开裤带，轮到时提着裤子跑步进去，这样，使大伙在最短的时间内都解决了问题。从这件有些搞笑的事件上，我看到了一个合格军人在突发事件上的快速应变能力，也看出了我们这些新兵与真正军人之间的差距，更进一步明白了刘连长所讲的“从老百姓转变为一名合格军人还有很长的路要走”的话意。

东边天际露出了一道亮光，无风也无云的天空恬静淡雅，远处的田野被烟雾笼罩，若隐若现的村庄里炊烟升起，让人似乎闻到了饭香。清冷的小站因有我们变得热闹起来，太阳虽还没升起，却已把朝霞染得红彤彤的。

天亮了，在站台上等早饭的我们在相互对视中笑作一团，你看吧，战友们有黑脸有白脸，黑的和煤矿工相似，白的和面粉厂师傅无二。刚才天黑看不清楚，现在的我们这群人活脱脱像一群黑白无常，大家你指着我、我指着你笑得上气不接下气。我们坐的这些车厢之前有拉煤的，有拉白灰的，在我们上车之前虽已打扫过，可长年累月地使用，车厢沟槽缝隙中都存有不少遗留物，火车高速行驶中卷起的风带着这些残渣在黑暗中曼舞一夜，将我们一个个都变成了大花脸。就是很严肃的刘连长也忍俊不禁，笑哈哈地和大家一道洗漱。

这趟列车有十多个车厢，大几百号人马，接待站的同志抬来大锅米饭却一下子拿不出这么多碗筷。眼前锅里雪白的大米饭冒着热气，香气四溢，饿着肚子的我们却是大眼瞪小眼，你看着我、我看着你又看看饭锅，馋得直流口水却只能围着它转圈。刘连长过来问明情况，让大家把喝水缸子拿过来盛米饭，他又走去烧火的柴堆前抱过来一些细树枝，抽出一支撅成两节做筷子，率先吃起米饭来，还风趣地对我们道："大家快吃噢，吃饱了不想家。"榜样的力量是无穷的，端着缸子愁筷子的大伙立刻拿起枝条做筷子，吃得十分香甜。

铁皮制作的车厢不隔音，行进中的机器声、车轮和铁轨的摩擦声以及风声都传了进来，和人说话要么大声喊叫，要么用手比画，这种情况下没了聊天兴致的战友们有的看书，有的打盹，我则站在窗前向外瞭望。

奔驰的火车像一条铁龙，一节节车厢像龙身似的卧在铁轨上，路边的树木一棵棵向后掠去，遥远的山巅上，淡淡的雾在慢慢升腾。山区、平原，城镇、村庄不时变换着展现在眼前，每一处风景都是那么醉人，有时车速太快使风景也变得模糊起来，可也让人感到一种朦胧中的曼妙。随着时间推移，我们吃进肚里的食物完成转换后急需排出，车厢内也放置有便桶，可在这个狭小的空间内及众目睽睽之下谁也不好意思使用。再说车厢内放一桶尿，那味道也可想而知，骚味熏天的大家还怎么待？因此我们只好咬牙忍着。俗话说"水火无情"，长时间地忍耐搞得人抓耳挠腮，坐立不安，渐渐地已到了忍无可忍之地步。看到大家猴急的样子，刘连长起身将车厢门推向一边，用背包带在门框两边横着拉起上下两道，高处的正好拦在人胸部，低处的拦在人腿上，还把站在门口要方便者的腰里捆上绳子，绳子两头各有一人站在门后拽着，刘连长自己则站在这位后面紧紧拉住他腰间的武装带。

行驶在轨道上的火车轮子不是很平稳，摇摇晃晃的让人特紧张，方便时本来需要在放松情况下进行，可这让人胆战心惊的场面使很多人站在那里老半天也解不出来。好不容易解出来若碰上逆风，又会将自己撒出的尿液刮回到自己衣服及鞋子上，更有甚者还刮回脸上。每有这种场面发生，都会引起大伙哄堂大笑。我班的小马正方便时突遇车辆颠簸，慌乱中急忙用手去抓门框而尿了自己一裤子。见此，刘连长立刻拿出自己的衣服让他换上，战友们看在眼里感动在心里。（以后的岁月只要想起这个场景，每每都忍不住想笑，同车战友们聚会无论谁提起此事，大家还会笑得前仰后合，这件当年令人尴尬之事已成了笑点。）

火车行驶的铁路是单轨，为让行，我们这列运新兵的临客就在一个不知名的小站停靠等候，小站月台不是很宽，距我们车厢不远处主轨道上不时有高速行驶的列车呼啸而过。车停下后，刘连长安排班长们先下车，在月台中间等距离站成一行，一直连接至厕所门口，然后才让迫不及待的我们这些新兵下车，从班长们排成的通道中跑去厕所。酣畅淋漓一番后谁也不急于回车厢，在月台上随意溜达着。

冬日的一抹阳光洒在小站上，照在我们身上，此时它既没有夏日的热烈也没有春天的那般多情，更没有秋天的多彩炫目，可有阳光高照的时候暖洋洋的让人依然温馨惬意。我们这群远行人很享受这样的时光，有的踢腿扩胸舒展着，有的扎堆聊天，刘连长怕我们这群呆头呆脑的菜鸟被高速行驶的火车卷至轮下，就一遍遍地催促我们回到车厢里，大家却磨磨蹭蹭拖延着，实在拖不下去才爬回车厢。上了车有的站在窗前，有的站在门口不往里去，像窝里雏燕似的探头探脑兴致勃勃向外张望。其实外面也没什么养眼风景，小站上人很少，冬季的田野也是一派萧瑟，只是大家被圈在车厢里太久，里面噪声大无法聊天，光线暗无法看书，白天晚上只能是兵看兵。此时的战友们是想看一点新颖的、生动些的画面来调节一下面前这些早已看腻的毫无情趣的兵的面孔。我们站在门口看风景的时候，刘连长在月台上来回巡视并叮嘱着我们"注意安全"，嘱咐班长们"照看好自己部下"。

"是，是。"班长们大声回应的同时还都举手给刘连长敬礼。刘连长还礼了，只见目光严肃的他右手迅捷抬起，大臂与肩、手掌与眉略平，直直的五指自然并拢，中指近太阳穴处可又未及。刘连长做手上的动作时脚步也没停下，行进中的他步伐沉稳、坚定。之前只在电影镜头里见到过行军礼，现实版的是第一次看到，这个时候怎样行军礼及它的标准是什么自己虽不会也不知道，但此刻我眼里刘连长的军礼是世界上最帅气、最标准的。心里被兴奋、惊奇与羡慕所充盈的我看呆了，也忘了还礼，同车厢的新战友们大概和我一样，直到刘连长已走过去了才想起致礼。民间致礼有鞠躬礼和拱手礼等，故而我们各种各样的致礼惹得班长们笑了，我们也笑了。

列车停靠的这个小站不是新兵接待站，是临时停车让路，按照铁路上的规定，临时加开的火车要礼让其他正常运行的火车，要等到路上出现空当才能上路行驶。我们的火车已停留很长时间，可还是没有一点要走的意思，时间一长大家又被另一件事给缠绕上，饿了。

太阳将要落山，饥肠辘辘的我恨不得将远处那头暮归的牛搞过来吞进肚里。幻想太多让人更加饥饿难耐，只好转身回到铺位上，翻书时突然想起了昨晚留下的那个面包。以前在家上学除去正餐从没吃过点心类的食物，书包里也没什么吃的东西可存放，再饿也只能等到开饭时间，这个习惯致使我把昨晚存下的那个面包睡过一觉是忘个干干净净。

拿出面包刚要吃，看到刘连长走了过来，想着从早上吃过那顿饭到现在他也是粒米未进一定也很饿，就将面包递过去，刘连长推来推去怎么也不接。这时，还有几个存有面包的新战友也把面包拿过来举到他面前，实在无法推辞的刘连长最后决定把面包全部集中起来，然后每人一小块地平分。晚上刘连长参加了我们班务会，他点名表扬了我这种关心战友、互助友爱的表现，面含羞涩的我内心里无比高兴。（以后军旅生涯中受到过很多次表扬，这次记忆最深。）

西边的天际处红彤彤的，日落时的晚霞美得令人陶醉。暮色渐浓时车站上工作人员帮我们调来了大筐大筐的馒头与大饼，饿极的我们接过，也不搭话，各个是大口吞咽。因有过在车厢里不方便的教训，个个被噎得伸脖子打嗝，可谁也不去开水桶倒水喝。“大家该喝水喝水，长时间不喝水哪行？着急时我还按老办法帮大家解决，之前不是没让谁尿裤子吗？”刘连长的风趣之言引来了一片笑声，可我们笑归笑，还是没人去倒水，最后在他一再催促下才去喝两口润润喉咙。

又是一声长长的笛鸣，也已吃饱喝足的火车抖动着身躯，喘着粗气，在响彻云霄的轰鸣声中载着我们的向往、带着我们的梦想昂首冲进那幽深的黑暗里，飞向那夜色苍茫的远方……

## 二　谆谆教诲

经历是一个人的宝贵财富，而对于每一个当过兵的人来说，没有什么能比新兵连的日子更令人难以忘怀。新兵连的一切都是新的，新面孔、新开始、新征程；新兵连的一切都是苦的，每天不是一身泥，就是一身汗，两眼一睁，忙到熄灯。每天具体的时间安排是这样的：清晨哨声一响，就出早操，之后搞卫生、洗漱、整理内务。吃过早饭再出操，收操吃午饭。午休，出操，吃晚饭，饭后稍自由活动一下，接着晚点名，最后洗漱、熄灯睡觉。日子是极其紧张忙碌，单调枯燥，可这一切的一切又使我们收获颇丰，不仅锻炼了我们的体魄，也磨炼了我们的意志，使我们在以后的人生中无论遇到什么样的艰难困苦都能积极面对，勇往直前。正像我们常说的那句话："当兵后悔三年，不当兵后悔一辈子。"

### 1

我们这些新兵，在北京丰台站下车被拉到单位的农场接受新兵入伍训练，农场位置在流经顺义区的温榆河近京密公路的南岸处。到农场第二天，全连集合在训练场上听刘连长做动员："同志们，你们从学校、从乡村与城市毅然来到军营，迈入这绿色方阵，跻身军人队伍中，这使大家的青春里多了一抹亮丽色彩，履历上多了一份精彩，人生中添了一道迷彩的印记。军人是有担当有责任有使命感的人，为此要付出青春甚至生命。然而要想成为一名合格的战士，是必须具备过硬的军事技术、强大的心理素质、良好的道德品质及勇敢无畏的血性与胆色的。新兵训练就是让你们从热血梦想到蜕变成长的必经之路与必然过程，因此，大家在各个科目训练中要不怕苦不怕累，面对困难不退缩不胆怯，咬牙坚持，只有经过一番洗礼和淬炼，通过一系列挑战，你才能从一个普通青年转变为真正的军人。”他要求我们平时要挺胸抬头，做到站如松，坐如钟，走路要走直线，转弯要拐直角，和上级说话要先喊报告、语言要简练，和战友说话要有礼有节、态度和蔼。

第一次训练课是站军姿，刘连长讲完动作要领，我们被班长带到指定位置，班长又将动作要领重复一遍，就让我们直挺挺地站在那里。天气很冷，长时间静止站立，手脚被冻得生疼，看班长去纠正其他战友姿势时，自己就趁机晃动几下，这一动作被正在巡视的刘连长看到后，他没说话，而是威严地瞪了我一眼，感到羞臊与难堪的我脸上一热，低下了头。

“挺胸抬头，收腹提臀。”随着刘连长的口令，我立即抬起头双眼直视前方，直直地站在那里，紧张与害怕使我满头大汗，接着脖子上也汗湿淋淋，继而它们汇合起来顺着后背往下流。刘连长已走去他处了，在寒风中伫立多时的我，脸与身上的汗也没下去。

“你，站半个小时军姿。”中间小休时，刘连长走过来这样命令我。待我应声而立，刘连长走上前纠正一些我不规范的地方，然后转身对大家道：“训练中一定要按标准严格要求自己，不许偷奸耍滑，要做到令行禁止，一丝不苟。”这些话使单练的我又一次满头大汗，也让我进一步懂得了什么是纪律。

夜半时分，一阵急促的哨声把我从梦中惊醒，这是紧急集合哨，我即刻从床上弹起，快捷地穿衣打背包。到部队已半个月，不但操场上的训练课已逐步全面展开，就是整理内务以及打背包等科目，也已反复练习过多次。按照规定，听到紧急集合的哨声，穿衣打背包时既要手脚麻利，又要沉着冷静，不能慌乱更不能说话，可真到了这个时候，还是不由自主地慌张起来。

我们住的是临时搭建的帐篷，几十个人挤在一起，大通铺上每个人只能是一个很窄的位置，大伙开玩笑常说翻身都需要喊一、二、三大家一起翻，虽是调侃，确也道出了实情。此刻大家都要摊开被子打背包，你挤我、我扛你乱作了一团，有的新战友找不到上衣，有的找不到裤子，你拽着我的被角，我拉着你的背包带不撒手，随即就起了争吵声，当班长低沉的“不许说话”一声呵斥后，嚷嚷声才平息下去。

月光下，刘连长已在旗杆前站着，当我跑到班里平时集合所站位置后，他用手电筒扫了一下随即来到我跟前，先检查一遍我着装是否整齐，又检查背包捆扎得是否结实，还顺手将我背包带规整了一下。自看见刘连长起，我的眼睛就一直跟着他，此刻从他眼中看到了赞赏。少顷，待全连集合完毕，刘连长的目光随着手电筒的光束从我们面前一排排闪过，然后定格，队列中不时有人被他喊出列。

这只是新兵连一次轻装紧急集合演练，可新战友们还是洋相百出，有的少穿一只鞋，有的没穿袜子，有穿反裤子的，有系错扣子衣襟对不上的，还有的是扛着或抱着棉被。看到这些大家都忍不住“哈哈”笑了起来。

“速度是军人的生命，搞紧急集合训练就是培养大家的反应速度，加强战备意识，应对突发情况，同时还包含着作风纪律以及协同协作的培养，这是合格军人必备的训练科目之一，所以大家一定要重视。”一脸严肃的刘连长讲到这里，解开自己的外衣给我们做起示范：“听到哨声第一步，坐起穿上衣，先不要系扣子，第二步穿裤子、穿袜子、穿鞋系鞋带，做完这些起身系腰带、扎武装带，然后再打背包。打背包的动作要领在这里我不多讲，我想班长们已经给大家讲得很清楚，只要多加练习，一定能熟练起来。背起背包向集合地点边跑边系扣子，这样做可以节约一些时间，这是我的一些体会说出来给大家分享。总之一句话，多练加巧练。”刘连长讲完这些，队伍解散，我们回帐篷接着睡觉。

刚躺下不久，哨声又起，这天晚上我们连续搞了三次紧急集合训练。每次在我们帐篷里我都是第一名，受到了刘连长点名表扬。负责训练新兵的连长都以严格闻名，若哪天得到连长点名表扬，每个新兵都会感到无上的荣耀，训练中的苦与累随之一扫而光，连续多日和战友聊天都昂着头。刘连长对我们要求也是极其严格，这次能得到他队前表扬让我感到特自豪。

刘连长对紧急集合进行过一番简短讲评就带着我们奔向野外。夜色很暗，抬头看了一下天空，那不多的几颗星星似乎也怕冷似的躲得远远的。奔跑一阵临近村庄时，为减低声响才换作快步走，之后顺着温榆河大堤又飞奔起来。行进中还不时地进行防空演练，随着刘连长口令声我们不时地卧倒、跃起，高强度的飞奔使我们人人都汗流浃背，各个疲惫不堪，卧倒时趴在地上真不想起身，可在冰凉的地上没趴多久就被冻得牙齿打战，听到刘连长“继续前进”的口令大家是一跃而起。

刚出发我们还一排排一队队的很整齐，往回返队伍就有些乱，很多体质弱的战友已掉队，我也落在了后面。刘连长又从前面折回来大声鼓励着：“男子汉们加油，考验谁是英雄谁是狗熊的时候到了，坚持，坚持最后五分钟，争取胜利。”精疲力竭的我听到刘连长的声音，又咬牙向前飞奔起来。

天色微明，奔跑中看见同班战友小马坐在路边大口喘气，也累得向前挪一步都困难的我双腿像被人抱着似的抬不起来，与其说是在跑步，不如说是在挣扎更贴切。我上前拽了小马一下，没拉动，便借机站在那里喘息着。

小马生在城市，因家里孩子多，小时候被送到农村外婆家，直到该上学才回到父母身边，两边不同的生活使小马既有城里人的见多识广，开朗热情，又有农村的朴实厚道。他细长的眉毛一说话就向下弯，让人总以为在笑着，看起来和善又亲切。小马与我都属于那种豆芽形身材，我比他壮一些但也有限，个头差不多的我俩在县里集合经班长目测我比他稍高一点儿，之后站队我都在他前面，睡觉的铺位也挨着，缘于此，我俩整天差不多都黏在一起。

连里的电视平时放在一个高高的电视机柜里，柜门上有锁，钥匙由刘连长保管，周一至周五都锁着，只有周六、周日晚上才让看一会儿。在老家我没见过电视，严格讲是没听说过，也不知道有这么个东西存在，第一次看电视特激动、好奇，对从玻璃屏幕里面出现影像感到特别不可思议。一天晚上看电视结束后，刘连长让我把它关上并锁好，我走到电视机跟前围着它转过几圈也不知该关什么地方，最后只好把电线拔掉。见此，小马走过来告知我怎么开关电视、怎么调整天线等，看到我难为情的样子，就约着出去溜达，走出营区，他递给我一支烟，经过一番吞云吐雾，我忘了刚才的尴尬。我们海阔天空聊着，谈人生、谈家人、谈学校，并问对方是否有女朋友，可以说是无话不谈，直到熄灯哨响起两个人才跑回帐篷。从这晚起我俩就成了好朋友。

不一会儿，在最后收尾的炊事班朱班长跑过来了，一把拉起小马，说句“振作起来，跟上队伍”后又摘下他的背包放在自己肩上。实在太累的小马跟着我们踉跄几步，又站在那里不动窝，陪着我俩的朱班长解下腰间武装带系在小马腰里，拉起他就走。朱班长这一举动激励了我，也不知从哪来的力气，我伸手拉起小马腰间那条武装带的另一头，奋力向前跑去。

接近终点，当朱班长和我拉着小马从迎接我们的刘连长面前跑过时，我清晰看到了他明亮眼睛里那赞许与鼓励的目光。刚到终点，我眼前一黑栽倒在地，醒来发现是在自己铺位上躺着，床前的刘连长正殷切地望着我，接着扶我坐起身，而后又端来一碗鸡蛋面：“炊事班朱班长专为你做的，快趁热吃。”看着刘连长亲切的面孔，我鼻子有些发酸，怕自己失态，急忙低下眼帘不再去直视他的眼睛，刘连长将碗放在我手上又道：“今天别再去参加训练，吃过面休息一下，以后吃饭时多吃点，身体就会壮实。”

2

新兵连的训练每天都是雷打不动，晴天一身汗，雨雪天一身泥，为了成为一名合格的战士，我们是掉皮掉肉不掉队，吃点苦受点累自然算不上什么。如果哪天能洗上个热水澡，那心里的幸福感是不言而喻的，大池子里的热水泡去的是疲惫，淋浴下带来的是欢愉，从澡堂里出来大家又会满血复活、生龙活虎地投入训练。

元旦前，刘连长带领我们徒步一个多小时到一家奶牛场洗澡。我们到时澡堂前已有一群女兵在等候，这些女兵是在我们隔壁农场训练。我们新兵训练所在农场四周还有几家部队农场，女兵连和我们同属一个大单位，她们的女连长和我们刘连长以前就熟识，俩人见面很热情地打着招呼。临近节日，附近的新兵连都来这里洗澡，为便于管理就以连为单位按规定时间进行，每个连队是一个小时左右。为加快速度，女兵洗澡时会安排一部分人到之前男宾专用的浴室，轮到男兵也会安排一些人去前女宾专用房间。

队伍解散后，我和小马在院内随意溜达着，行至澡堂背面，看到我连的高军医正在锅炉房处和几个小青年争执并互相推搡着。高医生年龄也不大，二十六七岁的样子，人长得白白净净很清秀，毕业于医学院的他医术高超，谈吐文雅，给我们上卫生课语言幽默，生动有趣，军装穿在他身上虽没刘连长的威武却也相当帅气。见他和人发生争吵，我和小马立刻跑去相劝着将双方拉开。可人分开了双方的嘴都没有停，听了几句后便明白了他们争吵的缘由。

洗澡锅炉烧的是煤，烧锅炉的地方和洗澡堂就一墙之隔，今天奶牛场的几个年轻人看到有女兵在男澡堂洗澡，他们就把隔墙的一块砖撬掉，趴在那里偷看，正好被路过的高医生撞见并制止，这才引起的争执。被揭了劣行的几个家伙恼羞成怒，围起高医生挥拳就打，一旁的小马上前去阻止劝架时却被对方一人飞起脚踢翻在地。

躺在地上的小马抱着肚子翻滚哭喊着，对方不但没停手反而还用脚去踢小马的脑袋，早已怒发冲冠的我立刻冲上去加入了战团。和我对手的是一个又高又壮的家伙，他二十岁出头的样子，扁平脸上全是疙瘩，不大的眼睛里透着凶焰。只见他将和自己体格一样壮实的双拳举在脸前不时晃动着，从这一动作就看出他之前练过拳击。我盯着他拳头侧身滑过两步，然后一个跨步冲上去照他腹部猛击一拳，这一拳我用了全身力量，想着这家伙挨了这一击就是不趴下也会弯腰，若趴下就去帮小马，若弯腰我就抬腿撞他面门，认定这一招定会干翻他。可眼前的这个家伙不但没趴下连腰都没弯，接下来我却被人家势大力沉的一拳打在脸上，瞬间鼻子和嘴角都向外冒血。吃了亏的我异常暴怒，顺手抄起一根烧锅炉用的铁棍高举着向他冲去，对方被这一举动吓住，那长满粉刺的脸上立马由红变白惊恐着向后倒退，摆手连声道：“哥们儿，别，别这样。”

“住手。”得到报告的刘连长跑了过来，看到我这架势高声阻止“放下铁棍！”近似疯狂的我并没有听从刘连长喝止，将手中铁棍狠狠地向对方劈去。那家伙看到这转身便逃，这使我手中原本照着他脑袋去的铁棍重重砸在了他后背上，随着一声沉闷声响，这个高大的家伙一个趔趄就趴在了那里。当他转回头看到我又举起的铁棍，眼中满是乞求之情，口中又是连连地："别，别。"见我并没有饶他的意思，翻转身手脚并用向前边爬边哭叫着。就在我手中铁棍又一次下落之际，被赶来的刘连长奋力夺下。刘连长在夺我手里铁棍时口中也在大声呵斥，看到他那威严的目光，狂躁的我这才低头走去一旁。

本来是洗个澡干干净净过节的，却因打架被刘连长先一步发落回农场，澡也没洗成，下午刘连长和张指导员回到农场，经研究决定关我禁闭。

农场刚筹建，没有什么正式建筑物，我们是第一批进驻人员，上至连长、指导员下至我们这些新兵全住帐篷，帐篷也不富裕，一时找不到单独关我的地方，只好把我安排在炊事班放杂物的帐篷里。将行李搬进来没多久，刘连长和高医生也跟着走进来，刘连长看了一眼我脸上的伤，示意高医生给处理一下。我只是鼻腔内和上嘴唇被打破皮，其他没什么大碍，看到高医生手中的紫药水，嫌抹上去不雅观摇头拒绝，板着脸的刘连长伸手拍一下我的脑袋，嘴里骂了句"臭小子"转身走了。

晚饭前小马来叫我去连部，看到他脸上伤处被药水抹得红一块紫一块，跟唱戏的大花脸似的，我忍不住笑了起来，并责骂他是个笨蛋，小马委屈道："我当时是劝架，根本没想动手。""你就是个窝囊货还嘴硬，那几个家伙已动手打高医生你还劝架？"对我的不屑之语小马立刻反击："你不窝囊，怎么也被打得嘴眼乌青？"两个人一路拌着嘴，直到连部门口才停止。

"报告。""进来。"刘连长和张指导员分坐在帐篷内办公桌两边，我和小马上前敬礼，刘连长看我一眼没说话，张指导员先开口道："当时情况已从高医生那里了解清楚了，你不用再讲，现只谈你自己的问题，反省这么长时间，认识到自己错误没有？"张指导员30多岁，去我家乡接兵时因他负责另一个片区，没见过面，在城里集合才第一次见到。他中等偏上的个头，身材略胖，穿在身上的军装永远是板板正正。五官端正的他目光深邃，平时一脸严肃不苟言笑。刘连长训起人来电闪雷鸣，给人的感觉是威严，不过在让你怕他的同时对他是又亲近又敬重。张指导员从没高声呵斥过谁，和谁说话都是不急不躁慢声细语，可只要见到他心里便会生出敬畏。

对于打架我认识到自己是有些不妥，可也没想到有多严重，认为那几个偷看女生洗澡的家伙是小流氓，就该教训他们。现看到张指导员说话的口气与表情都那么严肃，心中不解的我直愣愣地看着他不知说啥。张指导员看我不回答先长长“嗯”过一声然后更严厉地道：“说话。”指导员这个态度让我心中即刻生出一股不服之气，想着自己是帮战友才动的手，就算得不到表扬起码也是功过相抵吧？感到委屈的我嘴上不敢顶撞，就倔强地低下头不说话。

“是对方先动手打高医生的。”听到小马嘟囔出这句，我马上接话：“是的，看到对方动手，我才……”话还没说完就被坐在张指导员对面的刘连长给打断：“跟指导员说话要先喊报告，怎么刚教过就忘了？”说话时还示意我快回指导员话。

“报告指导员，是看到对方打高医生和小马我才动的手。”话音刚落立刻招来张指导员一通训斥：“对方有对方的问题，可是你呢？不去劝架反而用铁棍打人，这是什么作风？这是土匪作风，这是什么行为？这是犯罪行为。要知道你是军人不是土匪，现对方在医院接受检查治疗，若伤情严重等待你的将是军法。”张指导员这些话实出我之意料，特别后面那句让我听后是目瞪口呆，不知所措地愣在了那里。“回禁闭室去，写一份深刻检查等待处理。”刘连长说话时瞪着我的目光很严厉，可也给我解了围。

“被打的那个家伙不会死吧？”返回禁闭室的路上，面对一脸担忧的小马之所问，我也有些吃不准：“不会吧？那家伙看起来挺壮实，应该不会这么尿。”“受重伤也麻烦呀，指导员说军法什么的，那就是判刑劳改。”刚才听到张指导员口中说出“军法”两个字我心里也“咯噔”一下，但在小马面前却嘴硬道：“应该不会，不就是打个架吗？还能真送去劳教？”其实这句话安慰自己的成分居多。

军营里关禁闭其实就是单独地给你放一个地方，关我的禁闭室又只是一个帐篷，门是帆布帘，没锁也没人看管，凭的就是自觉，重点是让你反省自己。吃过晚饭没多长时间，忙完工作的炊事班朱班长过来看我，从谈话中知他是奉了刘连长之命来帮我写检查。他看了一遍我已写好的检查，先提示认识不到位的地方，又修改不通顺的句子，熄灯前帮我把检查交给了刘连长。

帐篷内没有床，我就用稻草给自己铺了个窝，听到熄灯哨声按规定立刻躺下，可心中有事翻来覆去折腾好久也没睡着。刚有些迷糊，听到有人掀帐篷门，随着手电筒光束刘连长走来我床边，因不知该说什么，就装睡没吱声，他弯下腰摸摸我身下的稻草又给压压被角，动作很轻很柔，手所到之处让人感到一股暖流在涌动。做完这些刘连长又用手电向四周照照，然后脱下大衣盖在我身上，末了来句"臭小子"便出了门。这一夜我几乎没合眼，脑袋里千回百转着迎来黎明。

早饭后朱班长来拿竹筐说要去市里拉给养，并透露刘连长要和他顺道去医院看望被我打伤的那个家伙。临走朱班长安排我上午去炊事班切土豆，整个上午心都是慌慌的，几次都差点儿切到手指。吃过午饭，刚回禁闭室，就听到门外有汽车停下来的声音，掀开门帘看到朱班长正抱着一筐萝卜向里走，伸手接过然后便一起卸车上的东西，干着活的我老拿眼睛去瞄着朱班长，想从他脸上找到答案。车上东西卸完朱班长去洗手，我也拿条毛巾紧跟着。"现在怕了？想急于知道结果？"又被我催了两遍，朱班长才笑笑道："应该已没什么大事，先去炊事班干活，详细的咱边干活边聊。"朱班长的话让我那颗悬着的心一下就回到了原位。

下午我一直给朱班长打下手，聊天中知道了他们去医院看望伤者及和对方领导谈话协商处理这件事的过程。去之前刘连长用自己钱给伤者买了一些营养品，见面后又代表单位和我做了诚恳道歉，然后提议双方各自处理各自人，还一再强调是对方有错在先，我方战士才出手打伤的人。被我打的那位伤在肩胛骨，医生诊断是开放性骨折不是很严重，只需静养一些日子，伤者和他的领导都很清楚这件事的性质，最后也就接受了刘连长的建议。

思想包袱放下，干起活来热情更高，专挑累活干。农场里没有自来水，生活用水都要去隔壁农场水塔下挑，干完杂活发现水缸见底，就找出两只大桶去挑水，重担时走得飞快，空桶时一路小跑，挑过两担身上燥热，就把棉衣脱下来搭在扁担上。这时已进入严冬，只穿着衬衫的我还是满头大汗，如不是在部队一定会脱光膀子。担水走的小路距训练场有一百多米远，可战友们训练时高亢的口号声还是听得很清楚，行走中看到热火朝天的训练场面，心中十分失落的我一遍遍告诫自己，以后一定要遵守纪律，决不再犯这样的错误。当又一次挑水向回走时看到刘连长沿着田埂快步向我走来，心里马上一阵扑腾，怔怔地站在那里也忘了将肩上担子放下。

“放下担子把棉衣穿上，小心感冒。”刚犯过严重错误，惊弓之鸟般高度紧张的我听刘连长这么说笑起来道：“没事，在家干活常这样。”“预防感冒是其一，重要的你是个军人，时刻要注意军容仪表，再热也要衣帽整齐。”刘连长说这些时脸上表情很严肃，眼睛里却是满满的关爱，看我穿上棉袄又上前帮我系扣子。

每天吃过晚饭大约有半个小时的自由活动时间，战友们有的写信，有的洗衣服，还有因自己某个训练科目不达标，也会利用这个时间加练。我正在炊事班洗餐具时，小马溜进来附在我耳边透露一消息，说昨晚他路过连部帐篷，听到有人说我名字，驻足听了几句，明白是新兵连全体干部在开会讨论怎么处理我，有人主张趁受伤的那一方还没有报案，事情还没有闹大之前将我除名送回原籍。刘连长不同意，说我的行为出发点是为保护战友，只是做得有些过头，如把我遣送回去，那会毁人一生，是不负责任的做法。建议还是以批评教育为好，并提出自己第二天去伤者那里协商解决这件事情，看对方态度及事情的发展动向再来决定对我的处理意见。大家看刘连长态度坚决，也就没人再提出异议。听完小马叙述，心中对刘连长更加感激的同时也对谁提议清退自己很介怀，再三地追问小马，可他一口咬定当时心慌没听清是出自谁之口，还几番要求我对他说的话保密，直到我起誓他才离开。

忙完活刚回到关禁闭的帐篷，刘连长也跟着走了进来，给他敬礼时感觉眼泪已在眼眶中打转，就使劲地瞪着眼睛不让它溢出，刘连长看我动情的样子心平气静道：“你的检查还算深刻，也有改正的决心和措施，这很好。以后要时刻牢记自己是个军人，军人是什么？军人是驰骋沙场的英勇战士，是肩负使命的勇敢斗士，人民供养我们，我们是人民的儿子，要做人民的保护神，不是骑在人民头上作威作福的流氓土匪。什么时候也不能在老百姓面前逞凶斗狠，那样成不了英雄，也算不得好汉，只能让人看不起。”刘连长这番话让我羞愧难当，使劲地咬着自己的嘴唇并不住点头表示一定会把他的话牢记在心里。

“有书上说‘男人的血性是社会的原动力，并推动着人类社会迅猛地向前发展’。诚然，男子汉是应勇敢，并还要有一些霸气，也应该是火热的、激情的，甚至是燃烧的，没血性的男人绝不能称为一个优秀的男人，可这只是衡量一个男人是否优秀的标准之一，优秀的男人还要具备理智、冷静及沉稳这些品质，会用思考来决定自己的判断，会用理智来决定自己的行动，并拥有把握约束自身的超强能力。而这些和男人的血性并不相悖，这是一种表象矛盾之后的高度融合。我也不否认生活中我们肯定会遇到这样或那样的不平之事，会恼怒、会情不自禁地发脾气，只是发脾气是人的本能，能控制住脾气才是本事，才是一个人心智成熟的体现。如人常说的‘有情绪的是人，没情绪的是物，能够控制住自己情绪的才是人物’。这也是一个有担当、有血性的真正优秀男人该有的素养。切记‘人，能克己，方能成己’。永远都不要让自己的坏脾气失控，别让你的整个人生为自己的一时不良情绪埋单，否则，带给自己的将是悔恨。”接下来刘连长又道：“现在新兵训练还没有结束，你们还没入军籍，严格意义上讲还不算是正式军人，但也决不能放松要求，时刻要按军人的标准要求自己，使自己尽快成为一个合格、真正的军人。”说完这些他指指我嘴角青肿的地方问：“还疼吗？”刘连长的这句问话使我心中的热浪一股股往上涌，在摇头表示不疼的同时还是紧咬嘴唇不敢发声。

“我知道你是拳头打不过对手才用的铁棍，之前吃大亏没有？”听到刘连长又问的这句话，我胸中的那股热流翻腾得更加汹涌，牙齿已快把自己的嘴唇咬破，可那不听话的眼泪还是流了出来，喉咙中还发出哽咽的动静来。

“不许哭，军人是钢铸铁打的，流血流汗可以，决不许流泪，哭哭咧咧的成何体统？以后把身体练得壮实起来，免得和人交手时再吃亏，若窝窝囊囊被人揍，不许说是我的兵。”刘连长这句话让抹着泪的我又咧嘴笑了起来。稍后刘连长又和我谈起关于生活、关于训练、关于做人方方面面的话题，他告诉我，第一，在工作与训练中不要偷奸耍滑，少发牢骚，部队不喜欢这样的人；第二，部队是靠实力说话的地方，训练中再苦再累都要坚持，军事与专业技术过硬才是你骄傲的资本，否则一切都是零；第三，军队的命令高于一切，军令没有任何价钱可讲，任何时候都要做到令行禁止；第四，和家人通信时要报喜不报忧，少诉苦，诉苦只会增加亲人对你的担忧挂念，其他什么也帮不上你，通信中要保守部队秘密，不该说的绝对不说。

这天晚上刘连长和我谈了很多，到后来眼前的刘连长和之前印象中那个做事雷厉风行、讲话言简意赅的刘连长判若两人，从他那亲切柔和的脸上似乎看到了父兄的影子。熄灯前刘连长吩咐我：“现在就搬回班里去，这次禁闭结束。在班务会上要做检查，一定要记住这次教训，要反思，且要足够深刻，要深入骨髓乃至触及灵魂和价值观。至于怎么处理要根据你以后的表现再做决定，记住，在哪跌倒要在哪再爬起来，我对你是有信心的，自己更要有信心。”说完这些，刘连长陪我一起回到班里，我铺床时他在对我们班长交代着什么，隐约听到多鼓励严要求之类的话。

## 3

元旦新兵连放假一天，节假日期间不知是为节约粮食，还是为让连里炊事员休息，反正一天只吃两顿饭。早上没集合出操，目的是让大家多睡一会儿，可天刚蒙蒙亮我就醒了，确切地说是被饿醒的，条件反射般急忙坐起，当看到班长和战友们都还躺着，才想起昨晚刘连长已宣布元旦放假一天，连队不出操。因为饿，躺回被窝翻来覆去怎么也睡不着，折腾一阵，感觉很难受，索性起床走出帐篷。

帐篷外也很安静，抬头朝炊事班帐篷望去，那里没有像往常一样灯火通明，炊烟袅袅，也没有炊事员忙碌的身影，估计他们一样是在休息。为分散注意力，我拿起扫帚把帐篷外打扫一遍，并顺着通道扫至连部门前，接下来将门前那块空地也扫得干干净净。干完这些，看到炊事班的朱班长已在忙着做早饭，放下扫帚去帮忙。

“战友们，今天是1977年的元旦，新的一年开始了，首先我祝大家新年快乐！吉祥如意！健康进步！”早饭前，刘连长祝福完我们，又给大家行举手礼，平日威严的他，讲话与敬礼时目光很柔和，还含着笑意。接着循惯例指挥我们唱歌，然后吃早饭。

习惯了每天的紧张训练后突然不出操，一下子不适应了，不知道该干些什么，回到帐篷里坐下看书，由于吃得太饱，感到胃里撑得难受，就约上小马一起出门溜达。走到操场边，随着一股风闻到了一股刺鼻的气味，连队的厕所是临时搭建的旱厕，之前闻到这个是能躲多远就躲多远，今天却生出了另一种想法。自接到入伍通知书，就决心到部队后好好干，可刚来一个月就因不冷静发生了打架之事，想来定会给自己造成极大的负面影响。通过前天晚上刘连长的批评、开导、启迪教育，既认识到了错误，也明白要想改变自己在他人心目中之不良印象，只有在训练中争取好成绩，同时在其他工作中也要积极主动，不怕苦、不怕累，方可挽回声誉。

“小马，咱别溜达了，淘厕所如何？”小马去年七月高中毕业，接着下乡插队，按当时的规定，在农村劳动锻炼几年便可回城工作。可小马志不在此，他的进取心很强，同时又十分向往外面的世界，因而是积极报名入伍，决意在部队有一番作为。到部队后不仅在训练中刻苦努力，在其他任何方面也不甘落后，此刻，对我淘厕所的建议立马响应：“好。”

我们按农村方法，先在外面挖一个坑，将粪便放进去，然后再用挖坑的泥土来掩埋。手中的铁锹很新还没有开出锋刃，木把也很粗糙用起来不是很顺手，干了一会儿，我俩手上都打起了血泡。军队里事事都爱争先爱争第一，两个人累了，休息时也为谁手上磨的血泡多而争得不亦乐乎，争着笑着似乎也忘了疼痛。半中午时，有几个新战友也参加进来和我俩一起干，这样，太阳偏西时，已把厕所淘得干干净净，经过土的覆盖，厕所内外异味都减轻了许多。

劳动时我脱掉了棉衣，回帐篷洗漱发现衬衫上有一些溅起的秽物，擦过几遍不知是心理作用还是怎的，闻起来总感到身上和衬衫上有异味，刚才干活也没感到多么不适，大概就是常说的“久闻不知其臭”吧。现在是怎么也不能接受，不一会儿连带的身上也难受起来，于是把衬衫脱下，先洗头再擦身接着把衬衫也洗了。洗完才想起自己只有部队上发的两件衬衫，另一件早上刚洗过搭在外面，跑去一看，冻得硬邦邦的，无奈下只好拿着湿衬衫坐在火炉边烤，烤了一会儿，想到冻过的衣服烤起来干得更快，就换过外面冻硬的那件。

战友们因休息都已外出，帐篷里只有小马和我，小马和我做着同样的事情。衣服还没烤干，随着肚子里一阵鸣响，马上感到特饿。

新兵连的伙食每餐菜的种类不多，主食却不限量随便吃，我每顿都吃得很饱，可每天总是感到饿，特别是饭前那段时间非常难熬。今天元旦是两顿饭，我和小马又干那么长时间活，饥饿感更强烈。从时间上看已到炊事班该做晚饭的时候，就想着去帮厨顺便吃点东西垫一下肚子。为尽快烤干衣服便把那件湿衬衫穿在身上，以借体温与火炉同时加热，小马是跟样学样，也和我一样穿着湿衬衫坐在火炉旁。穿着冰凉的湿衬衫坐在火炉前胸前很热，背后特冷，脸也被烤得焦疼，身体却不时打冷战。稍后，刚洗过头擦过身的我和小马浑身上下都冒着热气，这一景象惹得我俩互指着对方哈哈大笑。

“你两个出什么洋相?”随着门帘一声响，刘连长走了进来，看到我俩先是一愣，待弄明原因骂了一句“两个臭小子”就转身走出门。不多时，他拿来两件干净衬衫递给我们：“快换上，多喝点热水，小心感冒。”刘连长在对我们说话和看着我俩换衣服时那脸都板得紧紧的，临走又重复了一遍刚才骂我们的那句“两个臭小子”，只是这骂声听起来很亲切。

将衬衫晾在绳上，和小马相约着去炊事班帮厨，我目标很明确，就是在干活同时顺便吃点东西。走进炊事班帐篷，看到朱班长几个人正在揉面做馒头，大锅上已蒸着几屉，随着热气从锅沿处冒出，那迷人的馒头味扑鼻而来。肚子里又一阵声响，心里却乐开了花。在老家因白面奇缺，馒头很少吃，年节期间才能吃几个。来到新兵连，一群正在长身体年轻人，加上军训太累，都吃得特多，每人一天定量是一斤半粮食，这个标准我们根本不够吃，上级领导也会从他处给调拨一些粮食来补充，可大多都是玉米和高粱等粗粮，所以我们大多时候都吃窝头与发糕或二米饭。对我们这些农家子弟来说，能放开肚子吃饭已是很幸福的事，不过如有大米白面还是格外高兴，吃得也格外多，就拿吃馒头来说，每人每顿大都是十个起步。

我卷起袖子洗过手去揉面，小马则去刷另一口大锅，刷完锅发现缸里的水不够用，朱班长吩咐我俩去挑水。挑水路上因想着锅里馒头一路小跑，进门一边倒水一边盯着那高大的笼屉，厨房里两口大锅并排挨着，这边锅里的水已加满，那口锅上的馒头还没熟，只好咽下口水怀着遗憾走出门。每次回来，我的眼睛都会在馒头锅上扫来扫去，当再一次挑水进门第一锅馒头已下屉，将桶里的水倒进水缸就迈不开步，肚子也好像是突然苏醒一样"咕噜噜"叫个不停，肩挑着担子磨蹭老半天不动窝。朱班长看我一眼，拿起一个馒头递过来："尝尝。"朱班长说的是让我尝尝，可接过馒头我三口两口就下了肚，这馒头是酸是甜、碱大碱小是真的没品出。

平时吃饭一个班一盆菜放在中间，菜不多，我们吃的时候都很矜持，不会老伸筷子去夹，往往是主食已吃完盆里的菜还剩下大半，班长总会端起盆来往我们碗里拨。但每次吃馒头每人都会尽最大努力去拿，生怕再来时没有，事实也多次证明，吃完手中的第二次再去大多时间的确已没有了。炊事班怕大家饿肚子又热一些剩窝头，可这些窝头基本上不会有人再动。这个时候我抢馒头的技术已很纯熟，每次是用手中的筷子像串糖葫芦似的去串，一根筷子串四个，两根是八个，串好后拿在一只手里，另一只手又去抓，大概每次都能抓三两个。吃完这些才算将就着吃饱，如筐里还有，还会再吃几个，最后别说胃里已装满，食物似乎已涌到嗓子眼儿了。

说实话，一个馒头还不够我塞牙缝儿的，还是眼巴巴地望着装馒头的笼屉，一直看着我的朱班长微微一笑，又拿起一个馒头用手掰开往里夹了些熥过猪油的油渣。新兵连炒菜很少用植物油，大部分都是用猪油，每次买回猪肉，会先把肥的部分放在锅里熥，熥出的油用来炒菜，剩下的油渣会在炒菜时放进去。油渣虽已熥过油，可吃到嘴里还蛮香。当朱班长将夹了油渣的馒头递过来时，我差点儿乐出声，接过就大口地吃了起来。刚吃过两口，就被来巡视工作的刘连长和张指导员给撞上，看一眼我手中的馒头，张指导员双眉紧皱，嘴里“嗯”过一声然后问：“怎么回事？”刘连长和张指导员的到来让我心中一惊，嘴里那口馒头没顾上嚼就往下咽，因这一口咬得太多使几次劲都没咽下去，噎在食管里憋得气都喘不匀，对指导员的问话一时间一个字也回答不上来。

军队纪律严明表现在各个方面，就拿吃饭来说，不到开饭时间任何人都不许到炊事班来吃东西，就是炊事员自己也不能近水楼台先得月地先吃或多吃。平常开饭他们先给我们打好菜，然后也和我们一样围一个圈就着同样的菜盆吃饭。遇上改善生活，吃好菜或饺子，也是和我们一样排队打自己的一份。刘连长和张指导员也同样排队打饭，没有一个人搞特殊。

看我囧在那说不出话，朱班长上前回指导员：“天太冷不知面发的如何，这是第一锅馒头，是我让他尝尝酸不酸。”朱班长说完这些，张指导员紧绷的脸并没有放下，用手一指我手中的馒头问：“那夹着的黄东西是什么？”“刚才拿馒头时掉进炒菜油盆里沾的油渣。”接着朱班长又指指灶台后的小马道：“今天他俩淘了大半天厕所，忙完又来这里帮挑水，看他们又累又饿就犯了自由主义，馒头是我拿给他们的，责任在我，和他俩无关。”

从吃第一个馒头，我的注意力就全部集中在吃上，至于小马吃没吃，并没留意，此刻听朱班长说起，才看到小马手里也拿着一个馒头，只是还没吃。听完朱班长解释，张指导员又一次问我：“馒头酸不酸？”“报告指导员，我咽得太快还没品出味。”这句实在的回答惹得帐篷内的炊事员们都笑了起来，张指导员的脸色也缓和许多，此时一直都没有说话的刘连长用手指指我和小马道：“两个臭小子，快吃完挑水去。”

刚才吃馒头因突然看到刘连长和张指导员受到一点惊吓被噎着，时不时打嗝搞得人很难受，我拿起水瓢从缸里舀些水刚要喝下去顺顺，背后立刻传来刘连长威严的声音：“放下，不许喝冷水。”

刘连长和张指导员对朱班长交代完工作已出了帐篷好一阵，一直都惶惶然的我又愣了好长时间才回过神来，抬眼看看小马，他也木呆呆地望着我，我接着吃手中的馒头时，他却把自己手中那个还没咬过一口的馒头悄悄放回了笼屉里。

朱班长将最后几屉馒头放上大锅蒸，炊事班已没有什么事情可干，我和小马一起回到了帐篷里。不知是累还是饿的原因，有几个战友躺在铺位上休息，有的是横躺着，有的头枕着被子，我也感到有点累，坐下就顺势往被子上歪去。

“不能压被子。”还没挨着被子就被床前的小马一把拉起，接着就听到门口一新战友的一声喊：“立正。”听到口令我一个鲤鱼打挺站在了床前。按照规定立正要双目直视前方，不能左顾右盼朝两边看。好奇的我只好用余光瞟向门口，看到是刘连长来了。刘连长边走边看着两边铺位，发现被压塌失去棱角的被子和乱糟糟的床铺，原本脸色平和的他即刻剑眉倒竖，炯炯有神的双眼瞪得是又圆又大，似乎要喷出火来，扫过我们一轮，用命令的口气道：“帐篷外集合。”说完径直走出帐篷，我们紧跟着鱼贯而出。此时大家都已意识到错误所在，平时我们整理好内务后，一般是不会随意去动，进入室内也不会去铺位上坐，就是学习和小休也只是搬个小凳子坐在床边，更别说躺下或靠在被子上。叠被子是军人必修课，四棱见方的被子叠出来似刀切的豆腐块一般，刚入伍我们的新被子叠出来老鼓着不平整，效果不好，班长们都会要我们先用水将表面打湿，然后使劲压，为叠好被子，人人都像大姑娘绣花般那么用心，各个都十分耐心地练过一番此等功夫。

我们迅速在帐篷前排好队，刘连长没有先讲话，而是走去其他帐篷，他将每个帐篷巡视了一遍，立刻吹哨让全连人员在我们帐篷前集合，然后指挥大家依次进入我们帐篷参观。待全连人员都看过一遍，他又指派人进去将那些被压瘪的被子全部抱出来放在门前地上，让那些压塌被子的人当着大家的面叠被子。我们住的地方不久前还是耕地，是我们来后才在帐篷外的空地上铺了些沙子，现刘连长让毁坏内务的几位新战友直接摊开被子在这沙土地面上叠，被面上沾了很多尘土，可眼下谁也顾不上这些，几个人或坐或跪麻利地忙活着。

“军人不仅要注意自己的仪容仪表，内务也要保持高度的整洁与规范，整洁的内务不但有利于卫生健康，更重要的是养成统一习惯，这既是看一个军人是否合格的标准之一，同时还是部队战斗力的一种体现。”在我们住的帐篷内无论什么东西都有统一的摆放规矩，不但床上的被子要摆放整齐划一，就是平时的生活用品如脸盆和毛巾等也都有规定的地方，连那牙缸里的牙刷把都朝向一致。今天刘连长看到大家东倒西歪躺在床上，心中愤怒是可想而知的，惩罚性地让破坏内务的人在门外沙土地上叠被子，大伙也毫无怨言。刘连长讲完话，几个人的被子也已叠好，他检查合格后，让这几个战友把被子搬进帐篷。此时已到开饭的时间，可刘连长没有带我们去吃饭，而是发出口令，指挥我们向温榆河方向跑去。

夜长昼短的冬季天黑得早，那不温不火的太阳也已准备休息，往地平线下溜得很快，惨淡的余晖映着天空，算是在告别前给大地再贡献一点亮光。刚出发时我们跑得很整齐，大家随着刘连长的口令跑起来是节奏鲜明，全连二百来人的脚步是一个步调，包括呼吸都在一个频道上。回返时脚步就有些凌乱，为整齐划一，刘连长的口令声又频繁又高亢。

太阳已彻底下山，天地间一片灰蒙蒙的，路两边光秃秃的树枝随风乱摇着，凛冽的寒风吹到脸上刺骨般生疼，被汗水湿透的衬衣裤裹在身上让人十分难受。元旦放假一天，按规定只吃两顿饭，可按目前的时辰讲已过了平时三顿饭的晚饭时间。虽然一天没训练人在休息，只是肚子它不休息，平时一天吃三顿饭都直喊饿的我此刻更是饿得难受。我们的驻地远离村镇没商店，不过像我这样的农家子弟，就是有商店，也舍不得花钱买东西吃，部队也规定不许随便吃零食。刚才去帮厨虽吃了两个馒头，可对每顿饭都吃十个以上馒头的我来说和没吃差不了多少，况且已过去这么长时间，这时已饿得是头晕眼花，两腿无力。

队伍中有人偷偷解开风纪扣及领扣，也有的人因饿佝偻着腰往前跑，刘连长发现后大声斥责：“系上风纪扣，挺起胸膛，注意军容仪表。”时而在队伍前领跑，时而又折回队尾的刘连长，用他那铿锵有力的口令声将我们凌乱的步伐又给重新统一起来。朦胧中看着身姿矫健的刘连长，想着他要前前后后地来回折返跑着照应队伍，一路上跑出的路程更多，肯定比我们更辛苦。想到这里，早已筋疲力尽的我紧咬牙关，一步不落地跟着队伍跑回驻地。

在连部门前，刘连长针对今天个别人所犯的错误训诫我们："进入军营，每个人只有给连队争光的义务，没有给连队抹黑的权利，在任何时间任何方面都要自律，军人不但要有钢铁般的意志，还要有钢铁般的纪律。"听着刘连长的讲话，我心中明白，他之所以用这种方法来惩罚我们，这么严格地要求我们，目的很明确，就是潜移默化地培养我们的统一意识与团队精神，优良作风与遵守纪律的自觉性，想尽快地把我们培养成为一名合格的军人。

4

军队里无处不存在竞争，无论是军事技能训练还是理论学习都是如此，大家都处在同一起跑线上，又是争强好胜的年龄，谁也不甘落后。我的身体素质先天不是很好，为增强自己的实力，只有更加刻苦地练习，除此之外也别无他法，再苦再累也咬牙坚持着。经过一段时间锻炼，身体素质得到了提高，训练场上之前一些不达标的科目也有了明显进步。上次打架之事已没人再议，似乎已被大家淡忘，连里还没宣布对我怎么处理，应该还是在观察我的表现吧。

元月底，刘连长调我到连部做通信员兼文书。通信员的工作就是早晨起床后把连部帐篷内外的卫生搞一下，上午去镇邮电所取信件报纸，然后分发给大家，下午还是回到班里照常参加军事训练。文书的工作也简单，我们是新兵连，除去每个人一份人事档案就没有其他重要的文件类东西，头两天我加班将每个人的档案整理登记造册，也因我们都是新兵，档案内没有太多的东西，整理起来很容易，弄好交给张指导员，他看后满意地对我点点头。平时利用业余时间出黑板报，写一点训练简报开展小评比、小竞赛、实时讲话等活动，及时展现训练成果，用以增加新战友们的集体荣誉感，鼓舞大家的士气，同时还表扬好人好事批评一些错误行为。出黑板报这件事在学校就做过，可以说是驾轻就熟，做起来并不费多少工夫。

连部帐篷里住着刘连长和张指导员以及高医生，他们的床位分别在帐篷两边，刘连长和张指导员住左侧，中间是办公桌，高医生住在另一侧，我搬进来挨着高医生睡。睡的床铺和我原来的床铺并无二致，都是席地而卧，下面也是铺的稻草，不同的是，他们三个人都有一张办公桌和一把椅子。

这天晚上，值班人员吹过预备熄灯哨，我去倒炉灰，回来得晚些，刘连长和张指导员已躺下准备睡觉。高医生生活习惯很讲究，熄灯前一小时就开始洗脸洗脚刷牙等，每件事都做得极为认真细致。帐篷内灯绳在他旁边，看我进屋他边修指甲边催我快躺下。预备至熄灯哨声间隔也就几分钟时间，我麻利脱去衣服准备钻被窝时，高医生看我一眼，露出惊讶表情问："你怎么是脱光了睡觉？"高医生的所问让我一愣，感觉他问得很奇怪，睡觉不脱光衣服难道还穿衣服睡？就在我愣神的功夫，睡在帐篷另一边的刘连长抬起头对我道："你别躺下，穿衣服起床。"我急忙穿上衣服，刘连长也穿好衣服走到我床边："平时睡觉都是脱光衣服？""是。""班里其他人也都是裸睡吗？""我们都是关了灯钻的被窝，别人我不清楚。"听我这样回答刘连长转身对张指导员道："这是我工作中的疏忽，每次查铺只看他们被子盖得是否严实，没注意他们是否裸睡。"

生活在农村的我从小到大都是脱光衣服睡觉，一是没有秋衣裤，再就是认为穿衣服睡觉是一种浪费。刘连长和张指导员交流了几句后吩咐我："带上手电筒和我一起查铺去，这问题要马上纠正。"

以前刘连长查铺查哨的时间都是在夜半时分，我在夜里站岗时碰到过几次，他总是先到连队的几个岗哨处巡视一遍，然后再进各个帐篷检查。这晚，刘连长先走进我原来住的帐篷，此时战友们都已睡熟，新兵连白天训练强度大，晚上躺下即刻就会睡着，且一觉到天明。刘连长先叫醒睡在门口的班长，耳语了几句后，只听我们班长道："是吗？我真的是没留意这个事。"说话间他已穿好衣服，跟着刘连长的手电光依次掀开战友们的被子，看到裸睡的上去就是一巴掌并喊道："起立。"随着班长和刘连长此起彼伏的巴掌声，帐篷内站起两行赤条条的战友，待刘连长的手电光柱在大家身上扫过一遍，迷迷糊糊的战友们瞬间是睡意全无，马上清醒，有的抓起被子裹住身体，有的拿起衣服遮挡住自己的关键部位。

不知是谁第一个笑的，马上引来一阵哈哈大笑，大家笑时我马上去看刘连长。室内只有刘连长手中的手电筒在亮着，光线不是很明亮，可还是清楚地看到紧抿着嘴唇的他脸上也挂着笑意。待大家笑了一阵，刘连长道："以前没有告诉大家，军人不能裸睡，这是我的疏忽，给大家道歉。从现在开始，一律不许裸睡，我们是军人，要随时待命，应对突发情况。还有，不穿秋衣裤，一翻身露着屁股，也不雅嘛。"刘连长这后一句话又引来战友们一片笑声。

接下来随着刘连长又到各个帐篷中检查，发现裸睡的战友马上叫起来，让穿上秋衣裤再睡。我心算了一下，全连裸睡的新战友大概在百分之八十以上，穿着秋衣秋裤睡觉的入伍前大都生活在城市里。

新兵连期间白天军训，夜间搞紧急集合是家常便饭，每个星期都要搞几次。春节前的某个晚上，"嘟、嘟、嘟"一阵尖厉哨声划破了沉寂的夜晚，营区内空气骤然凝结起来，已经历过多次紧急集合的我们只要听到这哨声心里还会特别紧张，身体也会不由自主地颤抖。我急忙穿好衣服，麻利地打好背包向操场跑去，刚到操场边，刘连长指一下我："把背包放回去，带上手电筒，和高医生一起跟在队伍后面，捡拾落下的东西。"我返回帐篷放下背包，拿起手电又跑回操场，此时已站满了战友的操场上一片漆黑，只有刘连长和几个排长手中手电筒的光柱不时地划破夜空，才带来一点点光明。

"各班报数。"随着刘连长的口令，随即就响起班长们"一班集合完毕""二班集合完毕"的报数声。报数完毕集合了二百多人的操场马上是鸦雀无声，一片寂静。稍许，只听站在队前的刘连长大声道："同志们，接到上级指示，距我们十公里处发现敌情，上级命令我们以急行军速度赶往现场，查看敌情，投入战斗！今晚的口令是'奋勇'，回令是'向前'。出发！"

二百多人脚踏大地的声音，在这个月朗星稀的深夜里听起来格外沉重，我们沿着门前的土路朝着温榆河方向跑去。正常行军速度是每分钟一百二十六步，急行军基本上就是跑步，只不过有时跑得快有时跑得慢一些罢了。

军事训练已两个多月，紧急集合也已搞过多次，大家打背包的水平都基本达标，身上携带的东西也都捆扎得相当结实。刚出发地面上什么也没有，偶尔才会捡到鞋和毛巾类的东西。跑上温榆河大堤，迎面碰上了在隔壁农场训练的女兵连，也在搞紧急集合训练的她们应比我们出发时间早一点，现已是回返。

到达终点折返后地面上落下的东西渐渐多了起来，那时我们的背包都会在外侧塞进一双鞋子，鞋底那一面朝外，为的是途中休息坐在上面不弄脏被子。紧急集合训练路程远了后，若背包打得不标准绳子勒得稍松一些，背面塞的鞋就会掉下，这一路我和高医生捡的鞋子最多，大概有几十只，怀里已抱不住了，可路面上还有不少，我俩只好解下腰里的武装带，将鞋子捆在一起扛回驻地。

晨曦微露，睡醒的我想着夜里天太黑，手电筒光亮的局限性很大，我们跑的路上肯定还会有战友们散落的东西没有捡回来，就立刻起床骑上自行车把昨晚跑过的路又走一遍，果不其然，还真的捡到几只笔和梳子类的物品。早饭后，夜间丢失东西的战友相继把自己的物品领走后，还剩下不少鞋类等物，我跑去各班问过一遍，确认连里已没人缺失东西，这让我很纠结，后经高医生提醒，才想起剩下的东西应是隔壁农场女兵连所丢失，请示刘连长，他让给人家送过去。

“嗨，嗨。”女兵连驻地与我们相距有五百米，中间隔着一片不大的杂树林，刚接近杂树林，只见战友小吕从里面闪出身来向我招手：“快，快过来。”“贼头贼脑的，干吗你？”“你看这是什么？”说着话小吕从身后拿出一个猪头来。“哪来的？”“刚才两只狗在树林里撕扯打架，将它们赶走后捡的。”这是一个酱过的猪头，此时已是冬季最冷的季节，这个猪头上面还带着冰碴子，可从看到它的第一眼起似乎已闻到了猪肉香味，故而我立马紧闭着嘴，生怕哈喇子流出。“汪，汪汪。”被小吕赶走的两只狗此时又拐了回来，朝我们狂叫着，看我弯腰摸地，它俩才一步三回头地走开了，望着两只恋恋不舍的狗相伴着离去，乐得我嘴都合不上，心里十分感谢这两个笨家伙，正是因它们忙着打架才没顾上享受这美味。

当年军队的伙食标准是每人每天4角5分，这些钱要买粮食和油盐酱醋，还要包括做饭的煤火钱，剩下不多的钱就不可能买什么细菜好菜，又因我们这群新兵吃得多，所以每天吃的菜只能是萝卜、白菜、土豆，一般是土豆居多，这东西又当菜又当饭。这样，土豆丝、土豆片、土豆块就成了我们碗里的常客。只有过节改善生活才会有肉出现，那也只不过是很小几片，这样我们也是乐得眉开眼笑。

温榆河南岸我们农场附近几公里之内，除了我要去的女兵连，再没其他单位，据此认为这个猪头的所有者不是我单位就是她们。这几天我常去炊事班帮忙，没发现朱班长买猪头回来，想来这个猪头应是隔壁女兵连所丢，本该给人送回，可心有不甘的我几经挣扎后倾向明显地笑问小吕："你说，怎么个意思？"也咧着嘴的小吕说："我们自己吃如何？""正合我意。只是我俩吃独食不合适，拿回去交给炊事班朱班长加工一下我们一起吃。""也好。"和小吕往回刚走了十多步，小吕抬手将猪头扔在了我脚前："哎哟，不好，肚子又疼了，哎哟哎哟。"而后抱着肚子一溜烟地又返回了杂树林，我只好提起猪头跑回炊事班。

朱班长问明情况后，和我想法一样，同样认为这个猪头属于隔壁女兵连，该送还人家。眼前的猪头看起来那么诱人，肚子里的馋虫勾得我实在不愿将它送走，便央求朱班长道："这猪头是捡来的又不是偷来的，要不就留下我们自己吃吧，你不说、我不说、小吕不说，谁也不知道。"朱班长听我这么说"嘿嘿"乐了起来。

"你不是去送东西吗？怎么还没走？"正在此时，走进来的刘连长看到桌上的猪头，又问朱班长："哪来的？"听朱班长讲明来历，刘连长立马训斥我道："做人不能贪婪，不能见便宜就占，既然知道是他人的东西，就不应该拿回来。记住，你是军人，事事处处都要自觉自律，以后再敢贪这种小便宜，看我不处分你。"训完我，刘连长又指示朱班长："你一道去，把猪头送去女兵连。"

我提着猪头，朱班长拿起那捆鞋，两人一起向隔壁农场走，刚挨过训的我心中也知道刘连长批评得对，这样也是为我好，可不管怎么说，挨批评心里怎么着也有些别扭，出门走好远都没说话。看我不声不响地闷头走路，朱班长问我：“是不是认为刘连长批评得太重?”我摇摇头没吭声，朱班长接着道：“今天这件事，我也认为你没什么大错，只是严格分析起来有些不妥而已。刘连长这么严格要求你批评你，以我对他的了解，是喜欢你才这样，就像常说的‘恨铁不成钢’那个意思。”

朱班长中等个子，方脸，肤色偏黑，大眼睛，高鼻梁，嘴大，嘴唇也厚，喜欢笑的他无论是受表扬或是挨批评，脸上永远都挂着笑模样，平时话不多，走路也不紧不慢，为此常挨刘连长批评，在一次调侃中还说，他这副尊容就是自由散漫之最好注解，不过在我眼里却是亲切之体现。朱班长为人仗义，热情厚道，自来到部队因常去炊事班帮厨，他常夸我勤快，生活上对我关照有加，工作中有什么不对的地方都会及时指出来，并帮助克服。接触中知他入伍已五年，和刘连长是一个单位，之前在机关汽车队当班长。

这次去我家乡接兵，本来已内定朱班长做新兵排长的，可刘连长考虑到炊事班是连队一个重要单位，让战士们吃饱吃好身体健康是圆满完成训练任务的重要保证之一，按张指导员的说法“炊事班工作做得好顶半个指导员”。这样刘连长在十多个班长中选了又选，最后才选择他来做炊事班班长。

行至杂树林，指给朱班长看小吕我们捡到猪头的地方，朱班长看了一眼继续对我道：“在原单位，刘连长也是我领导，大家都知道他越喜欢谁，对谁的要求就越严格，可如果谁遇到了难题，他又会竭尽全力地给予帮助。”朱班长讲的这些我深有体会，上次和人打架，要不是刘连长执意留我，肯定早已被清退回老家，如真走到那一步，且不说自己的人生前途尽毁，就是面对家里对我祈盼甚高的父母，自己的脸往哪搁?这件事到现在还没有明确宣布给我什么处分，心里很明白刘连长的良苦用心，他是想大事化小，小事化了，只要对方不再追问，等新兵训练结束我们被分去各个单位，这件事就不了了之。再一个，刘连长调我来做通信员，这在全连一百多新战友眼中可是一项又美又体面的差事，没人不羡慕。想到这些，急忙对朱班长表白：“朱班长，我不是对刘连长有意见，是恨自己没脑子，刘连长对我这么好，自己不仅没做出什么好成绩来报答他，反而老添麻烦惹他生气，想来感到很羞愧。今后一定好好干，他日一定会报答刘连长对我的关怀与照顾。”“这类话千万别当面对刘连长讲，不然又会批评你，他常讲，我们从天南海北走到一起是缘分、是兄弟，在能力许可范围内，他对任何人都会尽力帮忙，从不求回报。”

“再讲讲关于你入伍来京的事吧。”见我听得认真，平日话语不多的朱班长这天十分健谈：“这次去你老家接兵，按照规定一个大队（行政村）是两个名额，因刘连长欣赏你，几次到你们那里和大队干部们交流协商，只有那位女团支书同意你入伍，其他的大队干部都推荐了别人。你大队的两个名额定了他人后，末了刘连长是用预留的那个机动名额才把你接来部队。这个机动名额说起来也有意思，当时刘连长负责的那个片区，每个大队按两个名额分配下去还剩下一个名额，去接兵的几个干部，包括张指导员在内都有自己心仪的人选，都想要这个名额，可在刘连长的力争下，这个幸运的名额才落在你头上。”关于入伍来京的背后故事我一点儿也不清楚，现在才明白这里面还有这样的插曲，只记得在家乡时和刘连长第一次见面是在学校。“今年多大啦？”“十八。”笑眯眯的刘连长又问：“愿意参军入伍吗？”“愿意。”接下来的交谈十分融洽，刘连长问过学习与生活及家庭情况等，还认真查看一番我的学习笔记，之后我们之间并没再接触过。后来只是听说，刘连长又到班主任李老师及校领导处对我做进一步的了解。接到入伍通知书后，刘连长来家访，他那热情诚恳、待人和善的态度让我父母亲都特感动，都说我能遇上这样的好领导是命好福气好，一遍遍叮嘱我到了部队事事处处都要听刘连长的话。

“刘连长的关怀与提携让人没齿难忘，我一辈子都会感激他，一定把工作干好，决不辜负他对我的希冀。”朱班长所讲让我十分震撼，心中充盈感激之情的我激动得有些不能自持，走上前拉住朱班长宣誓似的表白起来，朱班长乐了：“好，好，我相信你。努力吧，千万不要让刘连长失望。”

和朱班长来到隔壁女兵连，看到朱班长手中的鞋，女连长“哈哈”一笑便接了过去，并连声说着感谢话，然后一指我手中的猪头问："这是什么意思？"朱班长向她说明情况，不过省去了我挨批评的那一段，女连长听完抿嘴一乐："你们刘连长真是讲究，捡到就留下吃嘛，还大老远地让你们送来，那就谢谢他。"之后叫来自己连队的炊事班长相问，那位炊事班长摇摇头道："这猪头不是我们的，我连没买过猪头。"了解情况后，女连长看看大家，又看看猪头，道："附近没有其他住户，既然不是你我两家所丢，又不知去哪里找失主，就算这猪头是自己来慰问我们的吧。这样，我也不好违了你们刘连长之美意，咱们见一面分一半，吃了它。"说完，颇有豪气地一挥手，吩咐自己连队的炊事班长："拿去用斧子劈开，给朱班长带一半回去。"

绿色军营里以阳刚为主色调，因有女兵就平添了一道别样风景，她们花一样的青春、火热的情怀经过军队大熔炉的淬炼，个个变得洒脱豁达，眼前这位女连长更是这铿锵玫瑰中的佼佼者。她容貌端庄，气质优雅，高挑的身材亭亭玉立，不过更让人敬重的是她这种豪气干云的做派。不多时，女兵连的炊事班长将劈开的半个猪头拿来递到我面前，见我拒绝，女连长又挥一下手："带回去，这是命令。请转告你们连长，这就是我的回谢。"一旁的朱班长也示意我接受，并介绍那天是我用铁棍打的那几个偷看女生洗澡的小流氓。"打得好。"女连长爽朗地笑了，继而走上前用手拍着我的肩膀又道："路见不平，拔刀相助，这才是男子汉的本色，有机会我一定请你喝两杯。"女连长这说话办事的干练果断劲和我们连长很相似，真个是巾帼不让须眉。

"把猪头肉做成烩菜，分给连里的几个病号。"刘连长听过汇报，先交代完朱班长这些又训导我："今天这件事看似事小，一个野狗叼来的猪头捡来吃了，也不是犯了什么原则上的错误，可正是从这些小事上，才反映出一个人的境界与格局，看清一个人品行的高尚与否。常言说的'千里之堤，溃于蚁穴'就说明在小事上也一定要高度重视，否则会吃大亏。人要经得起各种诱惑，要戒贪，贪是万恶之源，贪字一旦充斥了头脑，那你的人生之路必将栽大跟头，甚至会到万劫不复的地步。以上这是大道理，往小了说，爱占小便宜的人极其让人讨厌。"刘连长语重心长的一席话，听得我满头大汗，羞愧难当。

上午去镇上取回报纸，因惦记着猪头肉，立刻跑来炊事班，朱班长已将猪头肉和白菜炖了一大盆放在灶台上。看着那肥嘟嘟的肉片，馋得我直咽口水，高医生一定也闻到了肉香，跟着进来的他指着我对朱班长道："猪头是人家捡的，应该给他点尝尝。"朱班长心里应该也有此意，借着高医生的话盛一碗递给我，他用勺子盛菜时还翻了一下，多盛了几片肉。递过碗，朱班长向门口走去，高医生却拿双筷子走来："别独吞，是我帮你争取所得，让我也尝尝。"说着话，手中筷子已伸向碗里，夹起肉来那动作既熟练又快捷，一碗白菜炖肉顷刻间被我俩抢着吃个精光。

5

天安门广场见证了我国很多重大事件的发生，在国人心目中有着特殊意义，来天安门广场游玩，是很多国人的向往，就是很多外国朋友来北京旅游观光，天安门广场也是首选地。初见天安门是坐火车进京的那天晚上，我们从丰台站下车后被大卡车拉去农场途中路过这里，当时汽车速度很快，又是深夜，只是匆忙扫过一眼，那巍峨壮观、气势恢宏的天安门城楼让人印象深刻，充满幻想。

大年初一，刘连长带着我们这群新兵来天安门游玩，在中国革命历史博物馆门口下车，然后排队进入广场。站在广场中央极目四望，才明白它之所以被冠以世界城市中心最大广场之美誉，的确是实至名归，它的宽广使站在这里的我胸怀一下子也变得广阔许多。明媚阳光下天安门城楼显得更清晰，可以说初见的那天晚上，因灯光局限看到的只是一个轮廓，现在映入眼帘的才是它的全貌。天安门整体是红墙黄瓦，雕梁画栋，极为雄伟壮丽，前面金水河上横跨的汉白玉桥就是金水桥，金水桥两旁竖着一对高高的汉白玉华表，有蓝天白云的衬托，看起来格外挺拔。望着眼前这座雄伟壮丽的建筑，让你不得不为建造者的独具匠心和超常智慧而赞叹。

游客一队队一群群地涌入广场，偌大广场里不多时已人山人海，照相的服务台前也排起了长长的队伍。刘连长指挥我们一班一班去照相，每一班照完都要在印有编号的纸袋上写明加洗几张，再交给照相馆的工作人员。纸袋上标着价格，洗一张是五角钱。入伍来京这是初次留影，又是在天安门前，同时也是我人生中第二次照相，第一次是在高中照过一张集体照。从内心来讲，特想要一张留作纪念，经过几度挣扎与反复，最后我还是选择了放弃。

我家孩子多，父母年纪大，弟弟妹妹还在上学，这五角钱在他人眼里可能不算什么，我这里是知道它的分量的，它可是一个住校学生一个星期的生活费。我清楚记得之前每到要开学的头几天，父母都会为凑齐我们几个人的学费而急得焦头烂额，彻夜不眠。入伍离家的那天早晨，母亲往我兜里装了两块钱，临出门我又掏出来递给母亲，为这两块钱，我们娘儿俩推来推去拉扯好一阵。来到部队，每月津贴是六块，领到手只用一块钱买牙膏、肥皂和几张写信的邮票，然后就再也没有其他消费。春节前我已将自己攒的钱悉数寄回了家，此刻身无分文。

各班照完合影，有的战友又交钱给自己单独再拍一张，有的是几个要好的结伴照一张，为避免尴尬我就躲去一边。班长边收钱边登记大家的名字，然后算着手里钱怎么也和班里人数对不上，又核算一遍才发现是我没交，他大声地问我：“你不要一张？”我红着脸摇了摇头。全连一百八十多个新战友，绝大多数的战友都交钱要这张照片，没交钱的只是少数几个。这天刘连长还安排我们去故宫、景山与北海公园游览，在这些地方再照相时我都提前借故躲开。

春节的三天假，初一我们是外出参观，初二与初三我们都在农场里待着。连里的张指导员已结婚并已有两个小孩，从去我们老家接兵起他就没有回过家，年三十晚上聚完餐，刘连长坚持着让他回去团圆几天。张指导员家在市里，刘连长让我骑自行车将他送到镇上，坐的最后一趟班车。我们这些新兵大都是十几岁、二十岁的年龄，入伍来京基本上都是第一次出远门，第一次离开父母，又逢春节，难免想家，有几个新战友想家想得躲起来哭。

为转移大家注意力活跃气氛，刘连长想方设法组织活动，上午带着我们踢足球，下午组织我们拔河，晚上举行军队最精彩的传统节目之一——拉歌比赛。随着他“一排来一个”“二排来一个”的依次点名，被点到的战友们齐刷刷地站起身，随即就传出雄壮有力、高亢嘹亮的歌声。这个排唱罢，刘连长马上又高喊：“唱得好不好？再来一个要不要？”全连的战友是又拍巴掌又跺脚地大声回应着：“好，好，好。要，要，要。”无论哪个班排唱歌，刘连长都会站在队前打拍子指挥，他那傲然挺拔的身姿，潇洒的手势，虽然我是男生，也看得特别眼热与羡慕。刘连长也一改往日刚毅严肃的面目，两条剑眉下那双炯炯有神的眼睛今日也闪烁出快乐的神采，脸上挂着温柔的笑容。这些热烈有趣的活动，使我们忘掉了往日训练场上的单调与枯燥，冲淡了大家的思亲之情。随着刘连长的节拍，我们的歌声整齐嘹亮，笑声响彻云霄。

春节后的第一个周末，我们在天安门照的相片寄了过来，我去镇上取报纸时一道取回，然后按照纸袋上的编号给各班送去。我们班长分发照片时也递给我一张，我刚要解释自己没交钱，班长先开口道：“那天登记完人数，刘连长得知你没交钱，已替你补交上。”我拿起照片急忙回连部，想向刘连长表示感谢，走到连部帐篷门口，看到有几个新战友在那里站着，手中也拿着照片，明白他们也和我一样，照片钱也是刘连长所交，现在过来也是想向刘连长表示感谢。刘连长不在帐篷内，大家等待一阵不见他回来只好离去，临走前一致拜托我转告他们对刘连长的谢意，还相约着下个月领到津贴，让我代收这照片钱一并还给刘连长。“行。没问题，这事由我来牵头办。”刘连长回来后我先向他表达了自己的谢意，然后又转告了战友们的谢忱，并表示了要等下个月领到津贴再还钱的意思。

“我工资比你们高，这几毛钱的事不用还。入伍来京在天安门前留个影是人生一件高兴之事，留存张相片也是个美好记忆。”刘连长说话语气很平淡，可在我心里却留下了深深烙印，暗暗地告诫自己这钱一定要还，包括前些日子我打伤人他去医院看望伤者时所买的那些营养品钱。

这天晚上，连里没安排我们上文化理论课，没什么事就回到班里找小马玩，大部分战友都在外面散步溜达，帐篷里几个人有的在写信，有的在写日记。和小马聊过一阵，回到连部帐篷，看到了很意外的一幕，平时做事雷厉风行、威风八面的刘连长正神态安详地坐在那里补袜子，手法还相当纯熟。缝补衣服这种事我见过无数次，在家时母亲几乎每天都做这种活，吃过晚饭她都会借我们写作业的灯光不是做鞋，就是缝补衣服，有时姐姐们也会和母亲一起做。之前的阅历中从未见过男人做女红，因而在我思想观念里已形成固定模式，针线活是女人的事，和男人不沾边。

部队发的袜子是棉线织成，穿了不长时间脚指头和脚跟处都磨出了洞。士兵不能穿自己买的衣服包括袜子，还有我也很希望有一双结实耐用，当年美观又流行的尼龙袜子，可没钱买也只好作罢。刘连长则不同，他是军官，在当时有一个不成文的规矩，就是军官可以穿自己买的内衣裤和袜子。再一点，他有一份在我看来还算可观的工资，买两双袜子应该不算什么，这是让我想不通的原因之一；其二是自我和刘连长接触以来，无论他在给我们上理论课时表现得多么博学多才，还是在军事训练中表现出的过人技能都没有让我吃惊，在我心目中他就该如此，因而才仰慕他。这么说吧，就是突然看到刘连长他上天入地都可以接受，只是眼前这一幕超出了我的想象。还有，在替我们付天安门照片钱时表现得那么慷慨大方，自己在生活中又如此艰苦，这一切都给我思想认知及人生观带来了极大冲击。

刘连长补好一只换过另一只，他补好的袜子不仔细看还真看不出是补过的旧袜子。刚来部队，我们也发过一个针线包，自己不会用，一直都放在挂包里，现急忙将它找出来，坐在刘连长旁边，也学着补，由于手笨，没缝两下，手指头就被扎得往下滴血。刘连长看到，马上放下手中袜子，手把手地教我怎么下针，怎样走线，针脚要细要密的同时，还不能结疙瘩等。有新战友看到这些，也是充满惊诧，一传俩、俩传仨，不多时就来了好多人，看着坐在那里气定神闲飞针走线的刘连长，口中是啧啧称奇。更有那性急的战友立马跑回帐篷，拿来自己破洞的袜子，跟着刘连长一起补。刘连长指导完大家行针走线，又道："艰苦朴素是我们军队的本色，也是传统，我们大多数战友都来自农村，请大家时刻都要牢记勤俭节约。补袜子是件小事，可小事也能磨炼我们的意志，培养我们的品德。进入军营，必须要学会独立生活的能力，从小事做起，能做好小事者才堪大任，才能干出一番成就。”

“敬礼！”第一个给刘连长敬礼的是生活在城市里的小马，围观的我们随着他的口令都举起了手。这天晚上，刘连长给我们上的这堂生活常识及人生课，先不说从思想上给大伙提高了多少认识，使我们如何的受益匪浅，单就从生活而言，我就是从这天起渐渐学会了一些针线活，给自己以后的生活带来了极大便利。

## 三　演兵场

过完春节，新兵连的训练就转变为军事技能和战术动作训练为主，队列训练为辅。连里给我们每个人都配发了步枪和手榴弹，当然枪是空枪，枪膛里没有一颗子弹。手榴弹也是教练弹，弹体里既没爆炸装置也没装填火药，只是一个形似的铁疙瘩加一个木柄而已。每天操课时间，时而练习瞄准时而练习投弹，刘连长讲完动作要领及注意事项等一些理论知识后，班长们就带着大家进行实际操作训练。之后日子里我们每天早上扛着枪迎着朝阳、唱着歌迈着雄赳赳的步伐来到训练场，暮色降临带着一身泥满脸土回到帐篷。

立春后的北京还是没有一点暖意，寒风凛冽，气候阴冷，练卧姿射击趴在地上不长时间，身体便被冻得发抖，端枪的手也被冻麻木。由于大家都是人生第一次摸到真枪极其兴奋，同时也为了练出好成绩一个个是不怕苦不怕累地坚持着。刘连长怕冻坏大家，过一段时间就会带着我们跑一圈，待身体发热再趴下练习。在刘连长及班长的精心辅导下，我的持枪动作与射击技能做起来很规范，准星、缺口、目标中心三点一线瞄准也是又快又准确，时常得到刘连长夸奖。

经过一段时间训练，为检验大家的成绩，刘连长带领我们来到靶场进行实弹射击。射击前刘连长先给大家做动员：“训练就是为了打仗，实弹射击是新兵训练科目中最接近实战的科目，射击中只要按照镇定不慌、细心瞄准、稳击发这些要领去做，相信大家都能打出好成绩。”此时，靶场里已有先到的其他单位新兵们在进行实弹射击，不时响起的子弹爆裂声让人紧张，空气中弥漫的硝烟味道又让人兴奋。轮到我们连射击时，随着刘连长的口令，战友们一班一班跑至射击位置，卧倒、装弹、击发，每个人的动作都干净利索，一气呵成。因是预考，每个人只有三发子弹，卧姿、跪姿、立姿各打一发。射击完成对面报靶员会马上报出各人成绩，从各自脸上的表情就能看出成绩的好坏，成绩好的兴高采烈、趾高气扬，成绩差的垂头丧气。

我们班上去时，自信满满的我随着刘连长“卧倒”，“装子弹”，“瞄准射击”的口令，做的每一个动作又快又准确，且第一个开枪，全班射击完毕，对面报靶员报出我的成绩是十环。得到这样的成绩，尾巴马上高高翘起的我飘飘然忘记了射击纪律，得意扬扬地对旁边小马道：“看到没？我是十环。”小马白我一眼没理会，背后却传来了刘连长低沉严肃的声音：“遵守纪律，不许说话。”被刘连长呵斥过，话是不敢再讲，心中的自满自大之情却是有增无减。跪姿射击时为卖弄，我出手更快，枪响过好长时间，班里的其他战友才陆陆续续放枪。待报出成绩瞬间我傻了眼，这颗子弹打飞了，空靶。呆愣愣的我跪在原地忘了跑去下一个射击位置，直到刘连长大声叫我名字才回过神。立姿射击从一个极端走向另一个极端，心情变得极为紧张，端枪的手也随之抖动，最后连带着腿也跟着颤抖，这一枪我是班里最后一个放出的，报靶员传来信息还是打飞了，零蛋。

回到驻地，被愧疚心一直充斥着的我无论刘连长吩咐做什么，都是低头应承着不好意思和他对视，忙着的刘连长也没理我，我暗暗祈祷，盼望他因忙工作而忘掉这件事。晚饭后将帐篷内卫生收拾一遍，我见刘连长在那里专心写东西，便轻手轻脚向门口走去，还没到门口，听到一声“回来”，心里一紧，唉，看来这顿批还是躲不过去的。

“今天怎么回事？”低着头的刘连长边往本子上写东西边问我，我心里很清楚今天的问题所在，只是不好意思说，嘴里“我，我”两声就没了下文。刘连长停下手中的笔抬起头道：“一个人自满要不得，无论做什么事，也无论取得了多大的成就，都不能自满，训练中的成绩稍好一点就沾沾自喜，这可不行。记住，无论是生活或是工作中，一定要谦虚谨慎，胜不骄、败不馁。今天的射击成绩只是连里的摸底测验，不计入考核成绩，但你也要因此而敲响警钟，且还要警钟长鸣。明白吗？”“明白。”刘连长严肃的目光稍稍缓和些：“去通知班、排长们到连部开会。”“是。”给刘连长敬过礼转身出门，挨了批评的我心情反而轻松了许多。晚上点名时，刘连长对我的问题在全连战友面前又一次提出了批评。

三月中旬的一天早上，起床后天空就阴沉沉的，吃完早饭就下起了雨夹雪，想着这种天气应不会去训练场，估计会在家上理论课，就找出笔记本准备温习一下上次学的东西。看到高医生进帐篷便问他：“这样的天气还会训练吗？”整理着药箱的高医生向帐篷外看了一眼道：“说不准。你怎么还不去镇上取报纸？”“想等一下看看情况，如讲新课，就课间再去。”话刚说完，集合哨声已响起，接着就听到刘连长发出的命令：“全连所有人穿雨衣，携枪械集合。”我快捷地扎腰带穿雨衣接着去枪架上拿枪，看到刘连长的手枪和望远镜还挂在上面，就顺手摘下飞奔出门，还没到操场，看见正匆匆地向回走的刘连长，我迎上去递过手枪和望远镜，他边往身上披挂边问我：“高医生呢？”“在整理卫生箱。”“去催他快一点，队伍马上出发。”“是。”待我转身跑回连部，刚掀起帐篷门帘，高医生就冲了出来，两个人相跟着跑进操场。

队伍已集合完毕，刘连长站在队前正讲话：“同志们，战争是不会挑日子的，不会等你准备好了再选一个风和日丽的日子按部就班来进行，越是恶劣天气越危险，使我们因此而放松警惕。为了增强大家适应环境和实战意识，锤炼打仗本领和战斗作风，让实战和训练相结合，上级命令我们，现在去靶场进行实弹射击考核。领导之所以选择这样的天气，就是要考验大家的真实实力和应变能力，通过这些日子训练，我相信大家都能打出好成绩。同志们，有信心没有？”“有！”刘连长的动员让大家的情绪极为高涨，回答声音都是从喉咙里吼出来。“四路纵队，出发。”随着刘连长一声令下，全连走进了风雪中。

积水的乡间土路，泥泞的田间小路，穿过村庄、农舍、田间地头，全连一路高歌，健步前进。一开始遇到水洼我们还跳还绕过去，走着走着，随着刘连长不时发出的防空口令，我们随时随地地卧倒，齐刷刷地趴在满是泥浆的地上。几番之后大家也不在乎了，仿佛真的上战场一样胸怀激昂，热血沸腾。行进时昂首挺胸，趴下时寂静无声，脚下迈着雄壮有力的步伐，口中嘶吼着口号，再遇到水坑不跳不绕而是直接蹚过去。这样徒步急行军两个多小时，一路在泥水中摸爬滚打，到达靶场，刘连长点名时全连竟无一人掉队。

天上雨雪下得更大了，战友们怕淋湿枪支，都把它揽入怀中。一个老班长拍着搂在怀里的枪对我们这些新兵道："新战友们，都把枪搂紧点儿，别看它是个铁家伙，冷冰冰的，可它是有灵性的，你对它好，它回报你的会更好，让你打出好成绩。就像你的女朋友似的。"老班长的话引起我们一阵大笑，就是历来严肃的刘连长，待大家笑了一会儿，也带着笑意接话道："是的，大家要爱护武器，要像爱护眼睛一样爱护它。"

随着刘连长的口令和手势，战友们一个班一个班地跑到射击台前，这次每个人是九发子弹，卧、跪、立三种姿势各打三发。轮到我班上去时，接受了上次教训的我既不慌不惊，也不骄不躁，三种姿势，九发子弹每一枪都严格按照射击要领去做，首先保持稳定姿势，瞄准时慢慢接近目标，然后屏住呼吸，右手食指轻轻扣动扳机，待时机成熟才稳稳击发。

来时我们淋了一路雨雪，到靶场因轮候又坐了好长时间，打靶前怀着一股激情没感觉冷，子弹打完身心一放松，这冷和累一下就袭来，浑身感到酸痛乏力。班里其他 15 个新战友都打完最后一颗子弹，对面联络哨响起，紧接着报靶员传过信息，我是九发九中，总成绩七十八环属于优秀。得知这个成绩，冷和累一扫而光，在刘连长的口令声中精神抖擞地跑步归队。

这次的射击成绩，全连 187 名新兵合格和优良率达到百分之百，上级首长在总结讲话时表扬了我们，当场宣布奖励我连五十斤肉包饺子，并放假一天。战友们高兴地嗷嗷叫，我看到刘连长也是笑逐颜开。

全连又是一路高歌回到了驻地。

新兵连另一项重要军事技能训练就是投手榴弹，在训练场刘连长首先给我们讲投弹要领：“手榴弹的投法也是分卧姿、跪姿和立姿，其中立姿又分原地投和助跑投。我们主要学习原地立姿投弹，这种投法是基础，和其他几种投法大同小异，基本原理都一样。”讲完这些，刘连长拿过一枚教练弹边给我们做示范边讲：“右手握紧手榴弹，右脚向后退一大步，右手将手榴弹由体前经体侧引向后方，身体左侧正对投弹方向，身体重心大部分落于右脚，挺身抬头。紧接着右脚迅速向后用力猛蹬，同时向前送胯转体，以大臂带动小臂和手腕，将弹体向目标方向投出。”这些动作要领讲完他又连续示范几遍，然后由各班长分别带领大家去练习。

开始我想着自己之前在家放羊时为赶羊，随手捡起一块石头就能扔出很远，且投的位置还相当准，现在投手榴弹应该没多大问题。可实际投起手榴弹来并不是那么回事，它的自重比我赶羊的石块沉许多，要投远投准难度相当大。投手榴弹及格标准是三十米，四十米以上是优良，投五十米开外是标兵。练习中我使出吃奶的劲才投出二十米多一点，投一上午胳膊已酸疼得抬不起来，脱衣服都困难，睡了一夜第二天早上起床发现胳膊已红肿，吃饭拿不住筷子。

练习中，缘于身体素质之差异，战友们之间差距很大，有些战友出手就是四十米以上，达到了优良的标准线，我和小马及身体差一些的，练过两个星期还是达不到及格标准。我们心里急，刘连长也急，他牺牲休息时间陪着我们加班加点练，为让我们能多投掷几次他不辞辛苦地来回跑着为我们捡投出去的手榴弹。天黑时投出去的手榴弹不好找，就帮我们想出一个办法，用背包绳将手捆上，那头绑在树上，让我们反复练习扭腰、蹬腿、猛挥右臂。练了一段时间，长进不是很明显，还是投不到三十米，情绪很低沉，刘连长对我先开导后鼓励：“你主要的问题是力量不够，这一点没有捷径可走，只能多吃苦多受累加强练习，只要功夫到家，达到及格标准并不是遥不可及的事。”他还不厌其烦地给我纠正动作，指导示范，接着又是一番勉励：“不要着急，更不要泄气，沉下心来练，投得远、投得准不是一朝一夕就能达到的事，多练就能掌握技巧，多练力量自然就会增强，等力量和技巧能完美结合，就一定能达标。加油吧。”

一些投手榴弹水平和我差不多的战友，平时训练中也相当刻苦，可练过一段时间起色还是不大，之后就和我犯同样的毛病，训练中鼓不起劲。为激舞士气，刘连长想出一个办法，规定谁连续三次投过四十米就奖励一个鸡蛋。这个措施实施后大家的热情是空前高涨，过了些日子超过四十米的逐渐增多。水涨船高，刘连长让人在四十米、五十米标线外用白灰画几个一平方米的圆圈，规定将手榴弹连续投进四十米标线外圈内三次奖一个鸡蛋，投进五十米外圈内一次也奖一个鸡蛋，以此来训练大家投弹的准确度。我也很想吃鸡蛋，训练也相当刻苦，可直到新兵训练结束也没吃到一个奖励的鸡蛋。不过功夫不负有心人，一个多月后我投弹也达到了及格标准。

手榴弹实弹投掷是我们这些新战士必须要掌握的项目之一，刘连长看大伙训练水平已达标，报请上级同意对我们进行实弹投掷考核。

投掷手榴弹靶场设置在温榆河的河滩里，头些天刘连长就安排我们按照他设计的图纸在河滩里修筑场地，先挖一条战壕，用挖出的泥土在前面筑起一道胸墙作为掩体。以投掷点为基准，在面前开阔地上用白灰画出一个落弹区域，还在里面标出三十米、四十米、五十米的标线。又在距投弹点三十米外选择一个最佳观察位置，将土地平整一下作为待机区域，让我们在投之前坐在这里观摩。从这个地方又挖一条一米多深的交通沟连接至投掷点，以防飞起的弹片伤着我们。

这天早饭后，我们在刘连长带领下来到温榆河边靶场。北方的春天总有些迟缓蹒跚，没有南方来得那么早，更没有那里的繁花似锦，莺歌燕舞。此时展现在我们面前的只是河坡上枯草返青，岸边各种树木枝条上披上绿装，一切看起来那么朴实。只有那潺潺的流水，飞翔的小鸟，还有我们这群生机勃勃的战士，才使初春的温榆河畔显得一派生机盎然。 拂面春风依然有些料峭，可我们已迫不及待地随着自然界的变化脱去了身上的臃肿棉衣，这样做虽有耍单爱美成分，不过更重要的是为了让自己变得更利索一些，来迎接这次实弹考核。

靶场四周红旗旁都站着哨兵，警惕地向四周瞭望着以防他人误入。投弹前，在待机区域处，刘连长依然是先做动员：“为增强大家的实战观念，今天我们进行实弹投掷，这也是军人必须掌握的本领之一。新战友们，这肯定也是你们人生中第一次投掷真弹，大家现在的心情一定是又紧张又兴奋，我要提醒的是，投弹需要的是兴奋与激情，坚决不要慌张与惊恐。在每一个人投弹时，我都会在你身边为你保驾护航，所以请大家不要怕，按规定的动作要领去做，沉着加勇敢，我相信大家都会投出好成绩。”讲完话，刘连长安排班长们先去投一颗给我们做示范，随着“轰隆隆”的爆炸声，飘来的硝烟刺激得我们个个是心潮澎湃，兴奋异常。

班长们投完之后刘连长又单独对他们交代一番，要求他们都坚守自己岗位，带好自己的兵，切实管好自己负责的区域，决不许有任何意外发生。

刘连长安排完这些，我们排长提出：“连长，请您留在待机区掌握全局，我去投掷点照看新战士们投弹。”此要求被刘连长断然拒绝：“不。”接着命令班、排长们：“速回自己岗位。”

以前，有部队在实弹投掷中因新战士紧张，投弹时出现手滑使手榴弹掉在脚边，或者惊慌之下投弹的动作变形，发生投不远及投错方向等情况，造成了事故。因此，整个新兵军训期间，在投掷点照料新战士投弹是最危险的工作，一个连一百多人每人投一次，就是一百多次，按老兵的说法这是世间危险系数最大的工作。

“第一排、第一班、第一名。”“到。”“出列，准备投弹。”“是。”实际投弹正式开始后，看着前面新战友们一个个出列、投掷，待机区的我是瞪大了眼睛看着，为投掷又远又准的战友高兴，为投掷又近又偏的战友惋惜。

轮到编制在二排六班的我时投弹已进行很长时间，在观摩区我不断告诫自己要沉着冷静，千万不能因惊慌出现意外给连队抹黑。可当值日排长喊到自己名字时，虽然从起立到跑向投弹点的步伐以及给刘连长敬礼的动作都还算规范，但心跳是明显加快，两只脚也有些抖动，我知道这不是兴奋而是慌张。刘连长肯定看出了这些，他走上前将我武装带扣正了正，又拽了拽我上衣下摆道：“不要紧张，按照平时训练的动作要领去做，你肯定行。”已和刘连长相处有近半年时光，对他的眼睛是相当熟悉，他生气时剑眉倒竖，双目炯炯放光咄咄逼人，高兴时眼睛也很明亮，只是那光亮里透出的是友善。刘连长说这些鼓励之言时眼睛直视着我，看着他那闪烁着坚定与信任的目光，我狂跳的心立刻平静了下来。

投弹点一侧放着手榴弹箱子，里面码放着一排真实的手榴弹，刘连长去取弹我也跟了过去，眼前的真弹和平时训练的木把手榴弹是一模一样没什么差别，只是很新。刘连长取出一颗手榴弹将我带回掩体中间，接下来又重复一遍注意事项，末了又叮咛道："投出手榴弹要立刻卧倒在壕沟内。"言罢刘连长将手榴弹交给我，然后又指导我拧开手榴弹木把上的盖子，嘱咐我轻轻捅开那层防潮纸、小心抠出拉环、将指环慢慢套在小手指上。做完这些我深吸一口气，按照训练的动作要领，用力将手榴弹投向前方，随即立刻趴下。在向下倒的瞬间感到肩膀上有只手在用力地向下压。

"轰。"一声巨响后我和刘连长同时站起，看到扔出的手榴弹爆炸点在三十五米左右，刘连长对我满意点点头，低声命令道："归队。"给刘连长敬完礼，我乐呵呵地跑回待命区。

中间休息时，我们排长再次提出替换一下刘连长，他再一次拒绝，坚持留在投弹点照料新战友们投弹。临近中午，投弹已接近尾声，已轮到四排的战友们在投。

新战友们一个一个地奔向投弹点，坐在待机区观看的我眼睛目送着他们跑来跑去，心却系在投弹点的刘连长身上，回忆着自己投弹时是那样紧张，想着其他新战友们应该也是如此。这一次次的投掷，都会给刘连长带来一次次危险，故而每当一个战友跑去投弹，我的心都会提起来，待他们投出的手榴弹爆炸响过，看到卧倒的刘连长站起身，那颗提着的心才会放下。

投弹还在紧张而有序地进行，待机区等待投弹的战友还剩下不多几位，这时，跑去投弹点的是战友小吕。和小吕相熟是因我们常在一起练投弹，他个子不高又很瘦弱，刚开始他投弹的水平和我差不多，练过这么长时间，投教练弹也只是勉强及格，此刻投实弹我很为他担心。可能也是慌张的缘故，小吕投弹时动作僵硬，投出去的手榴弹落点也偏，不过还好是落在规定的区域内。手榴弹投出他也跟着刘连长一起卧倒，我提着的心刚要放下，突然，不知出于什么原因，这小吕在手榴弹还没爆炸之前竟鬼使神差般地站了起来，在待机区的我们这二百多人同时发出了惊叫，就在我们张开嘴声音还没有发出来的瞬间，只见刘连长猛地跃起将小吕扑倒在壕沟里，这时大伙“啊”的声音才出了嗓门。紧接着只见火光一闪，即刻传来了手榴弹的爆炸声。

随着响声，坐在待机区的我跳起身便往投掷点跑，刚跑出几步，就听到我们排长一声大喝：“站住。”我愣怔一下，停住脚步，他又对一些站起身来的新战友们下着命令：“遵守纪律，谁也不许动。”说完，自己朝着投弹点飞奔而去。这时，刘连长与小吕已在壕沟内站起身，稍后，他带着小吕向我们走来。

迎着刘连长跑上前的我忘了问候，只是上下打量着他，刘连长笑笑道：“紧张什么，毫发未损。”刘连长走近待机区，迎接他的先是一阵热烈掌声，接着是全连战友们齐刷刷地敬礼。

“战友们，不用担心，我和小吕都没受伤。”刘连长给大家回礼后又道：“没有听到爆炸声就起身，这种行为是极为错误和危险的，今天是万幸，没有造成严重后果，那么下次呢？事情不会每次都这么幸运。我们是军人，该牺牲该赴汤蹈火的时候我们绝不怜惜生命，但我们决不做无谓牺牲，任何时候都要珍惜生命、珍惜自己。希望大家吸取教训，引以为戒。我再强调一遍，后面投弹的同志们，投弹时不要紧张，有我在，只要你们按照平时训练的要求去做，保证不会有任何问题。刚才小吕站起身，是想看看自己投出的手榴弹达到及格标准没，他之所以出现问题，归根结底还是紧张所至，才乱了方寸。最后，我再重复一遍，要沉着、勇敢，我相信大家都会投出好成绩。”讲完话，刘连长转身又向投弹点走去，望着迈着坚定稳健步伐的刘连长，全连战友又是齐刷刷地向他举手敬礼。

后面的新战友们又去投弹时，刘连长还是和之前一样先叮嘱一番，待手榴弹投出，接着和战友一起卧倒、起立。我的心也和之前一样，提起、放下，直到投弹结束才回到了原位。

投弹结束后，刘连长安排值日排长将队伍带回，自己和留下的几位班长以及高医生和我，又将剩下的手榴弹数目和我们投出的手榴弹数目核对一遍，准确无误后就把剩下的手榴弹当场封箱。接下来又和我们一起在投掷区反复搜寻几遍，要求我们把爆炸后留下的稍大一些弹片都收回，以防留下隐患，确定没任何问题后才带着我们往驻地走。

“连长，您手怎么了？”途中刘连长时不时地晃动着右手腕，可对我的所问却淡淡地道：“没什么，只是稍感不适。”中午吃饭见刘连长已无法拿筷子时，撸起他衣袖看到手腕已肿便忙叫回高医生：“连长扑小吕时撞伤了手腕，您快给检查一下。”“别乱说，小吕知道了会不安的。”应是很疼，刘连长批评我时拧着的双眉一跳一跳的。“没伤着骨头，只是软组织挫伤。”“就你爱制造紧张气氛，我就说没什么事嘛。”高医生的诊断结果让指责我的刘连长乐呵呵的。

“当兵是什么？是光荣、是奉献、是流汗、是吃苦、是忘我、是牺牲。”此刻面对忍痛笑着的刘连长，我更深一层地理解了他给我们讲的这段话的意义。高医生用木板和书本做了简单的护腕托，刘连长嫌不方便不愿带，高医生学着刘连长平时的口气：“带上，这是命令。”刘连长看看高医生又看看我后，乖乖地将那个托架带在胳膊上，他之前在课堂上给我们讲过：“生病或受伤时要服从医生的安排和命令。”

## 四 原则

周日这天上午，我骑车去镇上取报纸，乡间道路两旁以及田间那一簇簇迎风摇曳的野花及青翠欲滴的秧苗，散发出让人迷醉的芳香，使人产生无尽遐想。路两边整齐排列的杨树，雄壮挺拔身姿极像年轻军人，枝条上的绿叶也好似军人身上的绿军装，那随风响起的“沙沙”声更像是在欢迎我，令人十分惬意。精神大振的我飞快蹬着自行车并大声呼喊着口令，感觉此时的自己是阅兵首长。

通往镇上的这条土路，是我们附近几家农场及相邻的一些村庄去镇上、市里唯一的一条路。平时虽不很繁忙，可时常也有车辆和人员经过，我单位来这里建立农场后拉过很多沙子铺在上面，下过雨雪路面上出现坑洼我们还时常来整修。行至距镇上约一公里的地方，发现一只鸡被轧死在车辙里，看看前后左右没人，我弯腰将鸡捡起来放在自行车后座上，向前蹬着自行车心里掠过一阵窃喜，庆幸自己太幸运，美滋滋地想着怎样吃这只鸡才解馋。突然，我脑海中现出上次捡猪头那一幕，想起刘连长的批评，情绪马上低沉下来，长叹一声，感慨自己是有这个运气捡，没这个福气吃啊。来到镇上，将鸡交给了邮电所的负责人郝所长。镇上的这个邮电所很小，只有三个工作人员和一个所长，郝所长五十上下的年纪，经过岁月的洗磨两鬓已飞了霜，胡茬也已花白，他身上永远穿一套洗得发白的工作服，胸前也始终挂着一近视一老花两副眼镜，根据需要不时变换使用，镜片后的那双眼睛则永远透着亲切与朴实。我来取报纸信件已几个月时间，和这里的工作人员都很熟，特别是郝所长每次都会先倒一杯水递过来，并催促我喝下去，然后是嘘寒问暖，只要见到他都会让我想起家里的父亲。

“这是？”见郝所长满脸疑惑，我急忙解释道：“在镇外捡的，不知是被什么车给轧死了。”“让我帮助找鸡主人？”将鸡送给郝所长之意是让他吃的，之所以送他并非自己有多么高的思想境界，更不是不想吃鸡，而是怕挨批评。可面对显然是误会了的郝所长之所问，我一时不知如何回答，愣了好一会儿才“嗯嗯”了两声。“这么大个镇子不好找，一只被轧死的鸡你带回去吃吧。”见郝所长不愿接受，我只好把上次捡猪头的事给学说了一遍，郝所长及几个工作人员听后都哈哈地笑起来。

“刘连长我们一起在镇上开过会也很熟识，想不到待人那么和蔼的一个人还有这么严厉的一面。这样也好，这是对你负责。”说完这些，郝所长略一思忖又道：“这样吧，等下用大喇叭广播两遍，有人认就给人家，没人认领你拿回去和刘连长一起吃。”郝所长这句话说得我心里痒痒的，嘴里却道：“没人要，那就送给您。”“你捡来的，我怎么好意思吃，还是那句话，没人认领你拿回去自己吃。”说着话郝所长已将信件包递了过来，接过包我嘴里又是无可无不可地“嗯嗯”了两声，便离开了邮电所。

“报纸先停一下再发，快骑车跟我去镇上一趟。”回到农场，正在给各班分发报纸时，高医生在连部帐篷前冲我急火火地高声喊着，见我动作慢又催促道：“动作利索点，我在大门口等你。”我立刻跑步回到连部放下怀中东西，跨上自行车急忙忙地出了门。

“什么事这么急，高医生？”“刚才接到隔壁农场传来的信，说刘连长女朋友来看他，现已到镇上邮电所，我们去接一下。”“刘连长呢？他应该去接嘛。”“他带着人马在河滩里修水渠，我怕耽误时间那边等得急，咱俩先去接。刘连长女朋友我认识，和她还同来一人，所以才叫你一起去。”说完这些，高医生又一次示意我加快速度，自己也猛蹬几下又道：“自刘连长去你家乡接你们这批兵至今，已半年有余，他是一心扑在你们身上，这么长时间都没去看过女朋友，就是去市里开会，也是直去直回。”高医生嘴里说着这些，脚下也没松懈，两个人你追我赶，不多时就到了镇邮电所，进了院子，高医生将自行车铃铛摇得山响，随即看到两个年轻姑娘走出屋，郝所长跟在后面。

走在前面的姑娘大约二十五六岁年纪，她不长的头发梳成两条辫子紧贴在耳后，眼睛很大，眉毛细长，皮肤细嫩齿白唇红。身上的米黄色风衣及脖子上系的粉红色纱巾更将她的肤色映衬得似桃花般鲜艳，整个人看起来出尘脱俗，美丽大方。

“刘连长带着人在河边挖渠，连部只剩我一个人，接到消息怕您等得着急，就先骑车来接您。再一点，刘连长手腕还没痊愈，骑车也不方便。”高医生说到这里，眼睛向门外张望着的刘连长女朋友收回目光道：“是啊，就是不放心这一点，才赶过来看他。”刘连长女朋友说话时面含羞色，声音甜美，让人一看就知道是一个贤淑温柔之人。高医生：“他的伤说来话长，咱们路上边走边说。”“好的。”刘连长女朋友转身去谢郝所长，郝所长摆摆手：“这点事不用谢。”接着又对高医生道：“刚才她们来问路，得知是去找刘连长，想着俩年轻姑娘人生地不熟的前去，我也不放心，就让她们在这里等。”

自进邮电所就看到捡的那只鸡还挂在门上，告别郝所长，向外走眼睛还不时地瞄向那里，行至大门口还扭头张望着。送我们的郝所长见此，哈哈笑着将鸡取下递到我面前道："你们来之前已广播几遍，到现在也没人来领，现你们正好又来了客人，把它带回去加个菜。再说，我单位门上老挂只鸡，也不是个事。"郝所长的话真说到了我心里，连队伙食太简单，刘连长又来了贵客，用这只鸡来招待是再好不过，同时自己还能沾些光，可伸手去接时又有些犹豫："您留着吃吧，我拿回去不合适。"正在这时，我们隔壁农场的女连长走了过来，见我和郝所长为只鸡在争执，上前问明情况，立刻从自己衣兜掏出钱塞给郝所长，然后接过那只鸡递给我："拿着，这只鸡算我请刘夫人。"

"刘连长，这些钱您给我算怎么回事？"见手里举着钱的郝所长这样问自己，女连长笑了："看把您郝所长难的？这还不简单，有乡亲来认领就把钱给人家，无人来认领您就用它买烟抽。"从女连长和郝所长说话口气看他们之间是相当熟悉，并知道了这位女连长也姓刘。

"我这个当家子老刘还真好福气嘛，娶了个这么漂亮的老婆。"女连长的话让刘连长女朋友一下子满脸通红并低下了头，郝所长急忙解释道："他们还没结婚呢。"女连长哈哈一笑："那还不是早晚的事。"在他们说话期间，我将那只鸡迅速包好装进挂包里。

告别郝所长和女连长走出大门外，高医生骑车带刘连长女朋友，安排我带和刘连长女朋友一起来的那位同伴。自进邮电所，我注意力就全部集中在刘连长女朋友身上，对她的这位女伴只是扫过一眼，看到她穿了一件红风衣，至于高矮胖瘦都没留意，直到这时才认真看了看她，她年纪比刘连长女朋友小，二十出头的样子，头发扎一个马尾巴用一条纯白丝带系着，水汪汪的眼睛看人时含着笑意，没施粉黛的她纯洁清新自有一股机灵气儿。看我将自行车推至面前，她辗然一笑道："我叫嫣然，谢谢您。"说话声音清脆，节奏明快。"不客气。"回完话我把自行车歪向一侧，示意她先坐上车我再骑，嫣然摇摇头道："不用这样，你骑上走你的，我能蹿上去。"我上车刚起步，她立马就坐在了后座上，她蹿上车的过程的确没感到一点冲击，感觉是飘上去的。路上高医生对刘连长女朋友介绍着新兵连情况，说着刘连长手腕受伤的前后原因，话里话外都在夸着刘连长，大概是怕人担心，临了加了一句：“刘连长的腕伤已好多了。”我骑车跟在后面，眼睛不时落在刘连长女朋友身上，安静地坐在高医生自行车后座上的她没有过多话语，脸上始终挂着浅浅的笑容。

在农场大门口等候的刘连长，自见到自己女朋友的那一刻起眼睛里全是温柔，乐呵呵地将两位客人迎入连部的帐篷。两位客人接过我递上的水杯还没喝上一口，在河边修渠回来的新战友们就围在了门口探头探脑地向里看。张指导员寒暄过几句边向外走边使眼色让我也出去，走出门他对围观的战友们道：“看一眼就散开吧，咱们给刘连长一个安静空间。”自我们住进农场，整天面对的都是我们自己这一群人，农场里一个女性也没有。隔壁的女兵连也是只闻其声，鲜有打交道的机会，野外训练在河堤上也碰到过，因行进中要求大伙目不斜视，所以谁也不敢扭头看。今天见到刘连长如此漂亮的女朋友，大家来争相观望，也是可以理解的。

围观的战友们散去后，张指导员指示我：“在门口守着，不让他人过来打扰，谁有事让找我。”张指导员刚离开，高医生也陪着那个叫嫣然的姑娘走出帐篷，他也像张指导员一样又对我叮嘱一番同样的话，然后向操场那边走去。待他们走远，我即刻拿起书包跑进炊事班，朱班长看到鸡先是一脸惊讶，问明来处后乐呵呵地拍着我的肩膀道：“太棒了，正愁没什么像样东西来招待刘连长女朋友呢，真是天助我也，我这就立马拾掇炖上。”

坐在连部帐篷门口的我眼睛虽落在报纸上，但一个字也看不进去，将耳朵高高竖起像雷达似的捕捉着帐篷里的动静，刘连长和他女朋友说话声音很小，一句也听不清楚，可他们的笑声却很爽朗。刘连长的笑声响亮明快，他女朋友的笑声则像清泉一样悦耳动听，里面还含有不尽的温柔，让人听着心里都甜丝丝的，特为刘连长有这么美丽又贤淑的女友而高兴。可在为他高兴之余又为其操碎了心，听到刘连长说话声音替他着急，怨他哪有那么多闲话还不抓紧时间亲吻，听不到说话声音是既为他着急又担心着其会不会眉目传情。总之，坐在门口的我将自己的心累得是一塌糊涂。

农场里除去一片帐篷没什么正规建筑物，大片田地里种的是小麦，田埂及路边种的是杨树，其他也就没有什么风景。高医生陪着嫣然溜达一圈回来后在晾衣桩前又聊着什么，没多一会儿他便被三排长给叫走了。“过来。”见手拉着晾衣绳的嫣然对我招手，我立马跑到她面前：“您好，需要我做什么吗？”问话的同时，抬手给她敬礼。

军队条例规定，下级见到上级或接受任务时都要先给上级敬礼，对比自己早入伍的老兵也要敬礼，就是对地方的领导及长者同样要主动敬礼。自己是新兵，故而在此时期内，口中回答最多的是“是”，手上所做最多的是敬礼。估摸着嫣然没想到我会给她敬礼，或许是对我快捷的抬手敬礼动作不适应，又或许是下意识，也可能学我，只见她右手也迅捷地举了起来还礼，不过由于手抬得高了些，导致她的回礼和少先队礼很相似。意识到这一点后嫣然先是抿嘴一乐，继而用手背捂住了嘴，可还是“呵呵”笑出了声。

“傻不傻呀你，坐那么近干吗？想偷听人家说情话啊？”忍着笑的嫣然说话语速很快，等我回味过她这调侃之言的话意，瞬间感到脸上火辣辣的，嘴张了几张也没答出一个字，这囧态又惹得嫣然“吃吃”笑了好一阵。

“你怎么跟个大姑娘似的，那么容易害羞，跟你开玩笑呢，别在意。”嫣然的解释让我抬起了低下的脑袋，接下来我们热切地聊了起来，从自我介绍中知其在南方长大，她父亲老家和我老家是一个地方，是当年南下留在了那里工作。在上小学与中学期间嫣然还随父亲回过老家，更巧的是她还和我同姓。还知道了刘连长女朋友叫嫣红，她两人同在一个机关里工作，同住一个宿舍。身在异乡碰到一个也算半个老乡的人自然就多了一份亲切感，论起年龄她比我大几岁，就要求我叫她姐姐，并给我留下了电话和地址，要求以后常联系。

星期天的第二顿饭是下午五点开，此时肚子早已提出了抗议，更为重要一点是惦记着那只捡来的鸡，心里一直想着朱班长是拿它红烧呢还是清蒸？和嫣然聊着天，眼睛不时往炊事班那边张望，不明就里的她对我道：“有什么事你去忙，这里我帮你照料。”她这个表示正合我意，便乐呵呵对她点一下头，立刻跑进炊事班。朱班长又像往常一样拿起一个热馒头递过来并示意我去灶台后面吃，我嘴里吃着馒头，还不错眼珠地盯着灶台上那炖鸡的锅，锅盖盖得很严实，可盖上那个小孔冒出的气将鸡肉香味弥漫了整个帐篷，让人垂涎欲滴。刚吃完馒头朱班长对我挥一下手：“鸡肉还不熟呢，快给刘连长站岗去。”见朱班长下了逐客令，我只好悻悻离开。

开饭时我先将朱班长炒的一盘土豆片和一盘醋熘白菜端来放在刘连长和张指导员合在一起的办公桌上，然后摆上碗筷，刘连长歉意地对他女朋友及嫣然道：“没什么好东西招待你们，真是对不起，请多包涵。”说完招呼大家吃饭。当我又从炊事班端来一盘炒鸡蛋刚要往桌上放，刘连长皱起眉头问：“怎么回事？”说完也不等回答一摆头示意我：“端走。”张指导员起身从我手中接过那盘炒鸡蛋，边往桌上放边道：“是我让炊事班加的。”张指导员的解释让刘连长声音低下许多：“这盘炒鸡蛋还是给连里生病的同志送去，我们不好搞特殊。”张指导员：“这怎么能算是搞特殊？来客人加菜连里是有这个规定嘛，以前连里战士家里来人不都是您交代炊事班加菜？怎么您连长来了客人加个菜就违规了？”看着无言以对的刘连长，我偷笑着又跑来炊事班。

朱班长已将烧好的鸡肉盛了一盘放在灶台上，看我进来就示意端走。从刚才刘连长对那盘炒鸡蛋的态度，我明白这盘鸡肉端过去肯定会有麻烦，就明确对朱班长表示自己不敢去。朱班长看我胆怯的样子骂了句：“你个胆小鬼，端着，我陪你。”骂完边解腰里围裙边向外走，我端起那盘炖鸡肉追上他，十分恳切地叮嘱：“朱班长，刘连长如问起鸡的来历，你只说是隔壁女连长所送，详细情况等以后再说。”大大咧咧的朱班长说：“明白你的意思，放心吧，保证不出卖你。”

跟在朱班长身后走进帐篷，不知是鸡肉的香味还是朱班长的到来所引起，吃饭的几个人同时把目光转向了我们。刘连长看到我手中端的盘子立马将筷子“啪”一下拍到桌上，猛地站起身喝问：“搞什么名堂？”说话时他的两条剑眉拧在一起，双目圆睁。朱班长肯定是被刘连长这声喝问给吓傻而忘了我先前的交代，指着我对刘连长道：“今天他去镇上取报纸捡到这只鸡。”他的话刚说到这里已怒火中烧的刘连长用那只受伤的手在桌子上重重拍过两下训斥我：“你是军人，怎可乱拿百姓的东西，想搞什么名堂你？”对刘连长生气发火我有思想准备，可他当着自己心上人的面发这么大火是实出我之意料，不知所措的我只好把目光投向陪客人吃饭的高医生，向他求救。

高医生即刻起身将这只鸡的前后故事，如此这般一一说明。刘连长起身时坐在他身边的女朋友嫣红轻轻拽其衣角示意他消火坐下，待高医生讲完她马上证明高医生所讲是实，并重点说明了隔壁农场女连长送鸡这一环节。听完这些刘连长的气并未全消，一指朱班长：“把这盘鸡肉给连里生病的同志送去。”“报告连长，这只鸡已分做两份，那一盘给生病的同志留着呢，我这就去送。”恢复常态的朱班长这句话回得十分流利，说完立马跑出了帐篷。

张指导员将盘中的鸡腿和翅根分别夹给两位客人，又夹一块鸡肉给刘连长，刘连长没有吃，而是将这块鸡肉放进了我碗里，整顿饭他也没动桌上的炒鸡蛋和鸡肉。饭后刘连长和我一起送他女朋友及嫣然到镇上坐车回市里，返回的路上他含着歉意交代我：“近来我肝火特旺，老控制不住脾气想发火，现交给你个任务，以后发现我有要对他人耍态度的苗头，就及时提醒。”“是。”“还有上次捡到的猪头之事，之后朱班长表示是他处理欠妥，小吕也向我说明了猪头是他所捡，当时对你的批评太草率了，虽说是缘于误解，但我也是有责任的，请包涵。不过以后无论遇到什么事，一定要说清楚，以免误会。”“是。”军人敬礼有举手礼、持枪礼及注目礼三种，这次我给刘连长行的是注目礼，且这个注目礼时间很长。军人行军礼也有时间规定，此时之所以对刘连长行长长的注目礼，敬重的成分居多。

# 五 担当

军队的专业训练就是将一个已接受初级训练的士兵，向专业技术兵转变。新兵基础训练结束，上级根据工作需要以新兵连为主体办起了各种培训班和教导队，有炊事员培训班，有木工、水工还有烧锅炉等种类繁多的培训班。我被分配到汽训队学开车，这在林林总总专业里是很不错的一种专业，入伍当兵能学一门技术是再好不过的事，开汽车不但技术性强还很体面，在当年可是年轻人梦寐以求的美差。这门专业在社会上也很吃香，退伍后相对好找事做，我高兴的心情不言而喻。

## 1

汽训队又是一个临时组建单位，驻地还是设在我们新兵训练的农场里。刘连长被上级任命为汽训队队长，原新兵连连部变作汽训队的队部，我被编入汽训队一班。接到命令就将行李从连部搬到自己所在班里，班长是新兵连炊事班的朱班长，原来就是机关车队班长的他这次作教练班长也算是回归了老本行。班里共有八名学员，其中五位是入伍一至两年多的老兵，刚入伍的新兵有我和原新兵连同班的战友小马，还有投手榴弹出险情的小吕。

开训之初我们先学交规及汽车专业理论知识，刘连长每天都给我们上课讲汽车的构造以及各个部件的设计原理，还有汽车的保养与维修等。为了让理论和实际相结合还弄来两辆旧汽车，在他的指导下由我们将汽车拆卸成散件，然后再一件件拼装起来，以此来增强我们对汽车各个部件以及它们之间相关联的认识，还在旧车上设置各种故障让我们去排除和修理。他对学习要求很严，小考天天有，学过每章每单元都要进行大考。

白天给我们上课的刘连长晚上因要备课和批改大家的试卷及笔记等，感到他比在新兵连更忙更辛苦。新兵连只要晚上不进行紧急集合训练，刘连长在夜半时分查一遍岗哨和铺位就没有其他事情，躺下能一觉睡到天明。现在他连睡个好觉都成了奢望，熬夜成了常态。我们这批学员由于文化程度不同，刘连长在课堂上由浅入深已讲得很详细全面，可还是有一些人弄不懂跟不上，他只好再用那少得可怜的休息时间为这些人补课，我常常睡过一觉醒来还看到队部里的灯依然亮着。此时张指导员和高医生已回原单位，帐篷里只剩刘连长一人，自从搬到班里，有空我还会习惯性地跑回连部，其实也没什么事，纯粹是为了过来看他一眼。

这天晚上熄灯前，我又跑来连部帐篷里，看见刘连长正伏案写东西就倒杯水给端过去，刘连长抬起头谢我时看到他眼睛里布满血丝，脸上也尽是疲惫之色，便劝他早点休息。刘连长揉揉眼睛道："汽训队工作责任重大，人常说驾驶员是手握方向盘，脚踩鬼门关，如现在的训练工作稍有偏差，到时出现一批'马路杀手'，咱先不往高处拔，就是对个人来说也是不负责任的，也可以说是犯罪。能将你们培养成一批技术过硬的驾驶员，现在个人多熬点夜不算什么。"

隔天看到刘连长的眼睛已不是血丝而是通红，课间便向朱班长请示："刘连长眼睛熬得那么红，我想利用中午休息时间去镇上买瓶眼药水，如向其请假说明去干这个他肯定不同意，我偷偷溜去怎样？"汽训队的管理也相当严，一点儿也不比新兵连期间宽松，一般情况下谁也不许外出。也很心疼刘连长的朱班长对此十分支持，仗义道："你悄悄地快去快回，如有问题我来顶着。"

午饭后趁大家休息期间我悄悄去炊事班将自行车推出，飞也似的跑去镇上买一瓶眼药水回来。真是怕什么来什么，在大门口就被刘连长给逮个正着，将我带回队部问完情况紧接着就是劈头盖脸一顿训斥："不要以为跟过我就可以胡来，你这样私自外出是破坏纪律的行为，像什么话？军人必须遵守纪律，都像你这样想干什么就干什么，那还成什么军队？"得到消息的朱班长跑来言明这件事是他做的主，以图帮我解围，我没有往朱班长身上推责任而是实事求是地承认道："这不关朱班长的事，我只是给他打个招呼，他同意不同意我都会去的。""你英雄，你好汉，多了不起嘛。回去写检查，晚上在全队大会上做检讨。"刘连长这样的处理决定已不是什么新鲜事，在之前的新兵连和现在的汽训队无论谁犯错误他都是如此处理，元旦前洗澡我和人打架，最后的处理结果也是如此。

“朱班长，我警告你，我的兵决不能给带得稀稀拉拉的，今晚的班务会上对班里存在的这种自由散漫之作风要展开严肃批评，不可敷衍，并要求大家引以为戒。嗯，嗯，不过对关心战友、不推诿责任及敢担当的这些正能量的行为，该肯定的还是要肯定，该表扬还是表扬。”“是。”刘连长说后面这些话时脸上已有了些笑意，朱班长回应时已是笑呵呵的。

“连长，药店的医生说隔一小时就要点一次。”眼药水的使用方法及注意事项我刚说一句，就被刘连长给打断：“少啰唆，我会看说明书，写检查去。”和朱班长一道往外走，刚出帐篷又听到了那句熟悉的“臭小子”之骂声。

2

“报告班长，学员某某某请求上车。”经过一段时间的基础理论学习，待全队学员都考试合格，汽训队的道路驾驶训练就开始了。我们上路训练之时农场也开始基建，刘连长给上级写的以运代训报告也得到批复，这样我们就根据农场施工需要来安排训练去向，今天去拉石子、沙子，明天去拉水泥、白灰什么的。石子与沙子不用花钱买，就去密云的潮白河拉。此后每天吃过早饭，我们背上装着茶缸、毛巾类的挂包就出发了。一路走走停停，到达密云潮白河的时间大都是中午，如路上顺利会到得早一些，就先装车再吃饭，饭后休息一下返回农场已天黑。若途中遇上拥堵什么的，到潮白河的时间晚就先吃饭再装车接着往回返，几乎天天如此，风雨无阻。

时间飞逝，转眼已到夏末时节。这天我们在路上很顺利，到达潮白河的时间比平时稍早一些，往车上装沙子出了好多汗，大家像往常一样去河边洗漱。洗漱完战友们大都去河岸上休息，我和同车的小马及小吕没有急着上岸，而是坐在河边石头上边洗脚边天南海北地闲聊。聊过一阵没了话题就欣赏起风景来。

夏季潮白河两岸河坡上万木争荣，绿草如茵，前后左右极目望去一派枝繁叶茂郁郁葱葱的景象。眼前那一簇簇、一团团叫不上名的野花有的含苞欲放，有的正值盛开，亭亭玉立，随风摇曳着似仙女披着轻纱在那里翩翩起舞。经过夏季洪水的冲刷，河滩上裸露出的大小石头在阳光的照耀下，现出青黄赤橙绿蓝紫的不同颜色。河面很宽，中间主航道水流湍急，岸边水流却很舒缓，河水清澈见底，不时有小鱼儿来亲吻脚面。这多姿的美景让人遐想多多，想着若他日有钱有闲一定来此住些日子，听风看山，悠然其间。

午饭是在距取沙子不远处一家路边饭馆所预订，那个饭馆不大，如我们这些人进去别说坐了站都没地站，所以每天都是定好数量饭馆的人给送过来。每天每人的伙食费是四角五分，早饭是一角，午饭是两角，晚饭是一角五分，出差退伙食费都是按这个标准。两角钱的午饭标准在外面饭馆是无法吃什么像样饭菜的，一般都是按每人半斤粮票的量来定大饼和馒头。我们给农场拉任何东西都没有报酬，经刘连长极力争取才给补一点装卸费，标准是装一车两块，卸一车一块，刘连长就用这些钱来给大家改善生活，这天中午是每人半斤饺子。可能是一下子做这么多饺子需要时间长些的原因吧，已过中午还不见饺子送来，不过这天大家等得格外耐心。

在班里我和小马及小吕不仅是同年兵又是同乡，因此平时散步或玩耍都是我们三个在一起。班里的几个老兵洗漱后都随朱班长一起去岸边树林里休息，只有副班长一个人弯着腰在河里寻找着什么。这个副班长姓郭名跃进，入伍已两年多，他老家和我老家是邻县，亲不亲，故乡人，见面得知是老乡我和小马、小吕就对他产生了好感与信任，第一次开班务会选举副班长，我仨毫不犹豫地把票投给了他。开始大家对他很尊重，开口闭口是“班长、班长”地叫着，没过多久我们就为选他做副班长而极其后悔。在城市里长大的郭副班长自认为高人一等，为人很傲慢，据说他有一亲戚在机关做领导，这又使他多了点骄横的资本。平时对我们颐指气使的他当着领导面还收敛些，背过脸极其嚣张跋扈，看我们从来都是居高临下斜楞着眼。因此他不但招我和小马及小吕的厌恶，班里的几个老兵也都厌烦并孤立他。

正当小马及小吕我们聊得热闹时，离我们有二十来米远的郭副班长突然在河里挣扎了起来。他待的那个位置河水并不是很深，前些日子我还在那里游过泳，刘连长怕大家来洗漱出意外，还和我一起下去探过水，记得那个位置最深处也只是到胸口。

看着郭副班长在那里乱扑腾，开始并没有想太多，以为他在闹着玩，但还是高声问："有事没?"郭副班长他没应声，我感到有些蹊跷，起身把衣服扔向岸边并往前走了两步。"他在瞎闹呢，别理他。"是的，郭副班长没有一般落水者大呼小叫的现象，故而经小吕这么一说我就没再往前走，可眼睛还是关注着他。稍后，当发现他在大口大口吞咽河水时明白这不是闹着玩，便急忙跳入河中快速向他游去，距离不是很远，没费什么事，就将他拉上了岸。因对淹郭副班长的那个地方心存疑惑，我又返回去探过，才知道现在这个位置水深已没过了头顶，这让我一下子明白了"水无常形"这个词语的真实含义。上次探水是在夏初，夏季是多雨季节，河水涨涨落落，河道是会变换位置与形状的。

往回游时听到岸边的小吕问郭副班长："你不是常吹嘘自己游泳技术如何了得吗？今天怎么会在这条小河沟里翻了船?"郭副班长怎么回答的没听见，小吕与小马"嘻嘻哈哈"的笑声却听得很清楚，并从这笑声中还听出了些许讥讽与不屑的味道。极为自傲的郭副班长哪受得了这般奚落？跳起身就打小吕。小吕的个子不高又很瘦，投手榴弹之所以出差错，也正是因力量差担心不及格才导致做出错误动作。面对身高体壮的郭副班长他哪里是对手，一个回合便被干翻在地。

入伍参军原则上规定男兵身高最低要一米六，体重要一百斤，就小吕那瘦小的样子怎么看也不达标，因而在玩笑中总质问他是怎么混进部队来的，可小吕也总是铁嘴钢牙地坚称自己够标准。我身高一米七多一点，他的个头才将将及我下巴处，以我的目测他也就一米五出点头，肯定不够一米六的尺度。只是一时间苦于找不到尺子，对他这一虚假妄报也就无法来较真，只好在他的体重上做文章。记得元旦那天早饭后，在一起嬉戏时我抱了抱他。"小吕，你体重绝不到八十斤。"对估重量我十分自信，在家放羊和小伙伴们抱羊估重量打赌每每都会赢，就是有偏差也只在三两斤左右。开始小吕的嘴巴依然很硬不认账，我便威胁，若不服定拉他去炊事班过秤并提出了打赌条件，一旁的小马也起哄作势伸手拽小吕去炊事班，见他不去就要求其愿赌服输，无奈下小吕忙改口道："我体重以前差不多是一百斤，现分量轻了点是训练劳累所致。"后在整理档案中知他刚出生不久父母便相继去世，是奶奶将他拉扯大。在乡村里，这种情况下的家境困难程度是可想而知的，想来先天后天都不足的日子对他身体发育肯定有影响，自此再没和他开过这类玩笑。后从朱班长口中得知刘连长也是基于此才将小吕接来部队的。

郭副班长近一米八的个子，他先天基因好，后天营养充足，使他体格很健壮，因他和小吕两个人身高块头悬殊，远远看去似大人打小孩子一般。旁边的小马看到小吕被打，急忙冲上去助阵，小马身高比我略低一些，一米七刚出头的样子，身材也很瘦，刘连长有次调侃我仨，说我们瘦得影响连队形象。

助战的小马和郭副班长也没走上两个照面就被干趴下。小马为人随和，做人做事都以谦让为先，自来到部队从没见他和谁红过脸闹过别扭，可此刻的表现却特勇猛，只见他一个转身跃起，红着眼睛又冲了上去，还不忘大声呼叫我。

水中的我飞速往回游，爬上岸只见他们三个在沙滩上走马灯似的盘旋着。少顷，逮到郭副班长背对我的时机，我咬牙猛冲上去连推带撞将其顶趴在那里，紧接着一个张飞骗马骑在了他身上，举起拳头要打时又收住，只挥了挥没落下。按常规我肯定也不是郭副班长的对手，今天之所以能放翻他，是我采用的偷袭战术奏效，还有就是三个打一个他防不胜防。正所谓好汉难抵四手。

朱班长听到我们的吵闹声，从岸边树林里飞奔过来，身后还跟着我班的学员和其他班的一些人，他一把将我拉起喝问："怎么回事？"小马抢先回应道："郭副班长打小吕，我们是在拉架。"朱班长又吼我："拉架你怎么骑人身上？"这时只见站在堤岸上的刘连长冲我们挥手道："朱班长，将他们带这里来。"

来到刘连长面前，他是怎么看其他几个人的我没留意，看我的眼神是横眉怒目一点儿也不友好。往这里走的途中，小马已将冲突起因对朱班长讲清楚，这时朱班长就先对刘连长讲了一遍经过，刘连长听后问郭副班长："你去河道中间干什么？我不是已多次讲过不许去深水区吗？”“是去捡彩石，不知怎么回事脚下一滑就摔了进去。”“上岸后为什么动手打人？”面对刘连长的质问，郭副班长振振有词地狡辩道：“小吕他们讥笑我，再就是我落水时小吕还阻拦他人去救援，因此没忍住才动的手，不过初衷是为教育他怎么做人，怎么对待战友。”刘连长拧着的眉头跳了两下，我知道此时他内心已极为愤怒了，想着郭副班长即刻就要挨训。可过了一会儿，刘连长却用手指着我问郭副班长：“他动手打你没？”从朱班长给刘连长汇报经过开始直到此时，我都是用一种鄙视的目光看着郭副班长，现听过他这些强词夺理的言语，特为刚才没下手而后悔。

“手举起来了，没打。”不知是胆怯还是怕刘连长，郭副班长这次的回答还算诚实。“来汽训队学习，不管你是老兵还是新兵，在这里都是新兵，也不管你以前有多大本事，到这里一切都要从零开始。还有，什么这关系那关系？在我的汽训队里，大家都是战友关系、兄弟关系。今天你去河里捡石头本已违反纪律，身为副班长对待班里战士一言不合就挥拳相向，这是什么作风？我宣布，现在暂停你副班长职务，好好反省一下自己，写检查在全队大会上做检讨。”听到自己副班长的职务被撸，低着头的郭跃进立马抬起了脑袋，目光满是恼怒，斜视了我们一眼，又将脸转去了一边。

“郭跃进我奉劝你，做人，可以有个性，但一定不能任性，个性和任性虽然仅仅是一字之差，却有着天壤之别。个性是一种人生态度，而任性却是无态度的人生，结果大都是失败的人生。反观那些严于律己的人，他们不放任自己，不随意随性，人生则顺风顺水。郭跃进，望你好自为之。”言罢刘连长将目光转向我：“勇敢救人值得表扬，参与打架又该受到批评，不过今天没下手也算是有进步，功过相抵也就不追究你了。”接下来又训斥朱班长：“班里乱七八糟的，你是怎么管理的？怎么带的兵？晚上开班务会好好整顿一下，会上都要做自我检讨，不许相互攻讦，每个人都要以‘责人之心责己，恕己之心恕人’，重点是搞好团结。”

我们订饭的饭馆经理这时正好将午饭送到，刘连长忙着去安排全队人员吃饭，对我们的批评才算告一段落。看到大盆里的饺子，一下子就忘了刚才的事，急忙拿着缸子去排队。胖嘟嘟的饺子个头挺大，里面的猪肉馅味道也不错，只是数量太少，每个人半斤粮票份额是三十来个。思量着若放开吃，自己一顿吃百八十个应是小意思。饭后大家都去河边洗缸子，没吃尽兴的我坐在那里懒洋洋地没动窝儿，刘连长走过来将他缸子里的饺子倒给我，然后眨眨眼睛道："凭郭跃进那副德行，今天你就是动手揍了他，我也不会给你处分的。"闻此言我看看刘连长，又看看缸子里白白胖胖的饺子，乐得谢都忘了说，急忙低头大快朵颐起来。

"《留侯论》有云：'匹夫见辱，拔剑而起，挺身而斗，此不足为勇也。天下有大勇者，卒然临之而不惊，无故加之而不怒，此其所挟持者甚大，而其志甚远也。'这是苏轼所言，意思是说，人不要碰到一点挑衅就气愤得不得了，就头脑发热，挺身而斗。这其实不足为勇，真正勇敢的人因其志存高远，遇事冷静知轻重，是以大局为重的人。这次打架之事没批评你，但也没有鼓励你的意思，这一点你也要明白。""是。"

曾经看到过这样一段话："真正对你好的人，一辈子不会遇到几个，有人为你点亮了这个世界的灯，有人拨开了你心里的尘。"刘连长对我的这些教诲，不仅点亮了我生活中的一盏灯，更是引领我向前的一束光。

## 3

一般道路驾驶训练结束，我们接着进行单边桥、双边桥及S形路、山地与涉水驾驶训练。因没有现成场地，刘连长又带领我们在温榆河滩里随坡就势修建了一个训练场，他的设计很巧妙，把这些特殊道路首尾相连，开车走一圈所要进行的训练项目就都走了一遍。开始朱班长坐在驾驶室内指导我们转圈练习，过一段时间看大家已掌握要领就放单飞让学员自己开车练，他则带着我们站在一个稍高的地方边看边讲评，并要求我们看他人出现的缺点想自己存在的问题。待在观察点上不但少了坐在车厢里的颠簸之苦，同时看着那十多辆穿花般往来盘旋的汽车心情也愉悦很多，大家围着朱班长恭维他，夸他这是做了一件大好事。朱班长也十分得意地表示，准备把这个方式报给刘连长让全队推广。

这天傍晚训练即将结束时，我班原来的副班长郭跃进跑最后一圈。自发生那次打架事件被撤了职务后他变得和善许多，我认为他应是认识到了自己的错误从而端正了态度，小马和小吕与我的观点不同，认为首先是他现在没了市场，再就是被打怕暂时夹起了尾巴。不过我们三个谁也没再和他过多计较，和他的关系相处得也算将就。

为训练学员们的坡道起步技能，修场地时就借助河堤上一处凸起的土包改造成陡坡道，让我们每走一圈都在那里停车、起步。这个地方是训练场的最高点，下面就是温榆河主航道，从坡顶到河底约有近三十米的距离。这天不知怎么回事这个郭跃进在这里停车起步时只听发动机一阵轰鸣，汽车猛地向前一蹿，到达最高点没有顺坡道往下走，而是车头一歪冲着河道而去。“啊。”随着我们的惊呼，汽车停了下来，只见车的左前轮冲着河道高高悬起，朱班长和我们这些学员飞快跑去跟前，看到的是前高后低的汽车在那里晃晃悠悠，感觉此刻就是往车头处加一根稻草，它随时都有掉下河道的可能。

望着颤动的汽车我脑袋是一阵眩晕，腿也随着晃悠的汽车而颤抖，不知所措地待在那里。“退后。”朱班长跑去车门处刚要迈上脚踏板时被后面赶来的刘连长一把揪过一旁，紧接着刘连长又安慰起驾驶室内哭叫着的郭跃进：“小郭别慌啊，有我在，别怕，你稳着，别乱动。”

看到刘连长，我那颗紧张不安的心才稍安一些，人也清醒了许多。待他指挥另一辆车倒过来，车上人将用来牵引的钢丝绳扔下时我马上跑过去拉起一头挂在我们车后牵引钩上。接下来刘连长让大家散开自己走去车头前，打开车门让郭跃进下车，然后他坐进驾驶室，稳稳将挡把拨进倒挡，随即扭过头高声道：“听我口令，一、二、三、拉！”随着两台汽车发动机同时发出的一阵怒吼，悬空的教练车缓缓驶离了险境。

在郭跃进哆哆嗦嗦走出车门那一刻，受刘连长勇敢行为鼓舞的我是爹起胆子跑上前伸手将他拖至一边。险情解除，可郭跃进他还是死死攥住我的手不松开，此刻不但他的手在抖，那嘴与身体也在筛糠般哆嗦着。已入冬的傍晚气温很低，可由于紧张，我身上的秋衣裤也已湿透。

“敬礼。”车刚停稳，随着朱班长的口令，在场的全体人员立正行举手礼，用这一军人的最高礼节向刘连长表达敬意。

一场吓人险情在刘连长勇敢机智、沉着冷静处理下有惊无险，化解于无形，这种临大事有静气、有担当的作风，给我以后的人生之路带来了很大的启迪与激励。晚上点名，朱班长因擅离岗位，刘连长宣布给他一个警告处分，这让平时说话做事的确有些自由散漫的他为此付出了代价。

## 4

人常挂在嘴边的“福无双至，祸不单行”这句话不知有什么科学依据，可在生活中这句话却常常应验。朱班长刚挨过处分第二天，又一件差点儿断送了他军人生涯的事就找上门来。老家是鲁南农村的朱班长兄弟姐妹也是一大群，上边有三个姐姐，下面是几个弟弟，他父亲有哮喘病不能干重活，母亲则视力不好，不但地里活无法做，有很多家务活也做不了，这种家境在农村是得不到姑娘们青睐的，因而他的婚事就成了父母亲一件头疼之事。好在那个年代军人在社会上受人尊敬，姑娘们大都以找个军人做伴侣为荣，父母就在他入伍的三年头上给说了一门亲。

第一次回去探亲，朱班长在媒人家和姑娘见的第一面，这也是他人生第一次和年轻女性面对面谈论此事，本来就不善言辞的他在整个会面期间除了开头的几句寒暄就没再多说什么，姑娘也始终低着头没吱一声。出于礼貌与羞涩，朱班长也没多看对方，直到临走才正视了姑娘一眼，姑娘大眼睛高鼻梁五官端正，只是肤色略显苍白人也比较清瘦，至于个头是高是矮都没看清楚。

对自身及家里的条件都有清醒认识的朱班长就没敢多挑剔，回到家和父母简单议过便定下了这门亲事。军人第一次的探亲假就半个来月，因还要去众多的亲朋好友家拜访，再就是那个年代生活在农村的青年男女思想还很保守，在婚恋上鲜有城市里这样时常约会、吃饭与看电影的做法，基本是相亲时见过一面，下次再见大都是结婚之时，因而到朱班长假期结束两人也没再见过。回到部队朱班长给姑娘写了封信寄去，过了好长时间才收到姑娘哥哥代回的信，言明姑娘不识字。那时候农村里的确有好多女孩都没读过书，初中肄业的朱班长也清楚这些，对此就没去计较，只是心里略感遗憾罢了。

去我家乡接我们这批兵之前，朱班长回了趟老家，这次回乡他目的很明确，就是结婚。乡村里男女结婚前男方都要带着女方去街上买身新衣服，一是为联络感情再就是借此表达自己的诚意。朱班长这天按约早早来到城里的商店，可直到中午姑娘没露面只等来了媒人，被告知未婚妻突然生病不能来。朱班长提出到家里去探望，那媒人阻拦着怎么也不让去，在朱班长再三追问下，媒人才道出实情，说那姑娘患有癫痫病，然而媒人又信誓旦旦地表示："姑娘的病早已痊愈，且多年没犯过，今天犯病是情绪太激动所致。"得知真相朱班长立刻让家里退婚。

在农村退亲可不是一拍两散那么简单，它牵扯到金钱与声誉一系列的问题，刚开始，朱班长家提出，对方隐瞒病情有错在先，要求退亲退彩礼，对方则说是朱班长先提出的退婚，伤人颜面坚决不接受。拖了一段时间，朱班长给家里去信表示，不用退彩礼，只把亲事退掉就行，女方家还是不同意，并坚持结婚，朱班长当然也不干，致使这件事拖了一年也没解决。姑娘哥哥头天来京，将此事反映给我们上级领导，对于订婚退婚说得很详细，有关自己妹妹身体患病却没讲，上级领导特重视此事，立刻带着姑娘哥哥来到农场向朱班长摊牌，要么结婚皆大欢喜，要么打背包"向后转"复员回老家种地去。平时为人随和的朱班长面对此事却表现得极为倔强，说什么也不同意结婚，更不愿离开部队。

这种不合作态度惹得领导大为光火："朱明理，我警告你，我的部队决不允许这种毁坏军民关系和军队声誉的现象发生，现撤掉你班长职务，反省去。"待朱班长出门，领导还愤愤地训斥刘连长："刘队长你怎么带的兵？这个问题你要重视起来，这种事不光是对不起人这么简单，还牵扯到军人形象与做人品质，你要对大家多讲讲，敲敲警钟，打打预防针，要求战士们不要做陈世美式的人物。”“是。今晚点名，重点讲这个问题。”接着刘连长又道：“以我对朱明理的了解，他不是这种人，出现这种情况会不会是另有隐情？这种关乎一个人前程命运的事，建议由我再和朱明理谈谈，深入了解一下情况，再决定怎么处理为好，千万不能冤枉了战士。”“好。这事就交给你来处理，不过我知道，你历来都护犊子，今天我有言在先，对此事一定要秉公，如若包庇，我连你一块撤。”说完这些，那领导即刻走出门，对敬礼的我看了一眼没回礼，对出门相送的刘连长也是理都没理，拂袖而去。

离去的这位领导姓由，是我们局长，他的特点是嗓门大、性子急、脾气火爆。第一次见到他，是刚来北京的那天晚上，他到丰台火车站迎接我们这批新兵，刘连长指挥我们列队听其讲话时，他那声“同志们”一出口差点儿把我给震晕，那声音之洪亮用声若洪钟、声震寰宇来形容一点儿也不为过。由局长的身材也和常人不同，是肚大如鼓，让人一见便知“将军肚”这个词汇的出处。再次见到他是我们打靶那天，因全连成绩好，他当场宣布奖励我们五十斤猪肉包饺子并放一天假。据老兵们讲，这位平日爱兵如子的领导对违规的人和事处理起来极为严厉。望着绝尘而去的汽车，心里不免为刘连长与朱班长担忧起来。

“刘队长，我明白强扭的瓜不甜这个道理，在家我也劝过妹妹她另找婆家，可妹妹秀芹她认死理，再就是她喜欢军人，自见过朱明理一面就钟情钟意，我怎么劝都不同意退婚。我来是想争取一下，看朱明理有没有回心转意的可能，只是想让妹妹她有个好归宿，绝没有和谁过不去的意思，更不想影响小朱的前程和连累您。这事到此为止不说了，明天我就回去，到家就退彩礼退亲。”回到连部帐篷，听到朱班长未婚妻大哥这些话，不由得让我对他肃然起敬。这位方头方脸的大哥眉毛乌黑，目光憨直，说话时不住地搓那双粗大的手，话说完脱去青布棉袄抱在怀里，低头蹲去了一边。刘连长将他拉到椅子上坐下，恳切道：“大哥，您的好意我领了，不过您已看到，我们上级领导对这种影响军民团结、军地关系的事很重视，您安心住两天，待我和朱明理再谈谈，如他能回头不是更好嘛，若不回头我们也决不庇护。”

以前朱班长和我提到过退亲之事，言明是因女方患有癫痫病而退的婚，刚才由局长在时我都想替朱班长说明这个情况，可事情转换太快都没我接嘴的机会，此刻急忙插言道：“朱班长说是因未婚妻患病才退的亲。”闻此，刘连长先看了看朱班长未婚妻哥哥，又看一眼我没接话，然后带着这位客人大哥去给安排住处。我则飞跑回班里，先对朱班长通报由局长的态度及他未婚妻哥哥的意思，然后是苦口婆心地劝他：“您先别退婚，若不然就由局长那脾气真让您复员咋办？话说回来，咱原本就是农民，如正常复员回去种地也没什么，可要是被部队开除，面子往哪搁？家人也会跟着伤心，再说，失了名声还怎么讨老婆？要不您就先应下以后再想办法……”话还没说完就遭到朱班长抢白：“少啰唆，你小孩子家懂啥？婚姻是关乎一辈子的事，岂能儿戏？找个病秧子，咋过日子？”朱班长的不领情让我很恼火：“谁不懂？我村里就有人患这种抽羊角风的病，发作起来口吐白沫是挺吓人，可过去那一阵，也就没什么了。我的意思是……”没想到这些话惹得朱班长更生气，又是不等我把话说完就开口噎人：“少在这轻飘飘地说教，既然你那么大度，那你父母给定的娃娃亲，你怎么不同意？”朱班长这句话把我气得差点儿蹦起来，平心而论，自来到部队，朱班长从各个方面对我一直很关照，心里是拿他当哥哥看待的，有什么心里话都会说给他听。谁承想往日与人为善的朱班长此时竟这般不够意思，像得了狂犬病似的乱咬人？气哼哼的我刚要回击几句，就听到了帐篷外刘连长一声喊：“朱明理，给我到队部来。”

往队部走的路上，看着蔫头耷脑的朱班长我又忘了前嫌接着劝：“别一意孤行，一条道走到黑，那样不但毁了自己的前程还会连累刘连长，换一种思路与方法，就有可能盘活这盘棋，要不要听听下文？”朱班长负气地“哼”了两声没理会，这让我刚泄去的怨气又鼓起来，先数落他一句老家的俚语“不服教师爷你挨狠打”，意思就是若不听不服教师爷的真言，不但吃亏还会招臭揍，接下来还在肚子里数落起“不听老人言，吃亏在眼前”这些民间俗语，数落着数落着嘴里秃噜出了声：“你狗咬吕洞宾，不识好人心。”朱班长听到，瞪我一眼说声“去”就进了队部。

迎接他的是刘连长一顿训斥："朱明理，我看你一点也不明理，糊涂蛋一个，据你未婚妻哥哥介绍，人家秀芹姑娘不但勤劳，人也很漂亮，对你还一往情深的，干吗出尔反尔退婚？你也不端盆水照照，人家能看上你，已是烧高香了，你还挑剔？"朱班长在这次谈话中应是接受了我的劝告，没一根筋死犟，把未婚妻患病及订婚退婚之事前因后果对刘连长说了一遍，最后一脸委屈道："自见第一眼我也很喜欢秀芹，可当时并不知晓她患有癫痫病。刘队长，家里我父亲患有哮喘，母亲眼睛又不好使，这种情况下再娶了病秧子进家，日子咋过嘛？她如犯病谁来照顾？还有，我现在大头兵一个，和嫌贫爱富攀高枝的陈世美的行为，不沾边嘛。"朱班长这番倾诉让刘连长态度有了点儿转变："朱明理，若你所讲是事实，此事另当别论，不过我也不能只听你一面之词，等调查了解之后再说，若有出入，咱新账老账一起算，决不姑息。"刘连长后面的话又让我慌了，急忙接话道："我有个想法，刚才几番要说，几番被朱班长打断，就是建议让朱班长未婚妻先看病，如能治愈，这些问题不都迎刃而解了吗？"对我这个建议深以为然的刘连长马上表态："可以考虑。"朱班长却又犯倔："在老家我已打听过，此病无法医治，这是个馊主意，我不考虑。"此态度让刘连长很气恼，冲他一挥手："接着反省去。"

天擦黑儿，刘连长吩咐我去请朱班长未婚妻哥哥，刚要出门，这位客人大哥已不请自来，见面就气冲冲道："刘队长，我本打算回家去不再追究这件事了，现听到一个消息让我很生气，据说朱明理是因在这里又搞了个对象，才嫌弃的我妹妹。"刘连长闻此言先一愣，接着瞪大了眼睛，稍后却笑起来道："朱明理在这搞对象？就他那模样，绝不可能，女方是谁？是哪里的？""密云，你们拉沙子附近向阳商店的营业员。"

在我们取沙子不远处的确有一家向阳商店，汽训队的人都去那里买过东西，朱班长也常去那里买烟丝。我们抽的那种大丰收烟丝在市里是三毛一包，在那里一包是两毛五。班里几个抽烟的战友基本上是买一包抽一月，朱班长烟瘾大，一包烟丝只能维持抽一个星期，因而他去买烟的次数就多一些，只是每次去我们都是相跟着，商店里的两个营业员一高一矮，高的瘦矮的胖些，高的姓王矮的姓李，俩人都是二十来岁的年纪。她们对谁都很热情，特别对小马和小吕我们格外关爱，一见面就像大姐姐似的问我们生活是否习惯工作累不累一些家常话，对朱班长也很热情，不过以我的观察没发现她二人谁和他有瓜葛。听完客人大哥这句有鼻子有眼的话，刘连长马上收起笑容眼珠瞪得似乎要掉出来，一脸严肃地问我："你知道这件事吗？""不清楚，要不我去叫来朱班长问问？"刘连长摆下手制止住要迈步的我："不用。这事先保密，不要对任何人讲。"然后转过身对客人大哥道："您别着急，明早我们一道去调查。"

次日早上，刘连长带着朱班长未婚妻哥哥和我来到密云。找到向阳商店钟经理刚说明来意，钟经理便快捷地摆了几下手道："不会的，决不会的。两个营业员一个已结婚，我们同一个院长住着，人家小两口十分恩爱。另一个也已有对象，男方也在部队，据说就要结婚。"接着看了看朱班长未婚妻哥哥又道："这种空穴来风的事可不能随意乱说，否则会影响姑娘们家庭及声誉的。"这句话让朱班长未婚妻哥哥脸红了，他摇了摇头，自己先一步走出了钟经理办公室。

"大哥，您是听谁瞎说的这些？"朱班长未婚妻哥哥这哥们儿还挺仗义，途中我问了两遍始终不说造谣者的名字。汽训队是个新组建的单位，人员是从各个单位抽调而来，以前相互之间不熟悉也就不存在谁和谁有意见。朱班长性格随和，我们每天形影不离，没见他和谁有矛盾。因此我猜测这应是郭跃进所为，夏天那次在潮白河他打小吕及这次在训练场出意外后朱班长在班务会上都狠批了他，想来他一定是怀恨在心才这样诬陷人。

"是郭跃进造的谣吧。"待我将自己的推断说出，眼前这位憨厚的客人大哥没承认也没否认，刘连长却批评我："别瞎猜疑同志，这影响团结。这样也好嘛，从侧面证明一下朱班长不挺好的？"然后问朱班长未婚妻哥哥："现在您妹妹秀芹身体咋样？""秀芹她是患有癫痫病，可平时没什么事，遇上情绪波动才会犯，她聪明善良还能干，不愁找婆家。刘队长谢谢您，这次给您添了不少麻烦，我心里很过意不去，明天我就走，到家就退亲。"朱班长未婚妻大哥的这些坦诚之言使刘连长很动容："大哥，我已请示过上级领导，要去一趟您老家，见一见您妹妹秀芹，把情况搞清楚，咱们好共同努力寻求一个最佳的解决办法。"

部队的战士大部分来自农村，农村订婚结婚普遍较早，因而很多人入伍前或入伍期间已定亲。常言道"铁打的营盘，流水的兵"。服役期满绝大多数战士都会复员回老家，极少数优秀者会提升为军官，随着地位的变化就有极个别的人会嫌弃之前的对象而悔婚。为了军人的声誉，部队对此处理得极为严厉，经批评教育若能悔改便既往不咎，顽固的双开。朱班长虽还没提干，但因他工作表现好已被车队定为干部苗子在培养，并已报请上级相关部门考查。别看刘连长平时对朱班长批评得多，那是对他的爱护，实际上心里对踏实肯干、吃苦耐劳的朱班长还是蛮欣赏的。就目前的情况而言，朱班长复员回老家是不言而喻的，若真如此，这对一个勤勤恳恳、任劳任怨服役多年的战士来说太可惜了。另外，如真像朱班长所说，女方身体有疾，且事先有隐瞒行为，这样草率地处理战士也有失公允。刘连长又想到，女方的疾病是轻微？是严重？因此为了朱班长的前途，也为了对他未婚妻负责，决定去一趟朱班长未婚妻家了解情况，以便给朱班长及他未婚妻一个转圜的机会。

刘连长和我来到朱班长未婚妻家，那秀芹姑娘得知部队会因退婚之事处理朱班长，即刻便把责任全揽到自己头上："刘队长，我之前的确是患有癫痫病，之所以没对朱明理据实相告，是通过治疗多年未犯以为已治愈，没想到那天因太激动又出状况。这件事是我有错在先，不能怪人家朱明理，恳请部队不要为难他。"姑娘说这话时是背对着我们，我没看到她是什么表情，可那悲伤之音却听得很清楚。

"秀芹姑娘您再考虑一下，想想还有什么要说的及要求。"室内静默一会儿，朱班长未婚妻肩膀又抽动几下缓缓道："刘队长，谢谢您的关心，我什么要求也没有。我心里喜欢军人是真，不舍这段情也是真，同时也看出朱明理是个老实厚道可托付终身的人，可我更不想因自己的问题给朱明理带来拖累与伤害。明天就让我哥去退彩礼，并请您代我向朱明理表示歉意。"她和刘连长说话时始终是低着头，我在屋里坐了老半天也没看到她的模样。不过听完她这些肺腑之言，虽没看到她容颜，我对她的敬重感是油然而生，认为这位讲话思路清晰干练、有着侠肝义胆风骨的女子，若和说话吞吞吐吐、办事拖拖拉拉的朱班长结合在一起应是绝配，因而便暗暗下了决心，回农场一定和朱班长认真谈谈促成这对姻缘。刘连长也应是受到了感染，平时快人快语的他这天专注地看了秀芹姑娘好一阵，也没说出一个字来。

“我先谈点个人看法，没有强迫你的意思啊朱明理，秀芹姑娘不但人漂亮人品更好，若错过实在可惜。关于她的病情呢我是这么想的，随着科学发展这种病应该能医治，建议你再考虑考虑。”回到农场，刘连长第一时间把朱班长叫来队部，将他未婚妻所说的话及态度是一字不差、原原本本地讲给他听，然后带着劝告的口气这样道。刘连长说完话好一会儿，见朱班长木呆呆的不表态，我忍不住了：“朱班长，刘连长是领导不好把话说死，怕有强迫的嫌疑，我是您部下咱有话直说，不存在这方面的问题，您未婚妻又懂事又贤惠，得知退婚对你不利，人家立马将责任全揽到自己头上，还为之前没言明病情托刘连长代其向你致歉。朱班长，这种光明磊落、品德高尚的女子不能说绝无仅有，也可以说是极为稀少。再就是你未婚妻说话明快，办事果敢，我认为和你正好互补，你俩成一家人最合适，否则您会后悔一辈子。至于她的病，正如刘连长所说，我也认为能治愈。再给您透个信息，据您未婚妻哥哥私下讲，人家妹妹已下决心，病不好不嫁人。还有我认为最重要的一点是，伤害这样一个善良又多情的女子，不男人。”对我这番话点头称是的刘连长立刻问朱班长：“朱明理，你爽快点，什么意思？”

人倔强但精明的朱班长出言顶撞领导是因事情来得太突然，过后心里也特后悔。对于车队准备提拔自己他清楚，同时也明白若在未婚妻这件事上处理不当定会使自己多年的努力前功尽弃。可对和身有疾病的秀芹结婚又心有不甘，一是生她隐瞒病情的气，感觉自己上了当、受了骗。再一点是因自己父母身体不好，故而对病人会拖累家庭生活的体会尤为深刻。现听完刘连长和我介绍的情况，他首先被未婚妻的情义所感动，再则对刘连长“随着科学发展这种病应能医治”这句话抱有了希望，还有一点为了自己的前途计，沉默片刻道："我这就给家去信，不退婚了，先看病。"刘连长拧着的眉头舒展了，然后表扬道："好。这才对嘛。"紧接着面露喜色地又来一句："这才是我的兵。"

## 5

刚把朱班长的事情理出头绪，又一件棘手之事就摆在了刘连长面前，真可谓一波未平一波又起，让你弄不懂这是上苍故意和人过不去呢还是巧合。刘连长女朋友的弟弟小龙这天上午来到了我们农场，对这个未来的内弟，刘连长是分外热情，午饭是倾其所有地款待。小龙吃饱喝足，在农场里及温榆河边溜达至天黑也没走的意思，农场里住房拥挤没客房，队部那间帐篷又因时常开会人来人往不方便，晚上睡觉刘连长只好安排他挤进我们帐篷里，还交代我多关照他一些。刘连长女朋友嫣红十分漂亮，这个弟弟也相当帅气，二十出头的小龙瘦瘦高高的，衣着很时髦，身着蓝呢子套装外披一件灰呢大衣，领口处露出的白衬衫及红毛衣将人衬托得格外精神。

农场里，我们这些新兵及刘连长都是寸头和光头，小龙留的是偏分，不知用什么洗的头，发质又蓬松又飘逸。嘴里叼的烟也比刘连长抽的烟贵，烟灰多时他不像常人那样用手去弹，而是双唇一错将烟卷滚向一边，用另一嘴角鼓出一口气去吹，那放荡不羁的派头相当洒脱。在我们农场里一连住了三天，小龙也没走的意思，碍于面子刘连长不好多说什么，就示意我去催问，我先暗示后直接地问过几次，小龙支支吾吾的，也没给我个明确答复。

"明天是星期天，吃过早饭你将小龙送去镇上车站，让他回家，什么事也没有，住在这里，像什么话。"周六晚上，见小龙还没个态度，刘连长这样吩咐我，不过对他的指派我没接受："小龙来我们这里玩就像农村人串门走亲戚嘛，也没碍我们什么事，愿住就让他住吧，亲戚间赶人走不合适。""看样子不像是串门走亲戚这么简单，总感到这里面有什么蹊跷，小龙他有些不务正业，上学时不爱读书，现在不爱工作，整日浪荡在社会上交一些不三不四的朋友，之前批评过他多次也无效，我老担心他会生出什么事，你帮我留意些。”刘连长说话时眼睛里有一些忧虑。

自见到小龙就对他极为艳羡，不但羡慕他的穿着，他的清闲也让我眼红。每顿吃饱饭，碗一推，立马叼支烟双手插兜去溜达，累了就回帐篷躺下睡觉，这让我心中不由得生出一股怨气，还夹杂着泛起的些许醋意与妒意，一边感慨着人生太不公平，又附带着埋怨母亲将我生的家庭不适宜不讲究，胸中可谓是五味杂陈。听完刘连长这番话再看小龙就有些不顺眼，对他游手好闲、好吃懒做的行为立马生出厌恶，接下来也不再忙前忙后地照顾他，既不帮他刷碗也不帮他洗衣服，就是他递过的烟卷也不去伸手接，对他爱搭不理，尽量保持着距离。小龙也感到了我的冷落，多次追问：“怎么个意思，哥们儿？”“没啥。”敷衍着回了一句后，其他我多一字都不再说。

第二天大清早，刘连长女朋友和她的老母亲俩人风风火火赶来了农场，一见面，那位老母亲伸手就将小龙揽入怀中，话未出口泪先溢出，接着是连声问小龙这些天吃睡是否可口是否安逸。这浓浓的母爱不知小龙他感受如何，我却被感动得泪水在眼眶里打转。

在他们的交谈中得知，小龙还真是犯了事，头些天在一次群架中他伤了人，此刻伤者还在医院治疗，公安局在通缉他。娘儿仨对于怎么来解决这件事商量了好长时间也没个统一意见，刘连长女朋友嫣红主张让小龙去投案自首，认为这是唯一的正确选择，既可减轻其罪责，重要的是还可让这个时常惹是非的弟弟接受教育与改造。弟弟从小就被家里宠惯，什么事都由着他的性子来，特别是母亲对他的娇惯更甚，致使他性格骄横、暴戾。之前就发生过几次打伤人的事，只是不严重，父母赔人些钱了事。这次小龙打伤人之后又想如此，得知他跑来自己未婚夫单位躲着，母亲不仅不让他去投案自首，反而让自己来央求人把弟弟藏一段时间以躲避惩处。这怎么好开口呢？提这样的要求不是害人吗？这首先会给自己未婚夫带来麻烦，同时对弟弟小龙也不好，做错事不让他受到惩罚及接受改造，今后不定还会生出多么严重的事来呢。

小龙的意见正相反，对此明确表示反对，理由是自己吃不了那个苦，受不了那个罪。自出生就在父母那里享受超常规待遇的小龙过的是衣来伸手、饭来张口的日子，要星星不给月亮，自由自在惯了，去坐牢受人管制怎么活嘛，此刻认为待在农场挺好，好吃好喝还有人伺候是其一，还有就是这里安全。农场是部队的单位，警察应该不会来抓人，退一步讲此处四周荒凉，警察来时自己逃起来也便利。再有姐姐和刘连长在处对象，他应该不会拒绝自己在此住，因而坚决不同意姐姐让自己去自首的主张。

受重男轻女传统思想影响，大多的家庭都宠着男孩，刘连长未婚妻家也不例外，只是她家这位老母亲对儿子小龙已不是宠爱而是溺爱，就是人常说的“含在嘴里怕化了，放在心尖怕硌着”那种，宝贝得不得了。得知小龙打伤人第一时间想到的是多出钱赔伤者，再让小龙躲我们农场一些时日，然后不了了之。上次小龙打伤同学，就是让他先去亲戚家躲着，家里出面协调，最后就是出钱解决的问题。这次还想这样解决，因担心自己说话分量不够，才特意叫上自己女儿嫣红一起来。没想到女儿不仅不接受自己的想法，反而要小龙去自首，这让这位老母亲极为不快。三个人因想法不同，因而从早上就开始吵着争论着，直到中午也没个结果，几个人只好把目光投向了刘连长。

在未婚妻嫣红和小龙及她母亲谈话期间，刘连长没参与意见，一直在做端茶倒水的服务工作。对于小龙到农场来，开始以为他是来玩耍，待了两天见没走的意思才意识到有些不对劲。听过他们的对话知道小龙打架伤人后，刘连长心里的想法和未妻嫣红之主张是一致的，不但不能私藏小龙，还必须尽快将他交由公安机关去接受惩戒。长时间没接话是想着自己毕竟和嫣红还没结婚，有些话说多了面子上不好看，同时以自己对嫣红之了解，认为以她的能力说服自己母亲和小龙问题不大，现在看她们争论这么长时间没结果，又见她们征求自己意见，便态度鲜明地道：“让小龙老躲藏在外面不是长久之计，更不是解决问题的办法，早晚还会被抓。我赞同嫣红的意见让他自首去，这样才可以争取宽大处理。再就是小龙已触犯刑律，我这里哪能窝藏罪犯？”说完抬手指派我：“去镇派出所报案，让他们来带人。”“哦，哦。”回应完刘连长我却没动窝儿。

“小刘，马上我们就要成为一家人了，怎么还这般绝情？就不怕我反对你和嫣红的婚事？”刘连长未婚妻的母亲六十来岁，我头些天和刘连长一起去给她家送冬贮大白菜时见过一面，那天的她极为热情开朗，给我们倒水递烟很亲切，从我们进屋直到送我们走都是一脸的灿烂笑容。这天的她眼神忧郁，气色灰暗，和那日判若两人。受到刘连长的指派，我之所以没有立马去镇派出所，其实心里也在担心着这位老母亲话里所表达的这种意思，一直在思考着用一个什么好主意，既能把小龙绳之以法，又不把刘连长落埋怨，可思来想去好一会儿也没想出个两全其美之法。

母亲对刘连长的质疑让小龙来了劲：“是啊，我是拿你当姐夫看才投奔而来，真没想到你会六亲不认。”在小龙来到农场之初，我对他是又羡慕又尊敬，了解到他的为人就开始疏远继而反感，此刻听他如此指责刘连长我是厌烦加恶心，那满头白发的老母亲说几句抱怨话还情有可原，你自己惹下祸端没担当还有脸数落他人！瞧着眼前这个不孝又不懂礼的家伙我恨得牙痒痒。也是这恨让我脑袋突然开了窍，急忙跑去找到朱班长，先将情况说个大概，然后建议：“我们可假装同意将小龙留在农场躲藏，您先把他骗到我班的帐篷来，等刘连长送他女朋友和她母亲走后，我俩再将小龙扭送去公安局。这样，刘连长就不会落不是，您看如何？”朱班长对我的主意不住地道着“好，好”。接着跑进队部叫出刘连长言明了这个意思。

“不妥，还是做通思想工作为好，思想通了对老人家的伤害就小，我之所以这么耐心谈，就是担心处理得过于生硬，老人家接受不了出意外。”刘连长的话又让我没了主张，随口道：“连长，要不就别送小龙去公安局了，让他在咱这再住些日子，看看情况再说。”这句没立场的话气得刘连长瞪我一眼：“有点儿主见没？什么意思你？窝藏罪犯，轻则被遣送回原籍管制劳动，重则要判刑，是你想如此啊？还是想让我这样？”言罢骂了声“臭小子”转身又走进了帐篷。

“伯母，我和嫣红的婚恋是私事，作为长辈您老人家当然有发言权，您怎么说我们都听您的。关于小龙伤人这件事，如伤势轻对方没报案，还能像您说的来个民不举官不究私下协商解决，现公安已介入，对方伤又重，这就无法再按自己的意思来处理此事。再者就是现已知晓小龙犯了法，您老人家如包庇藏匿，也同样会触犯刑律，不但帮不了小龙，反而会让他罪责更重。让小龙去自首，家里再积极配合，多出些钱给伤者，这才能争取宽大减轻罪责。还有，让小龙去接受教育改造一番，使他能重新做人，不更好吗？伯母您历来说话做事明大义，这之中孰轻孰重，不用我多说，您心里肯定也明白。”刘连长女友也顺着他的意思接着劝自己的母亲：“妈，小龙走到这一步，与家里对他的娇惯溺爱有很大关系，就别再护着他了，让他自首去吧。长时间东躲西藏提心吊胆的，什么时间是个头儿？总不能藏一辈子吧？再说他天天在外混，不定还会出什么事呢。”那老母亲也并非不可理喻之人，听了女儿及刘连长这些肺腑之言态度已动摇：“若小龙被送去劳改，以后我有个病啊灾的指靠谁啊？”“伯母，有我在，这都不是问题，如不放心，我入赘您家都成。”刘连长这个态度使那位老母亲又一次泪流满面，再一次地抱住小龙，一边拍打一边哭诉：“你个浑小子，怎么就不听我话呢？整天教育你以善待人，别欺负人别打架，就是不听，现在犯事进局子也不冤你。这次可要听妈的话，到了那里别犯浑，好好改造，妈在家等着你早点回来。”

这位一脸凄苦的老母亲说的一番话，深深地撞击着我的心，使我想起了自己远在老家的娘，更进一步认识到做母亲是世间最痛苦最辛苦的差事，她们吃了千般苦受了万般累将孩子抚养大，若儿女听话求上进取得一点成绩她们就特开心，如孩子不争气惹事端，年迈的她们只能是以泪洗面。

走进镇派出所院子，正在发动一辆偏三轮摩托车的两位警察明了我之来意后，急忙将我引进所长办公室。镇上派出所所长姓郑，他和刘连长也熟识，我们刚到农场时，刘连长还请他来给大伙上过治安及法律方面的课。高高个头的郑所长却很瘦，他最醒目的标志是一脸的络腮胡子及那双炯炯有神的眼睛，大概因工作关系，他看人时总是紧闭着嘴唇，给人的感觉又稳重又威严。

“通知前去布控的人员，任务撤销。”郑所长吩咐完值班警察然后对我道：

“已接到上级命令准备行动，正担心这样兴师动众去抓人会影响刘队长及部队声誉呢，他这样安排让我是省心又省力。回去请告诉刘队长，让他把小龙送来就行。再有请转告我对他的谢意。”接着安排一名警察换上便衣和我一起回农场，途中和这名警察聊天时知道，刘连长女朋友及她老母亲来我们农场的行踪早已被办案人员侦知。

刘连长与那位跟来的警察将小龙送去镇上，让朱班长我俩把他女朋友嫣红和她母亲送回家。“回去后对小刘说一声，我人老了爱犯糊涂，言语上有什么不合适的叫他多担待。”望着眼前满头白发满脸皱纹的这位母亲，不由得令人涌出万千感慨，她嘱托的话又让人心里酸溜溜的。“伯母，请您别这么说，做母亲的谁碰上这种事都会犹豫，况且您老人家今天这般深明大义，我们都特敬重您。”眼中始终含着泪水的老母亲先点点头谢我的宽慰之言，然后道：“让小刘休息了到家来，别因这事冷落我闺女。”接着指指朱班长我们：“一起来啊，我给你们包饺子吃。”

“作为男人，遇事要有主见，不可摇摆不定。”平时刘连长常鼓励我勇于表达自己的观点，遇有问题总会问我：“你的看法或你是怎么想的？”当我回答正确他会即刻表扬：“讲得好，很有见地。”若有不妥之处他的批评也不会有一丝丝的客气。晚上回到农场，对于这天我在小龙之事上忽左忽右的态度，刘连长对我进行了一番开导与训诫后强调道：“人，要坚持原则，遵守规矩，尤其是军人。”

汽训队学习结束，我被分配到机关汽车队，朱班长还是我班长，刘连长也依然是我的队长。进步很快的刘连长先后做过科长、处长。同年的战友们都随着他职务的改变而改口了，只有我始终称呼他刘连长。刘连长似乎也特高兴我这样称呼他，遇到他人纠正我对其叫法时，他总会乐呵呵地用那句口头禅向人解释：“这是我带的兵。”

# 情满岁月

# 序

和 红

描写农村母亲的作品不少，所塑造的角色多以勤劳质朴、贤淑柔弱为主。小说《情满岁月》作者笔下所描写的母亲，也是一位平凡普通的农村妇女，她生于农家，生活在农村，从少年至老年，在为人女、为人妻、为人母的人生中，历经劫难，遍尝世间的酸甜苦辣。

“别去翻旧账，抖落了灰尘会眯眼睛的。”文中的主人公母亲没受过正规教育，可兰质蕙心的她明达事理，在斥责儿子时说的这句话虽朴实却富含哲理。鼓励儿子时“馍蒸到一半怕啥？怕散气，气一散，馍就生了”的话同样看似浅显，则寓意深刻。这位母亲虽然一生中没有做出什么惊天动地的伟业，文中描写的也大都是生活中一些极为平庸的琐事，可正是这些凡俗之事使人物形象丰满真实，阅读起来亲切自然，引人入胜。作者通过故事里女主人公所经历的不同时代、不同环境，清晰地再现各个时期风土人情的同时，对母亲的强悍刚烈与坚忍坚毅性格之形成做了详细阐释，对她敢作敢当之行事风格及说一不二的霸气风范也有翔实的描述，让人读后耳目一新，对生活在农村的劳动妇女有了新的认知。

“望子成龙，盼女成凤”可以说是天下所有父母之所望，《情满岁月》中这位母亲自然也不例外。在儿女们的学习上她要求极严，发现谁稍有懈怠，动辄严厉呵斥，再则便是暴打。管教方式也彰显着自己鲜明的个性。严格要求孩子是对的，但非打即骂无疑是错误的，可这位母亲的另一做法又让人心生酸涩，就是家中每个儿女高中毕业前，都会养一头大肥猪候着，待他们金榜题名时杀来以庆贺。其所做所为真个是既令人莞尔又让人感慨多多，惋惜有，哀伤有，懊丧亦有。

书中最初几章描写的是母亲的成长经历，从家庭条件优越到因故陷入绝境，小小年纪的她迸发出巨大能量，带领家人走出困境。风的磨砺、雨的砥砺使她逐渐变得成熟干练，遇事有担当，不彷徨不退缩，在屡次的天灾人祸面前每每都能从容应对。中间及后面的章节所描写的是这位母亲待人诚恳厚道，轻财守义重然诺。崇尚英雄的她还颇具侠士之风，对人肝胆相照，做事做人爱字当先，且贯穿始终。这位母亲不仅用一生诠释着对家人对儿女的爱，就是对不辞而别的养子也时刻挂在心上，只要得到他一点消息，便马上一趟趟去寻找，直到暮年还念念不忘。还有，老年时已患有严重痴呆症的她对眼前的人和事已模糊不清，可对儿女的爱却依然清晰，在吃与不吃一粒糖这种微不足道之事上，对儿子所表达的“如因我吃糖多而影响你家庭生活，我可以忍住不吃的”之根植于灵魂深处之细微、之无私无上的母爱，读来让人是情难自禁、热泪盈眶。

“女本柔弱，为母则刚。”作为女子，身体的确远比男子柔弱，但有了孩子以后的母亲便会产生出让人难以想象的意志力，这种意志力足以打败生活中的所有磨难。文中母亲身上蕴藏的坚毅的意志力及浓浓的爱，深深地打动了我，故此不揣冒昧，写下如上文字，是为序。

2020.05.01

写于北京时雨轩家中

（作者为中国人民大学教授、博导）

母亲，天下文字中最柔软、最令人敬仰的两个字。母爱是一缕阳光，让你的灵魂即使在寒冷的冬天也能感到温暖；母爱是一泓清泉，让你的感情即使蒙上了岁月的尘土也依然纯洁。母爱是世界上最无私、最伟大的爱；母亲的笑容是世界上最灿烂的笑容。

## 一　匪祸

“土匪来了，乡亲们快进寨。”

20 世纪 30 年代初年的年底前某日上午，外公正在门前铡喂牛的草，外婆和我母亲在院内搓棉花捻子。随着一阵急促的“咣咣”锣响，接着就听到了村中管事之人在寨墙上又高又急的喊声。

民国时期，当权的各路诸侯们为了一己私利，纷纷整编土匪来扩大队伍，今日的土匪明日摇身一变就成了耀武扬威的官军。这样的社会环境，诱得乡间的那些流氓无赖瞅个机会便拉帮结伙做起土匪勾当，干起杀人放火、抢劫财物的营生；过上大碗喝酒、大块吃肉、大秤分金的快活日子，待混到一定规模就相携着去接受招安，换一种身份而接着发财。这种快捷的致富途径恶性循环起来后，乡间烽烟四起，盗匪横行，拉杆子打家劫舍的土匪越来越多，搞得乡村里百业凋零，民不聊生。乡民们为了生命财产安全，一般比较富裕些的村庄都会修围寨以自保。

母亲家在伏牛山南麓，白河支流老河西岸一个较大的村庄，距市区约有十几里路程。村子的东侧有一条豫西南通向湖北的官道，村西有一条发源于伏牛山的季节河，蜿蜒流淌至村口后分左右流入村外护寨河中，然后绕着高大坚固的寨墙画过一个圆，在村东汇入了 50 米外的老河，再然后入白河，而汉江、长江。她家的宅院坐落在村子东南角寨墙外，距寨门有三几十米的样子，紧邻着那条通向湖北的官道。宅院是一座青砖灰瓦很规整的四合院，那颇有气势的大门标志着这是农村一户殷实人家。母亲家上几代不乏读书人，但都没什么功名，最后就守着田园过起晴耕雨读的日子，代代相传至她父亲这一辈已式微了。不过在当时大部分农家都住着干打垒、茅草屋的乡村，能有这样一座青砖灰瓦房的宅院，证明家境还是相当不错的。

大门外左侧有一棵上百年冠大叶密的银杏树，由于紧挨着大道，闲暇时大人小孩常坐在树下聊天、嬉戏，树旁还有一口水井，井水很是甘甜，经常有那来来往往、匆匆忙忙的路人停下脚步讨水喝，母亲与家人都会热情递上水碗，搬过凳子让人喝水歇脚。门口右侧有一个硕大的柴草垛。村子里的农家每到夏季收完麦子，会将麦秸堆起来，冬季用以喂牛或烧火做饭。草垛圆圆的，远远看去似蘑菇一般，煞是好看，有心之人还会根据农家门口这麦秸垛的大小来推断这家土地是多少、是否富裕等。此时，秋天收的玉米秆及棉花秆也已从地里拉回，码放在了麦秸垛的四周。生活在乡村的农民，只要家里有粮吃，灶里有柴烧，心里才踏实。

柴草堆旁边还挖了一口红薯窖。我家乡那一带由于红薯产量高，农民在收割完小麦后都会大量种植。红薯窖内温度与湿度相对稳定，利于红薯的保鲜存贮。窖口有60厘米左右，井壁直直地向下近十米深，从半腰开始向两边倾斜，形成两个上窄下宽的窑窝用来堆放红薯。井壁上还掏有很规范的等距离脚窝，以便于人们进出时手攀脚蹬。这深挖于地下、富含科学性的红薯窖是从什么年代流传下来的无从考证，但它已成了我们那个地区农民每家每户的必备品。

在那个年代，母亲家这个有近八百户、三千多口人的村子已算是当地方圆几十里内的大村庄，村里绝大多数人都属于一个家族，只有很少几户外姓。村中有十余户相当富裕的大户人家，有的是在外面做大生意，有的是有着上千亩土地的大财主。围着村子的寨墙全部用大青砖砌成，又高又宽，呈等边四边形。四个拐角处修有碉楼，墙上还留有垛口，坚固异常。村民们崇尚武术，农闲时节便聚在一起舞刀弄枪的练几下子，因而村里的人多多少少都会些拳脚功夫。还以几个退役军官为首，将青壮年乡民组织起来进行军事训练，那些大户人家还出钱买回很多新式快枪武装这些乡勇，这些村民不但手中装备精良，还个个勇武过人。无事则耕，有事则战。遇有土匪来扰，寨门紧闭，全村男女老少齐上阵，男人们提刀肩枪在寨墙上抗击土匪，女人们则烧水做饭提供后勤保障，整个村子就像一个半军事化的堡垒。这种情况下别说那一般的散匪不敢来扰，就是成股的土匪也不敢觊觎这个兵强马壮的村庄。

外公家的房子建的年代较早，祖上建房时还没有修寨墙。后村里修寨墙由于位置太偏，就没给圈进寨内，独独留在了寨墙外。为安全计早就该搬进寨里去住，可在农村建一座这样的宅院那价格是不菲的。还有，外公的思想重点也不在这上面，他把收入的绝大部分都用在了供儿子们读书上。再说，宅院距寨门也不太远，有个风吹草动快跑几步也就进了寨子里。

锣声一阵紧似一阵，听到这声音人们慌得都不知道该干什么了。自村里修起寨墙一直都很平安，从未发生过匪情。同时，在人们的固有意识中，只道是月黑风高的夜晚土匪才会出现，怎么这大白天也敢来抢？呆滞过一阵，还是比较经得住事的外公先回过神，先大喊着让外婆与我母亲快去寨子里躲避，接着要求与自己一起铡草的林昆一同去牛屋牵牛。林昆十四五岁的样子，个头不高却很壮实，脑袋上的头发根根竖起，眉毛漆黑，圆眼睛不大，鼻梁也不高的他最醒目的特征是下巴宽大及嘴角两边的两条皱纹。

林昆是流落在此的外乡人。农历小雪节那天清晨，母亲起床清扫院子，待她将地上的落叶扫至大门外的柴草堆前时，发现靠草垛坐着一个人。只见此人用麦秸将自己身体埋着，只露出个脑袋，此时还不满十岁的母亲乍一见此，吓了一跳，后意识到是在自家门口，再加上她天生胆子就大，顿过一下又上前了两步。

坐在草堆下的人是个半大男孩，他头上粘满麦秸与杂草，眼神散淡无光，苍白的双唇还不住地抖动。母亲喊了两声见其不应声只好回屋叫来自己的父亲，就是我的外公。40 岁年纪不到的外公稀疏的头发已花白，长方脸上的胡子却又黑又密，细长眉，细长眼的他看人时的目光特亲切。由于长年劳作，使他那瘦高的身材看起来很精壮。外公来后也是反复盘问男孩从哪来、到哪去，姓甚名谁。可一脸漠然的男孩眼睛时睁时闭，任你怎么问也不作答。

“会不会是个哑巴？”“这孩子从外观上看不像。”外公边回着我母亲的疑问边走上前将盖在男孩身上的麦秸扒掉。已是冬初季节，天气很冷，这男孩却没穿棉袄，身上的粗布夹衣也又脏又破。“孩子，这里太冷，起来到家里去。”对外公的邀请男孩依旧不回应，见其身体在发抖，外公伸手去拉时只听他“哎哟”一声随即昏了过去。也是这一声叫喊让外公看清了这男孩胳膊上胡乱缠绕着一些破布条，且血迹斑斑。

外公家中是五口人，有外婆和他们的两个儿子，即我的大舅与二舅，以及我母亲。家里的主房是坐北朝南三大间，中间是厅，两边是卧室，分别住着外公外婆与我母亲。左右两边的耳房住着我大舅、二舅。东厢房是厨房和仓库，西厢房放农具和杂物，大门两边倒座的几间是草料间及拴牛的屋子。

“快去烧一盆开水来。”外公将男孩小心翼翼抱进大舅房间吩咐母亲后，自己去抱些柴火在室内生起了一堆火。读过私塾的外公在乡间也算一文化人，稍懂些病理常识，待母亲将烧开的半盆水端来，他先往里面放些盐，接着脱去男孩的上衣，用棉花蘸盐水清理起他的胳膊与伤处。清理干净后，伤口清晰了，它的形状与乡间常见的刀砍伤不同，皮肉没向外翻起，而是一条深深的沟槽状，形似枪弹之贯通伤。感到蹊跷的外公抬眼看了看男孩，见其年纪这么小就没再多想，接着在他伤口周围摁了摁，感觉没伤到骨头遂用干净的白布给包了起来。然后去镇上买回几包外敷内服药，先把外用的抹在男孩的伤口处，又让其将外婆煎好的草药服下，继而还交代外婆做些可口饭菜以给他增加营养。

翌日，男孩的烧便退去，脸色也渐渐红润起来，之后穿上大舅的旧棉衣下了床，又经过一些天相处，体察到外公一家都是善良之人，男孩才开口讲话，说自己姓林名昆，父母都已去世，自己讨饭度日。前些天碰到打仗，胳膊是被流弹所伤。应是外公买的药效果好，也可能是林昆青春躯体活力强，没多久他的伤口便痊愈了。

进入腊月就下了一场大雪，大雪虽带来了寒冷，农民心里却十分喜欢，瑞雪兆丰年啊。这个季节田地里一般没什么活干，村民们大都在家里忙一些杂事。胳膊已痊愈的林昆这两天和外公在家里铡草。铡草也是个技术活，干活时俩人必须配合非常默契才行，一个人两手紧紧攥住麦秸有节奏地往刀口下喂，另一人用力地往下按铡刀。往里喂的每次都要掌握好尺寸，尽可能地往里放得短一些，这样铡下的草就短，草越短牛越爱吃。可也正是因为短危险性才大。往下按铡刀的用力要快且稳，决不能歪，稍有偏差就有切下喂草人手的危险。好在外公干活是一把好手，林昆也是在农村长大的孩子，开始虽有些生疏，后在外公指导下两个人的配合越来越娴熟，两天时间就铡下一大堆麦秸，足够家里的两头牛吃一阵子了。刚说要停手，就听到了这“土匪来了，乡亲们快进寨”的喊声。

外婆与我母亲并没听从外公的吩咐跑去寨里，反而跑进了房间。稍许，把牛已牵出大门外的外公见她俩还在室内没出来急得跳脚大骂。正在屋里往包袱内塞东西的母亲与外婆，听到外公骂声才各自背着一个大包袱走出门。外公与林昆赶着牛向寨门口奔去，她二人在后面追赶着，由于外婆那个包袱里东西太多，又因过度紧张捆得也不结实，没走几步就散了。母亲把自己扛的包袱递给外婆示意她快走，而后麻利地将散落的东西捡起也顾不上捆，用双手抱着向前跑。抱的东西太多跑起来很不便，渐渐落在了后头。已接近寨门的林昆见此飞也似的折回，接过母亲手中的包袱简单捆一下扛上肩刚要向寨子里跑去时，发现寨门已关。外婆是小脚跑得慢，此时也没跑进寨里的她摔倒在寨门外的不远处。看到这一幕母亲怔住了，也就是在这一愣神的工夫，背后已传来土匪们的呼啸声，林昆拉起她飞奔回自己家。

跑至大门口，情急生智的林昆一把掀开红薯窖口上的盖子，先将扛的大包袱扔进窖内，又催母亲跳下去，自己下去时顺手拿起一草捆举在头顶，而后随着他的下降那草捆盖在了窖口上。顷刻间头顶上已传过土匪们的呐喊声与脚步声。

震耳欲聋的枪声时紧时缓，对阵双方的叫骂声也不绝于耳。由于村子寨墙修得高大牢固，还有那几位指挥抵抗的人都是行伍出身且久经战阵，不仅胆识过人，更懂排兵布阵，初期有些慌乱，稍后便渐渐稳住了阵脚。

土匪们一阵猛攻没有冲进寨，退下来休息片刻又是一番冲杀，这样反复几次也没成功。“一鼓作气，再而衰，三而竭。”失去了锐气的土匪们只好向后退些距离趴在那里寻找破绽，以待时机。枪声稀疏了。

藏在红薯窖内的母亲十分紧张，心都提到了嗓眼儿处，一会儿热得满头大汗，一会儿冷得牙齿颤抖，自己都能听到自己“咚咚”的心跳声，脑子里一片空白。此刻随着上面的枪声稀疏她随即也清醒了些，忆起了自己跳进红薯窖之前的事。当时外公已跑进了寨里，应该没什么问题，自己的妈妈呢？她摔倒后爬起来没有？进寨了吗？土匪们冲过来的速度那么快，没进寨又去了哪里？

林昆让母亲往里移了移，自己靠着窑壁凝神静气地听上面的动静。望着林昆，母亲在敬佩他机警的同时又庆幸着自己父亲坚持留下了他。外公平时既喜欢读书也关心时事，对外面的世界有一些了解，眼界相对开阔些，还有“万般皆下品，唯有读书高”“学而优则仕”的思想在脑袋里是根深蒂固地存在着，他不屑村里某些财主把置地、盖房与扩大产业放在首位的做法，而是把家里的大部分收入都用在儿子们的教育上，送大儿子去市里中学读书，送小儿子去镇上的小学，以待他们读书成才、入仕而光耀门庭。

上个星期六，母亲在市里读书的大哥，也就是我的大舅回家来了。大舅是骑自行车回来的，母亲说那个年代乡里人称自行车为“洋马”。自行车之所以被冠以“洋马”只因它是舶来品。由于当时国家的制造业水平相当低，别说自行车不会造，就是火柴、点灯的煤油也都不会生产，它们的称谓也是“洋火”、“洋油”。因而“洋马”的价格很高，足顶农家种地所养的高头大马十余匹的价钱。

“谁让他住进我房间的？”进门发现自己的房间住进了他人，大舅即刻黑下了脸，得知还是一个小叫花后极不高兴，遂高声责问起外婆。

大舅这年刚满 16 岁，个头却已长成，像个大人似的。他乌黑的头发留的是偏分式样，鼻梁高且直，两道浓眉下的一双大眼睛盛气逼人。由于自幼就在市里的寄宿学校读书，生活习惯已和农村人格格不入，他的房间是由自己收拾、布置，保持得十分整洁，他人非请不得入内。外婆是了解自己儿子这些讲究的，只是那天事出仓促，看到外公将林昆抱至他房间就没想太多，后意识到这一点想到儿子不到放假时间不回来，也就没让林昆挪地方。此刻面对儿子的责问她没敢多言半句，唯唯诺诺着将林昆用过的东西搬去了二舅的房间。

回来要费用的大舅原打算在家住一晚的，因生气也不住了。午饭后推车出门时得知外公有收留林昆做义子的意思发起火来："干吗要留一个叫花子做儿子？不行，快让他离开。"见大舅反对强烈，外公留林昆做义子之想法只好作罢，但也没有让他走。

村民和土匪对峙期间，村里有那枪法奇准的退役老兵，看到土匪们的狼狈样子，便站在寨墙上高声地嘲笑与叫骂起来，待有土匪起身回骂，只听"啪"的一声响，回骂的土匪是应声而倒。几次三番后土匪被撂倒了多个，红了眼的土匪们调整人马准备再攻时传来了官军将至的消息，接着这群乌合之众就呼兄唤弟吆喝着撤退了。

红薯窖口上只挡着一捆柴草不隔音，上面发生的一切都听得清清楚楚。乱糟糟的脚步声刚从头顶走过，窖内刚松一口气的母亲突然又听到了一阵凌乱的脚步向家门口走来。担心自己紧张而叫出声的母亲使劲咬住衣袖，大气都不敢喘一声。

"你干吗去？官军将到，快溜吧。""我特饿，进这家找点东西吃，你等我一下。"两个土匪对话后母亲家随即传来一阵翻箱倒柜之声响。片刻工夫，这俩土匪从院子里跑出远去了。

过些时间，听到外公和他人说话的声音，林昆和母亲才从红薯窖中出来。坐在堂屋门槛上愁眉苦脸抽烟的外公，对出现在面前的女儿只是抬起眼皮瞄了一下，至于她从哪里来，刚才躲在什么地方都没过问，且对我母亲所问的"我妈呢"也不回应，只管在那里不住地叹气、抽烟。当母亲从别人口中得知外婆被土匪掳去，跑上前抱着他胳膊"哇哇"大哭，外公也只是轻拍自己女儿脑袋两下，还是一句话没说，然后依旧一声又一声地叹气。

这次来的土匪很多，是这一带有名的几股土匪合在一起的大行动。本是冲着村里那几户大财主来的，盘算着在这里大捞一笔，没想到竟损兵折将铩羽而归。这让做惯了无本生意的土匪们很不甘，撤退时就胡乱抓了一些在田里干活的乡民，及在寨门口捉到的外婆，一并绑在车上拉走了。

第二天深夜有人来敲院门，外公闻声去开，也被敲门声惊醒的母亲急忙起来扒着窗台向外张望。来的两个人没进屋，站在院门口和外公说着什么，其中一个人不认识，另一个是村中帮闲之人。这两人走后，外公站在原地呆立了好长时间才缓缓走回室内，进了门一时长吁短叹，一时又捶胸顿足，继而又在室内走来走去。

天蒙蒙亮，外公吩咐我母亲去把自己的弟弟叫来。从他们兄弟俩谈话中母亲听明白，夜里是土匪那边传话来让外公准备好钱去赎人，且只给三天时间，如超过时限钱不到位，那就去收尸。这伙抢劫绑票的土匪们很精明，对害人肥己的招数也颇有研究，在开价前不仅对绑来之人家庭状况做过详细调查，同时还懂得一些心理学，既不会开价过高致使受害人家赎不起而放弃，也不会开价过低而亏自己，因此，给外婆开出的赎金和外公家田产大致相等。

外公弟弟也读过多年书，不过他对做一个读书人没热情，却对阴阳八卦、奇门遁甲之术很热衷，且颇有研究。平日他身穿长袍马褂，摇着纸扇、捋着长须以大师自居，给人看黄道吉日、阴阳宅子及批八字什么的，混迹于三教九流之中。每日东跑西颠忙得不亦乐乎，肥吃海喝还挣了不少钱，日子过得相当滋润。

家中除去土地和房产也没什么现款，一时间外公拿不出那么多赎金，唯一办法就是卖地。可这仓促间也难找到合适的买主，外公找自己弟弟之目的是想从他那里借点钱以渡过眼下难关。谁知外公刚表示出借钱赎人之意，他弟弟就把自己的脑袋摇得像拨浪鼓一样先诉起自己的困难来："别看我表面上很风光，其实只是混些吃喝，不仅没挣到钱，反而把地里的收获也搭进去不少，由于开销大，我也将要借钱度日。"这一通信口胡说把外公借钱意思给堵回后，还对外公要卖地赎人之想法极不赞同："一个女人，值得花这么大价钱去赎吗？还不如新娶一房呢，新娶一房都花不了那么多钱。"听到此处，面无表情的外公挥挥手赶走了自己弟弟，复又默默地抽起了烟袋。

土匪们称被他们掳去的人为"肉票"，这里"票"的意思就是钱。人质的家人若按规矩交赎金一切好说，否则先割耳、剜眼，继而剁手剁脚，再则撕票。撕票就是将人质杀害。对于土匪们的规矩及残暴，之前母亲从大人们闲聊中也略知一二，因而自外婆被绑走后她心里一直被恐慌、焦炙所充斥。对家里的现实情况她也清楚，知道一下子是拿不出这么多赎金的，现听过叔叔这番话，又见自己父亲在那里没完没了抽烟，没个明确态度时急了，遂走上前对外公大声道："卖地赎人。"

闻听自己还不满十岁的女儿说出"卖地赎人"之语，外公惊愕之后心中是一阵撕心裂肺的疼痛。这些土地是祖上所留，若卖掉首先是愧对列祖列宗，还有以后如何生活？儿子们的读书费用从何而来？可不卖地赎金又如何筹？难不成真的依弟弟所言对被掳走的妻子不管不顾，任由土匪作践处置？自结婚以来，妻子任劳任怨，简朴持家；尊敬长辈，对自己温良恭顺；养儿育女，含辛茹苦。如弃之不顾，别说愧对儿女，自己的良心何在？因此，外公对卖地虽心存不舍、痛苦，踌躇、犹豫，但最后还是毅然决然地卖地，筹钱赎人。

原计划卖掉大部分土地就可以凑够赎金，家里还能留下一部分维持生计，谁知碰到的买主十分精明老到，把价格压得很低。又因事出仓促，失去了讨价还价之余地，最后外公只好把祖传的几十亩土地悉数卖掉，才勉强凑够赎金。待那一大堆白花花的大洋送去，土匪那边倒也没食言，随即放回了外婆。

## 二 火灾

外公家遭受土匪劫难后，家里财产除去住的宅院，别的什么都没了，不仅失去了赖以生存的土地，就是家里为数不多的现款，也被外婆打进背在身上的包袱里一并给土匪掳去。农民失去土地就失去了依靠，就像人没了脊梁骨一样，正值壮年的外公遭此打击，一下子苍老了许多。思想上的痛苦使他身体也变得越来越差，身体上的病痛又反过来影响他的情绪，使本来性格刚烈的外公变得十分暴戾，对家人动辄不是训斥，就是打骂，家中往日祥和氛围自此不再。家人们也理解他这个当家人的心情，大家都尽量让着、顺着他，以将就着把这苦难的日子过下去。

熬过严冬迎来春天，大地万物复苏。可能是温暖春风使外公得到了慰藉，也可能是经时光消磨，他狂躁的脾气慢慢平复了。情绪稳定之后，他就筹划起今后日子以及安排每个人的工作。因无力再供两个儿子读书，我大舅与二舅也只能辍学了。外公从亲戚家赊来两只羊让二舅和林昆来养，又赊来一些棉花让外婆与我母亲纺线织布，自己则带着我大舅去给别人家打短工。这次灾祸虽对外公打击很大，不过此时他对生活还没彻底失去信心，心里还盘算着通过全家人齐心协力，勤劳苦干，攒钱、置地，慢慢再把家业发展壮大。

母亲与外婆往日就很勤劳，现在就更加勤奋，二舅年龄小，再加上平时也不怎么爱读书，只要每天有饭吃不饿肚子也就不多想其他，反而认为这放羊割草的日子倒也自由自在。林昆对有吃有住、不饿肚子的生活也很知足，唯有大舅接受不了这个现实。

从小学至中学，大舅一直都生活在城市里，家里遭此变故，刚开始他处于一种迷茫之中，很多东西还没来得及多想，只是在那里被动接受着。饿肚子的滋味以及干农活有多苦多累，之前都是理论上的东西没有过亲身体会，忽然从家道殷实、衣食无忧的富足生活变成目前这整日累死累活还为吃饭而发愁的贫民；从意气风发的洋学生，沦落为面朝黄土背朝天、一颗汗珠摔八瓣土里刨食的庄稼汉，这种断崖式的失落，他是怎么也不能接受。心中的委屈、怨气越聚越浓，致使他脾气也越来越差。

这天，大舅和外公随着村民给一大户人家锄地。来到地头，大伙一字排开就争先恐后向前锄起来。个头高高的大舅看起来像个大人，可终究还是个孩子，干起活来猛劲有余而耐力不足，初时还可和人们肩并肩相跟着，两个来回后就跟不上了，渐渐落后了一大截。

大舅的手指细长，只拿过笔杆，从未握过锄杆的手掌上，不长时间就磨出了血疱。每一次挥动锄头都会带来钻心疼痛，因而时不时地停下来倚锄而歇。他这个表现，让外公心生不快，想着家遭劫难，今日非他日，如此怕苦怕累，太让人失望了。可外公还是很心疼大舅的，自己锄到地头后没像他人那样坐下来小憩，而是返回头帮大舅锄那垄地。

疲惫不堪的大舅又加之心不在焉，下锄就失了准头，锄过的地里不仅草没锄干净，反而砍倒了不少秧苗。这让做任何事都特认真的外公极为恼怒，即刻批评起大舅来。

外公的坏脾气经过前一段时间修复，表面上那股戾气好像已消去，可只要碰到不顺心不如意之事，动起怒来就会失去节制，这天骂起大舅越骂越来劲，越骂越难听，且没完没了。正值青春叛逆期的大舅哪受得了外公这样的当众责骂，虽低着头没吭声，但那因羞臊而通红的脸上，已明显地露出了不满情绪，过了一会儿，便恶言恶语顶撞起了外公。大舅一回嘴，外公肚子里的气更是不打一处来，心想着我供你吃、供你喝、供你读书，为你花出的银钱能将你埋住，现家里有难，作为长子该挺身而出把家给撑起来才是，怎么反而这般懒惰与不争气？越想越生气的外公抬手扇了大舅两个耳光。

天性桀骜的大舅更不接受这般屈辱，扔下锄头转身往家走。见此，外公活也不干了，扛起锄头不依不饶一路追回家。进了院门父子俩又重新开战，打嘴仗外公可不是伶牙俐齿儿子的对手，嘴上吃了亏就动手，战争从文打又转换成武打。大舅身上挨着打，嘴上却一点儿不落下风，对外公用尽了讥讽、挖苦之言语，这又惹得似疯了一般的外公下手更重。外婆与我母亲上前去阻拦，可她俩身单力薄，哪里拉得住？不一刻大舅便被打得鼻青脸肿，头破血流。最后是闻声赶来的乡邻将外公拉去一旁，这场父子战争才结束。

母亲把大舅拉进房间，又服侍他把弄脏的衣服换下，准备给他洗一洗。来到大门口，看到坐在门槛上一脸凄惶的外公眼睛里噙满泪水，嘴里也不骂人了，发出的是一串串哀叹，点烟时手哆嗦着都对不准烟锅。外公的这个样子让我母亲十分心疼，衣服也不洗了，先帮着把烟点上，然后坐下来陪着他直到夜幕降临。

大舅几天都没出工，外婆看他只是点皮外伤，没什么大碍就催促他去干活，同时又以劝解口气批评了几句，还要求他改变态度不要惹外公生气，要体谅外公，并认真学习劳动技能及如何顶门立户过日子等，待过两年攒下钱好给他说一门亲事，说着说着口气加重："像你这般好吃懒做，五谷不分的，谁家姑娘愿跟你？"外婆这些话如放在平时本也无可厚非，生活在乡村里的母亲们教育儿子大都如此。可此时的大舅也存有一肚子委屈，心想自己挨这顿打实在冤枉，那天锄地并非自己偷懒怕吃苦，的确是因太累多停下休息几次而已，就被外公打得遍体鳞伤。作为母亲，不来安慰也还罢了，还这般没完没了地数落实在太过。因此，感到这个家已没人关心、疼爱自己，自己已成为多余之人，那积在肚子里的恶气一下子暴发了，粗声恶调地回了外婆几句。大舅的不听话让外婆更来气了，忘了初衷，也不再劝解，指着大舅骂将起来。结果，娘儿俩也产生了意见，致使大舅和家里矛盾积得更深。

隔日，大舅一位家在镇上名叫曾玉的同学来家，两人在房间里嘀嘀咕咕大半天后便匆匆出门上了去市里的大路。"哥，你干吗去？"对我母亲的追问，大舅头都没回，敷衍一句："去市里办点事。"他这一去就是一天，直到天黑也不见回来。母亲与外婆焦急了，不住地去大道上张望，外公却在背后嚷嚷道："看什么看？这个浑小子永远不回来才好。"第二天还不见大舅踪影，这下外婆与我母亲更慌了，外公嘴里依旧骂骂咧咧，可也急得在院子里团团转。第三天早上一乡邻捎来了大舅的一张字条，言明他已在市里报名从军。得到这个消息，外公一屁股蹲在了地上，嘴角哆嗦着，喉结一动一动大半天也没发出声来，外婆急得放声大哭。

那个年代军阀混战，整天在那里打来打去，当兵就意味着和死亡挂上了钩，村子里那些去吃粮当兵的人大都死在了外面，能健健康康回来者寥寥无几。再有，人们都存有“好男不当兵，好铁不打钉”的思想，认为当兵吃粮不是正经营生，没什么出息，只有读书、入仕才是人间正途。

“你就去市里一趟吧，争取把儿子给拉回来。”外婆哭过一会儿起身来到外公面前这样央求道。生于清末的外公，受的是“君君臣臣，父父子子”之教育，在他眼里，老子打儿子，儿子服从老子是天经地义的事。晚辈违背长辈已属大逆不道，理应受到惩处，长辈怎可去低头相求？“我是不会去的，他爱去哪去哪。”“由着他去？当兵被打死咋办？”面对外婆的质问，倔劲上来的外公赌气道：“这个不懂事的东西，死了我也不心疼。”外公这个态度让外婆又坐在地上大放悲声。

见到大舅的字条后，母亲一直在注视着外公外婆，等着他们拿出处理意见。此刻看到目前这个结果遂走上前拿过大舅的字条道：“我去。”而后不等外公外婆表态转身就走。林昆和二舅在外公默许下也追着我母亲出了门。

途中他们先是快走，后是小跑。母亲能跑步，得益于大舅的帮助甚大，那个年代，乡村里还保留着给女孩子缠脚这一陋习，在市里读书的大舅，放假回家来看到外婆给我母亲裹脚便出面反对：“缠脚是违背人性的行为，对妇女的身心伤害极大，妈，您自己因此而遭的罪还不够吗？别再给妞妞缠脚了。”20 世纪 40 年代之前，农家的女孩子因不读书，是没有官名的，大都是随意起个小名，母亲的小名叫妞妞。有的女孩连小名都没有，若家中孩子多，大人们便以大女、二女……依次往下排。婚后也没名，称为谁谁的媳妇，再往后便是谁谁的母亲。

“儿子，我也不想给妞妞缠脚，可不行啊，这是多少年传下来的规矩，再说，若留着一双大脚，她以后咋找婆家？”是的，在那个人们以“三寸金莲”为荣，对此“人人相效，以不为为耻”的年代，外婆自然无法接受儿子的劝言，无奈的她还将女儿的裹脚布勒得更紧更结实。无奈的大舅所能做的也就是背着外婆把妹妹的裹脚布给松一松。转过年，中央政府禁止妇女缠脚的法令颁布时，大舅第一时间跑回家将外婆给我母亲备下的一包裹脚布给烧了。

母亲为此十分感谢自己的这位大哥哥，同时还因一件事而格外敬重他。母亲家这个村子本是全市数得着的大村庄，可村子虽大，富裕户也有多家，读书的人却不多，成才的更少。这种现象既限于当时人们对知识的认知，还因那个时候少有公办的新式学校，只有镇上及市里才有几所，更重要的一点是大多数农家也供不起孩子上学。为了让贫困之家的孩子识些字，村里就在祠堂内办起“义学馆”。乡村里春夏秋三个季节都忙，义学馆只能在冬闲时开课，因而又称“冬馆”。大舅辍学回来后志愿做了老师，还顺便把二舅及林昆也带了去读书。一个星期后他不顾外公与外婆的反对，把渴望读书的我母亲也带了去，因母亲是学堂上唯一的女孩，这使她极为高兴与自豪。可谁知第二天便出了状况。

“冬馆”所需的费用由村中一些积极支持公益与慈善之事的人所出，为监督费用收支，就选了几位德高望重的做馆董。外公为人正直，同时也是“义学馆”的积极赞助人之一，因而他就被推举来负责这项工作。这天查账时，发现支付有出入，外公便和管账之人起了争执。媚富嫌贫之人什么时候、什么地方都有，眼前的管账之人便是，之前外公家富裕，他对外公很客气，账中有问题受到批评时也不敢造次，如今外公家败落了，他立马露出了狗眼看人低的嘴脸，对外公指出的问题不仅不接受，还出言不逊：“就你聪明？穷家小户的你如今啥也没捐，凭啥在这多嘴多舌？滚一边去。”外公自然接受不了这样的辱骂，两个人吵了几句便动手。管账的人年轻，身体又壮，没两下就把外公打倒在地。正在给孩子们上课的大舅听到吵闹声出来看到自己父亲被打，冲上前一脚将管账之人踹了个跟头。“你个穷小子，学都念不起了还牛啥？以后也就是一土里刨食的穷光蛋。”闻此言更为生气的大舅扑过去对管账之人一顿臭揍。管账的人在村里是一大户，自己兄弟也多，不一会儿就来了一群人围攻大舅。大舅不仅爱读书，也喜欢武术，且功夫颇深，此刻面对众人毫无惧色，身手敏捷的他几个辗转腾挪，三拳两脚就将围攻自己的人一一撂倒。然后“哈哈”大笑着拉起外公与我母亲回了家。自此也不再去“冬馆”做老师了，母亲的书也因此只读了一天，可也因此大舅在她心中是英雄般的留存了一生。（之后每每提起大舅总要加上“文武双全”这四个字。）

临近中午来到市里，按字条上所写地址母亲他们找到了大舅住的地方。这是一座宽大的院子，高大门楼下有两个军人在站岗，母亲上前报过大舅姓名后没多久，身穿军装的大舅和他的同学曾玉一同走了出来。看到弟弟、妹妹，大舅很惊讶也很高兴，可弄清只是他们几个孩子，外公、外婆没来时，他很失望地轻叹一声，脸上的表情随即凝重了起来。此时母亲虽对自己的哥哥执意要出走特不舍，可她只是一个乡下的小女孩，能想到的问题也有限，只知道当兵要打仗、会死人而不愿让他去。来时信心十足的母亲真见了哥哥的面，除去拉着他的手流泪，别的还真不知该怎么劝。

家遭劫难后大舅很清楚读书、入仕这条路不通了，只是自己是个初中生，学业半半拉拉的，也没什么正当职业可就。通过这些日子的田间劳作，已明白自己吃不了这个苦，且又不甘心就这么碌碌无为地窝在农村一辈子的他，这才选择了从军。对于这个职业的高风险，大舅自然是知道的，可为了摆脱贫困、博取富贵，为了实现人生之价值，决然从军去闯荡一番。此刻，面对眼前痛哭流涕要拉自己回家去的小妹，内心虽很感激，但已不为所动。他拿出几块大洋塞进我母亲衣兜里，然后要求他们回家。

“哥，在家种地、读书也挺好的啊，为何非要去从军？”“大丈夫当效命疆场，岂能苟活乡间，自误光阴耶？”“哥，什么时间回家？”“飞黄腾达的那一天。”言罢，大舅伸手拍了拍我母亲的脑袋，接着潇洒地甩一下自己的头发，转身而去。

大舅的身高自小就高于同龄人，加上他年长我母亲七岁，俩人的身高悬殊更大，母亲看他只能是仰望。这种拍妹妹脑袋表达亲情之方式，使大舅有种瞬间变成大人的感觉，让他很自得。母亲非常崇拜这位哥哥，所以对这种爱抚的表达方式也很享受。自此，在以后的岁月里，无论他们在何时何地相逢与别离，兄妹俩就形成了这种固定的表达方式。（直到母亲晚年和我谈起这些，还是幸福满满的样子）

“儿大不由爷，由他去吧。”听我母亲言明大舅的志向后，外公也无奈了。吃过晚饭林昆要回房睡觉时，外公叫住他似乎要说什么，话将出口之时又咽回，继而紧锁眉头看着林昆久久不语。心中已预感到什么的林昆说道：“伯伯，有话请尽管说。”“孩子，本来没有让你走的意思，想着等你长大成人，还打算给你娶妻成家呢。只是眼下家里败落到如此地步，不忍心留下你跟着一起受罪。”外公留下林昆虽遭到大舅强烈反对而没让其走的原因，善良是其一，还有一种想法没说出口，那就是想着以林昆的聪明、勤快，过上个三年五载的定会是个种地的好把式，就可以做自己的帮手。

“这里面是一点儿干粮，带着路上吃。”第二天临别，外公将一个小包袱递给了林昆。“伯伯，您一家人的恩情我一辈子都不会忘，有机会一定报答。”说话时林昆眼眶红红的，一家人也各个是唏嘘不已。外公又从衣兜拿出两块大洋道：“这两块大洋还是昨天你们从市里所带回，你拿着路上用吧。”刚才接外公给的干粮林昆没推辞，可对这两块银圆说什么也不收。“收下吧，孩子。”一直在抹眼泪的外婆此时上前把银圆装进林昆衣兜里，然后把那个装干粮的小包袱斜拴在他肩上，并一遍遍叮嘱着“小心、保重自己”之类的话。激动不已的林昆趴在地上给外公、外婆磕过几个头起身离去，母亲与二舅含泪目送着他渐行渐远。

在市中学读书的大舅是外公的骄傲，是未来的希望所在。往日里每当在他人面前提起大舅，那份得意与自豪便会不自然地溢于言表，心中时刻都盼着儿子学业、事业有成，给家中带来荣光的那一天。就是此次遭土匪祸害之后，外公心里还存有希望，还想着通过努力，日子好一些后再把儿子送去完成学业。大舅这一走伤透了外公的心，以前快人快语的他现在很少和人交流，终日沉默寡言呆坐在那里没完没了地抽烟袋。偶尔才会自言自语：“唉，真不该当着那么多人面打他，这读书人脸皮薄啊，我真是老糊涂了。”“老子打你怎么了？我是你爹，打你两下还不该吗？混账东西还跟老子记仇，有本事永远别回这个家。”自此外公对生活失去了热情，对任何事都漠不关心，浑浑噩噩混日子，且时常生病。这时，又有一件闹心事从坊间风言风语传来，使外公那颗已很脆弱的心又一次遭到重创。

十年前外公和自己弟弟分家时，家里土地及现款很好办，哥儿俩一分为二就完事。只是祖上留下的一寨里、一寨外两处宅院不好处置，两人都想要寨里那一处。刚开始外公他有一腹案，认为自己是哥哥应让着弟弟，想着弟弟如直接提出要寨里那一处自己也接受。后兄弟俩坐下来商议时，外公弟弟提出一个方案，就是哥儿俩抓阄，用这种古老方法来决定两处宅院之归属。外公认为这样也好，谁要哪处全凭自己运气也算公平，还不伤兄弟间情分，便爽快接受了这个建议。

分家那天，外公弟弟请来了两个中间人做见证。中间人当着大家面做了两个阄，一个写着“寨里”，一个写“寨外”，然后放进碗里摇了摇。外公是老大自然让他先抓，待他伸手在碗里抓起一个阄打开，见上面写着“寨外”两个字也就没多想便认定了这个事实。这样哥儿俩和和气气分了家，相安无事过了这么多年。外婆遭土匪绑票后不久，村里就传出外公兄弟俩当年抓阄分房产的真相，说那天抓阄时他弟弟所请的两个中间人，当面是做了两个写着“寨里”“寨外”的阄，实际上外公弟弟早已私下和两个中间人串通好，他们已提前写好了两个都写着“寨外”的阄。当中间人拿过一只碗，把阄放进去让我外公抓时，背后已调了包。碗里的阄是之前都写着“寨外”的那两个，所以无论外公抓碗里哪一个都只能是一个结果，只能抓到写着“寨外”的阄。

外公宅心仁厚，性格质朴，根本就想不到兄弟间分家，自己亲弟弟还会用上此等手段。现听到这个传闻，结合当年情景一下子恍然大悟，心中确定在分家这件事情上自己被亲弟弟算计了。清晰地记得当时打开自己抓的那个阄，看到上面写着“寨外”两个字后，就想当然地认为碗里剩下的阄肯定是写着“寨里”的那个，自己也就没再去探究，中人和弟弟也没去打开碗里那个阄查看，随即那个阄就被撕碎扔掉。此刻明白这些心中很生气，吃这么个哑巴亏使他感到自己是个废物、太窝囊，为此就陷入了深深的自责之中。

儿子的不辞而别，兄弟又这般无良，世间最亲近的人这般伤自己、坑自己，一下便将外公的意志击垮了。他想不通，他钻进了牛角尖，他走进了死胡同。外公崩溃了……疯了。自此是家无宁日，每天早上外公只要睁开眼就在那里骂，骂天、骂地、骂自己，骂家里所有人。谁稍不如他的意还会动手打，家里一天到晚被他搞得鸡犬不宁。

外婆挨外公打已像家常便饭般随意，整日生活在毫无来由的巴掌与拳脚之下。遭土匪绑票被外公赎回后，外婆一直心存愧疚，感到自己对不起外公，对不起这个家，认定自己是个灾星，给这个家带来了灾难，因而对外公的打骂是心甘情愿地接受，从不反抗。还想着外公打、骂自己发泄一下，心中的结散去，没准他的病情就会好转。

二舅被外公打怕，每天放羊回家来只要是外公还没睡觉就不敢进屋，待在远处瞄着，发现苗头不对拔腿就逃。

外公病后，每日都把自己弄得灰头土脸的，衣服也弄得又脏又破。对此，母亲从未嫌弃，总是不厌其烦地给洗给收拾。经常在外面乱跑的外公天黑也不知回家，大多时候都是我母亲去把他拽回。晚上睡觉，疯了的外公却坚持着睡在大舅房间里，还用大舅在家穿过的衣服摆个人形放在床里边，自己躺在外侧，嘴里还叨叨着“我要守护好儿子，以防备他再跑”等，母亲又是默默坐在那里陪伴着。生活在狂癫世界里的外公只有在女儿面前才例外地安静一会儿，可能是因我母亲的乖巧，也可能是外公还没百分百疯掉，反正这期间他没打过我母亲。

为活命而挣扎着的外婆一家人每天都累得骨头像散了架似的，个中辛苦一言难尽，心中最美好的向往就是躺床上睡一觉。霜降这天夜半时分，睡得正香的母亲被外婆的叫喊声惊醒，慌里慌张跑到室外才知是左边耳房失了火。得知外公还在里面，她大声呼叫着冲进去，将还在熟睡的他给拖出屋。

西北风呼呼刮着，风助火威，顷刻间正房也被引燃。乡邻们听到呼叫赶来施救，可那一盆盆、一桶桶的水根本不起作用，在大火面前人们是那么无奈，随着火势增大只好一步步地向后退，眼睁睁看着大火将母亲家栖身之地给烧了个干净。母亲、外婆与二舅都被眼前的场景给吓傻了，除去站在那里哭还是哭，而外公面对眼前的大火却在那里又唱又跳狂舞着。看到他这个样子，来救火的乡亲们都摇头叹息，外婆的哭声更高。之后人们议论起这场火灾起因，都认为是外公不小心给引燃的。

赊来的那些棉花及母亲与外婆新织的布匹也随火而去了，这样，家里又欠下了外债，使本来就不易的日子雪上加霜。

天亮后在乡邻的帮助下，用木棍和麦秸在原房屋墙边搭间窝棚，也算是一家人之遮风挡雨的窝。

腊月里，特别是祭过灶王爷后，村子里其他人家，无论穷富都在忙着准备年货。可家徒四壁，穷得叮当响的外婆家一点儿过节的氛围也没有。唉，每天想吃顿饱饭都不能满足的日子，还能奢望什么呢?

腊月二十六这天午饭后，母亲与外婆正在院子里忙着时，有乡亲来报信说外公在寨里被人打伤。听到消息她飞一般往外公被打地点跑，离老远就看到外公光着膀子站在那里高声叫骂，撕破的裤子随风缕缕飘摆着。跑近跟前看到外公头上身上是青一块、紫一块，鼻子也被打破，血水混合着泪水顺着他干瘦的脸颊流进了嘴里，而后那血水又随着外公的叫骂声向外喷出变作了血沫子。见到自己女儿，外公像个受委屈孩子似的坐在地上大哭。望着眼前还不满 40 岁却面黄肌瘦、形销骨立、苍老得像 70 岁老人一般的外公，母亲心中如刀割一般。

打外公的人早已离开，他们就是那天土匪来时关寨门的两个人。外公认为是他们提早关寨门将外婆挡在了寨外，才导致她被土匪掳去，现自己家这种衣不遮体、食不果腹的日子就是拜这两人所赐。疯了的他对很多事都混沌不清，有时糊涂得连家都不知回，可对这两个人却记得十分清楚，每次见到都会怒目而视，今天不知怎样惹了人家，遭人一顿痛打。

在农村，像外公这样的家庭被人欺负是常有的事，除去咬牙把委屈咽进肚里、忍气吞声苟活，别的一点办法也没有。母亲捡起地上的衣服给外公穿上，在好心人帮助下哄劝着将他拉回家，先打水给外公擦洗去脸上血迹，又麻利地把撕破的衣服缝好，这时天已黑，已多日没吃过晚饭的一家人含泪睡去。

腊月二十七清晨起床后没见到外公，母亲还想着他可能是出去溜达，也没太在意，就忙着做早饭。天刚亮有乡亲来呼喊，说外公掉进了寨墙边那个池塘里。母亲与二舅闻声撒腿向出事地点飞奔，奔跑中只以为外公是不小心掉进的池塘，想着这大冬天的要快将他捞上来，可别冻坏了身体。

赶到池塘边，看到外公已被村民捞上岸放在了旁边一土台上。母亲上前抱起外公时，发现外公衣服上沾满白花花的冰渣子，身体已僵硬，那冰凉的躯体也已没了生命气息。吓蒙的母亲直愣愣呆在那里都忘了哭，等随后赶来的外婆扑在外公身上大声呼叫时才回过神，一家人相拥着号啕痛哭。

外公眼睛瞪得大大地怒视着天空，他是在恨天，还是在恨人？无人回答，谁能回答？对于外公的死因村民们有的说是意外，有的说是自杀，也有人议论说是遭人报复。至于真相也无从知晓，大概只有天晓得吧。外婆家此时已穷得是无法再穷，这种家境是借不到一文钱的，因此别说给外公买口棺材，就连一件像样的寿衣都没有。母亲只好把外公身上旧衣缝缝补补权做寿衣，然后端来一盆清水认真地把他擦洗一遍，使外公好干干净净地到另一个世界去。这也是母亲她这个做女儿唯一能做的了。

腊月二十九上午，在他人为过节而燃放的零零散散的鞭炮声中，外公那僵硬的躯体是用一张高粱秆编织的箔卷卷，被人抬去埋进了冰冷的土地里。

## 三　兵祸

时光荏苒，岁月如梭，转眼两年过去，又到了初冬季节。大地上没了往日的光鲜水灵，万物变得干枯萎缩，天地间一派萧瑟，满目凄凉。

### 1

母亲家的状况两年来依然没什么起色，贫穷依旧。唯一明显变化的是外婆头上的白发增多了，人更显老了。外婆性格温顺，也可以说是软弱，外公去世前家里的大事小情她从没当过家、做过主，在强势的外公面前她只有服从的分。外公去世后忽然被放在一家之主位置上，外婆茫然了，无所适从的她一下子不知该怎样来安排家里的日子。

两年来家中没有隔夜粮，一家人经常是饥一顿饱一顿的，不过让人奇怪的是这并没耽误二舅长个子，15 岁的他已有了大人模样。可他的性格与外婆极为相似，是那种随遇而安，碰到任何事都没主见的人，这使他对家中日子的计划、安排也拿不出任何建设性的意见。大概是母亲有当家理财的天赋，抑或是应了“穷人孩子早当家”这句老话，反正刚十多岁的她成熟了，做事机敏干练、有板有眼，自然而然成了家里的主心骨。

随着年龄增长，经验逐渐丰富，再加上母亲善于总结悟性又好，在纺花织布这个行业上很快就成了一把好手。纺的线又细又匀，织的布又密又结实，每次都能卖上个好价钱。农历冬至这天早饭后她将新织的布从机上卸下捆扎好，叫二舅扛着，两人一起去镇上卖布。

临出门二舅怕去镇上卖布时间久饿着家里的羊儿，就带着一起走，以使它们在途中顺便吃些东西。

在镇上，由于母亲与外婆织的布质量上乘，很快就出手，且价格也不错。

早饭喝的是稀粥，回返时兄妹二人肚子已饿得“咕咕”叫，可望着街两边的食品摊却因舍不得花钱而快步离开。摸摸衣兜里的钱，边走边盘算着的母亲心中涌出一份喜悦，这些钱除还去上次赊来的棉花款，剩下的已可买棉花，不用像以前那样去赊。开棉花店的老板虽与母亲家是近门，之前因没有现金，每次去赊时老板的脸色并不好看，自尊心极强的她次次心里都特别难受。此刻想着从今天起不用再受此折磨，即便是饥肠辘辘，步履也轻快了许多。

出得镇来，为让带着的羊儿们去吃些草就没走大路，而是拐来了右手边的小河。小河的流向和大路平行，顺河道也可以走回村。进了河道羊儿们去河滩上吃草，我母亲和二舅缓缓跟在后面。

初冬时节，河面没结冰，河水还在“哗啦啦”流着。漫步河边听着悦耳的流水声，母亲那颗整日忧愁的心舒展了，脸上洋溢着两年来少有的笑意。河滩上那些野草已枯黄，已没了其他季节的青嫩，可不知是羊儿们喜欢这样的环境，还是因这些杂草沾染着原野气息，只见它们在吃草的同时还撒着欢儿地跳跃着。有时它们跑错了方向，二舅忙前忙后去赶。当他一次扬起胳膊甩石块赶羊时，随着石头飞出，衣袖也随之撕裂。

前年家遭变故后，家中的三个人谁也没再添过新衣，身上的衣服是补丁摞补丁。二舅是男孩，又要割草砍柴，身上的衣服更破。看到自己二哥那将要扯掉的衣袖，心中特不是个滋味的母亲就想着春节前再加把劲，多织出一块布，争取给他做套新衣服。得知春节有新衣服穿，兴奋异常的二舅一蹦老高。突然，河岸上“啪啪”响起了枪声，被吓一跳的兄妹二人慌乱中本能地趴去旁边一条沟里。稍许，战战兢兢的母亲抬头望去，看见正前方两岸上趴着很多人，双方在开枪互射。

“砰砰啪啪”的枪声更稠密了，那几只在河滩上吃草的羊儿受到惊吓狂奔起来，它们先在河滩上兜了一圈，而后顺着河道往响枪的地方狂奔。趴在沟里的二舅见此一跃而起，飞也似的追了去。他这一举动让我母亲有些不知所措，愣怔了好长时间才呼喊着：“二哥，回来，回来。”一门心思追羊的二舅不但没停反而加快了速度。

两年来二舅对这些羊儿可是尽心尽责，无论春夏秋冬每日都起早贪黑地侍弄它们，那年外公赁来的两只羊上个月下了两只小羊羔。一家人对这几只羊充满期望，盼着它们快长大多繁殖，给家里增加一些收入。若这些羊儿有个闪失，按外婆家目前的经济状况是赔不起羊主人的。

在一条较宽的沟壑前，大小几只羊都一跃而过，追在后面的二舅他没跳过去，一下子栽进沟里，接着就传出他“哎哟，哎哟”的哭喊声。听到二舅哭叫声母亲也忘了害怕，不管不顾跑来他身边。二舅右手抱着左胳膊，疼痛已使他的脸扭曲变形。以为他中了枪弹的母亲慌忙查看过没发现伤口与血迹，方明白他的胳膊并非中枪应是摔伤了。

枪声还在炒豆般炸响着，看着二舅痛苦不堪的样子，母亲是一筹莫展。那几只在河滩乱跑的羊听到二舅哭声，一个个自动回来乖乖围在他身边，恐慌的母亲立刻上前紧紧攥住拴羊绳子，二舅也忍着疼痛用那只没有受伤的胳膊将一只大羊揽在怀里。

河岸上对峙的人马打过一阵，对岸那拨先撤走，这边的一伙则呐喊着追了去，小河又恢复平静。母亲找些枝条将二舅胳膊捆扎住，俩人慌慌张张赶羊回了家。

天黑后一家人在窝棚刚睡下没多长时间，就听到了大路上传来阵阵急促的脚步声。自家遭火灾，母亲睡觉就格外警觉，此时听到动静立刻起身出门。月光下，只见大队的人马顺着那条大路向北开去，看到这些母亲急忙将拴在门口的几只羊牵进棚内。这几只羊可以说是家里最值钱的东西了，是家中的命根子，说它们比人命都金贵也不为过，上午二舅还因追它们而将胳膊摔伤。也已被惊醒的外婆与二舅也不敢再睡，既紧张又害怕的一家人你看着我、我瞧着你，大气都不敢喘一声。

队伍过了很长时间，夜半时分，母亲听到门口有响动，将窝棚扒个缝隙看到有人在井边打水。因为害怕，又想着这些军人应是口渴了，他们喝点水就会离去，母亲她们就没出来。当看到有人将草垛打开，把柴草往地上铺时待不住了。这些柴草是二舅在河坡上辛辛苦苦割下冬天用以烤火做饭的，一家人住的窝棚不保温，冬天没有柴草烤火可熬不过去。母亲只好爹着胆子走出窝棚，外婆与二舅跟在后面。

门外来了很多军人，约有三几百人的样子，他们有的站着有的坐着，大部分都怀抱着长枪躺在铺就的柴草上打瞌睡，看上去个个都疲惫不堪。母亲又往左右邻居家看了看，那里也有不少人在走动。见外婆一家人走出，有一军官上前来表示要买些粮食。外婆与二舅看见这位军人走来立刻躲在我母亲身后。

“长官，您已看到，我们这个家太穷，没有存粮。”碰到这种情况也只有母亲出面做回应。“我们已饿着肚子走了一天一夜，请想办法给我们弄些东西吃，否则会饿死人的。”几年来母亲家经常是吃上顿没下顿，对饿肚子之滋味体会尤为深刻。听到军官这句央求之言，本性善良、极富同情心的母亲指了指草堆旁的红薯窖：“那里面存有红薯，你们可以拿些来吃。”军人们听到母亲这句话，立马跳进红薯窖内一筐筐向外拿。

“请留下点，以让我们一家人过冬食用。”忙着拿红薯的军人们对母亲的求情没一人理会，不一会窑内存的红薯就被拿个干净。这时，刚才被母亲牵进窝棚去的几只羊“咩咩”叫着跑来了二舅身边。军人们见到羊眼睛里立马放出光来，只听那军官道：“把这几只羊也给我们吧，我用钱买。”“长官，这些羊儿不能卖您，它们并非我家所有，是租赁来代养的，生下的小羊羔才有我家一半。”听母亲这样说那军官眼睛盯着几只羊儿好一阵才道：“我先去其他家看看再说。”

外婆家住在寨外，挨着的几家邻居是去年逃荒来的外乡人，因在此地找到了活，便在她家水井不远处搭了几间瓜棚居住。这几家的境况可能比外婆家富裕些，可也好不了多少。不多时刚转去的军官又复来：“寨外这几家存粮也不多，全部拿出来也不够我们这些人吃一顿。你们村子的寨门紧闭，任我们怎么求情寨里人也不让进寨不给粮。”母亲闻言抬头向寨里望去，只见寨墙上点燃着几支火把，影影绰绰看见一些荷枪实弹的人在上面走动。寨门口也燃起几堆火，有一些军人在那里站岗，双方没吵也没骂，只是在那里默默对峙着。

“现已没其他办法，你家这几只羊只能卖给我们，吃饱饭我们好赶路。”一脸焦躁的军官话音刚落，围上来几个士兵不由分说就动手抓羊。母亲哪里拦得住，二舅和外婆除了哭不敢多说一句。

“长官，若真买这几只羊，您给这一块银圆买一只也不够啊？让我怎么向羊的主人交代嘛？”军官没回母亲，只是苦笑了一下便转身往水井处走去。无奈下母亲只好追上去苦苦央求：“长官，请留下两只小羊羔吧，它们太小了，也没什么肉。”军官发善心了，留下了两只小羊羔。这些人将两只大羊杀掉炖了两大锅，又生起多堆火烤红薯，接下来一个个围在那里虎狼般吞咽起来，把锅里的汤水也喝得一滴不剩。

看着这些军人吃自己家辛苦养大的两只羊及过冬食用的红薯，一家人既难过又心疼，不过也只能是站在那里默默流泪。邻居们也走来站在一起，几家的男女老少一堆人都瞪着惊恐的眼睛东张张、西望望，生怕还会有什么灾难降临，一个个是既不敢怒，也不敢言。

天蒙蒙亮，这群吃饱喝足的军人先后向北开去。只听那位军官大声吆喝几声后，那些在寨门口站岗的军人也随即撤离。在这些人中，有一个瘦小身影母亲看着有些似曾相识，可由于距离远，天又没大亮，还没看清楚是谁时那人已加入了队伍中。军队撤离速度很快，不多时已走远。本来就穷得不能再穷的母亲家又雪上加霜，背上了他人两只羊的债务。

进入腊月的某日清晨，习惯早起的母亲起床走出窝棚，眼前看到的是一片银色世界。铺在地上的皑皑白雪遮盖了冬季的荒芜，昨日还一片萧瑟的大地转眼美丽起来了。望着眼前这梦幻般的美景，呼吸着怡人的清新空气，母亲立刻忘掉了生活中那些烦恼郁闷、忧愁哀伤，陶醉在这洁白无瑕、一尘不染的世界里。

村子里此起彼伏的鸡鸣声，将母亲的思绪又拉回到现实生活里，想起家里的艰难困境，泛起的那点美丽情怀顷刻化作泡影，无奈地长叹一声走向柴草堆，准备拿扫帚清扫门前落雪。刚走近柴草堆猛然发现一人站在那里咧着嘴无声地笑着。此人头发一绺绺一坨坨粘在了一起，脸上脏得看不清模样，身上的衣服也是破旧不堪，分不清原来的颜色。当听到他叫起自己名字，母亲才从声音中辨出他是两年前在家里养过伤的林昆。

母亲将林昆领进窝棚，已起床的外婆与二舅见到林昆也都特热情，得知他在外面冻了大半夜，特别心疼的外婆一边催我二舅快去抱柴生火一边忙着做早饭。母亲端来一大盆水给林昆洗脸，又翻出件厚衣服给他穿上。

棚子里生了火，温度渐渐升高，极快地喝着红薯稀饭的林昆不一会儿头上就冒着热气，脸上挂满了汗珠。一家人看着他这般吃相知其是太饿，都静静地注视着他，谁也没言语。外婆做的是一家人的早饭，可被林昆一碗一碗给吃个精光。待他放下碗筷，打着饱嗝意识到这一点后，脸上即刻露出了羞涩歉意。见此外婆笑道："没事，没事，我再做，若没饱等下再吃些。"

分别两年的林昆个子稍高了点，其他没有太大变化。"这两年你去了哪里？生活怎样？"四下打量着的林昆没回外婆却反问道："伯伯呢？宅院呢？家里发生了什么事？怎么住进这窝棚里？"林昆这一连串所问，让一家人一下子就陷入了悲痛之中，外婆顿时泣不成声，还是我母亲一边掉泪一边将房子遭火灾、外公疯癫去世简单说了一遍。说者悲恸欲绝，听者悲伤万分，往事不堪回首。

吃过早饭一家人齐动手，靠着围墙用柴草又搭起一间窝棚，我二舅与林昆两人以前关系就不错，晚上坚持着和林昆住进这间新搭的窝棚里。

家里增加了一个人一下子热闹许多，高兴之余却马上又为吃的食物发愁。原来一家过冬的那窖红薯前些天被一群军人给吃光，无奈之下外婆又回娘家借些回来，每天就喝两顿红薯粥度日。寒冬季节田地里没什么活可干，也就没人雇工，最后找到村里一家开红薯粉条的加工作坊，好说歹说人家才同意林昆去帮工，条件是只管饭不发工钱。这样也好，首先是解决了林昆的吃饭问题，再就是每晚下工时他可以带一兜子过滤完淀粉的红薯渣回家。这粗糙的红薯渣不但没营养还特别难以下咽，在正常人家是用来喂牲口的，可为填饱肚子，外婆会把它上锅蒸熟而作为一家人的晚饭。可即便是这样的日子母亲家也没安稳过上几天就又出状况了。

半个月后的这天深夜，熟睡中的母亲与外婆被二舅的叫喊声惊醒，急忙起身走出棚外看到的是，村子里的保长几个人已将林昆捆个结实正要带走。外婆见到这个情景还以为林昆犯下什么事呢，吓得哭都没敢出声，二舅也远远躲着不敢近前。

“为什么捆人？”面对母亲的质问，保长道：“政府派下征兵名额，咱村还缺少一人，要送林昆去当兵。”当时国内战事连年不断，人们去从军基本上都是有去无回，因此人们对当兵是畏之如虎，谁也不愿去。军队的兵源开始是招募，招不到就给县、乡、保摊派。农村谁家儿子长大成人够当兵条件，随时随地都可能被征去，很少能幸免。为躲兵役，有钱人家就出钱买人顶替。这样，在乡村就慢慢形成了买卖壮丁市场，这给基层官员们又带来了一种发财机会。

林昆无父母无兄弟姐妹，征他去当兵是个极好的买卖，既可以顶替财主家儿子收一大笔钱，还不必付一文的安家费。所以，自他进村的那天起就被保长及村里几个管事的给盯上。“林昆是我家亲戚不是村中人，凭什么让他去顶数？”保长撇嘴笑了笑才回我母亲道：“什么你家亲戚？我们早已知晓他就一叫花子。还有，他在我村住、在我村吃，又在我村干活，那就是我村人。你小丫头别挡道，我这是办公事，你敢破坏国家法度？”母亲并没被保长的一派胡言吓住，依然站在那里和保长理论着：“他刚来我家几天？就算我村人？”被绑在一边的林昆怕我母亲吃亏，跨前一步对保长道：“我跟你们走，别连累这家人。”接着又对外婆道：“伯母，请多保重，有机会我再回来看您们。”林昆被抓时衣袖及前衣襟的一边都已被撕扯掉，此时被捆在身后的两条胳膊与肚子都裸露着，见他被冻得打哆嗦，母亲急忙跑回窝棚里，把刚给我二舅做的新棉袄拿来给他披上。外婆上前要叮咛些什么时，话还没说出口，林昆就被保长一伙人给拖走了。

望着远去的林昆，母亲突然发现他的身形特像头些日子杀了家中的两只羊、吃光了窖里红薯后，向北开的那支队伍里在寨门口站哨的那个眼熟身影。

2

再难的日子也是一天天往前走着，并不会因谁过得艰辛而停下脚步。20 世纪 40 年代初年，苦熬着岁月的母亲一家人虽日夜辛勤劳作，贫困依然如故，唯一值得欣慰的是母亲与二舅都已长大成人。二舅秉承了外公基因，长成一米八几的身高，在当时农村是少见的大个子，并且他很能吃苦耐劳，一年四季都外出给他人帮工，除混饱自己肚子，还时有时无地挣一点钱送回家。

生活在这个多灾多难家庭里的母亲几经磨炼变得更加聪慧、干练，做事更有主见，成了名副其实的一家之主。人常说“巧妇难为无米之炊”，穷苦人家的当家人的确是难做，正常年景母亲与外婆纺花织布收入还能将就着过日子，在每年的荒春上，青黄不接之时家中断粮的事也时常发生，不过去亲戚与邻居家借点也能将日子对付过去。如碰到灾年粮食歉收，人们会把一切财物都用糊口上，很少会有人买布添置新衣，那外婆家即刻就会陷入绝境。这年三月初外婆家断粮了，头年秋季歉收，去冬至今无雪也无雨，田里庄稼都已旱死。还有，由于残酷战争的破坏，人祸伴着天灾给穷苦百姓带来的是无尽灾难。

这天，家里一点可吃的东西也没有了，可母亲却一口回绝了外婆外出讨饭的提议：“不。”正值花季年岁的她认为那会羞死人，想着与其羞死还不如饿死好，所以无论外婆怎样开导劝解还是坚决不干。外婆想着总不能真的待在家饿死吧？于是拿起早已准备好的打狗棍与讨饭篮子缓缓走出门。

看着外婆那一双缠裹着的小脚踉跄着向外走，母亲心中是一阵撕裂般疼痛，想到自己已长大成人，还要满头白发的老人去讨饭来延续自己生命，极为羞愧的她恨不得一头撞死自己。跑出门想陪着外婆一起去，可那强烈的自尊心又让她停下了脚步。

犹豫间只见村里家族中母亲称其七叔的人走来。七叔他30岁左右年纪，头些年和外公也时有来往，相互间很熟悉，知他是一忠厚老实之人。今天他的突然来访让母亲与外婆感到特别惊讶，这一，知道他年前被征兵从军，怎么没过几个月就回家来？二是，自家遭到劫难及外公去世后，这穷苦之家的门前雀都不曾落一个，更是鲜有人来访。

“嫂子，您不用出门了，我有好事相告。”七叔他瞄过一眼外婆的装扮已明其意急忙这样道。年前，这位七叔被征兵去到汉江边一兵营里接受训练，前天上午有部队长官来检查，其中一个高个子的军官看着特眼熟，后训话时七叔听出这个军官是我们这一带的口音。正是这熟悉的乡音使这位族叔猛然想起这个大高个头的军官是外婆的大儿子，就是我那位几年前去从军的大舅。大舅从小学到中学一直在市里读书，只在假期里才回家来，致使他和村里的人不熟悉，不过因他是村中少有的洋学生，村民们对他格外关注而熟识。

吃过晚饭，这位族叔来到大舅住的地方，见面便自报家门道：“大侄子，我是你七叔。”然后就提出请求：“训练中我伤了胳膊，我想回家养伤。”“你认错了人，我不是你侄子。关于伤病之事请找自己的长官去说。”大舅说话时目光平淡地看了看这位族叔，而后又回到了自己正在看的书上。“已讲了几次，长官不同意。大侄子，论起来我和你父亲还是一个曾祖，还没出五服呢。我真的是你七叔，请帮帮忙，让我回家养伤吧。”族叔这一声比一声亲切的“大侄子”惹得大舅烦了，只见他挥手道：“出去，什么七叔八叔的？我不认识你，别在此套近乎。”

那个年代，宗族规矩严，特别是母亲家这样的大村庄、大家族，行为准则更多。族规第一条就要求族中人尊长爱幼，做再大的官也必须按长幼尊卑行事，不许目中无人。此刻，见大舅不仅不认长辈，不愿相助，且撵狗般地把自己往外赶，这位族叔来了庄稼脾气，忘记这是在军营还以为是在家呢，走上前指着大舅责骂道："混账东西，当年你因和自己父亲、我大哥闹别扭从军之事村里人谁不知晓？现我大哥他已去世几年，如今家中你母亲日子特艰难，你为何不回去看看，尽儿子之孝？"

"押去禁闭室，等候处理。"大舅给骂蒙了，愣了好一阵才这样指示卫兵。"我们长官自军校毕业做连长起一直都是军中骄子、人中龙凤，在抗日战场上因战功连连擢升，军营里上至长官、下至士兵对他无人不尊、无人不敬，你一个新兵蛋子敢这般造次，活腻了吗？你等着，明天非扒你皮抽你筋不可。"在禁闭室门口，七叔挨过卫兵这一通骂后被一脚踹进了室内。

昨天大清早，大舅来到禁闭室，带着七叔来到镇外，先甩过一小包袱，然后指了指我们老家的方向自己转身回了镇里。七叔打开包袱看到里面是一套便服及干粮等，还有一份准许回乡养伤的证明。"嫂子，您儿子真个是既仁德又聪明的孩子，初时我错怪他了。"外婆听到这里马上接话道："那是我儿子啊，我儿子从小就仁义。"

"我换过身上军装，昼夜不停地往回跑。嫂子，我这是刚进村，家都没回先来给您报信。"七叔说着话从衣兜掏出几块银圆递给外婆："这是您儿子放进包袱里的，您用它买些粮食度日吧。"自听到儿子的消息，外婆一直是泪水涟涟。是啊，儿子是母亲的心头肉啊。大舅自从军离家后外婆无一日不想、无一时不念，特别在晚上，思儿的泪水就没断过，枕头干了湿，湿了干。此时外婆的眼泪就像那断了线的珠子，一行行一串串落地有声。

"嫂子，您儿子是来接已训练好的新兵及伤愈老兵的，在那个地方停不了几天，别只顾着哭了，下一步您想怎么着快拿个主意。""他七叔，我这心里乱着呢，哪有主意？您说咋办？""我意见是快去找他要一些钱，好度过眼前之困境。"哽咽着的外婆说道："我要去看儿子，钱不钱的在其次。""嫂子，您去不行，您这小脚一步三晃的，还没到呢，您儿子早已开拔，叫您家老二去。"

七叔的提议我母亲认为不现实，首先，二哥在外给人帮工没个准地方，此时去哪找？再就是以他的性格，找到也不一定会去。还有外婆思儿心切，因而决定自己带着她去一趟。"七叔，找我二哥会耽误时间。这样吧，我带上我妈一同去，为路上快些，请把您家的毛驴牵来让她骑上，这既可满足她见儿子之心愿，途中我们娘儿俩也好有个照应。"

按七叔所交代的地址，母亲与外婆风尘仆仆赶到汉江边他受训的那个营区，还真找到了大舅。见面时大舅伸出长长的胳膊一把将两个亲人揽进怀中，几个人激动、喜悦、幸福的心情无以言表。大舅比在家时壮实许多，那宽宽肩膀、挺拔腰身在合体军装里显得十分威武雄壮，鼻直口方，浓眉下的一双大眼睛炯炯有神，整个人洒脱俊朗。望着眼前这位神采奕奕的哥哥，我母亲是泪中带笑，当大舅又伸手拍她脑袋时登时笑出了声。

晚饭后外婆也忘了长途跋涉之疲惫，将这些年家中遭遇给大舅哭诉了一遍，母亲则重点讲了外公自大舅走后是如何后悔思念等。"咱爹被埋时，因他个子高，高粱秆编织的箔短，他的两只脚都露在了外面。"

大舅离家起因是和外公闹气，但重要的是他有到外面世界去闯荡一番之抱负。头几年没回乡探亲的确是负气的成分居多，后来想回时却因战事频繁，前方基层军官奇缺，再加上他连连升职之因素就没有成行。随着年岁增长，认识到自己的问题后，离家之初心中对父亲存的些许怨恨便消失了。特别是在炮火连天的战场上，每每忆起父亲，所想到的全是他的勤劳、刚强、朴实及不惜血本供自己读书的种种好处，就是那威严的目光及打在自己身上的巴掌也成了异样的亲切与甜蜜。得知老人家去世时那么悲凉，在他有生之年没享受到自己一丝丝的回报，心中被悔恨、懊恼及惭愧充斥的大舅不由得黯然泪下。

母亲与外婆在诉说中也是泪水不断，此刻又陪着大舅一起哭。三人哭过一阵外婆问大舅："儿啊，你走这么多年难道真不想家、不想娘？真打算一辈子不回家见我们？”

中国古代的忠义之士心中，人有两命，既生命和使命，且把使命看得比生命更重。这种使命是职责，更是气节与风骨。在外族入侵、山河破碎之际，深受一代代贤臣良将、忠勇义烈之士精神影响的大舅将从军之初为改变人生及升官发财的目标抛去了脑后，毅然决然地走向了九死一生的抗日前线。“问义不惧死，捐躯赴国难”，他用自己的青春与热血与生命书写着大义壮歌。可为了宽慰自己的亲人，此刻他以一种轻松的口吻道：“娘，谁说不想家不想您们？前几年是忙于训练，近几年是军务繁重就没回去。过些日子吧，等不忙了我立马回去，且一住就不走了，天天陪着您。”“嗯，只要你没忘娘就行。”外婆说话的声音已轻快了。“娘，儿子永远不会忘您，以后会常回去看您。”“我也是这么想的啊，儿子哪能忘了娘呢？从小你就和我亲嘛。”外婆声音里已充满笑意，接下来就问起了天下所有母亲最关心的问题：“儿啊，成家没？”“没有。”得知大舅还没结婚，外婆既怨外公又自责道：“这事怪你爹也怪我，当年我是想给你定门亲，可你爹的意思是要你先读书、立业后再成家，因此我也就没坚持。这次回去第一件事就给你定亲。”“娘，我已有女朋友，只是我这整天东奔西跑，居无定所的才没结婚。”“儿啊，你也老大不小的了，快结婚嘛，生下孩子好延续香火，人可不能绝后啊，有了后代，你爹他地下有知，也会高兴的。别看他又打又骂的，其实你在他心中最重要。”说这些话时外婆急切的声音里又带着哭音，大舅喏喏应着。

接下来两天，大舅忙完公事就陪外婆说话。从外婆口中知我母亲是那么能干后，为表达心中歉意给她买了一件漂亮的丹士林洋布上衣。这种衣服在当年价格是不菲的，以前只见过大户人家女学生穿过的母亲想都没敢想自己一个穷丫头也会拥有一件，乐得她好些日子都合不陇嘴。（从此一生都念念不忘）

前方战事紧，母亲与外婆找到大舅的第三天他就要带队伍上前线了。头天大舅就要求她两个回老家去，可她俩为能和大舅多待一天坚决不同意，坚持要第二天送大舅。晚上大舅将自己这些年攒的钱悉数交给外婆，在这战火连天的年代，他也只能以此来尽孝了。

“弟兄们，穷兵黩武的法西斯，践踏我们祖国大好河山的日本侵略者一路杀过来了，上峰命令我们东渡襄河去死守龙王山阵地。军人，以服从命令为天职，叫死守，那就是一步都不许后退，死死地钉在阵地上，让敌人速战速决的闪击战计划破灭。当然，敌人是不会甘心失败的，他们会用大炮来轰我们，也可能会用飞机在空中炸我们，还可能有坦克车来配合进攻。

“弟兄们，我们生为男人，就要承担起男人的责任。唐诗有曰：‘但使龙城飞将在，不教胡马度阴山。’是的，只要有我们这些中国的男人在，中国军人在，只要我们敢打敢拼，就一定能挡住他们的进攻。弟兄们，战争的记忆不仅是痛苦、悲伤与死亡，而且还会铭记胜利，铭记为胜利而赴汤蹈火、英勇献身的英雄们，他们的英名会名垂千古。弟兄们，请拿出你们的顽强与勇敢来，让敌人明白是谁在守阵地，明白我们中国男人、中国军人是多么热爱自己的国家、人民、土地。我们会为此而拼命而死。同时让敌人也尝尝自己的鲜血是什么滋味。我们中间已有不少的弟兄，在过去的战斗里不止一次表现出了视死如归的大无畏精神。这些弟兄是人民的好儿郎，是国家的英雄，我以您们为荣，我以您们为傲。希望在这次战斗中你们继续发扬这种英雄气概，并带好新参战的弟兄。我们生，生在一起，我们死，死在一起。天堂地府，我们后会有期。

“弟兄们，人终有一死，为国捐躯，三生有幸。现在面对我们生于斯、长于斯的大好河山，面对供养我们的父老乡亲发誓：不打败侵略者，不消灭他们，不把他们赶出国土，我们决不生还。为国为民决死之决心，海枯石烂永不变。”

第二天上午，在地方政府及驻地民众欢送部队的大会上，大舅做完动员后，年轻的将士们高呼着“守我百姓，护我山河，为国尽忠，死而后已”的口号出发了，他们个个昂首挺胸，豪迈雄壮，铿锵有力的步伐伴着脚下黄土泛起的黄尘滚滚东去，行进的队伍像一条土黄色巨龙。

骑着高头大马的大舅行至外婆面前没下战马，而是行了一个举手礼。“儿啊，战场上要多加小心，妈在家等你回来。”面对外婆的叮嘱，只见大舅傲然道：“娘，请放心，您儿子是赵子龙转世，这一去杀他个七进八出，也定毫发无损。”

言罢狂放的大舅伸手拍拍我母亲的脑袋，扬鞭策马而去。

3

母亲和外婆看望大舅回乡后，用他给的钱买了几亩地，又在原宅院上盖了几间房，这样二舅就留在家里种自己的地，不用再外出去打零工了。母亲与外婆虽每天还很辛劳，但已不似从前那般拼死拼活，也会留一点喘息时间。这年收罢秋，在我母亲张罗下二舅结婚成了家，家里日子逐步走上了正常轨道。

二舅成家第二年，母亲她自己也结了婚，她和父亲的结合也没走出那个时代的老套，父母做主、媒妁之言。父亲一堂姐嫁在母亲家村子里，两人在纺线织布中相熟。往来中母亲的聪明能干让这位堂姐由衷敬佩，就托人做媒把母亲介绍给自己的堂弟。父亲家境也很差，爷爷去世早，他是老大，他下面还有两个弟弟及几个妹妹，这种家庭的艰难程度不用多说也是可想而知的。

父亲刚满 18 岁那年便被征去当兵，在一次同日本军队的作战中负伤住进了医院，还没痊愈时医院受到日军袭击，失去抵抗能力的他们被打散。医院是个临时单位，伤员多建制混乱，相互间不认识，又因也不知该去哪归队，还有已当兵三年的父亲也特想家，便借机回家了。

那年月，乡村里青壮年男子被征去当兵不但很随意，就是服役期也没个定数，什么时候被打死或打残才算结束，所以士兵们逮住机会便逃跑。做逃兵风险也大，若被抓回定要挨一顿毒打还有可能被枪毙，可人们还是抱着侥幸心理能逃则逃。当时军队登记制度也不严，入伍时人们都胡乱报备自己姓名与地址，因而对逃跑的士兵也无从查找。再一点，少一人军官还可吃空额，上级对此也心知肚明，只不过在利益面前大家是心照不宣罢了。地方上的乡、保长们对溜回家的逃兵也是睁一只眼闭一只眼不去深究，他们心里也打着小算盘，就是过上个一年半载的再征你去当兵，还能再捞一笔钱。一个壮丁被几次三番送去，他们就可以三番几次发财，何乐而不为呢？

母亲是穷人家女儿，出嫁时就没有大户人家女儿那般风光，没有那一行行、一排排人抬车载的嫁妆。她的嫁妆是自己做的两床粗布被子和在娘家用习惯的纺车及一架织布机，再有几件木头家具。也正是这些不那么体面的嫁妆赢得了他人的尊重，见到之人都称赞父亲娶了个勤劳能干的媳妇儿。

艰苦卓绝的抗日战争还在进行着，同仇敌忾的全国人民都在全力支持着，乡村里有血性的汉子们对参军打日本是拥护的，很多人都是自愿参军。只是乡间的基层官员们还保持着老套的行事风格，只要上面分配下征兵任务，他们就打着抗战旗号征兵派款，损人利己发国难财。父亲结婚半年后又一次被征兵，这次他是在走亲戚的途中被带走的。处于乱世，意外之事时常发生，日常生活中人人都提心吊胆，父亲一夜未回，母亲一夜未合眼，天刚亮就出门寻找，打听至中午方知父亲又一次被抓了壮丁且已送去乡里。这时母亲已怀我大姐，当她挺着肚子赶到镇上，哪里还有我父亲的影子？据说昨晚已被送往前线。

抗日战争进行到 1944 年春季，随着战事从豫北推进到豫南，我家乡也燃起了战火。

头些日子听说日军要来，村民们谁也不敢在家里待，都跑去村外躲。我家乡是平原，没有山川峡谷可以藏身，大家只好跑进麦田里。此时地里的小麦只有一尺多高，人们在里面只能或坐或躺。接下来的日子一有风吹草动人们就躲进去，天黑再回家。家乡人把这种躲日军的行为称为“跑老日”。

晴天时躲在这没遮没挡的田野里，人被火辣辣的太阳烤着似在蒸笼里一般，炙热难耐，碰上刮风下雨又被淋得像个落汤鸡。毕竟是春季，雨天还很冷，很多人都被冻病。一段时间内村民们被折腾得筋疲力尽，死去活来。又过些日子，看日军并没出现，人们思想上便有些懈怠，想着日子还得照常过，整天跑来躲去也不是长久之计，于是大家你看我、我看你，你不去躲、我也不去藏，各人该干什么就干什么，又回到了从前。

这天早上，一个在县城做工的乡邻，因战事跑回来躲避时，对母亲说自己在县城里碰见过我父亲，并告知父亲所在的部队是省政府保安团，住在县衙旁一大院内。父亲这次被征去当兵已两年多，牵肠挂肚的母亲得到消息抱起大姐匆忙出门。村西有一条邻县通往县城的南北大路，往北走二十里是通向陕西的国道，向左拐上国道走上个三几里就是我们县城。

今天这条通向县城的大路上没有了往日的热闹，显得很清静，偶尔碰到个行人也是行色匆匆，母亲抱着大姐同样是低头赶路。拐上国道没多远，背后传来一阵急促的脚步声，转身看到是一支军队在飞速行进。母亲是乡村妇女，平时极害怕军队，什么时间见到都会远远躲开，但今天却被眼前这支队伍所吸引，她这个外行也看出这是一支训练有素的部队。

这支快速奔跑的队伍，队形是一排排一队队整齐有序，士兵们个个虽满头大汗可依然是精神抖擞，队伍里除了脚步声、喘息声没有一点儿杂音。偶尔传来的军官的口令声也是那么雄壮有力，给人带来极大的振奋。

孙子兵法形容一支善战军队的“其疾如风，其徐如林”，简直就是眼前这支军队的真实写照。忽然，母亲发现那个骑在战马上的军官是自己哥哥，便兴奋地大喊起来。策马飞奔的大舅听到喊声也认出了自己妹妹，来到我母亲面前更是一脸惊喜。

大舅虽终年驰骋在炮火连天的战场上，残酷的战争环境使他皮肤变黑了、粗糙了，可头戴钢盔、着装规整严谨的他依然是明眸皓齿，看上去十分英武。

望着眼前这个威风凛凛、英姿勃勃的哥哥，母亲高兴得一时不知该说些啥。“你怎么在这？”听到大舅问话母亲才急忙把自己已婚，今天是来看望在保安团当兵的丈夫这些事说明，然后问：“哥，您这是去哪？”“我们在东十八里岗和日军打了半天，顶住了日军进攻，可另一路日军从侧面绕过围攻政府机关和学校，上峰调我们去解围。”

这次战役开打之前、之初，豫北、豫东的一些地方政府机构及学校已随省政府迁移来豫西南地区，后随着敌军的进攻，大部分已移去豫陕交界处，可也有一些行动迟缓的单位被日军给圈在了县城北部的山区里。大舅的这支部队就是奉命去掩护他们突围。

“妹妹，刚才接我们阵地的就是省保安团，应该就是你丈夫所在部队，我估计他们顶不住敌军的进攻，过不了多长时间日军就会过来，别再去找人了，快回家去。”“哥，我家离这不远，骑马一会就到，咱妈正好在这住，去看看吧。”“军情紧急，这次没时间了，请你代我在母亲跟前尽孝吧。”大舅说到这里一指母亲怀抱的我大姐：“你的孩子？”“嗯，我女儿。”“叫什么名字？”“她父亲不在家，还没取名呢，哥，您学问高，请给取一个。”大舅略一思忖道：“振华，意为振兴中华。”

几句话工夫，行进的队伍已跑出很远，大舅伸手拍我母亲脑袋一下，随即翻身上马，绝尘而去。

望着远去的大舅，母亲像傻了似的呆立着，这匆忙的偶遇使她喜忧参半，既为见到自己哥哥而高兴，又为他去打仗而担忧。怀中大姐的哭声惊醒了母亲，想着女儿从出生至今还没见到过自己父亲，况且距县城也没多远，去碰碰运气也好，见不到也不落遗憾，因而也就没按大舅的要求回家，而是往县城跑去。

“前些天省政府保安团是在此驻扎，今大清早已向东开去，说是去十八里岗抵挡日军。”在父亲所在部队驻地，面对空无一人的大院子，听一老者说完这些，失望的母亲只好抱着大姐向回返。

出县城没多远正东方向已传来枪声，迎面涌来了一群群的逃难百姓，刚才还清静得怕人的国道上一下子就乱糟糟的到处是人。哭爹喊娘、呼儿唤女声不绝于耳，拉车的、挑担的塞满道路，有的车上装满杂物，有的车上则坐着老人。那些拉车人早已步履蹒跚，为逃命是咬紧牙关奋力向前拉着，脸上沾的尘土被汗水冲得一道一道似戏台大花脸一般。坐在车上的老人面如土色，有的在哀叹，有的在哭泣。那些挑着的担子大多是一头放着孩子、一头放着杂物，坐在篮子里的孩子有的瞪着惊恐的眼睛边哭边四下张望，有的则坐在里面一动不动，面黄肌瘦的一副木呆呆的样子，若不是偶尔张嘴喘气，你真的不知道他还活着。那些跟着逃难的狗，此刻也夹着尾巴紧紧跟在主人身后不吭一声，看到这些让人更深刻地明白了“宁做太平犬，不做乱世人”这句话的真实含义。

母亲怀抱我大姐逆着人群向前跑，接近向我家拐的岔路口，遇上了一群乱哄哄的溃兵，为躲开这些人她转身翻过道沟走向田埂小路。没走几步就听到有人叫自己名字，转头看见我父亲已跑来面前。“乱成这样了，你跑来这干吗？”“得知你在县城住，就带女儿过来看看，她出生后还没见过你呢。”母亲的话让父亲面露喜色看了大姐一眼，不过这喜色转瞬即逝，马上催促道：“日本人要来了，快回家躲起来。”“刚才碰到了我大哥，他带着队伍刚过去。大哥给女儿取名振华，”父亲哪有心思听母亲说这些，又急急地对她吼道：“快走，别啰唆！”

同父亲一起跑来母亲面前的还有一个叫寿奇的邻居，他和父亲是一起当的兵，所不同的他是自愿卖的壮丁。以前在村子里时母亲和他见过面，只是没说过话。寿奇中等个子人精瘦，脸很窄脖子细长，两只眼睛跟金鱼眼睛似的向外鼓着，看人时眼珠滴溜溜乱转不招人待见。“带吃的东西没？我特饿。”母亲听到寿奇的问话心头一震，登时又一个激灵，一下子忆起了少年时的事。眼前这个寿奇说话之声音和当年家遭土匪时，自己躲在红薯窖内听到的那个进屋找食物吃的土匪之声音极为相似。见我母亲怔在那里直愣愣看着寿奇不动窝儿，父亲还以为她是被枪声吓傻了呢，上前推一把道：“快走。”这时父亲的长官高声命他归队，无奈的他又吼过母亲一声转身去追队伍，不多时已远去。

远处传来的枪声惊醒了沉浸在回忆中的母亲，回过神后抱着大姐慌张地朝家的方向跑，人在奔跑心里也一直在来回翻腾着。那年外婆遭土匪掳去，导致家破人亡之事永生难忘，同时那个进家找食物吃的土匪声音也永远刻在了心上，时隔这么多年忆起时仍是那么清晰。今天碰到自己大哥的惊喜、看到丈夫的兴奋以及战争带来的恐惧都被这件往事给冲淡。

在中国军队顽强抵抗下，进攻无果的日军又退回了原处，老百姓日子也恢复常态。母亲自见到寿奇那日起，对他的怀疑一刻也没放下，日子稳定下来后就在村中向人打听他的过去。知情人透露，寿奇是兄弟俩，在他十几岁时父母已相继离世。原来家里也有几亩地，为埋葬父母只好把地卖掉，接下来生活十分艰难，于是哥哥就带着他去县里民团当兵。

说起县民团，那就绕不开它的始创者彭禹庭。在豫西南十三县中，他可是个家喻户晓响当当的人物。他原在西北军服役，官至西北边防督办秘书长，回乡省亲看到乡间土匪猖獗，民无宁日，就主动辞官在家乡组办民团剿匪安民。同土匪交战时其指挥有方，仗仗都获全胜，又因在处置俘获土匪时沿用古老法典，在民团部大门口放着几口大铡刀，将抓来的大小土匪悉数放入铡刀下，一刀两断。这豪横的极刑处置震慑力巨大，使远近土匪无不闻风丧胆，四处逃匿，不敢再出来祸害百姓，匪患很快平息。寿奇的哥哥在剿匪作战中阵亡，彭禹庭看他小小年纪就没了亲属，又念其哥哥是有功之人，就多给了一些抚恤金，让他回乡买几亩地娶妻生子。没想到寿奇接过钱没去办正事，而是跑去赌场豪赌，一夜之间把这些钱输个精光。此事被彭禹庭知晓，痛打他一顿军棍后直接给赶出了民团。

这个时期，村里一个叫刘汉臣的人，不知是想走杀人放火受招安的升官之路，还是喜欢这种刀头舔血的日子，竟拉起自己几个兄弟及子侄辈一群人干起了杀人越货、打家劫舍的土匪营生。自此他家中生活发生了巨变，天天嘴里吃的是鸡鸭鱼肉、山珍海味，身上穿的是绫罗绸缎、洋装裘皮。开始村民们并不知情，以为是他家在外做生意发了大财，艳羡得不得了，还有人登门取经。也有那精明之人对他家如此快捷暴富生有疑虑，不过看到他家人之嚣张做派也不敢多问，只在心中暗自嘀咕罢了。随着刘汉臣队伍不断扩大，家中每天人来人往，特别在夜间，常有带枪之人在村里进进出出，更有那隆隆马蹄声把村民从梦中惊醒，此时，反应再慢的人也都明白他家是做什么营生的了。

人马多时，家中的肉食不够吃，就去村民家买，初时还装模作样象征性扔两个小钱，渐渐样子也懒得装了，做起事情来连“兔子不吃窝边草”的规矩也忘记。知晓村中谁家猪、羊养大，他下面的小喽啰就去他家门口吆喝，听到吩咐他就得立马宰杀并收拾干净给送过去，晚一步就会招来一顿毒打或杀身之祸。待猪羊等牲畜被他们吃干净，连农家的耕牛也不放过。

老实巴交的村民虽对他家恨之入骨，可没人出来反抗，为避免给自己和家人招灾惹祸都选择忍气吞声地苟活。风闻是他村一教书先生实在看不下去了，冒死去彭禹庭处举报了这个罪恶累累的家族。

彭禹庭接报后立即派人来村里侦察了解情况，同时暗中做出周密布置。没过多少日子在刘汉臣家娶儿媳大宴宾客之时，彭禹庭派民团来将村子围个水泄不通，自己带着剽悍的卫士队冲进刘汉臣家将其抓捕，几百参加宴会的人也一并擒获。后押至民团部一一审问，发现和刘汉臣所干营生沾边的立时放进门口的大铡刀下给“咔嚓”了。家中女人全送回自己娘家或亲戚家，财产充公。

寿奇那时同刘汉臣家也多有往来，终日东游西逛浪荡在社会上的他生活水平却并不差，顿顿饭也是肥吃海喝，村民们都怀疑他早已和刘汉臣走在了一条道上，只是让人奇怪的是民团来围捕那日，他并没在被擒获的土匪之列。所以人们对他疑归疑，因没有真凭实据谁也不好说什么。这以后寿奇屡次自卖壮丁，先得到一笔钱，然后再从部队逃回，钱花光再去做这个买卖。母亲知晓这些更加怀疑他，不过这些年寿奇很少待在村里，眼下又不在家，只能把这件事存在心底，等见着面再做计较。

4

抗战胜利后，经过 14 年浴血奋战的中国人听到这个胜利消息莫不欢欣鼓舞，母亲也和全国人民一样沉浸在胜利的喜悦中，只是在高兴的同时更加思念自己丈夫与大哥这两个在抗日战场上拼杀的亲人，盼着他们早日归来。之后日子里每有在外当兵之人回乡，母亲都会第一时间前去探听消息。回乡的军人中受伤者居多，有的落下了终身残疾，可人能活着回来对家人来说已是最大慰藉。

1946 年春天，父亲回来了，母亲终日悬着的心总算放下了一半，可随着时间推移，对大舅的生死安危更揪心了。

从春至夏，从夏到秋，国内战争又爆发，政府又开始征兵，征起来就没完没了，一批批的庄户子弟又被送去从军。父亲应对这些已有经验，听到风声就去了亲戚家躲避。一天清晨，我二叔在地里干活时被我村甲长几个人捆起来直接送到了乡里。同在一块地里干活的邻居跑来家给母亲报信，正在织布的她放下手中活一路小跑追至镇上。在乡政府办公大院隔壁一家饭馆里看到保长与甲长几个人正在吃饭，急忙上前对甲长道：“十九叔，我家二弟今年才17周岁不满18呢，咋就派他去当兵？”这甲长是我父亲族叔，排行第十九，40来岁年纪的他又黑又胖，可能是吃的东西太过丰盛之缘故，脸上永远都是油渍渍的，身上也散发出一股酸臭味。对母亲的质疑他翻着眼睛恶狠狠道：“什么周岁虚岁？够十八就得去当兵，不想让他去也行，那让你丈夫来顶替。”“我丈夫已被征派两次，今天又抓我家二弟，凭什么老让我家出人当兵？”“你家男丁多就得出兵，这是国法，我也是按章办事。”说到此已极不耐烦的甲长抬手指着母亲嚷嚷道：“你个妇道人家懂什么国家大事？给我滚回家去，少出来抛头露面丢人。”经过这么多年风风雨雨，本来就十分干练的母亲又泼辣许多，只见她上前一步道：“我家男人有的被你抓，有的吓得不敢回家，就剩下我这个妇道人家，我不来谁来？”甲长被母亲这句话给噎得老半天无言以对。稍许，只听保长阴阳怪气道：“十九哥，您还管得了族里人吗？”

我村保长姓刘，三十来岁的他大高个，细眉长脸的猛一看还有几分斯文模样，不似甲长这般凶神恶煞。保长常以乡绅自居，打人抓兵、征粮派款之事都安排手下人去干，自己从不动手，不过村民们也都明白他才是幕后主使。

民国时期，在乡村里管理农民的不仅是保甲制度，宗族制度也是农民头上的一道紧箍。我村甲长还兼管着族里事务，致使他手中的权势更大。哑口的他经保长这么一挑唆，立马跳起身跑到母亲面前大吼道：“少跟我在这多嘴多舌的，快给我滚回去，再敢造次看我不大嘴巴抽你。”说话时那臭烘烘的唾沫星子都喷到了我母亲脸上。

“十九叔，有理讲理。”“闭嘴，若再啰唆一句，现在就抽你，信不信？”甲长说着话已撸胳膊挽袖子地作势要动手。见他如此蛮横，母亲气得浑身发抖，瞪着双眼怒视着他，恨不得上去咬死这个混蛋。旁边有那好心的乡亲怕母亲吃亏，上前先把甲长推回里面饭桌，又将我母亲拉开。

乡政府大院里已关有上百个青壮年男子，都是这拨被征的壮丁，其中那个最矮最瘦小的就是我二叔。据报信邻居讲，今天抓我二叔时来了好几个人，但没有像往日抓他人时那样一起上来围捕，只是甲长一个人就将二叔摁在地上捆了个结实。二叔看到我母亲便低声抽泣起来，母亲边说着安慰的话边掏些钱装进他衣兜里。和二叔在一起的还有同村的两个小伙子，他们也是今早被保、甲长们抓来，家中应还不知道他们已被征兵，此时还没人来探望。两人请我母亲捎话给家人，母亲则拜托他们多照顾些我二叔，并嘱咐他们："出门在外，无论什么事都要小心，相互帮忙照应。"

"集合。"随着接兵军官的这声吆喝，二叔被一军人给拽进了队伍里，紧接着便被带着往官道上走去。母亲看到二叔的个头还没押他的那个军人手中的步枪高。

二叔被征兵送走后，在外躲避的父亲才回来，想着家里已被抓走一人，自己应不会再被征派，每天又开始过上日出而作、日落而息的日子。

5

进入冬季，大地被冻得结结实实，地里已没什么活，此阶段是一年里农闲之时，有钱人家围着火炉吃喝玩乐享受生活，对于穷苦人家来说为一日三餐、为续命一年到头就没清闲日子，每天都忙里忙外地手脚不停。这天，父亲准备去县城一趟将母亲新织的布拿去卖掉，天不亮两人便起床，母亲忙着做饭，父亲忙着捆扎布匹。早饭后父亲扛起布捆往外走，母亲送出门时，一阵迎面风吹来，顿时一个激灵，她示意父亲稍等，自己又返回屋里。

昨夜刮起的大风天亮后小了一些，但没有停，院内那棵杨树枝上剩下的几片孤零零的叶子，在寒风中颤抖着发出"窸窸窣窣"的声音，似乎在向人们诉说这冬日的凄凉。稍许，母亲拿出一件厚实些衣服给父亲穿上，系扣子时，父亲看到母亲被冻得又红又肿的双手，心里很不是个滋味，旋即又返回屋放下肩上布梱，抱些柴火，在母亲纺车前生起一盆火。"天冷就烤烤火，省这点儿管什么用，人冻病更麻烦。"我家乡在冬季里室内外温度差距不大，如白天有太阳照着，室外比室内还要暖和些。母亲整天在室内纺花织布，洗洗涮涮，双手已被冻出冻疮，可为节省一点柴草，再冷的天也舍不得在屋内生盆火。

“在家里待着没感到太冷，能省就省吧。”“咱村李瞎子从没点过油灯，也没见他省出多少油钱。”对父亲这句略带抢白之言，母亲听后不仅没生气，反而抿嘴一乐。盆里火旺起来了，室内马上增添了丝丝暖意，俩人心中的暖意更浓。

“价格差不多就出手，这天太冷，别在街上站时间太长，小心冻坏人。”“哦，哦。”边应着话边向外走的父亲，跨出院门就看到了站在围墙拐角处的保长与甲长，两个人正似笑非笑地望着自己。要打招呼时，猛然发现这两个人身后的几个打手已举着棍棒及绳索迅捷地围了上来。被抓过两次壮丁的父亲立时明白这是怎么回事，转身便逃，刚跑出两步，只听甲长一声断喝：“站住！”接着阴森森道：“跑了和尚跑不了庙，自己逃了不怕你老婆孩子受罪？”甲长这句话让父亲犹豫了片刻，就在这一愣神工夫，那几个打手一拥而上，顷刻间就把父亲绑了起来。

母亲闻声出院门上前理论：“十九叔，我家二弟已被抓走，怎么又来抓我家人？这也太欺负人了。”“二个抽一，三丁抽二，这是国家王法，你家三个男丁就该出两个去当兵。”“我家三弟还不满十岁也是壮丁？”母亲的责问让甲长一时语塞，嚅动着他油腻腻的嘴唇好一阵才道：“只要是男孩就算，我只认数量，谁管年龄多大？再说，现抓的是你丈夫，没抓你家老三啊？”“你把我家男人都抓走，让我们老的老、小的小一家人如何过活？”甲长回应母亲的话更可恶：“你家如何过活是你家的事，和我有什么相干？”“你还讲理不讲理？”“跟你讲理？你也配？”一脸不屑的甲长这样道。

住在院后的奶奶听见动静也跑了过来，看到自己儿子被五花大绑着，自然明白这又是被征兵，急忙来到保、甲长两人面前，趴在地上叩头作揖，求他们放人。保长拉着长脸道：“这是公事，要按规矩办，求我没用。”说完径直走了。

父亲第一次被抓壮丁刚 18 岁，由于当时对此还不甚明了，懵懵懂懂的他既没跑也没反抗。第二次被抓是在走亲戚的半路上，见捆自己的几个人都不认识，开始还以为是乱抓，后在乡政府看到甲长在办交接手续，才知人家早已有预谋。可明白又怎样？自己已被交给了来接兵的军人，徒呼奈何。刚才没跑，是担心自己逃后家人吃亏，想着以自己之前两次逃回来的经验，待去到队伍上再想办法。此时见到奶奶做出如此的屈辱行为，心中顿生一股怒火，大吼道：“别求他们，等我回来再算账。”甲长听我父亲这么说，先“嘎嘎”大笑一阵，然后晃着脑袋道：“你这是去当兵，是死是活都难说，就算命大，能活着逃回来，我会再抓你。”这时已怀着我大哥，且即将临盆的母亲已无力和甲长争吵，上前叮嘱父亲：“记住，一定要活着回来。”一旁的甲长将嘴歪去一边道：“好，好，我等着，等着你们来算账。”接下来一摆脑袋，示意打手们把我父亲押走。

跪在地上的奶奶并没听我父亲的话停止磕头，她先是对着保长磕，保长走后又冲着甲长不住地磕。甲长手中拿着一条粗木棍，初时虎视眈眈盯着父亲及家人准备上来抽打，现看我父亲很顺从，奶奶又叩头如捣蒜般求自己，这个家伙是越发骄横恣肆起来，眼含蔑视地看着我母亲，将手中棍子在空中抡劈了几下。那木棍带起的“呜呜”风鸣声把奶奶吓得直哆嗦，甲长见此更得意了，发出的笑声像猫头鹰叫似的。笑过，他背起双手横拿木棍，在打手们的簇拥下，挺胸昂头地迈着四方步，耀武扬威地离开了我家。

二叔与父亲先后被抓了壮丁后，一家人的生活重担全部压在了母亲身上。家中没有了壮劳力，地里那些干不动的重体力活只能与人换工。家里土地本来就少，又是他人来耕种，少了精耕细作收获自然就打折扣。日子变得一年比一年艰难，缺吃少穿饿肚子成为常态。这年夏秋两季都遇到旱灾，地里收的那点粮食将就着维持到年底，家中已颗粒全无揭不开锅。小寒这天早饭就是用清水煮一锅干红薯叶，一家大小吃过两口便一个个皱起眉头，不约而同地放下碗筷，然后又同时抬头看向我母亲。低着头的母亲坚持把碗里的红薯叶吃完，拿起一条面口袋向外婆家走去。

母亲是位极好面子的人，她生平最不愿干的事就是去他人家借东西，特别是吃的东西。父亲家这边的亲戚之前奶奶已借遍，且还没还，实在无法张口再借，只好硬着头皮回娘家借粮。自那年用大舅给的钱买了几亩地，外婆家的日子逐年变好。年轻力壮的二舅已是种地行家，种起自家土地他更加投入，风调雨顺年景，地里的收获不仅能解决一家人的温饱问题还略有节余。父亲家本来就穷，他还时常被征兵在外，家里日子就格外艰难。母亲婚后想孝敬外婆就变得有心无力，这让她心中常存愧疚，现又回娘家去借粮，令她更加难为情。

前些天下的雪尚未融尽，田野里斑斑驳驳愈显荒凉，泥泞的道路又湿又滑，十几里路程母亲临近中午才赶到。见到一身泥水的女儿，外婆很诧异："怎么大冷天的回来了？也不知挑个好天？"由于天冷，更是因羞臊，满脸通红的我母亲没回话，而是将手中面口袋递了过去。接过面口袋，外婆泪水马上盈满眼窝，无言着转身走去里屋，稍许，抱出满满一口袋粮食。

"妈，用不了这么多，我只是应下急，过两天就有办法了。"母亲说话时一直低着脑袋。"你是我的闺女，我还不了解？但凡有一点办法你是不会回娘家来借粮的。"回话的外婆也是低着头。"妈，我是担心二哥二嫂他们知道您给我这么多粮食会不高兴。"外婆对这个问题倒不以为然："这个家能有今天的日子还不全凭你功劳？再说，兄妹之间谁有难处原本就该相互帮衬嘛。"

外婆讲的也是实情，外公去世后这个家的确是我母亲在支撑着，后来也是她去找的大舅，拿回一些钱来盖的房、买的地。"话虽如此，那您也要给我二哥两口子说清楚，过后我一定会还。哎，怎么没见我二哥二嫂？""你二嫂娘家有事，他们已回去几天了。""妈，我这就回，那边一家人还等着吃饭呢。""吃过午饭再走，我现在就做。再说，这么远的路，不吃饱肚子你能扛回去这些粮食吗？"早上吃的那几口红薯叶的确不顶事，此时经外婆这么一提示，母亲胃里条件反射似的马上感到特饿，也就不再坚持走，和外婆一道做起午饭。

父亲被征兵离开家后，母亲就是家里的顶梁柱，为一家人的生活整天忙得团团转，这些年很少回娘家来。外婆特希望我母亲住下陪自己说说话，可她也清楚那边一家人还在等米下锅呢，因而吃完午饭也不再挽留，并主动催促道："走吧，我送送你，咱路上也好说会儿话。"

出了村，为抄近路，外婆她们没走大路，而是走的田埂小道。外婆的话匣子一打开就没完没了，送了一程又一程。雪后路滑，母亲担心已上年纪的外婆摔倒，行至一低洼处，便寻一朝阳背风的地方坐下，俩人又家长里短聊了起来。

太阳西斜，天气更冷了。在我母亲坚持下，外婆才恋恋不舍往回返。望着为和自己说几句话，迈着一双小脚在泥泞小路上蹒跚的外婆，母亲心中百感交集，想着几年来自己不仅在物质上孝敬不了什么，连抽点时间陪伴都做不到，特不是个滋味，那忍了又忍的泪水夺眶而出。

外婆送我母亲这一去一回差不多有两个时辰，也就是这两个时辰给她留下了终生遗憾。冬日里夜长昼短，外婆回到家天色已暗，不知何故一时心神不宁的特难受。刚想着去床上躺一躺，只见母亲的族七叔气喘吁吁走进门，抹了一把脸上的汗水对外婆道："嫂子，午饭后您去哪了？""闺女今天回来了，饭后去送送。""唉，唉。您大儿子回来了，看这阴差阳错的，您娘儿俩也没能见上一面。"这位族七叔说话时惋惜得直拍腿，外婆闻此是又拍腿又跺脚。"老七，现他人哪？快说，快说啊。""人早走了。"

午饭后见大路上有大批的队伍往湖北方向开，村里怕受到骚扰就关了寨门，有那胆大之人就站在寨墙上观看。行进的队伍没停，只有一群骑马的军人在外婆家门口停下，其中有个高个军官跳下马在院门口不住向里张望。没多一会儿，这群人又上马出发了，只有这个军官上马后没即刻走，而是在门前盘旋了几个来回，才一步三回头地离开。也站在寨墙上的母亲这位族叔看着这个军官有些眼熟，可急切间又想不起他是谁，待人离开却猛然想起那是我大舅，便立马跑出寨顺着大路猛追，追了十多里，在两河镇的街口才追上队伍。

"大侄子，既已到家，为何不停几日？""七叔，上峰命我们以最快的速度赶到汉江去。时间紧，没法停。"接下来大舅问了几句家中情况又随队出发了。

"七弟，我儿是胖是瘦？他成家没？有小孩没？""结婚与否及有没小孩都没问。""老七，这是比天大的事啊，怎么不问呢？"外婆埋怨过这句话又十分悲痛地哭诉道："我说今天怎么无缘无故地心烦意乱呢，原来是我儿子回来了。"又是近十年没见大舅，外婆心中思儿之痛人们虽理解，但痛苦之深只有她自己知道。外婆的哭声越来越高，最后变作号啕大哭，不知怎么安慰的族七叔急忙派人给我母亲报信。

傍晚，母亲背着粮食进门后看到一家人东倒西歪地围在火盆边，想着他们一天没吃东西肯定已饿坏，放下粮食立时生火做饭。做着饭还盘算着今后的日子，今天借的这点粮最多可维持半个月，之后咋办呢？真让人愁肠百转。饭刚做好七叔派来的报信人走进了门，听说有大舅消息饭也不吃了，心急火燎的她是一路小跑着回的外婆家。

“妈，天气太冷路上又不好走，这次您就别跟着去了。晚了怕我大哥他再挪地方，我这就走。”母亲一边说话一边往随手带的小包袱里放干粮。“告诉你哥，我已是黄土埋大半截的人，说不定哪天就会去见你爹，让他回来看看我啊。记着还要问问他结婚没？如没结我这就在家给张罗着定呢，可不能断了我家的后啊。”母亲在外婆的唠叨声中匆匆走出门。

披星戴月，紧赶慢赶，第三天清晨天蒙蒙亮时赶到了汉江边大舅部队的驻地。兄妹见面快乐与惊讶同在，唏嘘与感慨共存，喜悦之情溢于言表。大舅他习惯性地拍着我母亲脑袋道：“想着你一定会赶来。”“我二哥没在家，咱妈年纪大天气又冷就没带她来。”“妈身体还好吧。唉，你说我这，这，不说这些了。真巧，你大嫂昨天也来到了这里，这次你别急着回，多住两天。”“哥，来时妈再三交代，要您带着嫂子回去一趟。”眼含笑意的大舅闻此言，脸上顿生愧色道：“这次还是不行，以后吧。”兄妹俩又是多年未见，已届中年的大舅依然是那么神采奕奕、气宇轩昂，依旧是一副英武逼人的气概。

来到大舅住的地方，一位中等身材、模样俊俏的年轻女子笑盈盈地迎上前问候母亲，她长长的乌发波浪似的披在肩上，一身蓝色制服显得精明干练。大舅介绍过双方，她一把拉住我母亲的双手朗声道：“妹妹好，在这兵荒马乱的年月，能见到家里亲人，真让人高兴，真是太好了。”说完这些没等我母亲回应又道：“你大哥我们早就计划着回去看看的，可这仗啊打起来就没完没了，耽误到今天也没成行。我也是昨晚刚到，行李还没顾上打开呢。”边说话边快步走到床边，将一个睡得正香的孩子抱起来是又摇又喊的：“宝贝快醒醒，你姑姑来了。”知是自己侄子，心中欢喜异常的母亲，马上接过来目不转睛地仔细端详着。孩子不到一岁的样子，梦中被摇醒后没哭也没闹，瞪着双眼直溜溜地看着我母亲。

“妹妹，真是太遗憾了，刚刚接到上级命令，部队马上过江。我要去开会，坐飞机走，现在就去机场。”说着话大舅从兜里掏出一些钱递给我母亲：“你找一个旅馆住下，歇两天再回。”“哥，我去送送你和嫂子，路上也好说说话。”大舅也是舍不得就这么快分别，爽快答应。

在车上，人人无语。母亲要求送的初衷是想和哥嫂多说几句话，可坐上车望着怀中的小侄子，却一句话也说不出来，泪水是成串成行地滴在侄子脸上。

来到机场，接大舅的飞机已在那里等候，大舅没着急走，但也没有开口说话，而是用他那炯炯有神、闪着睿智的眼睛静静注视着我母亲。心中五味杂陈的母亲又像第一次和大舅告别似的，除了哭什么也忘了说。有人来催大舅登机，大舅伸出手拍拍我母亲脑袋道：“妹妹，就此别过，你代我向妈妈问好，并转告我这个不孝之子的歉意。”言罢，大舅微笑着转身离去，母亲清晰看到大舅含着笑意的眼睛里有泪光在闪烁。

大舅在母亲印象中历来行事豪迈，快意恩仇，泰山崩于前面不变色不眨眼。在以往的几次别离中，她从未在大舅口中听到过伤感之语，脸上见到过伤感之色。第一次是刚满 17 岁的大舅去从军，告别时看到的是他的意气风发，信心满满。第二次是送他去生死未卜的抗日战场，大舅依然是一副睥睨天下之神态，挥洒自如、谈笑自若。就是在县城边那次枪炮声中的告别，大舅也依旧豪气干云，面无惧色。

大舅快速而又不失沉稳地向飞机走去，此时母亲眼中的大舅威武雄健虽依然，但已少了往日的傲骄与狂放。

## 四 批斗保长

1949 年，中华大地上发生了翻天覆地的变化，往日把持乡村政权的保、甲长们一夜之间被打翻在地，从天堂跌进地狱。贫穷乡民们在共产党带领下管理起乡村里一切大小事务，地主财主们被扫地出门，他们住的高房大屋、家里的金银细软及土地被分给了村中最贫困的人家。自盘古开天辟地以来，这可是闻所未闻之事。

起初，一些保、甲长们还怀抱老皇历做着美梦，认为这次变革还会像以往历次的改朝换代、政权更替似的“城头乱换大王旗，乡村稳坐钓鱼台”，丝毫不会动摇他们的根基。想着无论谁坐天下，都还会利用他们来维持基层政权，征粮派款。这些目光短浅、不学无术的井底之蛙对共产党的情况虽也有所耳闻，心中也有些惶惶然，不过这场社会变革运动的势头之猛、威力之大及后来的发展趋势，也的确不是他们这个水平之人所能预测到的。因而在旧政权轰然垮塌之时张皇失措者有之，目瞪口呆者有之，当然也不乏反抗者。然而，末了这一小撮人还是随着历史的潮流在乡村舞台上彻底消失了。

1950 年的初春，父亲从部队退伍回乡了。那年他被村里保、甲长抓了壮丁后给送到国民党军队里，没多长时间在河北与八路军的一次战斗中被捉了俘虏，经教育补充进解放军队伍。当年称他们这些士兵为“解放战士”。随着战争进程，父亲所在军队从河北一路打到云南的西双版纳，他也因战功突出被吸收加入组织成为一名共产党员。大规模战争结束之后国家转入建设，军队进行整编，他响应号召复员回到了家乡。

父亲的阶级属性及自身遭遇，使他心中对原来的保甲长们自然而然充满怨恨，回到家便积极投入到这场声势浩大的土改运动中，并成为乡村基层干部。因他久历行伍，既精通枪械又能练兵打仗，上级就安排他带领乡里武装人员管控这些旧政权的基层官员、清剿散匪，保卫新生政权。

这天，乡里在我村戏台上召开群众大会，批斗地主老财以及旧政权时期的保、甲长们，四乡农民老老少少全来参加，戏台前人山人海，比平时看大戏还热闹。生活在乡村的农民每天都忙忙碌碌，一年到头鲜有清闲之日，只有年节时人们才会休息几天。像这种集会他们是按节日来看待的，遇到熟识之人都会热情打招呼，三三两两聚在一起先聊几句生活中的琐琐碎碎，接着议论眼前时局，对社会怎么会变成目前这个阵势，绝大多数村民此时还不明就里，糊里糊涂，确切说，他们对新政权的认知是从这天开始的。

戏台前红旗招展，戏台上锣鼓喧天，人们还用唱戏的幕布将戏台围起，使会场显得庄严肃穆。会议开始前主持会议的领导已在上面就座，当主持人宣布大会开始，将罪犯押过来时，父亲就带领武装人员把乡间那些财主及往日的保、甲长们押到台前。

“三十年河东，三十年河西。”这些往日的乡间权贵们被五花大绑着，一字排开站在台前，人人脖子上挂个大牌子，个个低头弯腰地撅在那里。牌子上写着他们的姓名及之前所担任的职务。

我村保长也是这个行列中的一员。别看他读过多年书，可和其他旧政权底层一些掌权人物一样蠢且迂，固执地认为不论外面的世界如何变换，斗移星转，但村政依旧离不开自己，还会交给自己掌管。县、乡两级政府的原管事之人已撤换几天了，他却依然挺着腰板、昂着头，走着自己的步伐、唱着自己的调儿在村里溜达着。就是这天听到外面锣鼓声响起，得知村里要开大会的消息，还想着稍后一定会有人来请自己去台上坐，让自己给村民们训话，且还在准备着腹稿。等见到新的乡政府工作人员挂着枪，带着一个班的武装来请自己才知不妙，方明白天已变，大势已去矣。

面对抓捕自己的一群人，刘保长那张长脸上一时苍白、一时乌青，冷汗哗哗往下淌。听着工作人员宣布新政权政策法令时，整个人都在瑟瑟发抖，往日那说话与骂人时既刻薄又流畅的唇齿，此刻却只会哆嗦而发不出声来。宣布拘押他的逮捕令话音刚落，村里有那特别恨他之人冲上前一脚将其踹趴下，紧接着几个人围上去用绳子瞬间就把他给捆得像粽子一般，拖来了会场里。

批斗会上有村民上台控诉他时，刘保长人虽弯腰低头站着，面部表情却是不服与不屑，口中还念念有词，骂骂咧咧。这一行为被台下的母亲看个正着，历来疾恶如仇的她见刘保长此刻还如此猖狂，便急忙去找我父亲来收拾他。

父亲虽在外当兵多年，可归根结底还是个老实本分的庄稼汉，在和人相处中，秉承的是与人为善，宽容待人之宗旨，通常情况下不愿与人争是非、论短长，好勇斗狠。得知刘保长的行为也很生气，不过要他在这大庭广众之下打人却觉得不合适。

人善人欺，人恶人怕。在民国时期，乡民们出壮丁也是有规定的，但基层官员们让谁家出、抓谁，自然也有看人而为的成分。父亲的性格母亲褒奖他时曰：良善、和气，贬时则是懦弱与窝囊。也正因此他才被抓过三次壮丁。那时村里符合出壮丁规定的大有人在，可因人家豪横，一次都没被抓过。对父亲的拒绝打人，母亲很生气，嘴里骂着“哪像个男人？”头还摇了老半天。

在我村的批斗会结束，这群人又被拉去他村游斗。某天夜间，因当天批斗他们的那个村看管不严，让刘保长给逃掉了。父亲接报立即带着武装人员去搜寻，可找过好多地方也没结果，之后多日就住在乡里不回家。放心不下的母亲来镇上探望，得知刘保长还没捉回，问过情况对父亲道：“现全国无论什么地方对来历不明的人都会严查，刘保长他没地逃没地躲，你不用满世界去搜，只需派几个人盯住他家人及近亲，一定能找到其藏身之地。”这个建议父亲初时还将信将疑，只是眼前没有更好招数，才决定一试。

“快，快，刘保长藏在河边的树林里。”第三天夜半时分，父亲安排的监视刘保长家人的乡民，发现他老婆提着一包东西鬼鬼祟祟走向村外，行至河边一密林处，她停下脚步四下观望一番后迅速钻了进去。监视之人听到刘保长压低嗓音的说话声后，即刻回村向父亲报告。

接到消息，父亲拿起枪叫上一些人飞奔至河边，先安排他人将刘保长藏身地包围，然后自己持枪冲进了树林里。正吃着大饼的刘保长看到端着枪的父亲，乖乖束手就擒。父亲将他押去乡里，没过多久，刘保长被判无期徒刑，而后被送去内蒙古劳改。

村里召开批斗会那天，乡政府人员带着武装去抓捕刘保长时，因顺路先到了甲长家。往日这个说话牛哄哄，走路眼望着天的家伙，看到这个架势，吓得一屁股瘫倒在地，随即屎尿拉了一裤子，嘴呙眼斜，说不出话来。从此，瘫痪在床的甲长再也没站起过，话也不会说了，想表达什么只会“嗷嗷”乱号叫。以后村里时常听到他野狼般的嚎叫声。

一天，母亲路过他家门口，看见甲长被放在院门口搭的棚子内，身上只搭条破床单，裸露的身体被冻得乌紫。看到这些，母亲叫过甲长老婆道：“人还活着，应该给收拾一下嘛，弄成这个样子，也太恶心人了。”“他算人吗？老天爷白给他披了一张人皮。他早就该死。”甲长老婆说这些话时咬牙切齿的。

世间人有百种，恶人种类也不同，有的是对外人恶对家人好，有人则是除去对自己好对谁都无情无义、无恶不作，这甲长就属此类。之前他得意之时，不但在外面欺男霸女、鱼肉百姓，对家人也横行霸道、非打即骂。人常说“虎毒不食子”，可这个家伙为自己享乐六亲不认，那年，他大儿子刚 17 岁，甲长就将其送去从军。这么做并非他多么爱国爱政府，是因某家大财主为自己家儿子躲兵役，买壮丁顶替出的价格比平时高出几倍，见钱眼开的甲长便“捷足先登”送走了儿子。得到的钱财也不给家里其他人花一分，而是终日在外狂嫖滥赌，花天酒地。至今他儿子也没回来，十有八九是死在了他乡，故而家人对其也恨之入骨，盼他早死。

“以前这家伙对您家那么恶毒，现在您何必同情他？”瞧热闹的一群村民里有人这样问母亲。“桥归桥，路归路，他以前的行为是太可恶，可此时他已遭报应，在没死之前还应善待些，也让他看着这世上永远是善良人多恶人少，使其扪心想想以前做的事对不对？等下辈子或许会好一些。”母亲这席话有的人认同，有的并不接受，刘保长老婆就不接受，虽没出言反驳，但那嘴早已撇去了一边。又过些日子，甲长的号叫声听不到了，人们明白这个可恶之人已去了另一个世界。

土地改革运动刚过去，先我父亲被抓去当兵的二叔也复员回来了。他的经历类似于我父亲，也是先被送去国民党军队，战场上被俘参加解放军。看到儿子们都平安回家，奶奶悬着的心总算放下，在高兴之余又埋怨我二叔道：“怎么也不知早点给家里来个信，如知你还活着并参加了八路军，咱家多一口人还能多分一些地。”

一般情况下，没收地主家的土地分给村民时，是先把全村人数和土地的总量做个平均数，低于这个平均数的农家给分地，等于及高于的就不分。我村的平均数是人均2亩。之前我家人均是低于2亩的，近几年几个姑姑相继嫁人后，家里的人均便和村中的平均数相等了，又因当时不知在外当兵的二叔之生死，所以就没分到土地，故而才有了奶奶这些怨言。

“知足吧，能活着回来就好。”平日里母亲在家中一言九鼎，她的话一出口他人都不会再说什么，可这次奶奶却依然坚持着自己的观点：“多些地收获多，也好给他娶媳妇啊，这没地少粮谁跟他？”“只要勤劳日子就能过好，再说他当时也不了解家里情况，哪敢往家寄信说出实情？万一还是之前的保甲们当权呢？那咱家老老小小的还有活路？”奶奶埋怨二叔时，家中还有多人附和，为少分地而惋惜，母亲此言出口，各个无语。

## 五　识字班

新政权刚刚建立，很多人对社会发生如此大的变革一时还不适应，站在一边观望者多，不敢出来参加新政府的工作。在乡村里，大多数农民都是老实本分之人，但也有极个别不良分子在这新旧政权交换之时趁机出来偷鸡摸狗，拦路抢劫。此一时期这类治安事件特别多，乡里的工作人员又少，面对千头万绪的繁杂事务，只能一个人顶几个人用，整天忙得团团转。父亲吃住都在乡里，很少回家，家中一切事情都是母亲在撑着。

经过一段时间治理，社会局面逐渐稳定，在上级安排下村里办起夜校，要求人们在劳动之余参加学习。政府还大力提倡男女平等，又专门为妇女开办了识字班，以前村里整天围着锅台转的广大年轻妇女都积极参加，大家一起读书识字，说说笑笑，各个欢天喜地，快乐无比。母亲本来就崇文重学，渴望知识，有了这样的学习机会她特高兴，满腔热忱投入到学习中，很快就成为班里的佼佼者。

建政之初，各行业各部门都需要大量干部，妇女干部更是奇缺。为培养干部，各个地区都办起培训班，从农村识字班里选拔一些学习优秀，正直识大体、明事理的年轻妇女送进培训班学习一段时间，然后分配到各个岗位。母亲在识字班里品学兼优，平时做事干练有主见，乡里就推荐她去学习。巧的是，母亲在娘家认识的林昆，此时正负责我们这个区工作，看到母亲的名字特别高兴，第一时间来到我家，两个人已多年没见面，可林昆刚走进院门那一刻母亲就一眼认出了他。

聊天中母亲知林昆当年从家中被带走的当天晚上，就直接给送到了前线，之后在一次和日军作战中挂彩，因战事紧张部队让其回老家养伤。伤愈，他又参加了新四军，直到前不久才转业分配到我家这个地区工作。林昆也鼓励我母亲去学习，没多久通知下来，母亲被分配到市里培训班，学习时间是六个月。

母亲在少年时就渴望读书，那时村里有一在外做生意人家的两个女儿都在市里上洋学堂，大女儿和大舅年龄相仿，小女儿和母亲年纪差不多，每年的假期里她们都回村来住些日子。一起玩耍时母亲对她们的见闻、学识及不凡谈吐特艳羡、仰慕，同时也知道外面的世界很大，有许多自己未知的东西，还明白了女人的一生并不只是围着锅台与纺车、丈夫和孩子转，是可以做一些自己想做之事的。由此她向外公提出了“我也想去市里女子学校读书”的请求。

外公与村里一些土财相比要开明多了，他送儿子们去读书可以说是不遗余力，可封建理教所倡导的“女子无才便是德”之说他是认同并接受的，还有，他认为女孩子长大要嫁人，自己投入大量金钱供其上学纯粹是傻子才做的事。局限性使然，外公断然拒绝了女儿的读书之请求：“女孩子读什么书？不行。”

渴望通过学习提升自己的高度，以祈在未来岁月中能有一番作为的母亲，接到通知心里特高兴，可家中我大姐与我哥这两个孩子没人帮忙照顾这一现实问题让她头疼。大姐还好说，她已稍懂事，我哥还太小不能离人，因此只好求奶奶相助。受当时社会环境影响，奶奶从内心里是不愿意我母亲外出学习与工作的，她认为妇女就应该守在家里相夫教子，整天在外抛头露面、男男女女混在一起是违背妇德的事。同时还担心母亲外出学习见过世面，眼界高后不回这个家可如何是好。母亲从奶奶话语中听出这层意思后，即时再三表态与保证，学习之后无论分去哪里工作决不抛弃这个家和孩子。两人已相处多年，奶奶也知我母亲是重然诺、守信用的人，现又得到明确保证，那口风就松动许多，又经过母亲一番苦苦相求，便答应帮助照看孩子。

后顾之忧解除，母亲按时来市里培训班报到。培训班办在市城墙边一座古庙里，这一期学员有一百来人，被分为两个班，母亲所在班学员大都是没上过学的农村青年妇女，她们的课程侧重于读书识字的文化课，基层妇女工作指导为辅。另一班招收的学员都是上过正规学堂的女学生，这个班主要学习国家法律、法令及一些专业知识。母亲很清楚这次学习机会来之不易，也懂得知识改变命运的道理，因此特别珍惜这个机会，学习起来格外认真刻苦，每天晚睡早起，进教室最早，出教室最晚，把一切精力都投入到学习上，不敢有丝毫懈怠。可正当母亲如饥似渴、发奋学习之时，家里带信来告知我哥病重，让她速回。

走进家门看到床上已病得奄奄一息的我哥，腿都软了的母亲急忙抱起他准备去镇上看医生时，父亲领着请的医生进门了。“病已有几天，先是有点低烧，看他还能吃饭玩耍就没在意，昨天病情加重，之后昏迷不醒。”在医生给我哥诊断病情时，奶奶介绍着他生病的过程。

父亲在乡里工作特忙，刚回来不到半天工夫那边就派人来催，他对母亲略表一丝歉意就随着来人去了乡里。母亲则天天在哥哥床边守着、熬着、伺候着，待他病情基本痊愈时间已过去半个月。母亲刚说要回培训班，奶奶却表达出了不再给照看孩子之意，理由是怕有个什么闪失自己负不起这个责。不知是在哥哥病危那几天母亲话中有冒犯之处还是怎的，反正任母亲怎样地赔礼道歉，奶奶是怎么着也不答应。无奈下母亲去乡里叫回父亲，让他出面说情。父亲和奶奶交谈时母亲没有近前，想着他两人单独交流会更好一些，结果却是无果。事已至此母亲没再多说一句话，只用冰冷的目光注视奶奶很长时间，然后抱起我哥拉着我大姐回娘家向外婆求助。

回到娘家和自己母亲说话就少了顾忌。“妈，我正在市里培训班学习，请帮忙照看下孩子。”“好。”外婆爽快应下后提出了一个请求：“在市里多向人打听打听你大哥的下落，我想他呀。唉，这辈子不知还能不能见上一面？”

母亲本来就没文化基础，学习起来已很吃力，这次又耽误了这么久是格外费力。为补上落下的课程，她吃饭时看着书，吃饱没吃饱自己不知道，觉也睡得很少，可以说已到了废寝忘食之地步。经过一段时间拼搏，刚把以前落下的功课恶补完，将将能跟上课程时家里又出事端，外婆托人来报信，我哥丢了。

母亲一路跑回家，问起哥哥丢失原因时，外婆道：“今中午我在厨房做饭时，几个孩子在门口玩，饭做好出来叫他们，你儿子已不见了，房前屋后寻过几遍也没有，就叫回在地里干活的你二哥二嫂帮着找，满村子寻遍还是不见影踪，这才让人去给你报信。现你二哥与请的几个人已去了外村找。”外婆说话时痛哭流涕，心急如焚的我母亲只好又安慰起她来：“妈，妈，别着急，孩子不会丢，一定能找到。”

天擦黑儿，回家来的二舅看到我母亲苦着脸，摇摇头什么也没说就坐去一边抽烟。稍后，得到消息的父亲也赶来了，见到父亲，母亲没哭没吵表现很镇定，不过从她咬紧牙关的表情中，谁都明白她是在强忍着心中的煎熬。议论过一阵，除去明天再多安排人去寻找，也想不出什么别的办法，一家人坐在那里相对无言，一夜无眠。

父亲与母亲、二舅及所请的人每天都早出晚归去周边村子找寻，找了两天依然是无结果。他人嘴里不说啥，可心里对找回我哥已不抱什么希望了，母亲心里也非常明白这一点，只是不愿承认。

乡村里农民们重男轻女思想严重，哥哥的丢失在母亲这里就像天塌了一般，她茶饭不思、寝食难安，整日不言不语、不哭不笑，眼睛直勾勾地盯着一个地方，老半天都不转动。见她这样，家人们又多了一份担心，大家在寻找我哥的同时还提防着母亲出意外。

一个星期后哥哥被人送了回来，送他回来的是人称“麻子哥”的走村串巷吹糖人的。那天天将黑，麻子哥挑着担子往家走时发现我哥跟在身后。吹糖人是个招孩子的买卖，无论在哪个村庄都会有一群孩子围着，为做生意一天内他挑着担子要走多个村庄，至于我哥是在哪个村子什么时间跟上的，麻子哥一点也忆不起。况且我哥年纪又小，也说不清自己是哪村谁家人，无奈之下麻子哥只好先将其带回家，第二天又带着我哥边做生意边挨村打听，今天来到外婆家的村子，了解情况的乡邻连忙将他领家来。

经此，二舅两口子明确表态不让外婆再帮忙。农民们年老体衰之后要靠儿子赡养，此时在很多事上是做不了主的。外婆虽很同情自己女儿的难处，不过没有话语权的她见我二舅两口子已发话，也不敢再自作主张了。“妈，别管他人说什么，现您帮帮我，以后我给您养老送终。”母亲自然明白外婆的担心所在，她故意当着二舅两口子的面表明了自己的态度。

“女顾娘，顾不长，娘顾女，顾不起。”这是流行在乡村里的一句俗语。在男尊女卑的社会里，女性的地位极其低下，又因受三从四德礼教影响，嫁人后必须遵从婆婆、丈夫的安排来生活，自己是没有一点自主权的。若想资助娘家及赡养自己的父母，没有婆婆同意及丈夫首肯基本上是不可能的事。自作主张地做这些会被婆婆认为是吃里扒外，将导致婆媳关系紧张，会遭到夫家厌恶。再者，外婆此刻已知道我奶奶及父亲对母亲学习之事并不支持，这也是原则问题，媳妇违背婆婆意愿做事是会被视为不孝的啊。人，特别是女人，一旦不孝之名落下，不仅影响自己的名声，娘家声誉也将受损。又源于重男轻女的思想，在农民的思想观念里，有儿子，叫有后；没儿子，曰绝后。儿子养老体面、舒坦、幸福。女儿养老名不正言不顺，没面子、丢人。故而外婆的拒绝极干脆：“不，我有儿子。”

母亲同外婆及二舅他们争执一番无果后，又返回家对我父亲极为诚恳地央求道：“你先回来照顾一下孩子，等我培训班毕业后保证全力支持你工作，这是第一次也是最后一次。”

此一时期可以说是父亲一生中最风光之时，所负责的工作不仅屡次受到上级表扬，相关部门也已透出即将提拔他的意思。至于心中是否也存有奶奶所担心的问题，因他没明说别人也不清楚，反正任母亲怎么央求，就是不松口。生气的母亲先是口出怨言，接着高声吵起来。父亲的应对是不回嘴、不争辩，摇摇头转身去了乡里后多日不回家。

母亲只好拖儿带女地回到培训班。因家事所耽误，母亲已跟不上课程，这时候又发现自己怀了身孕。这些原因叠加在一起，母亲没法再继续上课，培训班领导无奈地将她劝退回乡。

回到家，母亲把自己关进室内惊天动地大哭了一场。自此她对家中每个人都存下很深的成见，且事后多年都没释怀。培训班的姐妹们毕业后都分配了工作，大多都留在了市里县里，以后还有不少人走上了领导岗位。有那关系要好、不忘旧情的姐妹来家探望时，当人面母亲谈笑风生，快乐回忆着在一起的青春岁月，待人走后她会痛哭一场，然后埋怨我奶奶与外婆、二舅和二舅妈，恨我父亲，骂我大姐，打我哥。怨怨哭哭、哭哭骂骂，当年培训班的姐妹来一次，此一幕上演一次，来一次上演一次。

## 六　哥哥挨打

酷暑难耐的盛夏，大地似乎被一个巨大蒸笼给罩住，使人喘不过气来，燥热、烦闷憋气，偶尔有风吹过，卷起的也是一股股热浪。人的心也随着气温升高而热烈，脾气也火爆起来。周六这天午饭后，炎炎烈日悬在头顶，我家院子里高大的杨树与柿子树都被晒得耷拉着脑袋，没精打采的叶子也卷曲着身子，虽然还随风“哗啦啦”响着，但已没了往日的清脆声。

正在屋里睡觉的我突然被哥哥的哭喊声惊醒，寻声跑出门，看到母亲正在院内的捶布石旁抽打着他。母亲高高的个子，常年劳作使她体格很健壮。读中学的哥哥很瘦，那细长的麻秆型身材让人感到一阵大风刮过似乎都能将他吹飞。

在管教孩子问题上，大多家庭的父母所采用的手段通常是说教、批评、打骂。母亲大概是考虑到时间与效率这个问题，时常将顺序颠倒，能动手就不动口，基本上是打骂在前，说教在后，不过有时也会同时进行。这天她所采用的就是后一种形式，这让我听过几句就明白了哥哥挨打之原委。我家一邻居头天去镇上卖东西，无意中看到哥哥提着一袋子小麦在换西瓜，返程中路过太子岗，又看到他与几个同学在那里边吃西瓜边说笑。

得知哥哥逃课的消息母亲立马风风火火往镇上赶，途中还特意绕去太子岗查看。太子岗在镇东南方，是座小山似的大土堆，据传是南北朝时期一失势太子在此居住过，之后这位太子因机缘巧合又得势做了皇帝，人们便称此地为太子岗。如今这岗上除有一座飞机导航的高铁塔及一些杂树外，其他什么也没有。我家乡是一望无际的平原，难得有这么一高去处，又因它远离村镇，十分清静，所以时常有那有闲之人来此游玩、登高远望。

在太子岗顶上，母亲没见到哥哥及他的同学，却看到了一地西瓜皮，这让她赶去学校的脚步更快了。四十几岁年纪的母亲白皙的脸上有一个端正的鼻子，细长眉下的那双眼睛非常有神，虽然岁月的风霜在脸上刻下了道道皱纹，却掩不住她曾经的美丽。

来到学校，母亲直接走进我哥班主任的办公室。班主任廖老师见到母亲先开口道："您来得正好，计划这个周末要去您家呢，这段时间您儿子不知何故经常逃课，学习成绩严重下滑，找他谈过两次也没什么效果。"廖老师说着话递给母亲一张纸，并告知上面记录着我哥逃课的具体时间及头些天的考试成绩等。"廖老师，孩子不争气给您添麻烦了，实在对不起，我一定会对他严加管教。"母亲致歉的话刚说完，得到消息的哥哥来了。他还以为母亲是来镇上办事顺便看自己的呢，笑嘻嘻上前问候的同时，内心还暗自庆幸着刚才回到校园真个是太及时了。

哥哥的斑斑劣迹把母亲气得是七窍生烟，此刻看到他咧着嘴的样子肚里的气已至爆点，可想到校园是育人之地，是文明之处，再者，在温文尔雅的廖老师面前打骂孩子会让人难堪，因而是忍了又忍，咬着牙将怒火咽下，而后只是淡淡地对哥哥讲了"听老师话，认真学习"这些老生常谈之言。"明白，知道。"哥哥这依然轻松、悠然地回应，让母亲心中的恨又增加了几分。

告别老师，怀着恨恨心情回到家的母亲先去查看粮缸，看到里面的麦子不见少心里又犯起嘀咕，难道自己儿子是偷了别人家的小麦？可以自己对他的了解，儿子他没这个胆量啊？转念又想，世上事千奇百怪，人常说“世事难料”，谁也不敢对他人所作所为打包票，况且，儿子正值青春叛逆期，一时糊涂做出丑事也未可知。

天气炎热，回到家一身汗的哥哥先脱去上衣搭在院子里晾衣绳上然后去洗漱，一直盯着他的母亲悄悄走过去取下衣服查看。活该哥哥倒霉，母亲竟在他衣兜里发现了麦粒，这罪证算是坐实了。

怒发冲冠的母亲冲上前一把揪住哥哥脖子，顺势将他摁在地上，不由分说那抡圆的巴掌就在哥哥脸上飞舞起来，打过一阵大概是累了，才暂时停手，质问起逃课之事。初时，哥哥还矢口否认，百般抵赖，待母亲拿出班主任廖老师写的那张逃课记录在他眼前一晃，哥哥登时傻眼，立马讨饶。

源于出生年代及长辈思想上存有的局限性，使母亲失去了读书机会，早年识字班学习又因家事所拖累没有坚持下去，从而落下了终身遗憾。因此，母亲对待子女教育是不惜代价，竭尽全力给孩子们创造良好的读书环境。那个年代，农村很多人对孩子文化教育认识不足，舍不得把钱花在供孩子读书上，要么把钱攒起来等以后给儿子娶媳妇，要么盖房子留给子孙。家长的这种思想，致使有些孩子从没进过校门，有的去后小学都没混毕业就辍学回家干活。母亲则不然，她信奉“积房、置地不如积书、教子”这句古话，是全力供我家这群孩子去读书，且不论我们的成绩如何都会供至读完高中。这在村中绝无仅有。至于孩子们是否能考上大学，对此母亲也有清醒认识，认为这要看子女们天赋，用她的话说：“看你是不是那块料。”可如果哪个孩子读书不用功或中途辍学不愿去，那巴掌与鞋底子一定会在等着伺候你。

母亲不仅重视家中男孩子的教育，对女孩也一视同仁，供姐姐们上学同样全力以赴。这么多孩子读书，困难是可想而知的，这使母亲一天从早到晚手脚不闲，异常忙碌，不仅积极参加生产队的劳动，还养了成群的家禽。早上与中午收工回家不先做饭而总是先喂它们，时常影响我们到校时间。家中的粮食只勉强够一家人糊口，孩子们上学所需费用全凭母亲养鸡养鸭及做鞋做袜之收入来解决。晚饭也因此而拖得很晚。吃过晚饭全家人都躺下睡觉后，母亲则又忙着针线活，睡醒一觉催她睡觉，她总是嘴里应着并不停手。忙到夜半躺下，天不亮就又起床忙一家人的早饭，母亲紧张忙碌的一天又开始。

他人看到母亲将累死累活的劳动所得全部拿出来供孩子们读书，自己舍不得吃、舍不得喝，便劝道："供男孩子读书也还罢了，女孩子读那么多书干吗？学问再大最终还不是嫁作人妇洗衣做饭，相夫教子，现在您何苦呢？还不如让她们早早下学帮您干活来得实惠。"母亲对这些言论总是不屑一顾，也不为所动，摇摇头一笑而过。他人讲多时那反驳的话是极为给劲："人常说'三代不读书，犹如一圈猪'。若单论繁衍后代那猪都会，可谁人养儿育女不都是盼着他们成人成才？谁情愿自己的后代'黄鼠狼生耗子，一窝不如一窝？'女人陪伴孩子时间长而影响大，教育小孩没文化哪行？"接着还不忘开导他人一番："再一点往私里说，孩子们读书有了本事挣钱就多，等您老了之后也有能力赡养您不是？若他们自己的日子都十分艰难，拿什么孝敬您？此外，谁也说不准天上哪块云有雨，儿女也一样，小时候看不出哪个孝哪个不孝，只有等您需要的时候，谁好谁孬才能看清楚。因此，现供他们读书就不要分闺女儿子。"

哥哥是家中长子，母亲对他期望甚高，希望他学有所成，不仅将来自己能安身立命，最好还能有一番作为。真个是希望越高失望越大，哥哥的不争气让母亲十分伤心、失望。继而这些就化作了一肚子怨气，故而，哥哥这顿打是咋也逃不掉的。还有，我认为此刻母亲一定是想起了当年，那年在识字班受训时就是因哥哥的生病与丢失才使她耽搁了学业，错失了时机而误了前程。新仇加旧恨，怨气加怒气，只见母亲抽在哥哥脸上的巴掌结结实实、实实在在。

大多数家庭父母打孩子都是吓唬的成分多，下重手少，那巴掌基本是高高举起，轻轻落下，像我母亲这般货真价实，一点虚头都没有的实属罕见。被母亲压在地上的哥哥，此时是哭爹喊妈忙不迭地连声求饶，一再发誓今后一定认真学习，决不再逃课，并保证期末考试考个好成绩等。至此，母亲才暂时停手。接下来又问起他偷麦子换西瓜之事，哥哥看瞒不住了，就从实招来。只是他又再三强调自己没偷家里麦子，只不过是同学偷了家中小麦后，自己帮忙藏匿而已。事实也的确如此，他同学偷家中麦子时也不敢大弄，每次都像耗子搬家似的一点点往外倒腾，负责接应的哥哥就将麦子藏在衣兜里向外转移，这也是母亲从他衣兜里发现麦粒的缘由。哥哥说得轻松，可他不知这样母亲更难以接受。在母亲眼里，若是偷自家东西，丢人也只是丢在了家里，在外面做贼让自己以后咋往人前站吗？还有，送孩子们去读书之目的，就是让他们通过学习而明是非、知廉耻，实在没想到已是中学生的儿子竟还干出如此龌龊之勾当来，且还振振有词说出没偷自家东西，似乎就没什么错之歪理。母亲虽望子成龙心切，可更明白成人比成才更重要的道理，哥哥的这种思想及行为让母亲不仅倍感伤心，而且非常地寒心。

只见更为愤怒的母亲脱下一只鞋，用鞋底对着哥哥的脸咬牙切齿扇了过去，鲜血立刻从哥哥嘴角流出。为了躲避，脑袋左右摆动着的哥哥不一时便满面桃花开，哭声也变作了惨叫。看哥哥实在可怜，我跑上前抱住母亲胳膊央求她停手，可我的阻拦不仅没起效果，反而被狂怒的母亲一脚给踢出老远。

在我家，如哪个孩子犯了错误被母亲口头教育或巴掌教育时，任何人都不得上前阻拦，谁胆敢上前阻止或劝解，那下一个倒霉的一定会是他，且立时就兑现，即刻你会陪着一起挨打挨骂。母亲常挂在嘴边的话是“玉不琢不成器，子不教不知义”，“娇养无义郎，棍棒出孝子”。我家这群孩子，特别是男孩挨母亲打如家常便饭般随意。

哥哥的脸已被打得像紫茄子似的，并肿起老高，哭声也已变调，母亲才停手。接下来她又像往常那样用手指着哥哥的鼻子问：“以后还干这些吗？”“不敢，再也不敢了，一辈子都不敢了。”望着母亲依然高扬着的鞋子，哥哥急忙连声回答着。这种一问一答的对话，是我家孩子挨完母亲打后之必然流程。回答时还必须又快又准确，稍慢或回答的不符合她之要求，那定会又招来一顿好打。所以，此一刻精力还必须高集中，不能有一丝丝的松懈。

小学时哥哥的成绩很好，总是班里的头几名，不知为何自中学后成绩便一落千丈，成了班里的倒数几名。但此时的他，对读书虽兴趣不大却热爱劳动，放学回来家里地里的活都抢着干。不过母亲对此并不看重，她常教育我们：“人要懂得在什么年龄做什么事，读书期间应把学习放在第一位，其他为次。”因而对哥哥违背教诲特生气，总批评他骂他，当然，打也是少不了的，只是今天这般惨烈当属首次。

一般家庭都是严父慈母，我家则反着，管教孩子基本上都是母亲的事。问话还在继续：“以后听话吗？”“听话，一定听话。”母亲手中的鞋又一次指向哥哥的鼻子：“读书用功吗？”“用功，保证用功。”对哥哥的回答感到满意后，母亲才缓缓站起身。我跑上前拉躺在地上的哥哥时，母亲突然将手指向我厉声道：“你读书若不用功也会这般对待，定打不饶，听到没？”“用功，用功，一定用功。”母亲的呵斥让我一哆嗦，将头点得比鸡啄米还快。

将哥哥扶去院外池塘洗漱，返回院内时看到坐在石凳上还气鼓鼓的母亲眼窝儿里蓄满了泪水。

## 七　私塾先生

少年时期，除了学校，村西小河边是我活动最多的地方，放学后的时间几乎都在那里度过。蜿蜒的小河两岸植被很茂盛，像一条绿丝带似的特别优雅、美丽。在夏季，河面会随着雨水时宽时窄、时清时浊变换着，流淌的河水则时深时浅、时急时缓。河道拐弯处那汪足球场般大小的一潭水更令人惊奇，发洪水时无论上游冲下来多少泥沙，它都不会被淤塞，天旱无雨季节河水已断流，可它却仍保持着同样的水位，依旧幽深碧绿。村里长辈们都说，是住在里面的那条乌龙在保护着这潭水。此外，它还有让人诧异的另一幕，就是微风拂过水面时潭里泛起的浪花是金色一片，长辈们又说，那是东海龙王送给住在潭中那条乌龙的一把纯金宝剑插在潭底的缘故。故而，人们给它取名黄潭。

1

20 世纪 60 年代，村里孩子们一进入校园念书，无忧无虑的幼年生活便结束了，进入了人生的第一个转折期。大人们便要求你在读书的同时还要做放羊、割草这些力所能及的活。冬春两季放羊还相对清闲一些，因这个时期无草可割，把羊赶进河滩小伙伴们便可一起玩耍。夏秋两季可就没了这好时光，为给羊儿们贮存过冬饲料，放羊时就必须割草。

炎热季节，头顶烈日割草可不是个好营生，没干过这种活的人怎么也无法理解它的艰辛程度。汗流浃背、筋疲力尽这些词汇都不能准确表达当时的实际情况与割草者的真实感受。蹲在毒辣辣的阳光下，割一两个小时草，躯体里水分早已被烤干，身上是没有汗水往下流的，这个时候心中最渴望的就是跳进黄潭里洗个澡，喝个饱。

这天上午，我正在黄潭旁河坡上割草时，忽然听到了一声呼叫，转头看到黄潭深水处有一人在忽上忽下挣扎着。我扔下镰刀，飞奔至潭边跃入水中，一个潜游至落水者身边将其拉上岸。被救的是村民都称为二先生的一位老人，约 70 来岁的他以前是村里的私塾先生，在家族中排行第二，可能是他喜欢这个称呼，所以全村人无论大小，也不分辈分都叫他二先生。那个时候村里的男人们来黄潭洗澡都会脱个精光，唯有二先生洗澡时会穿条裤子或裤衩，这天还多亏他穿着裤子，使我救他时手有抓的地方。二先生滑入深水区时间很短，除受点惊吓及喝几口水外没什么大碍，上岸后坐在那里边喘息边不住地对我点头致谢。

黄潭边沿处水位浅，中间深，形似柴锅底状，以前和小伙伴们比赛潜水从没探到它的底部。不会游泳的二先生刚才洗衣服时衬衫被冲走，伸手去捞不小心滑入了深水区。二先生患有强直性脊柱炎症，他的腿与上身已折成近九十度的角度，看人只能将头转向一边。据长辈们讲，早年间二先生在村中设私塾馆，当年我村凡是读过书的人几乎都是他的学生，后有了新式学堂才歇业。他这种身体状况也干不了农活，在父亲提议下将其定为“五保户”。为增加些收入，他也养了两只羊，这使我们在小河边时常碰面。

“不许笑话人，二先生身有残疾，见到应多帮助才是。还有啊，他是村里公认的最有学问之人，要敬重，知道吗？”中午在饭桌上同家人们讲起二先生落水之事，正当我手舞足蹈模仿他的狼狈样子时，母亲边用筷子敲我脑袋边这样训斥着。

## 2

村西的这条小河平日里温和平缓，涓涓的细流润泽着两岸人家，但它狂躁的时刻便露出了自然界杀手的一面。一个星期后的清晨，由于上游连降多日暴雨，小河发威了，肆虐的洪水顺着河床排山倒海咆哮着奔腾而下，震耳欲聋的吼声惊醒了村民。老少爷们拿起应手的家伙，相互呼喊着奔向河边。此刻，滔滔洪水已接近岸顶，汹涌翻腾的洪峰东冲西突地冲撞着河堤，且已有部分洪水顺着排水沟向村里倒灌。

洪水倒灌之事去年大暑那天发生过，当时又因暴雨倾盆，致使不长时间村里便汪洋一片。那时农村的房屋地基和墙都不是钢筋水泥浇灌而成，就是砖墙也少有，几乎全是干打垒或土坯墙。洪水漫过，房倒屋塌，村民们家中所存粮食及其他财物也荡然无存。幸存的人们惊恐万状地拥挤在村边一土堆上，若洪水继续升高也只能去和鱼虾为伍，漂泊而不知归处了。对此还心存余悸的乡亲们不用动员，此时个个奋勇争先，体弱者挑土搬砖石，勇壮者跳入水中将树枝及杂物堵向沟口。所幸排水沟不是很宽，经一番奋战很快封堵完毕。惊魂稍定的人们忙完这些，还是聚集在河边不敢离去，在父亲安排下轮班巡视河堤，以防不测。

滚滚洪流在河道拐弯的黄潭处形成了一个巨大的旋涡，其中裹挟的瓜果、家禽及木头等物，随着水流的旋转而一圈圈向外延伸，被推向了岸边。看到这些，岸上的人们眼热了，有的拿着长竹竿去捞，有的用飞钩向外拖，更有那胆子大、水性好之人用大绳一头系在腰间，一头拴在岸边大树上，然后跳入水中游至主航道的附近去打捞木材、家具等。还有的捞出了一头大肥猪。他人的战果诱得我们几个看热闹的孩子心痒痒了，小伙伴江娃立马跳下水向一个悠悠漂浮的西瓜游去。

“我腿抽筋了。”追了十多米，江娃抱住了西瓜，在我们“江娃加油”的欢呼声中，他突然挣扎着呼叫起来。见我要下去接应，一旁的二先生伸手将我拉住，然后在我腰间系了根绳子才放手。

我自己什么时候学会的游泳自己也不清楚，反正自懂事起就和小伙伴们在池塘、河里乱扑腾，后狗刨及潜水什么的就学会了，踩水能露出肚脐。借助二先生手中的绳子，将江娃送至岸边后，看到上游又漂来几个西瓜，我立马转身追了去。

“言者谆谆，听者藐藐。”平时母亲总是千叮咛万嘱咐在池塘、河里洗澡要远离深水区，像这样游戏洪水不用说更是在绝对禁止之列，可只要离开她、她的视线，就会把这些全抛去了脑后。说来也是倒霉，还没游到那几个西瓜跟前，我便被水下的一个大漩涡给带进了洪流中。“快抓住木头。”随着二先生这声喊，恰好有一根碗口粗的木头从面前漂过，我一个鱼跃扑上去骑爬在了上面。一是年少无知，茫然生死；二是自信自己的游泳技术，听着岸上人的惊呼，自己并不惊慌，只是略感无奈地抱着木头顺流而下。

漂浮了几公里，行至下一个拐弯处，在河水回旋及流速减缓后，我一只胳膊夹着木头一只胳膊划水，慢慢游向岸边，抓住一根堤岸上伸出的枝条爬上了大堤。坐在地上喘息了一会儿，看到救自己命的那根木头还在那里前后左右地游荡着，想着弃之可惜，又跳下水将其拽上岸。

刚才把江娃送回岸后为去追捞西瓜，没顾上解下来的那根二先生给拴在腰间的绳子，此时正好派上了用场，系住木头的一头往家拖。拖着木头没走多远，就看到父母亲、小伙伴江娃与二先生及一众乡亲迤逦呼喊着追了过来。

“妈，这根木头可以做张书桌。”红着眼睛的母亲没理我，冲上前不由分说就是一顿暴打，边打边高声叫骂着。这种情况下对于挨母亲打我是有思想准备的，她不打才不正常。“住手。您重文崇学，全力支持孩子们读书令人尊敬，可时常打骂孩子之做法是错误的。诚然，管教孩子有时也的确需要如此，但这只是辅助手段，还是以劝导、教育为要。”面对二先生的批评，母亲脸红了，随即松开了揪着我胳膊的手。

“您儿子落水起因是去救江娃，这应该得到表扬。后来是因我松开了拉他的绳子才被水冲走，责任在我，对不起。”往回走的路上，二先生又对母亲这样解释着我落水的原因。

“妈，江娃在水中腿抽筋时，二先生把绳子往水中抛了几次他也没接住，有一次因用力过猛二先生差点儿栽了进去。后看到二先生将绳子拴在自己身上要下去救江娃，我想到他不会游泳才抢着下去的，之后还是他将我们拉回的岸上。我被水冲走是自己又返回去捞西瓜所至，不怪人家二先生。”回到家母亲听我说完这些一愣道：“哦，是这样啊。真个是‘人不可貌相，海水不可斗量’啊，想不到二先生那么瘦弱又弯着腰的一个老人还这样的勇敢。儿子，这件事已过去，我也不再骂你了，但一定要记住，一个男子汉无论在什么情况下，做什么事都要有勇有谋才行，别瞎来，瞎来会丢掉性命的。这谋从何来呢？就是多读书，书能让人明理，让人聪明。明白吗？”

3

以前在河边放羊遇到二先生，因他是大人只是称一声“二先生”也就没什么过多交流，我和小伙伴们嬉戏玩耍时他也总是坐在一边打瞌睡，从不同我们一起玩。这件事之后我俩之间接触逐渐多了起来，见面他也会说一些家常话，脸色也不似之前那般冷漠，也有了些笑模样。一天，我用木棍在地上写生字，二先生过来站在身后看。那时家境不好，想买支铅笔和写字本都是很困难的事，作业本是两面写，用过还要收存起来以备写大字。铅笔也是用得手指头都捏不住了还舍不得丢，会用两片竹板和铅笔头捆在一起接着使。因此，写生字都是先用木棍在地上写熟才会写在作业本上。

自己从小就是个急性子，刚开始写横平竖直的还算规矩，写着写着就会潦草起来，只求数量而不管字的周正与否。写出的字也只有自己当时认识，过两天自己也认不清写的是啥。

“怎么写字呢？”默默站在身后的二先生见此就用手中拐棍在我头上重重敲了两下。村里之前做过二先生学生的人都说过，当年他打起孩子下手很重，常常打得你手肿着吃饭都无法端碗。这天他下手也没客气，疼得我一蹦老高。

“字是人的脸，无论在什么地方写字都要尽心尽力，都要认真。写字时要凝神聚气不能浮躁，无论写多少字写多长时间，每笔每画都要交代清楚不能乱来。人说‘字如其人’，意思是看一眼你写的字，就知道你的品行与格调。”二先生说完这些又示意我去看地上的字。看着地上自己写的那些歪歪扭扭不成样子的字，挨打产生的怨气顿时消去，羞涩着对二先生点起头。见我接受了批评，二先生脸上的严肃表情渐渐缓和了。

“走，黄潭洗澡去。”随二先生来到黄潭，我脱得精光跳入水中欢快畅游起来，二先生则穿着短裤坐在岸边搓洗脱下的衣服，待衣服洗干净拿去晾在了河滩的石头上。

割草时身上出了好多汗，跳入这清凉的潭水中身心都感到无比愉悦，游了一阵有些累了就静静躺在水面上享受着这惬意时光。黄潭入水口处有很多大大小小的鹅卵石，流水经过撞击出了细白的浪花，并发出了忽大忽小、清脆悦耳的水波声。身边游着的小鱼儿不知是为觅食，还是因我的扑腾搅了它们的清静，一个个比赛似的奋力跃出水面，落下时击起的涟漪向四周漾去，重重叠叠推向岸边。

天上骄阳似火，没一片云，也没有一只鸟，苍穹高远宁静。“夏天人出汗多，衣服上有味，来洗澡应先将衣服搓一下，然后搭去石头上晒，待澡洗完也干了，穿上干净衣服既体面又舒服。”对二先生这实在又实用的建议我深以为然，马上把脱下的衣服搓洗干净晾在河滩里滚烫的石头上。

“一个人有两种长相，一种是物理长相，一种是精神长相，物理长相源于先天遗传，取决于父母。精神长相可以后天修行，取决于自己。仪态是男人的重中之重，人的外表几乎能反映他的一切。没有人会撇开你邋遢的外表去探究你里面的美好。”二先生对我说这番话时脸上的表情又是很严肃。“嗯，嗯。”

回家后和母亲说起因写字潦草而挨二先生打及他教自己洗澡先洗衣服之事，以及男人应注重仪表的话，母亲摸着我脑袋上鼓起的包笑道：“活该，二先生下手应再狠点，你这毛毛躁躁的性子才会改。洗澡前先洗衣服这样好，话说的更有理，一个人丑俊的确是拜老天爷所赐，自己做不了主，可干净、利落自己能做到。邋遢的人招人烦，整洁的人会给人一种健康向上的感觉，招人喜欢。儿子，你已长大，自己要记着勤换洗衣服，别像村里有些人似的，身上那股臭烘烘的味道远远都熏得人想吐，恶心死人。还有啊，二先生教了半辈子书，一肚子学问，要时时处处向他多讨教。”

## 4

正月十五这天，我去走亲戚午后返回，进门看到父母亲及弟弟妹妹几个人东倒西歪躺了一地，有的有气无力一动不动，有的抱着肚子在那里“哇哇”呕吐。“傻愣什么呢？还不快去镇上请医生？”不知所措的我听到母亲吩咐拔腿向外跑，刚出院门和来家找我的二先生撞了个满怀。他问明情况说了句“让我先看一下”后快步走进门，看了一眼呕吐在地上的东西问母亲：“中午吃的啥？”“煮红薯干。”二先生翻看一下中午吃剩的半盆子煮红薯干道：“您们这是食物中毒，从目前大家的现象上看没什么大碍，别紧张。吃过这东西的人都吐了没？”“都吐过。”二先生上前依次翻翻每人的眼睛，又按按各人肚子后指派我：“去弄一盆肥皂水来。”我急忙去端来一盆水，把一块肥皂放进去搓化，二先生给每人盛一大碗并催促他们喝下去。父亲与母亲都快速喝下，弟弟妹妹看着碗里冒泡的肥皂水是怎么哄劝也不喝，二先生叫来两个邻居用筷子将他俩的嘴巴撬开，给每人灌下一大碗。碗刚放下他们就大口呕吐起来。二先生看着他们吐出的东西：“每人再喝一碗。”然后每人又或喝或灌一大碗，这次反应更快，喝下去的瞬间就被吐出。又仔细查看过一番父母他们吐出的东西，二先生徐徐吐出一口气道：“现您们胃里已吐空，没事了。今什么东西也别再吃，只喝水，吐也要喝。”接着又交代我：“烧一大锅水，弄凉给每个人多喝些。”

红薯，又称甘薯、地瓜、番薯等。它易栽种，产量高，是解决农民们肚子问题的主要食品。红薯分两类，一种是冬末春初之时，农民先将整块红薯整齐码放在一个相对恒温的池子内，待它们生出的芽成型后掰下来栽在地里，这种方式长成的红薯，按我老家的土语叫“芽子红薯”。芽子红薯的苗在地里长到夏初，将它们的秧剪下一段插进刚收完麦子的地里，它们长出的红薯顾名思义就叫“秧子红薯”。两者的区别是“芽子红薯”生长期长，个头大、淀粉含量高、口感面。“秧子红薯”生长期短、个头小、口感甜。乡亲们对它们的存贮、食用方法也不同，“秧子红薯”窖存保鲜，食用时大都是蒸和煮。“芽子红薯”是切片晒干，这样易保存，放一两年都不会坏。红薯干磨成面后做饼或面片吃，那又黑又亮的黑窝头也是由它制成。有时为省时省事，也会把红薯干直接放进锅里加水煮熟食用。这种做法口感很差，不过为填饱肚子也只能将就。

20 世纪 80 年代以前，红薯及红薯干是我家乡农民们顿顿都离不开的主要食品。红薯干在晾晒时淋了雨会霉变不能吃，这一点乡亲们都清楚。只是去秋晾晒红薯干那些天并没下雨，可我家人中午食用红薯干中毒是明确无误的，这红薯干是怎么霉变的呢？此问题让眉头紧拧的二先生很费思量。

“原来如此。”二先生围着我家放置红薯干的地方转过两圈，目光上下左右查看一遍后，他指指屋顶的光亮处对母亲道：“屋顶漏雨使红薯干产生霉变，”然后又指一下红薯干：“这些以后都不可再食用了。”

知晓我家人食物中毒，乡亲们都跑来看望，此时院中已挤满人。二先生把我家中午食用的红薯干举在手中对众人道：“请大家看清楚，这种表面上看不出什么，里面却生有霉点的红薯干不能再吃，吃了会中毒，严重还会死人。若不小心误食，一定要想法吐出，还要大量喝水。这家的红薯干霉变是因房顶漏水所致，大家都回去查看一下自己家存放的红薯干有没有这种问题。另外，这种东西也不能喂牲口。”言毕，二先生习惯性地将双手放在背后慢慢向外走，围观的人们自动为他让开了路。

我烧一大锅开水快速弄凉，不住盛来给父母亲与弟弟妹妹喝，天擦黑儿时他们才缓过劲。“这次多亏二先生来得及时，施救得法，才没酿成大祸。唉，其实，红薯干里的霉点我也看到了，可只想着它不严重，就没在意，吓死人了。儿子，认真读书吧，只有多读书、懂得多，才不会做这种错事。”母亲说话时目光里有不安、落寞，还有愧疚。

5

在农村早饭没有固定时间，一年四季都是随日出而定，暑假期间昼长夜短，饭就吃得早，上午去放羊不到中午已饥饿难耐。家中粮食不富余，母亲就弄些红薯秧剁碎和着红薯面蒸饼子，熟后切成巴掌大的方块给我们食用。因这东西很难下咽，母亲改良的方法是往里加盐和辣椒，也正是辣才让人会大口地吞咽下去。每天去放羊我都会带上一块，饿了垫垫，聊胜于无吧。自上次写字不认真被二先生打后，母亲就让我多带一块这种菜饼给二先生吃。“这种低档次的东西，二先生会嫌弃的。”见我不愿带母亲骂道：“长着个穷肚子还穷讲究，有得吃总比饿着强吧？”让人没想到的是，二先生吃过这种黑菜饼竟连声道：“味道不错，好吃，好吃。”

一天母亲又做这种菜饼时我帮着烧火，谈起二先生她感慨道：“他年纪大，又独自一人，可怜呢。”“妈，怎么就他一个人呢？”母亲先叹口气，接着讲起了二先生的家庭情况。二先生不到二十岁腰已出现了问题，因而纵然一肚子学问也没娶到媳妇，一直拖到三十大几才和一寡妇成了亲。谁知第二年老婆生下儿子便因病去世了。之后，没再婚的他一个人又当爹又当妈好不容易把孩子拉扯大，并给他娶了媳妇。让人没想到的是，知书达理的二先生养的这个儿子却是个混球，小时候不爱读书，大了不爱劳动，整日浪荡在乡间，每天还喝得醉醺醺的，回到家对自己的媳妇无缘无故地拳打脚踢。某日，实在看不下去的二先生上前骂了几句，却被那个不孝东西给推个嘴啃泥，好半天都没爬起身。为这事我父亲还去训斥过他儿子一顿，母亲也苦口婆心对他讲“乌鸦反哺、羊羔跪乳”之典故，同时还着重阐明“房檐滴水照窝行”这句俗语之含意，告知其儿子眼下不善待自己长辈，他日定遭报应等。

二先生儿子当时也承认了错误，表示要痛改前非，可转过脸对媳妇还照打不误，对二先生也依旧骂骂咧咧的。父亲又去管过几次，还在村里的大会上当众训斥过他，但这个混蛋是屡教不改。媳妇因受不了这种虐待而离了婚。成了光棍后这家伙又沾上赌瘾，经常有人找上门来要赌债。清明这天，愤怒到极点的二先生找来近门几个人把儿子给绑在家里的八仙桌上，还把我父母亲也叫去，当着大伙面用木棍揍儿子。

“改不了，有能耐你打死我。”二先生儿子身上挨着木棍，口中却这般嚷嚷着。被气昏头的二先生抄起一把利斧口中叨叨着“我叫你赌，我叫你赌”。手起斧落，只听“咣当”一声，就把儿子的右手食指和中指给剁下。

父亲及他人反应过来上前去阻拦早已晚了，只好把他儿子送去医院。限于乡镇医院的技术水平，医生也没能给接上，这样他儿子的手就落下了残疾。头些年这混蛋又和邻村一个有夫之妇勾搭上，为达到长期鬼混之目的，就把那个女人的丈夫请到家中喝酒，趁人喝多时在饭中下毒，若不是二先生发现早送去医院及时，那个糊涂又可怜的男人定会被毒死。之后二先生儿子被判刑十年，他自己也大病了一场，卧床大半年才好。

讲完这些，母亲先为二先生伤感一番：“人啊，真是没法说，二先生那么有知识、要面子的一个人，却偏偏养出个这么混账的儿子，自己又丢人又受罪，老了还没人养。”接下来还不忘宣扬自己的管教孩子之方法：“人们都说是二先生命不好，我却认为是他自己把儿子给惯坏了，如果从小管严一些，多打几次，一定不会落下这样的结局。”话说完后，母亲双眼直视着我，并意味深长地点着头，似乎在暗示她经常打我们是有道理的。可在我看来，她这是在为自己找借口、找台阶下，是在为上次挨二先生批评找补。

这天深夜，听到有人敲院门，母亲让我去开，打开门看到是二先生。进了院内，他从怀中掏出两本书递给我道："书要博览，这样眼界才宽，胸襟才阔。这是我仅剩的两本书，这个假期里闲暇时可看看。"回到房间点亮油灯，见是两本竖版的《三国演义》与《水浒》。那时乡村里书源贫瘠，学校里也没什么课外书可读，喜欢读书之人只好四处去借，但也时常陷入书荒。拿到这两本书我是如获至宝、欢喜异常，觉也不睡了，即刻就看。限于自己当时的知识水平及理解能力，阅读的重点也只是瞧热闹的故事，至于读的什么，自己又能读懂什么，反而是次要的了。但就是这么读着读着，"侠义""江湖"这样的词汇便渐渐明晰了。从这天起，灯油下去得特快，母亲知道原因后道："努力吧，古人不是讲读书要'头悬梁，锥刺股'的嘛。也是，读书要想出成绩，没'三更灯火五更鸡'的哪行？"

书中有很多繁体字不认识，就抄下来向二先生请教，不懂的词与句子他也会逐字逐句给我讲解清楚，并借古喻今对我进行了一番读书、修养、风骨的教育。

"《左传》中说'太上有立德，其次有立功，其次有立言，虽久不废，此之谓不朽'。这是先贤给男人的一生定的调，要想达此，非读书不可。读书，让人即使没有富裕的生活，也会有富裕的生命。会让人变得善良、强大。正义、诚信会渗进你的骨血里，让你成为一个有温度、懂情趣、会思考的人。"

"诗曰：'腹有诗书气自华。'一个人是否有魅力绝不是因他的外表，而是骨子里散发出来的修养。有修养的人，必然是一个有内涵、风度、教养的人。这些又决定一个人的眼界及未来。《易经》中说'君子黄中通理，正位居体，美在其中，而畅于四支，发于事业，美之至也'。古人以黄为美好高贵的颜色，'黄中'就是内心美好。内心美好而通达道理，摆正自己的位置，恭敬自守；内心美好就会畅达于人的四肢，甚至推动要做的事情。《礼记》中也说'和顺积中，英华发外'。人只有内心和顺，在岁月中不断修养自己，才能使英华自然而然地体现在我们的外表上。因而一个人就要多读书，书，乃肥沃而博大的土地，乃一切美好的源头活水。"

"风骨，是男人的脊梁，乃男人之刚正气概也。男人之所以称为男人，是因为男人具有男人的风骨。男人的风骨不是柔软的垂柳和傲慢的自以为是，是火之焰、灯之光，如大山般沉稳，如青松般坚韧挺拔。是一种风情，是一种担当。所以，男人可以没有多少钱财，但决不可以没有风骨。有风骨的男人才会以宽容仁德之心立于世，才会无愧于天地，无愧于良心。”

关于怎样才能使自己成为一个优秀的男人，二先生如是说：“人这一辈子，一定要逼自己去学习、去经历，去不顾一切地让自己变得强大。当你满腹经纶之时，睿智、沉稳、坚强这些优质男人该有的风范才会随之而来。”

“所谓人生之理想，无非就是能过上理想之生活，可这世上没有坐等收获的美事，要想自己的人生丰富多彩，唯有自己努力，当你准备好了，你想要的自然就在那里，也必然会在那里。所以，人生只有自己能给自己想要的生活。总而言之，人来到世上，不留遗憾才是最好。不求一定要功成名就，但求一生问心无愧，让人生的故事变得丰富而有趣。相信每个人老到走不动的时候，都会感激曾经努力的自己。”

在这次交谈中，二先生还对我透露一个秘密：“民国时期去县民团彭禹庭处，举报村里土匪头子刘汉臣的那个人就是我。”闻此，我对眼前这个不起眼的弯腰老人肃然起敬，他的形象也一下子高大起来。

“二先生为人正直，向他学习知识的同时还要学习他的品行。”母亲听我言明此事，叮嘱道：“他对你讲这些是出于信任，此事决不可再对第二个人讲，人多嘴杂，村里现在还有刘汉臣几家近门，万一他们知晓，节外生枝咋办？那会给二先生惹来是非。儿子，你是个男人，嘴一定要严、要稳，这件事就烂到你肚子里吧。”“嗯，嗯，这我知道。”

看完两本小说后我现学现卖，再去河边放羊就同小伙伴们讲起书中故事，当我讲错或忘记某个情节，旁边的二先生就会提示。待人散去，还会对我所讲的章节评论一番，并指出缺点和错误。晚上有那性急的小伙伴跑来家中要求讲下面的故事，二先生也会过来坐在一旁听。

“看那些闲书干吗？天天讲这些有什么用？当吃还是当喝？”父亲话音刚落，

脸上已挂起不悦之色的二先生马上道："此言差矣，只要是书都有它的价值、它的意义。'见多者识广，博览者心宏'，书读多了，其眼界和思想会开阔，志存高远。""二先生说的对，看闲书怎么了？看闲书总比胡混好。再说，等长大了，实在没什么正经营生了可去茶馆说书嘛，也是一种混饭吃的门路啊。"对母亲这带有调侃味道的话，二先生显然也不爱听："先贤曰：'人之百年，立于幼学。'父母支持、鼓励孩子读书是对的，但引导的方向也不可偏，偏刚误、则废。人若这般教育孩子，让他志从何立？如何定位自己的人生目标？还有，世上的一切因缘际会，皆有安排，尊其所爱，自然会有一番成就。"言罢，脸带不屑的二先生即刻起身离去。"有学问的人说出的话就是不一样，批评的话也让人爱听。"望着已走到大门口的二先生，母亲这样道。

第二天与二先生一起放羊时，谈起读书话题他十分严肃地道："曾国藩对读书人是这样概括的：'盖世人读书第一要有志，第二要有识，第三要有恒。'有志则断不甘为下流，有识则知学问无尽，不能以一得自足，如河伯而观海，如井蛙而窥天，皆无识者也。有恒则断无不成之事。此三者缺一不可。"继而叮嘱道："这也是曾国藩要求读书人应具备的基本品行，希望你记在心里。"接着又鼓励起我："孩子，读书的确很苦，可那是一时，不读书的人更苦，那是一生。知识能改变命运，珍惜光阴好好读书吧，我相信总有一天，你会站在最亮的地方，活成自己渴望的模样。"

## 6

二先生在书法上造诣颇深，草书、隶书、篆书皆擅长，甚至自成一派。书法功底着实了得的他写出的字美观、整洁，规范、大方。见到的人无不为之赞叹，极为推崇。所以，每年春节前差不多全村的人家都会去镇上买回红纸，让他给写春联。此段时间家家户户都忙着备年货、搞卫生，人人忙得不亦乐乎，可当我提出去给写春联的二先生打下手，母亲答应得极爽快："好，好。去了可别只顾着看热闹，要用心学着点儿。"接下来的几天我就会天天泡在二先生家，干些研墨、裁纸之事。

书，心画也。字与人，一而二,二而一。二先生写字时先是双眼直视面前红纸定定看上一阵，此刻，他那苍白的脸色在红纸映衬下也变得红润许多，整个人显得很精神。接着他缓缓将右手袖子卷起两道，拿起笔在砚台里慢慢蘸着墨汁，做这些时眼睛始终都没离开红纸。待笔头吸饱墨汁，二先生便将毛笔迅捷移到纸上龙飞凤舞般写起来。字与字之间从不停顿，端的是行云流水一气呵成。此刻，随着二先生手中飘逸潇洒、运转自如的笔锋，我看到他脸上现出了自负，还略带一丝少有的狂傲。

二先生写每一张对联我都会拽着纸头，随他书写速度或急或缓向前拉，因对他的字及神态十分敬仰，时常看得发呆而忘了拉纸时，他提示我集中注意力有两种方法，一是用笔杆敲脑袋，二是用毛笔在我脸上画黑点。中午回家吃饭，母亲看到我沾满墨汁的脸调侃道："真是近墨者黑啊，不知肚里学到二先生几分能耐，外表倒挺像个文化人。"说完自己先笑了起来，笑完指着一个装有鸡蛋和豆包的竹筐道："等下把这些给二先生送去，算作孝敬老师的过节礼，表表心意。"

初夏某日傍晚放学走进家，一脸凄苦的母亲对我道："二先生下午去世了。"这个消息让我一时犯蒙，直愣愣地看着母亲呆在那里。"他今天清早去市里儿子服刑的监狱探望，临走把身上的钱全部掏给了儿子，自己连回家的几毛车票钱都没留。午饭也没舍得在外面吃，这么大年纪身体又有残疾，大热天又饿又伤心的徒步走回来，哪受得了？进门人已不行。得到消息我和你父亲急忙跑过去，你父亲立时安排人抬他去医院，可还没出院门呢，人已咽气。"母亲说完这些看我还是一副木呆呆的样子，上前推一把并指指桌上的一捆纸钱道："别傻站着啊，拿上纸钱给二先生吊孝去。"

随着母亲来到二先生家，只见已换好寿衣的二先生紧闭双眼直挺挺躺在灵床上，那本就苍白的脸色此时更白了，如同白纸。我先把纸钱点燃放在他脑袋前瓦盆里，而后学着他人样子恭恭敬敬给二先生鞠了三个躬。做完这些刚回到母亲身边，她抬手在我脑袋上重重打过两下，压着嗓音训斥道："一日为师终身为父，二先生教你那么多知识，你端什么架子？行什么鞠躬礼？你该行叩头礼。”

我又给二先生点一沓纸钱，接着趴在地上给他磕三个头，作三个揖，并重复三次，行农村最高规格之三拜九叩大礼。心中还默默祈祷着，愿二先生他在那个书上称为天堂的世界里，弯着的腰能直起来，日子顺当些。

母亲走过来给二先生磕了三个头后，摸着我脑袋默默流下了眼泪，我也哭了。

## 八　愁人的秋雨

秋天的雨总是在不经意间悄悄来临，它飘落在池塘、草丛、树叶上发出的“沙沙、叮咚”悦耳声音，好像一首韵律独特的交响乐。

一阵秋风掠过，天空中那少许的雨丝也被吹得远去，抬头仰望，目之所及，湛蓝天空里清新洁静。坐在门槛上的我被这如画般风景陶醉，暂时忘却了忧愁与烦恼，信马由缰妄想起来。想着那穹顶深处是否也住着人家？他们过的是一种什么样的生活？他们吃什么？坏了，刚想到“吃”这个字，肚子里马上传出阵阵不合时宜的“咕噜”声，游离的思绪一下子又回到现实中。已近中午，可早饭还没着落呢，肚子提意见了。

20 世纪 60 年代那场轰轰烈烈的大运动开始时，在村里做基层干部的父亲也时常被拉到村里戏台上挨批斗。批斗会也没什么创新，沿用的还是那年斗地主保长们的方式，给挨斗的人脖子上挂个大牌子，上写着姓名和职务，情景也并无二致，只是被批斗的人和事不同罢了。

父亲祖祖辈辈都生活在这里，村中大人小孩、老少爷们儿几代人都相熟相知，再者，正直的父亲做人也低调，从没无缘无故整过他人，所以也没什么民愤，因而在批斗会上他人也不好撕破脸做出什么过激行为。还有更重要一点是，主持我们这一片工作的负责人刁主任是个女学生，她是我大姐同学，以前在放假期间还来我家玩过多次。也是因她是女孩子的缘故，所以她主持的批斗会基本上是文斗多，武斗少。在她关照下，其他人没怎么过多难为父亲，在被批斗之余父亲还可以回家吃饭、睡觉。这段时间是父亲在整个运动期间最幸福的时候。过些日子，上级看到这里运动开展得四平八稳太温和，没达到轰轰烈烈之要求，就采取换人换地之方法，先将被批斗对象集中在一起，召集十几个村子群众开大会斗一次，亮亮相，然后拉去各村游斗。

严于律己的父亲工作中恪尽职守、廉洁奉公，没做过营私舞弊之事。在邻村的批斗大会上，对于会议主持者给自己罗织的一些罪名，父亲是逐条驳斥，并说出一些证人与证据来证明自己清白。

性格内向、平和的父亲为人处世基本上都是忍让为先，但他也有倔强的一面，母亲说他“犟起来九头牛都拉不回”。这天他又犯起倔来，先和人争辩，后争吵，末了得到的回报是一连串的大嘴巴。被人打后他索性闭上了嘴巴，任人怎么打是死也不开口了。如此不合作之态度惹得人家更愤怒，没多久父亲就被打得口吐鲜血昏了过去。见他躺在地上好半天没苏醒，主持会议的负责人通知母亲将父亲拉回家。

在家将养初期，父亲情绪极不稳定，苦闷至极的他对眼前所发生的事怎么也不理解，很为自己叫屈，躺在床上双眼直视房顶不和任何人交流，不吃也不喝。平时素以强悍面目出现的母亲此刻却展现出了温柔一面，先将装好烟丝的烟袋递给父亲，还帮着把火点上，然后轻声细语道：“天大的事都有过去那一天，人常说‘没有过不去的火焰山’嘛。想想在抗战时您在炮火连天的战场上都不惧什么，现在这点事又算啥？平时您总是那么坚强，遇事有担当，今天就为这么点小事不吃不喝让人知道会看轻您的。要知道，眼下这种局面它不是您生气、在意就可以改变的。再就是，搞这些事的都是一群孩子，别跟他们一般见识，若和他们较劲那不是自己贬自己吗？以后碰到这种事灵活点，别在人家面前逞能，也犯不上和一群孩子斗气，被打得皮开肉绽还不是自己遭罪？事已至此，能忍就忍忍，该吃饭吃饭，该睡觉就睡觉，不吃饭身体受损病了，有个三长两短，”说到此，指着我们几个孩子道，“让他们咋办？”母亲说这些话时语气之平缓、情意之殷切和平日是判若两人。被母亲这既风轻云淡又语重心长的一席话打动的父亲先长叹一口气，然后就默默抽起烟来，情绪随之也安稳许多。接着母亲要求我们兄妹几个要形影不离陪着父亲，特别叮嘱我："要随时给端水、递烟袋，绝不许惹你父亲生气。"

养些日子，父亲的伤刚好，因运动还没结束又被人给带走了。经过这次被打，母亲对父亲更不放心，为防意外，之后只要父亲挨批斗，她都会跟去会场照看。又因不放心把我们几个孩子留在家，只好带上一起去。

农忙时批斗会时间会放在晚上，因而每当太阳落山，母亲就抱着妹妹带着我和弟弟匆匆往批斗父亲的村子赶。批斗会场里父亲站在台上接受批判，坐在台下的母亲怀抱着妹妹，身上靠着我和弟弟，焦虑地注视着父亲。在他犯倔将要挨打之时立刻跑上前，口中责骂我父亲，身体却挡在他前面向那些年轻人赔笑脸、赔不是，并一再强调："孩子爹耳朵聋胃也不好，是当年打日鬼子落下的病根，经常吐血呀。"

乡村里居住的人相对固定，多代人都生活在同一个区域内，村与村之间很多人家都是亲戚套亲戚。父亲被游斗至每一个村，母亲都要拐弯抹角、想方设法找一两个有些关系的长者，求人家关键时刻相助。此时，母亲联络的人也出面劝阻了，那些要对我父亲动手的年轻人看我母亲拖儿带女地挡在前头，又看在本村长者面上就不好再下手，这一招使父亲多次逃过被打。

夜半批斗会结束，母亲又带着我们跌跌撞撞往回赶，经常是天快亮才到家，安排我们几个孩子睡下，自己又接着去地里干活。

这个时期又有一件意外之事发生。母亲的表哥、我称大表伯的来到我家道："儿子在学校犯了事，现已被关押，据说要判刑。"大表伯知道我县某部门的负责人林昆和母亲早年就相熟，因此来请她出面说情，求人帮忙开脱。深秋时节人们都穿着两件衣服，可只穿一件单褂的大表伯却敞胸露怀，和母亲说话时还不时用衣襟擦脸上的汗。中等身材、四方脸的大表伯由于长年在地里干活，脸上的皮肤显得很粗糙，花白的头发乱蓬蓬的，眼睛通红，眼角还带着眼屎。

母亲和大表伯家感情很深，少年时她家遭劫难，外婆常去他家借粮款，大表伯家总是尽全力相助。始终不忘此恩的母亲多年来每逢年节时都会去他家探望。明其来意后，母亲即刻带着我们几个孩子匆匆往镇上赶。

大表伯婚后连生多个女儿，直到四十大几才得一儿子，取名旺喜。平日里大表伯对这个传宗接代的宝贝十分溺爱，时时处处都宠着，为了儿子能有一个好前程，还送他到镇中学读书。今年已 14 岁的旺喜性格执拗，行事乖张，头天中午在学校食堂吃饭时不小心将一碗汤洒在一当年的风云人物相片上，不知是年少轻狂还是患上了失心疯，他不仅没有去清洗反而用手蘸着汤水在照片上涂鸦一番。被人举报后马上让学校给扣了起来。得到消息大表伯撂下手中活一路小跑至学校，先骂儿子两句然后给老师及领导赔礼道歉。当时没想太多，以为儿子被关几天惩罚一下此事就会过去。谁知今天事情起了变化，据说，这件事被镇上搞运动的负责人知晓后，认为这是一件性质恶劣的破坏事件，就把此事转给镇派出所来处理。有知情人私下透露："旺喜极有可能会被判劳改。"

来到镇中学，母亲先去找校领导相问，事情还真如大表伯所言，旺喜人虽还关在学校，可事情却是镇派出所来处理。一行人又匆匆赶往派出所，路上母亲还安慰着大表伯："别着急，等下见到派出所领导咱多说些好话，孩子毕竟还小嘛，以后我们保证严加管教就是。这越是当领导的越好说话，又都是生儿育女之人，会理解这些的，见我们态度诚恳，说不定当场就会放人。"

时代在变，看来母亲也没跟上这一变化。在派出所，她的话还没说完，里面的工作人员便摆手道："现一切工作都要听镇上运动委员会指挥，请去镇政府那里找他们的负责人解决此事。"听人这么说，母亲挂着笑容的脸上一下就阴沉了下来，脱口来了一句："这可麻烦大了。"通过父亲的事她已明白警察所指的那个委员会里面的人个个都不是好相处的主，讲起话来天上一句、地下一句云山雾绕的，让人都不知道怎么接。

镇政府大院里乱哄哄的都是人，负责人却遍寻不见。起初，母亲没按大表伯的意思直接去找在县里工作的林昆，并非搪塞什么的，而是源于她不爱求人的天性。想着人家是领导工作忙，为一些琐碎之事去麻烦人家不合适，因而林昆先后在我们区里、县里工作近 20 年，无论家中发生什么事从未去叨扰过。今天没先去的另一原因是自信自己的能力，以为去学校、镇政府找领导人好好说说求求情，旺喜的事就能解决。现转过一圈，能见到的人管不了，管得了的又找不到，望着大表伯苦瓜似的脸，几经犹豫，最后让我们在学校等，自己去了县里。

过好长时间母亲才回，从她和大表伯谈话中知道，林昆前些日子也已被带去他处批斗，至今下落不明。母亲又带着我们来到镇政府大院，得知负责人正好在，交代我照顾好弟弟妹妹，自己和大表伯急忙走去管事人办公室。不长时间他们走出，从两人含着笑意的脸上让人感到事情应该是有好结果，母亲也是太高兴了，竟对我们几个孩子道："真是巧啊，这里的负责人是你大姐的同学，就是前些日子带着人在咱村开斗争会的那个女学生刁主任。这闺女还念着旧情，她答应再关旺喜这臭小子两天，教育一下就放。"母亲说得高兴，我们听得也高兴，大表伯也愉快地邀请我们去他家。"孩子父亲还在外村挨批，我不放心。"大表伯也理解母亲的心情，说句"我送您们回"后抱起妹妹就往我家的方向走。

出街口没多远，学校派来的人追上我们，告知旺喜在校院里投井寻死，校领导要大表伯速去。母亲指派我："带着弟弟妹妹慢慢跟来。"自己和大表伯朝着镇中学的方向跑去。

背着妹妹带着弟弟赶到学校天已黑，来到关旺喜的地方只见母亲正在高声责骂他："人犯错不怕，改了就好，不该一错再错。这样寻死觅活算什么事？对得起养你的父母吗？"骂着骂着，脾气上来的母亲走上前对着旺喜的脸"啪啪"就是两个大嘴巴，打过又骂："浑小子，你是男人吗？男子汉大丈夫来到这世上走一遭是要干一番事业的，就是死也要死得轰轰烈烈，这样跳井寻死跟个娘儿们似的，丢不丢人？算什么东西你？你个胆小鬼，若是我儿子，现在就掐死你。"

模样和大表伯很像的旺喜也是一张黑黑的四方脸，眉眼也一样，只是他看人时不似大表伯平和，而是脸向下倾斜眼珠向上翻，那副所有人都欠他什么的尊容让人感到特别扭。之前我们往来不多，只有年节期间相互走动才见过几次，所以我们两家之间感情深厚，可我俩之间却没什么交情。

旺喜是借吃饭之机，趁看管人不注意跳进了院中一水井里，好在这口井是土井，井岸与井壁没镶砖石，井内水位也浅，人们将他捞出，整个人是完好无损，身上竟连个磕碰的瘀青都没有。大家虚惊一场。其实，旺喜终究还是个孩子，心智还没成熟，投井既有母亲所骂的懦弱、任性之因素，另一原因是自己感到委屈。那天是因米汤太烫，洒手上被烫得一哆嗦，就那么往墙上顺手一抹而弄脏了画像，并非有意而为。再有，想到能来镇中学读书，是几位姐姐做出牺牲让给自己的，是承载了一家未来之希望的，现闯下祸端感到无颜面对家人，才做出了这蠢上加蠢之事。

学校领导怕再发生意外，要求家长留下帮助看管，母亲让大表伯留下，自己先把我们几个累赘送回家。第二天大清早交代我句“照顾好弟弟妹妹”又去了镇上。

作家与诗人眼中的秋天是那么地富有诗意，多姿多彩，原野上果实累累，到处瓜果飘香。在这丰收的季节里劳动人民都沉浸在快乐与忙碌中，尽情享受这惬意的收获季节。此刻，我却没有如此的浪漫情怀，还在为午饭发愁。母亲为旺喜之事出门时家中留下可吃的东西本来就不多，且三天又没回，昨晚我们几个已把家中所能吃的东西全吃光了。

从早上开始我一直坐在门口边看下雨边等母亲，现已中午，还是不见她的影子。弟弟妹妹边喊着饿边在屋里乱翻腾，希望找出一点可充饥的食物。看着他俩的举动我感到好笑，以前家中那些“吱吱”乱叫的老鼠现如今都没了踪影，若你们能找到可吃的东西，那耗子们也不至于冒雨去他人家串门了。

拴在墙角的几只羊因下雨没去放，现在也“咩咩”乱叫，去给它们拿贮存的干草时，心里居然十分羡慕起这些羊儿来，想到它们可以吃草来解决自己肚子问题，多幸福啊，人若也能如此该多省事嘛。

经过青草丰盛的夏季，羊儿们的嘴巴也已吃刁，竟然也挑肥拣瘦起来，对我拿来的干草一点兴趣也没有，一个个低头闻了闻嘴都没张。而后又齐刷刷抬起头，巴巴儿地望着我。这时，一只没用绳拴的小羊羔趁我开门之机跑去厨房跳至一泥缸上，蹦着高去够吊着的一只竹篮，因那个竹篮里有一把大前天母亲让我采回来做菜用剩下的红薯叶。小羊羔这个举动使我忽然灵光乍现，忽然想到了采红薯叶时所看到的那已隆起的根部，此现象表明下面的红薯应有鹅蛋般大小了，现可以去挖些来吃，秧还可以喂羊，可谓是一举两得。弟弟妹妹听说有红薯吃马上欢呼雀跃着要求一起去。

雨还在下着，野外空气格外清新，路边的野花经过秋雨沐浴显得高雅脱俗，散发的淡淡清香令人迷醉。飘忽的雨滴落进路面中的坑洼里，漾起了一圈圈细密波纹。饿意又袭来，胃里翻腾着股股酸水，这让我无心赏景的同时对这秋雨也产生了厌恶，大地已被滋润饱和，烦人的你们怎么也不知见好就收呢？还这样没完没了地下？真个是太不够意思了。

挖红薯这种活对生长在农村的我来说很平常，以前就干过多次，雨后的红薯地土质更松软，刨起来比平时轻松许多。我在前面挖，弟弟妹妹在后面捡，没多长时间就挖了满满一竹筐。说来也是倒霉，举起镢头挖最后一下时脚下一滑，一个趔趄，不知道怎么弄的，那镢头竟鬼使神差般砍在自己脚面上。随着一阵钻心疼痛，那长长伤口的皮肉马上向外翻起，血也一下涌出。在农村干活，碰伤手脚的事常发生，故而也就没当回事，随手抓了一把烂泥糊在了伤口上，然后扛起竹筐往家走。雨后的田埂上格外泥泞，走起来一滑一滑的，伤口处又冒血了，身后的脚印红艳艳的。

在池塘边，洗沾满泥巴的红薯时，想起该把红薯秧拿回家来喂羊，遂交代弟弟妹妹："小心点，别掉水里。"自己又一瘸一拐地向地里走去。

"哥，哥，"还没走多远，背后便传来了妹妹的哭叫声，转身看到弟弟正在池塘里挣扎着，忘了脚疼的我三步并作两步跑回，跳入池塘将他抱上岸。看着浑身湿漉漉的弟弟边哭边吐着泥水，心里很不是个滋味的我深为自己没照顾好他而内疚。

经这么一折腾肚里更饿，回到家急忙将红薯放进锅里煮，要起锅时母亲回来了，又饿又委屈的弟弟妹妹迎上去一人抱着母亲一条腿咧嘴大哭起来。听我把刚才发生的事讲一遍，母亲没出言责备，“唉”过一声后急忙搬起我的脚查看。看到伤口处还在往外渗血水便抓过一把锅底灰摁在了上面，又找出一些布条裹缠着。

前些日子母亲白天下地劳动，晚上去批斗会场陪父亲，这两天又忙着旺喜之事，过度的劳累又加上吃不好、睡不好使她疲态尽现，此时的母亲头发虽然梳得光光顺顺，穿着也依旧干净利索，不过那通红的眼睛、憔悴的面容足以证明她的身心所承受的压力是多么的沉重。

不知是因母亲裹缠中下手太重，还是受草木灰刺激，伤口处是一阵剧烈疼痛，虽极力忍着没哭出声，可泪水却流了出来。弟弟妹妹看到我流泪，两个人的哭声更高了，被哭声惹怒的母亲迅即转过身指着他们大喝道：“都闭嘴，我还没死呢，哭什么哭？”随着母亲这声吼，室内哭声大合唱戛然而止，接着母亲抬手给我一个大嘴巴：“记住，你是我儿子，天塌地陷都不准哭。男子汉就要顶天立地，拳头上要立得人，胳膊上要跑得马，一个大男人，丁点小伤，哭天抹泪的，算个男子汉吗？”打骂完，一指给我缠了一半的布条道：“自己包。”然后起身去给弟弟妹妹拿锅里已煮熟的红薯。

“妈，旺喜的事怎么样了？”“能怎么样？本来镇上那位刁主任已答应过两天就放人的，他这么一跳井动静闹大了，传到了刁主任上级负责人耳朵里，人说旺喜他先是蓄意破坏，对抗运动，后畏罪自杀以逃避惩罚，罪上加罪。接下来任怎么给人家说好话也没用，隔天就宣布判他四年劳教。”母亲说完这些接着又训斥起我们兄妹几个：“做人一定要老老实实，千万不要做那不着调的事，犯下事不但自己受罪没前途，家中长辈也跟着抬不起头。以后你们谁要做出丢人之事，不用麻烦人公家，我当场就把他打死。”看着目光威严的母亲，我们兄妹几个急忙点头称是。

我们吃完红薯，母亲走去门口抬头看天，起风了，雨也大了，母亲眉头皱起来了。在门口定定站了一会儿，母亲扭过脸看看我们几个，然后又去看天。“妈，您只管去照看父亲，我能照顾好弟弟妹妹。”母亲赞赏地看我一眼，披块雨布匆匆走进了风雨中。

## 九 恩怨

一年里收割麦子时节是农民最紧张、最辛苦的时候，麦子熟后需立刻收割，否则熟过劲麦粒就会脱落。还怕下雨，碰上雨水麦子会霉变，那农民们这大半年的辛苦就会随雨水而落下一场空，所以要抢收。种庄稼最讲究时令，错过不是歉收，就是绝收，因而又要抢种。这就是农村里的双抢时期。此一时期农民们都会付出超强辛劳，起早贪黑拼了命地劳作，谁都明白这些天不抓紧，候着的定是灾荒。待这紧张的半个月过去，大多数人都要脱几层皮、掉几斤肉，又干又瘦变了相。接下来的几天人们就不再干重体力活，会适当歇歇将养一下。村里家家户户的主妇们，也都会用新麦面蒸馒头或做捞面条来犒劳一下那已装了很久的糠菜肚子，过几天一年里不多见的奢侈生活。

### 1

往日我家午饭一般都是母亲擀面条，今天中午却是父亲在擀，她在烧火，只因今天和的面剂量大。母亲还放出话，今天午饭捞面条不限量、随意吃。捞面条这种吃法在当年我们那一带是农家最好的午饭，我家一年里也吃不上几顿。母亲这个承诺让我们兄妹几个高兴得都差点喊她万岁，个个不等吩咐都变得格外勤快，剥蒜皮、捣蒜泥忙得不亦乐乎。

邻居族六叔是复员军人，此时担任村里的治保主任。三十来岁的他个子不高却很粗壮，胳膊和肩膀上的肌肉棱棱突起，让人一见便想到强悍这个词，浓眉下那双眼睛也特有神，还有那满口洁白明亮的牙齿也让人十分羡慕。六叔身上的白背心已有多处破洞，之所以没舍得扔依旧穿在身上，是因那上面印有他服役过的部队番号。来和父亲商量村中下一步工作安排的他谈完事要走时，我的小伙伴江娃气喘吁吁跑进门向父亲报告："寿奇和刘保长老婆一起钻进了砖窑里。"江娃和我年龄相仿，都是十来岁年纪，对男女之事虽还不十分明了但也略知一二，明白不是夫妻的男女在一起是有违道德的事。

"混账。"父亲听完江娃报告，手在面板上重重拍过一下，便和六叔一同向外走，烧锅的母亲将灶里还燃烧着的柴火退出，舀一瓢水浇灭后也匆忙追了去。江娃我俩小跑着跟在后面。

村里的砖瓦窑在小河边一小汊子旁，建在此之目的是取水便利。因只在农闲时才用几次，此时窑的四周长满了野草。寿奇也应是看中了这里的偏僻、清静才带着刘保长老婆来此幽会。

寿奇就是那位在民国时期自卖壮丁同我父亲一起当兵的乡邻。母亲自那年去县城找我父亲时第一次听到他说话声音后，就始终疑他是土匪围攻娘家寨子那天，进自己家找东西吃的那个土匪。

民国时期，寿奇他多次自卖壮丁去当兵骗钱。据父亲讲寿奇也参加过多次战斗，可他却连个轻伤都没负过，每次都能全须全尾地逃回。按父亲的意思这不全是运气好，应归于他猴精溜滑的机灵劲。国民党落败后他这套生财之路也随之断绝，可他在村里还是游手好闲浪荡着，随着社会变革土地归公，无处去混之后才跟着大伙一起参加生产队劳动。经过多年改造，他身上流氓混混的本性虽收敛许多，但也没有彻底改，时不时还会干出一些失德之事及偷鸡摸狗的勾当。

在农村，走亲访友、联络感情所带礼品大都是鸡蛋和挂面。时间一般是在春节期间或麦收后，选择这两个时间段一个是有闲，一个是有礼物可带。村里有一台做挂面的机器，因做挂面大部分时间都在室内进行，既少了在地里干活所受风刮雨淋之苦，偶尔还能占些便宜，虽说摇动机器上那个大轮子也挺费劲，但权衡过后寿奇还是抢下了这个活。实事求是地讲，寿奇做出的挂面又细又白，包装也好看，获得了村民们一致好评。这些天正是走亲戚的高峰，他也是加班加点挺忙活，前天中午路过做挂面那间屋子，看到寿奇正光着膀子摇机器，我便好奇地驻足观看。由于天气热，一身大汗的他没有毛巾去擦，而是拿起一硕大面块在自己光着的前胸后背上蹭了起来。

“嘿，干嘛你？”听到我既生气又惊讶地质问，寿奇既没惊慌也没什么不好意思之表示，只见他不紧不慢地将沾满汗水的面块随手一甩又扔回了面缸里，接着还挤眉弄眼地朝我笑笑。平时我很爱吃挂面，并多次吃过他做的挂面，寿奇的这种行为让我胃里马上是一阵翻腾，恶心得直想吐。

“寿奇，你这个混账货，咋能干这事？”面对被我叫来的父亲之责问，令人想不到的是，当着我这个证人面寿奇他不仅不认账，还大言不惭地表白着：“我这人历来走得正、行得端，为人处世堂堂正正，这您都了解。做挂面时特注意卫生，不但一天洗几次澡，还会换几次衣服，别说用面块擦汗，就是一滴汗星子都不曾溅落到里面。卖挂面也足斤足两，从不占人丝毫便宜。”言罢这些还恳请父亲：“别轻信黄口小儿之言，刚才他一定是看花了眼，错把白毛巾当作了白面块。您当村干部的可要秉公断事，千万不能冤枉好人。”说着说着，他委屈地都快哭了。

寿奇平时就很会装蒜，别看他见谁都点头哈腰，可骨子里是谁都瞧不起，刚和你热情打过招呼转过脸就会骂你。在村里他唯一对我父亲敬重一些，那是因为当年在打鬼子战场上父亲救过他的命。

看着这个长着一对金鱼眼、像瘦猴子一样的家伙在那里喋喋不休地向父亲诉苦，倒好像受了多大冤枉似的，气得我七窍生烟，脑子一片空白，除了想上去揍他其他不知该做与该说些什么。父亲心里也明镜似的，知我所言非虚，相信这种缺德事寿奇一定干得出来，可苦于没有其他证据，只有我一人之孤证，况且又是个孩子，只好对他进行一番批评此事就算过去。母亲得知此事后恶心地“哇哇”吐，从此再也不吃寿奇做的挂面。

坊间还流传着寿奇做的另一件坏事，说是某年一个大雪天，他从外面回村，路过村西小河边看到一个年轻女子独自行走时，寿奇这个家伙见前后无人，就举起手中扁担冲上去威逼着把这个女子摁在雪地里强奸了。听到这个传闻，父亲很重视，立刻将他叫到牛屋审问，当时寿奇也是百般抵赖不承认。父亲喊来几个听他讲过这件事的人做证，面对众人他立刻狡辩说那是自己酒后胡吹。对这种风言风语的传闻，又没有苦主来告发，无凭无据的父亲还真拿他没办法。可等父亲转身刚走，他又对我们一群孩子绘声绘色讲起这件无耻之事。

民国时期村里的掌权人刘保长被判无期徒刑送去内蒙古劳改后，他老婆没提出离婚，而是守着一双儿女过日子。村里很多人都劝其改嫁，母亲也劝过她两次，保长老婆也明白这无期徒刑是一辈子的事，自己丈夫只有死后骨灰才有可能回来，不过因担心再婚后儿女受委屈，就选择了坚守。

刘保长老婆娘家也是大财主，自出生她就娇生惯养的，从没下地干过农活，嫁进刘保长家还有丫鬟伺候。前半生过的都是衣来伸手、饭来张口，十指不沾阳春水的日子。养尊处优的日子戛然而止之后，她也只好去地里干活来挣饭吃，有些干不动的重体力活只能去求他人帮忙，然后再帮他人做些针线活换工。和寿奇能勾搭在一起，大概就是在这相互帮忙中发展起来的。

追着父亲来到砖窑前，顺坡道下至窑门口就看到寿奇和刘保长老婆正搂在一起做着那羞羞的事。两个正在兴头上的男女可能是太投入了，对我们一群人的到来居然没察觉，依旧恣意地调笑着。火暴脾气的六叔看到这个场景，一个箭步冲上去，抬脚将寿奇踢翻在了一边。受到惊吓的这对野鸳鸯一下子蒙了，不知所措，愣怔在那里，六叔那抡圆的大巴掌在寿奇的刀条脸上亲热过多次，他才叫出声来。

六叔边打边骂，寿奇边号叫边求饶，赤身裸体的刘保长老婆则趴在地上高一声低一声地哭，一时间砖窑内热闹非凡，江娃我俩看得兴高采烈。稍许，看不下去的母亲捡起地上一件衣服搭去刘保长老婆身上时，只见这个被吓毛了的女人身体一个激灵，接着是一声野猫般的尖叫。这一幕让我和江娃忍不住“哈哈”笑了起来，笑声让母亲想起了我们，将我俩边往窑外推边骂：“滚出去，不许看这些。”

站在窑门外，看不见里面的好戏了，只好将耳朵像兔子般竖起来听动静。窑里传来的依然是寿奇杀猪般惨叫与六叔“混账，混蛋”之骂声，当传出那女人一声哭叫后，只听母亲道："老六，让他们快把衣服穿上，出去再说。"没多长时间父亲他们走出，寿奇弯腰低头虾米似的走在前头，刘保长老婆披头散发遮挡着脸跟在后面，一旁的六叔还时不时地用脚踹寿奇。

"开斗争会，开他们斗争会。"愤怒的父亲并要六叔："准备会场。""不能开，不能开。"母亲示意六叔停下，又把父亲叫过一边压低声音道："这种事张扬出去让那女人还怎么活嘛？万一想不开寻了短见怎么说？这男女之事你情我愿的是犯错，不是犯法，别处理得太过分，给人留个脸吧，以后还要过日子的嘛。"母亲的这些话让父亲冷静了下来，不再坚持开批斗会，转过身对这两个男女呵斥一番，就让他们各自回了家。

"这件事哪见哪了，谁也不许到处乱说。"待寿奇与刘保长老婆离开，母亲对大家强调过这些，又指着我和江娃一瞪眼道："明白吗？""嗯，嗯。"之前在很多事上已验证了母亲所说与所做之正确，这一点连六叔与父亲都心悦诚服，渐渐就形成了在任何事情上母亲一言九鼎的现实。

"想想刘保长老婆日子过得也不容易，这两天我找个时间再劝劝她，堂堂正正地找个人，等年纪再大些后也是个伴，不然碰到病啊灾的指靠谁？老六，若她和寿奇有那个意思要支持啊。""嫂子，您可怜她干什么？以前她过得那么幸福，现受点罪也是该着。再说，这些年村干部们谁也没故意为难过她，她有什么不容易的？"六叔这些话让母亲直摇头，过了一会才语中含怨道："一个女人空守这么多年，她肯定会有一肚子苦水，可碍于身份没法向外人吐露，你们这些男人，哪懂女人苦啊。"

## 2

在母亲阻拦下，刘保长老婆和寿奇幸运地免去了一场被批斗。其实，母亲对寿奇可以说是十分厌恶，和刘保长老婆也并没什么交往，更谈不上有什么交情，严格来讲她丈夫还伤害过我家。母亲这样做一方面是她善良天性使然，其二是认可了刘保长老婆这些年的所作所为。正如六叔所言，这个女人之前过的是横草不扶、竖草不拿，嗑嗑瓜子绣绣花的快活日子，可这些年为了儿女也是风里来雨里去地辛勤劳作，含辛茹苦地把孩子拉扯大。这些，在母亲看来就是个不错的女人、合格的母亲。因而，对她偶尔做点出格事便持谅解之态度，同时，在自己能力范围内尽量地给予保护。

以前农村的阶级成分，从上到下依次是地主、富农、中农、贫农、雇农。20世纪60年代后期，乡村里但凡有个什么活动都会把地主家里的人拉出来戴上纸糊的高帽子游斗一番。

我村搞运动的领军人物叫顺富，后改名东风，可村里人还是习惯叫他顺富。他不到20岁的年纪，高个子，大脑袋，眼睛亮亮的，看上去帅帅的一个小伙子。读书之时及毕业后回村劳动期间老老实实、本本分分的一个人，谁知运动风起后他顿时奓起翅来，领着一群年轻人忙游行、忙串联，一时成了村里的风云人物。我村先前不富裕，只有刘保长一家地主，他父母早已去世，刘保长又是独苗，且本人已被送去内蒙古劳改，此时，看着外村热火朝天地开斗争会，顺富特眼热，只是苦于没有被斗对象，失去在人前出风头的机会，让他很失望。不甘心的他几经苦想后把目光对准了刘保长老婆，准备把她拉出来批斗一番，彰显一下权威，借此来扬名立万。

1949年后，县以下的行政单位是区、乡、行政村、自然村。后来改为公社、大队、生产队。风头正劲的顺富被结合进大队的领导班子后，尾巴可就翘上了天。此一时期在谁人面前他都是一副耀武扬威的样子，唯独怕村干部六叔。顺富已70多岁的爷爷为人极为老实本分，见自己的孙子今天斗这个，明天整那个，就批评了他几句。已感到自己是个人物的顺富哪里还听得进这个？争吵中不仅对爷爷出言不逊，还推了一把。六叔见此火了，冲上去将他摁在地上臭揍了一顿。被打怕的顺富之后只要见到六叔，他那高高扬起的尾巴便会即刻夹起。顺富对我父亲也稍稍有一点尊重，原因是在他读初一那年母亲去世了，家里兄弟姐妹五个他还是老大，只有他父亲一人参加生产队劳动，所挣工分少，分的粮食也少。见他家困难父亲对其是多有照顾，不仅去学校帮他求情免学费，还千方百计地帮他家申请救济。

父亲前阶段已被打倒，不过因要他带领村民搞生产，毕竟民以食为天嘛，所以他那个母亲口中的“比芝麻官还小无数倍，既无品、又不入流”的村官还没被彻底撸掉，但也明确规定他只负责生产，不能涉足其他，按当时说法这叫“有限制使用”。再则父亲在村里管事多年，威望还在，多数人还买他的账，很多事得不到他支持还真不好进行。因此，顺富带着几个助手屈尊到我家，找父亲商议怎么热热闹闹地批斗刘保长老婆。

自己以前已被批斗多次，从自身遭遇中父亲已认识到，顺富这些人除了会胡闹别的是一无是处。另一点，父亲对顺富这类人所热衷的这些事极为反感，明其来意后“嘿嘿”冷笑过几声，然后一言不发。

“凭什么斗刘保长老婆？总得有个理由吧？”冷场了好一阵，母亲这样问领头的顺富。“凭她地主成分。”“刘保长家是地主，她娘家也是财主这是实事，谁人都知道，可她在娘家时年纪小，大门不出二门不迈的，除去吃喝穿戴好一些没听说她做过什么坏事啊。”母亲的话还没说完就被顺富打断：“她生在地主家，长在地主家，就该批斗她。”“这么说可不占理，人生在谁家那是老天爷安排的事，岂能自己来决定？人的好与坏不在她生在哪里，而在自己的品德，刘保长老婆嫁来咱村后没见她做过什么对不起人的事，她丈夫作的恶，自有她丈夫承担，刘保长不已送去劳改了吗？她一个女人家，又做错什么，你们斗她干吗？”母亲这番话显然不招顺富喜欢，瞪了一眼母亲，质问道：“地主婆好与坏，你咋知道？”“我和她是前后脚嫁来这村的，当然清楚，不信我所言，回去问问自己家的长辈，如若刘保长老婆做过什么坏事，我支持开她的斗争会，否则就别无事生非了。你们小小年纪听我一句劝，该读书去读书，该干活就干活。”母亲这些训导之言顺富更不爱听，刚说到此又被他打断：“少啰嗦，你啥也不懂，懒得同你说。”抢白完母亲，他转过脸问父亲：“什么意思嘛？表个态啊。”不愿与这些人为伍，更不愿同他们搅在一起整人的父亲黑着脸道：“我只管生产，其他不知道。”说完起身出门。被晾在一边的顺富及几位助手气哼哼走出我家时，只见他冲着父亲背影大喊道："哼，'没了张屠户，还吃带毛猪不成？'别以为自己多么了不起，你不支持我们照干。"

隔天早饭时，村里大喇叭"呜哩哇啦"响了起来，要求村民们即刻到戏台集合，参加批斗会。自土改那年村里戏台上开过批斗刘保长的大会之后，很长时间那上面除去演戏再没上演过斗人之事，再现这种场面已相隔十多年。斗移星转，物是人非，挨斗之人已换作了我父亲，且场面比当年批斗刘保长还热烈些。从那以后，我家人对"批斗"这个词特敏感，只要风闻各个心惊肉跳。只是自父亲被批倒批臭之后，村里已没第二个人可斗，戏台也已闲置多日，这突然又启用，是要斗何人？如若是又批斗父亲，怎么事先一点征兆也没有呢？

听到广播的那一刻，我急忙转过脸看父母反应。正在吃饭的他俩闻声马上放下碗筷相互注视一眼，接着是相互摇头。以此看来他们也并不知情，对此也是一头雾水。稍许，见母亲起身出门，我急忙跟在后面向戏台方向走去，路过刘保长家门口，看到顺富与几个人正在推搡拉扯他老婆。"干吗这是？"顺富回应母亲的是："她有变天复辟嫌疑，开群众大会斗她。"对这个回答母亲更不解了。"她有把天翻过来的能耐？这也太高看她了吧？可有证据？""我已观察多日，这女人时常坐在之前她家院门口那棵银杏树下，且一坐就是老半天，她肯定是在想着怎样变天、怎么复辟失去的天堂。"母亲："院门口哪棵树？"顺富："那棵银杏树。"

刘保长家宅院门口是有一棵高大的银杏树，不过他被劳改后，树及宅院都已换了主人。这棵银杏树旁边还有一棵桂花树，开花时节香味浓郁，闻起来令人心旷神怡，我和小伙伴们时常在树下玩，村里老人们闲暇时也常坐在树下聊天。

母亲先是"哈哈"一笑然后朗声道："说你们年少无知，还不爱听，银杏树味道特别，不爱生虫，坐在树下乘凉是为少招虫子咬，这和复辟有啥关系？你们的想象力可真丰富。"顺富听完母亲所言，急赤白脸道："说话当真？你敢负责？"母亲拍着胸口道："你称四两棉花纺一纺（访一访），我历来讲话不打诳语，吐口唾沫是个钉，话既出口当然敢负责。要不信可去问他人，如假你们斗我。"顺富在村里长大，自然了解母亲之为人，他嘴里讲的坐在银杏树下想复辟变天之理由，本来就是借口，用来唬人的。至于银杏树生不生虫，他和自己手下的这几位原本就不怎么爱读书、不学无术的年轻人并不明了，看母亲讲得有理有据，一时间他们几位自己肚里先打起鼓来，既不好否定也不好肯定，进退两难地愣在了那里，你看我、我看你，不知如何是好。母亲看准时机又道："若只是为这等事就开刘保长老婆批斗会太牵强，传出去会惹人耻笑的，于你们面子上也不好看。不如先放了她，等掌握到她想复辟变天的真凭实据再斗也不迟嘛。这样好不好？把她先交给我看管，你们先忙其他大事去。"几位想借批斗会出风头要威风的年轻人，被母亲一席话说得无法再坚持，只好就坡下驴，松开了拉扯刘保长老婆的手。但顺富此时还不忘找补一句："待我们去了解情况，如若有假，拿你是问。"说完一声呼哨，众小伙子们呼喊着随他而去。

"没事了，回家去吧，以后乘凉别再去银杏树下，免得瓜田李下落嫌疑。人正瞌睡呢你给送枕头，这还不让那些找缝下蛆的人乐歪了嘴？"还在瑟瑟发抖的刘保长老婆哭泣着给母亲深深鞠个躬，小跑着回了家。

母亲对顺富几个人讲的银杏树不招虫、不生虫这一说法，不仅他人将信将疑，第一次听说的我也是疑信参半，看到母亲甘愿为刘保长老婆作保很是担心。"妈，银杏树真不生虫？""是。银杏树不生虫不易死是一种长寿树，在人们眼中是吉祥之物，可给人带来好运。早年间讲究的人家都会在门前种上一棵。""妈，你没上学读过书，怎会知道这些？还有银杏树为什么不生虫？""常言道'人生处处是学问'，文化知识不光书本上有，只要留心生活中也可学到许多。银杏树不生虫我知道，至于它为什么不生虫？我只知道它自身独特的味道是原因之一，是否还有其他原因却不清楚。"说完这些母亲放低声音又道："你外婆家门口原来也有一棵银杏树，后家遭火灾那棵树也被烧死了。"言罢一声长叹。

3

盛夏之时气候极为反常，好多天没下雨，地里庄稼已快旱死。秋作物如歉收或绝收，那农民来年的日子就不好过，就要饿肚子。上级号召抗旱，各级干部分头下去住村帮助指导，在县里工作的林昆来到了我村。他吃住都在我家，母亲让家里的孩子都称呼他“林叔”。

天干地旱多日，村里水井已见底，小河也已断流，只有黄潭里还存有一汪水。林叔和父亲组织乡亲们到这里挑水浇地，男人们个个都脱光膀子，用大水桶一担担往地里挑，妇女们则用水瓢舀着水小心翼翼浇在秧苗根部。上百人在一起劳动，挑水的担子一排排、一行行走起来场面很是壮观。

沉重的担子压在汉子们肩上，超强的体力支出使他们个个满身大汗，前胸后背都湿淋淋的。随着快速走动那汗水一串串向下淌，搞得人们都像刚从水中捞出来一般，一路走过，那些滴在地上的汗水如收集起来，想来不会比所挑桶里的水少多少。

接近中午时，人们的体力有些不支，可庄稼汉们心里明白，现多挑一担水，多保住几颗秧苗，秋天就会多一分收获，因而大家仍是咬牙坚持着。林叔的脚在战争年代负过伤，平时慢慢行走还将就，如用力或快走那腿脚就一瘸一拐不利索。在村民们眼里，身有残疾的他又是官员，在此烈日当头之时还和大家一起挑水，心中赞许的同时又激情满怀，干劲更高。

从河滩到地里有一段陡峭坡道，挑水走到这里更加费力，当林叔又一次挑水走到这里时，在他前面的寿奇脚底一滑，连人带水桶一起滚落下来，猝不及防的林叔被寿奇撞翻在地，两人交织在一起滚下了河滩。寿奇倒没受什么伤，林叔那只受过伤的脚却崴得挺重，当时就疼得站不起身。父亲与六叔几个人将林叔抬回我家歇息。

怀疑寿奇做过土匪的事，虽已过去几十年母亲也始终坚持着没改变，不过母亲是个知轻重的人，认为自己只是从声音上感到有些相似，其他方面无凭无据的岂可乱说，所以一直把此事埋在心底，从未向他人透露过半句。这天晚饭后和林昆聊天时，想着他也是当年在场之人，就把心中之疑惑讲给他听。时隔这么多年，林昆对当年土匪去外公家寨子抢劫之事记忆犹新，不过对那个进家找东西吃的土匪声音却很模糊，经母亲一说他极力回忆着那个声音，然后和寿奇说话声音做对照，可能是他对声音辨识度不很敏感，也可能是出于慎重，过了一会儿才道：“这两天有机会我旁敲侧击问问，看能不能问出点什么。”

天下事真应了“无巧不成书”这句话，第二天就有村民来向父亲告发说在寿奇家厕所里发现了自家丢失鸡的鸡毛，且态度相当肯定地表示：“如弄错，自己愿负一切责任。”看他说得这么坚定，父亲就让我去把村干部六叔喊来，而后随那村民一起走去寿奇家。途中村民又对父亲表示以前还丢过几只，都疑是寿奇所偷，只是没有发现证据也就不了了之。刚才路过寿奇家闻到一股浓浓鸡肉味，就悄悄溜进去查看，在厕所里发现了一堆鸡毛。

一行人走进寿奇家院子，确实闻到一股浓浓的肉香。来到厕所，看到粪缸里的确漂着一堆鸡毛。“这些鸡毛颜色，和我家所丢鸡的颜色是一样的。”农民们所养的鸡都是拿镇上卖钱换生活用品的，几乎没人舍得杀了吃。寿奇是个光棍，他从未养过鸡，这两天也没见他去赶集，因此，父亲对村民所言自己家的鸡被寿奇所偷已确信无疑。“捞一些鸡毛上来，以做证据。”等那村民拿根棍去捞时，父亲又道，“往下再探探，看看还有什么。”村民用棍在粪缸里搅过一下，还真发现一些鸡毛类的东西，不过这一搅不大紧，一阵恶臭是扑面而来，熏得我们转身而逃。

一行人刚走出寿奇家门，正好碰上他晃晃悠悠往家走。大概以为这么多人来自己家串门是有什么好事呢，还觍着脸和大家打招呼。眉头紧拧的父亲先狠狠地瞪了一眼寿奇，而后对六叔使个眼色道：“抓起来，带去审审。”六叔快步上前一把将寿奇揪住，顺手扇他一个大嘴巴并骂道：“狗东西，不干点偷鸡摸狗之事你就闲得难受。”寿奇看过一眼村民手中所拎鸡毛，明白事发了，无言地低下了那颗尖细脑袋。

晚上村里召开群众大会，对寿奇进行批判，他自己也说了些“坚决改正，永不再犯”之类的话。村民们都了解他之为人，谁也没把这些话当真，大伙对他笑骂几句也就散了。小偷小摸之勾当自古以来就是不光彩之事，人人不屑为之，做贼之人被抓之后不说得而诛之，被臭揍一顿，重罚一下是跑不掉的。可乡里乡亲的，整天低头不见抬头见，不好处理得太重，父亲只好罚寿奇一些钱赔给那位丢鸡的村民了事。那村民对这个处理结果不很满意，嘴里嘟囔着自己之前丢的几只鸡也应让寿奇赔才是。父亲："没证据，咋赔？""村里谁都知道您偏向他。"面对村民的埋怨，父亲也没再说什么，只是苦笑着摇摇头。

林叔也参加了批判会，散会时他留下了寿奇，其他人一个不留，包括我们这些孩子，这让我明白他这是要审问寿奇是否做过土匪的事。和母亲走回家，兴奋与好奇使我睡意全无，陪着母亲坐在那里等结果。平时遇事很沉稳的母亲今晚表现也有些反常，往日她都是边做针线活边监督我们写作业，今晚却不同，手里活是拿起放下，放下拿起，还不时望去门外。

夜半，林叔回来了，面对母亲探寻的目光，他摇摇头道："什么也没问出来，不过通过这次问话我感到寿奇一定有问题，就是当年没做过土匪也一定干过其他坏事。"接着又安慰母亲："别着急，再等等，'纸里包不住火，雪里埋不住尸'，待有机会再做道理。"母亲对这个结果应是失望了，回应的是"哦，哦"两个字。

4

第二天晚上，我在房间写作业，林叔在翻看二先生送我的那本《水浒》，母亲进屋来看一眼他似乎有话要说，可犹豫一下又退了出去。接下来是几番走进又几番退出，她这欲言又止之举动让我很奇怪，便把这一情况告知了低头看书的林叔。

"有什么事吗？"母亲又一次走进来，林叔抬头主动问。"我是想求证已过去几十年的往事，本已忘记，因寿奇的事又勾起。想问吧，又怕不合适。"说话历来简洁明快的母亲，今天为问一件旧事而先铺垫的做法引起了我的关注，林叔也合上书本微笑道："我们已相识几十年，跟一家人似的，没什么合适不合适的，什么事？""打听这么久远的事纯粹是好奇，也是为解心中之谜，没别的意思啊。那年您在我家被征兵的头些日子，一天晚上开来了一支队伍，不仅杀了家里的两只羊，还吃光一窖红薯，这支队伍在寨门口站岗的人中，有一人的身型与您特相像，现只想问一下，那人是不是您？”母亲的话刚说完，林叔脸色马上变得通红，且连那脖子都是红的，他的鼻翼也张得很大，呼吸也是格外沉重，两条深深皱纹从紧咬着的嘴唇两边向下巴伸去。

室内十分安静，说完话的母亲目光安详地注视着林叔，我的目光则是在他两人脸上迅疾地转换着。少顷，坐在凳子上的林叔站起身，目光定定看着母亲，嘴张了几张，末了却什么也没说。接下来点起一支烟，猛抽几口后又一瘸一拐地在室内踱起步来。

外婆被土匪绑票之事以前已听母亲讲过多次，可在之前的版本中没听到过这段，此刻我心中的那份好奇可以说比母亲更甚，想着这件事如被确认那可真够玄幻的。

林叔的这个反应让母亲的目光紧紧地追着他，追了一阵后，又转过头看我一眼并点点头。母亲所表达的意思我明白，就是自己所打听之人，十有八九是林叔。天气本来就热，又急切地转着圈的林叔额头上冒出的汗珠向下滚落着，不多时他身上的背心就被汗水湿透。

“那个人是我。”林叔抽完手中那支烟，将烟头狠狠摁在烟灰缸里，接着做了一个深呼吸后这样道，说完长长吐出一口气，继而又掏出一支烟点着，大口大口抽起来。

第一次到外公家是林昆受伤那次，善良的外公帮他把伤治愈后还收留了他，直到外婆遭土匪绑票，家道败落外公才送他走，第二次应是母亲说的这次。拥有的越少，失去就越疼。母亲之所以单挑出这次来问，就是因窖里的红薯是一家人过冬食物，两只羊是从亲戚租赁而来，被这支队伍给吃光后她家的日子几乎陷入了绝境。据母亲后来讲，那次林叔所在的那支队伍开拔时，她只看到有个人影好眼熟，并没想到是他。是林叔第三次来到母亲家，就是被征兵的那次，当他被保长几个人捆起来拉走之时，母亲望着他的背影，心中才疑林叔是前些天吃光家里食物的那支队伍里自己所看到的那个眼熟之人。

“只要提起往事，心里就特别难受，”抽完第二支烟的林叔似乎还没有平静下来，只见他双手摁在桌子上，看了一眼我母亲低下头又道："那苦难的岁月真的令人不堪回首啊。第一次到您家是我胳膊负伤，发烧掉了队，再一次是我们的队伍打了败仗，被追一天一夜没吃东西，因大家太饿，实在走不动了才在您家停留。那天出发后行至伏牛山山根下，队伍被打散了，为逃命我又扮作叫花子第三次来到您的家。这么多年没据实相告是不愿提过去，每每忆起心里就似刀割般疼痛，且多日都无法平静。"

在民国时期，除了被抓壮丁，主动从军的人目的不外乎两种，一是为升官发财，二是为吃饱饭。林昆自幼父母双亡，家中又无田产，他就是为吃饱饭而当的兵。此刻他的这一解释虽是实情，但仅是原因之一，更重要的原因是心存愧疚。外公家是有恩于他的，他所在队伍的所作所为虽说是出于无奈，可也太不近人情了。当年他要求去寨门口站岗，是因羞于面对而躲开。这么多年不说是羞于开口。

"我们今天是闲聊，才说起这几十年的旧事，过去的就让过去吧。"面对激动不已的林叔，母亲说这些话时声音极为平静，可她的双手却在捻着衣襟，这个下意识的动作我清楚，这是母亲在外人面前内心焦灼时的习惯动作。

下雨了，伴随而来的还有闪电与雷鸣。"不说了，不说了。"随着雷声，母亲点起一把艾草，在室内绕了两圈后，放进火盆里，又道："小林，啊不，老林。时间不早了，您早点休息吧。"

如此一件传奇之事竟这么平淡过去，让人失望至极。我是特盼着母亲说些什么的，给这个故事来个完美的结尾，最不济也埋怨、质问几句嘛。可稍后想想也理解了母亲，首先事情已过去几十年，再者林叔他当年只是个孩子，吃与不吃她家的红薯、杀不杀那两只羊，林叔他哪做得了主？别说现在没什么好说的，就是当年又能对他说什么呢？

## 5

母亲常挂在嘴边的一句话是"恶有恶报，善有善报"。转过年又到麦收季节时这句话就应验了。这个时候乡亲们又尽全力投入到这一年一次的双抢劳动中，寿奇也不例外，跟着大家忙碌着，只是他总会找一些相对轻松的活来干，凡是下死力的庄稼活他那两下子也确实不行，按村民们的评价："他就不是个正经庄稼把式。"割麦活累他就躲开，选择跟大车拉麦子。

地里麦子割下要及时拉回场院里晾晒，以利脱粒。拉麦子的一辆牛车一般是两个人在下面往车上扔麦捆，一个人在车顶上接，然后将麦捆在上面码放好。相对来说在车顶上摆放麦捆轻松一些，寿奇就积极地爬上了车。农民们干这些都很有经验，一层层将麦捆码放老高，为防途中散落，车装好后会用大绳将车架与麦捆拦腰缠绕几道固定住。捆扎时先将大绳的一头挂在车架一边的钩上，然后车顶的这位与在车架另一边的两个人同时用力拉，以将麦捆与车架绑为一体。每拴一道绳子三个人都要配合得非常默契，嘴里喊着"一、二、三"一起用力。这项工作他们不知已重复过多少次，也算是驾轻就熟，可这天却出了意外，当三人使劲拉时，挂在车架另一侧的绳头脱钩，正在高高车顶上用力拉的寿奇失去重心，一个倒栽葱从上面摔了下来，当场就爬不起身。

起初，人们听到寿奇哭爹喊妈之叫声只以为他是在装蒜，还围在那里起哄。待父亲查看过认为寿奇确实已受伤，安排人将他抬回家，又指派我去叫村里仲医生给检查治疗。之后，又让我拿着仲医生开的药方去镇上药铺将药买回，一直喊疼的寿奇吃完药不长时间就沉沉睡去了。"这些日子大人们忙，你照顾寿奇两天。"父亲交代完这句话没征求我意见便转身离去，无奈的我只好认了。

真是怕什么来什么，收麦子最怕下雨，担心着担心着雨就不请自来。夜半下起了大雨，钟声响过接着是父亲的呼喊声，我也跑进场院里跟着大伙遮盖拉回来的麦子，忙活完天已蒙蒙亮。正为这场不合时宜的雨而忧心的父亲看到我拧着眉头问："寿奇没事吧？""没事，他一直在睡觉。""别瞎跑，快回去照看着。"对照看寿奇我是极不情愿，本想要求父亲换个人的，可看到他那极难看的脸色又把话咽了回去。

寿奇醒来后对着我高一声低一声地喊疼，开始我还批评其娇气，后看到他脸上表情吓人，我急忙跑回家叫父亲。"知道了，这就去。"父亲走出院门后又吩咐我："快去叫仲医生。"

和仲医生赶到寿奇家时，父亲和母亲及六叔几个人正围在寿奇床前议论着。在仲医生给寿奇检查过程中，母亲问过我先前买回的药品，说道："怎么都是些止疼的药？这哪管用？"那个年代乡村的医生没工资，平时和他人一样下地干活挣工分，所以叫"赤脚医生"。因大都是速成，水平有限，常见的小病开点药、打打针还将就，稍疑难些的也看不了。

"看样子摔得不轻，快送医院。"对母亲的提议父亲还没表态，一旁的六叔向外看看为难道："大雨天没法赶车，咋送？"母亲："安排人抬。""这家伙平时做事可恶，与谁都合不来，真不好安排人。"六叔这句推诿之言刚出口，父亲立刻接话道："寿奇是做过些对不起乡亲的事，但有一点我们不能忘记，当年他打鬼子很勇敢，他也是有功之人，且那几年他还没做逃兵，就凭这就该救他。""去医院钱咋办？"对六叔提出的这个问题父亲回答得更干脆："我掏。"看六叔又要说什么母亲马上制止道："老六，快安排人去，什么时候了还啰唆这些？救人要紧。"然后转过脸又催父亲："快去绑担架。"

不多时，父亲用门板绑成一副简易担架扛过来把寿奇放上去，父亲和六叔几个人抬起他刚要出门，母亲拽下我身上披着的雨布搭在了寿奇身上。走出门看到雨还在下，她又把手中伞递给我道："你用伞给寿奇挡着，病人不能淋雨。"

"费用还不足，回去让你妈再送些来。"在医院给寿奇办完住院手续后，父亲让六叔我们先回，刚要出门他又对我道："外面吃的也贵，来时记着带些干粮。"

第二天早上，对母亲让陪着她去医院的要求我提出了质疑："妈，怎么全村人人都不愿理的人，咱家却如此上赶着去伺候，啥意思？""啥意思？世上生命最大、最重要，懂吗？""生命重要是不假，可有的生命重于泰山，有的轻于鸿毛。"母亲不耐烦了，瞪着眼睛训我道："咋这么多废话？快扛上干粮口袋走。"

路两边割过的麦地里套种的玉米苗已出地面，经过雨水滋润一颗颗水灵灵的特别招人喜爱。地里还有很大一部分麦子因下雨而没收割，这讨厌的雨从昨天下起就时大时小没停。"唉，如再这样下几天那麦穗上的麦粒就会生芽没法食用，大伙又要饿肚子了，真让人焦心啊。”说话的母亲又摇头又叹气。

守在医院的父亲看见我们的第一反应是从口袋里拿出两个馒头，对母亲所问“寿奇病情如何”支支吾吾地没回答，便蹲去一边大口吞咽起来。待两个馒头下肚，他立马站起身指派我：“你留下照顾寿奇几天。这雨下得没完没了，我要回去看看咋解决地里那些还没收割的麦子。”父亲说话时嗓音沙哑，嘴唇上的火疖子也红亮亮的。对他为地里还没收回的麦子忧心如焚我理解，可我却不愿留下照顾寿奇。“咱家和寿奇非亲非故的，凭什么又出钱又出人来照顾他？我讨厌他，我不干。”“寿奇平时是招人厌恶，可他光棍一条，一个亲人也没有，在村里只有我和他走得近些，那是因当年我们在一个战壕里待过。你还小，理解不了战争是多么残酷，在那有今天没明天的岁月里，身边能有个熟人一起经历枪林弹雨，一起依存着面对生死，这种交情是局外人根本无法理解的。这也是这么多年我嘴里骂他，实际上老护着他的原因。”父亲这番话说得十分动情，我却并不为所动，依旧拧着不同意。“行了，跟个孩子啰唆什么？你先回村忙去，这里事我来处理。”母亲话音刚落，父亲伸手又抓起两个馒头边吃边往外走。

父亲走后，母亲去交过押金后和我一起来到寿奇病房。躺在病床上的寿奇此刻面如土色，暗淡无光，那刀条脸如同一张干瘪的黄菜叶。应是疼痛之故，他表情极难看，两只无神的眼睛微微张着，呼吸也十分细弱。

“住院费用已交足，你安心养病别想其他，治好病最重要。”寿奇平时过日子也没个计划，有了钱就乱花，手中也没个积蓄。我家孩子多，日子过得紧巴他是清楚的，此时见母亲慷慨地为自己出钱治病特激动，嘴巴咧了咧话还没出口泪水已流了出来。寿奇的眼泪不知是让母亲产生了同情，或是她心中对寿奇固有的反感使然，此刻母亲没出言相劝与安慰，而是拿起床边的暖水瓶勾着头快步走出了病房。

中午给寿奇喂过饭，我和母亲正吃干粮时，只听他长长吐出一口气后弱弱地对母亲道：“我知道自己这次命是保不住了，有件事要对您说明白。”母亲似乎预感到了点什么，示意我走去床前。之前以为母亲不喜欢寿奇是讨厌他的品行，头年夏天听过她和林叔之对话，才知还有原因。

在少年时，家遭土匪劫掠使母亲改变了人生轨迹，让她从衣食无忧的富裕生活中，一下子跌进了贫穷不堪的深渊。自此，对土匪的恨可以说是恨到了骨髓里，每每提起这个都气得浑身颤抖，咬牙切齿，末了定会咒骂一番。

“拜托您回去找人将我家宅基地上的那几棵榆树放倒，给我做个棺材，余下的木头顶您给交的住院费吧。我只剩这点财产了，够不够的请包涵。”寿奇开口之初，我以为是心存感激的他，有了悔过之意要交代自己做过的土匪之事，听到这些败兴之言后特失望。母亲是否也存有与我同样的想法不知道，可她回的话让我是更失望。“钱的事不是已说过了吗？乡里乡亲的这不算啥，你只管安心养病不必多想，一切等病好后再说。”母亲所言让寿奇又一次落泪了，可他的嘴嚅动了一阵后却没说什么，静静注视着他的母亲也没再言声。

“能谈一下自己年轻干过的引以为豪的事吗？比如打日本人，比如绿林好汉什么的。”寿奇对我的话似乎很警觉，用浑浊的目光看我一眼，什么也没说便移开了，然后盯着天花板呆滞着一动不动。“我只是对当年咱县的传奇人物彭禹庭好奇才问这些的，你不是做过他的部下吗？讲讲吧，没什么大不了的，以你目前之状况，说出实情也没人能怎么着你。”寿奇又将目光转向了我，不过这次停留的时间更短，就那么斜视一下的工夫又转了回去，接下来依旧是死盯着天花板一声不吭。

在我第一句询问的话刚出口，站在身后的母亲就用脚碰了我一下，再次出言做寿奇的思想工作时她又踢了我一脚。因当时专注于寿奇就没回头，耗过一段时间，见寿奇没说话的意思才转过身看母亲。让人不解的是，母亲她又摆手又摇头地示意我闭嘴。

寿奇去世的那天大清早母亲喊我起床去请木匠来给他做棺材。“管他干吗？先不说他之前是否做过土匪，是否抢过外婆家，单说在父亲挨斗时他的表现您不生气？”那年父亲在村里戏台上被批斗，寿奇他先是在台下歇斯底里地呼口号，那尖细的嗓子发出的声音似杀鸡般刺耳，引得乡亲们是一阵哄笑。对此寿奇以为是大伙多喜爱自己呢，只见他一个猴跳蹿上戏台，人模狗样地向人诉说父亲在国民党军队里当班长时，怎样压迫与欺负自己。参加批斗会的都是本村或邻村的乡亲，谁都了解谁，也就没人相信这个时常满嘴跑火车之人所言，有那看不惯他的村民还大声质问道："寿奇，以前你不是常吹嘘自己在国军里当班长如何如何地吃得开，怎么管着他，今天怎么又变成他是你的班长了？"听到有人揭自己的老底，正在台上上蹿下跳挺欢实的寿奇一下傻了眼，张口结舌呆愣在了那里。他这个样子又惹得台下乡亲们哄笑起来，就连台上坐着的我们这一片的运动女负责人刁主任也忍俊不禁。为保持会议的严肃性，大会的主持者、刁主任的助手、那位姓李名援朝的副主任立刻将寿奇赶下了台。

"死了，死了，一死百了。"面对我一通抱怨母亲没生气，可她说话的声音是沉沉的，"人死如灯灭，就啥也不存在，那之前他的所作所为也就没必要再去计较了。""妈，不计较可以，但也没必要这般热心吧？""应人之托，忠人之事。寿奇既然已将身后之事托付于我，那就要办好。儿子，男子汉应大度些，别发牢骚了，快去。"母亲边说话边将我推出门。

请木匠回来，看到我家自存的木头已搬到院外，母亲正冒雨指挥几个人在围墙边搭工棚。"妈，干吗用我们家的木头做棺材，寿奇不是让用自己家宅基地上的榆树做吗？""临时放倒的树，水分太大无法上油漆，棺材不刷漆白渣渣的多难看？还太重不便往坟地抬。"通常情况下，母亲所做的决定父亲都改变不了，自己更不行，因而也不再说什么了，只好转过话头问起纠结了几天的另一问题："妈，那天在医院是多好的机会嘛，真搞不懂您咋想的？为什么不追问寿奇是否做过土匪的事呢？难道您不恨土匪了？"

随着时间的消磨，阅尽了世间沧桑的母亲心中对土匪的恨是渐渐淡去了许多，但并没忘记。那天不追问的原因其实很简单，就是看着在奈何桥上徘徊、挣扎的寿奇不忍心。想着自己只是凭声音而怀疑他，并没真凭实据，若不是呢？怎么对得起人？另外，翻这些旧账给寿奇惹出意外自己良心何安？再有，确定寿奇就是那个进自己家的土匪又怎样？他已受那么重的伤能打能骂吗？基于这些考虑，母亲才只字未提这件事，同时也不让我多问。“儿子，一个人啥时候都要替人想，都要厚道，寿奇已到了那步田地，追问那件事还有何意义？现他人已不在，此事到此为止，以后不要再提了。”“妈，从当时寿奇的表现来看，我以为他就是您所怀疑的那个土匪。唉，现随着他人的故去，此事只能是一个谜了，实在是太遗憾。”母亲没回应我这些话，而是仰起头望向天空。

天上的雨还在不紧不慢地下着，母亲的头发湿了，脸上也全是水珠。过去了好一阵，仰着头的母亲长长地“唉，唉”过两声道：“若真如此，寿奇他这般死法也算是报应，报应啊。唉，人啊，咋说嘛……”

## 6

寿奇去世后没多久，在内蒙古劳改的刘保长因在服刑期间表现好，先被减刑，后赶上国家大赦而释放回乡了。进村他没先回自己家，而是背着行李到我家向父亲报到。刘保长来我家时父母正在做饭，他直接进了厨房。因之前对他和我父母之间的恩恩怨怨也略知一二，此刻又特想知道先前的保长和如今的村长，我村不同时期的两个头面人物，相隔几十年又相见是一个什么样的情景，便紧跟其后也进了厨房。

刘保长五十岁开外的年纪，细高挑的个子，眉毛浓黑，牙齿也特白，高鼻梁，眼睛、鼻子和嘴却不大。他头发应是刚理过，胡子也刮得挺干净，身上着装是细洋布制成，且还是制服那种款式，一副城里人的派头。从母亲处已知他比父亲大近十岁，可从外表上看，肤色红润的他和面目黧黑、胡子拉碴的父亲比起来要年轻许多。

父亲应是已提前得到了刘保长回乡的通知，双方见面时他没有特别表示什么，没寒暄也没上前握手，只是停下手中活，平淡地看着刘保长。刘保长见到父亲倒是点头哈腰挺客气，先敬一支烟接着向父亲汇报自己的情况。早就听说这刘保长上过多年私塾，后还进过洋学堂，民国时期在乡间是一文化人，在村民眼里也算一人物。据人讲，他那张能说会道的嘴，讥讽与骂起人来十分流利，一套一套的老半天都不重样。可他此刻的表现，却与传闻中的他是判若两人，不仅说话时期期艾艾，吞吞吐吐，就是站的姿势也十分猥琐，腰佝偻着，腿弯曲着，没有一点传说中的风采。

“回来就好，往后就干活、吃饭、过日子，对你我是不会打击报复的，更不会仗势欺人，这些请尽管放心。”父亲说这些时既没有颐指气使之态度，也没有居高临下的傲慢，字字句句都那么平和。刘保长听后向父亲深深鞠一躬表示感谢，同时还为自己以前对父亲的所作所为表达着歉意：“对不起，我主事村政的那些年抓您的壮丁，以及在征粮派款中的不公之处请多包涵。”

1949 年之前，父亲家中土地不多，又因对该出多少粮款他自己也不清楚，所以在这方面他对刘保长也说不出什么，心中过不去的是刘保长伙同甲长一而再，再而三地抓自己壮丁这件事。打仗是要死人的，每一次被抓去充军都可以说是九死一生，过去这么多年还依然说不清自己没被打死是咋回事，不知是自己命大还是老天爷的保佑？因此，每每提起此事，对刘保长都会涌上一股恨来。此刻听到刘保长又提起这个，由不得咬紧了牙关。父亲这一变化让刘保长很惊慌，说话语无伦次：“抱歉啊，我，对不起，我，我……”且声音也变了调。

“不提以前了，我们都已这把年纪，过去的恩恩怨怨就让它过去吧。早些回家去，家人都在等你吃饭呢。”说完这些母亲还要求我帮助把刘保长所带的行李送去他家。母亲这平淡无奇之语听得我直摇头，刘保长听后却显得很激动，瞪着已湿润的双眼呆愣愣看着母亲好一会儿才低下头走出了厨房。我村这件也算是历史性的大事件，就这样在我家厨房里草草结束了。这一点戏剧场面都没有的会见让我又一次失望至极，不仅对父亲失望，对母亲失望，对传说中的刘保长失望复失望。

过后一段日子里，夜深人静之时刘保长家里时常传出他老婆压抑着的凄惨哭叫声，人们都说那是刘保长在打老婆。想来他应是已风闻了自己老婆和寿奇的苟且之事。平时极爱为女同胞打抱不平、撑腰出气的母亲对此却不管不问。“妈，刘保长老婆被打得那么可怜，您咋不去管管？”“这人呢是一人一德行，做出来的事外人很难理解。刘保长老婆如当年听人劝，堂堂正正嫁个人，如今刘保长哪敢动她一手指头？她为了儿女选择坚守这一点受人尊敬，可她不守妇道和寿奇做出了错事却又让人所不齿，现被丈夫打两下也不冤她。”说完这番话，母亲叹口气又道：“打两下也好，气出了，就安生过日子吧。”

## 十　不辞而别的二哥

端午节这天上午，我陪二哥来镇上医院看病，在等医生时我去书店看了一会小人书，回来后二哥失踪了，自此是一去不返，杳无音信。

### 1

每年端午节前后，我家乡那一带正是夏粮收割季节，半个月的抢收抢种是农民们一年里最忙的两个时间段之一，另一个是秋收秋种时候。这时，乡村学校会放假，让大家回到各自的生产队参加劳动。中学生会和大人们一起割麦子，小学生则做一些力所能及的事情。

麦子熟后颗粒易脱落，所以收割一般都选在天蒙蒙亮时进行，此时麦穗与秸秆还带着露水，麦粒不易掉，秸秆也便于捆扎。生产队的出工时间以钟声为准，抢收季节那钟声自然会响得早些，这个时候也是生产队干部最忙最操心的时候，可有一点也省心，就是无论村里平时多么懒散的人这些天也会变得勤快起来。谁都明白，地里庄稼收不回来，下一步受委屈的将是自己的肚子，眼下浪荡几天，那肚子就会空闲半年，甚至更久。往日出工钟声响过好长时间人们才会慢慢腾腾来集合，现在只要钟声一响，大家都会匆匆赶来听村干部安排，然后又匆匆直奔地里。

农民们的出工时间安排分早上、上午、下午三段。早上天不亮就开始干活，日上三竿回家吃饭。饭后再出工至中午，吃过午饭又出工劳作到天黑。夏天中午会小休一下，农忙和冬季一般都不会休息。

这天，大清早我就随父母一起来地里割麦子。到地头，大人们是等距离一字排开割那大块麦田，我们一群孩子则割那边边角角不成形的小块地。

太阳高高升起，汗流浃背的人们听到生产队干部发出收工声才直起腰回家吃饭，父亲安排我和小伙伴儿江娃留下照看，以防人偷或牲畜糟蹋麦子。

这个阶段人们吃饭速度很快，不长时间见有人返回我便立刻往家跑，进院门看到母亲与二哥在那里说着什么。农忙时候人们一般放下碗筷不等生产队钟声就会去地里，往日母亲和二哥都很积极，从不落人后，此时俩人显然已吃完饭，而没有随即去地里，有点奇怪，不过因急着吃饭我也没再多想。进厨房看到父亲蹲在灶台后磨刀，明白他们是在等父亲给磨的镰刀。

“工欲善其事，必先利其器。”每年麦收前父亲都会将家里的镰刀拿出来打磨除锈，开割头天晚上还会再仔细磨一遍。父亲磨刀技术高超，磨出的刀极为锋利，刀口上闪着蓝莹莹的光，用起来得心应手。收割期间早饭与午饭他都吃得极快，饭后会再把用过的镰刀磨几下。那时村里的男人基本上都会磨刀，否则会遭到他人的讥笑与家人不屑。

“妈，我不舒服，等下想去镇上让医生给瞧瞧。”取出锅里母亲给留的饭蹲在门口吃时，听到二哥低声地对母亲这样道。“啊，哪里不舒服？二宝，有多长时间了？”“头难受，早上起床就不舒服，现在疼。”二哥回答后母亲立刻上前一步伸出一只手摸着他脑门，接着用另一只手摸着自己额头，两相比较后皱起眉头道：“不烧啊，怎么会头疼呢？”说完很关切地注视着二哥又道：“没发烧应没大事，估计是累和没休息好而引起。二宝，现正是抢收的时候不好请假，能忍的话先忍忍，忙过这几天妈陪你去看医生。”母亲这番话使我想起昨晚村干部六叔到家来向父亲请假无果的事。他说自己内弟添了个男孩今天满月，想请一天假陪老婆回娘家喝满月酒。六叔的意思刚表达完，父亲一口回绝：“不行。”六叔又说出一个折中请求，意思让自己老婆一个人回娘家一趟，父亲依旧是很干脆地道：“不行。”无奈的六叔摇头离开时，母亲追出门去送，嘴里嘟囔着不满言语的他头都没回。

二哥似乎没听进去母亲的话，又一次强调着自己病情：“妈，是那种一跳一跳的疼，特难受，没法忍。”二哥的话一出口母亲没再说什么，快步走到厨房门口对磨刀的父亲道：“二宝说头疼，想去镇上医院看医生，你看？”在家里我和二哥关系特好，因担心父亲不同意，心里正想着说些什么为他帮腔请假时，只听父亲爽快地道：“好，去吧。你给他多带些钱。”说着话父亲拿着几把磨好的镰刀走出门递给母亲一把，放我面前一把，然后又叮嘱二哥：“该打针打针，该买药买药，别怕花钱。”

“二宝，你身上衣服有点脏，去换身干净的。”看二哥进屋后母亲也转身进了自己房间，不多时手中拿着那个包着钱的方手绢走了出来。这个方手绢里包的是家中的全部钱款，母亲对它可是特别小心谨慎，平时都锁在那个她出嫁时外婆陪送的木箱里，藏钥匙的地方只有她自己知道。其实那瘪瘪的手绢包里也没多少钱，母亲打开数过两遍，从里面抽出两张一块面值的后，又急忙把手绢包了起来。

“你不热嘛二哥？”二哥换好衣服走出屋，看到他的穿着我很纳闷。已是初夏，人们穿件短袖衣服都嫌热，好多男人都光着膀子，此时二哥他身上不仅穿着一件长袖衬衫手中还拿着一件夹衣。“不热。”回应的二哥不仅没看我，声音也闷闷的。母亲听到我俩的对话又多看二哥两眼，继而又把那个已包好的方手绢打开，将抽出的两块钱放回去接着又包好，然后走上前把那个包着家里全部钱款的手绢放进二哥上衣口袋里，嘴里还叮咛几句小心之类的话，说完转过头差遣我：“快吃，吃过饭陪你二哥看病去。”

在平时，能去镇上逛逛那是求之不得的美事，可这次麦收放假前班主任叮嘱大家：“回家后要积极参加生产劳动，假期结束会根据个人表现评出热爱劳动的先进。”并透露出了期末评五好学生，这也是重要的标准之一这个意思。“妈，麦收结束学校评模范学生是以生产队对每人做出的评语为依据，我要去参加劳动，不能陪二哥。”说完这些我转过脸望着在大门口等母亲的父亲寻求支持。父亲是村干部，这些肯定都清楚，想让他证明一下自己所讲是实情。“让你去就老实去，废什么话？”父亲瞪着眼睛呵斥完我又催促母亲道：“你也别再啰唆了，快下地里吧。”说完先出了门。

“陪着你二哥去也好有个照应，一起去一起回，别乱跑啊，听明白没？”往外走的母亲又这样叮嘱我。“嗯，嗯。”我嘴里应着心里特不高兴，怨父母过分偏向二哥不重视自己的诉求。母亲临出院门又转回头说的那句还算顺耳：“早去早回，今儿是端午节，中午我给你们煮鸡蛋吃。”

家乡的这个小镇是沿着一条公路而建，东西长，南北短，东西主街约有一公里的样子，南北算不上是街，是两条通向农村的土路。镇上最热闹的地方就是十字街，十字街以东是行政中心，镇政府、学校和医院、邮局与书店等单位都分布在街两边。十字街以西是农贸市场，一街两行摆的都是农产品和日用品，街尾处是牛羊交易市场，农民们来赶集大都是到这个地方逛。

镇医院也不大，临街的三间门面中间是药房，两边中医、西医各一间诊室。里面是一个小院，对应的几间房是仓库和医生的宿舍。医院里也只有一中医、一西医两个医生，我们到时那个西医大夫出诊没回，哥俩只好候着。

医院门朝着大街，门口修有一个土台阶用以候诊病人坐等，此时诊室内没有病人，台阶上也空着。二哥怕脏了衣服，就一直站在那儿，叫过几次也不坐，我则先坐后躺。

眼睛大大的二哥还是双眼皮，长圆脸型，肤色偏白，若不是嘴角处有个疤痕，他的五官可以用俊美来形容。身上的衣服虽说是母亲织的土布缝制，可布纹细密平整，剪裁又合身，使他看上去很精神。大高个、粗胳膊宽肩膀的二哥看上去已是一个大小伙子，平时在劳动中他也不惜力，已是父亲的好帮手。性格憨厚老实的他话语不多，从不招惹是非，这一点也和父亲脾气相投，因而父亲对他另眼相看，关照有加。

半中午时出诊大夫还没有回来，二哥从兜里把那个包着钱的手绢掏出，从中拿出两块钱放进自己口袋里，然后又将余下的钱包起来递给我道：“去街上逛逛，想吃啥就买点儿。”

家里日子不富裕，母亲把钱管得很紧，自己不乱花，对我们也抠得很严，要钱买笔、买作业本她都要反复核算价格，一分钱都不多给。花钱买东西吃，纯粹是皮肉痒痒了找打呢。“二哥，你开什么玩笑？乱花钱回去还不挨母亲抽？最好你去买。”“我等医生不方便走开，回家就说是我花的钱，妈生气了让她抽我。”二哥说完这些，见我还是拒绝，就上前一步将手绢包塞进我口袋里又道：“不买吃的你也去街上逛逛，省得待在这儿烦。”已等了老半天，的确有点烦的我愉快地接受了二哥这一建议，摸摸口袋里的钱问他：“二哥，你看病钱留足没？”笑眯眯的二哥伸出长胳膊拍我一下道：“足了。”“二哥，来时妈不是交代今是端午节嘛，中午要给煮鸡蛋吃，还要我们早点回。我去溜达一下就来，在这不见不散啊。”我这句话让原本笑着的二哥慌忙将脸扭过一边背向我挥了挥手。

“二哥，你要是完事早就到对面书店找我，要不喊一声也行。”相距只有十几米，二哥肯定听到了我这句话，可他依然没回头、没回应，且手也没挥。

出医院门向左拐是西街，平时这条街上很热闹，赶集的人熙熙攘攘，摩肩接踵，商贩也多，卖的东西也丰富，吃的喝的一街两行应有尽有，日用百货一个摊位连着一个摊位。因农忙，这天不但赶集的农民少，商贩也少，且大部分都卖的是应时农具。对这些我是一点兴趣也没有，经过面前看都懒得看。那些卖大饼、油条以及胡辣汤的都在大声吆喝着，可买的人寥寥无几，对这些我虽特馋，可因不敢花钱只好匆匆走开。失了兴致后我向回走，来到医院门口没看到二哥，估计他是在诊室内看病。想着看病、拿药需要一定时间就又向前走几步来到了镇上的书店。镇上这个书店也很小，不过当年在我眼里它应是世界上书籍最多的地方，特别是那里的小说及小人书强烈地吸引着我。以前星期天赶集也来过这里，那时柜台前总簇拥着一堆人，挤都挤不进去，这时里面除去一营业员没有一个顾客。卖小人书的柜台上放着几本样本，我拿起一本就低头翻看起来。看过一本换一本也忘了时间，直到营业员用手指敲着我面前柜台，言明他要锁门去吃饭，我才恋恋不舍地放下了手中的小人书。

走出书店门发现火辣辣的太阳已偏西，随着肚子里“咕咕”叫声沉浸在书里的我忽然想起了在医院看病的二哥。医院门口没看到他，见诊室里也没有，就想当然地认为，二哥看完病见我没回也去了他处闲逛，想着我俩之约定就在门前台阶上坐等。过去好长时间不见二哥回我坐不住了，起身去西街找，这时西街上买东西的人几乎没有了，卖东西的商贩也因天气太热而躲在了街两边的屋檐或树荫下，有的在打瞌睡，有的虽然睁着眼可也是一副无精打采的样子。无心逛街的我一路小跑着，眼睛把街两旁每一个犄角旮旯都扫过也没发现二哥踪影。

返回医院去问医生，得到的回答是之前“没看过这样的病人”。药房也表示没卖过治头疼的药。这些回答令我发蒙，心里马上慌张起来，来时母亲给的看病钱，二哥只留下两块大部分都放在我衣兜里，摸摸口袋钱还在，可它却给我增加了一份担心，想想都让人头皮发麻。假如二哥是没等到医生而先回了家，那对我这个陪同者来说还可狡辩几句或许能躲过一劫。如若是因钱不够而导致他没看病、没买药那回去后所面临的后果是可想而知的，轻则要挨母亲一顿臭骂，重则定是一顿臭揍。

担心归担心，害怕归害怕，家还是不能不回。忐忑不安的我边走边苦思着，用什么恰当的语言与良策来化解这场危机呢？还没走到街口，转着的脑子又换了一种思路，想着以二哥他平时以善待人之秉性，以及他对母亲之了解，他应不会不等我而先回家，给我留下这么大隐患，制造出让母亲揍我的把柄。至此，就认定二哥是去忙其他事了，随即那颗不安的心一下子坦然了许多，又急忙返回医院门口台阶上坐等。

肚子抗议声又响起来了。抬头望望天空，此时已是半下午，心里那些侥幸想法消失了，自己又推翻了自己先前之假设，确定二哥不是去干他事而是先回了家，无奈的我又再次硬起头皮往家走。

回到家先进的厨房，掀开锅看到里面留的饭和两个鸡蛋，又为自己回家而十分后悔。母亲留在锅里的饭是俩人的量，鸡蛋也是两个，以母亲过日子的节俭程度是绝不会在端午节给我们每人煮两个鸡蛋的，以往谁过生日才给煮一个。这些已证明二哥还没回来，我知道这事一定会有麻烦，饭也没敢吃，立马出门去找母亲。

2

二哥不是我父母亲生的孩子，他是母亲赶集时捡来的。之前自己年纪小不知情，前年中秋节那天因和二哥闹矛盾被母亲接连打了二次才知原委。挨打的原因是这天下午放学回家的半路上碰见了放羊的二哥，因自己急着和小伙伴们去玩，就将书包交给二哥让其给背回家。晚上写作业，发现那支花铅笔已断为两节时立马翻脸，大声嚷嚷着要二哥赔。要知道这支花铅笔可是我的心爱之物，为买它我缠磨母亲一个星期才如愿。

母亲知情后先骂我，后因我回嘴还打了我一顿。第二天早上刚起床，来到我屋里的二哥无言地递过来那支花铅笔。铅笔是和一根细木棍捆在了一起，这样虽将就着能用，可样子极难看。心中有气的我一把抢过，狠狠摔在地上并大声呵斥他道："一边去。"

我这一行为又招来母亲一通斥责："读书人照顾好自己的书本和学习用具，就像做官的人看管好官印一样，是自己的首要之事，自己要精心、要负责，否则丢失与损坏你不能怪他人。你自己的书包干吗让你二哥背？你是干什么吃的？"对母亲这些批评我并不信服："问题是二哥他已答应我的请求，就有义务照看好，损坏就该赔。"我的纠缠惹恼了母亲，她用手狠狠捣着我脑袋责骂着："你'乌鸦落在猪身上，只看到他人黑不知道自己是个啥玩意儿？'自己一身老白毛，还咬扯别人是妖精？为贪玩让二哥替你背书包，你二哥是你听差吗？自己有错在先还不知反省，有理了你？铅笔断了活该。""妈，您偏心，不公平，难道我是您捡来的？"二哥听到我这声嚷嚷顿时脸红了，随即将目光怯怯地望向母亲。气急了的母亲一边用手撕我的嘴一边厉声呵斥道："闭嘴，不许胡说。"然后让二哥先出门，接着给我讲起了他的来历。

在我出生那年的冬季大寒那天，母亲去镇上卖鸡蛋，因临近春节，来赶集的人特多，转了一圈没找到空位，最后只好挤在一炸油条的摊位旁边。

近中午时，一个小叫花来到炸油条摊位前，趁人不注意，抓起一根油条转身就跑。炸油条的是个四十来岁的汉子，发现后飞身去追。这汉子身高腿长，没跑出几步就追上了小叫花，然后像拎小鸡似的把他给拎了回来。小叫花在逃跑时吃着油条，被拎回来时还在吞咽着，在这不长时间里他已将半根油条吞进了肚里。炸油条汉子伸出一只手想抢回那剩下的半根，小叫花是不停躲闪挣扎着又把那半根塞进了口中。此行为惹得汉子性起，只见他一把揪住小叫花脖子，没头没脑地抽打起来。没一会儿，小叫花是顺嘴流血，就这样他也没舍得吐出嘴里的油条。

镇上逢集时小偷小摸多，叫花子也多，他们被人打是司空见惯的事，一些人似乎特乐意看他们挨打。从小叫花被捉回到挨揍这不长的时间里已围上好多人看热闹，还有人给叫好助威。见有人捧场炸油条的汉子更来了精神，接下来时而用手抽，时而用脚踹，再后来手脚并用对小叫花是一通暴打。小叫花哭爹喊妈，在地上翻滚着。

小叫花挨打之初母亲并未上前阻拦，她也认为这个孩子做法太过分，要饭应是求人施舍，哪能伸手去抢？被捉住挨两巴掌也在情理之中。此刻听到这孩子的哭声太过凄惨，才起身拦住炸油条汉子道："这位大哥，打两下解解气得了，孩子也怪可怜的，他肯定是太饿才这样做，一根油条的事别打出人命。"母亲的阻拦影响了汉子打人取乐的兴致，极不高兴的他瞪起眼睛道："嗨，你谁呀？真是'吃的灯草，说得轻巧'，一根油条的事？我忙活半天还不定能不能赚一根油条钱呢，若心疼这个小要饭的，你赔这根油条钱，我就停手。"母亲自然是不接受这一无理要求："这是什么话？我凭啥赔你？""不愿赔你就一边待着去，少管闲事。"汉子抢白完母亲又举手打起小叫花来。

"行，行。大哥你先停手，别再打孩子了，我赔你油条钱。只是手里没现款，等卖了鸡蛋再给你如何？"实在看不下去的母亲只好应了此人的条件。大概是担心母亲过后变卦，汉子提出了另一解决方法："给一个鸡蛋也行。"他这一条件让母亲很反感："你这账算得可真精，那一个鸡蛋和一根油条的差价怎么算？"汉子嘴里嘟哝着："一个鸡蛋换三根油条，去掉小叫花刚才吃的那根，"然后对母亲道，"再给你两根咋样？""行，行，你先放开孩子。"汉子在同母亲交涉时一直紧紧揪着小叫花，此时见交易达成才松手。接着先去母亲的鸡蛋筐里选一大个的，找补的两根油条却又细又小。

接过油条母亲转手就给了挨打的孩子，饿急了他也不谦让，擦过一把嘴角处的血便大口吃了起来。此时，母亲仔细看了看这个孩子，七八岁年纪的他头发又长又乱，脸也脏得跟花猫似的，那双手按母亲的说法还没鸡爪干净。大冬天的他只穿了件缺一只袖子的空心破棉袄，裤子也烂成了条状，一只脚上穿只烂鞋一只脚光着，脚面上的冻疮处还淌着黄水。吃完手中油条小叫花没有走开，而是歪坐在母亲旁边晒太阳。

“哎哟，妈呀，哎哟，”听到小叫花的哭叫声，正忙着给顾客数鸡蛋的母亲转过脸看到他抱着脑袋满地打滚，炸油条汉子则一手叉腰一手拿着油勺指着他大骂：“让你啐我，烫死你个小混蛋。”看到这一幕，母亲明白这孩子是被汉子用滚油泼在了头上，担心他被烫坏，也顾不上和炸油条的这个可恶之人理论，骂过几句“缺德”急忙带孩子到镇医院。

孩子的头上、脸上虽多处被烫伤，所幸的是眼睛没事，医生给抹药包扎后这个孩子就跟着母亲来到了我家，再后来就给母亲做了儿子，取名二宝。按年龄排序他成了我二哥。二哥嘴角上的疤痕，就是这次被烫所留下的，头上也有几处只是被头发给盖住了。

母亲说明二哥身世后，肚里怨气泄去的我生出了另一份好奇：“妈，二哥自己的父母呢？他是哪的人？为什么他不回自己家？”“刚来时也问过他这些问题，可你二哥说自己亲生父母都已去世，自己也没兄弟姐妹，出来讨饭已几年，记不清地方了。不过从说话口音中，你父亲说他应是我省南边和湖北省交界处那一带的人。”说完这些母亲又郑重交代我：“你已长大，妈之所以讲这些，是让你清楚二哥身世后不要再和他闹别扭，遇事要多谦让。明白吗？”“嗯，嗯。”从这天开始，在任何事情上再也没和二哥发生过争执，母亲盛饭时给他的多，我也不再说怪话，给二哥缝制新衣后让我穿他的旧衣裳，也不再发一句牢骚而是愉快接受，俩人相处得比亲兄弟还亲。

3

在河边地里找到母亲，气喘吁吁的我刚要说话，母亲已先开口："看病咋这么长时间？你二哥呢？""我们到医院时医生不在，二哥在医院等时我去书店看了会儿书，谁知等我再回医院他就不在那了，在医院门口等了好长时间还不见人影，这才回来的。"

性急的母亲话也来得快，平时无论遇上什么棘手事她的反应都特迅捷，总是即刻说出自己的见解及应对之策。今天的她却一反常态，听完我说先是一脸错愕地愣怔着，然后瞪起双眼直视着我，可老半天又不吭一声。

母亲脸上这怪怪的表情令人发毛，怕挨打的我急忙后退两步，并做着随时逃跑的准备。怔了一会的母亲没来追我，而是小跑至父亲面前小声说着什么。父亲的反应同母亲一样，也是愣了一下才道："你先去镇上找找，我安排一下队里的事就马上过去。"接着一抬下巴指派我："你陪着一块去。"

匆匆往镇上走的途中，我又向母亲叙述了一遍自己和二哥在镇医院门口的对话及前后的经过，这次说得更详细，啥也没隐瞒。母亲静静听着，没听清的地方除了追问一下其他啥也没说。我们走得急，母亲脸上都是汗，可她不知道擦，在我提醒下又几次抬错手，老用那只拿镰刀的手去脸上抹。担心她划伤脸我伸手拿过镰刀，明白意思后母亲苦笑着摇摆头依旧没言声。

我们赶到镇上时，西边将要落山的太阳已渐渐收起了光芒，变得柔和了，像过年所挂的大红灯笼似的悬在地平线上，不过它没停留多长时间就收走了那一抹彩虹溜下山和大地拜拜了。

在镇医院，待医生及药房的人向母亲再三表示没给二哥看过病，也没见到他买药后，极为焦虑的她才转身出门。此时天色已暗，在大街上只要看到亮灯的门店母亲都要去问寻，一遍遍对人讲着二哥的相貌特征，寻问人家是否见过。从东到西，又从西到东不落下一家。路过书店我指着那里对母亲道："我是在这看书的，当时书店的门板全开着，这距医院又近，如二哥在医院门口喊一声都能听到。”母亲点点头又向前走，过了十字街看到一家卖胡辣汤的饭铺在上门板是急忙走过去。饭铺老板以为我们是来吃晚饭的客人大声道：“胡辣汤已卖完，想吃明天再来吧。”

母亲常来赶集，有时就把要卖的东西摆在这家饭铺门口，次数一多与这位老板就成了点头之交。“哦，是您啊，请坐。”近了后见是熟人，老板热情地打过招呼又倒了一碗水递过来。母亲接过碗问我：“渴了吧？你先喝。”看着母亲她干裂的嘴唇我急忙摇头道：“不渴。”母亲也是渴急了，端起那碗水是一气喝下。见此，老板又给倒了一碗，这次母亲先谢过人家而后对我道：“走了这么长路哪能不渴？快喝些。”

晚饭时间已过，午饭也没吃的我之前只顾着慌张把饿也忘了，现喝了两口水，又因被胡辣汤的味道所诱，随着肚子里一阵鸣响瞬间是饥饿难耐。由饿却想到了二哥给自己的那个包着钱的手绢，急忙掏出来递给母亲，并重复了一遍当时的情景。母亲听后泪水即刻涌出，为掩饰，她又端起那碗水大口喝起来。喝完，谢过饭馆老板，带着我又去把南北两条背街也寻一遍，结果自然还是没有得到二哥的点滴音信。

天已黑透，街上那几只电灯的微弱光亮只能让人影影绰绰看到路，其他什么也看不太清。又走到十字街口，我东西南北望了望，大大小小几条街上除了母亲和我没见到其他一个行人。我扶母亲坐去街边一块石头上休息时，正好看到父亲和村干部六叔一起走来，相见后母亲把问寻医生，及沿街打听情况向他们述说时声音里已带有哭音。父亲听后还没表态，同来的六叔气呼呼道：“二宝这小子真没良心，白养了他这么多年。”六叔能这样说，表明他和父亲在来的路上已议论很多，且对二哥意见很大。

“老六，你少胡说，不能这样污蔑我家二宝。”说着话母亲掏出那个包着钱的手绢举在父亲与六叔面前又道：“你们看看，他走时只带两块钱，其余的都给留下了，这说明二宝一定是遇到了什么急事才走的。”六叔坚持着自己的看法：“他一个孩子能有什么急事？”父亲也附和道：“是啊，有急事也该留下个话再走嘛。”“年轻人办事不会考虑那么周全的，我所担心的是会不会出了什么意外？”父亲虽不接受母亲的想法，但在回话里对二哥的那份担忧却也明显存在着：“不会吧？他一个大小伙子，光天化日之下能出什么意外？不过既然您担心，那就去报一下案。”“报案还早了点儿，等两天也不迟，如刚报过案二宝又回来了，这叫什么事嘛？孩子也难为情不是？哎，他会不会在什么地方睡着了？咱分头喊喊。”母亲言罢起身就走，随即就响起了她“二宝，妈来接你了”“二宝，跟妈回家吃饭”的高亢声音。父亲和六叔也在不同方向喊了起来，先前寂静的大街上这时听到的是父母亲此起彼伏的呼唤声。

父亲和母亲又是把主街和背街及一些小巷子都转过、喊过一遍，还是没有得到二哥一点回音。夜深了，街上那几只并不明亮的电灯全部熄灭后，父亲抬头望望黑洞洞的天空，又四下看看空荡荡的几条街，对母亲道：“别喊了，这么大呼小叫也影响他人休息，回吧。”

行至书店门口，母亲一把揪住我“啪、啪”就是两个大嘴巴。“混账东西，什么事都让人指望不上，叫你陪你二哥看病，你却跑来看书，若你二哥有个三长两短，看我不打死你。”这次挨母亲打我表现得很安静，不躲也不跑，不哭也不犟嘴，我知道二哥的失踪让母亲很难受。其实，我心里也很难过，二哥他勤劳朴实，为人厚道，平时我去放羊割草只要他碰上都会抢着把草捆扛回家，天黑时还经常去接。他还特护着我，我挨母亲打时总是第一个上前阻拦，母亲也买他的账，只要是二哥出面相劝，都会立即停手。

“打他干啥？一个大活人成心要走谁能看得住？哎，以你的精明事先看出点征兆没？”估摸着是想让母亲撒撒气，我被母亲打了一气，父亲才将她拉开。“没有啊，只是上午看他拿件夹衣感到有些蹊跷，摸过他脑门不发烧嘛？当时只纳闷他怎么会怕冷呢？唉，真没想到会有这一出。二宝哎，这个傻孩子，想走言语一声嘛，我能拦你？”说到这里母亲已哽咽起来。

出了镇又累又饿的我们谁也不说话，只是低头赶路。走过一段，一直闷声抽烟的六叔摇摇头挑起了话头：“大嫂，我想二宝应是回了自己老家。您想啊，现在他已是个大小伙子，不能再去流浪，眼下户籍制度这么严格，来历不明的人去哪也不能上户口，没户口就不能分粮，没粮怎么生活？因此我断定他是回了老家。”一晚上说话都和母亲不合拍的六叔，这些分析得到了母亲的认可：“六弟，这话可说到点子上了，我也想到了这一层，只是不知他老家是哪里，你说急人不急人？”历来做事十分周到细致的母亲，言明自己不知道二哥老家的真实地址，这让六叔很不解：“嫂子，这么长时间您都没问出他老家是哪里？”“刚来时问过，二宝说自己不记得，当时看他那么小也就没多想，后来也没再问。”六叔似乎接受了母亲的这句解释，不过又提出了新的质疑：“大嫂，我咋也想不明白，您和大哥对二宝他不薄啊？他为什么要离开呢？看二宝平时蔫蔫的、老实巴交的样子，难道是一条喂不熟的狗？”母亲对六叔的这些言辞又生出不满，又再次为二哥辩护与解释道：“老六，你又胡说，二宝一定是遇到了什么意外之事。不过话又说回，这孩子他朴实憨厚、心眼不活，遇事想不开，负气出走也未可知。近一年来就有几档事伤了二宝心，头一件就是给他定亲之事。说起这件事，我就生孩子四姑妯娌改秀的气，头年我带着二宝上门去提亲，她嫌弃二宝不是我亲生，竟然拒绝了。哼，这个狗眼看人低的傻女人。”

4

母亲讲的这件事起因是去年春节前，大哥结婚后，二哥只要见到新婚嫂子就红着脸低下头，嫂子叫他既不抬头也不应声。对此莫名的嫂子问母亲：“妈，二宝是咋回事嘛？怎么叫他也不理人？”“他那是害羞，不过这也表明二宝已长大成人该娶媳妇了。哎，你娘家那里有合适的闺女没？给牵线介绍一个。”母亲的话让嫂子笑了起来：“二宝才多大？有点早吧？”“哪早？定上个三两年不就可以结了？”母亲讲的的确是实情，那时候农村孩子结婚普遍都早，一般是早早订婚，十七八岁，最多二十岁大都已结婚成家。

去年割完麦子的一个周日，母亲带着二哥去四姑家走亲戚，我也跟着。我跟的目的很简单，是奔着中午的那顿客饭。二哥这天穿的是一身新衣，上身白衬衫，下穿蓝裤子，衣服经过母亲浆洗穿在身上笔挺笔挺。脚上是一双部队发的黄胶鞋，此鞋是父亲一个在部队的侄辈回乡探亲所送，母亲先让二哥试试脚，看大小合适就做主给了他。当时父亲也想自己穿，大哥也提过几次，母亲是一概不答应。后大哥陪嫂子回娘家想借穿一下，为防意外母亲也不同意，为这事大哥还和母亲闹过意见。二哥上衣兜里插着两支笔，这是母亲从做老师的大姐处借来。他头发刚理过，早上母亲又帮其洗一遍，也不知上面给抹的什么油，看上去油光光的。此装扮再加上二哥那高高的个头，使他整个人看起来相当帅气。

这次来四姑家母亲带的是双份礼，一份给四姑，一份给四姑的妯娌，就是母亲让我们称改秀婶的那位。改秀婶有个女儿叫大云，以前她来我家玩时四姑私下和母亲提过亲，意思是要把大云介绍给我大哥。大哥那年正在上中学，母亲对他祈盼甚高，怕其分心就没定这事。

中午在四姑家吃的饭，饭后来到改秀婶家，寒暄过后四姑就表明了想把大云姑娘介绍给我母亲做儿媳妇之意。改秀婶听后满脸疑惑地问母亲："您儿子不是已结婚了吗？怎么又提这事？"母亲指指二哥道："是给我家二宝提。"改秀婶看过一眼二哥拉着长长声调"哦"了一声道："这就是您捡回来的那个小要饭的？已长这么大啦？"然后脸上带着一丝嫌弃又道："大嫂，我说话直啊，您别介意，让大云嫁您这个儿子，我不同意。"改秀婶的第一句话已让母亲脸上生出些许不悦，听完后一句立马带着质疑口气问："她婶子，请把话说清楚，我这个儿子怎么了？是缺胳膊少腿呢还是缺鼻子少眼睛？""都不是，只因不是你所生。"改秀婶这句不加掩饰的回复让母亲十分反感，只见她面带愠色道："二宝不是我亲生这谁知道，可我待他和亲生儿子是一样的，甚至比亲儿子更好，到成亲时我照样给他盖一座新房，喜事也要办得比大儿子的更好更有排场。"

四姑把大云给我大哥提亲时，母亲只以为是四姑自己的意思，此刻方明白那是受改秀婶所托，母亲没应允让她耿耿于怀。"大嫂，既然说得这么好听，那您大儿子是高中毕业，为啥这个儿子没上过学？咱亲戚套亲戚的谁不了解谁？谁都知道二宝没念过一天书，还让他衣兜里插两支笔这不是蒙人吗？啥也别说了，现在任您说啥我也不信。”母亲让二哥衣兜里插两支钢笔这在农村相亲中是常有的事，目的是想增加一些体面之成分。人们也都理解这不过是一种装饰而已，对此谁也不是很在意。可此时被改秀婶用作了攻击自己的有力武器这一点母亲大概没想到，这也让平时和谁拌嘴吵架都不落下风的她哑口无言。

那个年代农村里很多孩子没读过书，可因人家是父母所亲生，外人也就不好议论什么。二哥的不读书责任的确是在他自己身上，来我家之初，母亲也几次将他送去学校，可母亲前脚返回家，后脚他也跟着进门，母亲劝导过批评过，就差打骂，但二哥任咋说就是不去念书。现给人留下攻击口实让母亲是百口莫辩，倍感难堪。

脸色煞白的母亲嘴唇紧紧抿着不吭一声，旁边一脸窘态的四姑也是赔着笑不知说什么好，室内氛围尴尬。冷场过一会儿，改秀婶可能是意识到了自己言语间的突兀而想缓和一下气氛，也可能是为表达自己的真实心意，只见她用手指着我对母亲道：“大嫂，把大云给您这个儿子吧。”改秀婶这个提议让一直无法下台的母亲缓过一口气的同时，也找到了回击之语：“我这个儿子早已定了亲事。再说，您家大云多大？我这个儿子才多大？比我们大那么多哪相配？”说完站起身昂首挺胸地走出了改秀婶家的门。

返回路上，母亲安慰蔫头耷脑的二哥道：“二宝，别垂头丧气的，你改秀婶是个糊涂女人，有眼无珠的她哪知道像我二宝这种待人和善、谦谦君子般性情的男人将来一定会对媳妇好，是一定会把媳妇当宝敬的男人。哼，她不同意，我还不愿和她这种人做亲呢。放心二宝，有妈在，一定能给你娶个好媳妇。”“妈，我知道。”红着脸的二哥回这句话时没抬头，说完话将头低得更低。早已对改秀婶那副做派看不惯的我接过话：“大云长得一般，妈，您给二哥找个好看的。”“说得对，是要给我二宝找个又好看又贤惠的媳妇，同时还要看看姑娘妈咋样，俗话说‘有其母必有其女’嘛，要是遇上个糊涂丈母娘，碰上个事那可撕扯不清。”母亲说这番话时头微微扬着，脸上也带有一丝笑意，不过这话里话外十分明显的带有调侃与讥讽改秀婶的味道。特赞同母亲观点的我又马上接嘴道：“对，对。改秀婶就是个糊涂虫，她不了解我家情况，嘴上也没个把门的，满嘴胡说。”“这一点倒没必要和她过多计较，人看问题往往只看表面。也是，你其他的哥哥姐姐都上过学，只有你二哥没念过书，也难怪人说三道四。想咋说就让她咋说去，我也懒得理。”母亲嘴上说得很豁达，可那气鼓鼓的样子说明这是言不由衷。

母亲从前办事还从没被人这么毫不客气当面拒绝过，像大哥的亲事经媒人提亲后母亲上门去相亲，三言两语就把婚事定下。今天费尽口舌，搭了礼物，铩羽而归，也难怪极爱面子的母亲气不顺。

“人都喜欢有知识的人，没文化终归是缺陷，所以你要认真读书，有了学问、本事，到哪都招人待见，受人尊敬。”默默走一阵，母亲借此训导过我，又把话题转到自己那里：“今天这事办得气死个人。唉，话好说，气难消啊。”之后母亲去镇上赶集碰到改秀婶时，平日对人极为热情，见人远远就打招呼的她会将头扭过一边匆匆走开。

受了这次挫败，母亲对二哥的亲事更上心，特留意着方圆三乡五里、十里八村的姑娘，看到谁家姑娘合心意就备一份礼物托人去提亲。张罗过几家，结果是没结果。二哥没念过书是不成的原因之一，他身世才是重要根源，在人们固有观念中，认为捡来的儿子肯定是享受不到亲生儿子之同等待遇，怕自己女儿过门后受委屈，因而没一家同意。母亲也不气馁，她换了一种方法，就是把之前给大哥及我提亲的媒人请到家里来，好吃好喝款待一番然后说出自己的想法，拜托人家帮忙。媒人们吃饱喝足笑呵呵地回应着“好，好”。不过这种情况下的回应敷衍成分居多，过去很长时间也没下文。

## 5

“其二呢，就是年前征兵之事，没走成也伤了二宝的心。”母亲讲的这件事发生在去年底。每年征兵工作开始，上级发出号召后村里都会在大喇叭上一遍遍广播，播音员就是这位村干部六叔。一天吃早饭时，听到六叔在广播上动员，母亲看一眼二哥道：“二宝，今年你入伍参军去。”二哥看着母亲还没吭声，我抢过话："妈，六叔不是说要年满十八岁才可以吗？二哥他年龄还不到啊。""这事就归你六叔管，让他给多报两岁不就得了，你二哥这大高个，说十八岁人家会信的。"母亲和我说着话，眼睛却充满期待地看着二哥，说完话还含着笑意等他表态。

二哥先是躲闪着母亲的目光，后来看实在挨不下去才支支吾吾道："妈，我不想外出，只想守着您过日子。""你个傻孩子，守着我能有什么出息？到部队去锻炼一下，凭你的为人与能力，妈相信你定会有一好前程。退一步讲就是去几年再回来，那也增长了见识，开阔了眼界，对你的人生也有帮助。"

母亲让二哥参军的想法并非临时起意，这一决定是经过一番深思熟虑的，以上讲的只是原因之一，另一重要原因是军人在社会上地位高。"参军后肯定会有好姑娘愿给你做媳妇，到那时妈一定要风风光光、排排场场地给你办喜事，气气你改秀婶，出出我胸中这口闷气。"没等二哥表态我又接话道："妈，参军入伍是保卫国家，您怎么老往媳妇上扯？""你懂啥？家里没老婆那叫什么家？儿子长大成人，到了成家年纪，母亲们不扯这个扯什么？什么时候你们个个成家结婚，我抱上孙子，就不扯这个了。"母亲后面这句风趣之言逗得二哥和我都笑了起来。"二宝，事就这么定，听我的，保证没错。"母亲说话的口气不容置疑。

公社武装部利用星期天时间，借镇中学教室给报名参军的小伙子们体检，大清早母亲就叫上我陪二哥来到学校。昨晚那场小雪刚好盖住地面，使整个校园变得洁白素雅，清冷静寂。我怨母亲来得太早，母亲白我一眼后笑吟吟地看着二哥道："来早好，让你二哥熟悉熟悉那个教室内检查什么项目，省得到时慌乱走错门。"学校靠前的那排教室门上都贴着红纸条，上面写着应征青年们体检的各科室名称，我一一读给母亲听，母亲又一一对二哥重复一遍，并要求他记在心里。

"妈，医生说我全部合格。"体检结束，兴冲冲的二哥跑来向母亲报告了这一好消息。"快看看，上面没问题吧。"母亲接过二哥的体检表先瞧了两遍才递给我。体检表是两页纸，一条一条的有近十项，每一处都盖着合格的红印章。"是的，全合格。"太阳升起，体检工作开始后无论二哥去哪间教室，母亲都会跟去站在窗外向里张望。此刻得到我肯定答复，母亲擦去额头上的汗珠笑了。"我说嘛，我家二宝身体这么棒肯定没问题，不过没出结果之前心里总有些不踏实。”

体检合格的小伙子们被集中在操场上，然后随着公社武装部王干事的口令，先齐步、后跑步地转了两圈，目的是让来接兵的部队领导目测。二哥来操场上集合，母亲带着我也跟了过来，看到公社武装部齐部长在操场边和来接兵的一位部队领导说话，马上走过去和人打招呼。齐部长早年间跟着我父亲训练过，父亲还是他入党介绍人，因此和母亲也熟识。母亲和他寒暄两句又笑容满面地问候起那位部队领导：“这位领导您好啊。”部队领导笑呵呵地回过“大娘您好”后，不等人问，母亲用手指指队列中的二哥自我介绍道：“那高个的是我儿子，今儿是送他来体检的。”二哥个头近一米八，那个年代在村里已是大个子，就是在操场上这一群小伙子当中也是鹤立鸡群。部队领导看了二哥两眼回母亲道：“小伙子又高又帅，不错。”听人夸奖二哥，母亲高兴地哈哈笑了起来。

“大娘，您真是位善良、慈祥的母亲。”齐部长介绍完二哥的情况后，那位部队领导上前一步给母亲行了个举手礼。“这没什么，当时看到孩子可怜就收养了他。我想啊，任何一位做母亲的碰到这种情况都会这样做。”母亲谦逊地说完这些又恳请着部队领导：“现他已成人，请您带他去部队吧，我家二宝勤劳能干，懂事听话，一定不会让您失望。”“好的，大娘。若条件符合这没问题的。”部队领导的这一表态让母亲的笑声格外爽朗。

“大娘，小伙子这么高个头，他今年多大了？”部队领导的这句话让我心里“咯噔”一下，十分紧张地看着母亲，生怕她说漏嘴报出二哥真实年龄而误事。可平时快人快语的母亲回这句话却很迟疑，只见她略顿一下道：“二宝亲生父母去世时他还小，只记得自己的岁数，生日是哪天已不记得，之后我就按他来我家那天算作他生日。这么着的话还差一个来月才满十八岁，这位领导，您看年龄差这么一点点没问题吧？”“年龄我们是按年计算，够十八岁就行。”部队领导的回答似乎让母亲吃了颗定心丸，她脸上的笑容又灿烂又甜蜜。

目测完的小伙子们被一个个叫去签名，喊到二哥，他磨蹭着不过去，待接兵领导又喊了两遍，这才扭捏着走上前告诉人家自己不认识字。二哥被叫的那一刻我心中就有一种不祥之感，眼睛一直盯着那位领导，听二哥说自己不识字后，我看到他脸上现出了一丝失望。母亲肯定也看到了这些，马上走过去又替二哥说起情：“我家二宝虽没念过书，可他人聪明灵巧，干什么一学就会，到部队您让他做啥都行。”“大娘，我明白您意思，也理解您心情，只是部队有规定，要招有文化的人。”接兵的领导面带难色地说完这些，见母亲又想说什么接着道：“大娘，您别着急，这样吧，如最后有空名额一定考虑您儿子。”后面这句安慰人的话我都能听出来，以母亲的精明当然也明白，可人家已把话说到这份儿上，也不好再说什么了，诚恳地谢过那位领导一番后，母亲带着二哥我们往家走。

途中很长时间母亲都没吭声，二哥和我也是悄无声息地跟在后面。这一来一回反差极大，来时兴致勃勃，回时死气沉沉。母亲在思考问题过程中，最好不要去打岔这一点我很清楚，否则后果不堪设想，特别是遇到不顺心的事那后果会更严重。接近我家村子时，一路无语的母亲才转回头对二哥道：“二宝，是这样啊，这次你若能侥幸被部队接走，那到部队后一定要学文化，如走不了你马上就念书去。从一年级读起，能读到中学最好，最低要小学毕业。”说话时母亲明亮的眼睛逼视着二哥，这目光我很熟悉，母亲在骂我与训斥我时都是这种目光。这目光二哥显然不习惯，他回避着低下了头。

接下来的几天里，母亲今儿催父亲去公社探消息，明儿求六叔去问结果，要不就自己去一趟。直到这天六叔带来确切消息，二哥没被招录。已有预感的母亲还是不愿接受这个现实，她没给送信来的六叔倒水也没让座，而是静静坐在那里大半天一言不发。室内的父亲、二哥与我谁也不愿往枪口上撞找倒霉，谁也都不吭一声。

二哥订婚、参军都无果的现实让母亲顿悟前非，明白是自己对他过于迁就而导致了这些事的不顺利。之前只想着孩子不是亲生，又怜悯他幼年受苦太多，就一味地溺爱、放任，别说打骂了，连句重话都舍不得说。又认为他不是读书的料，就没去逼没从严管教，只想着将其养大，娶妻成家便完事大吉。可从现实来看，不得不承认自己之前做错了，这样是害了孩子。“亡羊补牢，为时未晚。”为了孩子有个好的前程，母亲决定即刻修正自己之前的错误。

“就这么定了，谁反对也不行，明天二宝就上学念书去，谁敢阻拦我跟谁没完，不信咱就试试。”母亲说这些话时那咄咄逼人的目光从我开始，依次扫过二哥、六叔，最后定格在父亲身上。父亲对二哥去读书也是支持的，看到母亲用这样的目光看自己有点不解，刚要开口说什么时只见母亲眼珠一瞪，向二哥处一转，心领神会的他马上道：“好，好，一切都听你安排，二宝读书去吧，没文化确实不行，干啥都吃亏。”六叔也顺着话劝道：“二宝，这次真挺遗憾的，部队来接兵的那位领导挺喜欢你，若你就是小学毕业也肯定会被接走。”我也凑着热闹：“二哥，上学吧，咱俩一起走，谁要欺负我，你还可以帮忙。”“好啊，就像评书上所说的‘打虎亲兄弟，上阵父子兵’。哥俩一起去一起回，有事相互帮忙，我也好放心。”高声笑着的母亲站起身走到二哥面前拍拍他肩膀又道：“读点书，识点字你一辈子受用，可别像那老一辈的农民似的，因不识字在城里连男女厕所都分不清，进错门闹笑话。再一点我不想让人在背后戳脊梁骨，说我偏心厚此薄彼什么的。二宝，今天当着你六叔的面给你透个实底，好好念书去，念到什么学校我砸锅卖铁都供，和你姐姐哥哥们一样读到大学我都供。”说到这里母亲声音又拔高了些，“上学念书这件事没得商量，你是愿意也得去，不愿意也得去，我再也不会惯着、由着你性子。听到没？”经过我们一干人的相劝，特别是母亲这软硬兼施一席话作用更显著，二哥当场表态和我一起去读书。

6

二哥到学校读书后母亲对他要求也很严格，每天晚上吃完饭都会坐下来一边做针线活一边监督他写作业，还要求做老师的大姐给予辅导。在母亲督促下，加上二哥的发奋，他进步很快，两三个月就跳一级，不足半年时间就升到了三年级和我同班。

年龄大个子又高的二哥不仅比全校学生高，就是比老师也高出许多。同学们都了解他的身世，一些调皮家伙就以此取笑他，二哥为此很苦恼。在学校里因大姐是老师，那些调皮鬼还不敢做得太过分，放学回家路上就会有人冲他高喊“傻大个”“拾的娃”等一些歧视与侮辱性言语。二哥性格属于柔顺型，听到后总是低头不作声，最多也只是涨红着脸怒视对方一下而已。我是个焦躁脾气，一定会跳出来反唇相讥，且还会用更难听的话还击对方。

乡村里，一个大队一般都由几个自然村组成，小学校都会建在中间那个村里。这天下午放学，我与二哥及同村的小伙伴一起往家走的半路上，碰到一群邻村孩子又对着他大喊“傻大个”“没爹娃”时二哥依旧不吱声，我照例又和那群孩子接上了火。对方领头的叫道如，他个子高、身体壮，因是独生子从小被家里娇生惯养对人特蛮横，仗着自己力气大经常欺负同学。我们先是吵、后是骂，接下来就动手。打斗中我不是道如对手，被他压在了身下。

“二哥，快上啊。”想到以二哥的身高和力量揍道如还不是“张飞吃豆芽——小菜一碟”之事。可二哥听到我喊他没出拳相助，而是伸着又长又粗壮的胳膊将骑在我身上的道如拎在了一边。吃了亏的我爬起身拿起地上的一块半截砖，照着道如面门就拍了过去。道如应声“哇哇”大哭，和着哭声他鼻子和口中向外流的血水里还带出了三颗牙。看到自己的牙齿道如的哭声更高更响亮了，同时又用更恶毒的语言来辱骂二哥和我，可当他看到我又举起的砖头时立马闭嘴，随即掩面而逃。我则跳着脚大骂直到看不见。

往家走的路上看看自己撕破的衣服，摸摸自己已肿起的脸，离家越近越忧愁，平时只要和人打架，回到家母亲总是不问是非先揍我一顿。这天，进了院门我躲在二哥身后，本想溜进屋先换件衣服以便蒙混过去，可没走几步就被母亲发现。“怎么回事？”母亲质问时已拎着擀面杖走了过来，我迅速跑至大门口抢占住可以逃跑的先机，接下来简洁地将打架起因说了一遍。当然，打掉同学道如牙齿这一细节给省略了。

“你等着。”母亲用擀面杖指了一下我接着鼓励二哥：“二宝，人常说‘人善被人欺，马善被人骑’。以后受到欺负，该还嘴还嘴，该还手还手，咱不生事惹事，但事来了也不要怕事、躲事。忍让，第一次叫气度，第二次叫宽容，第三次就是软弱。孩子，别太老实，以后你也要顶门立户过日子，男子汉太软弱不行。”说完这些又转过头问我：“告诉我，是谁骂你二哥的？赶明儿我找他家长去，这么欺负人可不行。”这时只听身后一阵吵闹，扭脸看到同学道如和他父母一起正朝着我家走来，身后还跟着一群人。

“妈，不用您去找，人来也。”说话间一群人已堵在了我家大门口。母亲上前去和他们打招呼，这群情绪激动的人并不理会母亲之善意，只管在那里吵、嚷，还有人高声叫骂。

“吵什么？出什么事了？”随着从室内走出的父亲这声呵斥，这些人才收敛起了凶焰。道如妈将道如推至父亲面前，指着他血淋淋的唇齿道：“什么事？你儿子打掉了我儿子三颗牙，你当村干部的可不能偏向自家孩子。”看了一眼道如的嘴，怒目圆睁的父亲转身就来抓我，我扭头就跑，只怨大门口已被道如家一伙人给堵着，在狭窄的小院里刚跑过半圈就被父亲给抓住。拖至道如家人面前举手要打时只听二哥大声道：“是道如先骂我野孩子，野、野、野种的。”

二哥的话让父亲放下了那扬起的手，提溜着我来到他面前问情况。二哥讲完经过后，父亲又将我拖至道如家人面前“啪、啪”抽了我两个大嘴巴，接着一脚将我踹在地上，扑过来又要打时被闻声赶来的六叔给拉开。父亲先向道如父母表示一番歉意而后又道：“事已至此，多说无益，请先带孩子去看牙，费用由我家出。在此，我只想提醒你们一句，我们都是做父母的，亲孩子疼孩子的心也都一样，但不能太溺爱。二宝从小失去亲生父母，来到我家就是我家的孩子，希望您们今后也要从严管教孩子，不可用那么难听的话骂人。”父亲的话刚说完，道如爹立刻嚷嚷了起来：“怎么着？你儿子打掉我儿子三颗牙还有理了？二宝的亲爹是谁？没爹的孩子骂句野种怎么啦？”

同学道如在学校就蛮横无理，看来是有家道渊源的。父亲被道如爹的谩骂激怒了，冲上前一把揪住道如爹的脖领要动手时，又是被身手敏捷的六叔拦腰抱住并拖去了一边。之前村里老辈人谈起父亲，都说他老实厚道，从没和人闹过别扭红过脸，更没和谁动手打过架。此一刻如此冲动，足见二哥在他心目中的位置，也证明了他对二哥是多么呵护。

这天和父亲表现正相反的是向来脾气暴烈的母亲却十分冷静，在父亲冲上去要揍道如爹时她追过去阻止，父亲被拉开，她转身进屋拿出那个包钱的方手绢打开来数着。方手绢里面包的钱没有整张五块或十块面值的，都是一块或毛钱的零票，数完全部递给了道如妈："这是十块，您先拿去给孩子看牙。咱先说好啊，总共赔您家二十块，多了可没有。欠的十块等下个集我卖了鸡再给您。"在母亲数钱的过程中，眼睛一直紧盯着钱的道如妈，看母亲将钱递上她不是伸手去接，而是极为敏捷地抓了过去，然后认真地点过一遍才回话道："咱乡里乡亲的，我信得过您的为人，就按您说的办。只是我家道如这豁牙太难看呀。""是啊，乡里乡亲的为小孩子打架就闹塌天似的多难看嘛，请早点带孩子看牙去，别耽误。另外就是，大人掉牙不会再生，小孩子掉牙以后还会长出来的。"拿到钱的道如家人们已达到了目的，在母亲劝说下也有了台阶，随即就离开了我家。

这场风波过去，父亲与母亲都没有再骂我打我，对这一奇怪现象感到别扭的我晚饭时忍不住问母亲："这是为何？"没忍住笑了的母亲笑过好一阵才反问我："怎么，没挨打反而不舒服？""那倒没这个意思，是想不通为什么不打？""不打是妈认为你做的对。男人嘛，就该如此，见家人受欺负不冲上去那才该挨打。"这天的晚饭是面条，母亲说完话给我盛了一大碗，还给滴了几滴香油。

"妈，之前我一年的工分都挣不来二十块钱，我不去读书了，我要参加生产队劳动，把赔出去的钱挣回来。"睡了一夜，第二天吃完早饭，二哥流着泪对母亲表达了自己的这个诉求。二哥的哭诉让母亲脸色先是一紧，不过瞬间又缓和下来劝慰道："二宝，钱是重要，可你学文化长本事更重要啊。孩子，这些你不是已清楚了吗？"

无论做什么事，喜欢的话是一种快乐，否则是痛苦、负担，读书亦如此。坐在教室里的二哥首先不好意思自己的年龄与身高，再就是回答不上来老师的提问更难为情，心中的紧张、焦虑及仓皇都快令人窒息了。对于半年内从一年级跳至三年级二哥心里很清楚，并非自己学习有多好，而是学校看在大姐的面子上予以的照顾。去地里干活虽苦、累，可因自己技艺纯熟而得心应手，而痛快、舒坦。

“妈，说心里话我坐在教室里难受，这次您就是骂我打我，我也不去了。”看着情绪激动的养子，母亲心里十分纠结，打吗？骂否？相逼？相强？思来想去皆欠妥，便妥协了。“别哭了二宝，实在不愿去先歇两天。”母亲说完话拿过一条毛巾给二哥擦去脸上的泪水后转过脸交代我：“到学校给你大姐说一声，就说家里有点事，让她给你二哥在班主任那请两天假。”

长条桌上一空酒罐里插的一束野花，是在城北山里修水库的大哥上周六回村拉粮时带回来的，周日下午他临走前几番叮嘱我要每天给喷些水。大哥热爱生活，不仅喜欢花草，还热衷种树，家里院内院外的那些树都是他栽种的。我则不然，除去喜欢吃树上的水果，其他一概没兴趣。这束花只认识其中那几枝扎手的玫瑰，别的一概叫不上名。几天来也忘了洒水，它们大都已干枯了。见我拿下来要丢弃，母亲接过手又顺着昨天教育二哥时的思路道：“二宝，你看这玫瑰花虽带着刺，可并不影响它的美。人也一样，身上也应该长些刺，你可以不去扎人，不欺负谁，但必须具备不被谁欺负的血性与胆魄。再凶残的狮子，也不敢对大象下手，再凶恶的坏人，也不敢欺负比他强大的人。这些说白了就是身上有刺的人才不被人欺负，才能更好地保护自己和家人。孩子，明白了吗？”一脸茫然的二哥没回应母亲所问，而是低下了脑袋。

打架之事到现在也就半个来月时间，事先没有任何征兆的二哥今天谜一般失踪了。往家走时已是深夜，头顶上刚升起的月亮不是很明亮，可看路还算清楚。父亲、母亲、六叔我们一路走着说着，推测着二哥出走的原因与去向，可说来说去也没议出个结果与定论。行至我家院门口，刚开始方寸有些乱，经过一番诉说情绪已冷静下来的母亲对六叔道：“二宝这孩子心直脑子不拐弯，一定是被什么事情绊住才不见人影，现在也别无他法只能耐心等吧。谢谢您六弟，明儿还要出工，您也早点回去休息。”

进家后母亲擦一把脸就躺去了床上，父亲煮了面端过一碗来，她看一眼面碗又转过了身，接着是一声长叹。我嘴里吃着面，脑子在不停转着，对于二哥失踪之因既不苟同六叔的他是条喂不熟的狗之说，也不同意母亲的他是被什么意外之事给绊住之推测，以及是因没定下亲事而负气出走之揣度也不接受。二哥年龄不大，只是刚到订婚年纪，以母亲的能力假以时日给定一门亲并非难事，这我一个小孩子都能明白的事二哥能不明白？还有，母亲逼他去读书时口中虽也强调着若不去或读书不认真，会与家中其他孩子“享受”同等待遇，要打、要骂。可那只不过顺口说说，吓吓他而已，母亲是决不会像对待我一般真动手的，这一点二哥心里应也清楚。另外，从他出门带夹衣这件事上看，今天之出走是有意而为之。至于原因，母亲困惑，他人百思不得其解，自己绞尽脑汁，苦思半天也依然是一头雾水。

## 7

整个麦收季节母亲照常去地里干活，收工回家该干什么还干什么，不过这一时期里她很少说话，饭也吃得少，一个麦收季节下来她瘦了很多。这里面自然有劳累的因素，可最大原因还是二哥的出走。

这天，母亲把一家人的棉衣拿出来翻晒，拾掇起二哥的棉衣，母亲又是一通大哭。“二宝，你这个傻孩子，想走早言语一声嘛，妈也好把棉衣给你准备一下一起带走，要不冬天你穿啥？”哭过一阵又道，“唉，我真后悔呀。”母亲做事一向极其自信，可以说已到了自负之地步，现来这么一句让我很是惊讶：“妈，后悔什么？”母亲抬头看我时眼中饱含泪水，可她的话却是这样说的：“后悔没打过你二哥，要是多打几次，他一定不会来这么一出。”母亲这句怪怪的话更让人摸不着头脑。“妈，平时您打过我们之后，总说打完自己心里也后悔。村里谁家媳妇跑回娘家不和丈夫过了，您都说是因被丈夫打跑的，今儿怎么又为没动手打二哥而后悔呢？这是什么逻辑嘛？真让人搞不懂。”“你还小，哪明白这其中的道理？媳妇和孩子哪能一样？儿子是越打越亲，不是有那句‘棍棒出孝子，娇养无义郎’之古训？这儿子多打几次他就会记住妈、和妈亲。再就是当初如将你二哥打去学校，那参军人家要，定亲也不会遭人歧视，若已定下亲事他还会走吗？想起这些真想扇自己几嘴巴。可后悔有啥用？这世间没地方买后悔药。”母亲这套理论我无法接受，要搁在往日一定会和她理论一番，可此刻看着她清瘦的脸颊就忍住什么也没说。

棉衣晒了一天，母亲的泪水一天都没干，天擦黑，她将二哥的所有衣物单独捆成一个包袱放在柜顶上，并交代我们："谁也不许乱动，放这，二宝哪天回来取时方便。"

暑假快要结束的头天大清早起床后去放羊，在村边看到同学道如妈急匆匆往我家走。上次打掉道如牙的事母亲已按当时讲定的数目如数赔偿，今天找上门难道有什么反复？于是我也急忙往家跑。刚接近大门口就听到已进院子的道如妈高声道："大嫂，道如他爹看到你家二宝了。"正在厨房做早饭的母亲应声而出，急火火地问："她婶子，快说，在哪见到的？""道如他爹往水库上送东西，昨晚回来对我讲在工地上碰见了二宝。"母亲快步走上前拉起道如妈双手道："他婶子，快说，哪个水库？"道如妈一愣："哎哟，您看我这走得急，是什么水库来着？"瞪大眼睛等着下文的母亲不知是兴奋，还是着急，她脸上的汗水大滴大滴往下淌。

道如妈矮胖，脸上肉嘟嘟的，眼睛和嘴都深陷其中，之前因与道如关系不睦，只要见到他母亲总想不通世间怎么会有这么丑的人存在。今天却不同了，她那副抓耳挠腮的着急模样竟添了几分可爱。过了一阵，见道如妈还没想起水库的名字，迫不及待的母亲道："他婶子，不请您进屋坐了，走，走，咱快去您家问道如他爹。"说完拉起道如妈就走。我也不去放羊了，尾随着来到道如家。

"大兄弟，您这个人真是的，像个男子汉吗？小孩子打个架难道要记一辈子仇？知道我日夜惦记着二宝，有了消息还不麻利告知？"道如父亲原是生产队赶大车的，家乡的土语叫"掌鞭"。因其喂牛、赶车认真负责，早些年父亲推荐他去给镇上供销社拉货。开始是挣工分，在生产队分粮，后随着供销社扩大而转成了拿工资的工人，吃上了"商品粮"。他个子挺高，人也很壮实，大眼睛红脸膛儿，乍一见给人的感觉是一位豪爽之人，其实他做事的风格与外表是极不相符。母亲的一连串埋怨话，使有些难为情的他扭捏几下才道："嫂子，是这样啊，我是有些顶不真，那天在工地上和二宝走个顶头，见面就叫了他一声，他看我一眼没应声低头走开了，所以我还不敢百分百确定。不过以我眼力，有八成把握那是二宝。”道如爹的话让母亲的眼睛亮了，立刻催促着：“快说，是哪个工地？叫什么名字？我要去一趟。”“哦，哦，大嫂，是丹江口水库，距离可不近啊，快走也要两天。”“别说两天，就是十天二十天，千山万水都要去。谢谢您，我这就回去准备，明早就走。”

母亲说的回家准备其实也就是弄一些路上吃的东西，不过这也简单，无非就是蒸一大锅红薯面窝头，带上做干粮。自懂事起我就成了母亲的通信员与跟班，外出办事基本上都是由我来陪同，这次当然也不例外。第二天清晨我扛着一口袋窝头，母亲背上二哥那包衣服就出发了。

镇上这条街一头连着我家所在市，一头通向丹江口市。两座城市因是两省所辖，之间没有直通车，坐车的话中间要换乘几次。不过，在那个年代别说没直通车，就是有，一般农村人也舍不得花钱坐，只要所去的地方不是太遥远，大都是徒步前往。

脚下的这条路虽笔直宽敞却没有铺柏油，是沙土路面，走在上面脚下“沙沙”作响，我怕磨坏脚上的新布鞋就脱下来提在手中光脚赶路。“儿子，还是穿上鞋，别磨坏脚，鞋坏了妈再给你做新的。”我们全家人的衣服和鞋都是出自母亲之手。白天因要去地里干活挣工分，她只能利用晚上时间做针线活，几乎每天夜晚都能看到母亲就着那豆大的灯火忙碌着。为了把鞋做结实，母亲在纳鞋底拽绳子时格外用力，这使手背上一年四季都留有被麻线绳勒出的血印子。因而当年心疼母亲的有效方法之一就是多光脚、少穿鞋。“妈，没事的，光脚走路舒服还凉快。”言罢，我还乐呵呵地跳了两下。

已是夏末，早晚有些凉爽，临近中午天气依然十分炎热，地面被晒得滚烫滚烫的，光脚走在上面脚底被烙得特难受。不过这样也有好的一面，它促使你加快了脚步。中午和母亲喝着湍河水吃的窝头，饭后没停脚，一直走到天黑。

走了一天，又累又渴又饿，体力已达极限的我们掌灯时分寻到的栖身之地，是路边一打麦场上一处高大的麦秸垛下。想着母亲年纪大肯定更累，安顿她坐下休息，自己去村中农家讨一缸水来给母亲喝，晚餐还是窝头。

夏夜的月亮高高悬在空中，那些或孤独或簇拥的星星此时都已现身，淡淡的月光像轻薄的纱飘飘洒洒映在打麦场上，似霜似雪，晶莹闪光。夏夜的风徐徐吹过，令人身心一下子清新凉爽起来。近处草丛中的青蛙“呱呱呱”叫个不停，远处传来的犬吠声也比白天洪亮高亢。我依着母亲，望着这熟悉而又神秘的天空，没说几句话就安然进入了梦乡。

睡梦中被一阵雨声惊醒，睁开眼看到母亲正用双手撑着那块不大的雨布，一半遮挡在我头上，一半遮在二哥的那包衣服上。雨不是很大，地皮还没湿透，可母亲身上已被淋湿。我急忙爬起身将雨布披在母亲身上，接着移过二哥那包衣服让她坐。天亮后，又去农家端回一缸水，和母亲吃过窝头便冒雨前行。

下着的雨一直没停下，只是时大时小、时紧时慢地变换着。抬头看看天，天上没有一片云。“妈，以前夏日的雨，大都是暴风骤雨还伴有电闪雷鸣，今天这雨怎么淅淅沥沥似春雨般温柔？”“世间万物都是有灵性的，雨当然也通人性，知道赶路的人心里急，身上燥热才下这样的雨让我们凉快些。”母亲说这些话时笑眯眯的。

从昨天开始我一直是光着脚走路，脚下的这条沙土路晴天时路面烫脚，下过雨路面就变得湿滑，雨下得久一些又变得十分泥泞。母亲鞋底沾了一层厚泥巴走起来格外费力，且还不时地把鞋带掉，无奈之下她也只好脱掉鞋光脚走。母亲的脚名曰“解放脚”。因幼年时缠脚所至，脚掌和常人的没多大区别，脚趾却向里扣着。平时穿鞋走路看不出什么，光脚在这泥路上走因脚指头不能抓地，向前迈每一步都非常艰难，且几次都差点儿滑倒。为了让母亲走得轻松些，我接过她背上的那个二哥的衣服包，将它和自己扛的窝头口袋系在一起，前后挂在一边肩膀上，用空出的另一侧肩膀让母亲来扶。

雨还在下，母亲担心二哥那包衣服被淋湿，总是把我俩合披的雨布往我这一侧多拉一些，自己头上、身上却被淋得湿漉漉的。

雨中的长途跋涉我都倍感吃力，可想母亲那双“解放脚”走起来是多么艰辛，她脚上磨出的血疱破了，走过的泥地上有血的印迹。嘴唇煞白的母亲停下脚步喘息的次数增多了，脸上汗水和着雨水不断地往下淌。“妈，我们找个地方休息一下，等天晴再走。”母亲摇摇头拒绝了我这一提议，紧咬着牙关又向前走去，她脚下的步伐踉跄着，目光却格外坚毅。

赶到水库工地已是半夜，此时雨也停了，我和母亲坐在一工棚的屋檐下休息。坐下时我头靠着母亲，醒来时却靠在门框上。天刚亮，水库大坝的工地上一片寂静。我家乡是平原，之前看山都是远远地遥望没有身临其境过，此时被眼前奇绝壮观之风景所吸引，便起身在堤岸上溜达起来。

“傻儿子，看你跟泥猴似的，快来洗洗，收拾干净好找你二哥去。”在岸边洗漱的母亲冲我边招手边高声催促着，见我边走边四下张望，一副漫不经心的样子又笑起来责骂道：“当心路，怎么生出你这么个不着调的孩子，啥时候了还有心看景？不知有个轻重缓急？”骂完迎上来将我拽下水。弯下腰撩水洗脸，看到水中自己乱糟糟的头发，我索性把头扎进水里冲了冲。“小祖宗哟，不怕感冒啊？”母亲急忙用毛巾擦干我头发，接着又帮我擦起衣服上的泥点。

清晨的阳光带着磅礴四射的光芒穿过薄雾将江面辉映得金灿灿的，逆光里看去，母亲身上似乎披上了一道金环，也使她头上的白发格外耀眼。母亲这年才四十几岁，可那满头的白发让人觉得她比实际年龄要老许多。前几天帮她洗头时特意查看过，母亲头上的黑发可以用屈指可数来形容。她眼角与额头上的皱纹又密又深，我明白这是为生活为儿女费尽心血、过度操劳所留下的痕迹，那满脸的疲惫之色则是这两天艰辛跋涉之见证。将我衣服上的泥点擦拭干净，母亲从头到脚打量过一遍感到满意后笑笑上了岸。我则急忙弯下腰又一次撩些江水扑在脸上，借以冲去已涌出的泪水。

在工地指挥部，母亲向负责人说明二哥的身世及我们的来意后，恳请人家帮忙查找。工地负责人是位瘦高的中年人，雪白的衬衫扎在裤腰里显得很精神，鼻梁上那副厚厚的眼镜又给他带来了几分儒雅之气。“大嫂，工地上近五万人，大都是临时抽调的民工，没名册。”负责人的话让母亲稍显失望，不过回应的话却很爽快：“哦，明白了，那我一个工棚一个工棚去问吧。”“大嫂，这些人员来自水库周边十几个县，县下还有公社、大队，找起来相当困难。您一路辛苦了，先休息一下。我姓李，是这里的总指挥，等下我让大喇叭向全工地广播，喊您儿子来这里相聚咋样？”负责人这实在又实用的话，使母亲又高兴又感激，不住地点头致谢道：“那感情好，谢谢您，那就麻烦您李总指挥了。”“麻烦什么？这只是举手之劳，比起您养育孩子所付出的辛苦，以及冒雨走这么远的路来寻他这算什么？”李总指挥动容地说完这些，立刻安排广播找人。

母亲怕影响人工作带我走出门外，刚出大门口，那高高旗杆上的大喇叭已响起：“二宝，二宝，您母亲从老家来找你，听到广播后速来指挥部相聚。”在旗杆处坐下，我兴冲冲地道：“妈，二哥他听到广播一定会跑着过来看您的。”母亲将望着远处的目光收回看看我，嘴巴动了动却没说话，继而又投向了远方。

水库指挥部建在半山腰上，站在旗杆下基本上可以鸟瞰整个工地。工地上红旗飘飘，号声也一阵响过一阵，场面极为壮观。水库大坝已有雏形，两头与大山相连。场地里施工机械很少，土石方工程都是由人工来完成。挑土的、担沙的都排成行，来回两条线是首尾相连，夯地基用的是乡下打麦场上的大石磙，每个有几百斤重，用四根长木杆井字形拴牵，由八个人高高抬起，然后重重落下将沙土捶实。在老家土语中这叫“打夯”。

丹江发源于秦岭山脉向南流入长江，这座坝基是东西走向将大江拦腰截断，从东到西的坝基上有上百个这样的石夯，每只夯的八个人中基本上都是由一位嘴皮利索、脑子反应快捷的人在喊号子。打夯的号子是领夯人根据现场情景以及穿插一些男女间的情爱之事信口编排的，语言诙谐幽默，让人在笑声中情绪高涨，回号时铿锵有力，落夯时地动山摇，上百个石夯的砸地声和千百个汉子的吼声响彻整条山谷，传向远方。在劳动中使用这种粗犷的“打夯”号子既统一了节奏，又调节了气氛，还提高了效率。不知它是从什么朝代传承下来的，至今我家乡那一带农家起房盖屋、砸地基偶尔还会有人使用。

工地上的大喇叭播放着戏曲和歌曲，间歇处就会听到女播音员带着情感寻找我二哥的广播声。已近中午，太阳当头照着，站在旗杆下的母亲被晒得满头是汗。“妈，移阴凉处等吧。”一直向四处张望的母亲：“广播中说是在这等，挪了地方你二哥来了找不到人咋办？”母亲的话让我哑然失笑，笑过指指距旗杆不远处那棵大槐树道：“妈，您看那棵大槐树离这才几步远？二哥来了能看不到？”母亲看了一眼槐树苦笑起来：“唉，人啊，真个是当局者迷，你二哥出走这件事把我搞得是晕头转向的，脑筋也已不会转弯了。”

中午工地上的李总指挥来叫我们去食堂吃饭。“谢谢您，不用了，我们有带的干粮。”母亲边说边指了下装着窝头的口袋。“大嫂，这窝头已黏不能再吃，走吧，到我们食堂吃饭去。”李总从口袋里拿出一个窝头看了看后极为诚恳地邀请着，接着伸手拿起了二哥那包衣服。“不瞒您说李总指挥，出门时带的有钱可没粮票，饭后无法结账的。”

20 世纪 80 年代前，在外就餐付款时，还要付上和主食分量等额的粮票。粮票配发对象是城市居民，农户没有，这也是农民们外出从家中带干粮的因素之一。“大嫂，您是来这里找儿子的，就是我们的客人，吃顿饭算什么？我做主，不收您钱和粮票。”说实话，吃过两天又凉又硬的红薯面窝头胃里已酸得难受，时不时就会涌上一股股酸水来，如不是太饿，一口也咽不下这又黑又硬的东西。此刻见李总的邀请十分真挚便央求母亲道：“妈，几天都没吃口热饭了，走吧。”母亲抬头看看我又看看李总后红着脸向食堂走去。

李总领我们至食堂最里面一张桌子前坐下，看见桌子上的一大盘热气腾腾的白面馒头我的眼睛就无法移开了，嘴里不停地咽着口水。馒头在我这可是稀罕物，一年里也吃不上几次。李总端来两盘菜放桌上，口中说着“招待不周，请包涵”一类的话时，我心中想的“快吃吧，吃白面馒头不用菜”这句话差点儿出口。似乎看出了我心意的李总笑容满面地拿起一个馒头递在我手里，又饿又馋的我接过馒头立刻大口吃起来。

母亲对家里孩子要求严格体现在各个方面，饭桌上也不例外。比如吃饭时不许吧唧嘴，喝汤不许出声，不许用筷子翻菜或夹背面的菜等。“人一定要懂规矩、守规矩，要站有站相，坐有坐相，吃也要有吃相。你的坐姿与动作神态，表情与目光等这些无声语言已告知他人你是谁，是什么心态，一切的一切都让人一目了然。你大方得体、庄重儒雅会得到他人尊敬。若猥琐散漫，只顾自己就会惹人鄙视。总之，一个人在餐桌上的肢体语言最能体现你是否有教养。”一般情况下我都能谨记母亲这些教诲，不过在特饿的时候就忘了这些，失了节制。若如此，那定会遭到母亲的斥责、筷头或巴掌。此刻见我这般吃相，母亲倒过筷头要打时看一眼李总又放下，换作了桌下的脚来踢。得到这一暗示我放慢了速度，每口馒头会在口中嚼几下再咽。

“二哥他每顿都吃这么可口的饭菜，真幸福，难怪他不回家。”我这句有感而发的话惹得母亲极不高兴，瞄了一眼在窗口盛汤的李总后，用筷子重重敲了我脑袋两下斥责道：“哪来那么多闲话？吃饭都占不住嘴？”接着又嘟哝一句：“带着儿子白吃人家饭咋说吗？唉，没法说啊。”

训我时母亲她满脸通红，我明白自己的不雅吃相是让她难堪的原因之一，这句不合时宜的话是惹她难为情之另一因素，不过更重要的正如母亲自己所言，是为无故白吃人家饭菜而羞臊。受邀之初母亲本已拒绝了，后是因我的央求而同意。这句“没法说啊”，表达的是一种无奈，是为自己常说的“母亲为了儿子什么都能舍得出来”之注解、叹息。

下午我和母亲还是在旗杆下等候，直到天黑也没见二哥影子。晚上我们被安排在一工棚内睡觉，刚躺下不一会儿母亲又起来去旗杆处相看。“妈，别去看了，大白天都没见二哥的踪影，黑灯瞎火的夜里他更不可能来。”“如果他白天忙，晚上有空呢？去看看心里踏实。”这一夜母亲睡得一点也不踏实，朦胧中看到她走出门几趟。

“今天你还在旗杆下等，我去工地上转转，万一你二哥待的那个地方偏僻没听到广播呢。”第二天起床后母亲这样交代我。二哥来家已近十年，由于其身份特殊，人们都格外关注他。再有，邻村之间人与人时常相见，况且他出走刚几个月，相貌能有多大变化？十分熟悉之人遇见哪有认错之理？因此，母亲从得到消息的那一刻，已认定与道如爹走顶头的人是自己的养子二宝。此刻担心他没听到广播是能说出口的原因，不愿说、不敢说及说不出口的是他听到了不来呢？故而决定去走走看看，碰碰运气。

“妈，要不让我去找，我跑得快。”“你毛毛躁躁的办事我不放心，还是我去吧。听话啊，一定老实在这里待着别乱跑，明白吗？”平时我是有些贪玩，可这时是知道轻重的，二哥的出走已在母亲心里坐下病，找不到人，她永远无法安心。这次我们大老远地跑来不能因我而功亏一篑，遂信誓旦旦地给母亲起保证：“妈，请放心，我一步都不会离开。”

母亲下山朝工地走去，这一去就是一整天，太阳将要落山才看到她从山下往回走。见到飞奔下山去迎接的我，她没吱声只轻轻摇摇头。第三天吃过早饭母亲又去找，晚上李总来问完找人过程后用探讨的口气道：“大嫂，大喇叭已广播多次，您也在工地上找了两天，会不会是二宝他不愿见面？”“不，不。要么是孩子不在这里，要么是已离开，再或许传信人看错了。”母亲说着话泪水已盈满眼窝。

“也许吧。”李总点起一支烟抽了两口又道，“大嫂，接下来如何打算？”母亲指指我：“他还要上学，也不能耽搁太久，想明天回。”“也好。明天正好有一辆车去您们市里拉材料，我安排一下您们搭车回也好快一些。这里呢，我留意着，一旦得到二宝消息马上给您去信。”李总这细致周到的安排又一次让母亲特感动，又是不住地表达着谢意：“李总指挥真是太感谢您了，这两天已给您添了不少麻烦，真让人不知该说什么好。我一个乡下人也无以回报，只能这么说吧，啥时候路过我们那里请一定到家里坐坐，农村里没什么好招待的，可我养的鸡多，荷包蛋管够。”母亲这发自肺腑的话让李总听后“哈哈”笑起来道：“好，好，有机会一定去。”

从工地到我家小镇这条路来时和母亲徒步两天，回时坐汽车半天就到。下了车往家走的路上我问母亲：“妈，您心里是倾向李总的二哥他不愿相见之看法呢？还是认为道如爹眼花看错了人？再就是坚持自己的观点，二哥是临时离开了工地?”“李总指挥所言有一定的道理，道如父亲看错人也有可能，不过我还是坚持自己的看法。”遇见任何事都相信母亲判断的我这次却和李总看法一致，认为是二哥故意不见我们。

8

国内修建一条贯穿南北的铁路经过我家乡，沿路各县的农村壮劳力大都被抽去参加建设，我大哥也被抽去，为赶工期，他们吃住都在沿线村子里。深秋的一天晚上，大哥匆匆回家来告知母亲，有人在百里之外湖北某县负责的工段上见到过我二哥。已躺下的母亲听到这个消息猛地坐起身：“快说详细些。”“是邻村我一同学去湖北卖烟叶，回来时看到二宝在路基上干活。当时情景和道如爹一样，我同学喊过两声二宝他依旧没应声转身走开了。”

二哥出走已半年时间，可只要提起他母亲总会痛哭一场，此刻只听她哭诉道：“二宝，难道你真把娘忘了？这离家也就一天的路程也不知道回家来看看我？你这个傻儿子，唉，明天我去看你吧。”第二天清晨母亲就叫我起床陪她一起去，要去上工的大哥送我们到镇上，临别他递过二哥那包衣服并叮嘱我照顾好母亲。

坐火车旅行，享受着它的方便与快捷时心中十分惬意，可很多人对铁路建设中劳动者所付出的辛劳了解并不多。和母亲沿着路基向前走，放眼望去，路两边地里一镐一镐、一锨一锨挖土的人们，个个都挥汗如雨；挑着沉重的担子，像蚂蚁搬家似的往路基上送土的那一行行、一排排的汉子们虽都敞胸露怀，可人人身上都湿淋淋的。

轧路基的大石磙有一人多高，应有上百吨的重量，拉它的人一大群，有的侧身拉，身体几乎与地面平行；有的是脸朝下手脚并用，那嘴几乎要啃到地面。他们发出的吼声让大地震颤，让热血上涌的我内心里对这些庄稼汉们又多了一份敬仰。

随风而起的黄土落在了他们满是汗水的脸上、身上，使他们个个都似土行孙一般。看着这些辛苦劳作的人们，我想到了二哥，他个子虽已长成但并不健壮，能扛得住如此高强度的劳作否？估摸着母亲也有此想法，她的步子加快了。

午饭没有变化依然是窝头加凉水，半下午时，我们赶到了湖北省负责施工的地段，母亲又是找到人家指挥部，恳请人家帮忙。人心大都是向善的，听过母亲述说的人都乐意帮忙，工地上的大喇叭马上就响起了寻找二哥的广播声。一路走一路打听，在每个工段都停下问寻，第二天中午行至一大桥边我对母亲道："妈，我们已越过报信人所讲的二哥所在县工地很远了，修铁路是一县一段，这县人不会去他县工地上干活，再往前走已无意义，回吧。"母亲向前又张望了一会儿冲我点点头。

"儿子，我俩沿着路基一人一边往回走，每人负责查看一面，若看到你二哥了，就大声喊我。"在铁路上干活的人，基本都分布在路基两边的不远处，再者，工地上已被广播喇叭全覆盖，如二哥想见面他早已现身，若不想见，我们走在高出地面许多的路基上，下面的他随意躲一下就很难发现。因此，我认为母亲布置的这项任务纯属多余，可为不惹她生气，反正自己也爱看风景，多看两眼也无妨，就随口"嗯嗯"应承着。接下来又是一路风餐露宿，又是毫无收获的回到家，母亲情绪又波动多日，她长长的叹气声时常响起。

## 9

冬季来临，一场大风刮过，气候骤然变冷。这天早上母亲给我们几个孩子找棉衣时，看到二哥那包衣服照例又是一场痛哭。哭过一会儿对我道："快起床，陪我再去找一趟你二哥。"说句实在话，之前之所以那么不厌其烦、一趟趟陪着母亲去寻找二哥，心中惦念他是一方面，更重要的一点是心疼母亲，不愿看到她悲伤、痛苦。随着时间流逝，心里对二哥虽还惦记，可已淡去了许多。此时，见母亲如此执迷即刻炸了窝。"去哪找？""去你大哥上次说的那个县找。""不是已去找过了吗？不是无影无踪吗？"对我这没好气的质问母亲生气了，声音也提高了几度："上次去的是他们县修铁路的工地，这次去他所在县找。"见母亲生气我只好放缓口吻：“妈，您以前风闻一丝我二哥的消息就去寻找，虽说每次去也都是捕风捉影，大海捞针，可那总算还有个影子，而现在您凭空想象就决定去找，这不是搞笑吗？妈，无论您是不愿面对，还是不敢接受二哥他是故意出走这个现实，可现实它就是如此。我们也已报过案，不是没从官方那里得到您所臆想与推测的他遇到什么意外的消息吗？因而在我看来，二哥他出走是成心的，在水库与铁路工地上他就是在故意躲着不见我们。所以请您不要再固执己见，快从梦中醒来吧。哼，二哥他就一《清风亭》中张继保式的人物。”

戏曲《清风亭》中卖豆腐的张老汉在清风亭捡到一男婴，取名张继保，后张继保成人继而成名就不认养父母，大悲之中的张老汉夫妇一撞死、一气死在了清风亭。我这番话惹得母亲坐在床边大哭起来，其他兄弟姐妹听到哭声急忙过来安慰母亲并批评我，也有的表达出了和我相同的观点。

“你们都说二宝是坏了良心才出走，又说他是成心躲着不见，可我认为人心都是肉长的，不是铁疙瘩。养他这么些年我哪能不了解二宝是个什么人？他是个善良的孩子，心没那么硬，一定是遇到了什么意外之事。万一病倒了不能动呢？冬天已来临，谁给他做棉衣，冻坏了咋办？”说完这些母亲又是一阵号啕痛哭。

母亲说的这些，是她固执地坚持去找二哥的原因之一部分，还有一些原因她是不好意思说的。一是二哥的离去让母亲感到特丢人，乡村里闲话多，人们在茶余饭后对婆媳斗嘴、兄弟斗气的鸡毛蒜皮之事都津津乐道，议论纷纷。像二哥出走这件事已算是轰动事件，自然就成了大伙口中的重要话题。东边日出西边雨，经过多人口舌之后，再传回母亲耳朵里事情已变味、走样。曰：养子的离去是不堪虐待，是母亲管教太严打骂多，不让读书，还不给娶媳妇所至。还有更离奇的说法是母亲让亲生子女们都去读书，以便以后远走高飞，去城市里生活，单单的不让养子上学，目的是留在农村给自己养老送终。

“养儿防老”这四个字农村人都时常挂在嘴边，这也是现实问题，每个人养儿育女之目的大都如此。母亲有此想法本也无可厚非，可还是因二哥他不是亲生，沾着点事他人就会借题发挥，说三道四。母亲哪受得了这等污蔑？委屈？为此气得哭过多次。给人解释过，也追问过是谁在乱嚼舌根？只是风言风语的闲话是查不到人，追不到源头的。因而母亲一门心思的要把养子给找回来，以弄清他出走之真实原因，洗清自己这不白之冤。

女人的眼泪，特别是母亲的眼泪对我杀伤力极大，无论之前我的语言多么的犀利，也不论多么坚持己见，只要看到母亲流泪，我立马就会变成骑墙派，或即刻缴械投降。此刻，我循例马上起床，将二哥的那包衣服重新捆扎结实，又用一个大布兜装一些随身用的物品放母亲面前，以这种行动表白着自己的态度。母亲看看这些，白我一眼便起身去洗脸梳头，换出门衣服。

“妈，您常说啥事‘只有再一再二，没有再三再四’，这次出门去找我二哥已是第三次，我咬牙再陪您走这一遭，下次您再哭再逼也没戏。”母亲对我的郑重声明先揶揄一句：“好，好，依你，还不老呢真啰唆。”然后又庄重地道：“我也先声明，这次要多下点儿功夫，找到找不到既是给自己一个交代，也省得留下遗憾。”“妈，一言为定，说话算数哦。”

瑟瑟寒风中母亲和我又一次踏上了寻找二哥的征途，一路翻山越岭，一路栉风沐雨，两天后赶到了传闻中二哥所在县。先去县里，后去各个公社的广播站请人帮忙、求人相助，还在走过的大小村镇贴告示。所能想到的找人方法都用过一遍，结果依然是一无所获。在寻找二哥过程中人们得知母亲冒着寒风，徒步行走二百多里来寻找养子给他送棉衣都格外热情，不仅留宿留饭尽其所有款待，还帮忙四处打听。看到那分外热心之人母亲会留下地址，托人家有消息时尽快来信。

这天中午，在我们回返途中一镇上，有人告知五里之外的邻村有一年轻人在外地干活时摔断腿，现在家养伤，还听说是没有父母。母亲闻言也不多问立刻匆匆往那个村子赶，嘴里还不住叨叨着“你看，我说嘛”之类的话，好像已确定这个受伤的年轻人就是我二哥，印证了她之前所言，二哥或生病或出现意外之推测。

赶到受伤的小伙子家，病床上的人哪里是二哥，二哥肤白个高，病床上的小伙子又黑又瘦。小伙子是没有父母，可人家有爷爷奶奶。

我们的到来虽属误会，可小伙子一家人知道来意后分外热情，老奶奶说句“中午一起吃面条”便和起面来。聊天时母亲看到小伙子穿着单裤，当即拿过我一路所背的包袱，取出二哥的那条棉裤递过去道：“快穿上，棉裤虽说是粗布缝制，不过里、面和棉花都是新的，穿身上暖和，对康复有利。”小伙子一家人不住地表示感谢，听到老奶奶表达出“我人老眼花无法做针线活，谢谢您这位好心人，这下我孙子过冬就不受罪了”之语后，母亲再次打开包袱将二哥的棉袄也拿出来一并送给了小伙子。

午饭后出了村，母亲略带自嘲道：“人老了，真个是缺心眼儿，当时也不问清个头模样就风风火火赶来，这白跑一趟算什么事吗？”“也好，棉衣送出去了，回去路上轻松。”母亲对我这句话很反感，脸上的笑意即刻换作了憎恶：“瞧你那小气样，哪像我儿子？哪像个男人？一件衣服的事就用这副嘴脸同自己母亲说话？”

明白二哥身世后，母亲每次给他做新衣而让我穿他换下的旧衣服时，虽没表达出不满，羡慕却是存在的。这次没找到二哥心存遗憾的同时又萌生出一想法，就是回家后要求母亲将这套衣服给改小一点儿，以换下自己身上带着补丁的这套。所以对她的慷慨是一肚子气，斜楞过一眼道：“什么叫小气？看到我身上的棉衣没？旧的，破的。”“旧的怎么了？你也有得穿啊，可那受伤的小伙子，大冬天还穿条单裤多让人心疼嘛。儿子，在我们这几次寻找你二哥的过程中，碰到的人都如此热情，管吃管住还尽力提供帮助，你的心是铁打的、铜铸的？不感动？人嘛，活在世上不就是你帮我，我帮你，相互帮衬着过日子。”本想对母亲的无端大方再挖苦指责几句的，可她这席话让我无言以对。

这次寻找二哥无果回家后，母亲情绪比以往两次都安静许多。家人们议论起此现象，大都以为是母亲了却了心愿所至。只有我不这么看，认为是因再无二哥信息之故，母亲她想去找也没个目标，想大海捞针连个大概方位都没有也只能如此，以我对母亲的了解，但凡听到二哥一点儿信息她一定还会去寻找。

冬去春来，随着时间的流逝当他人再提起二哥，母亲不再放声痛哭了，而是抽泣一阵后，再埋怨几句自己当年管教二哥方法失当之类的话，就是她坚信与坚守的育儿信条，打与骂在二哥身上没有执行才落下了这个结局。

## 十一　窝头嫂子

元宵节是国人合家团圆、亲人相聚的喜庆日子，我家乡那一带乡亲们还会划旱船、踩高跷与舞龙舞狮来庆贺，同时还会燃放烟花及鞭炮以渲染欢乐气氛。按农时节令来讲，正月十五是大地回春的日子，农民们新一年的劳作也就此开始。此外，国人最隆重的节日春节至此算彻底过完，因而元宵节也应是对春节的一种延续和交代吧。

春节前家家户户都会准备很多好吃的食品，但请别误会，家里大人们并不会让你放开肚皮吃，因为那是用来招待客人的。元宵节过后人们都忙起农活，鲜有人来串门走亲戚了，还有重要的一原因是天气转暖，这些食品想留也留不住。多种原因结合在一起，让这天的家庭主妇们个个都变得出奇的大方，将留存的美食全部拿出来让家人们美美吃一顿，致使家家户户美味飘香，人人喜笑颜开，村子里显得格外温馨与祥和。

早饭刚吃过母亲就开始忙午饭，平时丢下饭碗就会跑出去找小伙伴玩耍的我今天却待在家里不出窝，边写作业边候着午饭。因食材都是年前已做好的熟食，所以只需在大锅上架起笼屉蒸，随着水温升高热气升腾，香气四溢的美味馋得人神魂颠倒，坐立不安，不由自主地总去瞄那硕大的笼屉，老半天一个字也没写出来。

一阵吵闹声传来，接着一气喘吁吁的邻居来家喊母亲："快去看看吧，镇上的李主任带着人在捆狗娃呢。"狗娃是我村一农民，按其家族之排序我称他为大哥。比母亲跑得快的我先一步来到狗娃家，此时他家院子内外已围了很多人，只见双手已被捆住的狗娃大哥用双腿紧紧夹住门前那棵榆树，任由几个年轻小伙子又推又拽地就是死活不松开。

“李副主任，为啥捆狗娃？”镇上来的几个小伙子的领头人姓李，名援朝，原是在我们这一片搞运动的那位女负责人刁主任的副手，之前常在我村的戏台上主持批斗大会，现负责治安工作。工作性质变了，可李副主任的行事风格依然，爱训人，爱捆人，走路眼望着天，时时都摆出一副不可一世之模样。

“真是奇了怪了，为什么捆他用给你汇报吗？”面对母亲的质问，一脸不屑的李副主任这样反问着。母亲先没应声，她取下脖子上的围巾抖了抖，而后擦一把脸道：“以前皇帝老子抓人、杀人也会先昭告天下，狗娃他犯了什么事你也该宣布一下嘛，这样不明不白地抓人算什么事？”围观的村民更多了，里三层外三层的。

“狗娃他拐骗妇女。”李副主任的回答让母亲面色一紧：“拐骗妇女？这话从何说起？他拐了谁？”李副主任一指狗娃老婆：“就是她，人家娘家人已告发。”闻此言母亲紧绷的脸随即放下，淡淡一笑道：“她呀，她是狗娃老婆啊，怎么是拐来的妇女呢？他俩人早已成亲，那天拜天地时我们都参加了，不信你问问乡亲们。”母亲说话时用手指指围观的乡邻，众人皆点头称是。

李副主任这般风云人物，平时对母亲这样的乡下老太太那是鄙夷不屑的，今儿见围观的人太多，担心出意外，也为尽快脱身才破例地回了两句。此时见母亲不识相，已极不耐烦的他大声道：“对你们乡下这些叩头作揖、封建迷信的东西我没兴趣听，现有人告，我就要管，就是要处理他这不合法的婚姻。”母亲刚缓和的脸色又变严肃了，声音也提高许多：“不合法？这叫什么话？你了解情况吗？不了解的话请听我说完事情的来龙去脉你再说合不合法。”

狗娃大哥和他媳妇之结合可以说是一段奇缘。那年我家乡这条通向大西南的铁路修通了，开始的几天里，沿线村子里的男女老少倾巢出动到镇上火车站看稀奇，致使那些天这里比往日赶庙会的集市都热闹，且这般余热还延续了好长时间。一个多月后某日，去镇上赶集的狗娃大哥也拐到车站参观。二十大几、三十岁不到的他中等身材，圆头扁脸，最醒目的标记是两颗门牙特长。由于父母去世早，至今还打着光棍。狗娃大哥他前前后后，里里外外溜达着，等站台上旅客都走后就溜达进了候车室。

镇上的这个火车站，想来应是铁路上最小的车站，站台边上也就那么三几间房子，售票室和候车室在一间屋内，因旅客少售票窗口不常开，只在火车进站前才打开售票。这天客车已全部过完，没什么人的候车室内显得很清静，唯有最末尾那排长条凳上坐着一位年轻女子。此时已入冬，气温很低，那女子却衣着单薄，寒冷使她将身体紧紧地团在了一起。

属于内向性格的狗娃大哥嘴也笨，平日和人打招呼都脸红，说话时还老勾着头，与人说个事也颠三倒四的词不达意。这天的他却奇了，不仅主动上前与长条凳上坐的姑娘搭讪，脸也不红了，说话也是格外的利索。交谈中该女子说自己是从南方来此投亲，由于不识字，又把写着亲戚家地址的信封丢失了，下车后两眼一抹黑不知该往何处去。想返回又身无分文，从昨至今是米面未粘牙，说到此已泣不成声。

"不嫌弃的话，请吃这个吧。"说着话狗娃大哥掏出怀中的一个红薯面窝头递上。那个年代农家都不富裕，农民们来镇上赶集都会从家中带点儿吃的东西，饿了好垫垫。好吃的东西街上也有卖，不过那不菲的价格令人望而却步，只能远远瞧瞧，过过眼瘾。饿极了的姑娘接过这个还带有体温的黑窝头三口两口下了肚，吃完抬起头刚要说谢谢时，误会了的狗娃摆手道："没了，真没了，出门时就带这一个。"姑娘被他这句实在话逗乐了。自此两个人聊得更热络了，天知道他们之间都说了些什么，也不知平时拙嘴笨舌的狗娃这天使的什么魔法，结果这个年轻女子竟跟着他来到了我们村。

这件事可是我村天大的新闻，霎时间就传遍了每个角落，男男女女、老老少少都跑来狗娃家看这离奇之事，母亲听到风声也匆忙赶了过来。狗娃带回的女子个头不高，白白皮肤、眉清目秀的她是典型的南方人模样。两条辫子垂在肩上，看人时怯生生低眉顺眼的样子，让人一看便知是个本分姑娘。

乐呵呵的狗娃忙着给大伙敬烟倒水，当有人起哄问"狗娃，这是不是你老婆"时，他既不承认，也不否认，只管咧着嘴在那里笑，致使他嘴里那两颗鲜明的门牙看上去比平时更长了。乡亲们的打趣话使那位本来就低头坐着的女子，将头埋得更深。

母亲将狗娃喊至院外盘问缘由："快说，这是咋回事？"眉开眼笑的狗娃也没隐瞒，如实向母亲讲了一遍和姑娘的相识经过后又表白道："我这纯粹是好心相助，是担心这大冷天的她在车站冻坏身体，没其他一丝丝别的想法。"狗娃肚子里那点小九九已是"司马昭之心——路人皆知"。母亲自然也明其所想。

"你啥心思我心知肚明，少在这卖乖。记住，做人一定要堂堂正正，一定要把自己的情况向人家姑娘说清楚，决不能欺骗。还有，更不能脑子一热做傻事欺负人，明白吗？"见过姑娘后母亲对其印象也不错，已有心成全狗娃，遂这样告诫他。母亲这倾向明显的一席话让狗娃乐了，那笑着的大嘴快咧至脑后道："请您老放心，我决不会干那伤天害理之事。"听了狗娃这信誓旦旦的保证，母亲又叮咛几句便回了家。

"不妥，不妥。孤男寡女的待在一起，狗娃他万一犯糊涂，欺负人家姑娘那可就坏菜了。"进门坐过片刻，母亲突然一拍腿来了这么一句后起身走出了门，不多时就把那姑娘领了过来并安排她住在我家。

之后的日子，向来抠门的狗娃破天荒地变得极为大方，不知他从哪弄来那么多细粮以及鸡蛋和肉，每天是上顿白米饭下顿白面条地给姑娘端来。更不知他下了多大功夫，那面条擀得是又细又长，上面还放着几个荷包蛋，滴很多香油，远远都能闻到那股浓香。大米饭上浇着肉卤，引得人垂涎欲滴。来送饭时那脸乐得都开了花，一路笑着的他那两颗大门牙已伸进院门老半天才见到他人。

以前常来我家蹭饭的狗娃大哥的鼻子可能真是狗鼻子所演变吧，特灵，只要我家做改样的饭他总会闻风而至。家里来了客人，饭桌上有什么好吃的东西母亲都是让客人先吃，剩下的才会给我们这群孩子。狗娃来我家母亲也同样拿他当客人看待，他也毫不客气，每次都甩开腮帮子毫无顾忌地大吃大喝。饭量还特大，待他吃饱喝足饭桌上已基本上不剩什么了。为此，以前就对他看不顺眼的我，而今见到他这副嘴脸总要嘲讽与奚落几句："别有用心的小人，动机不纯的家伙，黄鼠狼给鸡拜年——没安好心。”母亲听到总会拍打我两下叮嘱道：“不许乱说，对此只可美言，不可打破锣，此事若能成也完成了他父母对我的托付。你狗娃哥不也挺好的一个小伙子嘛，为人厚道，干活不惜力，谁家有事都会积极帮忙，从不推诿。记住，看人要多看优点。”

姑娘在我家住过些日子，母亲对她的情况也了解得很清楚，她名叫玉枝，家在南方某个大山里，父母也都已不在世，跟着哥嫂过日子。今年她们那里收成不好，家里吃饭已成问题，来投亲一为就食，其实也存有碰到合适人家就嫁人之想法。这些日子在狗娃的甜蜜攻势下，同时也知他是一善良之人，心中就萌生出了那种意思。之后，母亲选了个日子，把他俩的婚事给办了。

婚后小两口十分恩爱，这狗娃嫂子看着身体挺单薄却很能干，劳动中南方女子泼辣、坚强性格尽现，经常看到她光着双脚在地里干活，不怕苦不怕累的。她特爱笑，声音还极响亮。他们婚后，母亲要求我将之前喊她玉枝姐的称呼按规矩改叫大嫂。乡村里，叔嫂之间是可以开玩笑的，有时为逗乐就叫她“窝头嫂子”或“狗嫂子”，她总会笑“嘎嘎”地满世界追打我。

小两口日子一天比一天好，隔年还添了个小“狗娃”，日子过得有滋有味，其乐融融。结婚之初嫂子她也有回乡探亲的念头，狗娃哥总是千方百计的阻拦。这个时候他最怕的就是老婆走后一去不归，原因是邻村有一人娶的外地老婆回娘家后再也没回来，这远天远地的不便寻找，至今无果。

昨天嫂子娘家哥来了，相隔两年兄妹相见高兴地是一时笑一时哭，狗娃也打酒割肉热情招待，相处甚欢。饭桌上当嫂子哥哥提出：“过两天让玉枝跟我回去一趟，家里的亲人们都特别惦记她呢。”疑心生暗鬼，心中已有阴影的狗娃认为这一提议可能会存有他意，即刻一口回绝：“不行。”俩人都喝了不少酒，闹将起来就失了节制，吵得一塌糊涂。嫂子哥哥一怒之下跑去镇上告狗娃拐骗了自家妹子，就发生了这场闹剧。

母亲将狗娃两口子结合的经过说一遍，接着又问一直哭泣着的狗娃媳妇：“玉枝，这都是实情吧？结婚时没人骗你吧？”“是、是。结婚是我自愿，没人骗我。”母亲已讲了半天，现又和狗娃媳妇来来回回说这些可惹毛了李副主任，只听他嚷嚷道：“你一个乡下老太太懂什么？我们这是要带他回去调查。”“事情已清楚，又有这么多乡亲做证，还有什么可查的？还带狗娃走干啥？”“我警告你老太太，快让开，否则对你不客气。”久历风雨的母亲根本就没拿此类恐吓当回事，依然是面无惧色地挡在狗娃面前，横竖不让将其带走。

母亲敢面对面地和李副主任论是非、争对错，一是她与生俱来就胆子大、爱打抱不平之天性使然，再就是，普普通通的农民娶老婆不易，她担心狗娃和和美美的一家人散伙。

自借东风造势成名以来，李副主任办任何事都无往不利，特别是分管治安工作后，依仗着先前的威风，所到之处更可谓刃迎缕解，从没人敢出来唱反调，碍手碍脚。可此时面对阻拦在自己面前的老太太却一时犯了难。理论吧？经过这一轮争执，看来自己已不是对手。动手吗？不可。一是，此时此地不是批斗会场；其二，平白无故的没借口。还有一点是围观的人太多，众怒难犯啊。由此李副主任气得是怒目圆睁，急得是“啪啪”直跺脚，这让人如何是好呢？

“那小媳妇的哥哥还在我办公室等着呢，你说怎么解决？”见到从地里回来的父亲，李副主任急忙上前求助。“请您们先回，此事交给我们村里来处理，若解决不了再请您们如何？”“也好。”感到棘手的李副主任苦笑一下，接受了父亲的建议，继而点点头离开了。

母亲将狗娃手上的绳子解开，又安慰他媳妇道：“玉枝，事情已过去，别再哭了。等下你哥回来了去喊我，我来做他的工作。”“好的婶，我听您的。哎哟妈呀，吓死人了。”自见到他人捆自己丈夫就躲在一边流泪的狗娃媳妇回着话，顺势扑进母亲怀里“哇哇”大哭。

狗娃婚事是母亲给做的主，对此他是不胜感激，另一件母亲做主的事，使他媳妇把母亲看作亲娘一般。去年中秋节那天晚上，我正写作业时突然听到了一声凄厉的尖叫，随着叫声母亲匆匆走进屋对我道：“狗娃媳妇生孩子难产，快去叫你父亲和六叔，他们在牛屋开会。快，快，别磨蹭。”说话口气焦躁的母亲，脸色凝重，目光不安。

“快，快安排人抬狗娃媳妇去县医院。”父亲刚跨进院门，急火火迎上前的母亲说话声音是又高又尖。“怎么？生孩子不顺？”“是，下午就开始阵痛，到现在还没生下来，这不对劲。”“老九婆不是在吗？要不再等等？”父亲说的老九婆是村里的接生婆，村里的孩子大部分都是她给迎到这个世界上的，包括我也是。“顺产老九婆可以，难产她的水平哪行？我先去狗娃家安排，你快绑担架。”母亲吩咐完父亲又指派我，“去砍一截桃木枝来。”

桃木能驱灾避邪只是乡间的一种传说，母亲对此却深信不疑，遇上不顺的事，总会弄一截桃木来带在身上或挂在家里。

我将砍下的鸡蛋般粗的桃枝扛来狗娃家，进门看到他媳妇已在担架上躺着，双眼紧闭的她发出的呻吟声令人心颤。母亲接过桃木枝放在担架上，然后十分严肃地叮嘱狗娃道：“记住，一、保大人；二、不要怕花钱。”

目送担架走远了，母亲感叹道：“唉，女人每次生孩子都是在鬼门关上走一遭啊。”转过脸又训导我：“儿子，记住啊，长大后娶了媳妇，一定要对人家好，不许欺负人家，更不许动手打女人，一辈子都不许。唉，女人一生太不易了。”

这次多亏了母亲的当机立断，难产的狗娃媳妇才没出意外，母子方能平安。父亲回来后我听到他对母亲这样道：“医生说再晚一步大人、孩子就难说了。”事后狗娃带着媳妇来家致谢时，给母亲磕的头是“嘭嘭”响。

母亲和我前脚刚进屋，狗娃两口子随着后脚进我家。“婶，在您家等吧，真怕那些人再拐回来。”母亲明白他们已被吓怕，爽快回应中还附带着邀请：“好，等下一块吃午饭。”接下来母亲手里忙着做饭，嘴里也不忘数落及责骂狗娃：“哪有你这么办事的？怕媳妇有去无回就不让人回娘家？其实女人是最讲良心的人，心特软，你若对她好，她会死心塌地跟你一辈子，知道吗你？唉，你这个笨孩子，真个是‘老太太奔鸡窝——笨（奔）蛋’啊。”

饭菜刚上桌，父亲就领着嫂子哥哥走进屋，母亲第一时间迎上去嘘寒问暖，继而恭请他主宾位坐下，接着高声喊我：“快给你大哥敬烟、倒水。”饭桌上父母亲轮番给客人大哥敬酒布菜，为能给他随时倒酒母亲还要我端着酒壶随侍在其身后。此番盛情使嫂子哥哥很感动，酒过三巡、菜过五味那紧绷着的脸便缓缓放下了。

“傻小子，愣啥呢？还不快给你大哥敬酒？”母亲嘴里骂着狗娃桌下还踢了他一脚。嫂子哥哥也是位直性的庄稼汉，见母亲这般热情，他也不再说什么负气话了，端起酒杯和大家互动起来。

酒至半酣，母亲又诚恳地对他道：“大侄子，这第一次来我们这里就惹您生了一肚子气，是我们礼数不周啊，请您别往心里去。狗娃他做了错事就怪我这做长辈的没教育好，也请您多包涵。”言罢，指使我给客人大哥面前的酒杯斟满。

“来，他大哥，我敬您一杯，算作赔礼。”“婶，别，别，您老千万别这么说，也怪我当时喝了太多酒，过于冲动。”双方喝过杯中酒，母亲又道：“刚才我听玉枝讲您想让她回去一趟，这是应该的嘛，她嫁过来已两年多，是该回去看看了。至于狗娃的担心也属正常，可他不会说话请别介意。现在我做主，过些日子让他们小两口成双成对回去可好？”已坐下的客人大哥又起身道：“这样好，好，我没意见。”“他大哥，您看这小两口日子过得多美满，俩人又那么恩爱，还生了小宝宝。男人家不懂啊，这女人若有了小孩，她的心啊就拴在了孩子身上。他大哥，您说我讲得在理吗？”

千里迢迢来探亲的嫂子哥哥看到狗娃对自己妹妹好，小两口恩爱甜蜜，日子和美也特高兴，并在心里祝福着他们。关系闹僵纯粹是因狗娃之态度，自己提出让妹妹回老家一趟也是人之常情嘛，为什么不同意？又为何翻脸？去告狗娃还有一原因是喝多了酒太冲动，此刻想来也很后悔。

“婶子，请您老放心，以前就没拆散他们的意思，以后也不会。”明白母亲话中之意的客人大哥急忙这样表明自己的态度。哥哥的这个明确态度使在一边独自垂泪的狗娃媳妇即刻破涕为笑，紧皱的眉头也立马舒展开来，转过脸笑呵呵地逗起怀中的小宝宝。

人，离家越久思乡之情就越浓。两年多来狗娃嫂子也时时刻刻惦记着那个生养自己的地方，自己是哥哥给养大的，对他的感情很深，这次见到特高兴，也有和他一同回去看看的想法。可作为妻子，心里比谁都明白丈夫的不同意是因为爱，也清楚他的另一层担心之意。其实，这一点是丈夫想错了，多虑了，自己也是深爱他的，不说平时他对自己的关爱与呵护，单说生小宝宝不顺利时，痛哭流涕的他把自己揽在怀中的做法就特令人感动，会一辈子记着他的好，怎么可能会离他而去呢？心中所想之所以没对丈夫说，一是害羞，再就是他同哥哥吵架时情节也转换得太快，自己当时蒙了。现看到两个亲人又握手言和，那颗慌乱着的不知所措的心又归了位。

嫂子怀中的小宝宝笑了，她也笑了，小宝宝的笑声越来越大，嫂子自己笑得是前仰后合。见自己媳妇、孩子如此快乐，狗娃也笑嘻嘻地端起酒杯道："大哥，对不起，我先干为敬。"郎、舅推杯换盏起来，一场冲突消弭于无形。

过了两天母亲让狗娃准备点钱，以路费为名义送给嫂子娘家哥，只是数目远远超过往来之车票款。认为太多的狗娃扭捏半天不表态，招来母亲一通训诫："你们现在是亲戚，亲戚就是一家人。聊天中我了解到他家眼下日子比较难，你就该出手相助嘛，要不算什么亲戚？人心换人心，八两换半斤，你现在怎么对他人，人家以后也会怎么回报你。再有，你娶人家妹子时，一分钱彩礼都没掏这又怎么说？男人做事一定要大大方方，可不能透着一股小家子气让人看不起。"

乡村里，娶媳妇出彩礼，之初是男方向女方家表达谢意的一种方式，之后相沿成俗，就成了规矩。再之后，人们便将此看作应当应分的事而遵守着。在母亲劝说下，狗娃对出钱虽心疼，不怎么情愿，但末了也接受了。也是，当初自己只管了玉枝几顿饭，其他什么钱也没花就将人娶进了门。再者，玉枝不仅能干，对自己也好，现知其娘家有困难不帮助也太对不起人。想到此，狗娃难得的慷慨一回，掏出一笔钱送给了嫂子哥哥。之后这两家相隔千里的亲戚时有往来，走得特亲近。

# 十二　瘁心

我家兄弟姐妹较多，日常生活出现的各种麻烦事是一个接着一个没完没了，即便各自结婚成家后，各种繁难的棘手事也是一件接一件层出不穷，可母亲都会根据我们这群性格各异的孩子存在的不同问题，用不同方法来帮我们化解难题，排疑解惑。

1

高中毕业没考上大学的哥哥回家务农后，无奈的母亲马上给他张罗起婚事来。秋收后某日，母亲抱着妹妹带着我来到外婆家。起初还以为她是想外婆了回娘家来看望，后从她们的对话中明白，这次来是给哥哥相亲的。

母亲和外婆聊了一会儿又让我带上礼品来到邻村一农户家。坐下后母亲和这家的大人聊了很久，我所关注的那个女主角却一直没露面，直到开饭前，才看到一个扎着双辫，眉清目秀的姑娘端着一摞碗来到了堂屋里。在母亲注视下姑娘脸红了，打招呼时手中的碗也在“叮当”作响，回过两句话逃似的跑开了。母亲望着她的背影连声道：“好闺女，好闺女。”

午饭后临走前，母亲对这家的大人道：“我们两家的亲事就这么定了，春节前办喜事如何？”得到对方应允又道：“闺女她有什么要求请让媒人递个话，我都会答应的。”事情就这么简单，春节前母亲就让哥哥把这个姑娘娶进门，成了我嫂子。

哥哥和嫂子婚后的第二年征兵时，村里的适龄青年都踊跃着去参加体检，接受选拔。当兵对农村的年轻人来说，是一件很向往的事，大伙都会争着去，头年还很积极的哥哥这年却打起了退堂鼓。特希望儿子到部队去见见世面的母亲为此规劝、开导及打骂之手段与方法全使了一遍，但到了哥哥也没去。

几天后见母亲为此依旧闷闷不乐的，我劝她道：“妈，哥哥他已是大人，且已结婚成家，以后他的事就让人自己做主，您就省省心吧，管那么多不累呀？”“能不累吗？可你们哪个能让我省心？唉，养你们一堆孩子干啥嘛，不仅身累，心更累啊。唉，唉。”“是啊，图啥呢？早知这样只生我一个就好了。”“你，你也不是个省油的灯。”说话时母亲虽然眼睛在瞪着我，可我看到她脸上似乎有了一丝笑意。

家乡修铁路那年，村里抽调一百多精壮劳力由哥哥带着去工地干活，为赶工期他们吃住都在工地上。某日母亲去镇上赶集我也跟着，目的是想看看铁路上的火车。卖完东西已是午后，返回时我提出去看一下哥哥，也是多日没见哥哥的母亲同意了。

“吃了没？”家乡人见面打招呼大都是用这句话做开场白。此话有问候、关怀，也含有客套之意。母亲教育我们的做人准则中有一条是矜持，要求我们听人问候此类话时无论吃饭与否，也不管肚子再饿对此的回答要么是“谢谢”要么是“吃过了”。

一般情况下我都能遵守这些规定，可这天听到哥哥这么问时就忘了母亲这些教诲，不等她表态自己先摇起头。哥哥见此即刻转身跑去伙房，回来时从衣兜里掏出两个红薯面黑窝头递给我和母亲。母亲没接，我则毫不客气地接过来就吃。

“这俩窝头哪来的？”“伙房里拿的。”母亲的眼睛瞪圆了：“哪能这样干？让人看到了咋说？”“大伙都在午休，没人看到，再说就俩窝头，多大点事！”哥哥满不在乎的态度得到了母亲一巴掌：“俩窝头事虽不大，可这会让人看低你的，知道吗？”哥哥没考上大学让母亲很失望，多次责骂他枉费了自己的一片心血。这次他带人来修铁路，母亲心中又生出了一个新期待，就是这条铁路一千多里，建成之后肯定需要大量的工作人员，因而对哥哥千叮咛、万嘱咐：“劳动中要踏实肯干，时时处处严格要求自己，给人留个好印象，以待铁路上招工时被招去。”此时见哥哥不知珍惜这样的机会，母亲打他一巴掌已算是轻的了。

打骂完哥哥母亲接着又用手重重捣捣我脑袋：“你就是个饿死鬼转世的家伙。”对于母亲此时的责骂我不是很在意，担心的是她让哥哥把窝头还回去。还好，母亲这天没这样做，打完骂完我哥俩她就转身往家走。跟着母亲走出好远，我回头看到哥哥依然呆呆地站在那里，母亲没回头。

## 2

阳春三月，田野里一片连一片的麦苗随风舞起了绿色的波浪，重重叠叠，滚向远方。一株株一簇簇点缀其中的金黄的、粉红的野花散发的芳香，令人迷醉。成群结对的蜜蜂飞来飞去忙着采花酿蜜，天空中鸟儿舞动着双翅，盘旋在头顶放声讴歌，在这美丽又多情的春天里，人的心也放飞了，舒畅、惬意。

在河堤上边放羊边欣赏着田园风光的我突然听到了母亲的呼唤声，转身望去，看到她正站在村边田埂上向我边喊边招手，母亲喊的什么听不清楚，打的手势是要我赶快回去。

“快去镇上买半斤肉，一斤酒。”我家吃肉的机会不常有，只有在过年时才吃一两次。平常日子里，家中来了客人也只给炒盘鸡蛋，因而对母亲的差遣很好奇：“妈，不年不节的买这些要请谁？”“还是你大姐找婆家的事，今儿男方来家相看。”“是以前来过的？还是新介绍的？”“小孩子心操多了老得快，头发也会白的。是谁也和你不相干，别那么多话了，快去快回。”

大姐是家里孩子中的老大，大我近20岁，我刚懂事她已从师范学校毕业。20世纪五六十年代，乡村里很多家庭还不怎么重视教育，男孩子去学校混几天，认识几个字便辍学回家劳动，女孩子更差，很多都没进过校门。像大姐读过这么多年书的可谓凤毛麟角。毕业之初，她被分配到了县里某机关上班，鉴于能力强，受领导重视，年纪轻轻的她在“四清”运动时便被派往一乡里独当一面地开展工作。看到大姐这样有出息母亲特高兴，总以她为榜样教育我们认真读书，我也以有这样的大姐为傲。风云突变，前年农历惊蛰那天大姐被下放回了村里小学做老师。对大姐为何被贬不甚明了的我放学回家问母亲：“妈，大姐为啥不在城里工作，而回乡来给我们做老师？”“为啥？缺心眼呗，说了不该说的话。”母亲还借此训示我：“你平日话也多，以后要引以为戒，说话时别像个傻子似的嘴上没个把门的信口就来。”

回乡之初，大姐不免难过、沮丧，后经母亲劝解与开导不长时间就怀着满腔热忱投入到教育工作中。大姐人聪明，读书成绩优秀，老师这个岗位似乎也十分适合她，在学校兢兢业业，勤奋认真，整个身心都扑在孩子们身上，年年都被评为先进。

母亲的优秀基因遗传给大姐很多，她身材高挑，容貌端庄，性格也有很多和母亲相似之处，为人正直，古道热肠。读书、做老师是大姐的强项，婚恋之事却是她的弱项，上学期间没恋爱过，工作多年个人问题也没解决。以大姐的自身条件并不乏追求者，母亲也托人给她介绍过几位优秀的小伙子，不知何故见过之后都没成。那时人们结婚较早，20 岁之前无论男女基本上都已成家，大姐已二十大几还待字闺中，她的婚事成了母亲的一块心病。

从镇上买肉返回家已近中午，进院门看到母亲和一小伙子正坐在小桌边聊天。母亲要我向年轻客人叫大哥，我嘴里叫声“大哥”，眼睛却盯着桌上的那碗荷包蛋茶忘了移开。

这天的母亲可真大方，客人碗里的荷包蛋有七八个之多。“把东西放厨房去，锅里也给你留有一些，去吃吧。”听到母亲吩咐，我立马兴冲冲地跑进厨房。待掀开锅盖一看，登时败兴，锅里哪有荷包蛋？只是剩下点煮荷包蛋的汤水而已，可因自己又渴又饿的也顾不上埋怨什么了，急忙将汤水盛进碗里大口喝了起来。

稍后，母亲进厨房做饭时年轻客人也端着那碗荷包蛋茶跟进屋，他看了一眼我手里的空碗，接着就把自己的荷包蛋往我碗中拨。心中暗喜的我礼貌性地推辞道：“别，别。”眼睛却看向母亲。母亲看看年轻客人，脸上现出了满意的表情，边说着客气话边对我点点头。得到母亲允许，我说着“谢谢”的同时已将碗举到了嘴边，顷刻间就把大半碗的荷包蛋与汤水吞进了肚里。见我喝完，切肉的母亲吩咐道：“陪你大哥到堂屋聊天去。”客人大哥没接受母亲的安排，坚持着坐在灶前帮忙烧锅，这一点又赢得了母亲赞许的目光。

锅灶烟筒排烟不顺畅，倒回来的烟雾弥漫了整个厨房，熏得人直流泪。客人大哥搬过梯子爬上房顶，接过我递上的长竹竿用力捅了一番后，烟筒畅通了，炊烟直直升起老高。饭将做好母亲指派我："去学校把你大姐叫回来，忙什么呢也不知回家吃饭。"

大姐进门后和年轻客人说过两句客套话就进了里屋，吃饭时也躲在里面不出来，只有母亲喊她给客人添饭，才红着脸到堂屋一趟，帮客人盛过饭立刻又走回母亲的房间。饭后客人走时大姐也不露面，母亲只好安排我去送。

"我看这个小伙子不错，朴实厚道，待人彬彬有礼，就这么定了。"将客人送至村边大路上，返回家听母亲对大姐这样道。大姐读书很用功，高中毕业时考个大学是没问题的，因深知母亲供自己读书不易，以及师范学校费用全免才报考的这个专科。在学校没搞对象是忙于学习，工作多年婚姻之事还没提上日程，原因之一是没遇到合适的，之二是看母亲太辛苦，愿在家多待几年，为家里多做些贡献以报母恩。

"妈，干吗这么急着把我嫁出去？家里这么多弟弟妹妹负担这么重，我在家不还能替您分担些？"对女儿的不搞对象，母亲也想到过这层原因。诚然，女儿是老师，每月有一份收入，在家多留几年经济上的好处是不言而喻的。勤劳的她家里地里也的确帮自己很多，这样的女儿当然舍不得放走。只是婚姻之事女孩子年龄是大忌，"树大当梁，女大填房"，现女儿已二十大几，不能再拖了，否则会误其终身。

"闺女，你已到了该有自己生活的年龄，妈不能只顾自己而耽误你。听话女儿，我已和这个小伙子聊了很多，他学问人品都挺好。也出生农家的他，同样是通过苦读考上学，毕业后分在市里城建上班。相信我，妈看准的人不会错，是个值得信赖依靠之人，我做主，就是这个小伙子了。"母亲话说得干脆，事也办得利落，转过年这个年轻的客人大哥就成了我大姐夫。

3

大姐结婚几年后的某个夏天，天大概是漏了，没完没了地下雨，很多村庄都被水淹了。我们村子因人们排水及时，才没发生墙倒屋塌之灾祸。这天，天好不容易放晴，母亲便把家中淋过雨的东西拿出来晾晒。近中午时大姐托人捎来信，说自己的房子前天夜里被洪水冲毁，万幸的是这些天正好在学校轮值，没在家住，且孩子也带在身边，因而一家大小都平安无事。大姐所在的学校我去过几次，那是一座从前的祠堂，地基用的是大青砖所砌且高，才使她一家人躲过此劫。

“快安装架子车，给女儿送些生活用品去。”父亲按母亲的吩咐安装人力车时我却提出了质疑：“妈，天刚晴，路还没干，车没法拉啊？”“说你笨，还不爱听，不会先把车拆开，扛去村边大路上安装好再放东西，到那边也用此法不就行了？”接着又交代父亲，“吃的用的多装些，还要装一些柴火以便生火做饭。”然后转身进屋装一袋干粮让我扛着，出大门前又转回头对父亲道：“我头里先去，你随后快跟来。哎哟，女儿心里不定多着急呢。”

来到大姐家，眼前看到的是一片黄泥汤，原先房屋处只剩下了几块石头。她家房后的那条河是季节河，因已断流多年，致使人们在建房时忽略了这一点，所建房屋距河道太近，头些天的雨也是出奇的大，形成洪水将河两旁的房屋冲的是无影无踪，向下游望去一片泽国。

“听捎信人讲房倒屋塌，我脑袋‘嗡’一下差点儿栽地上，特担心你和孩子们，下一句听到人没事心才稍安。闺女，别哭了，哭多了伤身体。老天爷要降灾，谁也挡不住。人啊，一生中都会碰上个七灾八难的，哪一家哪个人都会遇上倒霉事，只要人平安就是不幸中之万幸，房子冲没了再盖，下次建房选一个高点位置。”母亲先安慰一番哭泣的大姐，接着又调侃起她：“人家的龙都刮风下雨、翻江倒海的闹别人，你这条龙咋回事吗？怎么经常给自己带来灾难？”大姐属相是龙，母亲此话是指在她身上发生的另一件事。那是在大姐读书期间，某个暑假她去大姑家玩，结果那天晚上遇上了洪水，是大姑夫用绳子将她拴在树上才没被冲走。

大姐省吃俭用，攒了多年钱才建起的这座房子，一夜之间随洪水而消失让她特别难以接受，见到我们一直在哭泣，听到母亲后面这句话她才含泪笑了起来。不多时父亲赶到了，在外地出差的大姐夫也赶了回来，母亲生火将带来干粮熥热后招呼大家："吃饭，吃饭，天大的事都没吃饭要紧，吃过饭该干啥干啥。天灾归天灾，日子归日子，日子再艰难，咬牙过好才是正道。"

4

这年进入冬季的某个周日清晨，母亲手拿着一套新衣服过来催我快起床。小时候，平日里身上的衣服旧且大都带着补丁，新些的衣服只有走亲戚或过年才让穿。此时见到母亲手中的新衣，并听她要求我把自己收拾干净些时，这让我明白家中又有外交上的事务需要我去办理了。"你二姐对象已接到入伍通知书，过几天就要去部队。今天咱家给他饯行，按乡俗需要你去请。"接下来母亲又交代我见到他家里人该怎样称呼，及其他一些注意事项，为检查我是否记熟，还考问了几句，见我回答得流利，便催促道："快去，路上也别耽误。"

冬季原野上的黄土地里没什么养眼的风景，只有一片片刚露出地面的小麦苗，给这荒芜的大地上增添了一抹亮色，也给人们带来了新的祈盼。

农村青年人参军入伍是人生中一件大事，且一去要几年方可回来探亲，因而走之前都要去亲戚朋友家看望拜别，如家里亲戚多，要一天走多家。

宴请之事看来之前已约定好，我赶到二姐男朋友家时他已在门口等候，见面后寒暄了两句便乐呵呵地来我家赴宴。母亲自然是杀鸡宰鸭，热情款待。席间还鼓励他道："去部队接受锻炼是一件好事，好男儿就该志在四方嘛，窝在家里能有什么出息？我相信经过部队历练你定会有一番作为。"接着又指指我和弟弟道："等他们长大，我可不会像个老母鸡似的把孩子都捂在翅膀下，也会支持他们去外面世界走一走，看一看，闯荡一番。"然后又嘱咐起二姐男友："队伍上是好多人在一起生活，那是个大家庭，一定要合群。工作上要争取好成绩，生活小节中不要和他人争短长。"母亲这些坦诚、殷切之言二姐男友听后很动情，只见他端着酒杯站起身道："请您老放心，我一定记住您的话，到部队后好好干，做出成绩就回来看您。""好孩子，有志气。那时你们也到了结婚年龄，我就给你们把喜事办了。"母亲这句话让二姐红着脸跑去了厨房，她男友则朗声大笑起来。

“这孩子性格开朗豪爽，让人喜欢。闺女，你这犟脾气可要改一改哦，否则两个性格相同的人结合在一起难免会‘叮叮当当’老吵架，那日子咋过？”刚送男友回来，还沉浸在兴奋中的二姐回应母亲的是轻飘飘的“嗯，嗯”两声。母亲看了看她又道：“老话说‘江山易改，本性难移’，闺女，让你彻底改你也做不到，可一定记住我的话，遇事多忍忍。说一千，道一万，‘忍为高’这三个字你要时刻记在心里。”

## 十三　十三岁那年

西方人特忌讳“十三”，说这个数字会给人带来不幸和灾难，是个不吉利的数字，门牌号和房间号碰到这个数字就绕开。更有甚者，参加宴会时碰巧是十三个客人，那么最后到的那位客人一定会采用退席这种方式来回避，足见他们对这个数字忌讳之深。国人忌讳“四”这个数字，认为它的谐音不吉利，碰到时能躲开就尽量躲开，但不似西方人对待“十三”那般严苛。在我十三周岁、十四虚岁那年不知是机缘巧合还是怎的，接连发生了几件不愉快的事情，多年后还让人记忆尤深。

### 1

春风拂过，天地间沉睡的万物仿佛一下子都注入了灵性，有的慢慢舒展，有的缓缓流淌，有的破土而出，有的含苞待放，萧瑟大地转眼间变得色彩斑斓。春天是个生机勃勃的季节，当我人生进入第十三个春天时，脑海中也装满了无数的美丽愿望。放学回家，只要走进鸟语花香的田野，就幻想着自己变做一只小鸟，自由翱翔在蔚蓝天空里，变成一只小蜜蜂，穿梭在花丛中忙那甜蜜之事，亦可像风似的，上天入地走遍天涯海角。可云游在美梦中的我只要走进村庄，梦就会碎了一地，进了家门，一下便跌进了凡尘里。

万物复苏的初春时节，原野上风景如画，赏心悦目，不过此时对农家来说却是一年里最难熬之时。头年收获的粮食已基本吃完，田野里又没成熟之作物，为一日三餐发愁的家庭主妇们那眉头之间便时常拧着。我经常能看到母亲手拿簸箕，遍寻室内也找不到下锅米面时那无奈的表情、眼泪。

之前放学我都会飞速往家跑，只因母亲会在做饭的灶下埋几个红薯，我们兄妹谁先到家谁就能挑选一大个的。这些日子家里窖存红薯已吃完，回家就少了动力，这天就落在了后面。走近院门口看见先我而回的弟弟妹妹俩人无精打采地坐在门槛上，看到我没像往日雀儿似的围上来问东问西，而是将脸转去了一边。跨进院门得知父母间又发生了争吵，原因还是老一套，家中断粮。

母亲一生最烦两件事，一是小孩哭，二是求人借东西，这两件事都与家穷有关。她少年时家中接连发生几次灾祸，使她家从殷实富裕之家一下子沦为赤贫户，贫穷带来的困苦使她经常以泪洗面，以哭来释放自己的无奈无助，来排解心中委屈与压力。想来这应是当年的她唯一能自主的事情吧。按母亲自己的话说，这辈子自己哭得太多、哭够了，也就见不得人哭，特别是小孩哭，只要听到或见到就会忆起当年，就会痛苦万分。

对于向人借东西，母亲的说法是“手心朝上”，因而无论是借钱或借物她能不出面就不出面。借吃的东西更不愿干，对此的解释是“这证明了自己的无能，没把日子过好，丢人”。

我家这群孩子，大的姐姐哥哥，小的弟弟妹妹，大概都得到了母亲这一真传，也不干这类事。自懂事起我也见不得人哭，特别是见不得母亲流泪。母亲她真的是太辛苦了，她的起床时间以鸡叫为准，起来的第一件事是做早饭，饭做好叫我们起床。这一刻她的嘴、手都特忙，一边喊一边麻利地给弟弟妹妹穿衣服，同时还不忘拍打像我这类爱赖床的家伙。待我们穿戴整齐坐到饭桌前，母亲她小跑着把饭菜端上桌，趁我们吃饭时间又去喂家禽。我们吃完饭拿起书包往外走，她端着碗站在门口一个个叮嘱着，边说话边胡乱吃几口，接着快速刷锅洗碗，然后扛起锄头和父亲一起去地里劳动。中午和晚上又是按这套程序再走一遍。晚饭后一家老小都躺下睡了，她又开始在煤油灯下忙起针线活。这就是母亲一天的真实写照。

为一家人的生活整天忙得不可开交的母亲对孩子们的管教也极为严格，谁若是犯了错误非打即骂，还不许回嘴、负气及反抗，否则会得到更严厉的惩罚。家里的孩子大都怕她，在她面前说话做事都规规矩矩，小心翼翼。只有我敢和母亲理论斗嘴，敢抗争、对峙。有时母亲她大概是懒得理我而没加重处置，这使其他兄弟姐妹就产生了意见，说母亲对我偏心，一碗水没端平。母亲倒也不隐瞒对我的偏爱，总是态度鲜明地表示："偏心是有原因的，还是那句话，谁替我分忧，不惹我生气我就偏谁。"

关于母亲口中所说的分忧，其实就是在日常生活中帮家里做一些事。看着母亲每天那么劳累，心里特不好受，所以无论吩咐我去干什么都不会拒绝，什么时候让去借米借面，会立刻去，过后让去还同样会愉快执行。此时还会上演一小插曲。在农村，邻里之间借米面都是端着碗或瓢去，还时也是同一个器皿。我家是用同一个碗，每次借一平碗，还时母亲从来都是把米面装的多一些，让碗口鼓起老高，我嘟哝着"还多了"时，母亲总是拍一下我脑袋笑道："好借好还，再借不难。"接着话头一转："你头发咋这么软呢？男孩头发软长大娶了媳妇一定会怕老婆，就不会再这么听话、孝敬娘了。"母亲的这套理论出处是哪里，根据是什么，无从考证，但每次她说得都十分认真，似乎确有其事或已经历过似的，脸上的表情也由晴转阴。"妈，那还不简单，我一辈子不娶老婆，永远听您话，孝敬您。"对我的回答还算满意的母亲脸上又由阴转晴，笑眯眯道："傻儿子，不娶媳妇哪行？娶个贤惠的不就行了！""好。明就娶个回来，让她侍奉孝敬您。"母亲的笑声更爽朗了。

乡村兽医是多个村子才有一个，因不坐堂，牲畜生病只能去他家请，忙时他一天要去多个村庄，如去得晚，就找不到人。所以去请他，需天不亮就赶到其家门口候着，待他起床会根据你到的早晚来安排行程的先后顺序。家禽生病母亲让我们这些孩子去请兽医时，因起得太早谁都不愿去，会找各种借口推诿。只有我无论母亲何时点到，都是应声而动。如去得晚，没排上第一个，担心兽医忙起来忘了我家，就在他自行车后面一个村一个村追着。这一行为打动了兽医，他会将我家的排名往前挪挪。过后人前人后地夸我懂事，母亲听到就会给我煮一颗鸡蛋以示奖励。

日常生活中母亲相当节俭，也可以说是极为抠门，家养鸡嬎的蛋舍不得让我们吃，都攒起来拿到集市上卖钱以做我们读书费用。只有在谁生病或过生日时才会给煮一个。鸡蛋攒够一筐谁去集市上卖也成了难事，她和父亲每天都要去地里干活挣工分脱不开身，家里这些孩子大都不愿去。

农村的集市上摊位不固定，去赶集要卖什么就拿去依次摆在街两边。去卖鸡蛋会用一个竹筐挓去，在街边找个缝隙蹲那，为能尽快出手，最好再大声吆喝着。这样若碰到同学，就感到特难为情，这也是其他兄弟姐妹不愿去的原因，因而大多时候母亲就要我去。

卖鸡蛋为计价方便不论斤而论个，通常是按一块钱多少个来计算。当年行情是一块钱二十五个。我去卖鸡蛋，为减少碰到同学之概率就会采用降价之方式，按一块钱二十六个来卖，这样很快就售完。回家交账，货款对不上，母亲问原因时随口道："在途中碰破了几个。""哦，是吗？"母亲先拿起竹筐认真查看一番，接着意味深长地看我一眼并用手捣捣我脑袋后没再说什么。之后，再去卖鸡蛋，竹筐里鸡蛋数量总会在整块钱的数目之外多出几个。开始，我还以为是母亲数错而没在意，连续两次都如此才感到这里面定有缘故，可想来想去也没弄明白母亲之意也就放下了。

小时候我们谁犯了错误，母亲或是开导规劝，或是以训诫与打骂的手段来告知我们错在什么地方，都是直接的，从不隐晦。待我们稍大些，管教的方式方法就有所改变，有时也不明说，叫你去悟。又一个周日去镇上卖鸡蛋，不知自己怎么就开了窍，突然明白这是母亲故意为之，自己说的假话哪能骗过聪慧的母亲？她那么认真查看竹筐，是在看上面是否有破损蛋液之痕迹。竹筐上面干干净净就已证明了我在撒谎，母亲之所以没有当面揭穿，之后再去卖鸡蛋时还多加几个，她这是在给我留面子，更主要的是在观察我的品行，看我是否会自省。想到此感到特羞愧的我回家后主动找母亲坦白了自己的错误，并诚恳地道歉。

那天听我说“鸡蛋在途中碰破了几个”后，母亲瞄一眼竹筐已知我是在耍小聪明，特生气的她却对用什么方式来教育我几经思量。首先，责打是必要的，也是不可少的，那么是即刻动手呢？还是暗示我自省无果后再打？后想着缓两天也无妨，这样也可进一步观察我的品行、悟性，因此，那天我才躲过一劫。

“嗯，嗯。知错就好，妈也在等这一天，算你走运，本打算再观察一次，若再不醒悟就收拾你的。儿子，一定要记住，人，无论做什么事，无论对错都要实话实说，不能说假话，更不能耍小聪明。抖小机灵把别人当傻子的人，自己才是傻到了家的傻瓜。念你每次都能听话去卖鸡蛋，这次就不再计较，下次决不轻饶。”从这件事上我感到坏脾气的母亲打我们时并不是一味胡打，也有分寸与标准，在动手之前是给你留有余地，留有让你自省机会的。

这天上午母亲去地里挖了些野菜，回到家先把野菜洗干净又将一锅水烧开，坐等我回来去借点儿面粉，准备做一锅疙瘩汤，好将就着把这天混过去。因放学后自己只顾在田野里欣赏风景没回，母亲就让其他孩子去借，自然是谁也不去。无奈下母亲又让父亲去借，父亲干了一上午活，因累心里正烦着呢，不但不去借还拿话噎母亲：“让我去？你还不如将我杀了煮了吃得了。”也是一肚子委屈的母亲哪里吃得下这等话头，登时指着父亲鼻子骂将起来。认识到自己言语不当的父亲没回嘴，低头坐去门槛上抽闷烟。姐姐哥哥们也都面无表情坐在堂屋里保持着沉默。

生我时母亲已近四十岁，这时已五十岁出头年纪的她应是更年期，可那时人们对这种正常的生理现象还没什么认识，生活在农村的人们根本就没听说过这个名词。我也只是感到急脾气的母亲现在是点火就着，碰到点儿不顺心的事不是吵就是骂，平时说话声音就高八度的她近来嚷嚷起来那嗓门是更高更尖，离老远都能听到。

随着年纪逐年增大，母亲骂起人来也与往日不同，以前条理分明，就事论事，现在骂着骂着会拐弯，骂我们这些孩子们会把谁平时学习上不用功以及怕干活、不听话通通加进去。骂父亲会把平生攒下的怨气一股脑抖搂出来，前后混合着数落。

面对母亲的骂声，我应对的方法是让自己的灵魂游离出去，进入梦幻世界以逃避烦恼。这天，当我的灵魂又外出旅行时忽然听到了母亲一声哭喊，转身看到她已被父亲推倒在了地上。父亲这一反常现象让处于梦游状态中的我呆愣了好长时间也没弄明白他这是演的哪一出。母亲的骂声更高了，那高亢的声音刺得耳朵嗡嗡响。片刻，看到父亲又跳上前“啪，啪”扇了母亲两个耳光。

在我家，母亲的地位是至高无上的，大事小情及管教孩子都是她说了算，一般情况下父亲很少过问，自动地退在从属位置，从未有过挑战母亲权威的现象发生。性格平和的父亲对外坚持和平共处，对家中孩子也很少打骂，只有在我们哪个犯下严重错误，或母亲强烈要求他出面管教我们时，才会偶尔显示一下自己做父亲的威严。和母亲偶有矛盾，也全是家中贫困所至。而应对暴脾气的母亲已颇有心得的父亲所采用的方法是不争、不辩、不回嘴，耐心地等待母亲骂累吵够，肚子里气泄去，接下来的日子该怎么过又照常进行。为此，我心中对父亲很敬佩，认为他肚量大有包容心，挺男人的。这天不知父亲他哪根筋搭错了，竟然动手打人！此风不可长。

“不许打人，再敢动手我劈死你。”父亲的行为让顿时清醒的我立马冲上去用肩膀顶开他，并顺手抄起一把铁锹高高举起对着他吼叫着。在家人的印象中，我是个中规中矩的孩子，脾气虽焦躁一些，不过还算懂理讲理。和同学及村里的小伙伴也发生过争吵打过架，但从不主动挑事端、惹是非。在学校听老师话，在家尊敬长辈，今天陡然冒出的这种行为完全出乎家人所料。望着我手中高举的铁锹，蒙了的父亲“你，你”好一阵也没说出第二个字。母亲也瞬间定在了那里忘了哭，也忘了骂。

乡村里，打老婆的陋习一直存在着，粗鲁的村夫莽汉们会时不时地把自己这种劣根性拿出来表演一番。经常能看到被丈夫打得鼻青脸肿、头破血流的妇女坐在那里无助地大哭。人们对这种司空见惯之事的反应大都很平淡，没人上前制止。偶尔有人出来过问一下，也只是对施暴者不疼不痒地批评几句，对挨打的妇女说一些宽慰话了事。

“你母亲她骂人你咋不管？”缓了好一阵才回过神的父亲也对我大声嚷嚷着。“骂人肯定不对，可你一把年纪的人，竟当着儿女面打老婆像什么话？不嫌丢人？我警告你啊，从今往后你们拌嘴抬杠可以，决不许动手。”一脸怒容的父亲又一次抬眼看看我手中的铁锹，嘴里嘟哝着什么转身走了。

“老东西，如今我有儿子撑腰，看你以后还敢欺负我？”坐在地上的母亲见此双手猛拍一下自己腿“嚯”地从地上站起身，指着父亲背影骂过这些又转过脸表扬我道：“这才是我的好儿子，妈算没白养你。”我伸手拽过一条搭在晾衣绳上的毛巾递过去：“妈，以后别再乱骂，被打不疼啊？”“能不疼吗？可这日子过得心里憋屈啊。”说着话母亲又是泪水涟涟。是啊，想想也理解母亲，家里太穷，经常没有隔夜粮，一家人都向她要吃要喝，这无米之炊的主妇谁做谁肝火不旺？

扶母亲去石凳上坐下，这时其他兄弟姐妹都围上来说着劝慰之言，气还没消的母亲指着他们又开骂：“一群胆小鬼，眼睁睁看着自己母亲挨打都不敢上前阻拦，我养你们有啥用啊？”接着指着我又道：“你们不都说我偏心吗？我就是偏心咋着？人常说‘手心手背都是肉’，你们都是我的儿女，可我为什么单单偏他呢？今天你们的行为、他的表现，就是我偏心的理由，以后我更偏。”

母亲情绪稍平静一些后，拿过一只碗让我去借些面粉回来和着野菜做了一锅面汤，她选了个大号的碗，盛满满一碗放我面前桌上，然后才让其他兄弟姐妹去吃。见我不动筷，母亲又端起碗递过来道：“快吃吧，妈已不生气，你还气啥？快吃完上学去。”我端起碗用筷子去搅时发现清汤下面沉了很多面疙瘩。饭桌上其他兄弟姐妹都看到了这个情况，可他们看过一眼母亲，谁也没敢言声。

## 2

火辣辣的太阳当头照着，恣意地宣泄着淫威，大杨树上的叶子臣服了，它们塌下了架子，卷曲着身子不给人们遮阴了。知了的叫声也没了往日的灵性，声音嘶哑、刺耳，高一声低一声似哭诉一般。

天地间没有一丝风，空气似乎已凝固住，到处都滚烫滚烫的，人的心也随之热烈了，情绪也变得急躁、暴戾。

“啪、啪、啪”，在我家院子里，父亲边用手中的木棍抽打着我的后背与屁股边恶狠狠地问：“去不去?”“不去。”激昂回答换来的是更猛烈的抽打，反之亦然。10 分钟过去了，20 分钟过去了，这周而复始、此起彼伏的一问一答一棍子的问答声，以及脆生生的木棍亲热皮肉的“啪啪”声一直没停。院外不明底细的人听了，一定以为我家是在排练节目什么的。

“不去。”吃过早饭，母亲从里屋拿出上面放着一套小女孩衣服的一竹篮子礼物，要求我“去喜悦家探望”时我即刻回绝了。早些年父母做主给我定了一门亲事，女孩名叫喜悦，那年我刚上小学一年级，喜悦她刚出生不久，我比她大七岁。

过了端午节，地里麦子收割完毕，农民们在这个时候大都会带着挂面和鸡蛋去走亲访友，联络感情。头几年这个时期母亲也总会准备好礼品让我去喜悦家探望，因当时不明就里，以为这是一般亲戚间的正常往来。再则，走亲戚能吃到一顿丰盛午餐，这也是我乐意接受的动力所在，所以每次都愉快接受母亲吩咐前往。年纪稍大明白了两家及自己与喜悦之间的关系后，就对这门娃娃亲事生出反感，直至坚决反对。这个时期自己心中喜欢的是那些青春魅力四射，已稍有女人味的女同学，对喜悦这刚上小学的黄毛丫头从不加关注。为此已和母亲论战多次，她骂我不明理不懂事，我则埋怨她是封建思想。接下来的后果是母亲若有闲就骂我一顿，没时间就打我两下。

这天，见我态度强硬，母亲没打没骂，采用的是动之以情、晓之以理的苦口相劝。大半个上午过去了，平时特听母亲话的我在这件事上是任你东西南北风，不妥协也不松口。无奈之下母亲只好叫回在地里干活的父亲来管教我，刚进家父亲对我也是和风细雨好言相劝一番，但我一句也听不进去，他说一句，我十句回击。

在农民的思想意识中，给儿子娶妻生子、延续香火是人生最重要的事、最大的任务。在我们那个穷乡僻壤，男孩子娶媳妇尤为不易，村子里光棍是一大把。父母认为能早早给我定下一门亲，这是关乎他们能力、口碑，以及声誉与名望的大事，是体面与荣耀，是值得骄傲的。对此，我应感激涕零才对，可我不仅不感恩戴德还口出狂言："多余、瞎操心，谁稀罕啊？打光棍也不要。"这不是大逆不道是什么？简直反了嘛！既然言语开导无效，威胁恐吓无果，忍耐已达极限的父亲就采用了立竿见影的传统办法——武力。

节奏明快的击打还在继续，尽管打人的父亲已尽力，可挨打的我依然不服，眼中尽含不屑与藐视，口中还叫着阵："打吧，打死也不服，今天就和你见个山高水低。"嚷嚷完忽然想起头些日子发生的事话锋一转道："你今天打我是打击报复。"父亲听我这么说一怔："什么意思？""那天你打我妈，被我出面制止，怀恨在心的你今天是借机报复。"

初春某日为借粮父母俩人发生争吵后，父亲动手打了母亲，当时我举起一把铁锹要劈他。那是我人生第一次挑战父亲，第一次以男子汉的身份斥责他。被我揭了伤疤的父亲更加恼怒了，高声道："我就是打击报复，怎么着？""谁能怎么着你？对那种说一套做一套的伪君子，老天爷也没办法。"又蒙了的父亲又质问道："这又何意？""何意？真糊涂还是装糊涂？那年为了二宝哥我和同学道如打架，回家后你不问青红皂白就打我这事还记得吧？"父亲昂头道："嗯，有这事。打你不该吗？""应该？那后来你和道如爹动手的事做何解释？你对人严对己宽，说一套做一套，真令人恶心。""恶心？恶心你又能怎么着？"父亲手中的棍子再落下时是一丝丝的客气也不存在了。父子间的争斗此时已超出了是非对错的范畴，变成了纯粹的斗气与赌气。

往常挨打，我一般都采用要么臣服要么逃跑之策略，像今天这种极不合作之态度从未有过。望着我昂昂然不忿的样子，导致今天这场战争的始作俑者母亲走上前给父亲助威激励道："打，使劲打，这般年纪就如此不服管教还了得？搁在从前一定是做土匪的料。"

事情闹到这步田地父亲有些始料未及，无法下台的他只有将手中棍子举得更高，下手更狠。“啪”，木棍应声断为两节，我也被打得一个趔趄趴在了地上，但我立马爬起身又站回了原地。红了眼的父亲见此咆哮道：“我打死你。”接着又拽出一根更粗更大的木棍直奔我来。

“住手，住手。”刚才还给父亲打气助威的母亲此刻却高声阻止着。因母亲挡前面无法下手的父亲再次喝问道：“去不去？”“不去。就会来这一套，就不能来点新鲜的？”面对我的嘲讽，束手无策的父亲只好站在那里瞪圆了喷火的眼睛大骂。

父亲他为打我利索些，也不否认为了吓人，在动手之前先脱去了上衣。看来这打人与骂人也挺费力气，这时父亲已累得汗流浃背，瘪瘪的肚子不停地起伏着，肚皮瘦得跟纸似的，根根肋骨清晰可见。往日一起劳动时他也经常把衣服脱掉，每每看到他瘦骨嶙峋的样子我都会暗自神伤，同时也暗暗发誓长大后一定要好好孝敬他，让他过上好日子。可眼下心中先前的那份同情与怜悯，这一刻通通转化成了怨恨。木棍与血肉之躯的较量暂时告一段落，可父亲与我两个人的四只眼睛斗鸡似的怒视着对方，心灵意志在对峙并较量着。

看到父亲已没再动手的意思，母亲转过身拍打我两下道：“傻呀你？也不知躲躲？”“怎么个意思？武力镇压无效又改用怀柔之策了？少来这套啊，这打一巴掌揉三揉的手段也不灵了。”看到我冰冷的目光，母亲转脸回避开，嘴里却道：“打你活该，谁让你不听话。”“我活该？你今天的行为真让我怀疑自己是不是你亲生的？妈，之前你被人欺负时我为你出头，今天你却唆使人打我，有你这样的母亲吗？对此你如何解释？”“解释？解释啥？我是你妈，你是我儿子，我还想打你呢。”可看到我背上的道道血痕，母亲的眼泪即刻涌出，接着高声责骂起父亲：“打两下吓唬吓唬就行了，干吗下这么重的手？打坏了看我不和你拼命？”

出力不讨好，里外落不是的父亲气馁了，将棍子往地上一摔悻悻走开。见此我则越发嚣张起来，冲着他的背影蹦着高大叫：“请记住，以后再也不吃你这一套了。”走到院门口的父亲震颤了一下，不过他没回头。

战争结束，感到自己占了上风的我再次向母亲声明：“包办儿女婚姻是极不文明的封建专制行为，这门亲我不认了。”“不认？这个家还没轮到你做主呢？记住，你是我儿子。”“说得跟谁多想做你儿子似的，实话告您吧，没有什么比听您啰唆更让人痛苦的了，我烦透了，早已不愿给您做儿子了。”“浑小子，这种话也能说出口？书读哪去了？跪下。”母亲哭了，嘴痛快后的我跪下了。

母亲的巴掌在我头上身上飞舞起来。小时候挨母亲的打还感到疼、还怕，随着年龄的增加，承受力的增强，对她的拍打感到和挠痒痒差不多，随之怕也没了，被打的时候还咧着嘴边笑边数数，此刻又是如此。

母亲的泪水飞到我脸上，我闭嘴了。

3

夕阳在山巅处徐徐坠下，给群山染上了一层薄薄红晕，那最后的一抹彩霞依依不舍地亲吻着土地，袅袅炊烟为能和彩霞相伴久一些，紧密地追随着越升越高，末了与彩霞结伴消失在无尽的长空里。

傍晚，男同学富云与我以及几个女生来镇上火车站送女同学文雯。火车即将进站前，车站的工作人员跑过来吆喝我们在指定位置站好，然后自己拿着指挥用的小红旗跑去不远处的台阶上恭迎着即将进站的火车。

同学文雯的父亲是邻村人，早年入伍去的内蒙古。文雯出生在内蒙古并在那里上的小学。去秋开学不久，回故乡来读书的她被分在了我们初一一班。记得班主任廖老师将她领进教室那一刻，立时引起了同学们的一阵骚动。文雯她中等个子，身材不胖不瘦，上穿件白洋布衬衫，下穿一条绿军裤，脚上是一双黑皮鞋。她颜色黄黄的头发梳成两条辫子，瓜子脸白皙无瑕，水汪汪两只大眼睛明亮清澈。望着美丽的文雯，我人生第一次透彻地理解与真实地体验到了怦然心动这四个字的含义。

“同学们，请大家用掌声来表达家乡人的热情。”廖老师说完几句开场白后率先拍起了手。随着一阵热烈的掌声，落落大方的文雯随即向同学们介绍自己的姓名及在什么地方生活读书等情况。文雯声音绵软含娇，甜美动听，极其标准的普通话和广播里播音员的声音一般无二。那个年代，不仅村里的老百姓说话是满口土语，就是大队与公社的干部及老师们也都如此。文雯开口说的第一句话便把我给震晕了，确切地说，这是我人生第一次面对面地听人讲普通话。

文雯来我们班不久就被同学们选做文艺委员，之后在她指挥下我们班的歌声格外整齐响亮，在学校歌咏比赛中多次夺得第一。之前放学回家路上同学们都围在我身边听我讲故事，现在文雯成了中心，大家都簇拥在她周围，听她介绍外面的世界。在我们这群粗布衣衫粗布鞋的孩子中，身穿雪白上衣、绿军裤、黑皮鞋的文雯显得格外俏丽夺目，轻盈优雅。她搭在肩上的发辫时单时双变换着，就是束发的丝带也时红时绿换着花样，编织的蝴蝶结随风而动时，乍然看去总让人产生错觉，以为是真的蝴蝶在翩翩起舞。

回老家读书的文雯是为了照顾奶奶。头年文雯爷爷去世后，她父亲原计划接她奶奶去内蒙古生活的，因老人家不愿去，无奈之下才安排她回老家来读书以陪伴照顾奶奶。老奶奶年纪大时常生病，再加上文雯父母实在放心不下这一老一小在农村生活，前些天文雯父亲特意回来接她们。可那几天正赶上我们期末考试，她父亲也因假期短不能久停就带着奶奶先走了。

与文雯同窗近一年时间，期间还与同学们一起去她家玩过几次，但我俩却从未说过一句话。为补上这一遗憾，今天便早早赶到文雯家，然后又送她来车站，不过还是缘于文雯的矜持与自己的羞涩，一直也没搭上话。听着她同几个女生时而叽叽咕咕的细语声，时而清脆悦耳的笑声，待在一边的富云和我要么是莫名的相视而笑，要么是跟着她们傻笑，然后四下闲望。

天渐渐暗了下来，火车“咣当、咣当”驶进车站时，车头上的大灯将站台照得一片雪白，刚才还愉快地聊着笑着的文雯与送行的几个女生看到火车立刻相拥而泣。火车刚停稳，列车员打开车门不住地催着：“快，快。”我们也明白时间急，买票时站里工作人员已告知火车在这里只停留一分钟。我急忙把文雯的行李提至车厢门口，列车员接过放进里面后，即刻又转回身将文雯拉进车厢内并随手将门关上。紧接着火车已徐徐起动。

出生在内蒙古的文雯回老家来只是客居，时间也不长，现奶奶也已离开，此一去大概率是不会再回来了。这两地相距几千里，关山阻隔的，怕是此生难有再见之日了。

泪眼婆娑的文雯在向我们招手，不过那眼神是对着我们一群同学的。火车加速了，追着火车的我先快走后小跑着。文雯看过来了，是定定凝视的那种。火车的速度更快了，紧紧盯着文雯双眸，已冲到站台尽头的我若不是被身后的富云一把拉住差点栽了下去。

火车走远了，站台上又变得一片昏暗。黯然神伤的我呆愣愣目送着火车尾巴上的红灯，胸中百爪挠心说不上是个什么滋味。不久，火车尾巴上的红灯也渐渐消失了。

望着空荡荡的路基，心里也空落落的我回想着同文雯在一起的时光，她的笑声与歌声，她曼妙的舞姿，同时也忆起了自己对她做过的恶作剧。某日课间，富云与我正躲在一墙角处卷烟抽时，刚划着火柴文雯恰巧走了过来，看到我俩手中的烟卷，平时对人娴静有礼、温良恭顺的她先是蹙起眉头，接着气哼哼地瞪了我们一眼。当时自己不知是个什么心态，在她转身要走的那一刻，抬手将手中燃烧着的火柴梗向她弹去。意想不到的是这根火柴梗竟鬼使神差般飞进了文雯辫梢里，瞬间将她头发引燃。见她头上冒起青烟我一个箭步冲上去，双手抓住她辫子使劲将燃起的火苗给攥灭了。受到惊吓的文雯回过头看着我攥着她发辫的手时目光里闪出了一丝慌乱，瞬间脸也红了。稍后，她鼓起嘴巴示意我松手。平时矜持的文雯目光平淡、沉静，脸上也很少有夸张的表情，嘴也总是抿着。此刻的这一努嘴，她那小巧的、润润的、粉红鲜艳的双唇翘起后我看呆了。面对呆愣愣的我，文雯的脸更红了，脖子上也是通红一片。少顷，她幽怨地瞟我一眼，转身跑回了教室。

这是我人生中第一次来车站送人，可感到今天的送别特不理想，同窗近一年时间和文雯没说过话，别离时也没说上一句，想来这应是世间最没劲最没味的告别了。

“瞎催什么？真讨厌。”“说谁呢？”几次催我回家的富云被我这冷不丁冒出的话给弄蒙了。“那个列车员呗。”更迷惑的富云：“人怎么惹你了？”“原本已想好几句告别词的，被他一催全忘了，害得和文雯一句话也没说上。”“我也如此，别看我俩住在一个村，可也从没单独说过一句话。”富云的话让我心中的纠结即刻释怀。环境使然，那个年代男女同学的情谊特纯粹，中学生之间鲜有早恋的。不过话又说回来，谁也不敢保证就没一对互生情愫的，可我敢保证的是，在相处时都是“清汤寡水”的什么内容都没有，恋爱也都是“素恋爱”。

正在油灯下做针线活的母亲看我进家，马上去厨房把留的饭端来并催我趁热吃。晚饭时间已过去很久，肚子里也很饿，可我对面前的食物却一点兴趣也无，就那么有一口没一口地吃着。“傻小子，文雯走了，难道你的魂也跟了去？不会是惦记上人家姑娘了吧？”

午饭后，去火车站前向母亲请假时她答应得很爽快：“去吧，男子汉有情有义才对，同学一场该去送送，这也是人之常情嘛。儿子，去了要有眼力见啊，别像根木头似的傻戳着，记着自己是个男人，要帮文雯拿行李什么的。”当时对母亲的爽快同意及交代的注意事项我是很感激的，可此刻听到她所问特不舒服。“妈，没有的事，和文雯只是同学关系。”为证明自己所言是实，还特意对母亲讲明：“和文雯同窗这一年里相互之间没有过一次单独交往，今天在火车站的告别也没说上一句话。”

“你平时不是挺能说的吗？今天咋笨成这样？”我嘴里“嗯嗯”两声没回答母亲所问，接着低下头大口喝汤借以掩饰自己的尴尬。“傻儿子，你喜欢人家文雯姑娘，人家喜欢你吗？”“喜欢的。”母亲对我这自信满满的话似乎不相信：“这么自信，何以见得？”“在火车离开的那一刻，从她看我的目光里感觉到的。”我这句话是脱口而出。

“唉，儿子，别想那么多，人家文雯姑娘是只金凤凰，你是那棵梧桐树吗？”母亲看我的目光异样，所问令我茫然，木呆呆的我先点点头马上又摇起头。被我这个举动给弄糊涂的母亲拍拍我脑袋道：“还嘴硬呢？这表现不已不打自招了吗？”接下来又是一番训诫：“儿子，人生说长也长，说短也短，是功成名就还是虚度年华全在自己一念之间。在此我要给你强调的是，人们大都仰慕成功人士，一事无成的废物是得不到姑娘们青睐的。成功的要素虽有多种，其中什么年龄做什么事尤为重要。现你喜欢女孩，说明已长大，本无可厚非，我也不多说什么。但要提醒你，青春年少之时把书念好才是第一要务，这也是成功之基础。同时也警告你，若因喜欢女生走心分神而荒废了学业，看我不大嘴巴抽你。”说心里话，自上中学后自己已开始关注漂亮的女生，也已明了恋爱的实质内容，但还没有胆量付诸实践，喜欢谁也只是偷偷地多瞄几眼罢了。因而面对母亲作势扬起的巴掌回应的话极为强硬：“妈，已和您讲过多遍，和文雯只是同学关系没有其他，请不要主观武断想当然地乱扣帽子。”“没谈就好，你已是定了亲的人，朝三暮四那不道德。”母亲这句话让我像火燎着屁股似的蹿起老高：“对此我早已声明过多次，您定的那门亲我不认，再强加于人和您决裂。”“呦、呦，还没娶媳妇呢，就嫌弃妈、不认娘了？”此时心绪极差，不想和母亲再理论什么的我遂高举起免战牌：“妈，我这正烦着呢。另外，在这个问题上我们观念不合，说不到一块，为不吵架不伤和气，现在我请求停止交流此问题。”

## 十四　正确面对

### 1

初冬清晨，东方泛起的红晕从薄雾中透出来了，天地间渐渐清晰，极目处的五朵山在晨曦映照下，呈现出的轮廓更加雄伟肃穆，山间缥缈的晨雾似轻纱般缠绕着，让峡谷格外静幽清雅。眼前大块麦田里的麦苗刚出地面，一个个探头探脑四下张望着，那淡淡的绿色及田埂边的枯草与裸露的黄土地相间着，给这初冬的田野里增添了一抹异样的色彩、韵味，别样的诗情画意。

北京某单位来我校招人，正读高一的我经过笔试面试，初步通过了。昨晚接到通知，要我今天下午到县城去与其他高中选拔的学生再进行一轮考试，时间约一个星期。读高中开始住校，这个期间由于家中经济拮据，自己衣兜里常常一文不名，大清早往家赶，是向母亲要去县城这一个星期所需的费用。

一路上我心中激动异常，想着这次如能被录取上那可真是再好不过了，不仅能给家里挣钱，改变家中困境，同时自己也会有个美好之前程。去的又是首都，真可谓“鲤鱼跳龙门，一步登了天”。跃出了地平线的太阳先是红彤彤的，后是黄澄澄的，它的光芒将一团团、一堆堆的云朵折射得时红时黄的煞是好看。美丽的大自然真是太奇妙了，充满无限可能性的这个世界真是太美好了。

从小学一年级直到高中，自己的学习成绩一直很不错，次次考试都名列前茅，个个学期都得奖，因而对去县城参加下一轮的考试自信满满。对面试也相当自信，天性使然，自己从小就话多，还爱较真，按母亲的说法是话痨、杠头，为此没少挨她的责打。不过因此也受益多多，通过斗嘴与辩论自己的语言组织与表达能力都得到了提高，胆子也大了，无论和什么人交谈或即席发言什么的从不怵窝，且自认表现上佳。

太阳冉冉升起来了，将亮堂堂的光芒洒向大地，心情愉悦、步履轻盈的我伴随自己悠扬的口哨跨进了家门。“还不到周末怎么就回家来？”正在吃早饭的母亲问话时手中的筷子也同时指了过来。待我说明情况，喜出望外的她，即刻乐呵呵地进屋拿出了那个包钱的方手绢包递给我。我按一个星期时间取出所需之钱数，还回时母亲没接：“儿子，穷家富路，多带些，应个急什么的。”“妈，已够用了，再说我都带走了家里日子咋办？”“家里好对付，有我怎么都能过去。儿子，你多带些买点儿好吃的东西补补身体，给妈考个好成绩。”母亲说着话便把手绢包装进了我贴身衣服的衣兜。

吃完早饭临出门母亲又把两个熟鸡蛋装进了我口袋里，还坚持着送出村。“儿子，这次的机会可一定要把握好，你若去了京城我也能跟着去看看，那多美气啊。”“妈，现在说这个为时尚早吧？”“没问题的，儿子，你一定行。别忘了你是我儿子。”母亲常挂在嘴边的“你是我儿子”这句话的意思很丰富，要求我听话时、恳请帮忙时与鼓舞信心时都会这么说。此刻的意思应属于后者。望着比自己信心还足的母亲我笑了，我笑的原因母亲明白，因为她也笑了。

野外风大，我怕冻着母亲就一次次催她回去，母亲一次次应道："再走几步，再走几步。"走了一程又一程，叮咛的话也说了一遍又一遍："考试别紧张，做完题要多检查两遍。和人交谈别抢话，一定要听明白对方意思，不明白的地方问清楚后再回复，要注意自己接嘴快这个毛病。儿子，还有啊，世上的任何好事都来之不易，毁之极简。所以，说什么话做什么事都要三思而行，更不能撒谎耍小聪明，否则只会害自己。记住，世界上最傻的人就是自以为聪明的人。"母亲的话让我胸中热浪一股股往上涌，眼窝发热。接下来无论母亲说什么我只低头"嗯嗯"应着，不敢与她对话与对视。母亲不喜欢孩子哭，特别是男孩子哭，我们兄弟几个犯错误挨她打时如哭叫，那不但得不到同情，反而会招来更严重之后果，被打得更狠。

在我坚持下母亲停下了脚步，泪水已盈满眼窝的我没和母亲告别就快步走开了，走出好远才转回头。泪眼里母亲脸上的表情不是很清晰，那满头的白发却格外醒目。我一遍遍告诫自己一定牢记母亲的教诲，一定考个好成绩。

来到县城被安排在招待所住下，和我同住一室的李姓男生身材颀长，身上的涤卡面料套装挺挺的。组织方大概是为了方便管理，也安排家在城里的他住在了招待所。

"您好。""进城怎么也不换身衣服？"李生没回应我的问候，而是指着我身上的衣服斜眼问。"换了，今早才换的。"开始以为是自己身上的衣服哪里弄脏了，检查一遍没发现有什么污渍后方明白他指的是衣服太旧，且是土布所制。李生撇撇嘴又问："睡觉打呼噜、咬牙吗？""不，不。"得到我否定之回答他将嘴向两边歪了歪，不冷不热的介绍了一番住宾馆注意事项等。说话时眉清目秀的他脸上似乎透着一股邪劲。

翌日，因要参加体检，组织方先带我们到澡堂洗澡。这是我人生第一次进澡堂，以前在家时都是去河里洗，在学校就端盆水在寝室内擦擦，花钱进澡堂对我来说是一件奢侈的事。"嘎嘎，嘎嘎嘎"，知晓这是我人生第一次进澡堂的李生大笑了起来，笑过一阵又指着我对众人道：“这个乡下人自生下来至今从没洗过澡。”说完，那时高时低的笑声又延续了很长时间，身体还前仰后合地配合着。他这既歪曲事实又羞辱人的话语，气得我热血上涌，恨不得冲上去给他两拳，可因顾忌打架而影响自己前途就隐忍着没吱声，而是把目光转向了带队的领导。

“闭嘴，有什么好笑的？”随着领导的这声呵斥李生虾米似的弯下了腰，待领导转身走后他立时又昂起了头。受到这一刺激，我又一次暗暗告诫自己，一定好好考，用好成绩回击他。

经过几天紧张的文化课考试及面试，我又拔得头筹，那个李生考得也不错，名列第三。休息一天后，组织方带着我们几位取得前几名的考生去市里再进行考试。李生见我成绩比他好，就好像我多么对不起他似的处处找碴，为前程计，我依旧咬牙隐忍着。

在市里，和各县选拔的三十几个学生又紧张地进行了一轮考试。这次考试要求极高，把关极严，考场内外监考与工作人员比我们考生都多。语文考试结束后，为测试每个考生文化功底与记忆力又临时加了一项考试内容，给每人一篇古文，让我们在现场速记速背，并要求我们用白话文将自己之理解讲述一遍。测试中还有专人记录你所用时间及表述内容。考试成绩公布，我又是第一，那李生这次考得不理想，是倒数第二，我乐悠悠，他戚戚然，心中不爽的他又一次无事生非地找我消遣来了。

我们住的招待所房间内没有卫生间，每层才有一个洗漱室，入住后大家都把洗漱用具放在这里以便使用。我虽出身农家，不过自幼受母亲影响极爱干净，每天都会把自己身体擦洗一遍。因买不起其他清洁护肤用品，洗脸、洗头、洗衣服都是用同一块肥皂。这晚临睡前，擦完身正在洗毛巾时李生过来推我一把道：“臭烘烘的乡巴佬，干吗用我香皂？”

李生的无端指责让我极为愤怒，可想着自己考试成绩好，被录取的可能性极大，决不可因一时冲动而前功尽弃。又想到来前母亲叮嘱的“世上的好事来之不易，毁之极简”之语，我又一次咬咬牙将不平之气给咽下了。“别误会，我没用你的香皂，请相信。”怀揣羞辱人之心的李生，对我的解释自然是充耳不闻，只管在那里一句一个“乡巴佬，乡下人”的骂。

乡下人与城市人按字面的意思无非一个住农村，一个住城市，不过在这位李生口中的“乡下人”这几个字则是贬义。其实两者的区分就在于城里人吃的是“商品粮”，有定量、有保障，不管天旱地涝都饿不着。乡下人则没这个待遇，是靠天吃饭，风调雨顺是幸运，碰上灾荒只能将就。

“你是城里人这是事实，可你能吃上商品粮并非自己有多大本事，而是机缘巧合你母亲把你生在城市里罢了。有能耐考个好成绩啊，考个倒数第二还有脸欺负人？不知世界上有羞耻二字吗？”被揭了短而恼怒的李生上前推了我一把，忍无可忍的我挥手给了他两拳。李生高我半个头，撕扯中被他压在了身下。因怕领导知道受影响，我俩动手前争吵声压得极低，动手后也打的是哑巴仗，两个人四只手扭在一起，你抓着我，我揪着你，他奈何不得我，我也翻不起身的僵持着。和我们同来的王姓男生几天来也十分厌烦李生，上前一把推开了他。

“毛巾上没有香皂的味道啊？”这一幕正好被北京来招人的一陈姓女领导看见，她上前先闻一下我的毛巾，又拿起李生的香皂闻了闻这样质问起他。见风向不对，李生脸上的表情转换的极快，先笑嘻嘻地回应道：“我俩这是闹着玩呢。”接着走过来拍我一下肩膀：“我俩投缘，是吧？”陈领导见我讪笑着没否认，瞪了一眼李生说句“开玩笑也不能过头”便离开了。

回到房间，李生一改往日张牙舞爪的样子，先是闷闷不乐，继而将头埋在被子里低声抽泣起来。看到他这样我心里也由不得犯起嘀咕，刚才北京来的陈领导出现在洗漱室是恰巧路过呢还是闻声而至？听没听到自己的那些尖酸刻薄之言？看没看到是自己先动的手？若听到、看到那肯定会对自己产生坏印象的啊。纠结了好一阵，认为还是去找这位领导坦诚说明问题为好。

“这孩子太瘦。”头天下午发生的一件事让我对这位陈领导印象极为深刻。那是我们这些考生在市医院体检时，这位陈领导与其他几个人在低声议论着，轮到我时其中一位这样道。“男孩在抽条长个之时都瘦。”陈领导的这句话当时在我听来不啻为人生中听到的最动听的声音，心里即刻对她产生了一份感激之情。

“刚才打架我有很大责任，不该言语过激，更不该先动手，我错了。”见到陈领导我先承认了自己的错误，接着又道：“等下我再向李生致歉，以求他原谅。”陈领导剪的是短发头，细眉下的一双眼睛大大的，高鼻梁下的嘴唇时常微微敛着，这一特征让我对她的年龄很费思量。从其干练稳重的行事风格上看她年纪应在 40 岁上下，可那没有一丝皱纹的白皙肤色又让人感觉她 30 岁出头。“哦，知道了。”陈领导简单的回应之后再没言语，眼睛在我脸上停留了好久才抬了抬下巴示意我回房间去。

第二天回校前，陈领导将我叫去房间道：“你这次考试成绩不错，不过这只是招录标准之一，后面还有其他标准和要求。因此，在思想上要有两手准备，被录取高兴，没被录取要正确面对。”闻此，心里美滋滋的我虽不住点头表示明其意，嘴却咧开了笑，且笑得后来自己都有些不好意思。“回去告知家长，让他们最近这几天别外出，我们要去家访。”陈领导这句话让我确定自己被招录之事已八九不离十，代表稳了，心马上飘了。

2

父亲接到通知来镇上填一些表格，就是把自己及家里亲属情况登记清楚，母亲怕他犯糊涂就陪着一起来到镇上。“祝贺您们啊。”知我参加招考之事的两位工作人员向父母亲祝福时，他们两人嘴上说着：“这八字刚有一撇，还没最后定呢。”可那溢于言表的喜悦却无法遮掩。公社办公大院和我们学校是一墙之隔，办完事父母又特意来学校看我。见到母亲我把先前从家里拿的钱递过去，她打开手绢看了看问：“怎么一点儿都没花？不是让你买些好吃的补补吗？”“这次吃住费用全免，顿顿大米白面的我都吃得饱饱的，再说身体又没什么问题没必要补。”自见面一直笑眯眯的母亲听完我说的话脸上笑容一下就消失了，眼圈也有些红，随即转过了身。

午饭母亲不让我花饭票去食堂买，要我去端两碗热水和父亲一起吃从家里带的干粮，两人吃得很开心，眉梢眼角都挂满笑意。饭后我送他们回家，行至镇西的河滩处，正遇上民兵在进行军事训练。距校园约 200 米的这条河名照河，河水从五朵山下流出时又细又窄，至镇上时水量变大了，河道也变宽了。每年冬闲季节，公社武装部都会组织民兵进行冬训，场地就选在这片河滩里。这时训练场四周已挂满旗帜，并修了射击台，挖了壕沟。那些身手矫健、生龙活虎的小伙子们有的在练瞄准，有的在练刺杀，还有的在进行队列训练。

行进中的队伍步伐整齐，威武雄壮，红旗随风猎猎作响，高亢的口号声响彻云霄，久历行伍的父亲被这些所吸引便驻足观望。带队的武装部齐部长当年在军训中受过父亲指导，此时过来诚邀道："老队长，我们正要进行实弹射击训练，请您先给大家示范一下。""老了，已多年没摸枪，不知还有没有以前的准头。"受到邀请的父亲脸上登时现出喜色，边说边撸胳膊挽袖子的。看到父亲这副跃跃欲试的样子，母亲微笑着鼓励道："去吧，打几枪过过瘾，也教教这些年轻人。"

围观的小伙子们有的知道行伍出身的父亲枪法厉害，有的却不相信眼前这个不起眼的老头有什么过人的能耐，便在那里交头接耳议论着。对父亲的枪法我很佩服，头些年每到冬季都会跟着他去打兔子，在我往土枪里装火药时父亲不让装一般人常用的散弹，要求装一颗独子。"散弹的兔皮窟窿眼多，合作社不收购无法卖钱，兔肉吃起来也硌牙。"土枪的枪膛构造与枪管的来福线工艺与快枪相差甚远，准确度自然也差，可父亲无论是打静止还是飞奔的兔子都非常有准头，每次都收获颇丰。

父亲接过枪的刹那间挺胸抬头昂扬着，眼睛也亮了，驼着的背此一刻也直了。射击中他没用稳定性强的卧姿，而用难度最大的站姿。只见他拉栓上膛，快速瞄一下，"啪，啪，啪"连续三枪响过后，对面报靶员即刻用旗语传过信息：三枪全中靶心。看到这个成绩，围观的小伙子们对父亲的出众枪法人人折服，并报以热烈的掌声。接下来父亲先为大家讲一番射击方法、要领及自己一些心得体会等，末了也不忘讲一遍当年和日本人怎样打仗、怎么拼刺刀的往事。站在一旁的母亲笑盈盈地望着父亲，那笑意里尽含欣赏与得意。

父亲演讲结束，我送他们至岔路口，告别后我站在那里目送他们。两人边走边热烈地聊着，距离远时听不见他们在聊什么，可空旷的原野上不时传来他两人的爽朗笑声。

隔天，北京来的那位女领导一行两人来到我家，母亲把这两位即将给儿子带来好运的领导视作自己人生中最尊贵的客人，欣喜万分的她在款待两位领导的两碗荷包蛋茶汤里放了好多糖，齁得人直咳嗽。稍后，待客人问起家里及我的情况，母亲第一时间将客人引至那面贴满我奖状的堂屋里的西侧界墙下，一张张地介绍起来。

从我小学一年级始，母亲都会十分用心地将我每年所得奖状按年排序，整整齐齐贴在这面墙上。母亲的介绍详细准确，哪一张是哪年哪月所得，当时考多少分，在班里是第几名，讲起来如数家珍，准确无误。介绍完这些，不等人问又夸起我如何懂事、听话、爱干净等。“书上说的‘儿子在母亲心中都是世界上最棒的儿子，世上母亲大都概莫能外’这句话，看来的确是如此啊。”笑着的陈领导说出这句话后，母亲也跟着笑了起来。

“您儿子这次考试成绩不错，我们都很满意。”听到北京来的陈领导如此夸赞自己的儿子，母亲认为这是对自己的最高奖赏，是世界上最美妙的声音，高兴得合不拢嘴。辞别时陈领导又道：“不过这只是招录标准之一，其他的条件要全部符合才行。因此，要给孩子多讲讲，要求他正确面对此事，录取高兴，没录取安心读书。”“谢谢您！这个我懂的。”边走边聊，母亲执意将客人送出村很远。

## 3

一个星期过去了，又过了一个星期，翘首以待的我心中十分焦炙，热锅上蚂蚁似的，课堂上心神不宁，下了课也坐卧不安。周三上午第二节课下课时接到学校通知，我没被录取，原因不明。接到消息我脑袋“嗡”的一下蒙了，愣怔了好久才回过神，向班主任请过假飞奔至家。推开院门父母都不在，去地里也没找到，返回家后心里乱糟糟的坐也不是、站也不是，没头苍蝇似的在院子里乱转。

“没录取，没录取。”父母亲从地里回来了，听到我这句没头少尾的话母亲瞪我一眼道：“天又没塌慌什么？慢点儿说。”等我说明情况，母亲马上道：“儿子，别着急，我们这就进城去找你林叔问问，看还有什么办法没？”说完转身就向外走。“吃完饭再去，再急也不差这一刻。”已走到大门口的母亲回应父亲的是：“现哪还有心思吃饭？真是的。”

冬日的阳光当头照着，大概是距离太过遥远之故让人感受不到一丝丝的暖意。出村上了通往县城的大路，母亲先帮我把敞开的衣领系上，又将围脖裹紧，然后拍了拍我的肩膀。我心烦意乱不愿吱声，母亲也没说什么，娘俩一路无语，把所有心思全用在了赶路上。

心急腿也急，脚下步履匆匆。母亲和我风尘仆仆、气喘吁吁赶到县城林叔所在的办公大院门口，却被门卫拦下说什么也不让进。“这位大哥，我们是林昆的亲戚，找他有点急事，请您高抬贵手。”“这里是办公机关，哪能什么人都随意进出？林昆的亲戚？他是外来的干部，没听说他在此地有亲戚啊？”对母亲所言存疑的门卫眼睛微微闭着，扬了扬下巴这样道。“事急，一句话两句话也说不清楚。是不是亲戚见到他人不就清楚了？不让进也行，那烦请大哥您给递个话，请他出来一趟。”母亲的话让门卫更不高兴，转身坐回椅子上跷着二郎腿道：“瞧你这口气？哎，请问你是什么人物？这么指使人？”说完斜楞着眼睛冲我们一摆手又道：“快离开，别戳在这碍事，我这忙着呢，没工夫和你磨牙。”门卫的行为将母亲的脾气燃爆了，母亲反唇相讥道：“我啥人物也不是，是一老农民，你又算什么人物呢？不就一门房吗？至于这么大架子？真是‘阎王好见，小鬼难缠’啊。”

母亲又高又尖的声音惊动了里面的办公人员，得到消息的林叔小跑着来迎接我们。门卫看见林叔嘴脸变化之快堪比翻书，立马跳下凳子胁肩谄笑对母亲道：“请，请进，您请。”

心情急切的母亲路上就对林叔说明了来意。进屋落座，林叔给我们倒杯水后关切问：“吃饭没？”已是半下午，还是在学校吃的早饭的我此时肚子里早已在三重奏了，经他这一问感到更饿，特盼着来点吃的食物。不过想归想，嘴里没敢表达。在这一点上母亲对家中孩子也定有严格规矩，不许嘴馋，不许无故去吃或要他人东西，经常教育我们做人尊严第一。“是吃过饭来的。”见母亲如此作答，失望的我只好低头大口喝起杯中的开水。

“我儿子镇、县、市三试第一，没被录取的原因您知道吗？”接着母亲又将北京的两位领导家访之事说了一遍。林叔听后没有即时回应，而是先点起一支烟抽了几口才道：“这次北京来招人的单位级别很高，规定也极严，地方单位只提供服务，其他不参与。若如您所说，孩子所考成绩挺好而没被录取，那应是其他方面没通过，至于是什么我也不清楚。现负责这项工作的领导已回京，此事已结束，正确对待吧。”对于我能通过考试而被录取母亲是有信心的，特别是两位北京的领导家访后已认定这是十拿九稳的事。得知我没被录取心里也急，带着我匆匆赶来之目的是看看是否还有什么补救措施，现知此事已结束，人已走，心里虽遗憾、失望，可也明白此时说什么也没用了，遂将手中的围巾围在脖子上对林叔道：“说的也是。那不耽误您工作了，我们这就回。”

林叔将我们送至大门口，脸上堆满笑意的门卫迎上前对母亲道：“请慢走，欢迎您再来。”肚里气没消的母亲瞧都没瞧那门卫，往外走的步子极快。走出门外林叔劝母亲道：“别生气，回头我批评他。”“算了，算了，这是人家的工作嘛。”母亲虽这样回着林叔，可她并没有真正原谅那个门卫，和林叔告别后还气呼呼地嘟哝出一句：“狗眼看人低的玩意儿。”

“妈，也怪您，来时也不换件衣裳，穿着下地干活的衣服人家还以为是叫花子呢。”农村人平时在家穿的衣服大都是又旧又破，出门办事或走亲戚都会换身新衣服。母亲身上这件灰棉袄是自己织的土布所缝制，款式是带大襟那种，由于穿得年头太久已褪色，前襟与袖子上还补了几块补丁。不过这既不破面又没露棉花的灰棉袄如在农村还算齐整，可在城市里却十分刺眼，一看便知是乡下来的农民。母亲很生气我这句话，一把揪住我胳膊问：“你小子不会也嫌弃我了吧？”“妈，不是的。您不是常教育我们一个人什么时间都要讲卫生，都要把自己收拾得干净利索，外出更应注意，这既是对自己的尊重也是对他人的尊重吗?”“人上了年纪就会变邋遢，再说一碰到你的事我就犯糊涂。”母亲说完这些将自己身上的衣兜摸过一遍问我：“身上有钱吗？有的话去买点吃的先垫垫，别饿坏你。”“没有。”我回答后母亲又摸过一遍自己的衣兜无奈道：“走得急忘了带钱，唉，忍着吧。”母亲的话让我肚子里马上响起一阵“呼噜噜”的鸣叫，饿感更甚。由此，让我想到了几件发生在自己身上与吃有关，惹母亲伤心及挨她打的往事来。

4

邻村有一人在平顶山煤矿上班，每个月他回来探亲都会从镇上买两斤油条带回家，幼年的我只要看见他手中提的油条眼睛就不会再转弯，母亲见到就会斥责道：“儿子，你已长大，不许这般丢人。”然后把我拽回屋。某日这人又一次提着油条路过家门口时，我双眼盯着油条亦步亦趋地跟出了村，在地里干活的母亲看见，赶过来将我摁在地上就是一顿暴揍。屁股上挨着鞋底抽的我嘴里却这样表白着：“妈，长大后我也去做煤矿工，一定多挖煤、多挣钱给您买油条吃。”

起风了，漫天黄土飞舞着。正在奋力抽打我的母亲闻此言来了个暂停，伸手捂住我的嘴接着自己失声痛哭，哭过接着又打。打的原因我明白，是我的馋样丢了她人。哭与捂我嘴的原因我没弄清楚，是担心我喝黄土呢还是烦我所言？接下来母亲对我是打打哭哭，哭哭打打。打够了拉我往家走的路上又是按惯例先安抚再训诫：“儿啊，你先忍忍，等生产队分了油我一定给你炸油条吃。儿子，你给我记住，你是个男人，男人就要有男人样，冻死迎风站，饿死不弯腰，任何时候都不能塌架，不能失了骨气。还有，你是我儿子，我的儿子决不许做丢人的事。”

母亲的诺言直到春节才兑现，不过也打了折扣，首先炸油条用的面不是小麦面，而是红薯面，再有，用的油也不是芝麻香油与豆类油，而是棉花籽油，这种油吃起来齁嗓子，哈喇味特浓，炸出的油条既不金黄也不暄腾，是黑不溜秋的又硬又死。模样、口感都和街上买的小麦面油条相差甚远。（由于这种棉花籽油太难吃，现在已没人再食用。）想来也难为了母亲，那时生产队只分这种油，偶尔分一斤香油，母亲是宝贝似的存着，只有谁生病才会用筷子伸进油瓶子里给你蘸上一滴两滴。

这样的油条母亲对我们也有限量，只有年三十晚上才给我们每个孩子分上三至五个，她和父亲则是尝都不会尝一口。余下的会被母亲高悬在房梁上，用来春节的几天里招待客人。看着父母亲大年夜还吃黑面饼，心中特不落忍的我将自己分的油条，分别夹一个放进他们面前的碗里。父亲看我一眼没吱声，有些动容的母亲又把那根油条还给我道："我和你父亲都老了，吃好吃孬都无所谓，你正长身体呢多吃些。"看我拿起碗又有将油条夹给她的意思眼一瞪道："叫你吃你就吃，一根油条你让来让去的烦人不烦人？大过年的别找不痛快啊。"母亲以前训我时眼中都是带着怒火，这次她眼睛里却闪着泪光。我转过身吃油条时，刚骂过我的母亲伸手摸了摸我脑袋，我没抬头。

## 5

上小学时一个麦收季节的某日清晨，母亲叫醒我，指着一盆红薯面交代道："今天你不用去地里干活，在家照顾弟弟妹妹，并将这些做成贴饼子。用心些，别烤煳，别让狗叼走，这是家人一天的口粮。"面饼蒸熟后，我先招呼弟弟妹妹他们吃，接下来将这些黑面饼从锅里铲下晾在面板上又去挑水。

村里的水井是一口土井，也没安装辘轳，打水是用井绳上的钩子挂住桶襻将水桶缒下去。接着摆动井绳以带动水桶在水面上来回翻腾，待水桶上沿侧向水面时，看准角度猛地将井绳向下一送，桶沿便会斜着切入水中，一个翻滚后桶中的水就装满了。

在农村，打水一般都是男子汉壮劳力的活，因它既需要力气还需要有一定技术，可不像嘴说的这么简单。自己力气小，一桶水一口气提不上井岸，每到半腰力竭时要歇一会儿。喘息时会将井绳在脚上盘过几圈并用力踩住，以防水桶下滑，待力量恢复再把水桶拔上来。

摆动井绳的技术是时而上下，时而左右，且力道与时机也要拿捏得十分到位，否则不但水桶里的水装不满，有时还会脱钩。因此初学者来打水，一般都要将井绳钩与水桶襻拴在一起。

已打过无数次水的我干这个活可以说是驾轻就熟，每次来打水已不再费时费事的去拴井绳钩与桶襻，直接用钩子挂住即可。不知为何这天特倒霉，打第一桶水时刚摆了井绳两下水桶便脱了钩，眼瞅着它在水面上翻腾两下就沉了下去。打捞水桶也十分麻烦，它既考验你的感觉又磨炼你的耐心，四爪的铁钩缒下去，一次次地往上提，一次次的失望，只能是再转换方向，再变换位置。这天，待我把水桶捞出已用了近一个时辰的工夫。

挑水的技术含量不高但它却叫板你的力量，我每次挑起水桶的一瞬间，脚下是站不稳的，非前后左右晃荡一阵待重心平稳后才敢迈步。接下来那步伐也似醉汉一般胡乱地摇摆。待我一路歪斜挑水刚走进院子，恼怒满面的母亲也不搭话，冲上前把我按在地上就是一顿猛抽。打过一气才质问道："让你做的面饼呢？""不是在面板上放着吗？"莫名其妙被母亲臭揍一顿的我回话时怒目圆睁。看我嘴硬，母亲又捣我脑袋两下，接着将我拽至厨房，指指空空如也的面板又质问起我们兄妹几个："是不是你们都给吃光了？一群混账玩意，这可是家人一天的口粮啊，你们这是让他人喝西北风吗？"

20 世纪 80 年代前，农村土地归集体所有，农民们参加生产队劳动都记工分。一般情况下男子汉算壮劳力一天计十分，妇女则按身体强弱计五至七分不等。十分的价值在一毛钱左右。夏秋两季生产队是按人头和工分两项相结合来分粮，首先将粮食与工分折成价找一个基准点，再按每家人口多少给你分多少粮，然后用你家所挣工分的值相抵。人口多分粮多，所挣工分少的家庭，粮食与工分的折价款相抵就会是负数，想要粮食你就要交些钱给生产队，无钱上交你只能放弃一些口粮。这样的人家在当时叫"缺粮户"。那些人口少，分粮少，而挣工分多的人家，就可以从生产队分些钱款或补些粮食。这样的家庭叫"余粮户"。

我家孩子多，参加生产队劳动的只有父亲和母亲，所挣的工分少，年年都是"缺粮户"。缺粮户缺粮是实，"余粮户"的叫法却当不得真，那只是个称呼而已，实际上并不比缺粮户多分多少粮食，春荒季节那些家庭的孩子同样直喊饿。此时上级会从农民上交的公粮中划拨一些给揭不开锅的人家，这些粮食名叫“返销粮”。不过这需拿钱去买，只是价格要低一些，没钱也只能干瞪眼。

家里总是缺粮，母亲做每顿饭并不是按你能吃多少做多少，而是将分到手的粮食与到下次再分粮这之间的天数做个估算，找出平均值计划着每天的量，多一两都不给你。你吃饱没吃饱这不重要，只要能维持到下次分粮之日还饿不死你就行。母亲对此种做法美其名曰：“细水长流。”

面对母亲的质问，我极力否认着：“我没吃，连尝都没尝。”吓得大哭的弟弟妹妹也出面证明我没吃饼先去打的水。母亲眼睛湿润了，摸完我软塌塌的肚子这才松开手坐在那里大哭。哭过又在室内外找一遍，我们兄妹几个也是里里外外帮着搜寻，结果还是不见黑面饼的踪影。事后分析黑面饼的去向无非有三种，一是被狗叼，二是被猪吃，三是被贼偷。

6

为多挣工分多分粮，上中学后节假日期间我都积极参加生产队劳动，割麦子时半大不大的我总会加入男子汉壮劳力的队伍当中。来到地头弯腰开镰就咬牙跟着大伙一口气割到另一头才直直腰，有些大块田从这头到那头伏下身就差不多是一上午，收工时用腰酸腿痛来形容可不准确，确切说是麻木成分居多，第二天起床才疼痛难忍。劳动中破烂的衬衫都舍不得穿，大都是光着脊梁，高挽着裤腿，经过一个麦收季节，脚脖处会被麦茬扎得血淋淋的，背上也被晒出一片血疱。麦收过后被晒爆的皮开始脱落，用手去划拉，那些比纸薄的白屑像小雪花似的四处飘荡。

参加生产队劳动，我们这些半大孩子若是跟着大拨轰的话一天一般只给记五分，如是计件的话就会按你实际干出的成果来记工分的多少，想多挣工分那就多付辛苦。窑厂出窑就是按件记，自己就时常来窑厂干活。村里那座建在小河边的土窑，小半在地上，大半在地下，且只留一个供装窑、烧火与出窑的小孔，目的是保温、保暖，省柴、省煤。也是基于此砖烧好后不等窑内彻底降温就出窑。

这里干活的都是男人，为凉快，也为节省衣裳大家都会脱去外衣只留条短裤，也有那汉子会脱个赤条条的。背砖时将双手放在屁股上扣住，将砖一块块往上摞至脑后，出窑口爬坡还要讲究点技术，首先要双臂向内用力夹住砖，人虾米似的弯着腰，脖梗却要后仰，以用后脑勺压住最上面那块来保持砖摞的稳定性，否则砖脱落你会失去平衡摔倒，还有可能砸坏跟在后面的人。一块砖是七斤二两，一次背多少既取决于你胳膊的长短还要看你力气大小。开始我能背十五块，累了饿了后只能背十至十二块，当时自己的体重是 80 斤左右。

炙热的青砖将后背烙得火辣辣的，背两趟后背上就被燎起水泡。劳动一天手上的皮也会被磨光，渗着血丝的手指摸什么都会带来一阵钻心的疼痛。“儿子，看你的手指头都磨坏了，今儿别再去窑厂干活了，换个轻省些的。”第二天早上母亲见我用布条裹手时说话的声调已异样。“没事的。妈，我算过账，如假期里一天不歇，下个学期我自己的四块钱学费差不多能挣出来。”母亲看我一眼没言声，然后去厨房拿出一个黑面饼递给我。“妈，我已吃一个了，这是您的一份，我再吃了您吃啥？”“少啰唆，只管吃你的，干这么重的活不吃饱肚子哪行？”见我拒接，母亲取下我挂在晾衣绳上的衬衫，将黑面饼装进衣兜里又道：“穿上衣服干活，衬衫破了妈再给你补，别磨坏了背。”平时光膀子干活的确是为了节约衣服，这天不伸手去接母亲递过来的衬衫，还有一原因是她装进衣兜里的那个黑面饼。“妈，是这样啊，身上的皮磨破了会自愈，衣服破了不还要劳烦您给补吗？不穿了，光膀子还凉快。”这么说之目的是为逗母亲开心，可事与愿违，听我说完母亲眼中即刻闪着泪光。“快滚，一群孩子就你废话多。”言罢母亲将衬衫扔我手中转身进了屋。

夏天砖窑内外都一样热，为防脱水背几趟砖就会趴在窑门口的水桶上喝一气。冬天窑内外是两重天，进去一身汗，出来被寒风一吹身上马上起一层鸡皮疙瘩，根根汗毛都会奓起，进出一趟也就三几分钟时间，享受的却是酷暑与奇寒两个世界。干一天下来整个人蓬头垢面，身上的泥垢是一层层往下掉。因而无论冬夏我都会跑去小河里洗澡，后来我一年四季都洗凉水澡就在这个时期练成的。

说起洗澡，又让我心生无奈，感慨万千。实事求是地说，这次在城市里享受过的洗澡堂与自来水及见到的抽水马桶等生活设施，之前自己别说没见过、没享受过，有的可以说是闻所未闻。凡此种种因素既是促使我努力学习的动力，也是让我时刻都惦记着逃离农村的原因所在。

7

落日的余晖苍白无力，冬日的原野上苍苍茫茫。黯然神伤的我不愿开口，累与饿也使母亲沉默不语，娘俩个和来时一样谁也不吱一声默默赶路，所不同的是来时匆匆，回时缓缓。这次北京来招人，考试前我信心十足，考试后期盼甚高，现一切归零，先前心中的一切美丽设想稀里糊涂变成了美丽梦幻，按照农民的话说是“狗咬猪尿泡，空欢喜一场”。这让多日来一直都处于亢奋中的我既想不通怎么会是这么个结局，也无法接受这个现实。还有，之前亲朋好友们听说我被选送到县市里参加招考并取得了好成绩，个个对我是赞美中祝福，庆贺中艳羡，动静闹得这么大，现成了笑柄，怎么下台？脸往哪搁嘛！

天将黑，风越刮越大，路边杨树上那光秃秃的枝条随风颤抖着发出“呜呜”的鸣叫声，好似老妇人在哭丧一般。没找到归巢的乌鸦也在头顶上“呱呱呱”的哀鸣，可它们凄厉的叫声不但没博得我同情，反而让我极为厌恶，弯腰捡起一石块奋力投了过去，口中还愤愤诅咒着：“去死吧，去死吧。”

县城通往我村的这条土路高高低低，坑坑洼洼，行走中脚下若碰到被冻得硬邦邦的土块，立马会狠狠地用脚去踢它们，脚的疼痛与否我并不在意，只管用这种方式来发泄胸中怨恨。可怜的是脚上母亲给做的布鞋，没几下底与帮就分了家。

肆虐的寒风刮在脸上似刀割一般，情绪恶劣的我却不管不顾的迎风解开了衣襟。母亲这些天来的心情和我是一样的，自知我被初选上，一直到今天上午都特别的高兴。想着这次儿子若被招去北京，不仅儿子的人生之路会上一个新台阶，自己也体面。另外，家中少供一个孩子读书，负担也轻些。现“竹篮打水——一场空”也特沮丧，可面对失魂落魄的我只好将苦痛给咽了下去。“儿啊，别这样作践自己，妈看着心疼啊。你是个男子汉，遇事要拿得起、放得下，人生中谁都会碰上沟沟坎坎，这不算什么，你林叔不是讲了要正确面对嘛。”

在市里参加考试后，北京来的陈领导对我说过要正确面对，当时没多想，认为这只是做思想工作的一种习惯性说法。刚才听林叔说时已心生不快，认为这是标准的“站着说话不腰疼”之无聊说教，没被录取的原因都不清楚，遑论什么正确面对？怎一个面对？自己在学校里刻苦读书，放假回家后拼命劳作，被人讥讽不还嘴，受到欺负咬牙忍着，这一切的一切岂是轻飘飘的一句“正确面对”就过去了的吗？因而一肚子怨气的我不仅不接受母亲的劝慰，反而使性子一把脱掉身上的棉袄摔在地上。“作死啊？想死痛痛快快地死去，别来作践人。碰到点儿事就在自己母亲面前要混、撒野，这哪像个男子汉？哪像个读书人？不嫌丢人你？快穿上衣服，听到没？”

母亲一番好言相劝并没使我清醒，这一顿呵斥却使狂躁不已的我沉静了下来，在她严厉目光逼视下我捡起了地上的衣服。我穿衣服时母亲“唉”了一声后接着上前一步帮我系起了衣扣。母亲的双手很粗糙，手掌与手背上还布满皲裂的口子，有几条格外深的裂口被她用院中那棵椿树上滴下的树胶粘着，因粘得不紧，有两处还向外渗着血水。她围在头上的那条又薄又小的粗布头巾不知已用了多少年，现在是不黑不白也不灰，说不上是个什么颜色。在围巾边沿处露出的白发中，我努力寻找了几遍，也没看到一根黑发。望着母亲满是疲惫的脸色及那些又密又深的皱纹，我心中一阵抽搐，深为自己这种向母亲撒恶气的行为而愧疚。先不说平时她为我们能读书而操的心、受的累，单就今日而言，她也是从早饭到现在什么也没吃，为了我又顶着凛冽的寒风跑了几十里路，我不仅没一句感谢话，还以如此之恶劣态度相待，真是太不该了。

“妈，我不是故意对您要浑，是心里太憋屈了，实在想不通怎么个正确面对啊。”“儿啊，‘人生事，十有八九不如意’，哪能什么事都随你的心？别灰心丧气的，男子汉嘛，碰到什么不如意事都要挺直腰板去面对。你静心想想，这次北京来招人，若如愿那不过是一意外之喜，没如愿，也没受多大损失嘛。你脱离农村心切，想去城市里生活这我都理解，也支持，那就接着用功念书，以待之后再来的机会，这就是正确面对。”泪水盈满了眼窝，母亲眼睛瞪过来了，我立马咬牙忍住没让它掉下来。

太阳落山时我和母亲才到家，父亲已做好了晚饭在等我们，也应是为我的事而着急心烦的他，把家里往日招待客人喝剩的半瓶白酒拿出来就着半块白萝卜在那里边吃边饮。跨进门槛的母亲看到后，冲过去拿起酒瓶用力地摔在了地上，随着“啪”的一声响，碎了一地的玻璃渣子是四处飞溅，接着用手指着父亲骂道：“真有你的啊，这个时候还有心情喝酒？”

父亲问过我情况后先默默地将地上玻璃渣子清扫干净，接着又闷头抽起旱烟袋。他吸进与呼出的气息又重又粗，随着烟袋锅内“吱啦，吱啦”声响，那铁制的烟袋锅不一时就变得通红通红的。

## 十五　母亲三次来京

入伍第四年头上母亲来京看我，她到的那天是农历正月初八。过完春节车队抽调我们班配属给工程大队在西山施工，为了工期我们就住在工地上。得到母亲来京的消息是下午四点多，开车回返的途中，一边为她的到来感到高兴一边又感到蹊跷，春节前还给家里写信报过平安，同时也接到父亲来信说家中一切安好，怎么一点儿征兆也没有母亲她说来就来？又得知她是独自过来更惊奇，母亲没上过学，当年识字班学的那几个字早已还给了老师，从老家到北京再到我单位，汽车火车辗转多次，这让年轻人都头疼的事她竟然能自己找到，这一点让人不佩服都不行。由于心切我使劲踩着油门，在发动机的轰鸣声中我又忆起了入伍离家的那天早晨。

“今儿就走了，今儿就走了。”家乡的初冬已很冷，大清早，随着房门的“吱呀”声，母亲端着一盆热气腾腾的洗脸水走进了我房间，看着我洗漱时向来说话条理清晰且篇幅也长的她这天却只会重复着这句话，看我的目光还有意无意地躲闪着。饭桌上母亲也没叮嘱什么，只顾一个一个地给我剥鸡蛋，直到我背起背包出门也没和我对视。送我行至村口，在我再三地要求下母亲停下了脚步，依旧没开口的她这才抬起头定定地注视着我。我努力地给了母亲一个笑，还是没什么表示的她急忙将脸转向一侧并低下了头。

“儿啊，到了队伍上好好干，别惦记我惦记家，啊。”待我拐上大路，听到母亲喊的这句话回过头时，看到的是她扬着胳膊在不停地冲我挥手，但那手势不是通常人们告别时所挥动的手势，而是示意我快走。我眼睛热了，步伐也加快了……

“怎么才回来？你母亲从上午至今一直是锁着眉头，闷闷不乐地坐在那里不吃也不喝，快急死我了，你快去看看是咋回事？”在单位大门口，战友小吕迎过来催促着。小吕的不解我却明白，母亲是个急脾气，大老远来了不见我心里肯定特焦灼，这个时候她是不会吃任何东西的。

单位招待所在大院后面，是一排十多间的平房。当我刚走到二号房间门口，母亲住的五号房门便“啪”的一声开了，紧接着母亲就从室内走出。在老家读书时，每次放学回家刚接近院门口，室内的母亲都会准确地叫出我的名字，这一奇特之处每每都令我感到特别的幸福与温暖。分别已三年多，她还能距这么远就分辨出我的脚步声是母子连心之感应呢，还是母亲有特异功能这个问题让我纠结了多年也都没搞清楚。

母亲的眼睛明亮、灵秀、沉静，头发梳得一丝不乱，只是更白了，白得雪亮亮的。眼角皱纹又多又深，可能是一路舟车劳顿缘故她显得很疲惫，脸上尽显憔悴之色，看上去苍老了许多。自见面的那一刻母亲一直看着我，注视好久才自言自语道：“个子高了点儿，也胖些。”我也是乐傻了，见到母亲高兴地连妈都忘了叫，这一点惹得她老人家很不高兴，过后多日还不住埋怨我。

“快进屋，外面太冷。”在战友小吕提醒下一直都在傻笑着的我这才急忙搀扶母亲进房间。“这么突然过来有什么急事吗？”进屋还没坐下的母亲被我这句话给问的直摇头：“你这孩子怎么净说傻话，家里有我在能有什么事跑来找你解决？儿子，我看你是越来越不着调了，出这么大的事咋不告我一声？”“妈，谁出事了？”“你呀。”母亲的回答让我更蒙：“我？您已看到了，我一切正常啊。”双眉紧锁的母亲又问道：“那受的记过处分及被撤了副班长职务咋说？”一旁的小吕看我们母子俩谈事起身道：“我去食堂看看今晚做的什么客饭。”小吕走后母亲又催促我：“快说，这是咋回事？”

去年过完中秋节，我们车队去内蒙古执行任务，给一个单位拉建筑材料。进入冬季，由于那里的天气极为寒冷，露天停放的汽车每天早晨启动特困难，马达打不着，手摇也不行，大伙满院子推也不起作用，此事就成了我们每天最头疼之事。那时也没防冻液，为防止冻裂发动机每晚必须放掉水箱里的水。车队一老班长在放水时受到启发，想出一主意，就是在放水同时把发动机内机油也放出，装进油桶拿回住的房间里放在火炉上加热。第二天早上，我们再将烤得滚烫滚烫的这桶机油加回发动机里，接着又给水箱加一大桶开水。机体预热后一脚马达发动机便轰鸣起来，这一省时省力之方法使大家特高兴，之后每天都如此做。

我们在那里住的是民房，一户农家住一个班，每班是八台车，这样室内的炉子上每晚都会放一圈机油桶。工程将要结束的一个晚上出了意外，一房间内的一只机油桶漏油起火，把周围的油桶也引燃了。民房没消防设备，火着起来根本没法救，庆幸的是里面住的人全部逃出，只有我班的房东大哥在救火时脑袋被燃爆的机油烫伤了几处。为让我们吸取教训与警示他人，上级领导就把我们车队的队长、副队长及以下的分队长、班长全部降职，还给每人一个处分。我这个副班长本就是最末一级，无法再降只能给撸掉。

“初听还为你被撤职想不通，现在看来受此处分也不冤你，把油桶放在火炉上烤本来就危险，这次灾祸虽说不是因你而起那只是侥幸，如这样下去酿出祸端是早晚的事。事前你没想到这一层是虑事不周，上级这样处理也算公允。”在事故总结会上，我表态很豁达：“给老百姓的财产带来了损失，受处分是应该的，自己要吸取教训，以此为戒，在以后的工作中决不再犯此类错误。”其实心里是不住地为自己喊冤，认为领导在处理这件事情中涉及面太宽，是一竿子打翻一船人。母亲说出的这层意思之前自己还真没想到过，品味后心中的那点不快随之释然。“妈，不是儿子恭维您，您看问题境界之高真让人敬佩，不夸张地说，比有些专职做思想工作之人水平都高。”

炊事班为款待远道而来的母亲特意做了一碗白萝卜炖肉和一盘炒鸡蛋，还有一盘辣白菜及土豆丝。想着母亲早上至今都没吃东西肯定特饿，急忙递上碗筷：“妈，咱边吃边聊。”母亲接过碗又放下道：“吃饭不急，也别给我戴高帽，还是说正事，后来呢？”“就这些，都已讲完了？”话音刚落头上就挨了母亲一筷子：“哪说完了？记大过会不会受影响？副班长以后还让不让干？”母亲的话让我忆起了一件往事，没忍住笑了起来。

“儿子，到了队伍上要好好干，不许做让我丢脸的事，要做你大舅那样的人，做人正气，对国忠义。”我入伍来京的头晚上母亲叮咛我的话还没说完便被父亲打断：“啥年月了？咋还拿他大舅为榜样呢？”大舅在母亲心中可以说是神一般的人物，位置之高无人能及，家里谁也不许对这位只闻其名，从未谋面之人有丝毫的冒犯与中伤。此刻听到父亲话语中对大舅存有些许不敬，那还了得？母亲是立马火冒三丈。“你还好意思说我大哥？我大哥他文武双全，带的队伍多厉害，敢和日本人顶着头打，再看看你们的队伍，那是啥玩意儿嘛，还没和日本人交手呢自己先跑了，据说还没北山里的土匪勇敢。”“你看到的那一仗是因我们一当官的怕死，他先逃掉我们没人指挥才退下来的，在那之前和之后的多次战斗中我们也是血战不退，仗仗都是尸山血河的，和日本人打交手仗，一百多人的连队上去没几人能生还，尸体都没掩埋。更有甚者，有些人被炮弹炸得像肉馅一般，尸骨无存，唉，那惨烈程度不是外人所能想象得到的。”父亲这番慷慨之言听得我很感动，可气头上的母亲并不接受：“你说的这些我没见过，无从考证，不过我大哥和你是前后脚从的军，他因战功升那么高官职，去哪都飞机接飞机送的，你呢？既然如你所说这般英雄了得，怎么到了做过最大的官也就是个没品没位的小班长？”从来和母亲斗嘴都不是对手的父亲，面对母亲这一通讥笑与谩骂，重复了几遍“这哪跟哪？这哪跟哪嘛”后转身出了门。

“妈，父亲的班长您都不稀罕，我这个副班长您咋还看在眼里了？”对我的笑问母亲回得极认真：“他是他，你是你，这分量能一样吗？别瞎扯糊弄我，快说会不会受影响？”看着母亲手中又指过来的筷子我急忙道：“说不影响是假话，可也不会有多大影响，我又不是主要责任人，是跟着吃挂落才受的处分，应没多大个事。不过话又说回来，大不了就年底复员回家呗。”“别呀儿子，能不回就别回，在京城工作多体面嘛。还有，这北京多美呀，高楼大厦、大宽马路看着心里都舒服，听话儿子，尽量别再回农村。”

小吕又端回一盆汤，看我们还没动筷子，催促道：“快趁热吃，天冷饭凉得快。”母亲听完我解释心情似乎轻松一些，不过还没彻底放下，又追问一句：“儿子，说的当真？不会影响你？”这时，车队刘队长来看母亲。刘队长就是接我入伍的刘连长，那年他去我家乡接兵时和我母亲见过一面。此刻相见先一番寒暄，接下来的家常话没说几句又转回到母亲所关心的这件事上。“真不会受多大影响，发生事故后我们车队大小干部，上到我这个队长，下到班长副班长根据责任大小或降职或撤职，还一人一个处分。这是连带责任，不是针对某个人的，没多大事，放心吧。”刘队长的话让母亲放下了心头之虑，随即松开了紧锁着的眉头，脸上也有了笑模样。

“妈，您是怎么知晓此事的？”“小马初五那天到家里拜年说的。”小马是我同班战友，又是同年入伍的同乡，我俩关系十分要好，原计划春节期间我们相伴着一起回去探亲的，后我因他事没回，才拜托他去家中探望一下。没想到平时说话很有分寸的他不知是喝多了还是怎的，竟顺嘴秃噜出这件事来。“聊天中小马说起这件事，你父亲也说这个处分是连带责任，没什么大碍，可我想他年纪大，况且他当兵那个年代和现在哪一样？就没信。小马知我有来京之意，表示过了元宵节他休假期满一起走，意思是路上也好有个照应。可我心里急，第二天就先启程来了。”

“怎么不吃午饭呢？”母亲的回答和我猜测的毫无二致：“我到时你们这里静悄悄的，小吕又说联系不上你，这心里马上就七上八下的不坐槽。唉，一碰上你的事我就犯晕乱方寸，就胡思乱想。想着既然你在北京怎么联系不上呢？会不会是出了什么意外？是不是你犯了什么错误人家不让见？这心啊是老悬在嗓子眼处‘咚咚’乱蹦。”母亲的话让我的心也来了一通翻江倒海地乱跳，眼睛发热。

夜已深，母亲却毫无倦意，聊兴特浓，问过我这些年的点点滴滴，又把家里发生的大事小情给我说一遍。天将破晓，在我再一次“妈，太困不聊了，快睡吧”的敦促下才躺下。片时，母亲沉沉的鼾声响起来了，我反而没了一丝的睡意。

路过我老家的那趟火车上人特多，母亲在那拥挤不堪的车厢里站了近 20 个小时，艰辛程度是可想而知的。已近 60 岁的她心中还是如此地放不下我，听说这么丁点儿对我不利之消息便立马匆匆赶来，一时没见到我又茶饭不思的，这浓浓之情思来让人不胜唏嘘、感慨万千。眼中的泪水将要流出时，忽然想起母亲她极不喜欢男人流泪，又硬生生地把泪水给憋了回去。

天亮了，我点烟时母亲的鼾声停了，接着翻个身脸冲着我侧躺着。招待所的单人床很窄，母亲这一翻身被子的一头耷拉了下来，胳膊露在了外面。给她盖被子时，看到母亲的双手，心里又是一阵刺疼。常年的辛勤劳作，使母亲的手指粗大，手掌与手背上不仅有层层的老茧，还布满干裂的血口子。我拿出自己用的蛤蜊油给她手上抹了抹，然后轻轻地揉搓着。听到母亲嘴里嘟哝出一句“儿子，妈想你啊”刚要回话时，只见她翻了个身后接着又响起了鼾声。我流泪了。

“不行。好不容易来一趟就多住些日子，刘队长已批给我三天假，让带您去名胜古迹看看呢。妈，北京贵为国都，有着三千年的建城史，八百年的建都史，这里的一街一巷，一砖一瓦都写满了故事，记载着典故，既然来了，哪能不观赏呢？再住几天。”隔天，急着要回的母亲见我反对，苦笑一下道：“下次有机会再说吧，你弟弟妹妹都在上学，你父亲年纪又大，我住在这里哪放心？”母亲性格执拗，她决定的谁也改变不了，争执几句无果后就陪她来到车站。在售票窗口得知去我老家的卧铺票已售罄母亲反而乐呵呵地道："没有正好，花那么多钱我还心疼呢，咱农村人没那么金贵，有个地方坐就行。"

母亲这个态度我理解，家里日子一直都紧巴巴的，吃的粮食要靠老天爷的脸色，它赏赐你多少你才能收获多少，它一不高兴你只能是望天兴叹喝西北风。日常支出全靠饲养家禽的收入来维持，可这也没谱，若碰上传染病什么的那所付出的一切也就全瞎了。因而平常日子里母亲不仅对粮食的管控很严，做每顿饭都差不多是按粒、两来计算。对钱的管理更严，家里的支出是一分一厘严格控制着。对自己也极为苛刻，一年一年的都不会花一分钱。想到此我急忙把平时攒的钱掏出来递给母亲。母亲不接："儿子，你自己留着吧，出门在外用钱的地方多。""妈，我这里不愁吃不愁喝的花不着什么钱，您带回去给弟弟妹妹们做学费。"看我很坚持，也可能是我后一句话的作用，一直坚辞不受的母亲才接过钱。"你自己手里还有吗？你多留点儿，遇到事大大方方的别小气。另外，时刻要记住，你是我儿子，决不许遇上个事就泄气，就撂挑子，工作中要好好干。这京城多美呀，你若能留下多好嘛，等我年纪再大些干不动活了就跟你享福来，到时一定把你说的美景都看一遍。"

从候车室往站台走的路上母亲交代我："待会儿不许哭，我这辈子哭的太多，见不得谁流泪。""妈，请放心，等会儿我把嘴笑歪了送您。"母亲被我这句话逗笑了，只是那笑容有些牵强。

安顿好母亲我走出车厢，站在窗外和她话别。火车笛声响起，一股强烈的酸楚即刻涌上心头，待那难以抑制的泪水将要涌出时我急忙转过身。笛声响过，火车"咣当，咣当"驶离了站台，已是泪流满面的我回过头，只见母亲的脸紧贴在玻璃窗上向我张望着，我擦了两遍眼睛，也没看清母亲脸上是挂着泪水还是挂着笑容。在忽明忽暗的灯光里，母亲那满头的白发一闪一闪的特刺眼。

母亲第二次来看我是北京的深秋时节，距上次相隔一年多，这次她从老家走之前让我大姐给发了个电报，讲明了车次和时间。这一年来为让母亲放心，我是接长不短地往家写信汇报自己的日常生活及工作等，前些天还写了一封，所以这次对母亲的来京就没多想，认为她是想我了，趁收完秋地里活不是很忙抽空来看我。

从家乡来的那趟火车是清晨到达。坐了近一昼夜火车，脸上带着倦容的母亲精神尚好，头发依然梳得一丝不乱，衣服也依旧是干干净净、利利落落。见面的情景和上次相同，还是不言不语端详我老半天才开口道："没胖也没瘦，还是那样。""妈，看了半天没发现我少什么东西吧？""少了魂。"母亲如此简单的回答让静等下文的我有些纳闷，可想到她应是太累了，也没再说什么。

"妈，坐这么长时间火车一定很累，您先睡一觉，有啥事晚上我下班回来再说。"在招待所房间里，母亲对我的安排摇头道："我不累也不困，先说正事，说完再睡，要不搁在心里也睡不踏实。"岁月在一天天向前走，母亲也在一天天变老，可她的脾气依然如故，还是这么急。"妈，什么事还这么急？""儿子，说什么呢？还不是为你？别人的事妈来找你干吗？"母亲的话让我一头雾水："我没什么事啊？前几天不刚打回去信汇报过？""没你这封信我还不来呢？"听母亲如是说我笑起来道："妈，这是什么逻辑？难道给您去信还错了？那以后就不写或少给您去信。""别嬉皮笑脸的，快告诉妈，出了什么事使你信中那么悲观失望？"母亲所问让我马上明白这次她是为何而来。

来京已近五年，受能力所限，工作中什么成就也没取得，由不得忧虑起了自己的未来。又想到家人对自己期待甚高，致使心中总有一种愧疚感。脑海里存有这些意识，给家里的信中就自觉不自觉地流露出了焦虑、忧愁之情绪。整个身心都系在我身上，时刻惦记着我的母亲从信中发现这些后哪里还坐得住，便急匆匆来看我。事已至此，我也不再隐瞒什么，将自己心中的担忧与苦闷一五一十向母亲和盘托出。

"儿子，妈之所以急忙忙赶来就是怕你思想负担太重，在工作中出什么闪失，其目的就是想亲口告诉你，这世上的每一个母亲都盼望自己儿子能金榜题名、事业有成。但很多事是强求不来的，还是以前对你说过的那些，无论是在学习上，还是在工作上只要尽心尽力就行，没达到目的妈也能理解。能留在北京工作你高兴、妈也高兴，留不下就回家种地，咱本身就是农民嘛。回家后妈立时就给你娶媳妇，我还急等着抱孙子呢。”见我咧嘴笑起来母亲又道：“行了，别傻笑了，该忙啥忙啥去。记住，男子汉，心要豁达一些。还有，今后在工作上该咋干还咋干，不可松劲。儿啊，人生如蒸馍，馍蒸到一半怕啥？怕散气，气一散，馍就生了。明白这个意思吗，傻儿子？”人常说“话是开心的钥匙”，母亲这席话让我苦闷多日的心境一下子豁然开朗。“明白。妈，这次可别急着走，我陪您好好逛逛北京，如年底我复员回去，以后怕是难有机会再来。”

参观故宫，那巍峨壮观、金碧辉煌的庞大建筑让母亲特惊奇，她指着那金灿灿的屋顶问我：“那真的是金瓦吗？”听我说明那是烧制的琉璃瓦，母亲道：“以前戏文里说皇帝老子住的房子是金砖金瓦所盖，还以为是真的呢。”母亲观看得很认真，当她弄清楚明、清两朝末代皇帝结局后又是一番感慨：“看来这人啊，什么时候都要努力上进才行，不然祖宗给你留下金山银山，让你住在金窝银窝里，自己没能耐也守不住。”“高，高，妈，您实在是高。”母亲这无论是有感而发，还是随便议论之言都让我深以为然。

登八达岭长城，开始时母亲是不言不语，东张张西望望似乎在寻找什么，来到山顶问我道：“孟姜女哭倒的长城是这个吗？”“不是。孟姜女哭倒长城只是个传说，现实中不可能存在的。”母亲不接受我的话，边摇头边用十分幽怨的口吻道：“我想是真的，孟姜女哭天抢地的那么大动静能不惊动老天爷吗？老天爷一生气长城能不塌？做女人太难了，泪水一辈子都流不尽，啥时闭上眼啥时才算完。”对母亲发自内心的这些感伤之言我搜肠刮肚老半天，也没找到一句适当的话语来回应，只好对她苦笑着摇摇头。

“人，如真有下辈子，事先我一定和阎王爷讲清楚，我是坚决不再做女人了。”看母亲心境如此悲凉，为活跃一下氛围我凑趣逗她道：“妈，这可不行，下辈子我还要做您儿子呢。”母亲停下了脚步，双眼直视我良久问：“儿子，你不嫌妈啰唆？咱娘俩没处够？”我本来是为逗乐才那么说的，没想到母亲竟如此认真，这让我也不敢再贫，十分庄重地道：“是，没处够。”母亲眼睛瞬间变红了，迅捷转过身“唉，唉”两声后沉默了。

“这里风硬，停久了会感冒的。妈，咱回吧。”下山途中，情绪已恢复过来的母亲道：“儿子，妈是沾了你的光，才开眼看这么些名胜古迹，这么多美景，真高兴啊。村里像我这一辈以下的人我不敢说，以上的也只有我一人参观过皇宫金銮殿，爬过长城。就冲这些，这辈子再苦再累都值了。”

母亲住的虽是单位招待所，可在我心中却有一种家的感觉，每天下班都匆匆赶回来，然后和母亲一起吃饭、散步、聊天，过的是悠哉悠哉。这天下班没见到母亲急忙出门来找，在距我们所住地方不远的一条胡同里，看到她坐在一家院门口和几个人在聊天。这个院子从外表看很破旧，门窗油漆都已脱落，斑斑驳驳的显得很沧桑。门口一小桌上放着几杯清茶，几个人围坐在那里听一个老者在说着什么。听到我的喊声，母亲招手示意我过去。

“这是我儿子。”母亲介绍后大伙相互点头致意，那位讲话的老者更客气，还起身热情的同我握手。“久仰，久仰。”老人家外貌平淡无奇，清瘦的他说起话来底气却很足。“工作可好，请坐。”他这几句简单的问候，及温文尔雅的举止让人既体会到了他不同凡响，也感受到了他厚重的文化素养底蕴。

道别后我问母亲：“妈，那位老人家在说什么呢？你们听得那么入迷？”“俗话说‘天外有天，人外有人’。这老先生可不一般，他是真有学问，是我这大半辈子所遇见的最有学问的人，天上地下的事全明白。”继而母亲又压低声音很神秘地问我：“旁边的人对我讲他和清朝末代皇帝是亲戚，你知道他是谁吗？”“不知道。不过清朝时期，景山这一带属于皇城内，除了皇亲国戚，平民百姓是不可以住的。由此来说老先生极有可能和皇帝家有关联。”“老天爷啊，皇帝家的人，了得嘛。”感慨完母亲接着对我又是一番开导、训诫：“儿啊，人这一辈子谁能保证永远都一帆风顺？没个山高水低的时候？记住了儿子，无论遇到什么事都要想开看开，拿得起放得下。你是我儿子，决不能遇上个不顺心的事就消极颓废，不思进取。还有啊，工作之余别满世界去胡混，也来找这个老人家聊聊，这老人家不仅学问高，人品也好，高低人都看得起，对我这个乡下老婆子也不失礼数。”

上次母亲来京看我时穿的是粗布衣服，样子也是偏襟的那种老款式，这次她的外表是大不相同，之前盘在脑后的长发剪成了齐耳短发，衣服也变化很大。上衣和裤子是统一的浅灰色，面料按母亲的话说是“洋布”，款式是对襟那种，领口与袖口露出的衬衫雪白雪白的，看起来十分干练，比上次还年轻许多。“妈，您现在的打扮与气质可不像乡下人，像个女干部。”笑起来的母亲抬手给了我一巴掌：“跟你说正事呢，没个正形，不许拿我寻开心。”“妈，开心不好吗？您不刚教育完我要开心快乐吗？”母亲的巴掌又扬起来了，不过没落下。

“儿子，明天给我买车票，我要回去。”人依恋母亲的心结是一辈子也解不开的结，年龄越大这个结越深。“妈，怎么说走就走？不是说好的要陪我多住一段时间吗？”“你弟弟妹妹一高中一初中，都是要劲的时候，原本是走不开的，可有些话信里电话里是说不清楚的，只有当面才能说透，这才赶了来。唉，做母亲的啊，真没法说，哪个儿女也放不下呀。”

在火车站，母亲再次叮嘱我道：“记住，你是我儿子，不许悲观消沉。还有，无论你出息大出息小这都不重要，重要的是妈需要你离不开你，这个世界上你在妈心里最重要，你是我的依靠，你也承诺过要给我养老的啊。”说话时母亲目光定定看着我，言罢也没挪开，过了一会儿又道：“如年底复员就洒脱些，就高高兴兴回去，到家咱就完成人生的另一件大事，娶妻、生子。”

相隔两年，母亲再一次来看我了。这次来得很突然，来之前没来电报和电话，下了火车自己摸到我单位大门口。接到值班室通知，我心中既惊喜又惊讶，母亲这是想我了？还是家中遇到了什么急事？

见面后母亲依然是先定定看我半天，不过这次没说胖啊瘦这类话。母亲的气色有些憔悴，可目光却平淡，没悲伤与生气愤怒之迹象，这让我悬着的心放下了。看母亲没说话的意思也没多问，提起行李带她回了家。

进门刚坐下，母亲话未说泪却涌出，哽咽着很委屈的样子。我急忙拿条毛巾边帮她擦泪边安慰着：“妈，别着急，谁欺负您了跟我说，儿子给您做主。”“没人欺负我，这次来是让你帮忙找我哥的。”母亲的话让我犯晕，愣怔一下问：“找哥？找谁的哥？”“当然是我的哥呀，就是你早年从军的大舅嘛，以前说过多次，怎么忘了？”母亲兄妹三个，二舅在家种地，她口中的这个大舅，中学肄业就外出从军，之后多年没回家，再后来风闻是去了台湾。看母亲如此伤心，我急忙回应道：“记得，记得。只是突然听您这么一说没反应过来，大舅他咋了？出什么事了吗？”“没出事。是这样啊，咱家那一带早年间那些随老蒋去台湾的老兵，现都一个个回乡来探亲了，可你大舅怎么一点音讯也无？难道他把我这个妹妹给忘了？”说到这里母亲又是一阵抽泣，那楚楚可怜的模样及哀怨的声调，同电影镜头里的与哥哥失散而向人诉说的小姑娘一般无二。自我懂事起，母亲在我的印象中，一直是干练、强悍、遇事有主见，今天这一突如其来的变化让我一时极不适应。

关于大舅，受好奇心驱使的我在家上学时就翻来覆去地和母亲谈过多次，可以这么说，大舅的一些情况母亲知道多少，大致上我就知道多少。同时也知道大舅他在母亲心中地位特高，每每谈起大舅母亲便顿生骄傲与自豪，对大舅的俊朗与英勇更是赞不绝口：“我哥不仅人长得帅，还能文能武，打日本人可勇敢了，就像戏文里的赵子龙。”

海峡两岸关系逐渐缓和后，许多去台老兵陆陆续续回乡来探亲，可大舅还是杳无音信，母亲这才来京让我帮忙寻找。“一母同胞，骨肉情深，我想大舅他决不会忘记您的，至于没联系应是另有原因。想来他们那个年代战事不断，能活下来的寥寥无几，大舅他是否还活着都难说。”这些劝慰母亲的话刚说到这里就被她给打断：“别胡说，你大舅人聪明机智，和日本人打那么多年仗，一根汗毛都没伤着，那年他走之前我还见过。据邻村一回来的老兵说，战争年代他在你大舅手下当过兵，早些年在台湾还见过面。前天我去县里打听时，听县里接待老兵的人讲北京有和那边联络找人的单位后，家都没回直接就坐火车来了，快带我去一趟。”“妈，从台湾回来的老兵们都一把年纪，糊里糊涂的，他们口中这种似是而非的话靠不住，”话又是刚说一半就被母亲打断：“推三阻四的你什么意思？陪我去一趟都不乐意？是我儿子吗你？”

江山易改，禀性难移。母亲常教育我们遇事要沉稳，心气要平和，可自己这点火就着的脾气却依然如故。“妈，别着急嘛，明天去。”“儿子，我这心里急，今天去不行？”母亲的声音降下来了。“妈，您坐了这么长时间火车一定也累了，先休息一下。再说我还要上班，明天请过假陪您去。”母亲又提高了嗓门道：“明天一定啊，不能变卦。”

晚上下班进门后，母亲的迎面话是“明天假请没？”“请了一天，上午陪您去那个帮忙找人的单位，下午陪您去逛逛。”得到我这一肯定答复后母亲才笑呵呵地将晚饭端上桌。

我的宿舍不大，室内放一张床和一个柜子后就没了空余地方。晚饭后战友们来看母亲，几个人有的坐床上，有的只能做站客。母亲给倒杯水只好直接递手里：“地方太小了，抱歉啊。”在新兵连及汽训队带我的朱班长此时是单位管理员，母亲头两次来队时已见过面，已很熟识。“大娘，没什么，我们单位住房紧张，家家都这样，家里来个客人都打地铺。”“其实啊，房子宽不如心宽，只要一家人和和美美那才最好最幸福。”朱班长主管我们单位的吃喝拉撒睡，因大伙住房紧巴常遭埋怨，就是在家里也为此得不到朱嫂子好脸色。母亲的话可算是让他遇到了知音，满面笑容道：“大娘，您说得太好了，有时间请您老一定和我家那口子谈谈，她经常为房子小和我怄气呢。”得到朱班长邀请母亲似乎找到了自己又一用武之地，极为爽快地道：“好啊，这我可要跟她好好说说，两口子过日子要相亲相爱，可不能为这事生气闹别扭。”“妈，您别听朱班长乱说，他逗您呢，他爱人秀芹嫂子通情达理很懂事的。”母亲没接受我的提示，仍执意地对朱班长道：“只要您相信大娘，我保证能把您媳妇劝好，不再为这事和您闹气。”

夜半时分，被一阵窸窸窣窣的声响给弄醒，打开灯看到母亲已穿戴整齐坐在了床头。“妈，现在还早，您再睡一会儿，去早人家也不上班。”“我怕睡过头误事。”我指指闹钟：“放心，已定好时间，到时它会叫的。那个单位距这也不远，不会误事。”“睡不着躺下也难受，还不如坐着。儿子，告诉我闹钟走到哪一格叫你？”无奈的我只好给母亲指指闹钟点数又躺下。经这么一折腾我也睡意全无，索性坐起身和母亲聊到天明。

吃过早饭和母亲来到那个帮助寻亲的单位，工作人员问完大舅情况，登记后对母亲道："我们会和那边的相关机构沟通，请他们在那里帮助寻找，一有消息会马上转告您。""我地址您们记清没？千万别到时找不到。"看母亲不放心，那位工作人员又耐心地解释道："请您老放心，您老家的地址及您儿子的单位和电话都已登记清楚，到时一定能通知到，决不会误事。"

下午陪母亲去北海公园走了走，接着又到景山公园转了一圈，出门后母亲径直走去了那个帮忙寻亲的单位。看到人家已关门下班我笑了起来，对我的笑母亲先摇摇头接着自己也笑了。接下来几天里母亲吃过早饭都要跑去那个单位一趟打听消息。

"现两岸刚开放，人家那里挺忙，您老去会影响人家工作。妈，您历来做人做事不都是把不招人讨厌放在首位吗？""这人啊不服老还真不行，这两年一遇到事就犯糊涂。只想着万一有了你大舅消息能第一时间知道不是？是呢，去多了影响人家工作不合适，明就不去了，不过一有消息你可要快点通知我哦。""是。一有大舅消息我飞回来向您报告。"

一个星期过去了，心情急切的母亲明白了找大舅不是一蹴而就的事之后，无奈地道："看来只能是等了。"见母亲一脸愁容，我逗她道："妈，您这么着急找大舅，我明白兄妹情深是一方面，是不是还有其他因素？比如说想向他要钱什么的？""胡扯。你少污蔑人，我才不是这个意思。哎，说到这里我告诉你啊，我大哥可不像你这么小气，你这小气样随你爹，不像我们家人。""妈，大舅他千好万好，总有不足之处吧，比如他从军后不回家看外婆。""那是因打日本人啊，戏文里不是说'自古忠臣无家，忠孝难两全'嘛，再说你大舅他给了家里不少钱，并拜托我来照顾你外婆，这也是尽了孝嘛。"然后又道，"我知道说你小气你心里不服，可事实就是如此，你们家人都小气。哼，见到你大舅我还用开口要吗？每次他都是主动给钱，还给我买洋布衣服。"母亲说这些话时先是一脸的不屑，后来是一脸的幸福。

“书上说‘人生最幸福的事，莫过于喊妈有人应，及吃母亲做的饭’。是的，人生虽说有很多高兴快乐之事，可有个妈才最幸福，有妈关爱的人生才是最完美的人生。”这天下班走进门看到母亲在包饺子我由衷地发着感慨。母亲自然很受用这些话，笑眯眯地点头道：“那是，要不怎么会有‘宁追叫花子妈，不跟做官爹’这句俗语。”“有理，俗语都是从现实生活中总结的经典之言。妈，您可要活两百岁啊，让我一辈子都跟着您。”“又开始瞎扯，活两百岁可能吗？别贫了，快去把水烧上。今天饺子包的多，用最大那个锅煮，要多加些水。”“妈，咋包这么多？您有客人？”“我哪有客人？是打算给你的邻居们都送去一碗。”

在老家每到吃饭的时候，村中一个区域内的人们都会端着碗聚在一个适当位置边吃边聊，若谁家做出改样的东西会端过来和大家一起分享，近邻与关系格外好的还会送去一碗。“妈，城市人的习惯和农村人不同，吃饭都在自己家里，平时也很少串门。再就是这层住的有几家从没往来过，还不熟识。别送了，留着自己吃吧。”“一个楼道住着，成天抬头不见低头见的，来往几次不就熟了？俗话说‘远亲不如近邻’嘛，这相处熟了有个事还能相互帮助不是？你不会是心疼东西吧？怎么入伍这么多年还一身小家子气？”说完这些母亲又一次催我：“快烧水去，别愣着。”

20 世纪 90 年代之前，由于住房紧张，很多单位只好把办公楼改为宿舍。因办公楼的大小不等，有的一层楼里有大几十个房间，小的也有二三十个，站在楼道里望去，这头能看到那头。这便是“筒子楼”称谓的来历。也是因没有单独的厨房，所住的家家户户都在门口放一灶台，烧水做饭。我将大锅烧上水，站在门口边抽烟边回味着母亲批评我的话，自己是啥时候、因什么事给她留下的小气印象？致使她每次同我谈起钱物时，都会用这些话来提示与贬我？思来想去好长时间也没找到根源后，十分苦恼的我苦笑了起来。

母亲的到来使我每天下班都会小跑着往家赶，总比邻居们先一步到家。这天还是如此，我已抽完一根烟才听到楼梯上有脚步声。随着脚步声临近，母亲也从室内走出，看我一眼问：“你这个不着调的孩子，自己一个人傻笑什么呢？”我摇摇头没吭声，越发疑惑的母亲又要问时正好有邻居走上来，她忙着和人打招呼也就没再理我。之后只要楼道有脚步声响母亲总会应声而出，对每个下班回来的人都致以亲切的问候。看到母亲这样我把先前的苦笑换作了欢笑，且没忍住还笑出了声，她白我一眼道："你打小就时常一个人傻笑，咋现在还没改？笑什么呢？说来听听。""妈，您应该到联合国去上班，如您在那里主持工作，这个世界一定会变得和睦不会有战争，人民会安居乐业。"话音刚落后脑勺就挨了母亲一巴掌："你真是越来越不着调了，哪有儿子天天拿自己妈寻开心的？"

饺子煮好母亲忙着给一家一碗送上门，我则忙着吃。"少吃点儿，别再吃撑着了让我半夜陪你去跑步，现在我可跑不动了。"这句话母亲是笑着说的，说完还笑了好长时间。此话不是母亲随意调侃而是有所指，我六岁那年正月十五，母亲带我到表叔家走亲戚，表叔家住在镇上，以杀猪为业。

在母亲和表婶在厨房忙午饭时，站在门外的我则盯着柜台上一盆卤肉馋得直咽口水。正忙着剔骨头的表叔见到，笑着拿过一个酱猪肘递给我："拿去，中午吃这个。"表叔的意思应是让我拿去厨房加工一下，午饭时大家一起吃，可我给理解偏了，以为是让我独自享用，接过来乐呵呵地蹲在墙角处大快朵颐起来。

一个猪肘吃下，肚子撑得是西瓜般滚圆，中午谁叫也不上桌，且啥也不吃。母亲问原因，我哪敢说真相？将目光瞄向了表叔。表叔了解母亲的脾气，怕她打我，急忙起身将我拉过一边道："刚才在柜台上吃了点东西，不愿吃就别让吃了。"母亲看我一阵又看看表叔，心存疑惑的她碍于是在亲戚家也就没再说什么。

回家后我晚饭也不吃母亲也没有在意。第二天见我还是不吃饭，感到奇怪的母亲一把揪过我厉声问："说清楚是咋回事？"刚说过原因母亲的大巴掌已贴到我脸上："人家那是生意，你吃人一个大猪肘算怎么回事？你个馋东西真是丢死人了。"骂完又用鞋底揍我屁股。说实话自己之所以踊跃追随着母亲去表叔家走亲戚，目的就是去他家能吃到肉，图的就是这个。此时母亲打得很实在，屁股很痛，不过我趴在地上没哭也没反抗，反而认为这顿打挨得值，心里挺滋润。

打了一阵，母亲听到我"妈，肚子里顶的难受"后，急忙将我翻过身摁了摁肚子。肚子软软瘪瘪的看来猪肘已消化完，无奈之下只好带着我去看医生。医生检查一下说是积食，给开了个助消化的药方，母亲认为这种情况不算病就没舍得花钱买药，回到家将两个红薯面窝头烤煳，擀碎冲水逼我喝下去，晚上又带我去河滩上跑步。

邻居们吃过母亲的饺子来还碗时不住地表达着谢意，朱班长两口子来致谢后，秀芹嫂子末了加了句“对不起”让我迷惑，待他们出门便问母亲“这是为何？”“也没什么，昨天中午帮忙喂她儿子小峰吃饭，饭太烫我用嘴吹了吹，那小媳妇就有些不高兴，然后从我手中拿过饭碗自己喂。我知道她这是嫌我脏，从昨至今就没再去招呼小峰。”从母亲貌似平淡的话音里我听出了异样，马上道：“朱班长是我老领导，这些年对我像兄弟似的，关爱有加。他爱人秀芹嫂子也是个爽快人，我们相处也特别好，事事处处都像亲嫂子般关心我。妈，这样喂饭是不科学，别误会啊，大人口腔中细菌多，小孩子抵抗力差，易得传染病。”“你们小时候我经常把食物嚼烂了嘴对嘴喂，一个个不挺好吗？”母亲很不服气地回完这句话又嘟囔着，“嫌我脏？我最讲卫生了，谁见不夸我干净利落？”“妈，时代环境不同了，育儿方式也肯定不同，现在的孩子都宝贝似的，一个孩子家里几个大人忙着照顾，哪还像您养我时那样？要么放养，要么用根绳子拴狗似的把我拴在院内？”

在我幼年，因没人帮忙照看，怕我乱跑的母亲下地干活或外出时就用绳子一头拴在我脚脖处，一头拴在院内的老榆树上。母亲对我这句含有埋怨之意的话笑起来辩解道：“那是无奈之举，不是为下地挣工分吗？工分少了分不来粮食你吃啥？”

聊过秀芹嫂子和她儿子小峰，母亲把话题转移到了我身上：“儿子，你也老大不小的，自己的婚事咋考虑的？我看到人家朱班长的儿子小峰就眼热，你快结婚生一个，趁我身体还行，也好帮你照看嘛。”“妈，你养了我们这么多孩子还没带够？”这句话一出口，忽然想到这会招打急忙躲，可还是换了母亲一巴掌。“傻呀你？这能一样吗？你的孩子我愿带。”“妈，这您可要耐心些，现我连女朋友都没有，跟谁结、跟谁生？”母亲的眼睛瞬间亮了，极快地上前一步道：“有啊，家里定的那个叫喜悦的姑娘已长大成人，头些日子我还见过，出落得可好看了。要结婚还不是现成的嘛？咋样？”“不咋样。妈，喜悦年纪太小，我对她没感觉，以后请不要再提这件事。唉，不是早退亲了吗？”母亲回避了我后半句的问话，只回应前半句：“哪小？说话就十八了。年龄你不用担心，在老家好说，能给她改大些，马上结的话转过年我就能抱上孙子。”

农村人结婚早，村里和我同龄的大都已结婚生子，聊天中无论问到哪个青少年时的伙伴，母亲在介绍中谁哪年结的婚，谁生的男孩一定是主要话题。母亲她此次来京首要的是打听大舅的消息，之后就把注意力转到了我的婚事上，看着母亲那副急切的样子我笑道：“妈，省省心吧，单位有规定，二十五周岁才可结婚，您再急也没用。再重复一遍啊，我的事请您不要多管。”

单位里几个女孩子来看母亲，母亲见过个个都喜欢，尤其对一个叫依冰的女孩更是赞不绝口。人走后即刻问我：“儿子，我看你俩关系不一般，是不是有那个意思？嗯，这个闺女好，人长得好看，性格也好。”“她爷爷老家和我们是一个地方，论起来也算是老乡，所以就走得近一些，仅此而已，没别的意思。”母亲对我的解释听得很认真，不过话还是顺着自己的思路：“这个闺女长得好看是好看，可从面相上看，说不出是哪里带有一丝丝苦味，跟红楼梦里那个林黛玉似的。”之前看过的一本书上说“做母亲的心里都有一个结，都认为自己的儿子天下第一，再优秀的姑娘和自己儿子相配总能找出不如意的地方”。在我眼中母亲说话做事客观公正，看来在这件事上她也走不出这个老套，真可谓是“人同此心，心同此理”。由此我想到了老家的“刺猬说自己娃光，黄鼠狼说自己娃香”这句俗语，忍不住笑起来问：“妈，依冰是我单位公认的小美女，明眸皓齿笑起来甜甜的，您从哪里发现她面含苦味？您会相面？”“我哪会看相，只是多看这个闺女几眼，有一点儿这种感觉。儿子，跟妈说实话，你们之间到底咋样？”“真没什么，依冰她年龄小，还不到谈婚论嫁的年龄呢。”“在感情之事上女的比男的懂事早，知道吗傻小子？哼，不管你承不承认，反正我感觉你俩关系就是不一般。”（母亲眼光的确独到，之后我和依冰之间的确有过一段刻骨铭心的恋情。《多雪的冬天》中的女主人公就是她。）

“儿子，今天我在家坐了一下午，现在你陪我出去转转。”“今晚不能出去，待会儿有老熟人来看您。”母亲以为我又是在和她贫嘴，笑起来道：“又胡说，我在这哪会有老熟人。”话音刚落，门外就有一个欢快的声音响起：“怎么没有？只是这么多年不知老嫂子您还记不记得我？”听到是女客人母亲去迎，见到来人，母亲高兴地拍起手道：“我的天，是陈领导啊，咋也想不到会是您。”来看母亲的这位领导，是当年去我老家招人并家访过的那位女负责人，年前她调来我单位做副主任。

“妈，陈大姐工作很忙，今天得知您来。”话刚说到此便被母亲扇了一巴掌：“你这孩子咋这不着调？怎么对领导没大没小的叫大姐？”陈副主任为人随和没架子，对单位的年轻人特关爱，除去工作中其他时间不让称职务，要求我们称大姐。“妈，是陈大姐要求我们这样称呼的，说这样亲切。”母亲对我的解释还不是很理解，说句“这公家人咋就和我们农村人不一样呢？咋是这种规矩”后也接受了，说道：“她大姐，真是山不转水转啊，想不到在这能见到您。”那年陈大姐去我家乡招人，我因故没被录取，旧事重提只听她道：“大嫂，那年没招走您儿子，抱歉啊。”说实话对此事我心里是存有怨，也有气，骂过天骂过地，也骂过人。对此母亲也很失望，冲父亲发了一通火，然而对他人却没半句微词。“她大姐，可别这么说，过去的事不提了。哎，这缘分啊，真让人说不清，兜兜转转的，您又做了我儿子领导，按咱老百姓的话这叫该着，命里注定的。她大姐，咱可是老熟人，以后我儿子说话做事若有什么不当之处，您可别客气，该打打、该骂骂，替我管严些。”对母亲的托付，陈大姐答应的也十分爽朗：“好。请您放心，对他一定从严要求。大嫂，时间真快啊，那次见面至今转眼已过去近十年，我们都老了。”“她大姐您可没老，跟那次见面没多大变化，还是那么年轻，在我眼里也就三十几岁的样子。”“哪里，哪里，奔五十去了。大嫂，您的精神面貌和上次见面也大有不同，似乎还年轻了许多。”母亲这次来穿的还是上次来时穿过的那套灰衣服，其实这套衣服并不是她花钱购买，是我大姐穿过的旧衣裳，她给翻新了一下。衣服虽不是新的，可看起来也比之前穿的那些粗布衣服顺眼得多。人常说的

“人靠衣装，马靠鞍”的确是不移之理。

久未见面的两个人聊没多久，不知怎的话题就转到我的婚姻之事上，母亲表达的中心意思就是儿女在搞对象这个问题上一定要听父母话，一定要由大人给把关，否则后患无穷，一辈子不消停。她讲的“种不好庄稼一季子，娶不好老婆一辈子”之俚语，把陈大姐逗得是哈哈大笑却点头称是。“妈，您真是个儿媳妇迷，见谁都这一套。”“做母亲的当然最关心这件事了，这世上哪有不关心儿子婚事的娘？”母亲说完责备我的话接着拉住陈大姐的双手道：“她大姐我对您实说吧，在老家已定有一门亲事，可他不同意，为这事娘俩见面就争执抬杠。唉，儿大不由娘，这翅膀硬了就管不住了。”说到这里母亲指指我：“他打小做事就毛毛躁躁不着调，我又不能在这里常住，以后他这婚姻之事拜托您给把把关。”天性使然，在这一点上陈大姐与母亲俩人观点是格外契合。“大嫂，我接受您这个请托，请放心，此事一定替您把好关。”

半个月后不见大舅的事有回音，操心着家里的母亲要求回去。“儿子，这次来虽说是为寻你大舅，可我也想来看看你。哎，有一点我想不明白，你怎么和你大舅一样，一出门就不知回家呢？”我来京已六年多，按规定可探亲两次，可都因事没回去。此时面对母亲的抱怨心中很愧疚。“妈，我心里也特想家特想您，只是这些年没做出什么成绩不好意思回。这次本打算和您一起回的，可近来工作忙请不下假，过些日子吧。”“儿啊，你做什么、啥决定，妈都认为是对的，男人嘛，就该把工作放在第一位。”母亲的理解之言却让我心里酸酸的。

“儿子，虽说你已挣工资了，可也到了该成家的年纪，这些钱自己留着结婚用。”见到我递上的钱母亲拒绝着。“妈，父亲您们年纪越来越大，生活上别再凑合，请收下补贴家用。”“家里生活上已没问题，土地已分到户，打下的粮食够吃了。”在我坚持下母亲才抽出二百块钱道：“已收下你的孝心，其他的你自己留着。噢，差点忘了，给你父亲买两盒好烟，我带回去让他高兴高兴，他这辈子也不易呀。”

“妈，我不在家这些年，父亲他又对您动过手没？”听母亲提到父亲，脑袋里即刻闪出我 13 岁那年父亲动手打母亲之往事。“没有。自那年你斥责过他之后，那老东西再没敢动我一手指头。”母亲昂着头说完这些又感喟道：“唉，日子太穷，谁心里都憋着一肚子火，说话做事难免出格。”稍后，母亲转脸却骂起我：“你咋这小心眼呢？这么多年了还记着这些干啥？儿啊，男子汉可不能这样。听到没？”“是，是，哦。”

“工作不忙了就回家看我啊，儿子，回去时如能给我带个儿媳妇，妈会更高兴。”在火车站，母亲又叮咛起了她所关心的事，“还有，一有你大舅消息，一定要尽快告诉我，唉，多想我们兄妹俩在有生之年再见一面啊。”

## 十六　回不去的从前

### 1

在这个世界上有没有一个地方让你一直魂牵梦绕？提起或想到它满是回忆，满是微笑，满是不舍呢？有，那就是故乡。第一次回故乡探亲是在秋天里，到家后的第二天是周六，吃过午饭骑车去镇上接妹妹。小妹正在读高中，回来后家中的其他人都已见过，她因住校还没见到。

秋日的天空蔚蓝高远，绚丽的秋风带着果实的清香，飘过斑斓的山林、金灿灿的原野，散发出的独有馨香令人陶醉。沐浴在温暖的阳光下，徜徉在多情的秋天里，心中随即涌出的是温暖、眷恋、感慨。

来到学校，向大门口值班人员说过妹妹姓名与班级后就在一边等。面前一幢幢的教室整洁明亮，一行行树木挺拔繁茂，花坛里盛开的菊花幽香四溢，更让人增添了对校园的浓浓怀念与留恋之情。下课铃声响过，接到通知的妹妹飞也似的跑来我面前，快活地问长问短。

“女大十八变，越变越好看。”几年没见，妹妹的变化特大，真让人不敢相信眼前这个亭亭玉立的姑娘，就是自己入伍前天天围在身边的那个黄毛丫头。今天是来学校接她，思想已有准备，若在他处碰到是不敢相认的。下午还有一节课，可妹妹说什么也不愿再上，坚持要同我一起早点回家。说句“稍等”便跑去请假了，临走还冲我神秘兮兮地眨眨眼。

没过多久妹妹带着简单的行李走出，身旁还有一个女孩相跟着。这姑娘身着红色秋衣，花格面料的裤子，身形秀丽苗条，乌云般秀发梳成两条粗粗的辫子垂至腰间，斜斜的刘海从眉眼处温顺划过，柳眉弯弯，睫毛长长，清澈明亮的大眼睛透着纯洁、质朴。我对她点点头以示问候，她也温婉的点头回应。突然，这女孩面色“刷”的一下通红，双眼直直地看着我。她这一异常现象让我莫名，出于礼貌也不好过多打量，转过身推车刚要走时只听一旁的妹妹道：“哥，她是你媳妇喜悦啊，怎么不认识了？”妹妹的介绍让毫无思想准备的我一下蒙了，愣在那里老半天也不知该说什么。

喜悦是母亲给定的娃娃亲，我入伍那年她还不满十岁，也正是因她年纪小，上初中时我已坚决反对这门亲事，并强烈要求母亲退亲。说实在的入伍这些年若无人提起，自己从未想起过她，脑袋里早已把她遗忘了。从喜悦那惊讶表情中说明她已认出了我，也说明妹妹在带她来之前并没透露实情。妹妹这句话让面色绯红的喜悦立刻收起了直视着我的眼睛，羞涩地低下了头。见我俩无语的僵在那里，妹妹“哈哈”笑了起来，笑声让喜悦转身跑回了校园。

“不该这样摆弄喜悦，让人多难为情嘛。”对我的埋怨妹妹她大大咧咧道：“没事，我俩是好朋友。”望着眼前天真烂漫的妹妹，想着同样纯真无邪的喜悦，我默然无语，思绪一下回到了入伍前。

冬日的清晨格外清静，天大亮后我还赖在被窝里不愿起床，母亲过来催促时告知：“喜悦父亲来了，要请你去他家吃饭。”入伍之前每天都在和同学及朋友们聚会与告别，忙得是不亦乐乎，这天本想在家陪陪父母的，乍一听母亲提起喜悦，我光着膀子蹿出被窝嚷嚷道：“前些年不是已退亲了吗？”农村的主房大都是一明两暗，中间是厅，两边是卧室，厅与卧室中间的界墙很薄不隔音。“退什么亲？你说退就退？这个家啥时成你做主了？”平时一贯大嗓门说话的母亲质问我时将声音压得极低，并示意我也不要高声。“爱退不退，没退我也不去。”正往我身上披棉衣的母亲抬手就是一巴掌，然后咐耳道：“你大了，要懂事，要理解人，不能让大人们下不来台，快穿上衣服出去打声招呼，要热情啊。”接着又补充道：“记住，对喜悦父亲要称呼三伯。平时人家对你那么好，可不能失了礼数让人不高兴。”母亲这句叮嘱让我无语，三伯家住在公路边，去镇上赶集需从他家门前经过，只要碰见他都会热情地邀请去家里坐。

“三伯好。”来到厅里和喜悦父亲打过招呼后就不知道再说些什么了。“先洗脸去，待会儿再陪你三伯说话。”听到母亲这句圆场话我立刻走去厢房，接下来他们聊的什么因声音小没听见，母亲的“三哥，您先回，孩子随后就到”送别之言却听得很清楚。

母亲这么大嗓门其目的就是让我听见，语气之坚定也是用来暗示我，去喜悦家探望之事是必须的。用意也相当明确，就是以此造成骑虎之势，逼我就范。因在这门亲事上同父母意见相左，以前和他们争论过多次，还挨过打，看情形今天免不掉又要来一番论战。母亲送喜悦父亲返回院内后，我眼睛瞪着她，脑子里却在想着用什么样的开场白才能先声夺人。母亲也应是还没想周全说服我的步骤，就这样娘俩是你不开口、我也不吭声，僵持着。对峙过一会儿，母亲转身去室内拿出两筐礼物放在我面前道：“一筐是喜悦家，一筐是你四姑家，现先去喜悦家吃早饭，饭后别再回来，直接去你四姑家。”我极不耐烦地听着母亲说话，鼻子里还“哼，哼”地表达着不满。可能是我即将离开家母亲她不忍心，这天的她一改往日的暴躁脾气，对我没骂也没动手打，而是慢声细语地道：“给孩子定亲娶媳妇是做父母的责任，早早定一门亲不就是怕你娶不到老婆吗？再就是你父亲和我也图个踏实。现你入伍就要去北京了，这是个大喜事，亲人们都为你高兴，喜悦父亲大清早冒雪来请，这是多大的情分啊？你读了那么多年书，应该懂得这个道理吧？还有，你是我儿子，决不能做无德无义、不近情理之事。”母亲说这些话时口气很柔和，口吻特亲切，效果自然也显著。就这么几句话已使我那颗拧着的心开始摇摆起来。

“知子莫若母。”母亲也自然了解我这吃软不吃硬的性子，接下来还是不急不躁打着感情这张牌："今天你无论如何都要去你三伯家一趟，就算是给我们这些做长辈的一个面子如何？"对这门亲事我心里是坚决不同意，可三伯大清早来家相请确实让人无法推辞，同时也不想做得太绝情。"妈，去一趟好说，可此时去一次以后问题会更难解决。我的意思是，反正这门亲事我不同意，不如借机一刀两断来个痛快的，省得以后麻烦。"要搁平时，母亲对我说的这些不合心意之言，一定会先来一顿呵斥或责骂，可这天的她在同我谈话中始终贯穿着和风细雨这一方针，格外耐心地又从另一层面给我阐述着必须去喜悦家的道理："儿子，老话说'人活一张脸，树活一张皮'，人如没脸没皮的还活什么劲？你入伍这件事三乡五里的人都知道，喜悦和你定亲之事十里八村的人大都知晓，走之前不去她家拜访一下让人脸往哪搁？儿啊，做人不能只顾自己也要为他人想一想。""妈，您这些观点我不认同，现为他人着想去一趟，时间拖得越久不更难办吗？"

面对我的辩解母亲依然没生气，接着换了一种先攻你软肋后掳你心的战术。"儿子，昨天你去女同学文雯家，我不是也支持吗？其实我心里明镜似的，知道你和文雯不会有结果，但该去还是要去，人情世故还是要遵守，明白吗？再有，刚才已讲过，你入伍之事他人都正在关注，现在去提出退亲，不是恶心人吗？儿啊，关于退亲之事等过段时间我来解决，你难道还不相信我的承诺？听话去吧，儿子。"母亲说这些话时一直用殷切的目光看着我，且眼中已含着泪水。"妈，您说话要算数。"心软下来的我找补过这一句，立刻将礼物放在自行车后架上的竹筐里，然后揣着矛盾蹬车出门。

小雪花在天地间纷纷扬扬飘洒着，银装素裹的大地一片迷蒙，刺骨的寒风呼呼刮过，路两边胡乱摇摆的树枝不时发出"咔嚓，咔嚓"声响，给人的感觉它随时都会断裂。枯萎的野草在狂风中战栗着，偶尔碰到的行人都缩着脑袋疾疾而行，想想顶风冒雪来家来请自己的三伯，为了孩子也是吃尽了苦，操碎了心。

两家相距不远，不一时就来到三伯家。进屋刚坐下，只见喜悦抱些树枝在门口火盆里生火，待火旺了便将火盆移到我面前。自喜悦进门我眼睛就一直追着她，这也是我第一次认真观察喜悦，五官端正的她那双大大的眼睛黑幽幽的，头发稍黄，不长的两条小辫用红头绳系着。当发现我在盯着自己，喜悦马上低下头走出了门外。这个举动证明，小小年纪的她是清楚我们之间关系的。接下来在整个吃饭过程中喜悦没再露面，饭后我借口还要去姑姑家也没多坐，告别三伯及其家人向外走经过厢房时，特意向里望了一眼，从窗户格子中又一次看到了那双大大的黑幽幽的眼睛。

去四姑家路上，喜悦黑幽幽的眼睛不时在我脑海中显现，心里也一直纠结着。首先，在这件事上自己不愿惹双方大人们伤心丢面子，再有，伤喜悦这么弱小与纯洁的一个小女孩更让我于心不忍，可正是因她年纪小，才让自己对她没一点儿感觉。但此时拿爱情当饭吃，把男女间情投意合、两情相悦放在首位的我也不愿委屈自己。心里被懊恼、烦闷所纠结的我一路走一路极力思索着既不伤害喜悦，也不违背自己心愿的两全其美之法，无奈的是思来想去，除徒增烦恼之外是什么有效的解决方法也没想出，最后想着这门亲事是母亲所定，还是交给她来处理吧。

沉浸在回忆中的我行到村口都忘了拐弯，在妹妹提醒下才反应过来。走进家妹妹对母亲说起在学校遇到喜悦之事，我又埋怨道："妈，前些年不是说过多次让把亲退了吗？怎么拖到现在还没退？"母亲绷着脸道："为什么没退？还不是怕你打光棍？"这的确是母亲的真实所想，之前给我早早定亲就是担心这一点，不退亲之目的也是基于此。

对于我愿在城市里生活母亲自然是支持的，也是她所盼望的，但在没变为现实之前，她认为那只不过是个美好的愿望而已。若能留在城市里一切好说，复员回来呢？真要是回家来成了农民，又到了二十大几的年纪，那在农村娶媳妇可就是一件老大难的事。思来想去她就把喜悦留做了备胎。

"妈，在我印象中您做任何事都很正直坦荡，怎么在喜悦这件事上表现得这般自私？明知道我和喜悦没可能，咋还拖着不退？"面对我的抱怨母亲倒也坦率："在这件事上我是自私了一点儿，可我是做母亲的啊，哪个母亲在儿子的事上没私心？"接下来又展开了一轮说服工作："儿子，你入伍那年喜悦还小你不喜欢，现她已长大，还出落地那么好看，动心没？不再考虑考虑？妈之所以没急着把婚退掉，其实就存有这个想法，想着等喜悦长大了，人漂亮了你就会喜欢的。”“妈，女孩漂亮与否是很重要，不过更重要的是两个人要有缘分，喜悦年纪小我对她没感觉这是其一，还有您不觉得此时我俩方方面面的差距太大吗？”

喜悦我俩的亲事，在家上学时我就不同意，现在更没可能，和母亲讲的这些虽稍嫌堂皇却也是实情。还有更深的东西没有讲，想着母亲能领会，就是喜悦是农村人，这对极不愿在农村生活的我来说，是决不会娶一个农村老婆来拖累自己的。稍许，为堵母亲的嘴我索性把话说破：“妈，您是我亲娘，也没必要隐晦什么，今天就打开天窗说亮话，我努力这么些年之目的就是为在城市里生活，您愿我再回农村过面朝黄土背朝天的日子？快把亲事退掉吧，别再耽误人家。在此，我再重复一遍，关于我的婚姻之事请您以后别再管，别再瞎操心。”

到城市里生活不仅是我认真读书与努力工作的动力所在，也是母亲在教育我们这些孩子时给指的具体方向、目标。我这句最实在的大实话一出口，正为我留在北京工作而兴奋异常的母亲即刻沉默。可她又是个在任何事上都不愿服输的人，面对今天这交锋还不到两个回合就无言以对的情况是极不情愿，因一时间又没想出有力的反驳话语，只好用狠狠瞪我这一招来彰显自己的权威与发泄心中的不忿。

这次探亲在家停有半个来月，期间没有去喜悦家探望，两个村相距不远，这种事在乡间风言风语传得极快，喜悦家应是明白了我之态度，大家心照不宣的什么也没说，这门亲事就无声无息结束了。假期结束，从学校赶回来送我的妹妹悄声道：“喜悦这几天情绪特不好，还背着人偷偷掉眼泪。”妹妹的话让我哑口，其实是不知该怎么回答。见我没个态度，妹妹回应的是卫生球眼珠，以此来表达心中对我的不满，为自己的好朋友鸣不平。

2

离家多年后第一次回来探亲的这个假期，对我来说可以用喜忧参半来形容，高兴的是家人团聚，听乡音吃母亲做的饭菜，这些给我带来了欢愉，家人们也很快乐。只是我在喜悦这件事上的做法不仅妹妹不高兴，实际上母亲也极为不满，她没跳起来打骂是因年事已高，按她自己的话说是生不动气，打不动我，才无奈的默认了。其实我也清楚退婚之事在农村是伤人面子的事，这么做肯定会给喜悦及她家人在思想上与声誉上带来一些负面影响。不过对此虽有认识可也没多深刻，想着这是自己的无奈之举，并非有意为之，因而心中对喜悦及其家人也没存多少愧疚，只是略感遗憾罢了。可这次遇到的另一件事却让我苦闷了好长时间。

回来一个星期后的周末，和在校时要好的同学玉阁及富云一起去看班主任李老师。饭桌上李老师他掰着手指一一说着我们班同学的近况，谈到女同学文雯，他口吻颇为惋惜地道：“文雯高校毕业后先在市里工作过一段时间，不久就去了县城北部一个偏僻山村做老师，去年生了个女孩。前些天听她父亲讲，文雯因丈夫有外遇已离婚。”高中期间很多人都以为文雯我俩在恋爱，包括文雯父母，为此还找我谈过话。文雯是咋想的我不得而知，说实在的，我心中是十分喜欢文雯，可因自身条件我把喜欢埋得很深，口头上没表达过，更没有什么实际行动。因而，这段情缘在我这里充其量只能算是暗恋。

李老师谈文雯时双眼注视着我，玉阁与富云的目光也同时看了过来。文雯我俩虽已多年没联系，可每当听到她幸福之消息，在为她祝福的同时心里还存有些许醋意，此刻听到她不幸之消息是极为焦心，李老师话音刚落，我“嚯”地站起身：“文雯在哪个学校做老师？具体地址是？”李老师摇摇头道：“不清楚，这要去问文雯父母。”我环顾一下玉阁和富云：“我们这就去文雯父母处问问？”玉阁见我一副即刻就走的架势，走过来按住我双肩道：“请坐下先把饭吃完，再急也不在这一刻。家乡有个规矩，过午不能去看长辈，明天上午富云我们陪你去文雯父母处要地址，然后一起去看她。”人坐在凳子上，心里是七上八下乱糟糟的，满桌佳肴此刻吃起来味同嚼蜡。文雯的音容笑貌不时展现在我脑海中，想起了和她的初识与离别，高中时的再次相逢及我入伍后渐渐失联的丝丝缕缕、点点滴滴。

年少时的情爱是最令人痴迷的，之所以如此，是因那是第一次，是因为年轻。有人形容初恋如同强大的木马病毒，会影响人的一生，会带给人或深或浅，不可删除的心理阴影、伤害。13 岁那年我在镇上火车站与文雯分别后，接下来两年时间里没有得到她任何消息，因害羞也没去问和文雯要好的女同学，只私下问过与她同村的男生富云。富云表示也没和文雯有联系，自此就没了她的点滴信息。这让我特为那天在车站没向文雯要通信地址而后悔，可时过境迁，后悔有什么用呢？只好把惦记埋在了心底。

高一开学第一天，我和富云一起来到学校。富云我俩不仅同年同月生，个头也差不多。宽脑门的他细长眉，带着自来笑的那双眼睛不是很大却很明亮，看人时笑眯眯的，让人感到特亲近。从小学至初中我俩都是同班，此时在大门口张榜处看到我们又被分到一个班是特高兴，击掌庆贺过一番先去宿舍放下行李又小跑着来到教室。

同学们大都不相识，熟悉的也只是一起上初中的三几个，这样便形成了一个个大小不等的小圈子站在那里议论着。说话的声音虽都很低，不过这几十人的嘀咕声也让教室内一片嘈杂。“吭！”随着快步走进教室的班主任李老师这一声低沉的咳嗽，室内马上安静了下来。李老师他个子不高肤色偏黑，稀疏的头发剪的是偏分，这使他的脑门显得又大又亮，透过厚厚镜片的那双咖啡色眼睛深沉严肃。他用目光巡视我们两遍，接着让大家到门外排队，而后按大小个分配座位。

和我同桌的是一个叫玉阁的男生，他身材不胖不瘦，两道浓眉下一双大眼睛炯炯有神，说话嗓音略哑，富有磁性，给人一种厚重沉稳之感。座位安置完毕，有的同学打开书包把学习用具往课桌里放，有的和同桌交谈着，教室内马上又乱哄哄的似集贸市场一般。正在低头整理书桌时，富云过来推我一下并示意看讲台。待我抬头看去，让人想不到的是，初中时分别的女同学文雯正站在讲台边和李老师说着什么。文雯的出现让教室内静极了，议论声翻书声全部消失，此一刻若掉根针都能听见。我的心却狂跳不停，顷刻间感到它已蹦到了嗓眼处，我急忙使劲咬着嘴唇，生怕它一不留神跳出来。

分别两年多的文雯个子高了约十厘米的样子，她上穿一件淡粉色衬衫，下着一条雪白雪白的裤子，裤子的腰线很高，再加上衬衫的下端又系在裤内，这使亭亭玉立的文雯看上去温婉、高雅。她肤若凝脂的脸上透着绯红，弯弯的柳眉，长长睫毛下的那双湖水般清澈的双眸明亮亮的。此一刻的文雯可以说比画中的仙女还要美，可她的美丽不是那种明艳的千娇百媚的美，而是清爽、清新、洁白无瑕的美。

文雯顺着李老师手指方向款款走去自己的位置坐下后，面对跑上前问候的富云也是一脸惊喜。应是富云对她说起了我，只见文雯迅捷地转过身笑容满面地冲我点点头，那雨后彩虹般的灿烂笑容令人陶醉，让人回味无穷。过后从富云口中得知，文雯父亲已转业在我县某单位工作，这次她全家人都一起回来了。

开学不久文雯被选为班里的文艺委员，我是生活委员，虽时常在一起开会什么的，因工作中没啥交叉点也就没单独接触过，偶尔目光碰在一起她总是一笑而过。学校组织个剧团，文雯和我都被选去，课余时间排练节目，假日里去农村演出。节目以歌舞为主，同时也学一些地方戏，能歌善舞的文雯自然成了剧团的台柱子，她的蒙古独舞也成为剧团的压轴节目。文雯普通话讲得好，字正腔圆的，又被选做报幕员，我在剧团里跑龙套，演一些无关紧要的小角色，大多时间是忙着拉幕布搬道具。

寒假期间也是农闲季节，剧团被安排一个村一个村去轮演，第一场就安排在我们村。剧团几十人分散到农家吃派饭，文雯及另外两个女生被分到我家。

这晚将是我人生第一次登台演出，又是在本村父老面前，心中不免紧张，饭桌上便向有经验的人取经，怎样缓解这份慌张心情？有人提议可以喝点儿酒，我接受了这个建议，找来父亲喝剩的白酒喝过几口后，头是有点晕晕乎乎，可心中的慌乱并没消除。饭后和几个男生站在院门口抽烟时，为调整心态我每抽一口都格外用力，然后将口中带着酒气的烟雾使劲向外喷。

世上的事往往就是那么凑巧，正当我又一次喷吐烟雾时，文雯恰好从面前经过，我吐出的那股浓烟全部喷在了她脸上。文雯被我这一行为给弄愣了，用疑惑的目光怔怔地看着我。也已蒙了的我则是目瞪口呆地望着她，在大门口一起聊天的几个男生见此都“哈哈”大笑起来。正在院子里收拾东西的母亲看到这一幕，走过来使劲拧着我耳朵骂道：“你个臭小子，怎么这么坏？啥时变成小流氓了？”“妈，妈，真不是故意的，纯属巧合。”“以后若再敢如此，看不打扁你。”母亲骂完又在我腿上重重踢了两下。挨打时我瞄了一眼文雯，她在快活地笑着。

演出前大家都在后台忙着化妆，我以前没登过台，对化妆更是一窍不通，只好等着哪位会化妆的同学自己上完妆再请人帮忙。没过一会儿，已化好妆的文雯手拿彩盒走过来笑了笑并示意我坐低些，接着就在我脸上一番涂抹勾画。此一刻，我眼睛紧闭鼻子却格外灵敏，文雯身上散发的清香气息让我醉了，脑袋变得一片空白，给我化完妆的文雯离开了都不知道，懵懵懂懂地听到她报幕声才从梦中醒来。

演出开始，前面都是文雯她们一群女生唱啊跳的歌舞节目，我参演的戏曲节目排在后面，随着时间临近，心中的紧张感更甚，搞得一趟趟老往厕所跑，此行为惹得站在台口的文雯掩口“吃吃”偷笑起来。事情真奇妙，看到她甜美的笑容，我忘了紧张，那颗慌乱的心渐渐平静。演出中无论谁登台只要有时间文雯都会站在台口帮助提词，待我上台她也是这样帮忙。我演的角色戏分本来就少，有了文雯帮助，自己人生的第一次登台演出，在中规中矩中竣事。

演出结束已是深夜，文雯和一个女同学来到我家，母亲要我和弟弟挤在一起，让文雯她们住在我房间。想着我们蹦跳一晚上肯定饿了，母亲又忙着做疙瘩汤慰劳我们，并要我把厨房的两口锅都加上水烧，说一个用来做疙瘩汤，一个烧热给文雯她们洗漱用。“文雯这闺女长得真俊，歌唱得好听，舞也跳得好看，这么好的姑娘将来给谁家做媳妇，一定是那家人烧了八辈子的高香。”母亲说着这些话还不时拿眼睛瞟我，因不明白她这是随意一说还是在试探什么，我就装作没听见。

“妈，我演得咋样？”“还行吧，就是戏太少。”“刚开始都这样，以后也争取做主角，争取演得和文雯一样好。”“好啊儿子，妈等着你做名角的那一天。”母亲性格急，对我们进行批评教育时大都采用非打即骂的方式，小时候挨她的打还时有不忿，大了后就没再拿这当回事，也不会放在心上，但对这天晚饭后挨的两脚却心存别扭。“妈，我给您提个意见啊，以后别当着同学的面打骂好吗？”“少废话，你用臭烘烘的烟雾往人家文雯姑娘脸上喷这太没教养了，别说当同学的面，就是当着老天爷的面我也照打不误。做出这样的事我都替你丢人，让人家文雯姑娘怎么想？”不知文雯什么时候已来到厨房门口，母亲刚训斥完只听她道：“大娘，他不是故意那么做的，我心里没什么。”“文雯姑娘，您不计较是大度，可他作为我儿子，决不许干这种失德之事，见一次我打一次。”听着母亲和文雯的对话，极难为情的我恨不得一头扎进灶坑里。

3

习习秋风带走了热浪，送来了凉爽。在这个季节里，晚饭后我总会邀上同桌玉阁及富云去校外的田野里散步。

玉阁性格沉静温和，与我的急脾气相差很大，可自同桌后两个人却相处得特别好，从未发生过争执。有那意见相左之时玉阁总会选择退让，他这种表现也促使我变得温和起来，碰到问题也会先征求他的意见。这样，俩人之间的友谊是越来越深，在学校里几乎达到了形影不离的地步。富云和我从小学至今都在一个班，关系可以说亲如兄弟。玉阁会吹笛子，造诣还相当深，学校有什么集体活动他都会登台演奏一曲。我们来田野里散步，他也时常带上笛子在田埂上边走边吹，富云和我就随着他的笛声唱歌。笛声与歌声会招来很多也在附近散步的同学，大伙聚在一起唱着、笑着、闹着。

这天晚上，我们几个又来到田野上随意溜达着，行至通向县城的公路边，遇到了也散步至此的文雯及另两个女生。不知谁说今晚邻镇火车站上有电影，大家一起哄就相约着骑自行车一起去。

玉阁家也在农村，不过他父亲在市里工作，有一份稳定收入，他家生活虽不富裕可基本无忧，为玉阁上学方便家里还给他买了一辆自行车。文雯家境更好，她也有一辆自行车，另一位女生也有。商定后有车的回校去取，没车的我和富云及另一女生就在原地等。

望着边说笑边朝学校走去的玉阁他们，我心里酸溜溜的。因自己父母是农民，家里没有什么稳定的经济来源，且不说玉阁脚上那双让人眼热的白球鞋，更别说他上学骑的自行车，就是母亲给做的粗布鞋我都舍不得穿，上学路上总是脱下来提在手中，进校门前先找个水坑洗洗脚才把鞋穿上。

富云家情况和我家差不多，在家里他是孩子中的老大，下边还有一群弟弟妹妹，父母能供他上学已是万幸，其他也是不敢奢求的。记得刚开学不久的一个星期天下午，我俩一起往学校走，行至镇街口看到富云裤子上有一破洞，屁股都露了出来，这一点说明他里面连短裤都没穿。为遮丑我找根麻绳将他裤子破洞处提起来拴成一个鬏，富云就穿着这条带鬏的裤子熬了一个星期。

夕阳还没有落下，它脸上的红晕依然在辉映着大地。不多一会儿文雯骑车先到了，她直接将自行车交给了我。玉阁和另一女生骑车来后，我带着文雯，他和富云分别带着另两个女生向邻镇的火车站奔去。

傍晚时分公路上没车也没什么人，我们几个男生把自行车蹬得飞快，肩并肩一路飞行。途中我们只顾比赛，注意力全用在骑车上很少说话，偶尔聊几句也仅限男生之间的话题。文雯和另两个女生也只是说些她们感兴趣的事情。赶到火车站电影已开映，放电影的场地在车站的站台上，前面人席地而坐，我们到得晚只好站在后面。由于人多站的地方又太靠后，我已把脖子伸得尽量长了还只能看到半个银幕，想着文雯她们几个女生个子比我矮些，能否看到银幕都难说。遂叫上玉阁去路基下搬来一摞砖，让文雯她们几个女生垫在脚下。站在砖上的文雯转身对我笑了笑，她美丽的笑容可谓是最高之奖赏。

深秋的夜晚凉意渐深，看到文雯打冷战我便急忙脱下外衣递过去，她推辞两下看我很坚持才默默接过披在了肩上。之后，文雯的眼睛一直在关注着银幕，大家也都在聚精会神看电影，我却在全神贯注地看着文雯。朦胧月光下的文雯美丽极了，美得让人都无法呼吸了。她那双注视着银幕的大眼睛时不时地忽闪着，每一次的忽闪都连着我的心，决定着心跳的快慢与轻重。

电影散场返回路上，我们和去时一样把自行车蹬得飞快。之前见过很多自行车男带女的镜头，女生要么拽着男生衣服，胆大一些的会搂着男生的腰，文雯没有拽我衣襟更没搂我，她的双手是紧紧攥着自行车后座架。说实话自己没敢奢望文雯用手搂我腰，却特想体会一下她拽我衣襟会是怎样一种体验，可文雯一路上没给这个机会。大家议论着电影里的情节，还你一句我一句的学着里面的对白，又说又笑，我没有参与其中，只因不知道这个晚上看的电影是什么内容。

第二天我们几个男女生去看电影之事在班里传开了，课间同学们议论纷纷。对此我表现得很坦然，人常说“心中没鬼不怕走夜路”。实事求是地讲，平时看到与想到文雯，脑海中是会泛起恋爱中男女的拥抱、接吻以及开些轻佻的玩笑而调情等。就是昨晚骑车带她及看电影时心中也是存有一些幻想的，不过那些幻想被我包裹得很严实，不仅言语上没吐露半个字，行为上更没显露出任何的蛛丝马迹。因而对同学们的议论是不反驳不接话，装作没事人一样任由评说。

午饭时富云我们一起去伙房打饭，他去买窝头，我端着两只碗去舀大锅里蒸窝头的干滚水。伙房里有卖粥与蛋花汤类，只因我和富云家境拮据买不起，喝碗热水已知足。

学校没有饭堂，开饭时大部分同学都会在伙房门口三三两两围成一个个小圈子，蹲在那里一起吃，也有的会端去教室与宿舍。富云我俩买好饭一起向教室走时，刚拐过伙房墙角就撞见了邻村的同学道如。

“昨晚去看电影是你骑车带的文雯？”道如与我小学及初中也是同学，因家里富裕些平时很牛气，摆出的那副趾高气扬之做派特招人烦。再者，在小学时因他讥讽与谩骂母亲的养子二宝哥我俩还打过架，由此一直对他心存厌恶。“是又怎样？关你什么事？”我这一回答噎得道如一愣，过了一会儿只见他斜着眼睛从头到脚看我一遍，接着又看看我端在手里的两碗热水，撇起嘴道：“瞧你那穷酸样，你也配？”道如问第一句话时我虽有不快，不过看到他充满嫉意的目光，心中还是有一丝丝得意的。待听过他后面这句话立刻大怒，将手中端的两碗热水兜头盖脸砸向了他。巧的是文雯此刻正好拐过墙角，无法下台的道如扑上来给了我一拳，接下来我俩就撕扯在了一起。有文雯在场，他和我自然是谁也不甘示弱，富云和其他几个同学是怎么也拉不开，直到接到报告的班主任李老师来后严厉呵斥过几句才松手。

“为什么打架？”打架的起因是为文雯，可这种争风吃醋的情由是无法说出口的，因而在李老师办公室，面对他的质问我和道如谁也不作答。后看到李老师目光严厉地瞪了过来，我才搪塞道：“没什么原因，我俩从小关系就不睦，今日一言不合就打了起来。”道如当然也不敢说出打架真相，顺着我的话点头称是。李老师又问：“谁先动的手？”道如与我还没回答，跟来的文雯指着道如对李老师道：“我看到是他先动手打人的。”

在男同学的心目中，文雯就是最完美的女神之化身，她在学校拥有众多的喜欢、暗恋及追求者。从初中也一直暗恋着文雯的道如，此刻面对文雯的指证，被我所泼的两碗热水烫红的脸瞬间变得似酱猪肝一般，并立马低下了斗鸡似昂着的头。李老师让文雯与富云几个跟来做证的同学先回班后，把道如狠狠批了一顿，旁边的我心里美得想唱歌。

下午课间，校园里跑进一头驴，一群男生围着它大声吆喝着取乐。刚和我打过架的道如跑上前将驴捉住，接着跳跃几次也没爬上驴背，之后还被驴给拖个嘴啃泥。他这笨熊样引得同学们一阵哄笑。我也是玩兴发了，再就是想玩他个难堪，就飞身上前一个腾越跨上了驴背，蔑视过道如一眼然后得意扬扬地满院子兜起风来。跑至大门口看到文雯及两个女生时，为逞能便使劲地抽打驴屁股，想让它跑得再快一些以让自己在文雯面前英雄般潇洒走一回。谁知那受了惊吓的驴发疯般狂奔了起来，在飞跃大门口那条排水沟时四蹄腾空向前猛一蹿，前后一纵身是一跃而过。骑在驴背上的我却摔在了沟沿上，一阵剧痛袭来，当场就爬不起身。在大门口聊天的几位同学被我狼狈的样子给逗乐，和文雯一起的两位女生也笑得直不起腰，只有文雯没笑，眉头紧皱的她眼睛里满是焦虑。富云和玉阁跑来将我架去学校医务室，文雯也跟在后面，医生检查一番说是脚踝脱臼，搬起来揉搓几下接着一拉一松，只听“咯噔”一声脱臼的地方就复了位。这一拽一松是无比疼痛，头上汗珠瞬间大颗大颗落下，可当着文雯面我将牙齿咬得“咯吱，咯吱”响却没吱一声，脸上还装出一副轻松的模样。“没什么大碍，养几天就好。”校医的话让文雯一直紧绷的脸渐渐舒缓了。

父亲来学校将我拉回家。第二天文雯趁午休时间给我送来了两张黑膏药，她没进屋，在院门口把膏药递给母亲，表示急着回校上课便即刻骑车离去。母亲将黑膏药用火烤热贴在我脚脖崴伤处，顷刻间一股暖意袭上心头，伤处似乎也不疼了。

昨晚被父亲接回家，母亲得知我是因骑驴而摔伤，其他的问都不问冲上来就要打，被父亲拉开没打成那也将我骂个狗血淋头。现贴完膏药才想起问原因：“咋摔的？”我也没隐瞒，把与文雯去看电影以及为此和同学道如打架之事的前因后果给母亲讲一遍。并言明自己之所以和道如赌气骑驴、打架，逞能的成分是有，但主要是因生气他时常在私下里散布文雯喜欢他、爱他这些侮辱性的言论等。

小学三年级那年，因道如侮辱母亲的养子二宝哥打掉他三颗牙后，没挨母亲打还问过原因，母亲的回答是“男子汉的血应是热的，看到家人受欺负就该冲上去”。再后来对又发生的几件打架事件也没挨她打做了总结之后，明白了母亲对在外惹事的孩子有三不打：一是为弱者出头不打，其二是为荣誉而战不打，三是为女人挺身而出不仅不打反而会得到表扬。

“做得对，儿子，还是我常说的那句话，不生事找事，可也不怕事。对辱骂自己的人就该还击，不能忍让太多，俗话说‘士可杀不可辱’嘛。为文雯打架也对，男子汉就该如此，就该保护女人，为自己喜欢的女人粉身碎骨都该。若做缩头乌龟那才该挨打，就不是我儿子。”说完这些之后忽然又笑道：“一个石槽上不能拴两头驴，除非一公一母。”母亲这句半真半假的玩笑话让我特下不来台。“妈，人家是和您说知心话，这什么意思吗？”“呵呵”笑的母亲来一句：“啥意思你不明白？”接下来笑声更高。

我生气了，看了母亲一眼转过身将后背给了她。然后拿起那张膏药皮翻来覆去地看，似乎非要从这张没有文字与图案的膏药皮上找出点什么不可。“文雯真是个好闺女，又好看又善良，唉，唉。”因不知道怎样接母亲这句话，只好不停地摆弄着手里的膏药皮。过了一会儿母亲又道：“人啊，有时候得信命，和什么争都可以，但不能和命争。”“妈，什么是命？”“我把你生在这个家里，这就是你的命，儿子，认命吧。”

母亲所言是不争的事实，人的命当然是父母所给予，一个人生在哪里命运自然会有所不同，谁都希望生在富裕的家庭里享富贵荣华，没人情愿落在贫困之家受苦受累。想来这应是天下人的共识。少年时，村里的私塾二先生在一次和我谈起学习之重要时，特意阐述过“命运”这两个字。他的解释是，人的“命”自己无法改变，“运”却可以转。不过他也说得很明确：“转运需要条件而不是凭空而来，前提就是认真读书，以待运机来时能把握住。”并再三强调：“这才是改变命运的根本所在。”以此为座右铭的我此时已不认同母亲所言：“妈，人可以信命，但不能认命。”母亲对我的话先一愣，继而笑眯眯道：“妈也不希望你认，那就时时激励自己认真读书吧。儿子，梦想是人前进的动力，不过你一定要清楚只有读书长了本事，梦里的东西才有可能变为现实。”母亲的话也让我一愣，愣的原因是没读过书的她怎么能和饱读诗书的二先生讲出同样的道理呢？这又怎么解释？母亲看我又是傻愣愣的没有回应她之所言，走过来捣捣我脑门：“你这个不着调的孩子，又傻呵呵地想啥呢？”嘴里责骂我的母亲脸上却没一点儿生气的迹象。

4

一个星期后受伤的脚已基本痊愈了，大清早就来到了学校。上课前李老师把我叫去办公室关起门严肃地道：“文雯父亲要你去他那里一趟，说有事谈，你知道是为什么吗？”文雯父亲是我同大队邻村人，我还没出生的时候他已入伍去了内蒙古，以前只闻其名没见过面，头些日子他来学校看文雯才见过一次，至于为什么找我还真不清楚。听李老师这么问，第一时间想到的是文雯遇到了什么意外，急忙问："文雯她怎么了？"不满意我这个回答的李老师脸色变得更阴沉，声调也提高了些："你和文雯是在恋爱吗？"

文雯人聪明、漂亮，说不喜欢她那是骗人。自初一那年见到她的第一眼心中就有些异样，就是现在只要遇到心中还会翻腾几个来回，总会自觉不自觉地多看她几眼。之前就有同学风传我俩在恋爱，这次一起去看过电影后此种议论更多，看来这股风应是刮进了文雯父亲耳朵里。

"没恋爱，只是对文雯有些好感而已，但从未往恋爱这方面想过。""我相信你，没有就好，不要早恋，早恋影响学习。其实我也没发现你俩有恋爱苗头，这一点我已对文雯父亲讲明。见到文雯父亲知道该怎么说吗？"这种通知去办公室谈私事的形式，明眼人都明其意，无非阻止我和文雯交往，远离文雯罢了。"知道，阐明事实，表明态度。可我和文雯又没恋爱，有必要去吗？""有必要。"李老师学识渊博，行事果断，说话也从不拖泥带水，"这次约谈之事，文雯父亲不想让她及外人知道，明白这里的意思吗？""明白。"

我们学校的班主任是跟班制，从高一开始直到毕业都是同一位老师。开学至今已和李老师相处一年多，他对我的脾气秉性是既了解又信任，听过我这一句比一句爽快之回复，他先前肃穆的目光变得柔和了，淡淡笑了笑，说句"稍等"自己转身走出门。没多久返回来又叮嘱道："已和文雯父亲联系好了，你现骑我的自行车过去。注意说话要稳重、不张狂，一字一句表述清楚。""嗯，嗯。"我边推车出门边应着。

迎面的风冷飕飕的，我心里却热燥燥的。文雯父亲是我县某单位一领导，我是一个出身农家的学生，两个人不仅年龄差距大，身份之差距更悬殊，自己刚才在李老师面前表现得很镇定，一副胸有成竹的样子，实则不然，心中像"十五个吊桶打水——七上八下"乱哄哄的。忐忑着来到文雯父亲单位，让人没想到的是他早已在大门口等候，见面还主动地问好握手，接下来十分热情地领我进办公室。

高高个头的文雯父亲身材魁梧健壮，国字脸鼻直口方，一头黑发剪得很短，脸上胡子也刮得极干净，宽宽浓眉下的那双眼睛明亮有神。进屋坐下，他先给我倒了一杯水，接着又掏支香烟递过来，见我拒绝就放入了自己口中。他平时应不怎么抽烟，点与吸的动作既不熟练也不洒脱。这天他找我来之目的是谈文雯之事，可能是此话题在两个男人之间不好开口，因而他“嗯”过几声才用“家里可好？学习好吗？”这些与主题毫不相干的家常话来做开场白。

往日无论是与人谈正事还是闲聊，自己的话一开口滔滔不绝地收不住，密得他人都接不上话，为此没少挨母亲的骂，李老师也多次批评“这是不尊重人之表现，是自大自傲的另一种形式”等。这天，一是心存抵触，其二因谈的是文雯，不由得生出一些拘谨。再就是对文父带有一些不满与排斥情绪，所以，他不问我就不吭声，他问一句才答一句，并且在回话中是省之又省，大多只有一个字“嗯”或“是”，最多也就两个字“还行”或“不是”。这种挤牙膏式的谈话使两人既别扭又难受，绕来绕去好长时间也没说到主题上，氛围尴尬，有些难以为继。

沉思着的文雯父亲，两只手轮番着一会敲敲自己的腿一会叩叩桌面，脸上露出了焦躁表情。母亲之前常骂我小人做派十足，原因是在和人谈话或争论中，只要看到对方露出短板之处便会现出一副或不屑或得意之嘴脸。此刻看到文雯父亲这般表现，我的情绪立马高涨了起来。

“来之前李老师已明示了您之所虑，要不我就从认识文雯谈起，将我俩的交往过程讲一遍如何？”“嗯，嗯，也好。这样，先谈一下你家里情况，然后再谈与文雯之间的事。”文父这句话一出口，对其用意我已了然于胸，可为了讲清问题，还是按其要求谈起自己家里情况。

“父母都是农民，天天忙着种地。兄弟姐妹有做老师的，有种地与上学的，家中房屋五间，且都是草房，其他没什么了。”说完这些，接下来就将从初一认识文雯直到现在的经过做了一番叙述，最后着重强调的是：“和文雯相识虽已有几年时间，可到今天为止我们之间没说过一句话。”“之前你们没交谈过，我信你所言，前些天她去给你送膏药，难道也没说话？”“是。当时我在室内躺着，她在院门口把膏药递给我母亲便即刻回了学校。”文父说话时威严犀利的目光直视着我，我回话时也没移开。

我家乡一年里四季分明，初秋气温凉爽宜人，深秋时节已有些寒冷，此时身穿夹衣的我已感到凉意甚浓，只穿件衬衫的文父却满头是汗。听完我回答，他忽然拍着自己油亮亮的脑门笑道：“看来是我神经过敏了。”“文雯善良热情，同学们都喜欢她，当然也包括我，但我从未表露过您所不希望的那种喜欢。”我这句话又使文父变得严肃起来：“嗯，嗯。小伙子，今天我们既然已把话说开，现有几句话想对你讲，愿意听吗？”谈话至此，对他接下来要说些什么我已能猜出个八九不离十，无非是年轻人要珍惜时光，认真读书这些老生常谈之语，不过为验证一下自己看人的眼光是否准确，也为探探他的水平如何，遂谦逊恭谨道：“愿听教诲，请不吝赐教。”

作为父亲，风闻女儿恋爱的消息后是既喜又忧，还有些许的酸涩。喜的是女儿已长大，忧的是高中期间恋爱会影响学业。此外一点是自己养大的女儿爱上了另一个男人，心中莫名地涌出了一股哀伤。当了解到与女儿相恋的是一农村的同学后，这些感受全消失了，换成了紧张。他自己也出身农家，对农村生活状况自然十分清楚，为了女儿的学业与幸福便决计阻止这一恋情。此时通过这一番交谈，他明白是自己多虑了，可为了防患于未然，决定把话挑明，彻底断了眼前这个孩子之念想。“嗯，嗯。青春年少之时正是读书黄金时期，要把精力用在学习上，千万不要早恋而误自己前程。那样你会后悔一辈子的，我想你也不会为此而耽误文雯吧？”不知是下意识还是为强调自己话语之重要，文父说这些话时右手指用力叩着桌面，语速一字一顿很缓慢。

“请放心，凡是影响文雯前程，有损她清誉的事我是不会做的，以前我俩之间就没什么，以后什么也不会发生。”见文父水平不过尔尔，我即刻起身表明了态度。“嗯，嗯。小伙子，希望你说话算数。另外我还有一个要求，今天我两人之间的谈话不要让文雯知道。”与文父交谈中，我始终是用谦逊而不谦卑的目光平视着他，现因对他心生鄙薄而换作了蔑视，带着一丝讥笑道：“这一点来之前李老师已交代过，我保证就是，无须赘言。”言罢连告别之语都没说就转身离开了文父办公室。

周末回家，走进自己房间就躺在了床上。天黑后母亲叫吃饭，我嘴里应着身体却没动。看我好长时间没出去，母亲进房间来催并顺手将油灯点着。“怎么不去吃饭？碰上什么不开心的事跟妈说说。”母亲关怀、殷切的目光让我特感动，遂把文雯父亲找自己谈话之事述说了一遍。其中对他让我谈家庭情况尤为反感，话到此处愤愤不平道：“这不是恶心人吗？我家情况李老师之前已对他讲过，干吗还让我再说一遍？其实，当时已明了其目的，无非就是让我时刻记住自己是个农民的儿子，不要对文雯痴心妄想，知难而退。这明显是在羞辱人嘛，况且我和文雯真的没恋爱，妈，您说我冤不冤，我比窦娥都冤。”

在我叙述时，母亲目光平淡，态度平静，其实她对文雯父亲的做法也很生气。按常理来说，发现儿女谈恋爱，作为家长若不同意，要阻止，那你对自己的孩子是批评，还是要打要骂随你，但不能反过来向对方施压责问，这么做往轻了说是护犊子，对人不尊重，实质上就是欺负人。然而此刻母亲对儿子心中的不平、愤怒的心理是同情理解的，可理解是一回事，却并没有顺着儿子的话意去谴责文雯父亲，担心那样会助长儿子的愤怨情绪，而不反思自己的不足之处。思之再三后，母亲开口道：“儿子，人常说‘婚姻要门当户对’，我家跟文雯家确实差太远。做父母的都为儿女想得多，都想让儿女结个好亲事，过上幸福生活，谁也不会把儿女往火坑里推，这是人之常情，包括我不也是如此吗？给你姐姐们找婆家不也是衡量来衡量去的？你不是也听到过‘嫁个官人做娘子，嫁个杀猪的翻猪肠子’这句乡村俚语？此言听起来有些搞笑，但也道出了女孩子找婆家选对男人之重要性。人家文雯父亲找你谈几句话没什么不合适的，婚姻大事父母把把关，既是分内也是应该的嘛，你去街上买棵白菜不是还挑来选去？”

母亲这将心比心的一番话让我心中怨气消去不少，不过嘴上还在表达着自己的无辜：“我知道自己斤两，喜欢文雯不假，可真没往恋爱那方面想过，更没有攀龙附凤之想法。”原本平心静气做着解劝工作的母亲听我这么说，笑起来道：

“男孩长大成人喜欢女孩很正常，见了漂亮姑娘多看几眼也无可厚非，你若是喜欢上个丑八怪的闺女我还不干呢。还有，攀龙附凤也没什么不妥之处，不过你首先得有那个资本。”母亲话到此处顿了一下，然后又严肃起来：“儿子，男女之间这种事风言风语一传，人们都会信其有的，他人误会就误会吧，久了自然就会清白，自己问心无愧就好。”

“文雯父亲什么人吗？敢作不敢当，谈话结束还要求我对此保密，不让告知文雯，真可笑。”已准备出屋的母亲看我思想上还是不通，也不再催促我去吃饭而接着劝：“这也可以理解，那是怕伤着文雯，女孩子脸皮儿薄嘛，你一个男子汉受点委屈算啥？没什么大不了的嘛，大度些，和文雯就断了吧，到此为止。”“本来就没影的事，无所谓断不断，以后尽量回避就是。”母亲看我思想上已转变并表明了态度，笑了笑道：“这就对了嘛，这才是我的儿子。”

“妈，开始我是不愿去见文雯父亲的，是李老师坚持才无奈去的。过后特后悔听他的这一建议了，若不去就不会落这一肚子气。”见我又纠结于这个问题，母亲又展开了一番疏导工作：“儿子，此言差矣，一个人若想聪明，一是读书，二是听明白人的建议。李老师见多识广，阅历丰富，要你去和文雯父亲谈一谈是正确的，去一趟这效果不是很好吗？既说明了问题，澄清了流言，又了断了烦忧，这对你与文雯不都是好事吗？俗话说‘听人劝，吃饱饭’，虚心接受善意提醒，善纳人言，便少走弯路，可省许多麻烦。世上有无数条弯路，若都去走走试试，那不什么事都耽误了吗？只有十足的傻瓜才自以为是，我行我素。所以，以后要多听他人建言，这样才有益于自身进步。”接着是一通训诫：“对你和文雯父亲的谈话，及你对这件事的态度我都赞成，可今天回家来这个表现真让人看不上。儿子，每个人都会遇上倒霉和不顺，但不能碰上个针鼻大的事就摆出个苦瓜脸，把不良情绪挂在脸上，要知道这是一种令人讨厌的表情。更不该像个娘们似的躺在床上不吃饭，这哪像个男人？男子汉一定要有男子汉的气概，什么事都敢作敢当，打烂牙和着血咽肚里。自己的委屈自己承担，不能把自己的不快传染给他人，这么做是一种极不道德的行为知道吗？你是我儿子，以后决不许这样，听见没？”

5

收到入伍通知书的第二天也收到了文雯让富云捎来的字条，言明某日设家宴为我饯行，还注明要约上富云和玉阁一同去。自和她父亲谈话后，我遵守了自己的诺言，在文雯面前总装出一副两耳不闻窗外事，把精力全用在学习上的表象，看她时多用余光，尽量避免和她的眼神碰在一起。所以，一年多来我们之间什么故事也没发生。接到文雯的邀请我心里很高兴，可碍于上次和她父亲的谈话，心中又有些惶惶然，想着自己已信誓旦旦地表态不再和她交往，现若去她家吃饭这不是食言吗？有伤自己颜面不说，还会让人瞧不起的。富云不清楚我和文父之间约定之事，可又不能对他言明，在去与不去这个问题上，我纠结了好一阵只好进厨房找母亲商议。

在给富云做荷包蛋茶的母亲听明意思，笑起来调侃道："你不是嫌我思想陈旧，是什么封建的残渣剩饭吗？高喊着要追求自由，怎么着？现在自由来了，我咋听出你有打退堂鼓的意思？不追求你的自由爱情了？"母亲说这些是因几年前，我反对同喜悦的娃娃亲事和她发生冲突时，指责过她与父亲思想陈旧，是封建社会的残渣余孽，今天让母亲逮到机会便调侃起我来。

"妈，我抗议啊。现在是商量正事，怎可借机取笑人？还要纠正一下您的说法，对文雯我只是喜欢不是爱。爱情，是世间男女因两情相悦而产生的最美丽之情，是相爱之人彼此心灵契合而孕育出的一种很崇高的情愫，岂能随意乱说乱表白？也不能用世俗东西来亵渎她。"话刚说完，母亲摇摇头不屑道："哟，还跟我拽文呢？别以为我不懂，我懂的，一个人喜欢那是单相思，两个人你喜欢我，我也喜欢你才叫相爱，对吧？"

母亲对男女情感这既简单又明了的解释让我很诧异，她既没恋爱经历，也没上过学，和父亲结合是父母做主、媒妁之言的传统婚姻。此刻听她如此解读爱情，让人实在想不出她是从哪里得来的知识与感悟，可又不得不佩服。"妈，解释得真棒，就是这个意思。不过今天不讨论这个话题，您说，对文雯的邀请是去也不去？”母亲的态度很坚定：“去。你和她父亲相约之事文雯并不知情，如今她还蒙在鼓里，俗话说‘摆桌子容易，请客难’，诚心诚意的相邀你不到，让人多难为情、多没面子？再说，这一年多你们不是也没什么交往嘛，心里没鬼怕什么？男子汉做事要光明磊落，大大方方，别缩着个脑袋跟乌龟似的让人家姑娘看不起。”

得到母亲的鼓励，到了相约之日便和玉阁及富云一起来到文雯在县城的家。她家住的是一个大院子，我们到时文雯正在院内忙着，一见面笑盈盈地将我们引进客厅。刚坐下她父母也过来问候打招呼，文雯父亲我已见过两次，她母亲则是第一次见，中等身材的文雯母亲着装考究，得体大方，她过肩的独辫很蓬松，束发的白蝴蝶结却扎了两个，这些看似简单却又独居匠心的装扮使她看起来年轻、有朝气又十分优雅，和文雯站在一起，一点儿也不像母女而像姐妹。她戴的浅褐色镜框的眼镜透着柔和，镜片后的目光却很锐利。

文雯给我们倒完水没多停又去了厨房，她父母则坐下来陪我们聊天。寒暄中主要是玉阁和富云在应酬，我是他们偶尔问一句才回一声，大多时间保持着沉默。这个场面使玉阁和富云很不习惯，以前无论我们去做任何事，在和他人打交道中主谈的都是我，他们两个基本都插不上话，况且今天我又是被请的主角。说话间他俩不时用眼睛瞄过来，我则喝茶抽烟假装没看见。聊了一会儿，文雯父亲站起身向外走时示意我也跟去。

随文父来到另一个房间，刚进屋文雯母亲也跟了进来并随手关上了房门。分主次坐下后，文雯父亲开口道：“嗯，嗯。你是个信守诺言的孩子，我喜欢。今天我们也不绕弯子，关于你和文雯的问题我原来意思不变，你们太年轻，不希望你俩过早涉足恋爱。”他的开场白使我明白，今天这顿饭还真有点“鸿门宴”的味道，心情随之沉沉的。

应是意识到了我心存抵触，文父说完这些便收回了直视我的目光，然后点起了一支烟抽着。我也点了一支烟抽了起来，不一时室内烟雾缭绕，呛得文雯母亲直咳嗽。大概担心我们谈话声音漏出，就没开门窗。僵持了一段时间，只听文母道："我家文雯从小生活在城市里，娇生惯养没吃过苦，你看她那柔弱的样子若去农村怎么生存？小伙子，明白我的意思吗？"文母这些话让我更生气，接到文雯邀请时心中的那份喜悦之情此刻已荡然无存。"我和文雯本来什么也没有，只不过是男女同学间有些好感而已，好感和恋爱相差十万八千里，这一点我母亲一个农村妇女都懂得，想来您们不会不明白这其中之界限吧？几年来我们之间没说过一句话，谈恋爱，谈恋爱，重在一个谈字上，有谁见过没有一次语言与肢体交流的恋爱？您们为文雯好我理解，我也不否认自己内心是很喜欢文雯，但我不自私，不会把自己的幸福建立在他人的痛苦之上。对自身条件我也有清醒的认识，请别担心，我不是您们想象的那种人。说句大不敬的话，是您们多虑了，您们和主观臆断的'亡斧者'很相像，是疑心生暗鬼，是神经过敏。"这一通连珠炮似的质问与指责，使正高高在上说教我的文雯父母二人刹那间面红耳赤，夫妻俩大眼瞪小眼好一阵子也没说出只言片语。

墙上时钟在"嘀嘀嗒嗒"向前走着，室内氛围冰冷到极点，让人感到此时呼吸声似乎都是多余的。文雯父亲又点起了一支烟，然后把目光转向了窗外。文雯母亲手中慢慢地擦着眼镜，心中却极为焦灼。前年风闻女儿同家在农村的同学恋爱，她一时间急得是寝食难安，想直接阻止，又怕女儿心生逆反而使问题变得更糟。后想到若男方不主动，女孩子由于害羞、矜持之特性，恋情就发展不下去。谋定之后便敦促丈夫找这个男孩谈了一次，问题的解决和自己预想是一样的，很顺利。前天，女儿提出要为此同学饯行时，她心中已不似上次那般紧张，想着还沿用这"釜底抽薪"之法便同意了。和丈夫议论中，当他说"这个男孩言语犀利，不易就范"时她还很不以为然，自负地认为自己做老师近 20 年，什么样的刺头孩子没见过？现经这一接触、交锋，看来眼前的这位的确是颗难剃的头。出师不利，脑海中却闪出了另一种想法，就是以自己的经验看，这类孩子往往有出息。"小伙子，你能讲出这些话证明你是个懂事的孩子，这让我们也放心了。今天我也给你透个实底，这次你入伍去北京如能干出一番成就，等文雯到了婚恋年龄，我们也会考虑你的。"文雯母亲是一名中学老师，出于尊敬师长之心，以前对她是存有一份敬仰的，待听过她这些“坦诚”之言，那份敬重顷刻间化为乌有，胸中的冷笑差点喷出，心中暗暗道：“此刻你嫌弃我，不让女儿同我交往，他日若我有了进步，决不娶你女儿。”

我以沉默以示抗议，室内又静默了，时钟的“嘀嗒”声格外刺耳。正思索着今天这顿午饭该不该吃，应酬是否还有必要进行下去时，只听文雯父亲道：“嗯，今天的谈话内容我还是希望不要让文雯知道。”“放心吧您，我保证。”不知为何，回过这句话时我胸中感到特委屈、悲痛，还伴有将要窒息的感觉。

“还有点儿事，告辞。”文雯母亲见我要走，急忙道：“还是吃过饭再走的好，为请你，文雯从昨天就开始和保姆一起张罗这顿饭，如你现在离去，她会伤心，也会怪我们的。”听她提到文雯我又犹豫了，可转念想到若待会儿自己情绪失控闹将起来，那对文雯的伤害会更大，于是道：“抱歉，请代我向文雯表示感谢。”

我刚要伸手去拉门，门被推开了。站在门口的文雯看看我又看看室内的烟雾，用手在脸前摆了摆：“抽多少烟呀，待会儿消防队都会来的。”说完自己先笑了起来，接着调皮的弯腰伸手道：“饭菜已上桌，各位请。”然后歪起脑袋示意我先走。原本去意已决的我看到文雯娇俏的笑脸，让人为之着迷的眼睛，那颗心一下又变得像嫩豆腐般柔软。更没出息的是眼眶都热了起来，咧开嘴强笑一下，刚要回话时看到文雯父母同时在对我使眼色，示意不要走。本性使然，自己在很多事情上总会表现出优柔寡断的一面，为此常被母亲骂不男人。这天又是如此，面对笑靥如花的文雯我犹豫了一下，然后大步走进了她家的餐厅。

饭桌上我基本没说什么话，酒却喝得格外豪爽，谁倒酒敬酒都来者不拒，目的是尽快把自己灌醉，来个一醉解千愁。此种心境下，喝酒没多长时间已是浑身燥热，有些飘飘然了，于是佯称已醉，将头靠在椅背上一言不发。对我这种表现心知肚明的文雯父母，讲过几句到部队后好好工作的场面话，就不再多说什么了。不明就里的文雯以为我是真喝醉了，先给倒杯水递过来，又关切地注视我好一阵，然后去厨房做碗酸辣汤端来并催我尽快喝下去。低头喝着酸辣汤，胸中的热辣是一股股往上涌，为防失态我极力克制着自己，将溢满眼窝的泪水又憋回，和着酸辣汤一起咽下。

“味道如何？”文雯的所问让我不知如何作答，确切地说，心中五味杂陈的我根本就没品出口中的酸辣汤是什么味道。“慢点喝，别烫着。”看我吞咽得太快，一旁的文雯又叮嘱着。一碗酸辣汤喝完我真醉了。玉阁和富云看出些端倪后怕我出洋相，两个人匆匆吃了点东西就扶着我离开了文雯家。告别时我没回头，文雯是生气还是担忧不知道。不回头首先是不想看文雯父母，更重要的是不敢看文雯那笃定是真爱的目光。

走出文雯家没多远酒劲涌上来了，就蹲在路边“哇哇”大吐，将中午吃的喝的一点不剩全吐了个干净。玉阁拍着我后背问：“咋回事吗？你今天的表现让人看不懂。”富云笑道：“准老丈人请客，乐晕了呗。”他二人所言让胸中塞满愤懑的我更加恼怒，高声道：“谁老丈人？这辈子我坚决不娶文雯，就是她父母用八抬大轿把她给抬来，我也不要。”嚷嚷完，撇下一脸茫然的两个好兄弟，我歪歪斜斜着扬长而去。

回到家，酒劲还没下去的我追着母亲，把今天在文雯家发生的事及自己心中的委屈竹筒倒豆子般说了一遍。我接到入伍通知书这几天来，母亲一直都乐呵呵的，现听我诉完苦，脸色又凝重起来。自己儿子嘴巴历来不饶人，遇事爱争论，这是缺点，是做人的大忌。一个人说话做事只管自己痛快，不顾他人感受，怎么能在社会上立足呢？根据自己几十年的人生经验，人在世上活得好与不好，成功与否，重要的一点就是为人处世咋样，这决定一个人的未来，关乎一个人一生之走向。“儿子，有人说‘嘴巴是心灵的门户，说话是门艺术’。是的，出色的口才会得到尊重。相反，口不择言，口无遮拦那会令人生厌。与人谈论问题语言要柔和，有理讲理不可过于辛辣，咄咄逼人。一句话可以暖人心，同样也可伤人。你今天表现可不咋地，出口伤人是其一，小家子气是其二。已给你讲过多次，儿女婚事哪个做父母的不担心？不过问？你一个大男人别太计较这些。”“不是我计较，是文雯父母太看不起人，视我为洪水猛兽，防我跟防贼似的。其实我心里明镜似的，他们并不是反对文雯恋爱，而是反对和我这种条件的人恋爱。”

过了五十岁之后，母亲教育家中孩子的时候耐心了许多，随之话语也越来越长，若在某件事上看你认识不到位，总是掰开了、揉碎了地给你讲，不说得你心服口服不罢休。“唉，你是我儿子，又读了这么多年书，咋还这般境界？怎么总跟个怨妇似的抱怨他人？经常教育你男子汉胸怀要宽广，要理解人，他人有个言高语低的不要去计较。儿啊，切记，做人要厚道。厚道是什么？厚道是与人为善，是诚恳，是待人宽厚不刻薄。要知道一丝刻薄就是一伤害，就是钉在人骨头里、内心里的钉子，伤人之深可以说是刻骨铭心的。文雯父母是长辈，要尊重为先，你今天的所作所为哪一点体现出了这种风范？诚然，他们口中的一些话是有点伤你，你咽不下这口气我也理解，但若换个角度去想呢？以此作为一种动力一种鞭策呢？儿子，你就要离开家离开我了，以后说话做事一定要三思而行，以不招人讨厌为第一要务，让他人和你相处不累尤为重要。否则，是不会有好结果的。还有，生气不如争气。明白吗？”

平时，无论母亲说什么我都会认真聆听，这天因自尊心受到了伤害，因而听完母亲这席话不仅没平静反而激昂起来，对着她宣誓似的又重复一遍已对玉阁与富云说过的话：“文雯我是不会娶的，就是她父母用八抬大轿给送来，我也不要。”“这不是废话吗？你已定亲喜悦，怎可娶文雯？”“我谁也不娶，我要打一辈子光棍。”我的纠缠及不听劝让母亲失去了耐心，瞪圆了眼睛的她用手在我头上重重戳了两下斥责道：“没出息的玩意儿，嚷嚷什么？灌两口猫尿就忘记自己姓啥了？这个世界就盛不下你了？”

## 6

入伍之初，训练之余就忙着写信，给父母的信寄出后，我吞下了自己“不再同文雯交往”之誓言接着就给她写，然后才是同学、朋友与亲戚。给文雯写信时想起母亲往日骂我那句“鸭子嘴，肉碎嘴不烂”的话忍不住笑了起来。信的内容很简单，就是汇报一下自己一路顺利及途中一些所见所闻等。文雯很快就回了信，内容除去一些注意身体的家常之语，就是让好好工作的鼓励之言，字里行间是品尝不到丁点儿情啊爱的味道。心中有没有一种超出同学友谊的关系存在，也只有她自己明白，反正信中是没有一点表示与暗示，和其他同学信中的内容都差不多。收到文雯回信我立马又给她写了一封信，这次信的内容长一些，主要写一些参观名胜古迹的感受及北京的风土人情等。信发出去好些日子也不见文雯回复，坚持着又等一段时间，按捺不住急躁心情又给她去了一封信。可境遇和上封信一样，石沉大海似的杳无音信。开始还自解自劝着文雯不回信的各种原因，是不是在忙于功课？生病？同时又担心着是否出了意外？反正是胡思乱想着各种可能。

不确定的等待让人极为痛苦，折磨得人心烦意乱。担心与烦躁交织在一起，很矛盾很挣扎地想着自己要不要再去信？再苦等回信？挨过一阵，因实在是放不下，就在写给玉阁的信中给文雯夹了一封，拜托他给送去。过些天玉阁回信告知已完成任务，信已当面交在文雯手中，还言明因送信文雯招待了自己一顿丰盛的午餐，并喝了她家半斤杜康酒。

收到玉阁回信后又过去好长时间，依然没收到文雯的只字片语。这由不得让人想到了另一层可能，就是文雯她不愿和自己过多交往，不愿关系走得太近，由此就不再给她去信了。碍于面子，之后给玉阁信中也没再给文雯夹过信，也没再提到过她。

情感岂是说放下就能放下的？信不写不等于是忘了文雯，脑海中还会时常出现她的影子，记着她的一颦一笑，一言一行，想着和她的初识，以及自己摔伤后她送膏药，还有来京之前为招待我她主妇似的做饭等。每每记起这些，心中泛起的都是甜蜜。有时想到文雯对同学们都挺好，对自己表现出的热情可能仅是同学间的亲情与友情而已，是不是自己想多了？这种意识在思想里占主流后对她的思念就渐渐淡去，纠结也随之减少、消失。

七夕节这天收到了玉阁的来信，说文雯考上了省城某师范学院，走之前他们还在一起聚餐庆贺。得知这个消息虽为文雯高兴，不过也只是在心里为她默默祝福，在给玉阁回信中没回应此事。几年后玉阁来信说文雯已结婚，他和富云一起去参加了她的婚礼。知晓这些我心中虽然没翻起浪花，但也荡起了无数涟漪，这封信拿起又放下，看了又看，其中那关键的一行字看了无数遍，胸中涌起的酸楚折磨了自己好些日子。

母亲第一次来京聊天中也提起过文雯，说我刚走没多长时间她随剧团来乡里演出时还往家里送过戏票。母亲言罢我没追问什么，只淡淡说了句："与文雯早已不联系了。"母亲第二次来京告知我文雯已结婚时，我虽早已知晓此事，可听到母亲说起心里还是很不舒服。"文雯结婚的事已从玉阁和其他同学来信中知道了，据说那个男的家庭条件不错，父母都是干部。还听说文雯刚去省城读书两个人就谈上并订婚。哼，当年她父母反对我与文雯交往的理由说得多么冠冕堂皇嘛？什么文雯年纪小，年轻人要以学业为重，青春年少之时是读书的黄金时期不可耽误等。可从反对我和文雯来往到支持她和现在的丈夫恋爱，中间就几个月时间文雯就长大了？不就是恋爱的对象不同吗？看来这人啊，谁也走不出这生活俗套，文雯父母如此，她亦如此。"

"男子汉对人要宽宏大度，不可对过去的事揪住不放，更不能遇上个事就怨天、怨地、怨他人，这样会影响你的认知，看问题就不会全面。"这是母亲以前教育我时常说的话，此刻见我对文雯及她父母出言皆不逊即刻道："儿子，别瞎说。我看人眼光一向很准，文雯不是那种趋炎附势的姑娘。听说，听说什么？你永远不要从他人嘴里去评价另一个人，那出入太大，东边刮风西边冻死人的不可靠。以我分析，文雯这么早结婚应是她父母作用大些，在婚姻上很多女孩子都拗不过父母的，何况文雯性格又那么柔弱。再说你和文雯又没什么约定，人家结婚与否是人家的自由，不许说文雯坏话。儿啊，事情已过去，该放下就放下吧。""当年心里是很喜欢文雯，但从不敢有娶文雯为妻之奢望。我很清楚，在她父母眼里两家差距是一条不可逾越的鸿沟。对于她父母极力反对我俩交往，那个时候心中是很不服气，等后来文雯不再回信，这让自己也冷静了下来。看到一本书上'爱情既抵不过时间，更抵不过现实'这句话认真思考后，就理解了文雯，同时也理解了她父母。是啊，自己没什么过人本事，家里条件又差，让文雯跟着自己吃苦受罪那不是害人家嘛？想到这些对文雯也就没什么想法而彻底放下了。刚才那些话只不过是发两句牢骚而已。”母亲赞赏了我的态度：“是啊，能看开这些才像个男人嘛，不过以后牢骚也少发。”

这次和母亲交谈之后，文雯就很少在我脑海中再出现，偶尔想起也是一闪念的事。同学们和我联系中，不知他们是有意回避还是怎的，也再没人向我提起过文雯。书上的“时间是最伟大的作者，它永远都会写出最完美的结局”这句话开始自己还不怎么认同，可随着时间的消失接受了，文雯在我心中也完美地消失了。

7

“你明天快去，儿子，快去看看这文雯闺女，唉，咋走到了这一步呢？”在李老师处得知文雯的不幸消息，心中是又哀伤又焦躁，这让我明白文雯在自己内心深处还是占有位置的。回到家对母亲讲起文雯近况，刚说个大概，母亲就拍着桌子吩咐我。“去看文雯要先去她父母那里要地址。妈，您说是让富云一个人去要呢？还是玉阁我们仨人一起去？说心里话我真不想去见她父母。”话音刚落，母亲立刻从凳子上起身指着我道：“一起去。你是去看文雯又不是去做贼，躲着藏着干啥？”

入伍来京之前，在文雯家喝完饯行酒回到家，听我诉说过自己在她家所受的委屈后，母亲表面似乎不在意，但实事并非如此。“那年对你劝归劝，其实我心里也窝着一肚火。儿子，现你已留在京城工作，干吗不堂堂正正、大大方方去一趟？哼，当年他们看不起我儿子，现在让他们后悔去。”“妈，留在北京工作又怎样？不还是个普通人吗？您不是常教育我做人不能翘尾巴。”“做人是应谦逊，不能翘尾巴，不过这次在文雯父母面前过分一点也无妨，这虽是一句气话，却也是我的心里话。唉，不说这些了，去看文雯才是头等大事。儿啊，事急，你别再瞻前顾后的，文雯姑娘现在心里肯定特苦特难受，需要人安慰，明天早早去。”第二天母亲天不亮就起床做好早饭，然后催我快吃早走。临出门又叮嘱道：“见到文雯姑娘说话要注意分寸，那姑娘脸薄。”

富云及玉阁我们一起来到文雯家，她父母乍一见我显得又惊讶又不自在。两位长辈的变化之大让我也十分吃惊，文雯父亲的身材发福很多，驼背、大肚子的他看上去矮了不少。原先浓黑的头发已全部消失，头顶上光亮亮一片，只有脑后还有少许的白发，眉毛稀疏，眼睛也散淡无光。文雯母亲的衣着还是很得体，举止也保持着先前的矜持，但目光凄楚、神情萎靡，腮帮塌陷、面部肌肤下垂的她老了许多。待玉阁问起文雯学校地址，并表示要陪我一起去看望时，老两口面面相觑好一阵又同时转过脸看我。文父脸上的肌肉在抖动，眼睛红红的，她母亲的泪水已溢出了眼窝。“谢谢！谢谢！你们，你们都是好孩子，好同学。”然后又哽咽着说出了文雯所在学校的地址。

辞别文雯父母刚走出她家院门，背后就传来了这两位门第观念极重之人一声高过一声的“是你害了我女儿”之争执声。

我家乡地处秦岭之余脉伏牛山南麓，属于汉水流域，地势北高南低，出县城向北没多远就进了山。起起伏伏的山路骑行很困难，大多时候是推着自行车。赶到文雯所在村子山口，我三人个个是汗流浃背。看着村边一高台处的几间新房及房前木杆上飘扬的红旗，富云指向那里道：“那应是文雯所在的学校。”学校距大路边还有几百米的样子，之间是一条小路相连，沙土路面上坑坑洼洼的还是一大坡道。

多年没见到文雯，心里又紧张又激动，玉阁与富云也很兴奋，边走边大声呼唤着“文雯，文雯”。喊着走着，走着喊着，我们仿佛又回到了学生时代，几个人发一声喊，比赛似的朝着高台处飞奔而去。

快速冲到坡顶，看到的这座乡村小学着实是太小了，就一间教室和一间老师宿舍。因是周末教室里空无一人，推开虚掩着的那间宿舍门看到了一个小女孩坐在床上。她一岁左右的样子，见到我们一双大眼睛滴溜溜地转来转去。玉阁：“文雯的女儿。”我静静注视着这个小女孩，想从她那里找到文雯的影子。小女孩笑了，边笑边冲着我“啊，啊”打招呼。伸手将她抱起，她“啊，啊”声更大，逗得我们跟着她一起笑。

在室内坐了一会儿不见文雯露面，玉阁道："文雯这是什么意思？莫非是不愿见我们而躲了起来？"经玉阁这么一说我心里也感到有些奇怪，嘴里却道："应该不会，躲我们干吗？难道为躲我们孩子也不顾了？可能是去附近办点儿事。"这句话显然没说服玉阁，他笑了下然后和富云一起走出门。

抱着孩子在室内溜达着，这不大的房间里摆设很简单，靠最里面放一张床，墙角处码放着几只箱子，挨床放着一张没抽屉的书桌，上面放满了课本与作业本。打开一本学生作业，看到上面批改的娟秀字体，心中是格外的亲切又激动。

教室里的座位安排，通常都是女生在前，男生在后。不知为何我们的班主任李老师却是纵向安排男女生的座位。文雯与我在男女生中都属于中等个头，这样我俩的座位是同一排，她在左，我在右。文雯写字时神情恬静、专注，写出的字秀气、规整。我在课堂上因时常偷看文雯写字发呆而遭玉阁白眼，也挨过老师的粉笔头，当时被弄得大红脸特不好意思，现在，忆起这些还让人忍俊不禁。文雯女儿也被我的快乐所感染了，笑呵呵的她舞动着双手，一会揪我的脸一会又揪我耳朵。

玉阁推门进屋，身后还跟着一位中年妇女和两个十来岁的小姑娘。来人介绍自己姓宋，家住村里，与文雯是同事，又说文雯已外出办事，拜托她来接孩子。"文雯她什么时候回？"宋老师摇头答："不清楚。"两个同来的两个小姑娘对我所问也摇头同声道："不晓得。"宋老师从我怀中接过孩子，告别时这个小人儿又大声对我"啊，啊"着，她稚嫩的声音给我空落落的心里带来了一丝慰藉。

"文雯女儿真可爱，对您这么亲热是有缘啊。"此时，我已接受了玉阁之推断，文雯是在故意躲着不见我们，因而对他的调侃之言只好以苦笑作答。玉阁递过一支烟并示意离开，心有不甘的我边抽烟边走向一高台处。

学校四周鸦静雀默，山村里阒无人声。此刻，我特想扯开嗓门喊文雯，可碍于面子只好在心里一遍遍默默地呼唤她的名字。时间在一分一秒地流逝，太阳已西斜，木木的脑袋里竟冒出了一种奇思，想着文雯若在此刻突然现身自己该如何面对呢？是飞奔下去拥抱她好呢？还是就这样站在坡顶静等她到来？受这一妙想鼓舞，接下来烟也不抽了，气也不敢大喘，瞪大眼睛时而扫视一遍脚下的沟沟坎坎，时而又搜索着山村的每一处犄角旮旯。遗憾的是，直到玉阁和富云过来再一次催促离开，文雯也没露面来配合我这一浪漫的、玄幻的想法。“别一步三回头了，小心看路。”下山途中面带苦笑的玉阁一次次地提醒我。

骑一天自行车身体很疲惫，没有见文雯心情又很失落，晚饭后也无心陪母亲聊天，而坐在院内的捶布石上闷闷抽烟。母亲端过一杯水道：“人啊，都这样，身体与精神状态不好时大都不愿见外人。”“不会吧？我在文雯那里不应是外人吧？”“别着急儿子。”“妈，我假期就剩几天了，能不着急吗？已和玉阁与富云商定，明天休整一下，后天再去。”母亲心里其实比我还急，自昨天得知文雯生活不顺后一直紧皱着眉头，嘴上虽劝着我，自己心中也是十分的焦虑。“儿子，去吧，别说你放心不下文雯，我这心里也放不下这闺女。要不后天我和你们一起去？”“妈，您先等等，去了见到见不到还是个未知数，我先去看看再说。”

隔天，玉阁及富云我们又一次来到文雯所在的山村小学，这次接近村庄时我们几个没有声张，而是悄悄推车上来的。宋老师正在给孩子们上课，看到我们，走出教室道：“文雯已外出，要过些天才回。”望着略含歉意的宋老师，我仨即刻都成了没嘴葫芦，过去好长时间谁也没吱一声。临走前在宋老师处借来纸和笔，给文雯写了几句问候话并留下了自己的通信地址，言明希望相互通信等。玉阁与富云也各写了几句话，表达着对她的惦念与关怀。宋老师接过字条悄声道：“我认识您。”见我愕然，她马上又道：“是见过照片，就是您们班的那张集体照。文雯时常拿出来看，并多次向我介绍您。”宋老师的解释让我已有些冷却的心复又燃起一丝期盼，可她后面的话又让我忽地跌进了冰窟窿。“我建议您以后别再来，别再联系了。”说完又庄重地对我点点头。“谢谢，谢谢提醒，我明白这其中的道理。可，可，可我做不到啊。”说这些时我脑袋一阵眩晕，心里一通颤抖，嘴唇也不由自主地哆嗦着。

回京后连着给文雯写了两封信，她都没回，春节前我又给她写去一封信，过些天信被退回，上写着“查无此人”。过完春节富云在来信中告知，文雯已去内蒙古工作，地址不详。

8

时间飞逝，两年多后的春节前我又一次回乡探亲，这是我来京近十年时间里第一次回家过年，因所带东西较多，就提前给家里发了个到车站接的电报。到家这天，弟弟来镇上车站接我。家乡这条铁路是东北稍偏西南的走向，车站建在路基南侧。和弟弟走出车站，北方凛冽的寒风迎面吹来，激灵灵打了一个冷战后心也紧紧地团在了一起。

路两边大树上光秃秃的没有一片叶子，地上寥寥落叶被风吹地“哗哗”作响，飞舞翻滚着寻觅藏身之地。毫无生机、一派萧瑟的原野苍凉寂寥，这让原本怀有的欣赏家乡风景之情怀也随风消失了。

走进村庄景象却大有不同，乡亲们有的杀猪，有的宰羊，更有那迫不及待的小朋友已燃放起了鞭炮。家家炊烟袅袅，处处溢满了香喷喷甜蜜蜜的味道。欣赏与享受着这熟悉的家乡风景风情，心中幸福满满。忽然弟弟对我“嗯嗯”两声后并示意看前方。已接近村尾了，前方路上没人，只有左侧路边一户人家大门口站着一怀抱小孩的年轻女子。“怎么了？”“喜悦。”弟弟的回答让我恍然大悟。是的，门前的女子正是喜悦，此处是她家的房子啊。之前从家去镇上赶集，这里是必经之路，只是多年没再走过这里已忘记了。

眼前的喜悦和上次在学校看到时变化不大，模样依旧端庄，白皙的肤色在阳光下格外的细嫩鲜亮。那双大眼睛看人时目光依然纯洁、质朴，只是身材圆润了些，已不似少女的单薄，少妇韵味十足。

双方父母给我俩定的婚约，几年前已被我退掉，此刻偶然地碰面令人尴尬，几经挣扎后才挤出些笑意走上前对她点点头以示问候。这次喜悦没回避，瞪着那双黑幽幽的眼睛直直望着我。虽与喜悦自幼就定了亲，可由于那时年少，两个人从未交往说过话，此一刻依然不知该咋开口。戳那老半天才指指她怀中孩子问：“这是您小孩？”喜悦点点头没出声，泪水却静静涌出。

天生就见不得女人哭的我无论何时何地只要看到女人流泪，那颗心立马就会软得一塌糊涂，接着是晕头转向，语无伦次。母亲为此常骂我是呆痴，朋友们也戏称这是花痴，我则辩曰：这是骑士、是大丈夫之表现。这天我的表现又没走出这一老套，面对泪眼婆娑的喜悦，我僵硬地站在那里好长时间也没想到第二句话，只会翻来覆去地重复着：“别哭，别哭。”这苍白无力的劝慰适得其反，惹得喜悦更伤心，泪水像珠子似的大颗大颗倾泻而下。

第一次我回乡探亲退婚后，妹妹也告知我喜悦为此很痛苦，那时心中也有些许不安，但也没太在意，认为喜悦年纪尚小，哭过几次就会淡去。当时既没有想到自己的悔亲，会给她带来的伤痛如此之深，更没想到小小年纪的喜悦会对我们之间的婚约如此认真与执着。此时面对无声哭泣的她，我深为自己当年的轻率行为而愧疚，可水流花落，还能说什么呢？

弟弟过来拉我离开，走出几十米转回头看到抱着孩子的喜悦还站在那里时，我忽地想起喜悦的孩子是自己的晚辈，按乡俗第一次见面应送上些见面礼以示祝福，于是掏出二百块钱给弟弟：“帮我送去给喜悦的孩子。”“我不去，碰到她丈夫咋说嘛。”弟弟的拒绝使我也犹豫起来。自己和喜悦之前的婚约这个村子的好多人都知道，她丈夫是否听到风声也未可知，若碰上是让人难堪。可想到双方父母在我俩订婚之前关系就十分要好，两家早已携带礼物相互走动，这在乡间就算是一门亲戚，那亲朋好友之间送给晚辈一点见面礼也是人之常情嘛，想到此就返回来把钱递给喜悦。喜悦不接，见我有把钱往孩子衣兜里塞的意思，她抱紧孩子躲闪着。推来挡去中碰到了她的手，那只手冰冰的，可滴在我手上的泪珠却滚烫滚烫。这热热的泪水让我的心随之猛一抽，继而隐隐作痛。

得知我回来探亲的消息，喜悦心中的伤感及怨恨一直在纠结着，同时也被折磨着。对于长辈给定的这门娃娃亲，儿时懵懂，不甚了了，那时对眼前的这个人只以为是一亲戚家的大哥哥。稍大些明白了两个人之间的关系后，心中只是生出了一分好奇，其他也没什么。高中时的那次相见使她心中即刻就被兴奋与欢愉充盈了，头一个星期特激动，脑海里还生出假期期间到北京旅行，及努力学习，争取考上北京的大学，之后俩人一起在京生活之想法，同时那些天还怀有此人再到学校或到家中看望自己的祈盼。一个星期过去了，半个月过去了，人没盼到，得到的却是退亲之消息。她哭过、怨过、恨过，也发过自此再也不见这一负心人的誓。今天的等候本想是见着此人后奚落、斥责几句，以泄心中的委屈与恼恨。

人，往往是左右不了自己情绪的，常常违背自己发过的誓言。此时的喜悦为此很生自己的气，可之后想说的话依然一个字也没说出，泪却依旧不止。“啪”，喜悦抬手打掉了我递上的钱后，转身进了院子并随手关上了院门。她的这一行为让我蒙了，戳在门口好久不知如何进退。直到弟弟走过来捡起地上的钱，又一次拽我离开。走远了，回过头看到抱着孩子的喜悦又回到了门口在遥望。

生活中会有很多不期而遇的事，可这天和喜悦的邂逅让我意外又好奇。“今天和喜悦碰面是巧遇呢？还是？”“谁家来了电报，大队里人懒得送，就用大喇叭喊你去取，还会将电报内容给读一遍。因而你哪天回坐哪趟火车差不多全大队人都知道，喜悦应是听到了消息吧。”弟弟的话让我心里又是一番五味杂陈，又是一阵阵的紧抽。“喜悦咋这么早结婚？”“不早啊，农村人高中毕业没考上大学一年半载后都会结婚。”“听说喜悦读书时功课还行，怎么没考上大学？”“是啊，我也听妹妹说她功课挺好的，为何没考上大学是让人纳闷。她和妹妹是同班同学，到家问妹妹吧。”弟弟的话让我缄默。

“这喜悦是个念旧之人，这些年在镇上赶集只要碰面她都会喊着我的小名打招呼，实际上她年纪比我还小几岁，大概在她潜意识里还认为自己是我嫂子吧。”说完这些弟弟笑了起来，我没有跟着笑，而在默默地回想着喜悦那滚烫的泪水及那哀怨中含着柔柔情意的目光。唉，感觉心都要碎了。

在家读书期间因不满父母给定的这门娃娃亲，和他们是文里武里斗过多次，入伍后也几次向母亲表明态度，要求退掉这门亲事。母亲她担心我打光棍便存了私心不退，直到我第一次回来探亲没去喜悦家探望，才算彻底结束了这一婚约。

母亲自然是反对退亲的，可因拿我没办法只好自嘲一句：“唉，猫老了，耗子都不怕啊。”也无奈着接受了。

“凭良心。”这是母亲常挂在嘴边的三个字，也是村里老人们的日常用语，意思是无论做什么事、说什么话都要对得起自己的良心。还有一层意思是以此为尺子来衡量一个人的品行及所作所为。平心而论，母亲历来做事光明磊落，坦荡如砥，唯独在喜悦这件事上因无力左右我而对不起人，这让她对喜悦总怀有一种愧疚感。

“唉，唉。”饭桌上母亲听弟弟说完与喜悦之相遇，连叹了两声又道：“儿子，咱家对不起这闺女啊。”接下来听到喜悦拒绝我递上的二百块钱时，母亲看我的眼睛瞪得圆圆的，我以为是她嫌给的少，急忙辩白：“那可差不多是我四个月的工资啊。”“给晚辈掏见面礼这自然不少，可我家欠这闺女的情是两百块钱就能补上的吗？”面带愧色的母亲说话时还摇着头。

从小我就比较听大人话，又因对母亲十分敬佩，所以在任何事上对她的决策可以说是言听计从，唯有在婚恋之事上我俩时常起争执而被母亲骂。这次我又做好了挨骂的准备，可这天母亲竟一反常态没斥责也没骂，而是赞叹过一句：“那是个有情有义有志气的闺女啊。”接着讲起了一些往事。

一次母亲头晕去镇上看病碰到了喜悦，她是忙里忙外帮着看病抓药，然后还叫来自己丈夫一同把母亲送回家。“此时我才知喜悦已结婚，婆家就在镇医院旁边。这闺女不仅心地善良，人还勤快，进门就忙着点火熬药。柴湿不好烧，呛得她鼻涕眼泪往外流，脸上熏得是白一道黑一道，跟唱戏的大花脸似的。她照着镜子在那里哈哈笑，那笑声多好听啊。”母亲讲得动容，可见我听后只是不疼不痒、不咸不淡地咧嘴“嗯嗯”两声没呼应，这让她是又生气又失望，起身上前恨恨地捣了我脑袋几下又道：“这么好的闺女你为什么不娶呢？唉，你真是个不懂事又任性的二杆子货。”

母亲年轻时批评教育我一般都采用巴掌与鞋底，随着年纪增大如今大多是用手来捣我脑袋，不过这捣脑袋也有讲究，下手的轻重取决于她对我是一般的生气还是特生气，轻则轻，重则重。母亲这天应是特愤怒，下手时就没怎么客气，疼得我龇牙咧嘴出声求饶才作罢。接下来知晓喜悦怀抱的是一男孩，刚坐下的母亲一拍腿又站起身指着我脑门骂道："不懂事的玩意儿，要不那就是我的孙子。""妈，您咋知道喜悦嫁过来就一定能给您生个孙子？""我会看啊，当年我就看出喜悦那身型就是生男孩的身型。"然后母亲没例外的又骂了我一通。

第二天妹妹回家后，进门就掏出一套秋衣裤递过来："家里没暖气室内阴冷，多穿点，别冻着。"见我要表达谢意又马上道："别谢我，这衣服是她人所送。""噢，看来我也是个人物嘛，离家这么多年还有人如此的关心，真让人受宠若惊啊。妹妹，别卖关子，快说是谁送的？""喜悦。"妹妹的回答让特意外的我直愣愣地看着她。昨天见面喜悦她一直在哭，送她孩子的见面礼也不收，想着她心里一定还装着恨。今天托妹妹送套衣服让我一时糊涂了。

"哥，这确实是喜悦所送。昨天下午她来我单位讲了你们见面之事，说自己当时太冲动，过后想想也很后悔。她说了，让你把红包给准备好，下次见面要给她儿子双份礼。另外，看你穿的单薄就买了这套衣服，自己没时间让我带给您。"听妹妹说完这些，一下子被喜悦的细心关怀所感动，衣服还没穿身上心中已是暖意融融。

"喜悦怎么没考上大学？""高中最后一个学期我辍学在家，喜悦她为何没考上大学是否有其他原因我也不清楚，但您退婚之事对她肯定有影响。"妹妹的话使我那颗收到喜悦礼物暖融融的心瞬间寒彻，且深为自己当年之鲁莽做法伤害了情窦初开的喜悦而自责。

入伍前喜悦年纪太小，上次在学校见到时她依然是个青涩少女，从异性角度来讲她对我是没什么吸引力的，我俩除去大人间的约定没有丁点儿情感上的交流。所以对自己毁约，追求自由婚恋认为是理所应当之事。坦白讲心里从未有过自责，更谈不上什么负罪感。这次和喜悦虽说还是萍水相逢，可她那哀伤的泪水及那幽怨的眼神，还有弟弟与母亲对喜悦所作所为之叙述及评价，再加上她又托妹妹捎来秋衣裤，才使我在此事上产生了深深的自省。

城市里，首先是鲜有娃娃亲的现象存在，男女恋爱交往过一段时间，无论男女哪一方提出解除关系，另一方心中肯定也会有这样或那样不适与痛苦，熟人之间也会有议论，不过人们大都能理智接受。这种事是不会对自己人生轨迹产生多大冲击、命运带来多大影响的。但在封闭的乡村，人们对娃娃亲还是认可并信守约定的，质朴的人们对约定俗成之事还都极力维护着。退婚那年喜悦正值花季怀春之年龄，对婚姻爱情也一定和常人一样怀有一份美好的情愫与向往。环境使然，她会把对爱情的渴望及自己的未来都寄托在我身上，还会想当然的将两人命运也牵在一起。我毁约后小小年纪的她除了认命接受，暗自垂泪还能怎样？这种打击说一个少女能坦然面对，在学业上不受影响那是自欺欺人，是矫情。就像人手上扎根刺一样，它是不会危及生命，可那种难受与闹心会让人产生极大的负面情绪。望着眼前喜悦送来的秋衣裤，想着自己退婚的行为就是在关键时期扎进她心中的一根刺，一定会使她坐卧不安，痛苦无比。

自小学直到高中，喜悦的学习成绩在班里一直都名列前茅，没考上大学想来想去除了是受此影响还能是什么呢？自己所问真是弱智，能不遭妹妹白眼以待吗？又想到以喜悦的聪慧，若能考上大学受过高等教育，那她的人生定会产生质的飞跃，定会有一个更美好的前程。可心地善良质朴的她受到如此之伤害，这次见面对我不仅没斥责，还以德报怨，送来秋衣裤。她宽厚待人、严于律己的品德真让人自叹不如。

“喜悦没考上大学是挺遗憾的，不过她婚后生活十分幸福，聪明又能干的她在镇上开的服装店生意不错，丈夫也是个实在人，对她是关爱有加。两人齐心协力又加上经营有方，这些年赚了不少钱。去年在镇上盖了座楼房，楼下经营生意楼上住人，小两口日子过得是红红火火。”从妹妹口中得知喜悦现在日子很幸福，自己那颗自昨天见她后一直忐忑不安的心才稍稍平复了一些。

## 9

人常说“无巧不成书”。世间事的确是有太多的巧合，不过某件事若重复过多次，就让人不得不怀疑是造物主在有意为之。在家乡和我有情感纠葛的喜悦与文雯，她们之间既不认识也从无往来，可巧的是俩人似乎约好了一样，每当我遇到这一位时另一位也一定是如影随形般接着出现，仿佛是冥冥之中上苍给预定下的剧本。13 岁那年我因拒绝去喜悦家走亲戚刚挨过父亲打没多久，接着就和文雯别离；入伍前头天参加过文雯设的饯行宴，隔日就被喜悦家宴请。第一次回乡探亲在学校遇见喜悦，没两天就听到多年没联系的文雯之消息，这次又是如此，节前遇到喜悦，节后就见到了文雯。

回到家第二天，同学玉阁就相约去富云家相聚。富云这些年来生意做得好，已在市里买了房，日子过得是芝麻开花——节节高，一天比一天好。他家距车站很近，同学们往来经过市里，厚道的富云都会帮助买票接送什么的，有时因误车或买不到票还会在他家住上一两晚上。大家都笑称富云家是我们的接待站。

自见面起我们一直是热情地聊着，话题大都是老师与同学们的生活工作之事。现富云消息灵通，自然都是他在做介绍，谈到文雯我是格外关注。“这几年文雯都在内蒙古工作，去年春节才回来了一趟，她父母已退休，经常回乡下住。”虽说和文雯已多年没来往，每当听到她的消息心里还是不平静，遂要求富云：“介绍得详细些嘛。”

“这么久了，对文雯还没放下?”“真心喜欢过爱过，哪有那么容易就放下的?”玉阁顺着富云的话意这样感慨着。

是的，因为深爱而放不下，才会想知道对方的一切，才会格外关心对方的消息。也正是因为心里有对方，就更想知道她现在在干什么？想知道此时的她是开心还是难过？想知道她近来过得好不好？“快说富云，知道多少说多少。”“您知道文雯平时就矜持，有些事她不说也不好多问，所以对她近况也了解不多。”富云所言的确是实情，初中同窗一年不仅我和文雯没说过话，她走后我问起富云，才知他二人也没交谈过。高中期间因有这样那样的忌讳，和文雯还是没有单独聊过天，就是眼神的交流也没有。“也是，文雯平时就不爱多言，要不同学期间别人都说我俩关系好，在恋爱，其实我们一句话都没说过。确切地说我和文雯的关系应是在友情以上、恋人未及这个层面上。”玉阁对我所言的真实度表示怀疑：“当真？不会吧？”富云立刻给我做证道：“是真的，一次文雯也表示他们之间没交往过。”

这天上午陪母亲去一亲戚家刚坐下不久，父亲就带着玉阁匆匆找来了，见面问候话都没顾上说玉阁便拉起我往外走。脸色极难看的玉阁拉我的手也在哆嗦着，走出院门已泪流满面。想来肯定是出了什么意外之事，要不平时性格沉稳，似乎天塌下来也不紧不慢的玉阁不会有如此表现。“玉阁，出了什么事？”“富云去世了。”闻此言我脑袋“嗡”的一声变大，一阵眩晕袭来，整个人头重脚轻地晃了几晃。“什么时候？”“前天晚上。现富云已拉回村，上午就要下葬，详细情况路上说。”母亲也已从父亲那里知晓富云之事，走过来叮嘱道：“记着，多安慰富云父母两位老人。”

“富云是脑出血去世，前天下午他正打着电话谈业务，突然趴在了桌上，家人将他送去医院，晚上九点多人已咽气，昨天半夜拉回了村里。我是早上接到的通知，在他家没见你，才追了过来。唉，富云这些年太拼了，之前他开了个榨油房，产销都是一个人在做，每天是二十四小时连轴转，晚上榨油白天卖，只有在没客人的时候才打个盹。现油房刚扩展为工厂，生意也逐步走上正轨，怎么会落下这样的结局呢？富云他这么拼是何必嘛。”玉阁父亲在市里工作，他自小衣食无忧，高中毕业不久就接班到县城某单位上班，对农村的困苦日子没有我和富云体会得那么深刻。富云父母也都是农民，家里条件也很差，第一次高考距录取线只差五分，可第二年因家中已无力再供他复读而遗憾地放弃了求学之路。那年他订婚时的一百块钱见面礼家里都拿不出来，只能从亲戚家东借西凑，我寄回家的五十块钱还被他借去二十。他如此拼命劳作归根结底还是穷怕了。从小生活环境艰难的人忧患意识重，老担心以后，自己何尝不是如此呢？

对于富云所做的生意我也略知一二，那的确是个又累又熬人的买卖，以前也劝过他保重身体，可富云总是那句话：“趁年轻多挣的钱，首先是给儿女们创造一个好基础，再就是给自己挣点儿养老钱。”然后话头一转道：“等你退休后带我旅游去，让我也长长见识。说来真让人难为情，至今我一次都没外出旅游过，真想去看看外面的世界啊。”看着一脸疲惫并快乐着的富云还能说什么呢？他和我自小学一年级直到高中都在一个班，我俩之间的感情早已超越了同学之情，和兄弟一样亲。想不到忠厚老实的他竟英年早逝，真让人痛心疾首，扼腕叹息。

来到富云家，院里院外已站满了人，同学们也来了十多个，此时相见个个泪水涟涟。走进堂屋，看到前些天还生龙活虎般健壮，此刻却躺在灵床上的富云，不由得让人泪如雨下，心如刀割。

玉阁陪着富云家一亲戚走过来道：“这是富云表哥，刚才同学及亲属们商议了一下，意见是给富云举行个葬礼，大家推荐你来主持。你先忍着悲痛快准备一下。”“此刻我方寸已乱，换他人主持吧。”“别推辞，出殡时间已近，事急，你来吧。”玉阁说着话已递过纸和笔：“快拟个仪式程序。”坐下来写字时，那止不住的泪水模糊了双眼，摸摸衣兜没找到纸巾便用手背去擦。

“给。”有人拍拍我的肩膀递过来一包纸巾，伸手去接时，蓦地闻到一股熟悉的清香气息，看一眼那只递来纸巾的手，心头一震，抬眼看到是文雯站在我旁边。文雯的眼睛又红又肿，成串泪水顺着她捂嘴的手大颗大颗往下滴。书上说“人生何处不相逢”，只是此时此地的相逢真个是“相顾无言，惟有泪千行”。

富云被送进坟地，棺椁放进墓坑，送葬的亲人们对着故人或叩拜或鞠躬后，按乡俗整个殡葬仪式就算结束，人们就相伴着返回了。我和玉阁忙着招呼匠人们砌富云的墓，忙完这些我想起文雯时看到她和同学们已走到了村边，那熟悉的身影旁边还有一军人相伴着。待匠人们将墓砌好，和玉阁回到富云家已是开饭时间，客人们都已落座。我们男同学坐了一桌，几个女同学和文雯及她父母一桌，那桌上还有一位军人。

饭桌上同学们不知是有意还是无意文雯成了聊天主题，从他们谈话中知道坐在文雯边上的那位军人是她现男友。他是我们邻县人，入伍去的内蒙古，文雯去内蒙古工作后认识并相恋。春节期间因值班，节后才赶回来，此次回乡之目的是见双方父母，准备结婚。昨天去的男方家，今天文雯带男友来见自己父母，得知富云去世就和男友一起来参加葬礼。还沉浸在富云去世悲痛中的我听到这些心里还是有些异样，为让自己眼不见心不烦耳根清净，匆匆吃点东西起身去里屋看望富云父母及妻儿。

“要不要去看看文雯？”过了一会儿出来后，同学们及文雯都已离开了，对玉阁所问我默默摇了摇头。

“人生无常，真是人生无常啊。白发人送黑发人，富云父母得多伤心嘛。”母亲听我说完富云去世原因及身后事难过得热泪盈眶。“是啊，富云父母精神状况很不好，已接近崩溃边缘。我和玉阁商定，明天还去富云家，陪陪两位老人。”“好，好。在家这些天你就多去几趟吧。明天我和你们一起去，因你和富云的关系，这些年我和富云父母相处得也很好。那老两口也都是厚道人，这老天爷咋不长眼呢？为什么要把这灾难降临到老实人头上？”说完这些母亲又是一阵唏嘘。

晚上和母亲聊起文雯时，着重说明了她现在找的男友是位军人。“她这是按着你的标准在找。”自见到文雯第一眼起心中就一直喜欢并暗恋着她，这一事实无论对家人承认与否，也不管在他人面前嘴有多硬，但欺骗不了自己的心。之后因种种原因我俩没相恋，没走到一起，他人说是遗憾，其实它是我心中一种说不明、道不清的痛。母亲这句话给我带来了一丝自豪与荣耀感的同时，相伴而来的还有一股别样的酸楚。

“也不尽然，文雯父亲以前是军人，她从小在军营里长大，有军人情结。”“儿子，既然提起文雯，那这件事就告诉你吧。”上次去山里看文雯无果，我回京后，母亲去富云那里要来地址自己去了一趟。文雯见到母亲特高兴，两个人聊了很多，她婚姻之事还真和母亲之推测大致相同，文雯内心里并不怎么喜欢原来那个丈夫，是父母做主让她结的婚。不幸的是她刚怀孕几个月就发现丈夫有了外遇，开始文雯也哭过争吵过，末了也没拉回丈夫的心。之后她申请去山里教书离开了那个家，生下女儿不久就离了婚。“你去的时候正是她最痛苦之时。初见文雯我差点儿都没认出她来，整个人已瘦得皮包骨脱了相，原来浓密的头发也掉得稀稀拉拉，遮不住头顶。她说不见你的原因难为情是其一，再就是对生活已心灰意冷，表示若不是那个小女儿自己都不想活了。我试着劝她趁年轻再找一个，文雯则说自己心已死，只想带着女儿过清净日子，见她把话说得这么决绝我也就不好再说啥了。送我下山路上文雯还再三叮嘱，不让把这些事告诉你，意思是不想让你同情她，更不想给你添烦恼。”听母亲说完文雯的遭遇，思绪极为挣扎、凄楚的我望着母亲久久说不出一个字来。心中烦闷，身上燥热，坐不住的我起身出门在院子里默默溜达着。

如此情深，为何缘薄？和文雯这没有结局的情爱想来真不知该怪谁？难道这就是人们常说的时也，运也，命也？还是归结到自己的无能也？

初春时节乍暖还寒，抬头望望天空，月亮已高高升起，星星也蹦出来了，一颗、两颗越聚越多。它们无论大小，但都是若明若暗地闪烁着，白云飘过它们悄然隐藏，须臾，又从云缝中钻出，依然深情地凝望着大地。一颗流星划过，天空中留下一道美丽的长弧，继而在天边消失了。夜深了，母亲拿件大衣给我披上："儿子，外面太冷，回屋休息吧。”我苦笑一下算作回答，接着又望向那无际的天空。

第二天大清早玉阁如约来到了我家。吃完早饭刚要出门，文雯来了。见到自己 13 岁时已心生爱慕，牵挂了十多年的女生，十分意外的我跑上前呆呆地望着她，问候的话都忘了说。文雯头上让我印象深刻的黄发没有梳成辫子，而是弯弯曲曲地披在肩上，细长眉下的那双大眼睛清澈、明亮。岁月在她身上似乎没停留下痕迹，美貌、娇艳、俏丽依然，亭亭婉约风姿依旧，唯少了少女的青涩，多了女人的韵味。那个曾经稚嫩明艳的女孩，已蜕变成了优雅的女人。我们凝视良久，她秀美的蛾眉先是淡淡蹙起，然后脸上现出浅浅的忧伤，随着呼吸变得急促，眼睛也渐渐变红了，接着泪珠成串涌出。

我和文雯自相识以来，这是两个人第一次长时间地深情相望。初一那年车站告别时我俩也对视过，只是当时她在车厢内，我在站台上追着火车，对视也就几秒钟的样子。再一次是昨天在富云的葬礼上，由于两个人都在为好友的去世而哀伤，所以对视的目光悲凄而又短暂。而这次我俩的对视，才可以说是真正意义上的倾情而视。也是她这一真情流露，让我特兴奋，也增添了一份我见犹怜的心动。

文雯进门时母亲和玉阁也起身相迎，后见我俩动情的样子她二人只好默默站在了一边。现看文雯流泪，母亲才上前把她拉在自己身边坐下，文雯也顺势扎进母亲怀里抽泣着。母亲一手揽着文雯的肩膀一手拍着她的背低声劝慰，可自己的泪珠却也滴在了文雯的头上、背上。

面对哭泣的、可爱美丽的、令自己痴迷的文雯，我一时无所适从，有一肚子话想说，又不知从何说起，只好站在那里看着文雯哭。哭了一阵，文雯抬头问我："你心里有过我吗？"文雯问话时目光里有幽怨、有祈盼，还有些许的愤怒。

"有。"我这句明确而又肯定的回答使满脸泪花的文雯转瞬间"呵呵"笑了起来，然后又把头扎进母亲怀里哭一阵，笑几声。文雯的这个表现使母亲和玉阁也跟着她苦笑起来。又哭过好长时间，文雯又一次抬头问我："那你为什么不给我回信？"

文雯的质问使我脑筋洞开，心中多年的谜团忽然明晰了，明白之前是自己错怪了她，她显然也误会了我。看来当年没收到文雯的信并非她不愿和我往来，而是我寄回的信她没收到。她给我的回信，应是就没寄出。其因想来也不难，是有人背后做了手脚。至于是谁，也已猜出个八九不离十，但我没说破，只举出一个例子来说明事实之真相："文雯，我确实回信了，且不止一封，就因没你的回音才托玉阁给捎去了那封信，然而依旧没收到你回信。之后想着你的不回复也是一种回复，再后来也就没再给你写过信。"我的解释让文雯先是惊讶然后是若有所思地怔在了那里，看看玉阁，又望望我，接着转身又扑在母亲怀里"哇哇"大哭，这一次她没有矜持，哭得是酣畅淋漓，泣不成声。

母亲又一次把文雯揽在怀里紧紧抱着，又跟着她掉起了眼泪。听着文雯的哭声，我心里是翻江倒海的难受，鼻子酸了，可当着母亲的面没敢让泪水流下来，咬牙给憋了回去。玉阁递过一支烟伸手去接时，他的泪水滴在了我手上。

屋里凄凉的氛围越来越浓，把人压抑得喘气都困难。挨过一阵，只见眼睛红红的母亲起身高声道：“都不要哭了，哭得人太寒心了。文雯，这样你看好不好？”待文雯抬起头，母亲抬手一指我：“反正他现在还是个光棍，你心中若还有那个意思，我做主，这次就把你俩的婚事办了如何？”母亲这个冷不丁的提议让我一怔，也惊着了文雯，只见她木呆呆地环顾一下母亲、玉阁与我，脸“腾”的一下变得通红，瞬间红至耳根。

起风了，院内那棵老槐树上有枝条随风舞动了起来。母亲的提议让文雯心中是百感交集，思绪万千。初中相识时她已对我心生好感，只是那时年纪尚小，懵懵懂懂的对喜欢与爱恋之界定也朦朦胧胧着，又由于时代之因素，致使在火车站离别时，心中虽十分不舍，可什么也不敢表示。高中期间已由喜欢转为芳心暗许，还是因种种羁绊也没敢表明心意。那次设家宴是下了破釜沉舟之决心的，打算捅破那层窗户纸，可到了还是没做到。然后盼来信，没等到来信，焦虑、失望。接下来自己生活一团糟，失望复失望，颓废、悲观、逃避。由此对少女时期的纯真之恋情也淡漠了，不愿见面，更不愿通信。可爱会隐去，会埋在心底，却不会消失，一遇机会过往的一切便会点燃，搅得人心神不宁。

“迟了，迟了，真个是迟了。”文雯来家的初衷一是想对我倾诉一下自己心中的委屈，再就是澄清一些困惑，可没想到母亲会提出如此的建议，这让她原来就不平静的心更乱了。只是此时非彼时，默念几遍“迟了”后起身向门外走去，行至院门口转过身对我们嫣然一笑。看着笑靥如花的文雯我的心又是一阵乱蹦。

以前总认为，人生最美好的是相遇，其实，重逢也是美的。实事求是地讲，之前对文雯的不回信，纠结过后虽理解了，但失落与沮丧、怨恨还是存在的。昨天的再次相见，心中虽很激动，不过肚子里的愤懑并没泄去。可就在刚才文雯进门时，一见到她那双凄然泪目，这一切随即消失、释然。真可谓是，一滴泪就还清了一个人的债。此刻又看到文雯这美丽又熟悉的笑容，心中留有的些许不快，也彻底地烟消云散了。更可谓，一个笑就泄去了一个人的恨。

远去的文雯将自行车蹬得飞快，那随风扬起的黄发在阳光下格外耀眼。望着远去的文雯我心中是五味杂陈，这位自己喜欢多年的女生她像风一样地来了，问过两句话，大哭一场后又像风一样走了的行为让我一时蒙圈。

“人家文雯已有对象，刚才我那句过于孟浪的话，现想想真有些不合适。”自己和文雯之间这种不知应算作友谊，还是该归类于爱情，无开始也无过程的情感纠葛搞得人总是哭笑不得。得知她生活幸福时，心中不仅会泛起一股酸涩，甚至还生出一些嫉意。可听到她什么不利消息，又总想着是自己哪里做错，才使她如此不幸，总感到愧对于她，而诚惶诚恐陷入自责中。母亲今天这样的直接表明态度，不管结果如何让我的心里一下痛快了许多。“妈，合适，太合适了。这才叫快刀斩乱麻，一言见分晓，省得藕断丝连的折磨人。”母亲对我的击节叫好勉强笑了一下，接着一脸郁闷地道：“刚才我是被文雯哭得心焦，才说出的那句话。儿子，你说实话，如若文雯同意，你嫌弃不嫌弃她是二婚？唉，如你俩真能成的话，我心里却有些在意，现在都真有点儿后悔。”

爱，真个是太奇妙了，开始的时候、有的时候什么都介意；最后、有时又什么都能接受、谅解。“时代不同，人们已不是太在意这些。妈，我觉得文雯并没有和我再续前缘之意，您觉得呢？”母亲略顿一下道：“从她那么慌张着离开看，应该是没这个意思。”“英雄所见略同。我认为她今天来家问的那两句话，目的只是想确认一下当年的那个梦是否真实？是否存在？没想其他，可以说是我俩情感终结的一个序幕而已。另一点，如她现在没男友那我们还有可能，如今已准备结婚，让其突然转变也确实是为难人，不现实。”母亲接受了我这些分析：“是。是不能为难人家。你要不要追去文雯家看看？”“不用，给文雯留些思考时间。”“我想文雯的回复不会太久，一两天便见分晓。”站在我身后的玉阁这么说。

“凡事都有偶然的巧合，结果却又宿命般的必然。”作家沈从文如是说。回京前的头天上午，我和母亲及玉阁一起来到了文雯家。她父母见到我们是热情地让座倒水，嘘寒问暖。平时待人极为平和的母亲，这天却端起了架子高昂着头对文雯父母不多理睬。寒暄过几句，文雯母亲从里屋拿出一封信递给我，看到信我即刻猜测到文雯已走，这是她留给我的告别信。明白自己要失去文雯了，且是永远的失去。

“老同学，你看到这封信时我已起程回了内蒙古，没有当面告别请谅解。这次回来碰到富云不幸去世让我悲痛万分，更让我体会到了生命之脆弱，在这里先叮嘱你一句，请别再抽那么多烟喝那么多酒了。珍重。

“这次的遇见，心里特高兴，年少时的梦得到证实让我更欣慰。那次你到山里来看我，我之所以躲着不见，难为情之成分有，另一点是心中在怨你，在生你当年不回信的气。唉，可知道与明白了我俩谁也没收到对方的信及原因所在后，让人又不知该说什么了。唉，唉，心中之结弄清楚后只能在此说一声抱歉。唉，唉，唉，往事不堪回首，不说也罢。

“老同学，对于你母亲的提议，我思前想后只能用为时已晚来为自己开脱。来内蒙古这几年，男友他对我很关爱，方方面面给予很多帮助。这次回乡是定亲的，如没来由地突然变卦对人也太不公平、不负责任。还有更主要的一点是我喜欢草原，喜欢内蒙古，准备在这里扎根。在这一点上我们志趣相同，他也准备在此生活一辈子，基于此只能对你再次说声抱歉。

“现有两件事请你一定要答应，一是以后我们联系不能再断，要经常通信。再一点我女儿你也见过抱过，她名字叫思思，我想让她做你干女儿，增加这样一条纽带，愿我们一生都是好朋友。

“老同学，祝你身体健康！吉祥！快乐！进步！通常情况下人们在分别时都会说拜拜，而我在此却愿说再见。”

文雯女儿思思自我们进屋直到我看完信，一直坐在小桌边安静地翻看画书。看完文雯的信，我走上前摸摸她脑袋，抬起头看我的她那双忽闪忽闪的大眼睛像极了文雯。弯腰将她抱进怀里，乖巧的将头侧过来靠在我脸上的思思指着信问：“妈妈的信？妈妈去哪了？”“是，是妈妈的信，她去了内蒙古，回到了她人生的出发地，那个梦开始的地方。”“妈妈信中说什么时候来接我？我爱妈妈，您爱我妈妈吗？”思思一连串的问话让我强忍的泪水一下涌出：“是的，我们都爱她。妈妈信中讲现在工作忙没法照顾你，并要求你要乖、听话，还说，待草原上绿草如茵、鲜花盛开之时，要我把你送去她身边。”“妈妈让你送我？叔叔，你是谁呢？”“我是你妈妈的老同学。”老同学是文雯所留信中对我的称呼，老同学，老同学，文雯，难道我们仅仅是老同学吗？

“乖，不哭啊，好孩子是不哭的，妈妈不喜欢爱哭的孩子。”听到思思这哄劝的话，我含泪笑了起来。待情绪稍平静一些，转身对文雯父母道：“叔叔阿姨，文雯信中讲要让思思做我干女儿，对此我倍感荣幸。现我想带她去玩玩，希望您们同意。”文母：“同意，同意。此事文雯走之前已交代过，没问题的，思思多一个父亲疼她我们也高兴。咱两家村挨村的这么近，随时都可以的。”母亲听到这里走过来抱起思思就向门外走去。

回家途中，母亲怀中的思思向我没完没了地提问题，她欢快的笑声也和文雯一样清脆甜美。为让她高兴，心情沉重的我强迫自己跟着一起笑，只是笑声尽含苦涩。

“这个结果好，文雯有了好归宿，大家心里就踏实，心安静，日子才能过顺当。儿子，这样也好，桥归桥，路归路，尘归尘，土归土。你听妈话，把心中的往事放下吧。人，有时想得再多也没用，谁也回不到从前。”听着思思明媚的笑声，品味过母亲这些富含哲理的教诲，这些天因遇到喜悦、富云去世及文雯离去而笼罩在心中的阴霾似拨云见日般散去了，苦闷多日的心境豁然开朗。

一阵微风拂过，望着眼前已返青的麦田里翻腾着的一波又一波的绿浪，蔚蓝的天空里那悠闲游动的云朵，放下了纠结的我心中默默祝福着已去了天国的富云安好，祝愿善良多情的喜悦生活幸福，远在内蒙古的文雯吉祥如意，春风十里。

## 十七　操不完的心

### 1

第一次回乡探亲时，弟弟已高中毕业回家劳动了几个月，问起高考的事他低头嘟哝句什么便转身离开了。“妈，怎么不让弟弟他去复读呢?”“谈过复读的事，他不愿去。唉，读书这种事自己不上心谁逼也没用，现我已供他高中毕业，责任已尽到，就这样吧。”母亲话音里无奈感很重。“妈，既然这样，初中毕业时就不该让他上高中，而应去学一门技术。”

20世纪80年代之前，农村机械类的东西很少，年轻人学技术也就是木工与泥瓦匠这类。可只要手艺精，帮人建房起屋、做家具什么的也能挣不少钱。“谁说不是呢，老辈人不都讲‘人有一技之长，不愁家中断粮’嘛。说来这事责任在我，当时你弟弟班主任也提过这个建议，可我‘望子成龙’心切啊，只想着再让他多读几年书，能考上大学不更好吗？唉。”看母亲陷入自责中，我急忙劝道：“妈，别什么责任都往自己头上揽，您又不是诸葛亮，能前看五百年后看五百年的。再说弟弟年纪还小，现在去学什么技术也不迟嘛。”

这天晚饭后我正在房间看书，母亲进来看我良久，一言未发又转身出了屋。母亲平时快言快语，在儿女面前更是有话就说，从不遮遮盖盖，这样的反常举止，使我意识到她定是遇上了什么难言之事。

有风的秋夜凉飕飕的，见静静坐在院门口捶布石上的母亲只穿了件单衣，我拿了件夹衣走上前给她披上，母亲抬头看了我一眼沉默依旧。看母亲这心事重重的样子，以她的脾气想来也无睡意便提议：“妈，我们去小河边走走。”

走去小河边的路上，我换了几个话题和母亲搭话，她都不怎么感兴趣，都是有一句没一句地应着。行至河边堤岸上我停下脚步问：“妈，顾忌什么呢？我是您儿子，有什么事尽管讲。”母亲的回话还真应了我之猜测：“是有事想对你说，可想来想去怕为难你，开不了口啊。”

这次回来探亲，是我入伍六年后的第一次，几天来母亲一直是乐呵呵的，家中氛围祥和融洽。只有在退娃娃亲之事上娘俩有过几句争执，见母亲这支吾其词、说半句留半句的样子，我首先想到的是难道退亲这件事出现了反复？于是立马声明道：“妈，若是娃娃亲之事请免谈啊。”“儿子，不是娃娃亲的事，我是为另一件事犯愁。”得知不是重提娃娃亲之事，又见母亲这般小心翼翼地讲话，我笑道："妈，什么事愁成了这样？请说嘛，我来帮您解决。"

母亲心里所纠结之事一是盖新房，二是弟弟的婚姻问题，这两件事是一环扣一环，归根结底还是落在一个"钱"字上。弟弟不再求学后母亲就用手中的钱去定了砖瓦、石灰及水泥等，准备过几天农闲就开工建房。巧的是头中午有媒人来给弟弟提亲，且言明这两天女方就要来家相看。乡村里的相亲规矩是若女方点头，男方当场就要掏礼金。可此时母亲手里钱全花出去了，有心把弟弟相亲之事往后推推，却又担心错过机会而误了他这终身大事。

"儿子，我犯愁之事有两件，一件是建房款还不足，再就是拿不出你弟弟的定亲礼金。这都是大事啊，你说我心里能不愁吗？"母亲的话说到此处没再往下讲，不过意思已很清楚，就是想让我把手里攒的钱贡献出来。

家里孩子多，经济条件差，一家之主的母亲经常愁得睡不着觉，吃不下饭。为给母亲分忧，刚入伍时每月那六块钱津贴除买一些牙膏与肥皂等必需品外，就再也没乱花过一分钱，攒个三至五十块就寄回家来。之前母亲来京看我，只要兜里有钱，都会悉数交给她。就是母亲用来建房的款项，绝大部分也是这些年我所给。随着年龄增长已到婚恋年纪的我想法也随之增多，想着交女朋友约会什么的需要钱，结婚没钱也不行，家里条件又如此，到时肯定帮不上啥，所以这两年对钱把得极严，从不乱花以备他日之需。此时兜里是装有这两年攒的五百块，说句心里话，这钱如是父母要用，我定会毫不犹豫地拿出，可用来给弟弟定亲，一时让我不间不界的特难受。不拿出钱吧？望着忧心忡忡的母亲很不是个滋味，拿出钱心又不甘，思来想去不知怎样回复母亲才好。唉，真后悔刚才自己的表态太快了。

看我不言声，母亲也没再催，而是焦急地在那里走来走去。这晚的月光不是很明亮，可母亲脸上那焦虑的表情我看得是一清二楚。我在农村长大，当然也清楚农村的习俗，谁家儿子要想定亲结婚首先要有一座房子，这是硬件，没有商量余地。再说，没房，媒人也不会上门来给你提亲。这做媒也有一套规矩，一般情况下只会给你介绍一两次，如相亲时男方掏不出礼金，或礼金没达到约定俗成的数额之原因造成失败，之后就不会再有媒人理你。男孩拖至二十大几三十岁以后基本上就失去了结婚希望，只能打光棍。

在农村，青年男女婚后有了儿子，那这小两口的人生目标就明确了，一是努力挣钱给儿子盖新房，再就是给儿子娶媳妇，可以说两个人就是为此而活，什么时候儿子结婚成家，已成为老两口的这对夫妻才算完成任务。若儿子打了光棍，就会把责任揽在自己头上，怨自己没能耐对不起孩子，后半生就会陷入深深的自责中。有那不孝之子，也会对父母心存不满，整日怨天尤人，看到自己儿时伙伴结婚成家，老婆孩子的热热闹闹过日子，自己形单影只的心里就不平衡，做起事来令人齿寒，不但经常对父母吵闹耍浑，还无事生非地与乡邻闹别扭干架。自此，年迈的双亲别想过一天安生日子。

月亮升起来了，星星也亮了。接下来想到自己虽不富裕，可毕竟有工作与稳定收入，弟弟他在家务农条件相对差些，把自己的事拖拖，先将弟弟亲事定下，也好让父母省心，也算是尽了孝吧。这样几经犹豫，反复过多次才把兜里钱掏出来递给了母亲："妈，这是五百块，您拿去给弟弟定亲吧。""儿子，你这么慷慨相助可是帮了我大忙，唉，这压在心上多日的大石头也掀去了。儿啊，几年来你把攒的钱都给了家里，这一点他人有目共睹，妈我也都一笔笔记在心里呢。常言道'一家人不说两家话'，不过妈还是要说一声谢谢你，并代你弟弟也说一声谢谢。"母亲说着话又拿出一部分钱回给我："儿子，单就给你弟弟定亲用不了这么多，你在外面开销大，这两百块你留下自己用。"看着母亲递过来的钱，那颗掏钱后有些低沉与失落、五味杂陈着的心又一下子激昂起来，豪气地挥手道："建房款不是也不宽余吗？妈，您都留下吧，若还不够的话回京后我想办法再给您寄。""够了，够了。儿子，你不用再操心了。"母亲说话的声音爽快了，可她脸上的愁容并没放下。"妈，别愁了，事已解决，揪着的心该放下了嘛。""女人啊，做了母亲后就有了操不完的心，一辈子也别想放下。"

2

妹妹小我七岁，我入伍那年她还是黄毛丫头一个，平日乖巧听话，很少做什么出格事，就那么一个不显山、不露水也不起眼的小女孩，她小时候有两件事让我印象深刻。一是她出生在腊月里，天天在池塘里给她洗尿布，我手都冻肿了。阴天尿布晾不干用火烤时，不小心烤焦了挨母亲打不说，自己已冻肿的手也被烫的又疼又痒。第二件是我读高中时妹妹上小学，有段时间她班主任生病，学校抽我去代课教过她两个多月，一次因其考试成绩不好我用教鞭抽了她几下。

在妹妹读高一那年，我回来探亲时母亲要我和妹妹谈谈，强调一下学习的重要性。嘴里应着的我心里却没当回事，每天忙着和同学朋友聚会，拖了一个星期也没落实。这让母亲特不高兴："你替我操点心行吗？现在正是你妹妹念书要紧的时候，眼下用不用功，这是关系她一辈子的大事。你多大年纪了，这点事都不懂？""明白。只是这些天忙嘛，没顾上。"我的解释让母亲更生气了："你是忙，天天忙着去喝酒，找人疯玩。"说着说着走过来用手狠狠地捣捣我脑袋，"好好想想怎么跟你妹妹谈，这才是正事。知道吗？""知道了。"

周六妹妹回家来，一见面我就按母亲的要求相当严肃地和她谈了好多。大致意思是城乡差别一时半会儿难以改变，一定要认真读书，争取考上大学。毕业后在城市里谋一份工作，今后的生活会轻松一些，否则你的人生就是把母亲这样的苦日子再重复一遍而已。"现家中就剩你一人在念书，虽说父母年纪大可有我在，学费生活费的都不用操心，只一门心思把书读好，然后考上个大学就行。学习中遇到什么问题，可直接写信给我，我会帮你解决。"妹妹很听话的"嗯，嗯"应着。

3

再次回乡探亲妹妹已辍学在家。"妈，妹妹是咋回事？怎么不上学了？""是啊，她不去上我也没办法，别看这丫头平时又老实又规矩的，倔起来也要人命。这次你回来正好替我管管，当哥的本来就该管嘛。"

印象中母亲很少打骂妹妹，近年来似乎重话都没说过一句，此时，又见她把管教之责任往我身上推，即刻心生不平。"妈，您的撒手锏怎么不用？打呀，这不是您一贯坚持的效果奇佳的方法吗？是不是心疼小闺女而舍不得打？”“舍不得是真，打不动也是原因之一，唉，老了。”说完这些母亲又叮咛道，“记着谈啊。”

这天，我和妹妹在地里干活，谈起上学读书之事就劝她：“再认真考虑一下，珍惜光阴，把高中念完去考场试试，考不上也不留遗憾嘛。”正说反说，道理讲了一大堆，妹妹听后的回复是：“父母年纪已大，你们做哥哥姐姐的有的分开单过，有的离家远，他们身边没人照顾也不行。我有责任、也愿意守着他们。”望着人物似的一本正经地给自己找借口的妹妹，我是又好气又好笑。

“你这是狡辩、托词，恰恰是母亲希望你再去读书的。傻丫头，这种地又苦又累的你受得了？”“村里那么多人都受得了，我也行。”妹妹的回答气得我直摇头，回了句：“嘴硬吧你，走着瞧。”然后无语了。这次谈话什么效果也没有，以失败告终。

听完我汇报，母亲明白妹妹的意思后，注视我的目光渐渐暗了。过了一会儿无奈地道：“明天和你父亲把圈里的猪拉去镇上卖了吧，不留了。”以往，无论家中哪个孩子高中毕业前，母亲都会养一头大肥猪候着，以待谁考上大学后，杀了大宴宾客以庆贺。还想着若谁能高中头名，“报纸上留名，广播里有声”才更合心意，并打好了他人请自己介绍是如何教育好儿女之经验的腹稿。可到了三个儿子未能如愿，如今最小的女儿也没了指望，不免失落的母亲又是连声叹气：“唉，唉，真是心强命不强。”言罢缓缓往里屋走去。望着母亲的背影，心里说不上是个什么滋味，她“望子成龙，盼女成凤”之心令人莞尔的同时又让人心生酸涩。

## 4

这次家里又生出一件事让人不消停，就是和弟弟分家。当母亲给我说起此事时乍然间感觉怪怪的。“分什么家？家里又没万贯家财，我又不回来生活了，有什么好分的？”“俗话说‘树大了要分丫，兄弟大了要分家’，农村大都这样，孩子们婚后都分开单过，村里差不多家家如此，又不单单我家才这样。分就分吧，分开了我也少操心，少生气。”母亲虽如此劝我，她脸上的表情却骗不了人，上次我回来探亲，为弟弟定亲之事她脸上现出的是焦虑，这次脸上显示的是无奈、落寞。

隔天，二舅来了，进门就大声道："家是早分早安生，明天就分。"乡村里兄弟间分家，为争财产很多都是打打闹闹，鸡犬不宁。有的为一只鸡也会打个头破血流，更有甚者，会把祖屋拆掉分木头和砖瓦。平平安安，和和气气分家也有，但不多。晚饭时父亲陪着二舅边喝酒边商量着一些分家的章程，表示明天多请几个中人来做见证。

父亲与二舅之所谈让我特烦，酒也不陪他们喝了，闷闷地点起了一支烟。一直关注着我的母亲见此也放下了手中的碗筷，然后示意我去河边走走。

离村远些，我问母亲："妈，家是非分不可？"母亲没吱声只点点头。"怎么把二舅也请来了？听他们说的意思明天还要在村里找几个中人？妈，为分家这点儿事请中人叫亲戚的，招一群人围观太丢人，自家人协商解决才是上策嘛。""都说'亲舅如父子'嘛，农村里兄弟分家舅舅到场这是规矩，中人也要请，做见证是一方面，如在某件事纠缠不清也好出面调解。儿子，其实你兄弟俩分家之事说复杂也复杂，想简单就简单，家里如你所说，也没什么其他财产，只有两处房，一新一旧你说咋个分法？"家里的老房子已很破旧，房顶漏雨，土墙已裂缝，如重新翻盖谁心里都清楚，那是要花一笔可观之款项的。所以，若按个人意愿谁都想要新房。

银白色的月光洒满了田野，眼前的景物清晰中又带有一些朦胧，草丛中不知是什么虫子叫得挺欢实，给这个静谧的夜晚带来了不和谐的叨扰，同时也给人增添了一份烦恼。我翻来覆去想过几遍，也没搞懂它们这么起劲鸣叫是为自己高兴呢？还是为生存？抑或是仅仅为表现一下自己的存在？

我家一家之主是母亲，以前大事小情都由她说了算，只是现在我兄弟俩都已成人成家，牵扯的方方面面多，才使母亲她不好搞一言堂。不过以自己对母亲之了解，此事她肯定已反复思量过无数次，也一定有了腹案。"妈，我想此事您肯定已有主张，啥意思说来听听。"

一直低头走路的母亲没有回我所问，直到走下了河坡才自言自语道："啥意思？啥主张？咋说嘛？"然后又沉默了。其实，母亲对分家之事早已想过无数遍，也早已有了方案。无法说的原因首先是分房子不像分现金，数过一遍一分为二那么简单，也不像切西瓜似的一刀下去，兄弟俩一人一半那般省事。如将新房给弟弟，可这建房款大部分是我所出。如分给我，又有另一个问题，就是当初娶小儿媳妇时自己答应过给人一座新房，现实难昧良心反悔。而且他们已在新房里住了几年并生了小孩，如今怎好开口撵嘛？再就是如因分房致使他们两口子生气闹矛盾，惹出事端到了还不是落在自己头上？

"妈，什么意见说嘛，这么长时间还没考虑成熟？"缓缓走着的母亲停下了脚步，看我一眼一脸难色道："我意见是你让让，新房分给你弟弟如何？不过这只是我自个的想法，还想听听你的意见。"

母亲所担心的问题我也思量过，平心而论，如因分家给父母增添麻烦也不是自己之心意。只是这人的心往往很怪异，明明自己心中所想也是母亲所讲出的这个意思，可听到从母亲口中说出这些后又极为反感，胸中登时涌上了一股酸涩，接下来说出的话是极其的尖酸刻薄："妈，之前他人都说，在家里这些孩子当中您偏向我，我自己也一直这么认为。现在我算是明白了，那只是我自己想多了，实质上我只是背个虚名，并没得到什么实惠。分家之事既然您已有了主张，干吗还假惺惺地表示要听我的意见？我能有啥意见？就按您的意思办吧，我认了。""儿子，我也实在拿不出两全其美之法啊，如不同意，可再商量。"母亲说话时眼泪已涌出，说完已泣不成声。

家里养的一白一黑两只狗跟着我和母亲来后，一直在河滩上追逐玩耍，刚才不知为争什么东西，高声"汪汪"着相互示威，现看到母亲伤心，它们立刻跑了过来，白狗用头蹭着母亲的裤腿低声呜咽着，黑狗则冲我"呜呜"大吼着。

农村人养狗，基本上不存在观赏之目的，是为看家护院。狗，是好人的朋友，是坏人的对头。狗对主人是忠诚、是勇敢无私的，且还会体会主人的喜忧，狗通人性，正在于斯。那母亲养自己呢？

空中慢慢行走的几片云遮住了月光，大地上暗了些。过了一会儿，月亮移开了，天地间又是一片光明。“百善孝为先，悌道把家传；兄道友，弟道恭，兄弟睦，孝在中。”少年时，村里教过私塾的二先生在对我的教诲中谈到这个问题时如是说：“这是先贤对人如何孝敬长辈及兄弟怎样相处而给的明示，可现实生活中总有人为了争财产而兄弟反目，也有的为了父母养老问题而推卸责任，可悲呀，可悲。往轻了说此等不孝之徒是无知，实际上是无耻。”忆起这些我猛然意识到自己刚才那些话说错了，且是大错特错。兄弟间谦让和睦也是对母亲尽孝的一种体现，自己怎可为了一点财产而惹母亲伤心呢？又想到以家中目前之状况，没现金也没其他财物，只有这两处房，让母亲她怎么分？难不成真像一些家庭似的拆了房子分砖瓦？分木头？那样不更丢人吗？

“妈，您别伤心，刚才那些话是我随口胡说，并非本意。其实，我的初衷和您的想法是一致的，新房给弟弟，旧房归我，父亲您们接着住。这样挺好，这样谁也不用搬家了，省事省力又省麻烦。妈，请您原谅我刚才一时糊涂说出的那些浑话。”停止了哭泣的母亲立时问我：“儿子，说话算数？”“是的。‘君子一言，驷马难追’，如反悔您大嘴巴抽我。”说完我将脸伸到母亲面前。破涕为笑的母亲伸手搗搗我脑袋道：“我说嘛，自己养的儿子以前不是这样啊，今天咋变得这般斤斤计较？还以为你变了习性呢。以后不许跟妈开这样的玩笑，妈老了，胆小经不起吓。儿啊，常言道‘好男不靠分家财，好女不靠嫁时衣’，男子汉大丈夫为人处世要心胸开阔，仗义疏财，不能只看眼前的蝇头小利，没出息的人才如此。房子的事既然你没其他意见就这么定了。那我们再说另一件事，就是我和你父亲的养老问题，你是个什么意见？”

母亲提出的这个问题，也是目前她和父亲所关注的重要的现实问题。生活在城市里的人进入老年后有一份退休金，生活有保障。子女们侍亲相对单一一些，父母亲身体状况良好时，在情感上多给予关怀即可，就是父母生病，也只用付出些精力照料就行，金钱上大都不需付出，有些父母还会倒贴。农村则不然，农民们年老体衰失去劳动能力就没了收入，只能靠儿子赡养，养儿防老指的就是这个时期。

在家时，也见过一些兄弟们分家的场景，分家那天亲戚邻居来很多，室内屋外全是人。年迈的父母坐在一边，眼巴巴地看看这个，望望那个，无奈地任由子孙们把自己扒拉过来、扒拉过去，没了话语权的他们只能是坐等被分配的结果。好多家庭的晚辈子孙们图自己方便，违背父母意愿将两位老人分开养。这种不道德的行为让老人们无比痛心，但也只能接受，听之任之。最多叹一句“老了”复又沉默，个中酸楚、哀伤、悲愤尽含其中。

人在现实面前都会低头，性格刚烈如母亲也概莫能外，虽没低头但显然也有些胆怯了。说话患得患失，谨言慎行，没了往日的豪气，也没了大刀阔斧的做派。听到我说出那些不逊之语，没打没骂，只在那里悲伤流泪，就是缘于不敢得罪即将赡养自己之人之故。

“您和父亲的养老问题请放心，如其他兄弟姐妹愿尽孝，给钱给物多多益善，若他人不管，我一人也会给您们养老送终。我最深恶痛绝的就是把年迈父母当作包袱，分家时推来推去，这种行为别说您看着难过，我都寒心。”“儿子，有你这句话妈算是放心了，实话对你说吧，自说起分家这事我心就一直悬着，现在又回到了原处，今晚开始妈又能睡个安稳觉了。”母亲这次回话很快，且话音里已没了先前的凝重。

“妈，不是我埋怨您，这么点儿小事您早给我来封信说一下不早就结了？省得您牵肠挂肚的难受这么长时间。”恢复了自信的母亲这次回话更迅速：“不是怕家里事多分你心，影响你工作嘛。这样吧，明天你姐姐们也回来，中午一家人一起吃顿饭把事说开，这档子事就算过去了。”“妈，这就对了嘛，这才是您做事的风格嘛。”面对我的赞美，母亲幽幽道：“人老了心里就搁不住事，有点事就闹得心神不宁。唉，以前我是盼着你们快长大，不过真等你们长大成人要分家，心里又不是个滋味，这事在农村虽说常见，可轮到自己头上还是很别扭。现在我眼前老出现你们小时候围着我转的情景，唉，要是你们都长不大多好嘛，也不会闹分家。”“很怀念随意打我们的时候吧？”这句话换来的是母亲一巴掌：“满嘴胡说，做母亲的谁想打孩子？不都是你们不听话惹的？再说，养你们这么多，忙得我死都不得闲，哪有时间讲理？”“也是，动手比动嘴省时见效快。”我话音刚落，又挨了母亲一巴掌，不过这晚这两巴掌我认为挨得值，母亲笑了。

夜已深，返回途中母亲又一次叮咛我：“儿子，分家可不能分心，兄弟们之间有事还是要互相帮助，兄弟们再有矛盾那也是打断骨头连着筋啊。”那两只围着我们转的狗又撒起欢儿来了，一会你追我，一会我追你，你将头拱在我身上，我将头缠绕在你脖子里。母亲指指它们又道：“看到没？只要是一窝的咋的都亲。”

这天晚上夜半醒来，发现界墙门上沿处透进了一丝亮光，仔细听过，感觉堂屋里有人。下床打开门，看到的是母亲在那里烧香拜佛。平时吃饭的小桌子上放着一个猪头，上插着三炷香，旁边放着几碟我带回来的糕点、糖果类食物。这原本是带给母亲吃的，现被用作了贡品。

母亲笃信佛教，时常在家中焚香祈祷。记得我上小学那个年代反封建、破四旧风烈，寺庙不是被拆除就是被封闭，还大张旗鼓地宣传破除迷信，反对人们烧香拜佛等。可只要年节或家中遇到什么事，母亲都会在家里悄悄地摆香案跪拜，求神灵保佑。因受环境与舆论影响，自己肤浅地认为母亲以此来求福求财求平安是愚昧无知，只要看到不是嗤之以鼻，便是讥讽几句。

小学五年级那年正月十五晚上，我去邻村看电影回家已半夜，推开门看到母亲又在小桌前跪着。因那时家里穷，桌上的贡品极为寒酸，只是两个鸡蛋和一碗晚上吃剩的红薯面糊糊。没钱买香烛，母亲便在盛糊糊的碗里插几根麻秆做替代，照亮用的也是一盏煤油灯，为节约灯油，火苗也只有黄豆般大小。大概是我开门时用力过猛惊着了母亲，只见她一边吹灯火一边慌乱着收拾东西。

“妈，您干吗要搞这装神弄鬼的事？自己被吓得跟做贼似的何必呢？再者，您诚心诚意跪拜了半辈子神，没见到神灵给您带来什么好运嘛，岁月不照样艰辛，日子不照旧穷？”“我没读过书，对佛教也没什么修为，深奥的东西更不懂，但它倡导的多行善莫作恶，我很赞同，更相信善有善报、恶有恶报这些话。求神灵保佑家人平安也没什么错啊？求福求财也是人之常情嘛。”“妈，现在风声紧，别再搞这些了，万一被多事之人撞见，说您搞封建迷信，会游街批斗的。别拜了，收起来吧。”母亲没接受我之劝告，转身又跪在了小桌前。

太阳还没落山，我就慌张着吃点东西跑去邻村看电影，此时，肚子早已饿得“咕咕”叫，伸手端过那碗剩糊糊便吃。吃过几口，受好奇心驱使问母亲：“妈，您是从什么时候接触佛教的？还这般虔诚？”“信这些是受你外婆影响，小时候家遭变故日子特艰难，缺吃少穿的，你外婆为求神灵保佑就经常带着我去庙中烧香。有那佛门中人见到我后夸我灵性好、有慧根，多次劝我皈依佛门，你外婆从生活上考量也有此意，可我明白自己过不了那青灯枯坐、吃斋念佛的日子就没答应。所以我的跪拜只是求个心安而已，对这些我是信而不迷。”

母亲自少年起历经劫难，心中极为痛苦的她拜佛之初衷是求得希望与慰藉，给自己彷徨无助的心灵寻一寄托之处。结婚成家后还坚持这么做，目的则是保佑家中孩子的平安与幸福。听完母亲的一番解释，再结合她过往之经历，使我对这种事有了新的认识，再遇到母亲在家中烧香跪拜就不再反感与嘲讽。让我去买香烛贡品也会乐意接受，不过这里还有他人所不知的一面，就是那些贡品在供奉过神灵后我是可以享用的。

老旧的界墙门开关时，无论轻重它发出的声响都特大，刚才我开门又急，它动静更大。不知双手合十放在胸前，双目紧闭跪在草垫子上的母亲她是全身心投入还是怎的，我在门口站立好久她既没转头也没吭一声。又过去一段时间，待桌上三炷香将要燃尽时母亲眼睛才睁开，可能是她跪的时间太久，双腿已麻木，起身时晃了几次都没站稳。

“妈，别跪了，早点休息吧。”母亲没接受我的劝告，在我搀扶下坐到椅子上的她先摇了摇头，接着又晃了晃腿道：“再烧三炷。”“妈，烧几炷香还有讲究？”母亲接过我给新燃的三炷香道：“拜佛按规矩都是一次燃三炷香，过后再续几次那随自己的意，我一般都是再续两次，总共九炷香。”“有何缘由？”“不为什么，只想时间久些，图个久久（九九）平安之意。”“妈，现家中人人安康，日子平顺，您烧香所求何事？”“所求之事在圆满之前是不能对人讲的，否则就不灵验。”母亲言罢又双手合十跪去了草垫上。“妈，这种事还保密啊？不过您不说我也能猜个八九，是为能顺利分家而求神灵保佑吧？”母亲一直庄严肃穆的脸上还是没有任何表情，只是嘴角微微翘了翘，似是有一丝笑意，只是苦味很浓。

进入老年后，母亲对幸福的要求很简单，就是自己老有所养，儿女们日子和美，相处融洽，不窝里斗。基于对我的信任，关于自己的养老问题听我表态后心里踏实了。又因对我的了解，对分家之事仍心存惶恐，特担心急性子的我听到不当言论而炸窝、反悔承诺。

一炷香燃尽需一个多时辰，连续三炷香差不多就要一整夜。母亲她含辛茹苦把我们养大，此刻又用此种方式来为我们求平安求福之苦心令我感慨又感动。我暗暗告诫自己，以后在母亲面前再不能随性乱说，惹她伤心。和家人相处也不能意气用事，要多包容谦让，不再给母亲添堵，增加烦恼。

第二天上午，分家过程无波无澜，和平顺利。事情结束，我看到因烧香而一夜无眠的母亲她尽现疲倦、憔悴的脸上却安详、平静，没了先前的焦虑。

假期将要结束的头天早上，母亲交代我：“去镇上再买个猪头，今晚我还要用。”“妈，看来那天晚上我猜测得很准确嘛，您摆香案跪拜果然是为分家之事。”“儿子，现分家的事已过，我那颗悬着的心也已放下。实话对你说吧，分家前虽劝着你，可我这心里却似刀割般难受。想着和和美美一家人即将变作两家，说是人之常情，但怎么自劝心里还是很不舒服。又忧虑着我和你父亲的养老问题，再加上我十分担心你兄弟们闹意见，为财产争个鸡飞狗跳的你嫌难看，我更嫌丢人。以前我常出面替他人调解家事，假如自己家反而弄得一塌糊涂，你说我这要强了一辈子的人，今后让这张老脸往哪搁嘛？”分家前一脸忧愁、苦闷的母亲这几天又恢复了常态，笑声又代替了叹气声，说这席话时声音也很爽朗。

“妈，这次分家能如此顺利，您应该感谢的是我，而不是那个虚无缥缈的神灵。是我做出了重大让步，分家之事才如您所愿的顺利解决了，您敬神干吗？该敬我呀。”母亲又是习惯性地抬手给我一巴掌：“不许乱说话！得罪了神灵，神我要感谢，也感谢你，猪头敬过神让你一人吃。”母亲说这些话时笑吟吟的。

5

二姐婚后生活也很幸福，不过她和二姐夫这一对强势之人结合在一起免不了有那火花四溅的时候。这年春节，二姐去二姐夫那里探亲，两个人不知为什么闹将起来，更不知怎么惊动了母亲，母亲她匆匆赶了去。二姐夫单位驻地距北京不远，母亲下了火车先给我来电话，要求我也赶去那里，并言明自己会在车站等，待我到达再一起去二姐住处。

“妈，不就是小两口吵个架吗？至于您大过年的风风火火跑来一趟？”见面后极不情愿的我张口便埋怨起母亲来。“小两口吵架拌嘴是小事，我担心的是你二姐那一根筋认死理的脾气，怕她闹起来没个分寸，最后不好收场。还有重要的一点是，两口子吵架不能开头，开了口子以后就收不住。我来之目的是想就此给截住，以后不再发生。知道你姐弟俩感情好，让你来帮忙劝劝。”“妈，这‘清官难断家务事’哦，不是有‘婆婆不是娘，娘家不是家，女婿不是儿’这句俗话嘛，管多了难免会出意外，搞砸了可不好收场。”“放心儿子，我心里有数。”

解决家务事之繁难母亲是清楚的。首先，家事它盘根错节难分对错，再就是分清了又如何？况且调解自己女儿两口子的矛盾这火候必须要拿捏到位，否则会适得其反。是啊，女婿毕竟和儿子不一样，话说轻了不起作用，重了会起反作用，斥责女儿可以，怎好开口批评女婿？因此母亲几经思索，多方考虑后定下的解决方针是：不问原因，不评判是非，除了骂女儿，其他一概不提。

“你多大岁数啦？已是做母亲的人怎么还如此不懂事？经常教育你要忍让为先，什么事都不能由着自己性子来。大过年的跑来丈夫单位闹气，成精了你？不嫌丢人？”二姐与二姐夫见到我们很惊讶，二姐上前问候时母亲开口便骂将起来。母亲骂时瞪着双眼，可能是为增加威力还用手“啪啪”拍着桌子。

“今天我给你定三条规矩，一是今后必须学会做贤妻良母，什么时候都要善待自己丈夫，在工作上要多支持，自己把家务担起来不能拖他后腿。二是要善待公婆，现在是有很多媳妇对自己公婆不敬，可你是我女儿，决不许有这种行为。

再一点就是像这种吵架闹气之事也不许再发生，再如此看我不大嘴巴抽你。”

“妈可不是一般人，见识和谈吐哪像没读过书的农村妇女？这些年来每次见面都会给我指点迷津。说句实在话，今天我能取得的点滴成就，是和她老人家的教诲分不开的。”一次二姐夫来京出差，谈起母亲是不住地赞美。此刻听着母亲对二姐这一通电闪雷鸣的责骂，特难为情的他急忙上前道：“妈，我们错了，请您老别生气。我保证，以后决不再拌嘴吵架。”“他姐夫，是我对女儿教育得不好，抱歉啊。”母亲的话让满头大汗的二姐夫忙不迭地道：“妈，您老千万别这么说，我无法承受。”

在母亲与二姐夫对话这个工夫里，被母亲骂傻了的二姐缓过了神。“妈，您是我亲妈不是？见面也不问问吵架起因，不分青红皂白就先骂我。”不等二姐把话说完，母亲抢过话又斥责起她：“少啰唆那些陈谷子烂芝麻之事，我不听。”看二姐张嘴又想说什么，她一挥手道：“闭嘴，快做饭去，再说一句废话立马就抽你。”说着话那巴掌已高高扬起。看着母亲那夸张的动作我和二姐夫都笑了，二姐也笑着去了厨房。

母亲叫我来是相助解决问题的，可进门后一句话还没轮到我说，她已将二姐两口子给摆平，这两位闹了几天的矛盾经母亲这一通骂而烟消云散了。望着大口喝水的母亲，心里对她这出手便切中要点，从而化解矛盾的能力是特敬佩。同时又为她这种能力是从哪里所得而纠结起来，天生？我思想上不接受天才论。后天养成？那怎么才能炼就呢？接着又想到我家这群孩子，把每个人处理问题的能力掂量一番，虽说有的这方面是强项，有的那方面有优势，可没一人继承了母亲衣钵而有此种能力。

## 十八　推门夜

秋日的故乡一派丰收景象，金灿灿、沉甸甸的谷穗垂着头，似乎在恭迎着勤劳的主人。依偎在秸秆腰间的又粗又大的玉米穗，散发出的淡淡清香弥漫了原野，醉了人。时隔三年又一次回乡探亲的我踏上这日思夜想的桑梓地，望着眼前的累累果实沐浴在温暖阳光下，心中是欢欣、惬意，柔情满满。

这次回来可以用兴高采烈来形容，原因是给母亲带回了惊喜，我是和新婚的妻子结伴而归。跨进院门，看到从室内迎出的母亲，我急忙拉着妻子快步来到她面前报到："妈，您交代的任务已完成，儿媳妇给您带回来了。"母亲笑了，笑得灿烂、爽朗，上前拉住我妻子的双手连声说几个"好"字又道："快生个孙子妈会更高兴。"她这句道出心声的实在话引得围观的乡亲们一阵大笑。"妈，弟媳这是第一次回家来，怎么见面就说这个？让人多难为情嘛。"大姐的埋怨之言让母亲又"哈哈"笑了起来，笑过才接话道："这是眼下我最盼望的事嘛。来，快进屋，进了自家门，就是一家人，妈老了，说话有什么不妥之处，请多担待。"母亲边说话边拉我妻子进了堂屋。

进屋还没落座，母亲就把我妻子拉至界墙前，指着我上学时所得的奖状一一地做介绍。第一次看到这些的妻子很新鲜，有些不明白的地方还主动问。难得有这么个好听众，大喜的母亲介绍起来格外认真细致。此一刻的我进一步地明白了儿子在母亲心中的位置，及儿子取得的点滴成就在母亲心里是多么重要。

经过父母精心准备，晚饭时家乡的各种美味摆了满满一大桌，在我印象中以往家中过年都没这么丰盛。凉菜是拍黄瓜、拌粉皮与拌豆腐丝，还有一盘凉拌牛肉。热菜有摊鸡蛋、肉炒萝卜丝、炒辣椒、炒芹菜等。母亲还破例让父亲杀了一只又肥又大的老母鸡，炖了满满一大盆放在桌子中间。还有一盘我为其挨过骂挨过打而又念念不忘的油馍。家乡的风俗中，相沿成习的规矩是家中来了男客人，是男主人陪，若是女客，则是女主人陪。对第一次进门的儿媳妇，母亲是待若上宾，安排坐在最尊贵的位置，自己也当仁不让地成了饭桌上的主事者。

开席后，母亲将那盆炖鸡挪在我妻子面前，继而举杯敬酒。酒过三巡，母亲先夹起一只鸡腿放进我妻子碗里，而后才示意大家吃。事有凑巧，当大家伸出筷子去夹盆里的鸡肉时，突然，从房顶上掉下一块和拳头差不多大小的泥块，准确无误地砸进了鸡肉盆里。泥块的力道还挺大，盆里的汤汁溅起老高，坐在饭桌周围的每个人头上身上或多或少都被汤汁给沐浴了一番。我妻子距盆最近，头上身上受惠最多，黏黏糊糊的汤汁顺着她的头发哩哩啦啦的。初时，桌边人都被这一幕惊呆了，接着便跳起身来手忙脚乱地抖搂。母亲身上也淋了不少，可她没有先顾自己，而是用毛巾飞快地帮我妻子擦。“唉，真是的，这是什么事嘛！”室内灯光不是很明亮，可我看得很清楚，母亲脸上与脖子上都通红通红。

家里主房是老式的起脊建筑，一明两暗三间，中间是堂屋，两边是卧室。当年修建时因财力所限，盖得十分简陋，除地基用点碎石与砖块外，四面墙全是黄土夯成。房顶材料也是能省则省，稀疏的椽子上面铺的是高粱秆编织的箔，在箔上摊一层泥后就把房瓦摁在了上面。按常规房瓦应是一仰一合，密度是一压三。为了省钱，就减少了合的那一行瓦，且仰的那一行密度还是一压二。这样将就的结果是房屋建好后不长时间就开始漏雨，外面大下，里面小下，外面已停，里面仍下。高粱秸秆及椽子被浸湿朽烂后，时常和着泥巴一起往下掉。再后来的雨天里，白天坐在家里有“滴滴答答”之声相伴，夜晚躺在床上听着雨声还可以数星星。

慌乱过一阵，母亲又劝大伙坐下，本来兴致极高的她此时有些悻悻然，说话声音生涩，笑容也很勉强。“对我情深意长的老房子，掉下一块泥巴原本是想给汤里加点佐料，表达一下欢迎之意的，只是泥块太大有点不厚道了。”我这凑趣的话，桌边人听后都迎合着笑了起来，母亲也冲我笑了笑，只是笑意里挣扎的成分居多。接下来我不时给母亲夹菜，她却很少吃，受泥块之影响，大伙情绪也不高，勉强喝过几杯，欢迎宴便结束。

晚饭后家人又坐在堂屋里聊了一会儿，大姐将我房间床铺整理一番后过来催促道：“弟弟，弟妹，时间已晚，你们坐了一昼夜火车也累了，早点休息去。”我招呼妻子刚要进房间，母亲却先一步堵在我住的房门口道：“你一个人进去睡。”然后将目光转向我妻子：“她不能进去，今晚她跟我住一起。”“妈，这是何意？”“你们还没结婚呢，不能住一块。”“妈，弟弟他们在京已登记领证，从法律上讲已是合法夫妻。再说，现在年轻人婚前大都住在一起，您真是老封建。”大姐的话并未说服母亲，只见她沉下脸道："外面是外面，咱家是咱家，外面的事我管不着，在咱家就不行。俩人还没典礼呢，没拜天地父母，咋能算结婚？没结婚哪能住一起？"

《诗经》中云："死生契阔，与子成说。执子之手，与子偕老。"对于古人来说，结婚是人生中头等大事，所以为了让婚礼更加隆重，设计出了诸多习俗，目的是让人们感受到婚姻的隆重性与礼仪性后，进而使一对新人遵守婚约，百年好合。由于生活环境不同，老家的人们对传统的约定俗成的事情始终坚守着。就拿娶媳妇嫁闺女来说，还是遵循着拜天地拜父母这种习俗，无论你说它是守旧也好，封建也罢，也无论社会上怎样大力提倡新事新办，但总有一部分人依然坚持着老礼。母亲就是这种老派婚俗的拥趸。对不请客不拜天地父母的做法总认为不正规，按母亲的说法是不合礼数。就是对去民政部门登记领证也并不十分看重，认为那不过是一张纸，是履行一下手续而已，似乎婚礼的仪式比法律规定都更具约束力。

"妈，我俩已商定，在婚事上一切从简，在京也已和她父母议过，两位长辈也同意我们意见，支持我俩旅行结婚。这次一起回来看您，就当作新婚旅行。"母亲对我的解释还是不接受："她家是她家，咱家是咱家，她家是嫁闺女，咱家是娶媳妇，娶媳妇哪能不拜天地父母的？偷偷摸摸的算什么事？你让我这张老脸往哪搁？"母亲越说越来气，接着批评起我："你回来之前就该告我一声嘛，若知道你们要结婚，我就会先看好日子，进门就举行婚礼，那多好多喜庆？你这孩子这么大了怎么办事还是一点章法也没有？还这么不靠谱？"看到母亲这个态度大家面面相觑，你看我，我看你，一时间僵在了那里。少顷，妻子对我使个眼色，示意我别再拧着，自己走去了母亲房间。

安排好我妻子，母亲又回到堂屋后，大姐埋怨她："妈，您真是的，咋这么多规矩？这让人多尴尬嘛，现您说咋办？"气还没消的母亲指着我又是一通斥责："都怪你，早来个信啊？现给人家姑娘啥也没准备，等你们回京后她家人还不笑话我这个做婆婆的不明理？再说也对不起人家姑娘啊？嫁到咱家什么都没给人准备，咋说嘛。”“妈，之所以没提前告知，就是不想给家里找麻烦。她家也不是那种计较这些的家庭，人家要是图钱图财的，嫁我这个穷光蛋干吗？我先声明啊，坚决反对大操大办，并且我在家也停不了几天。”母亲急了，伸手捣捣我脑袋道：“你想归你想，反对也不作数，咱家我说了算。”

在乡村里，给儿子娶媳妇是众多喜事中最大的喜事，家家户户操办起来全都不遗余力，倾其所有。邻里间相互以谁家办得讲究、奢华、场面大为荣。对我的婚事，母亲早就想着要排排场场办一办，这一，我是她几个儿子中最后一个结婚的，母亲她人生所操心的最重要之事就要完成了。还有就是儿子娶的是北京姑娘，这可是三乡五里、十里八村的独一家，如此体面之喜事哪有不隆重庆贺一番之理？争执好长时间，见拗不过母亲，最后只好按她的意见行事。只是因事起仓促，母亲也无奈的做了些妥协，不大操大办，小范围宴请一下亲戚和近邻。又考虑到我在家停的时间短，母亲当即拍板：“不看日子了，明天准备，后天办。俗话说‘择日不如撞日’嘛。”接下来就分兵布将，要父亲天亮就去赶集采购吃的东西，让弟弟去通知亲戚，安排妹妹将室内外卫生搞一遍。转过脸交代大姐道：“你把自己存的钱，明天都取出来借我。”以往家里的任何事情，都是由母亲安排布置，大伙各自去办理落实。多年来这已形成习惯，谁也不会说什么。“妈，我做些啥?”“你是主角，不用做事的，只管当好新郎就行。”大姐调侃我的话逗得大家都笑了起来，母亲笑声最大也最长。

隔天我家院里院外挂起了红灯笼，门框上也贴上了红彤彤的对联。吉时一到鞭炮齐鸣，仪式按规矩先拜天地，接着给父母长辈行礼，礼成，已到开宴时间。客人虽不是很多，但喝起酒来大家也是猜拳行令，好不热闹，母亲敬酒敬茶忙得团团转，等送走客人已近日落。

晚上，母亲把从大姐处借来的钱，及收到的礼金装进一个红包里递给我妻子：“时间仓促，没给你准备什么礼物，这点钱拿着回京后自己买些喜欢的东西。”见我妻子辞收，又道：“钱少了点，抱歉啊。”在几年的接触中，妻子已很清楚家里的经济状况，还有我已给她透露了为给我们办婚事母亲借钱之事，因而她此时的辞收并非嫌少，而是不愿给家里添负担。可母亲显然对此生了误会，说话时脸都红了。见此，我急忙从她手中接过钱转给妻子："先收下，这是母亲的心意，至于怎么花以后再说。"

应酬了一天特疲惫，躺下后我很快就进入梦乡。夜半时分，恍恍惚惚里感到有一只手在摸自己的脸，起初，以为是妻子她梦中随手所为，可又感到摸我的手有些异样，只是迷迷糊糊中也没想太多，遂伸手去拿开。待触摸到这只手时我登时一个激灵，这不是妻子的手，这只手很粗糙，且它的气息自己太熟悉了。幼年时这只手给我挠过痒痒，头上、脸上享受过它无数次的抚慰。青少年时期脸上头上及屁股上则挨过它数不清的抽打，可以说对这只手上的每一条纹路自己都十分清楚。

窗外的月光不是很明亮，母亲又是背对着它，朦胧中看不清楚母亲脸上是什么表情，只知道她一直在注视着我。应是我坐起动作过猛，惊着了床前的母亲，只见她有些慌乱地向后退了一步，但她注视我的目光却没移开。过了一会儿，看母亲没有离开的意思，我轻手轻脚下床，扶着她悄悄走出房间。

"妈，这么晚找我有什么事吗？"母亲没回我所问，而是长长地"唉"了一声。在日常生活中，母亲她常常唉声叹气，着急、生气时叹，高兴时也这样，还有在我们没领会她的话意，或者谁的回答没说到点子上亦如此。此时的这声叹应属于后者。

在我家乡，农家的堂屋后墙上都没有窗户，前墙上也不开窗，只有两扇对开的门，不论昼夜，门一关室内是漆黑一团。随着母亲的又一声叹气，我忽然明白些了什么。小时候因睡觉不老实，母亲夜里总要过来给盖掉下床的被子，冬天里还会把自己的棉袄脱下来搭在我身上。因自己睡得沉，总是第二天起床时才知道。记得某个三九天的夜晚，母亲又一次把棉袄搭我身上刚离开我醒了，爬起身追进她房间里一边嚷嚷着"我不冷"一边将那件棉袄搭在她被子上面，可得到的回报是母亲的一巴掌："我摸过你身上，冰凉的咋不冷？"老家房间内没有取暖设施，一到冬季屋子里似冰窖一般，在被窝里缩成一团的母亲说话时声音在颤抖，扇到我脸上的手也哆嗦着。

“妈，我现在睡觉可规矩了，夜里请不要再过来给我盖被子什么的。”母亲依旧没回应我，而是转身走回了自己房间。稍许，又一次传来了她长长的叹气声，看来自己又领会错了母亲的意思。

第二天夜半，我又被一阵“咣当，咣当”的推门声给弄醒了。“睡觉把门闩起来干啥?”门是我刻意闩上的，之所以闩门是此时不同往日，担心母亲过来看我时，若妻子醒来那场面也太尴尬了。因而听到母亲的嘟哝声也没去开门，认为她推两下打不开就会离去。可母亲这晚似乎格外执着，是接连不断的推，且一次比一次用力。妻子她平时睡觉特沉，睡熟后刮风打雷都不受影响，不夸张地说就是把她抬起来换个地方都不会醒。此时她却醒了，往我身边偎偎道：“是你家狗在撞门吧?”妻子的这句话，我心里明白她并非故意骂人，而是下意识地随口一说，可我还是很恼火，没好气地抢白她道：“瞎说什么呢？睡癔症了你?”还迷糊着的妻子对我态度如此之恶劣很莫名，转过脸怔怔看着我。过了一会儿见我没吱声，嘴里嘟囔句什么又转身睡去。

在我对妻子嚷嚷时母亲停止了推门，可我知道她没走开，之后母亲没再推门，我也保持着沉默。静默一段时间，母亲离开了，那拖沓的脚步声很深重。母亲走后我没有躺下睡觉，而是坐在床上想着她这种行为是往日惯性使然？还是?

“花喜鹊，尾巴长，娶了媳妇忘了娘。”这是乡村里流传多年的一首儿歌。小时候母亲对我也说过“等你娶了媳妇就不会再和娘亲了”这类话。幼时只以为母亲是说着好玩的，大了后认为这是一种调侃。难道？难道此时此刻母亲把这个当了真？不，不，明事理的母亲不会吧？不该呀？唉，我纠结了。

点支烟慢慢抽了几口，心中翻了几个来回后对母亲的这一行为也理解了，是啊，自己含辛茹苦养大的儿子，忽然一下归了他人，是让人一下子难以适应。想到这里我急忙跳下床来到母亲房间门口，推门时也打不开，门也是从里面闩上了。

乡村的夜晚格外沉静，静得没一丝杂音。月亮升高了，房脊处有光亮透了进来。我又点了一支烟，接下来在堂屋里来回走着，然后又去推母亲的房门，门依旧推不开，几次之后见母亲没开的意思便隔着门大声道："妈，儿子向您保证，永远爱您、和您亲。请放心，我绝不会做那娶了媳妇忘了娘的花喜鹊。"母亲对我这宣誓似的表白依旧没回应。又过去好长时间，当我离开时，刚迈出两步就听到了母亲她睡的那张老掉牙的木床传出一阵"吱吱嘎嘎"的声音。

## 十九 冲突

### 1

随着母亲年纪增大，我一改几年才回乡探一次亲的惯例，基本上保证每年都回一次，若没有特殊情况，假期大致都安排在春节期间。20 世纪 90 年代初年，春节前去南方出差，事情办完没回京，而是直接回的老家。这个时期车票紧张，所去的城市又没直达我家乡的火车，途中几经换乘，致使年三十中午才赶到家。此时乡村里已处处张灯结彩，家家户户房门上已贴好对联，空气中弥漫的肉香让人垂涎欲滴。暖冬之故，气候并不寒冷，头顶上太阳照在身上暖融融的，那些忙碌着的乡亲为干活方便，已脱下了身上厚重的棉袄，可脸上还是挂满了汗珠。

走近家门眼前一亮，一座崭新的农家宅院代替了过去的那座老旧房子。不知是听到了他人与我的打招呼声还是分辨出了我的脚步声，只见母亲快步迎了出来。自我入伍离家后，母亲每次见到我之初，都会先看我好一阵才说话，这天也没例外。"儿子，你这是忙什么呢，这时候才回来？""去南方出差，回来的票不好买，要不还能早回个一两天。""工作重要，早一天晚一天的没啥，能回来就好。"院门口放一张小桌，周围坐着几个人在喝茶，仔细看了一遍却一个也不认识。"这是我儿子，在京城工作。"母亲给人介绍后，又示意我给人敬烟，看我动作慢，她拿过我手中烟盒麻利地掏出一支支来一一敬人，然后将那盒烟放在了桌上道："抽啊，别客气。"

跨进院门看清了新房全貌，正房是三间，偏房连着大门也是三间，房墙和院子围墙全由红砖砌成，房门新刷的油漆在阳光下闪闪发光，玻璃窗明亮宽大，院子里也铺成了水泥地面，显得干净整洁。正在院子里四下欣赏时，先一步进了堂屋的母亲"嗯"过一声示意我快进屋。"妈，这房子盖得真不错，既美观又结实。"母亲没在意我这赞美之言，回的是："钱花得也不少。"我没接她这句话，顺手搬过一把椅子放在界墙边刚要坐，只听母亲问："儿子，你回来带有多少钱？"母亲的话让我一愣。以前每次回来探亲，见面她都是嘘寒问暖从没提过钱字，给她留新一年的生活费还不愿要，嘴里总是那句："家里花不了什么钱，儿子，你在外面用钱的地方多，自己留着。"此时见母亲如此直白的要钱，让我有些意外，不过还是立刻从兜里掏出钱笑嘻嘻地递上："妈，这是你和父亲下一年的生活费，请笑纳。"期待着的母亲接过钱飞快地数了一遍后，眉头一紧道："儿子，这不够，你身上还有多少？""这次出差时间长花得多，身上只剩点回去的路费。哦，二百块不够啊？妈，您先花着，等我回京后再给您寄一百。"我话音刚落，母亲脸上已现出不悦之色道："儿子，少装糊涂你，我需要的不是生活费而是建房款。"接下来扳起手指一一说起建房资金来源及款项之支出情况。"开始的预算是五千元，我手中的资金是四千元不到，这些钱的来源之一是你这些年给我和你父亲的生活费之剩余部分，二是养家禽及地里的收入等，计划着差不多够了。谁知后来原材料及工费都涨价了，再加上院子里铺了水泥，砌围墙又用了不少砖，这七七八八合在一起就超出预算近千块，现还欠人两千多。"我每月工资才一百多一点点，得知盖新房还欠人两千多心里马上是一阵哆嗦，随之愁肠百转。

建新房这件事，上次回来探亲，母亲同我议过。家里老屋太破旧已成危房，父母住在里面我也不放心，当场表态同意。不过对建多大面积的房子和母亲分歧严重，她的意思是盖一座农村常见的四合院，我意见则相反，认为盖那么多房子没什么用，想着自己已在京定居，现父母健在，每年回一两趟，住十天半月，待他们百年之后就不可能回来居住了。讨论中有人建议我趁年轻盖一处院子退休后回来养老，这个提议在我看来也不切实际，且不说距我退休之时还太遥远，单说自己已离乡多年，对乡村的生活习惯及卫生环境都已极不适应，因而此事理论上说说可以，现实中行不通。还有重要的一点是农村房子没产权，无法变卖可又拿不走，投资那么多钱盖房纯粹是给他人做好事。以此，我提出的方案是，旧房拆下来的材料能用尽量用，盖两间小房够父母住就行。

“农村里看谁家日子过得兴旺与否，首先就是看房子是否高大、漂亮。儿子，你盖狗窝呢？让我住这样的房子你啥意思？告诉你儿子，这不行。”母亲不仅断然拒绝了我的建议，质问我的声音也特高。“妈，谁都愿意住宽宅大院，问题是钱怎么解决？我虽说有工资，自己生活以及赡养您和父亲都没问题，可一年到头也剩不下几个，让一下出资盖一处宅院这不现实。”“儿子，你心里咋想的妈心知肚明，别说得那么可怜。放心吧你，我不能为盖房子卡住你脖子不让吃饭，不让你过日子，这么说吧，愿出多少钱你随意，就是你一分不掏我也自有办法将房子盖起来。”说完这些母亲“哼，哼”冷笑两声又道：“儿啊，就你说话做事这一副‘破落户’的做派，咋能成事？哎哟，我这啥命嘛，咋养了个你这样的儿子？”

在农村起房盖屋可不是个小事情，普通人家不拼死拼活劳作十年、二十年，省吃俭用的从牙缝抠钱你想都别想。俗语中“土木工程不可乱动，乱动要人命”的意思就说明，从准备材料打地基开始，哪一步哪一环离开钱都行不通。钱的考量是一方面，另一方面我也不同意母亲之观点，就为了让他人看着体面，而自己勒紧裤带、节衣缩食地盖一处院落，图这样的虚名没必要嘛。之前给弟弟妹妹们掏学费生活费自己从没犹豫过，就是给弟弟出资盖房娶媳妇时开始虽稍稍纠结了一会儿，可后来也是倾囊相助没含糊。此刻对母亲的这种想法从心底里不认同，不接受，可以说是持反对态度。娘俩意见相左，谈话不欢而散。之后母亲也没再谈过此事，我便以为她当时说的是气话，看我不同意拿钱会知难而退，而接受我的意见。谁承想母亲她竟然一意孤行，盖起这座宅院，现又把所欠款项落在我头上。

“这些欠款本来已有着落，原计划从你大姐处先借钱，并已说好节前送来，可今早她回来告知自己借出去的钱没收回。儿子，你说急人不急人？儿啊，我现在就像被石磨压住手，没法了，你得帮我想想办法。”母亲说这些话时声音压得极低，一脸愁容的她语气中也带着苦味。

给过母亲生活费，我身上除了回程路费的确是没了多余钱，再一点对母亲逞强好胜的做法又存有一肚子气，因此看着她在那里着急虽没看笑话的意思，但也没有主动去想办法化解，而是摆出一副事不关己之模样坐在那悠闲地抽起烟来。

“妈，我现在也没办法，只能等过完节回京再说。”母亲性格急我自然清楚，可因对她心存不满就故意抻着不吱声，过去好一阵才这样道。“不行。儿子，当初赊人家东西时说好的年前还，不能说话不算数。”“妈，今已年三十，节前节后的不差这几天吧？”我这种消极态度让母亲更着急，用一种近似乞求的口气道：“儿子，我要强了一辈子，别等老了做出这说话不算数的事。门外小桌边坐的那几位，就是赊人家材料及工费的老板，是我告诉人家今天还钱，让人过来拿的，现又出尔反尔说没钱叫人空手回，这话让我咋说出口嘛，若如此让我以后怎么往人前站？”说着话母亲还不时伸头向外望，当桌边人也向里看时，她又马上回避着躲开，那行为好像是做了什么见不得人的事似的。

乡村里自古就有节前清账之习惯我也清楚，也理解母亲此时的心情，不过理解归理解，还是因极不赞成她之做法，给出的回应是不阴不阳地两手一摊，还摇摇头。

母亲说话做事重承诺，讲信用，只要是应人的事，无论如何都会兑现。对于还账之事计划得也算周全，一是从女儿处借，同时还留有一手，就是等我回来。谁知计划赶不上变化，两头皆落空是特着急，又见我做出这个敷衍之表情，是急上加急，接下来说话时声音已变调。

“儿子，我和你父亲已这把年纪，住什么样房子都无所谓，可为什么要坚持盖这座房子呢？今天就打开窗户说亮话，其一是，妈不在了你啥时候回来也好有个避风挡雨的栖身之地。其二呢，上次你媳妇回来吃饭时闹的那一出，让妈这张老脸都快羞死，我就是想着把房子盖好，在新房里排排场场、体体面面再请她吃顿饭。”

对自己认准的事，母亲总会不顾一切地去做。此种行事风格溢美之词曰：执着、有魄力、敢作敢当等。实际上就是固执。若是关乎脸面的事，那固执更甚。因此常遭家人抱怨，也是基于此，有时我就成心和母亲她顶着，越说得多越不干。此时听完她这席剖开心扉的话，我那颗拧着的心却即刻转了过来，嘴上也不犟了。是的，母亲她做任何事很少是为自己打算，在她心里儿女们永远都是首位。整天风里雨里的劳作，自己舍不得吃舍不得喝的，还不全是为了我们这些孩子吗？况且这房子母亲的确是为我所盖，事先也议过，只不过面积上有些偏差而已，自己还钱那不是应当应分的吗？实不该选择置身事外之看戏态度。又想到此时也不能和母亲太较劲，以她的脾气若急出个好歹咋说？“妈，这样吧，我现在去市里朋友处借钱，来回也就三两个小时，保证让您兑现年前还钱之诺言。”我这句话一出口，满脸愁苦、满眼焦虑的母亲即刻笑逐颜开：“好，好，儿子，我也正是此意。”接着就去给我安排自行车，细心的她还叫来村干部六叔陪着一起去。“妈，您叫六叔作陪，不会是怕我跑了吧？”对我的逗趣之语母亲的回答也极富幽默感：“你要是半道溜号，妈只会找个没人地方扇自己嘴巴，奖励自己养了个好儿子。”说完又笑着走去大门口对坐在小桌前的几位老板道：“抱歉啊，钱还少几个，儿子这就去市里取，中午老几位就在这吃饭。请放心，今一定清账。”

进家门还没喘口气，水也没喝一口就被母亲差遣着去借钱，心里虽对此已理解，但嘴上忍不住发了几句牢骚。六叔以为我对母亲有多大意见呢，急忙解释道：“侄子，农村人不像城里人似的，邻里邻居的相互都不认识，这可都是子一辈、父一辈的，几代人之间谁都了解谁。若谁做事失信用不但会累及家人，甚至会影响下一代。你母亲厚道大方，大事小事从来都说话算数，你看她已年过七十，这次盖房能赊来这么多材料，这得多大面子？现在社会上信用差人情薄，一般人都赊不来这些东西，别看我做这么多年村干部也不行。只有你母亲有这个面子，对人打个招呼，这钢筋、水泥与砖什么的，就痛痛快快给送来了。能做到这些，那名气与口碑都要非常好才行。另外，这盖房子的事可不像说起来上下嘴唇一碰这么容易，特累人累心，千头万绪的，哪个地方想不到出了差错费工费料不说，还影响质量与进度。那年我家建房，完工后累得我瘦了十多斤，歇了一个多月才缓过劲。你母亲这么大年纪还能张罗盖房，这一点村里人都佩服得不得了，个个都竖大拇指。”

母亲的精明强干，做人做事讲原则有信用我是清楚的。“其实，对母亲我也很敬佩，这么一大家子人这么多事，都是她在操心受累，的确是太辛苦。”“是的，你母亲她对你们这个家贡献巨大这一点是毋庸置疑的，对你看得也格外重，你在她心目中的位置任何人都无法替代。”接下来六叔讲出了发生在五年前的一件往事来佐证自己所言属实。那年的冬季某日母亲去镇上赶集，行至铁道边看到一女弃婴就抱回了家。当时计生要求严，鉴于母亲不符合收养孩子之规定，村里分管这项工作的人几次三番来家谈话做工作，让放弃收养，同时还给联系了两家符合收养条件的家庭。可母亲是任其说破嘴也不接受，村里召开的大会上受到批评也依旧不听。一天，乡里召开计生工作汇报会，村里是六叔参加，谈起母亲收养弃婴之事众人摇头时，他自告奋勇说自己能解决，还放言：“去了一句话就解决问题。”当时，与会的人都笑了起来，认为六叔在吹牛。可事实是那天开完会他到我家真的只说了一句：“嫂子，听我一句劝，眼下计生政策严，若为此而影响到您在北京的儿子咋办？”六叔的话一出口，母亲也就是愣了两三秒钟的工夫即刻道：“六弟，不是我不听劝，成心和谁过不去，您说我一个土埋到脖子的人，养这么个小人儿能得她什么济？再一个我血压高，心脏病还老犯，说不定哪天就入土了，剩下她咋办？老六，这小闺女她来到这个世界上是老天爷的安排，也是条人命，被父母遗弃多可怜啊。还有你们给找的那两家可收养孩子的家庭，我私下去查访过，人家不咋样，把孩子交给他们我不放心。这样，你们再费心找找，只要是愿收养的人心地善良、品行端正并保证不虐待孩子就行。”过后六叔联系到一家符合收养孩子规定的人家，母亲又去明里暗里查访几次，认为那家人品还不错，其他条件也满意后才把小女孩送走。

“在那段时间里，你母亲要么提只老母鸡，或带一筐鸡蛋送给村里刚生完孩子的两位妇女，求人给怀中的小女孩奶几口。之后还几次看到她去收养小女孩的人家里探望。”六叔讲的这件事风闻过，具体不是很清楚，可母亲对我看得重，这一点自己心里比谁都明白。头些年但凡听到一点我之不利消息，便一趟趟往北京跑，不光是辛苦可以说是操碎了心。为能了却母亲年前还钱之承诺，让她过一个愉快的春节，我加快了速度。

一路上听六叔把他对母亲的了解与认知娓娓道来，心情激动的我将自行车蹬得飞快，半下午时我们就回到了家。母亲给桌边人一一还钱时，我看到他们每个人面前都放着一盒我带回的香烟。这烟价格较贵，平时自己都舍不得抽，是带回来孝敬父亲的。还看到他们的茶杯里沏的是这次带回来给母亲喝的好茶叶。“谢谢，谢谢老几位。”结清账的母亲此刻还在不住地对人道着谢，脸上的笑容轻松、坦然。

大年初二，家里来了很多亲戚，姐姐妹妹们也都回来了。坐在新房子里聊天，建房之事自然成了话题，有人夸奖母亲：“能耐真大，这般年纪还能张罗着给儿子盖房，真令人佩服。”母亲先是谦逊一番然后夸起我：“不是我给儿子盖房，是儿子积极出钱建新房孝敬我们老两口，节前还欠人一些债，儿子得知后担心我着急，立刻想办法给还了。”母亲的夸奖令我汗颜，想起当时情景心中特有愧。不好意思看他人更不好意思看母亲，只好低头抽烟掩饰自己的尴尬。

“弟弟这么痛快出钱，我想一定是您先自作主张把房子建好，然后泪水涟涟地让弟弟帮忙还账。妈，您这套做法别说弟弟他只能乖乖就范，任你千军万马也抵挡不住。”大姐这些话也是实情，母亲在好多事上的确如此，总是先按自己想法把事情做成之后再将事实摆在你面前，强制你接受。这种行事风格使大家对她或多或少都存有意见，大姐就受过多次这种“胁迫”，好多次被母亲谈谈话，瞬间便成了“无产阶级”。

大姐所言让母亲有些下不来台，她转过头眼巴巴望着我。刚才母亲的表扬虽夸张成分居多，可听起来总比批评受用，于是起身道：“我先声明一下，建房之事妈事先和我商议过。再就是，我是这么理解母亲眼泪的，母亲的泪水抵不住千军万马，母爱却胜过千军万马。”对我这投桃报李的一番解释，母亲特高兴，眉开眼笑的她用手指着大家道：“听听，你们都听听，我儿子书真是没白读，说话就是招人喜欢听。还有，我有那么霸道吗？我说话做事挺讲民主的呀？”这话引来家里一片笑声，只是每人笑声里的内容各不相同罢了。

2

年初三上午来哥哥家串门，进了院子看到嫂子蹲在水池边杀鸡，不得要领的她用刀在鸡脖子上比画半天，手中那只鸡依然在高唱与飞舞着。开始我站在一边看着笑着，后见嫂子手忙脚乱的样子遂上前接过手。先将鸡脖子上的毛拔去一些，接着手起一刀割断其喉咙，随后就着它蹬腿挣扎的那股劲将血淋出。完事后张手一抛，便将不叫也不扑腾的鸡扔进了盆里，整个过程也就两分钟的工夫。

“这才是男人嘛，做事干净利索。”面对嫂子的表扬我笑道：“这没什么，杀鸡本来就是男人干的事嘛，我哥呢？咋不让他来杀？”“别提你哥，说他就让人来气。这只鸡早上出笼时已捉住，看它年头长想早点炖上，好中午请您吃，可他胆小不敢杀，没办法我才动手。”嫂子话刚落，厨房就传来哥哥声音：“谁胆小？我是不忍心伤害一条活生生的性命。”闻声来到厨房门口，看见正在烧水的哥哥，我又笑了起来：“哥，您两口子可真有意思，活是反着干。哎，有一问题请教一下，不忍心杀，那肉您吃不吃？”“怎么不吃？吃得不比谁少，就是胆小还不认账。”嫂子的话让哥哥脸红了，见他要说什么便急忙接话打岔道：“不会吧嫂子？哪有男人连只鸡都不敢杀？哥哥所言也是，良善、仁爱之人是不杀生的。”

“儿子，你可真会夸人，这是良善？这是窝囊。你嫂子说得没错，你哥就是个胆小鬼，窝囊货，打小就是。”这是不知什么时候已站在我身后的母亲接的话。哥哥脸上更红了，只见他梗着脖子道：“妈，哪里惹您了？咋这样污蔑人？”哥哥这个态度母亲哪能接受？从我身边挤上前抬手给了他一大嘴巴。接下来哥哥是一阵“哇哩哇啦”地嚷嚷，母亲则高一声低一声的责骂，两个人吵的是一塌糊涂。

母亲被我拽进堂屋里，嫂子劝慰两句离开后我问她：“妈，您为何老打哥哥？”母亲的回话让我哭笑不得。“打顺手了。”“妈，哥哥他也已是做爷爷的人了，以后别再当人面打他，特别是别当着我嫂子的面，人会不高兴的。”母亲并不接受我的劝告，瞪起眼睛道：“道理是如此，可只要他犟嘴我就忍不住。再说，我不管他行吗？”母亲说这话时理直气壮的。

“管当然该管，您自己的儿子嘛，可也要兼顾一下别人的情绪，要注意场合。妈，这么说吧，也就是您选的这个儿媳妇品行好人贤惠，对您当面打人老公才不计较。换个人试试？肯定会跟您翻脸。”母亲认同了我这些话，高昂起头道：“那是，我选的人还会有错？”母亲的话的确没错，嫂子确实是她所选。

“老弟，谈到这些让我想起了相亲订婚之事。那天您们走后，得知家中大人们已将婚事定下心里感到特冤。村里的其他姑娘定亲，人家都是先到男方家相看，弄清男方家境、人品如何后才定。只有我是个例外，是婆婆先来相看的我，相中后当场就定下婚期，这时候还没见过你哥面呢。”一天，和嫂子聊起她和哥哥相亲与结婚的过往，她的这席话让我笑了起来：“也是啊嫂子，婚姻自主嘛，您为何没见过对方的面就贸然同意呢？”“是冲着母亲才答应的。你知道的，我和妈娘家是邻村嘛，她的名声在我们那里可响亮了，都说她能力出众，为人厚道，因此就想着其儿子也不会差。”“嫂子，没听人说您这位婆婆厉害？”“也有人这么说，不过当时让我家长辈给否认了。说实话，通过这些年的相处，母亲厉害不假，但懂理讲理，这相处起来倒也轻松、简单、舒服。”

嫂子趁我和母亲说话的工夫，在厨房给母亲做荷包蛋茶的同时大声地批评着哥哥。荷包蛋茶做好后特意让哥哥给母亲端来，并提醒他用双手敬上。母亲抬眼看看哥哥，又望望嫂子长呼出一口气后接过了碗。娘儿俩的战争，在温顺又贤淑的嫂子斡旋下烟消云散了。

饭后和母亲去小河边散步，聊天中谈起她打哥哥，以及当年受哥哥拖累，致使她在妇女干部培训班的学业半途而废时，顺嘴指出她当年若在外婆、二舅与舅妈面前多说好话，以博得同情，或者在奶奶处不是那么横眉冷对，耿直率性，以及在父亲那里示弱些，不那般的大吵大闹，多些迂回变通，哄着他们放下疑虑而帮助带孩子，以达到自己目的为要，从而使自己能在培训班顺利毕业，那以后的人生一定和眼下大不同，不但自己理想可以实现，人生抱负可成，就是往低了说，日子也决不会像后来过得这般艰辛。母亲对我这些苦口良言很不以为然，鼻子里“哼哼”着，口中还骂骂咧咧的，大意是自己一生为人光明磊落，从未做过阳奉阴违之事，搞不懂自己堂堂正正的奶水怎么会养出我这么个小人做派的儿子。骂完也不散步了，径直回了家。

3

乡村里走亲戚所带礼物大都是鸡蛋与挂面，后随着生活条件逐年变好会添加一至两箱酒与饮料等。已拿不动这些礼品的母亲，就要求我在探亲期间陪她去亲戚家走走，因而在不长的假期里，这也成了我重要的事项之一。我喜欢的是和同学与朋友聚会，对去老亲旧眷家是一点儿兴趣也没有，若和那家亲戚间存有嫌隙就更不愿去了。年初五母亲要我陪同去看望她的两位表哥，其中一位是前文中提到的他儿子旺喜在学校因胡乱涂鸦被判刑，我称其大表伯的那位。

早上起床，就看到母亲将备好的两份礼物放在了堂屋里的长条桌上，吃饭前后她又提示了几遍。半中午了见我嘴里“哼哼哈哈”地应着，人却不动窝，母亲脸上现出了愠怒。“儿子，啥意思你？”大表伯是兄弟俩，不愿去他家是不待见他弟弟。起因是我读高二那年，家中断粮，母亲让我去他家借，不知何故这位二表伯竟一粒粮食也没给。自此对他耿耿于怀，成见颇深。母亲重感情，对人多记恩惠，而我却没这般境界，对人之过虽没念念不忘但也不曾忘却，事情过去这么多年对这位二表伯还一直心存芥蒂。这两天母亲已提过几次去这两位表伯家，我都找借口拖着。

“哥，去吧。妈常对人说自己儿子在京城工作如何如何的，你陪着去体面，我想去陪妈还不同意呢。”妹妹所言貌似调侃，却也并非信口乱说，母亲坚持让我陪自己去走亲戚，想来应有这层意思。“儿子，别听你妹妹乱编排人，我哪有这个想法？你大表伯家的人都善良厚道，那年我娘家遭劫难，他们家给予的帮助最多。人啊，忘记仇恨可以，但不可忘记他人对自己的恩情。”母亲话是如此说，事也是这么做的，我回来探亲期间，她都会准备多份礼物，亲戚家自然有，还有我小学、中学与高中老师的，并给喜悦家也备了一份。“妈，去喜悦家不合适吧？见了面让人多难为情嘛。”“喜悦已结婚，哪还住娘家？碰不见的。再说，去之目的是看望你三伯，之前他对你那么好，看得那么重，可不能忘了人家。儿子，记住，人要有良心。”对我的异议，母亲这样道。

骑自行车带着几箱礼品行走在乡间高低不平的土路上很累人，这让本就不满的我肚子里怨气更多，随口就嘟囔出一些不顺耳的言语。“儿子，别怨天怨地的，你大表伯因儿子旺喜去世后心情苦闷，身体一直不好。这人啊，一辈子最痛苦的事莫过于白发人送黑发人，此时你大表伯他心里该有多苦啊，我总说去看看他，可拿不动礼物就没来。儿子，你来看看他，他会高兴的。”

大表伯儿子旺喜自杀之事已听母亲讲过，那年秋天他被判劳教时还是个少年，回来已是个大小伙子。据母亲说他回家后不招灾不惹祸安分守己的挺好，平时积极参加生产队劳动，冬闲季节还用人力车去山里拉煤赚辛苦钱。母亲知他在雪天里打赤脚干活特心疼，连熬多个夜晚做了两双鞋，托村里和他一起干活的人给捎去。为此而感动的旺喜还来家拜谢母亲，聊天中很为自己年轻时的无知而悔恨。碍于他的身份大表伯虽竭尽全力，母亲也几经张罗，可直到旺喜三十大几也没成家，心灰意冷的他在去年的大年夜了断了自己。

“人生在世，孝大于天。他这样年纪轻轻就寻了无常算什么事？这样不念父子情，不感父母恩实属大逆不道。哼，死了也罪孽深重。人若都似他这般，那人还养孩子干啥？养儿防老不成了空谈吗？人常说‘从小看大，三岁看老’。这旺喜从小就是个犟种，他一死百了，剩下你大表伯多可怜？从这一点上也表明旺喜他是个自私鬼。话又说回来，早先我总劝你大表伯对旺喜管教严一些，可他不听，舍不得打舍不得骂，百般娇惯，落下这个结局也是该着，上次你大表伯来家聊天中已认了这些道理，可‘正月十五贴门神——晚了’啊。”母亲之前常说要想让一棵树成材，必须时常修剪，若让它随意乱蹿那你只能接受它疯长的结果。此时面对母亲这位“棍棒出孝子，娇养无义郎”之理论的忠实拥护者，心中虽极不认同她这套说辞，可在旺喜这一实例面前还真不好反驳。

来到大表伯家，放下一份礼物后，又掏了一百块钱现金递上以表达对长辈之敬意。然后来到二表伯家也给了他钱，不过只是五十块钱。二表伯接过钱在致谢的同时还不住地夸我，一旁的母亲却面露疑惑看我好一阵。中午在大表伯家吃完饭，回之前母亲去二表伯家辞行时，我找个借口躲开没去。

“上午我看到你给两位表伯的钱数目不同，这是咋回事？”晚饭后母亲把我叫进她房间这样问。“不会吧？都一样的啊。”看我装糊涂，母亲声音拔高了道：“胡扯。我看得很清楚，你给大表伯的钱是两张五十块，给你二表伯的是一张。”“是吗？这我还真没留意，可能是掏钱时看错了。”母亲刚问话时就带着气，听过我这句蒙混之言厉声道：“不许糊弄我，你这么干不是第一次，以前我也以为你是粗心掏错了，今天可看得真真的，你是故意为之。儿子，别耍小聪明耍到我头上，今天必须讲清楚，这到底是为啥？”看母亲把事情已说破，我也不再隐瞒起因，把心中对二表伯存有意见的缘由讲了一遍。

“儿啊，你一个大男人，为这么点儿小事就记恨这么多年真难为你了。哼，你像个男子汉吗？心胸如此狭窄不害臊啊？这件事以我判断，极有可能是你二表伯家里当时粮食也不宽余，没粮可借。退一步讲，他人的财物借与不借都正常嘛。”对母亲说的这些道理我当然明白，可只要看到二表伯就会想起当年借粮无果之事，心中就会生出一股怨气。“妈，依您所言，现在给他多少钱也是我的自由，也属正常啊。”这个回答将母亲气得是双目圆睁，把床头拍得“啪啪”作响，声音也随之更高了：“浑小子，少在这强词夺理，你自己想想，这样不同对待两位表伯且已几次，如你二表伯知晓，心里该多难受吗？儿子，记住，人活在世上心中要多装爱，而不是装满恨。过去的旧账能不翻就不要去翻，抖落了尘土会眯眼睛的。一个人计较太多就会成为一种羁绊，除了徒增烦恼没其他任何益处。这件事到此为止，以后决不许再这样干，别看你已年过三十，若再如此我照样打你。听到没？”

那年二表伯听我表示出借粮之意没吱声，饭后临走时他也没表态，之后我心中就被愤怒充斥着，还真没想到过他可能是没粮可借这一层。听过母亲这席话我虽然还嘴硬，实际上心里已认识到自己的行为欠妥，先不说二表伯是无粮可借还是不愿借，单就做人而论，就不该睚眦必报，不该为点滴小事而记恨人一辈子。不过认识归认识，嘴上还是不愿承认自己之错，遂转换话题和母亲逗贫：“妈，您已这般年纪还打得动吗？”“打得动，不信现在试试？”看着母亲扬起的巴掌，我后退一步道：“以前已试过多次，没感到挨打有多好玩，今天就别再试了，改日吧。”说完一笑跑出了母亲房间。

4

母亲身体还算硬朗，屋里院外依然收拾得利利索索，井井有条。我回家探亲期间，顿顿换着花样给弄好吃的，她养的鸡基本上都会成为我的下酒菜。开始吃公鸡，吃完公鸡吃母鸡，标准是每天一只，有时来了客人，可能是两只或多只。假期结束，能剩下多少只鸡是取决于我在家住的时间长短。此时的母亲，已把我看作她生活与精神上的支柱，与他人聊天中也多次表示，我每年探亲之时是她一年里最快乐的日子。而此时的我年龄虽增加不少，思想却不成熟，把母亲对自己的依赖变成了骄傲的资本，敬仰逐渐减少的同时在她面前说话做事也颐指气使、指手画脚起来，那一副小人得志之嘴脸表现得淋漓尽致。

初八这天，一邻居娶儿媳妇，母亲去参加婚宴随了二十块钱的礼金。之后从家人口中得知，母亲不单给这家送的礼金重，村里无论谁家有喜事，她随的礼金都是这个数目，我心生不满了。

在农村，乡邻间有喜事送礼金有约定俗成的规矩，近亲与知己是一个档次，普通邻里间又是一个标准，大多数乡邻去送礼是为表示祝贺之意，礼金数额很小，当时的标准是五元或六元。办喜事的人家会将礼金数目登记在簿，过后等送礼的人家办喜事时再用大致相同的金额还礼。父母亲失去劳动能力后一般都由儿子去送，此时母亲和我生活在一起，所送礼金是代表我，可我已不在村里生活，所送礼金也就无望收回，这也是反对母亲送礼金太多的理由之一。另外还有一点让我不高兴的是，我们弟兄几个已分家，已不是一个经济体，有时其他兄弟们不在家，遇到村里谁家有喜事时，母亲常常是代他们出一份礼金，据说事后也没人还。对此，姐姐妹妹们也颇有微词，便怂恿我和母亲谈谈，以纠正她这些做法。

“妈，给您留下的生活费，目的是让您吃好点喝好点，以使身体健康。可据人说您对自己挺抠门，舍不得吃舍不得喝的，邻里间随礼倒挺大方，我认为没这个必要。”母亲对我的话很反感，板起面孔回应道：“我做人历来如此，人嘛，为人处世就该大大方方的，出手小里小气的那太丢人。”“妈，您以前怎么做我管不着，问题您现在是我在赡养，还是那句话，钱用在您自己身上我支持，拿去随礼我坚决反对。”

“唉，这人啊真是不能老，人老不中用了，花儿子俩钱就挨训。唉，这找谁说理去？让人寒心、寒心啊。”母亲说话时大颗大颗泪珠也随之滴下，说完转身走回自己房间并“咣当”一下撞上了房门。

自己那句话刚一出口已认识到太突兀，其实心中并非有意这么抢白母亲，是话赶话给秃噜了出来，接下来又听过母亲这番哭诉是即刻知错。

养育我们，母亲她是付出了自己的全部，可以说为我们甚至可以付出生命。而自己呢？刚给了母亲几年生活费就将尾巴翘上了天，就说出这种浅薄之言，想想自己都为自己脸红。听到母亲房间传出压抑的哭声，我急忙来到她床前道：“妈，我错了。我保证，以后再也不说这种浑话，要不您打我一顿解解气。”母亲接受了道歉，坐起身道：“妈老了，现在打不动了，搁以前，早已动手。”“那就先记着账，等您哪天精神好时再打也可以。妈，请放心啊，儿子我保证不赖账。”“行了，行了，我不生气了，否则非被你气死不可。”接着话头一转：“唉，儿子，你怎么突然和我谈这个？告诉我是谁跟你说的这些闲话？”“没谁说，是我自己要谈的。”“傻儿子，想不到你这么大了还是个二杆子货，别人竖个杆你就爬。还保密呢？刚才自己都已说漏嘴了不知道？”说话时母亲看我的目光里有无奈、怜悯及失望等多种意思。

第二天上午，我去城里和朋友们聚会，走前问母亲：“妈，现在物价都在上涨，一年里您和父亲的生活费大概需要多少？”“儿子，啥意思？昨天不答应再住几天的嘛，怎么这就要走？”以往回来探亲，给父母他们留新一年的生活费的时间大都是在走之前。“妈，不是要走，是想着先留下心里踏实，怕自己一不留神把钱花光了咋办？”开始，以为我马上要走母亲一脸焦急，得知不走，说话的语气又轻快起来：“花就花呗，你自己留宽余些，别在外面小里小气的给我丢人。”“OK，OK。妈，这可是您教导的啊，从今天起我就寅吃卯粮，到时请您来给还账哦。妈，想好没？快说个数。哎，别说少了反悔啊，过后我可就不认了。”“养你们这一堆孩子，就你废话多。”母亲拍我脑袋一下又道：“看你方便吧，有个三两百块就行。”

根据物价上涨及父母年纪增大等因素，每年给他们留的生活费也逐年增多，开始是一至两百，后来是三至四百，这两年已是五百块。因昨晚自己说了错话，此刻为让母亲高兴逗她道：“妈，啥事不都讲究个商量嘛，儿子给您还个价，您看六百如何？”母亲这次没笑，反而揶揄起我：“怎么忽然这么大方起来了？不嫌我花得多，吃穷喝穷你？”“妈，对此我已想通，钱交您手我已尽了孝心，至于怎么花，儿子我以后就不替您再操这份心了，只要您老高兴，就是把钱扔进池塘里听响我也绝不再说一句二话，还使劲拍巴掌欢迎继续。”母亲笑了，笑过对家里众人道：“这才是我儿子，从不惹我生气。”室内的家人们没一个接受母亲这句话，可也没人反驳，却都冲着我直翻白眼。这让我更加羞愧，又一次为自己昨晚说的错话向母亲道歉。致歉中却也不忘给自己找理由，说自己挣钱少，囊中羞涩及酒后等，反正是生拉硬拽找一堆借口为自己开脱。话还没说完就被母亲打断：“行了，还不老呢，咋这么啰唆？妈明白你的意思，无非是‘马瘦毛长，池浅王八多’呗。”她这句调侃我的话一出口立马引来家人们的哄堂大笑，母亲自己也笑得停不下来。

# 二十　我是谁

岁月年轮周而复始，世间万物遵循着这一自然更替之规律，千回百转地送走昨日，迎来明天，催老生命，孕育未来。芸芸众生都在上苍安排的轨迹中出生、成长、老去，直至归于尘土。随着岁月的变迁母亲的脾气也大有改变，和人意见不合时不争也不吵，亦不大声嚷嚷，而是转身走开。奇怪的是母亲对我的态度却没多少改变，想骂依然骂，想打照样打，只是骂声没有先前那么高亢，落到我身上的巴掌和以前相比力道也差了许多。“妈，客气啥呢？怎么不实实在在打几下以解心头之恨？”母亲的回答也很实在：“不是对你客气，是打不动了。”此话也只是母亲这么一说，千万当不得真，如发生的事不是太重要，又是别的儿女所为，方可另当别论。如是她在意之事，又是因我而起，那母亲发起火来还是够人喝一壶的。

## 1

跨世纪那年，家乡有一批人来京务工，春节前我们一起坐火车回去。这趟列车到达我市的时间是晚上，由于市里去乡下的长途车每天上午才有一班，大伙下了火车也只能候着。春运期间火车站那个不大的候车室里人满为患，别说寻个地方坐，不夸张地说连个插脚的地方都没有。室外气温太低，担心冻坏乡亲们，我只好去旁边宾馆开了一间房。

“火车不是早到站了吗？怎么现在才过来？”入冬后妹妹已将母亲接到了市里，安排好乡亲们我急忙赶来她家。乡邻们在京务工之事母亲也知晓，听我解释缘由后她紧绷的脸上露出笑容道：“做得对儿子，临近春节了，人冻坏咋过年？”农村人特重视过春节，母亲也是如此，进入腊月她就特着急，这些日子里接到我电话的第一句话都是：“哪天回来？”陪母亲聊过一会儿起身要走时，她拍拍自己睡的床道：“大半夜到哪去？和我挤挤睡一会儿得了，天亮我们好早早回家去。”“为省钱十多人只开了一间房，我不放心，去照看一下。妈，您睡吧，明天早上来接您。”言罢催母亲躺下我又返回了宾馆。

宾馆房间里两张单人床上及地下都躺满了人，还有几个坐在卫生间门口边聊天边轮候着去浴缸里泡澡。这种情况下我也无法睡觉，就和乡亲们闲聊起来，待天亮他们离去才躺下。

“你嘴上说是回来看我，自己却跑来住宾馆，兜里有俩钱就盛不下你了？”刚迷糊着一会儿，母亲在妹妹陪伴下来到宾馆敲开门便骂，对我低声下气地邀请进屋母亲也不买账，只管站在门口高一声低一声地嚷嚷：“我一个乡下老太婆哪能进你这高级房间？烧包货，败家子，你住一晚宾馆的钱差不多够我过半年日子，你不心疼啊？日子不过了？”看骂着的母亲将要动手，妹妹急忙上前阻止，那也不耽误母亲她在下边踢了我两脚。

母亲的大嗓门吵来了工作人员，相邻房客也探出脑袋表示着不满：“昨晚就被你们房间流水声闹一夜，现又这般吵闹什么意思吗？”被妹妹拉进屋后母亲也不坐，用手指着我接着骂：“每年你都这么晚回来，家里啥都没准备咋过年？我怎么会养了你这个不着调的儿子？”骂完又质问道：“你不是说有乡亲们在这住吗？人呢？”也跟进屋的宾馆工作人员推开卫生间门看了看不解地问：“这是多少人用过？咋这样脏？”她这句问话可救了我，使母亲骂声暂停。

“哥，这房间里暖和，让妈也在这洗个澡，顺便给她剪剪头发。”妹妹这个提议得到了母亲的积极响应：“好。那你回去把我的包袱拿来，洗完澡也好直接回家。”我将浴缸洗涮一遍，往里放水时笑道：“妈，刚才您还骂我开房浪费钱，就冲这么多人洗澡，单单这热水费已把那点儿房费给赚回来了。”母亲也笑了起来：“碰上你这么个住店的，人家开旅馆的算倒霉。”然后又催妹妹：“快回去取我的包袱啊。”

“有件事先给你说一声，这一年里不知咋回事？妈将很多无用的破烂东西都搬进屋内，家里弄得又脏又乱，我要扔她还宝贝似的护着。”妹妹出门时示意我也跟出，随手关上门后对我这样悄声道。在我印象里母亲一直很讲卫生，家里都收拾得很整齐。自己也很注意仪容仪表，读书时她到学校看我，见到的同学们都夸母亲干净，之后来北京战友们也都夸她利落。此刻听妹妹说出母亲这样的作为随口道："妈年纪大了，有些事顾及不到可以理解。这样，母亲剪完头还送她回你家去，我俩先回村把屋里收拾一下再来接。"我话音刚落母亲打开房门问："你俩嘀咕什么呢？让谁先回家？"见我被母亲问愣，妹妹马上道："噢，是让我哥去帮忙办点儿事，等会儿您还先回我那里，办完事我们再一起回老家。"

在宾馆已听妹妹讲过家里特乱，思想上已有些准备，可推开房门，眼前的现状还是让我大吃一惊。家里正房中间是厅，左右两边分别是我和母亲的卧室，此时厅里大半的地方都堆着杂物，卧室里除去床就没了下脚之地。放农具的厢房和厨房也一样被塞得是满满当当。"咋回事吗？怎么会这样？"对我所问，妹妹没应声，只苦笑着摇摇头。

妹妹我两个半中午到家就开始干，直到太阳偏西才将室内搬空。"妹妹，你负责衣服、被褥类东西，挑选需要的收起来，没用的及母亲多年不穿的都放在一边，等下我来处理。"

我将室内清扫一遍，接着把几件实用家具搬了进去。妹妹看着挑剩的一堆东西对我道："哥，这些东西这样放着不行，过后妈还会将它们搬回屋的。"对妹妹之忧我哈哈一笑道："放心吧你，即刻就让它们消失。"笑罢去抱些柴草做火引，然后将妹妹挑剩下的衣服及一些破被子烂套子，还有那些不知用来干啥的杂物一股脑给烧个干净。

将将忙完刚说去接母亲，母亲自己回来了。进门看到我的作为是破口大骂："浑小子，败家货，不成器的东西，回来家从不干正事，尽搞破坏。"随即拿根树枝一边翻着行将燃尽的那堆杂物一边接着骂："你这个不着调的玩意儿，刚吃几天饱饭就糟蹋东西？日子不过了？你不过我还过呢。"母亲自少年起日子过得就很艰辛，致使她在生活中一直特节俭，一分钱恨不得掰成八瓣花，旧与坏的物品也舍不得扔掉，都留下来循环利用。拿衣服来说，实在破得不能穿就用来做鞋或鞋垫。此刻见自己所存的宝贝被我给付之一炬，心疼至极的她骂我时伸出的手指都在哆嗦。

“就是为了让您日子过得更好才如此做的。妈，您看这火堆红通通的，它像征着您明年的日子一定会红红火火。”“说的再美我也不听，你就是个二杆子败家货。”骂过一阵，母亲突然问我：“你大舅给我买的那件丹士林布衣服呢？不会也被你给烧了吧？”“妈，那件衣服我已给您收箱子里了。”“哦，哦。”妹妹的话让母亲激愤的情绪稍缓了些。“钱哪去了？我的钱呢？”母亲接过我递上的水杯还没喝一口又放下，双手边摸着身上的衣兜边嘟哝，然后又去翻那火堆。

以前，母亲是把钱用一个方手绢包起来锁进木箱里，后锁坏了，就把钱埋在粮缸或藏在衣服包里。现听她这么说我心里“咯噔”一下，想着若因粗心烧了钱那可太糟糕了，别说母亲心疼，自己也心疼。“妈，什么钱？”“上次你回来给我的钱嘛，我还没舍得花呢。”母亲回过话又是手忙脚乱地在火堆里一阵乱翻。

“钱不是我在保管吗？妈，别再翻火堆了，小心烫着。您放心，刚才挑衣服时我都已仔细检查过，里面没什么值钱东西。”妹妹的话换来的也是被母亲骂：“你也不咋的，和你哥一样败家。在宾馆听到你们嘀咕我就感到不对劲，这紧赶慢赶还是晚了一步。唉，我真糊涂啊，咋没想到这一层呢？”“妈，一切都是我做主干的，要骂请骂我，别骂妹妹，这事跟她无关。”母亲对我这一态度很欣赏，眼中愤怒登时褪去，点点头道：“嗯，这句话听着还行，敢作敢当这种劲像我。”说完不骂了，扔掉手中的树枝走进她房间先坐在窗前桌边凳子上拭拭，打开抽屉翻翻里面的东西，继而又在自己床上坐坐拍拍，拉拉固定在床头的灯绳，接着在室内转一圈后道：“这样是挺好啊，宽敞利索，以前夜里老担心被绊倒，现在不怕了。”

“妈，冲您这句话别说从见面骂到现在，就是您再骂我几天都值。”母亲的话让我长出了一口气。“谁说我不再骂你了？我是歇会儿再骂。”“欢迎，欢迎。妈，这骂人也是一种运动，多骂几句饭就吃得多，身体好。哎，如动手打几下运动效果会更佳。”母亲还真没客气，走过来真扇了我几巴掌。

母亲的另一个变化是对眼前所发生之事似乎已失去兴趣，热衷回忆过往，一见面总会翻来覆去讲述我小时候的事。幼年时我身体弱爱生病，某次生病治疗过一段时间不见好转反而加重了，医生都建议放弃，是母亲用筷子撬开我的嘴巴灌药，并黑天白日的将我抱在怀中温暖着，才又把我拉回了这个活生生的世界。还有一件是在我刚学步时，母亲白天去地里干活不便带我，应是受到平时拴狗之启发，便在我脚脖处系根绳拴在院子里榆树下，至于我是玩是睡、是哭是闹以及怎么大小便也就随便了。

夏天我基本上全天候赤条条的，母亲收工回来，把沾了一身尿泥的我洗洗还算方便。进入冬季，侍弄起来可艰难多了。那个年代家里太穷，人们除去身上穿的那身衣服就没多余的换洗衣裳，我也只有一套棉衣服，白天被尿湿，又无柴草烤，母亲只好在睡觉时把湿衣服抱在怀中暖干，第二天再给我穿上。说完这些母亲就开始数落我的不是，把我青少年时期犯下的错误及窘事、糗事，还有那些凡不合她心意的行为，信手拈来点评一番骂一番。还要求我认真听认真记，并随时提问她所讲内容，以考察我听讲之态度。

讲述这些时母亲是漫无目标，想到哪说到哪，跳跃性非常大，不了解情况的人一般都听不懂她要表达什么。这些却难不住我，因这些往事已听过无数遍，耳熟能详，致使在母亲每次抽查中都能对答如流。其实，这个时期母亲记忆力已严重退化，自己都不清楚刚才自己说了什么，也分不清先后顺序，因而无论我怎样回答，见答得流畅就认为是听得认真，还乐呵呵地表扬我几句。

骂我时母亲一般都站着，为增加声势与威力，她总会将一只手卡在腰间，另一只手挥来挥去，大多时候都指在我脑门间。骂人也是个力气活，担心骂我的母亲累着，就会搬一把凳子让她坐在那里骂，可每次她都是坐着骂过两句又站起身道：“坐着骂不来劲，还是站着骂得劲。”此时母亲说话唠叨，骂起人来那篇幅也相当长，我总是趁她言语间歇处快捷地倒杯水赔着笑脸递过去：“妈，请喝杯水润润嗓子，骂声会更响亮。”母亲喝完杯中水立刻指着我接着骂，不过开场白已变为：“你真是个窝囊货，听着骂还咧嘴笑。”“妈，您说我该咋办？要不为显示不窝囊抽您俩嘴巴？”

天性如此，自少年起和母亲拌嘴斗嘴已是常态，为一件事或一句话，只要感到自己没错总要同她理论一番。年纪大些后，特别是母亲进入老年后这种情景虽也时常发生，不过此时的斗嘴多是为了凑趣与逗乐。今天说这些目的还是为此，母亲应是也乐意和我这样交流，马上回应道："怎么着？长能耐了你？还想动手？告诉你，我打你骂你时，你只能老老实实听着受着，不能还嘴更不能还手，这是规矩，记住没？"直到家里来了他人或遇到其他事，母亲的责骂与训诫才会停止，母子间这种特色交流才会告一段落。

在我的假期里，母亲和我的交流也不全是这些，有时她也会对自己走过的人生之路发一些牢骚。最让她耿耿于怀的当属自由恋爱、计划生育与婆媳关系这三件事。"如今姑娘们多好嘛，找婆家可先谈恋爱，婚前两个人能你来我往地接触了解，哪像我们那个时候？都是由父母做主，听媒妁之言，男方人品如何、长得啥样，只有婚后才知道。可这时什么都晚了呀，男人是高是矮，是丑是俊，那只能碰运气。还有，现在的妇女懂得避孕，知道计划，想生就生，不乐意就不生，自己做主。唉，我们这一辈人，从结婚就开始生孩子，一直到年纪大不能生才算结束，孩子多，拖累重，一辈子都不清闲。再就是我做媳妇时是婆婆厉害，想打就打，想骂就骂，天天受气，要不怎么会有'跟个受气的小媳妇似的'这句话？可好不容易等自己熬成了婆婆，嗨，世道变了，而今是媳妇们当家做主。儿啊，你说，我这辈子过得叫什么事嘛。"母亲说这番话时口气忧伤，脸上表情懊恼、沮丧，可听完她这似埋怨似感慨的话，我却没忍住笑了起来。"妈，您经历的这些按书上说呢是生不逢时，按咱老百姓的说法叫倒霉，也就是您常说的'命'嘛，认了吧。"一脸无奈的母亲："认呢，不认能咋的？"

聊天中，不辞而别的母亲的养子二宝哥自然也是一个少不了的话题，二哥出走这件事的确是透着神秘，自此无影无踪，无声无息。可母亲对二哥一直是念念不忘，且依然坚持着自己的观点，二哥没回来看自己不是他没良心，定是遇到了我们所不知道的意外之事，并坚信，有朝一日他一定会回家来看望自己。

自己属于那种认死理性格，对任何事情任何人，无论对错与否都特爱发表言论与观点，爱和人掰扯争论。在没有认识到自己对问题看法错误之前，是一句也不会相让。因而，和母亲意见时常相左，时常抬杠。母亲总骂我是一根筋，是“嘴里咬住个橛子给肉都不换的二杆子货”。平心而论，母亲对我这个评价虽略显不雅却也贴切，就说二哥出走这件事，我也坚持着自己的观点，同时认为母亲的想法是活在自己编织的梦里，时不时会同她理论一番。年龄增长后才收敛一些，面对母亲的固执不再去争论，不过停止争论并不等于是接受了她的看法，是想着母亲她若能一直梦下去，心中存下一份美好的记忆，也算是一种不错的结果。因而就不再为逞自己一时口舌之快去抬杠，去破坏这份让母亲安心之梦。

放在柜顶的二哥的那包衣服母亲每年都会拿下来晾晒、浆洗几次，随着年纪增大，无力将包袱举到柜顶时，总会喊他人给放上去，然后还会用雨布或塑料薄膜类东西搭上头，再然后久久凝视着默默不语。记得入伍前的那年初冬，对逐年增大的包袱特好奇的我将其打开后，看到里面的旧衣服都叠得整整齐齐，母亲还给二哥添置了新衣，春夏秋冬很齐全。此次回来看到这包衣服还在柜顶放着时，一下子被母亲的这份坚持、这份深深的爱所感动，这让我对二哥出走之事之看法也有了改变，看问题不再那么偏执，思路也随之变宽了。对他出走不归，不再坚持二哥他是没良心这一己见，和母亲谈起他出走之因也客观许多，认为是有其内在的必然性与外在的偶然性。

在农村，人们对捡来的孩子以及上门入赘的女婿都有一种强烈的排他性，就是对嫡出与庶出也都有明显的界限，这在二哥屡次订婚无果中都有所体现。二哥年龄大了后他人过分强调身份这一现实，使其心中原本就存有的寄人篱下之无根感越来越强烈。再加上他天性懦弱，遇事不抗争，总是缩头回避，听到他人“野种、野孩子”之羞辱言语后就跑回了自己的出生地。

至于二哥他多年不回来探望，我也接受了母亲的是因发生了什么意外之事才导致他不回家之推测。是啊，二哥他若外出务工中出了意外，或发生了其他的不测之事，事先他报备的只是自己的出生地，没对人讲之后来我家生活之经历，他人也就无法来家通报父母。

二哥出走前没露出任何迹象，走后一直未归，对于他离开的原因只能是推测。故而，母亲心中所想也不外乎这些，所以当我把这些想法说出，她立时拍起腿道："对嘛，对嘛，你可算长大了，着调了。男人嘛想事情不要那么小心眼，把他人都想得那么龌龊，人心还是善良的多。"

拓展能力差，独自生活后没有父母为其张罗，孤僻木讷的二哥他是很难娶到媳妇的。一般人如果日子过得不好，就会自卑、会沉得很深。二哥初期应是不好意思回来，时间一长，一个农村老光棍必然会缩起头不愿和人来往，这样他就更不愿回来了。接受我这些分析母亲眼睛红了："是啊，是啊，没妈的孩子当然没人为他操心张罗媳妇。"接着哽咽道："我的傻二宝哎，你怎么脑子不转弯呢？咋不等着我给你娶了媳妇后，再带着媳妇一起走呢？"以前因对二哥心存抱怨，看到母亲为他伤心落泪总认为是多余、不值得，总会冷眼相向。通过和母亲这深入的交流议论，被她心中执着的爱及对问题的客观认识折服后，继而思念与同情起二哥来，想着他出走后的人生，如若真被自己以上之猜测所言中，再联系他那不幸之童年，那他的人生可真是太过凄惨凄凉，真是一个不折不扣的悲剧。接下来忆起了那年在镇医院大门口二哥与我告别时的情景，当他听到我"妈说今是端午节，中午给煮鸡蛋吃"这句话后即刻背过身之奇怪行为，此刻想来，那一刻二哥他心里一定是特难过也特不舍，他应是哭了。"是的，是的。儿子，你揣摩得对，二宝肯定是不愿离开家离开我的。"稍后，哭泣的母亲转脸望着门外道："没准二宝明天就回来了。""妈，我也这么想，很有可能。"

## 2

世纪初年元旦大清早，接到了妹妹电话："母亲摔伤，医院检查结果是骨股头骨折。""安排住院，我马上回。"心急如焚的我赶到母亲身边，她紧紧攥着我的手流泪道："儿啊，妈这腿现在不会动，咋办吗？快给我治治，要瘫在床上咋去京城看你啊？"望着老泪纵横的母亲，我心里一阵阵刺痛，一时又不知该用什么语言来安慰。

"儿子，住院是不是要花很多钱？你有钱吗？"母亲说话时她的手在抖，目光里有慌乱、恐惧，也有祈盼，甚至还有乞求。这让我猛然意识到向来做事果断，性格刚烈的母亲，老了。她在渴望儿子给自己做主。“妈，钱没问题，保证能给您治好，能下床走路。”“真的？还能下床走？”母亲话里带着疑问，可那双灰暗眼睛里已闪出了亮光。“真的。请相信我。”“信，妈信，有儿子在心里就踏实。”说完这些没过多长时间，摔伤后已两天没怎么合眼的母亲就沉沉睡了。

“前天晚上母亲半夜醒来，看到大街上亮着的路灯，她以为是天亮了，起床下楼时摔倒在了楼梯拐角处。”接着妹妹又讲起近一年来母亲的一些异常现象，就是她特健忘，干什么都丢三落四，有次饭做一半不关火就外出，差点酿成火灾。咨询过医生，得知母亲已患上了老年痴呆症，还告知此病的形成并不是一天两天的事，应早已有征兆，今后会逐渐加重，且没什么疗效显著的药品与医治方法。

母亲受伤住院，让家里的兄弟姐妹们聚在了一起，围在母亲床边闲聊时，谈起照顾母亲这个话题，大家七嘴八舌地数落起我：“家里这么多孩子，妈对你最好，可你却照顾她最少。”几年来母亲的生活起居都是其他兄弟姐妹在照顾，我只是在春节期间才回来一次，致使大家对我难免有意见。实事求是地讲，在这方面自己是有愧，只好笑任他人抱怨。当有人说的过激时，小妹就会出面替我抱不平，然后又埋怨我道：“哥，你真窝囊，他人这样攻击，为什么不反驳？”一直都没吭声的母亲突然接过话：“傻闺女你哪懂啊？你哥他哪里是窝囊？他是怕当我面吵架惹我伤心。”母亲的话让大家一下子静默无语。

“妈，您是真痴呆还是假痴呆嘛，怎么一说您儿子反应这般清醒？”对于大姐的质问，母亲的回答很直白：“瞧你这话说的？我儿子我不护着谁护着？哼，真是的。”母亲的话让姐姐们都摇头笑了起来。

在母亲她们这一代人身上重男轻女的思想普遍存在着，很多人表现得还相当严重，母亲则已达到了登峰造极之地步。这种观念在她看来很正常，在这方面说话做事也从不加掩饰。每当学校放假，我的侄子侄女、外甥外甥女们成群结队地来家后，母亲会煮鸡蛋招待他们。男孩吃母亲是面带笑容鼓励道：“大口吃，吃饱了好长大个”，还帮其剥皮。女孩吃时拿第一个母亲不表示什么，伸手拿第二个母亲就极不乐意地嚷嚷道：“丫头片子吃那么多干吗？”

“妈头两天说不舒服，也不怎么吃饭，带去看过医生也没查出什么问题。回来后就躺在床上不爱出屋，我正愁着呢。”去年下半年是大姐在照顾母亲，春节前回乡探亲，下了火车来到大姐家，一见面满脸忧虑的大姐话还没说完母亲已从里屋走出来拉住我道：“儿啊，快带我回家。”“妈，刚才我大姐说您身体不适，要不要我再带您去医院查一下？”“别听她瞎说，我什么病都没有，妈就是想你。眼瞅着就要春节了，你咋不早点儿回来接我回家？过年的东西都没准备，我心里急啊。走，走，快回家，年怎么能在他人家过？”母亲说着话就拉起我向门外走，精心照料母亲几个月的大姐对此只好苦笑着。

春节期间我特留意着母亲，没发现她哪里有不对的地方，每天都是精神抖擞地迎来送往招呼客人。节后我回京没几天，大姐在来电中道：“妈又躺在床上不出屋，”“妈什么病？看医生没？”“昨天问过，也想再带去医院检查一下，可她回的‘我这是想儿子的病，不用去医院’这句话，噎得我至今还没缓过劲。弟弟，请你以后常来电话，母亲的心情就会好一些。”大姐所言让我百感交集，泪如泉涌。

二姐在工作三年后才攒够钱买了辆自行车，星期天骑回家，我见到后一把抢过骑着满世界去兜风。骑行中还不忘嘚瑟，将双手插进裤兜里耍酷，行至池塘边一头扎了进去。人倒没事，自行车的大梁却摔断了，扛着自行车进家，看到我落汤鸡的样子，母亲急忙用毛巾给我擦头又擦身，同时还极为关切地问：“儿啊，摔着哪了？哪疼？跟妈说。”“妈，放心吧您，我哪都不疼。”知道我没受伤，放心了的母亲转过脸责骂起二姐：“你将自行车给他骑干吗？你不知道他是个毛躁鬼？自行车摔坏了活该。”无辜的二姐对此也只能报以苦笑。

读高中期间家里困难，天天只能吃红薯面窝头，因而对白面馒头与白面条是格外向往，星期六上午最后那节课，一般都会逃课跑去二姐处蹭饭，只因她那有白面馒头和面条。学校至二姐工作的县城约有十来公里的样子，去时都是顺着公路走，边走边看着从镇上火车站往县城拉煤的拖拉机，逮住机会就蹿上去扒住后箱板，猴子似的吊在那，迎着风吃着煤灰搭进城。

在煤车后面吊一路到二姐单位附近跳下车，整个人变得跟非洲来的朋友一般。二姐边给我洗头边数落："为吃顿饭你把自己弄成这个鬼样子，怪不得母亲常骂你是个饿死鬼转世。"骂完把面条与馒头端来看着我吃。吃饱喝足也不回家，而是躺在二姐宿舍睡觉，等她下班一起回。

"你个馋东西，不吃馒头面条就活不下去吗？这样为吃嘴东西逃课像什么话？再有扒车摔坏了咋办？"母亲知晓这些后大骂了我一通。"妈，我这身手没问题的，保证摔不坏。"我这满不在乎的态度招来了母亲几巴掌，接下来二姐自然也没能幸免："没脑子啊你？你弟弟是个男人，是不能惯出他好吃懒做这些毛病的，听到没？"面对母亲的责骂二姐她除了苦笑还是苦笑。

有一年五一，二姐的几位女同事来我家玩，母亲对这几位打扮洋气、模样俊俏的姑娘个个都很中意，在厨房做饭时笑眯眯地问二姐："这几个闺女都有婆家没？"问话时还不住地用眼睛瞟我。"你儿子又不是皇帝，要娶多少个老婆？不是已订婚了吗？还打听这干啥？"可逮到出气机会的二姐没好气地抢白起了母亲。"你那些女同事比我儿子岁数大，哼，还配不上我儿子呢。"怕院子里的几个姑娘听到，切菜的母亲回应时将刀在面板上"啪啪"剁得山响，说话声音却极低。

时代与环境能影响造就人，人的行为方式自然是带着时代的烙印，母亲重男轻女的思想的确很严重，但要说她一味地重男轻女也有失偏颇。她不遗余力地供姐姐们读书做何解释？她对妹妹的偏爱又怎么说？

"哥，我想去城里上班，请您帮我找个工作。"那年妹妹决定不读书后对我提出了这一请求。"儿子，你回来探亲这些天不用在家里守着我，明儿就找你城里的朋友去，让人帮帮忙，给你妹妹找个事。"刚刚还在为妹妹的不上学而着急的母亲却即刻为妹妹帮起腔。"妈，您这政策怎么一点儿连续性都没有？您小闺女怎么说就怎么顺着，原则呢？以前我回来探亲找朋友玩会儿，您还不高兴，说是吃吃喝喝鬼混，现在又催得这么急，我看别等明天了，要不现在就去？"对我这些埋怨话母亲没反驳也没生气，还乐呵呵地笑着。“妈，家里孩子都是您所亲生，不可厚此薄彼要一碗水端平哦。”母亲为迎合我的调侃，用了“天下老，指靠大，娇的小”这句家乡村俚语给凑趣，说完自己先笑了起来。

妹妹结婚前来信讲明了办喜事日期，意思要我回去参加她婚礼。那段时间正好单位工作忙，就在回信中言明了无法参加她婚礼的缘由。收到我回复，妹妹立马回家用自行车把母亲带到镇上邮电局打来了长途电话，通话中母亲先转达了妹妹“如果哥哥不回，婚就不结”之意，接着批评我道：“你该回来嘛，我和你父亲都老了，妹妹婚事当哥的本来就该管，哪能端个架子请都不回？去跟领导好好说说，就是在家少停两天呢也一定要回来。”

“这红包够厚，你这当哥的还行。”妹妹结婚头天晚上才赶到家的我第一时间把准备好的红包递给了母亲。“你妹妹的嫁妆都已备齐，现有了这些礼金就更好了。”“妈，起初您要求我回来，我还以为自己是多么重要一人物呢，现在明白了，合着妹妹您们惦记的是这个红包啊。”话音刚落，正在数钱的母亲抬手给了我一巴掌：“净瞎说，怎么还没改掉这顺嘴胡说的毛病？这话让你妹妹听到会不高兴的，她哪有这个意思？是我愿多陪送一些，好让她在婆家有面子。”“明白，开玩笑呢。妈，现在还有什么要做的吗？”“什么也不用你管，明天把你妹妹送到婆家就算完成任务。去了说话做事要得体啊，要表现出京城人那种风度。”“妈，京城人什么风度？您快教教我。”笑着的母亲扬起了巴掌：“找抽啊？记住，你是我儿子，不许给我丢人。”

家里拆旧房盖起了新房，室外看亮亮堂堂、焕然一新，屋内的摆设却与新房极不协调，那些老旧家具还是母亲结婚时所置办，柜子门已被老鼠咬出几个洞，饭桌的面与腿榫卯已松动，晃晃悠悠的似乎一碰就会散架的样子，往上面多放几盘菜都让人担心它随时会趴下。“妈，这些老古董家具该换换了，和新房不相配。”“你父亲我们已这把年纪还讲究啥？能将就着用就行，花那些钱干吗？”建新房所用材料基本都是钢筋水泥，旧房拆下的木料就堆放在院内一角。“妈，这些木头以后也没什么用，拿它们来做些家具如何？只掏点儿工费，花不了几个钱嘛。”我这个提议母亲是爽快接纳：“哎，这行。过完年就找木匠来做。”

再次回来探亲看到室内还是那些旧家具，院里木头却不见了。“妈，家具没做，木头呢？”“做了些，看着挺好，就送给了你妹妹。”母亲的回复让我心里登时酸溜溜的。“妈，别人家的女儿出嫁后，娘家时常是要钱要物，您却反着来，是贴钱贴物。妹夫他真让人羡慕啊，他是真有福，遇上您这么个丈母娘，睡到半夜都会笑醒。”母亲哪能受得了这般嘲讽？立刻声色俱厉责骂道：“你个浑小子，真是个小气鬼，几根木头就这么心疼？怎么着？要我卖女儿吗？哼，别说现在，当年你两个姐姐出嫁时家中那么困难，我一分钱彩礼都不收。养闺女图钱图物的打死我也做不来。”看母亲这么生气我急忙道：“妈，刚才是口误，请别生气。本来要表达的是，以后家里遇上困难卖女儿的事当然不能做，卖儿子您看咋样？”母亲没忍住笑了，笑了两声接着骂：“你真是狗改不了吃屎，这么大了咋说话还这么不着调？告诉你啊，以后少开这种不着调的玩笑，我不爱听。”骂完声音低了些：“唉，你妹妹与妹夫俩人挣得少，城市里生活开销又多，日子不宽裕，你做哥哥的以后要多帮她些。听到没？”“是。”

腊八节这天陪母亲聊天，谈起妹妹她“唉，唉”了两声道：“你妹妹她上有老，下有小，一大家子人，日子过得是紧紧巴巴，你看她身上穿的那件过冬衣服，还是出嫁时我给买的，这么多年了还一直穿着。”

源于妹妹两口子自身能力所限，只能做一些普通的服务类工作，俩人那不多的收入，维持一家人日常生活没啥问题，若一旦家里公婆或孩子生病，经济上就会入不敷出，捉襟见肘。因而，她也只好省吃俭用来维系日子。

母亲说这些话不知是有意还是无意，我听后却明其意。家中儿女成人后，母亲逮住时机总会在我们兄弟姐妹之间做些均贫富的工作。大的帮小的，富的帮穷的，在母亲这里是天经地义之事。谁能主动做，她会表扬你几句，对待消极的她也自有办法让你出血。母亲进入老年后，此项工作就成了她日常生活中重要的事项之一。第二天带着妹妹去商场给她买了件过冬的羽绒服，妹妹穿在身上给母亲看，母亲上下打量一番后那额头上的皱纹马上舒展开来，一双眼睛也眯成了月牙，苍老的嘴角处也流露出了满意的笑容。

以前，我总觉得母亲和我感情更深厚，此时才认识到这是自己的浅见，事实上母亲的爱给予任何一个孩子的都一样，只是表现的形式不同罢了。一如她常说的那句："人的十个指头哪个不是自己的？掐掐哪个不疼？"

3

母亲的腿伤医生说她年纪大不能做手术，建议保守治疗，打上石膏后让回家静养，这段时间里是哥哥在照顾母亲的饮食起居。此时母亲她因痴呆症之故大小便常失禁，不嫌脏、不怕累的哥哥对母亲的照顾可以说是无微不至。哥哥他高高的个子人很瘦，不知他小时候胖过没有，反正自我懂事后就没见他胖过，母亲总取笑说他长的是个没良心的肚子，怎么吃也不会胖。近来因照顾母亲过度劳累，致使原本就瘦的哥哥他越发清瘦。

"哥，在我探亲这些日子里，夜间由我来照顾母亲，中间您别再起来了，睡个囫囵觉歇歇。"对我的安排哥哥笑笑没说什么算是同意。头一个晚上夜半，打开灯刚要给母亲换尿布时，见到又走过来的哥哥，我埋怨道："哥，不是说好的吗？您又起来干啥？""现在天冷，怕你手生换得慢冻着母亲。"说完话哥哥笑了一下便接过我手中的尿布麻利地给母亲换上，然后又往水杯里倒些开水，为让开水快些变凉，就用另一只杯子来回倒腾着，待水温适口才喂给母亲喝。

"夜里还要给妈喝些水，不能怕她尿床就不给喝，喝水少了她爱上火。"哥哥眼睛红肿，气色灰暗，这是长期缺觉所造成。看着已年近六十，也将是老年人的哥哥这么精心地照顾母亲心中特感动，刚要说句感谢话时，脑子里却忽然冒出了母亲常说的"棍棒出孝子"之言来，这让我心里纠结起了一个问题来，就是哥哥他这般孝顺，难道真是被母亲打出来的？

服侍母亲躺下我和哥哥都没了睡意，就坐在母亲床前边抽烟边聊，话题自然是围着母亲。谈着谈着就说到挨母亲打骂这些事情上。在我们小时候，母亲的暴烈脾气的确让我们吃了不少皮肉之苦，好多场合也着实令人尴尬。

“采用非打即骂之手段来管教孩子，从客观上讲和那个时代有关系，那时的长辈们教育下一代大都如此，可像母亲打得那样狠那样实在实属罕见。这一味地蛮打也间接证明她知识结构与性格上都有所欠缺，按当今之理念打骂孩子是极为错误的教育方式，是不足取的。”我刚说完这些，在家里孩子当中挨母亲打最多的哥哥却马上反驳道：“不，不。母亲打我们可不是你说的蛮打，是既有标准也有分寸。”哥哥他之所以挨打多，是因他爱和母亲犟嘴。我也爱同母亲理论，不过这个时候我会紧盯着她脸色，发现风向不对拔腿就跑，万一没逃脱会立刻转变口风讨饶，决不死硬，接下来母亲一般都是虚张声势拍两下了事。大概是怕我不接受自己的观点，哥哥接着又讲起一件往事来证明母亲打我们是有尺度与理性的。

村里吃大锅饭那年，刚开始让大伙放开肚子吃，人们特兴奋，忘了节约与细水长流。后瞅着存粮越来越少，村里伙房只好从一天三顿饭减为两顿，过些日子又减为一顿，最后一顿也难以为继了，只好煮一些红薯面野菜汤来维持着。就是这面汤也不让人放开喝，每人的定量是两瓢。开饭时父亲用两只桶将全家人的面汤挑回后，母亲会先用笊篱将沉在底部那不多的黑面疙瘩捞出来给我吃，她们则喝那能照见人影与月亮的稀汤。捞出的那点儿东西我根本吃不饱，母亲也只能再给我喂面汤，我是边喝边哭叫。

重阳节这天，已多日没吃过正经东西的二舅带着外婆来我家就食。途中因饿走走停停，平时不足两个小时的路程，那天他们天不亮就出发，直到太阳落山才踉跄着走进门。此时两个人已饿得说不出话来。晚饭时全家人一天的定量，两水桶面汤被二舅与外婆一人一桶给喝光了。往日，我喝着面汤还哭个不停，这天的哭声更甚。因极度缺乏营养，原本就在生死线上挣扎着的我，此刻哭过一阵已游离于阴阳两界之间。束手无策的母亲及家人们除去掉泪，只能眼睁睁地坐等我咽气。

头年母亲赶集时捡回来我叫二宝哥的养子，也因饿已早早躺下睡觉，此刻听我哭声凄惨便咬牙起床，叫上我这位大哥拿起工具，趁着月色跑去地里偷回一筐红薯。他们扛着家伙出门，父母都很清楚这是要去干啥，可谁也没出面阻止。见到偷来的红薯，做村干部的父亲不仅没批评一句，第一反应是去门外抱柴、生火给大家烤红薯吃。也是因吃大锅饭，家里的锅已上缴炼铁，灶台与烟囱也已拆除，烤红薯怕火光露出，他将门窗堵得极严实，散不出去的烟雾熏得人直流眼泪，可一个个因有红薯可吃而笑容满面。

“老弟，你能活下来可要感谢我哦，若不是吃了我偷回来的红薯，你活不过那个晚上的。”“是，是。哥，不过您要什么好处请早讲，若等到我一把年纪，因受母亲遗传而患上痴呆症可就不认账了。”被我这戏谑之言逗乐的哥哥笑时，眼中却含着泪花。

笑声惊醒了母亲，她明白我们笑的缘由后也跟着笑了起来。“妈，您不是总教育我们做人要本分吗？怎么也放任孩子做贼的勾当？”“饥饿是可以让人违背良心的。平常时候说的‘冻死迎风站，饿死不弯腰’，嘴上说说可以，真到了裉节上，不知几人能做到？反正我做不到。唉，遇到孩子生死攸关之时只好从权，只能睁一只眼闭一只眼，什么原则对错都会抛去脑后的。”说完这些母亲还不忘找补一句：“那个时候大部分都做过贼，偷过吃的东西。”

“天都黑了，我晚饭还没吃呢，快做饭去。”过了一会儿，母亲先看看窗外又瞧瞧我然后吩咐哥哥，说完又对着我一脸委屈的：“儿子，妈饿，你哥哥他经常不让我吃饱饭，你管管他。”母亲这句话让哥哥与我相对无言。稍许，哥哥起身给母亲拿点心时忧伤地道：“咋回事吗？往日母亲是那么聪明的一个人，现在吃饭不知饥饱，有时候说话颠三倒四的，好多熟悉的人也不认识了，咋这样呢？”

母亲的聪慧、精明不仅家里的孩子们崇拜，认识与了解她的人也都特敬崇。昨天村干部六叔还对我讲了一件他见证的事。那年村里分田到户时，抓完阄六叔我两家挨号。他家号在前，量完该分的亩数，确定地界位置后六叔忙着栽界石时，母亲挨着他家的界桩用脚走走长、走走宽，然后指着距六叔家界石十来米一位置道：“老六，等下你把我家界石栽这即可。”

“大娘，界石栽什么地方哪能自己说了算？要结合家中人口多少，然后用皮尺量过、计算过才行。脚量哪能准确？”面对村里会计的质疑母亲坚持道：“我已算好，就是这个位置，不信你们再量量看。我是想让您们分得快一些。”六叔当时对母亲的话也持怀疑态度，想着人会计用皮尺量来量去，用算盘“噼里啪啦”打半天才能得出结果，哪能是您一个老太太用脚走几步这么简单？可事实是，几个人用皮尺丈量后，计算出来的地方，竟与母亲所指的位置不差分毫。这个结果当场就把大伙给震晕了，会计伸出的舌头好一阵都没收回。叙述完这些六叔又感叹道：“过后人们还议论了好长时间，特不理解没读过书的您母亲是怎么计算出这些的？唉，到现在我也没想明白。”母亲心思灵巧机敏，计算数字快捷准确我是知道的，以前在家时去集市上卖鸡蛋水果什么的，无论是斤称或个卖，母亲报出钱数的速度都比我快，且准确无误。

早饭后邻居大婶来探望母亲，对这位相邻相处几十年、往日无话不谈的好朋友母亲认真端详半天，我还帮着提示着，最终还是没想起这位是谁。母亲这种现象让大婶唏嘘不已，并关怀起病由：“这是啥病？”那个时候人们对这种书上曰阿尔茨海默病，老百姓称其痴呆症之病情还不太了解。对病理知识也知之甚少的我，在给大婶解释中不得要领，翻来覆去说过几遍大婶仍是一头雾水。这让母亲看不上了，一脸不屑给了我一句：“你真啰唆，痴呆症就是脑子失灵了嘛。”她这句话一出口，震得室内人个个是瞠目结舌。

“这么说的话，你母亲这病早已就坐下了。”接着邻居大婶对我讲起前年发生的一件事。中秋节那天村里来了个算命先生，见到母亲就来了句：“老太太，您儿子人在黄河北，心在黄河南。”围观的人都说他是胡诌，有人抢白道：“这老太太儿子在北京，离黄河远着呢。”母亲对此却深信不疑，说人有学问，不仅给了一笔丰厚的酬金，还请人到家里予以热情款待。“当时我还以为你母亲是思儿心切呢，现在想来她那个时候已经有病了。”邻居大婶的话是为证明母亲的病早已有征兆，我却听得心酸酸的，急忙低下了头。

“哎，侄子，我说的是真事。”我低下脑袋是难过，邻居大婶以为是我不信自己的话，接着又讲起一件旧事以佐证。前年底，住在村子东面我称其为十八叔的娶儿媳妇，母亲去随了一份礼。家乡有一习俗是，婚礼那天新媳妇娘家来送亲的人最尊贵，招待他们的宴席要摆在堂屋里，并提前开宴，曰：“下马席。”当时母亲却坐此桌的主陪位置上谁劝也不离开，并批评着他人：“你们都不懂礼吗？我是这家主人的大嫂，该我陪客人的。”后来是十八叔过来骗她道：“大嫂，您儿子从北京回来了。”母亲闻此言立刻起身往家跑。“说者无心，听者有意。”邻居大婶说此事之目的是为证明母亲脑子早已糊涂，可我并不在意这些，心里对十八叔却生出了意见。晚上他来串门，既没给他倒茶，也没敬烟。第二天晚上他又来拍院门老半天我也没给开。

4

又是一年春节临近时我回乡探亲，刚走进院门，老态龙钟的母亲已从里屋缓缓移步出来。此时母亲很瘦弱，腰也佝偻着，以前高高个头的她此时看去矮了不少。母亲边走边呼唤着我乳名，同时还伸出双手示意着要抱我。见此，我丢下行李快步上前，这一次是我将母亲揽入了怀中。

“人不是慢慢变老的，人是一瞬间变老的。”在书上看到日本作家村上春树这句话我还不认同，此刻接受了。依偎着我的母亲仰头看我时，她的容颜变化之大让我极为震惊，之前母亲她是在一年年地变老，但变老的速度是缓缓的，还可接受。此时她雪白的头发已稀疏地遮不住头顶，眼睛也变小了，且目光暗暗的，已没了神韵，嘴里的牙是一颗都没有了，脸上布满了老年斑。可见这大半年的卧床养伤对她身体伤害之大。

老年痴呆症越发严重的母亲，时而清醒时而糊涂，清醒的时候思路还清晰敏捷，语言也准确到位，但清醒的时候少，糊涂的时候多。大小便也已彻底失控，大都是事后才知道。晚饭时母亲又尿湿了裤子，给她换过衣服我叮嘱道：“妈，下次要方便提前告诉我一声，好帮您脱衣裤，要不这大冬天的老换衣服担心您感冒。”“别那么大声行吗？他人知道我尿裤子还不笑话我？”母亲说这句话时态度尚可，喝一口水后翻脸了，抬手扇我脑袋一下厉声道：“说谁呢你？我干净了一辈子能尿裤子吗？为啥污蔑人？快道歉。”面对一脸怒容的母亲我立马低下头：“妈，您误会了，我是在说隔壁江娃妈呢。”母亲看着我愣了一会没吭声，又喝了几口水道：“哦，还以为你说我呢。说的是呢，我什么时候尿过裤子？”

给母亲换裤子时，感到这样不住地解裤带系裤带很麻烦，隔天就去镇上买些松紧带，回到家把母亲裤子上原来的裤腰剪掉，再重新折边，然后把松紧带给缝上。母亲看到不干了，开口便骂：“你这个败家子，剪我裤子干吗？这些裤子都是好料子，价格也贵，穿身上好看。你赔我。”自知道母亲患上痴呆症后，我对她的态度是尤为的好，且随时随地坦然接受着她的责骂，说话也极为和蔼。“妈，现在您穿衣服首先要讲实惠实用，穿脱方便才重要，好看不好看要放在其次。还有您天生就好看，身材也好，所以不管衣料如何、款式啥样，只要穿在您身上都洋气，他人都会夸您高雅气质好，与众不同。来，先穿上这裤子试试。”然后将已改好的裤子给母亲边穿边嘱咐着：“妈，您看是这样啊，脱时往下拽，穿时往上提，这样方便吧？省得您着急时解不开裤带尿裤子，”“啪。”话未说完头上就挨了母亲一巴掌：“不许污蔑人。”

“这样是方便哦。”母亲按我要求穿上脱下反复几个来回后笑了。笑过却白我一眼道：“那我也不领你情，剪我衣服等会儿还骂你。”看着母亲在那里反复练习穿脱，无奈、酸涩、哀伤一起涌上心头。这轮回人生实在是太莫名，一个人从小到大，从幼稚到成熟，临近终点又返回。让你从蹒跚再到蹒跚，从懵懂到睿智再回到懵懂。想来这世界上最让人纠结之事莫过于此吧。又想着在自己小时候，母亲也一定是这般教我们这些生活常识，嘴里不由得冒出了她常挂在嘴边的“人啊，咋说嘛……真没法说呀”这些感慨、感叹之语。

“晚上别让妈吃太多肉。”晚饭时看母亲对桌上那盘炒肉片感兴趣就给夹了几片，妹妹看到又从母亲碗里给夹了出来：“妈肠胃弱，油大的食物她消化不了。”我们这些孩子，和母亲在一起生活时间长的首推妹妹，母亲晚年生活大部分时间都是她在照料。母亲娇看她，她也特别爱护母亲，兄弟姐妹无论谁与母亲拌嘴抬杠，若要让她碰到，平时遇上任何事都息事宁人的妹妹立马会抢白你：“少说两句吧，妈已那么大年纪，不知让着点儿？”母亲脾气上来，骂起人是电闪雷鸣的谁也拦不住，包括我也不行，只有妹妹上前来句：“骂两句得了，累着生病自己不难受？”母亲的骂声即刻就会由高转低，火气也会很快平息。

也是因为限制她吃肉的是妹妹，母亲才没骂也没嚷嚷，可看着我的目光却透着委屈。待我从盘中挑一块瘦肉夹到她碗里，母亲脸上立刻又换上一副欢快表情。

第二天上午我去镇上买回一块牛肉，回到家将肥的部分剔掉，又焯过一遍水才放入锅中炖，在炖的过程中又把浮起的油撇去。出锅后先将一块牛肉切成薄片放进一大碗中，又加了些调料和两勺清汤。见我这么做，一旁的妹妹提醒道：“妈现在吃东西很挑剔。”单位里一位老厨师在做肉食上很有造诣，也是因嘴馋这些年已跟他学了些做家常菜的方法与窍门，因而十分自信地回妹妹道：“我做的牛肉汤天下一绝，已得到很多人赞扬，相信母亲喝过一定也会赞美。”言罢端起碗往堂屋走的路上还大张旗鼓地吆喝着：“来了，来了，味道鲜美的牛肉汤来了。”

对我做的牛肉汤也充满期待的母亲，笑眯眯地接过碗先喝一口汤，接着夹一片牛肉放嘴里慢慢咀嚼着，站在她面前的我是翘首以待着表扬。稍许，只见母亲将碗“咣当”一下放桌上，用筷子指向我：“你除了会吹是啥也不会干，还天下一绝呢，寡淡的什么味也没有，绝对难吃。”“妈，我哥做的这碗牛肉汤清淡不油腻，适合老年人喝，别乱说惹人不高兴。”母亲也不接受妹妹的解释，抬高了声音道：“你喜欢你喝，不香我不喝。”说着话母亲将碗往妹妹面前一推又道：“他爱高兴不高兴，做得不好还不让人说两句？”虽没得到表扬，不过此刻我并没灰心，还努力地劝母亲：“妈，妹妹讲的是实情，这碗牛肉汤看着清淡，可营养丰富对身体有利。您喜欢喝的那种属浓汤型，油脂多，年纪大的人喝完会闹肚子，这一闹肚子呢，对身体就会有伤害。”母亲频率极快地摇着头：“你是个爱吹的人，我不爱听这些，妈想吃办喜事宴席上那又烂又软的扣肉，会做吗？”“会。做扣肉我也拿手，这么说吧，天上飞的地下走的我全会做，只是现在您要先喝掉这碗牛肉汤。”“儿啊，说话做事不要胡乱吹行吗？碗都刷不干净还好意思吹？”对我的话将信将疑的母亲，接过碗喝过两口又抬头教育起我。

近些年来，对我做的任何事母亲都看不上、不放心，我刷碗时也会站在旁边监督。对我刷过的碗还要一个个仔细检查一番挑毛病，一旦找出瑕疵就像得到了什么重大发现似的是一脸喜色，接下来就高声责骂我几句。受此启发，之后为让母亲高兴就故意把一两个碗不洗干净，搁在明显处等她发现。果不其然，找出毛病母亲马上对我就是一番训斥：“傻儿子，看看你，还不愿接受批评呢，这么大岁数连个碗都刷不干净传出去都丢我人，他人会笑我教育得不好。唉，不管你行吗？”接着将碗再刷一遍，脸上尽是得意。

节日期间，来访客人带的水果全放在堂屋的长条桌上。早饭后看到母亲在那来回走着，并用手去摸那些水果时，遂拿起一根香蕉扒掉皮递过去：“妈，自家东西不用客气，想吃就吃嘛。”母亲摇摇手可怜巴巴道：“早前吃过一次，闹肚子，之后你妹妹就不让再吃了。”我又拿过一个苹果：“这个行吗？我帮您削皮。”“这个也不让吃，说凉。”“妈，这好解决，我有办法让您既吃上水果还不闹肚子。”

“儿子，蒸熟的水果好吃吗？”在厨房里，母亲看我将香蕉切段、苹果切片放在一碗中上锅蒸的做法不是很放心。“妈，等好吧您，保证好吃。”为保证水果熟透，特意用大火蒸了二十几分钟。待我从锅中刚端出碗，迫不及待的母亲迅速地抓起一片苹果放嘴里，品后眉头一皱道：“酸。”我夹起一段香蕉递过去：“再尝尝这个。”“啥味啊这是？和以前吃的不一个味，难吃。”母亲说完将碗一推：“你自己尝尝。”接下来对我又是一通讥讽责骂。蒸熟的香蕉与苹果，味道是稍有异样，不过绝不是母亲说的难吃。看来真如妹妹所言，此时的母亲挑剔、难伺候，还有些矫情。

看我将碗中水果吃完母亲叹着气道：“人真不能老啊，老了想吃个水果都不行。”“妈，别叹气，这种小问题难不倒我，我还有办法让您吃上既口感好还热腾腾的香蕉。”说完又带母亲回到堂屋，从果篮里拿出一根香蕉放在火炉上烤。见此，母亲又担心地问："儿子，这样行吗？""妈，保证没问题，这只是加温又不破坏它的结构，口感一定好。而且水果加热后纤维变软更易消化，特适合老年人吃。"已不怎么相信我说话的母亲口吻严肃地道："哼，我看着悬。我警告你啊，如再弄坏糟蹋了东西，看我不骂你。"等香蕉烤得冒烟我扒掉皮递过去："妈，尝尝这杰作。"母亲咬上一口边嚼边摇起头，现出了一副很惬意的样子。想着这次她应是满意了，我也得意地交代妹妹："以后就这样把香蕉烤一下，再让妈吃，""别，这也不好吃，之所以没骂，是看你忙活了半天给你留个面子。"母亲的话让妹妹冲我一乐。

5

患上感冒的母亲在饭桌上时不时地总会咳嗽两声，接着用手去擤时，又弄得淋淋漓漓的让人看着很别扭。对此，自己虽谈不上反感可也不怎么舒服。还有，因桌上一盘肉不太烂，母亲夹了一块放嘴里没嚼动可她没扔掉，而是将嚼过的那块肉又放回盘子里，她这个行为致使桌上的人都为之侧目。为避免尴尬，后家里来了客人就没安排母亲上桌，只是夹些菜让她在一边吃，客人走后，感到失落的母亲哭着责骂我道："你个浑小子，这世界上谁嫌弃我，我都无所谓，不这么生气，唯独你不行，我养你多不易啊？太让我伤心了。儿啊，人常说'子不嫌母丑，狗不嫌家贫'。这样待我你亏不亏心？"望着泪流满面的母亲，我心里是一阵颤动、痉挛，深为自己这一行为而羞愧。是啊，我们这些孩子天南地北哪都有，只有在春节期间大家才回来住几天，孤独感很重的母亲特想和我们一起说说话，享受一些欢乐氛围。

"妈，对不起。请原谅您这个蠢儿子。"认识到错误后我急忙给母亲道歉，并再三保证以后绝不再犯这类错误。接下来的日子里，每顿饭都安排母亲挨着我坐，帮其夹菜并及时给她擦鼻涕等。给客人倒酒也不忘给母亲面前杯子里倒上几滴，同时还邀请她一起敬客人。看着满面笑容的母亲，那颗因愧疚而揪着的心才稍稍舒展些。

这个时期母亲特别喜欢吃糖，只要见面第一件事就是要糖吃，为了糖我到哪她跟到哪，亦步亦趋。妹妹怕母亲吃糖太多就出一主意，让我身上平时只带一块糖。母亲接过我递上的这块糖后，还要在我衣兜里搜寻一番，找不出第二块特失望地问："儿子，咋就一块？合作社（商店）的糖卖没了？""是的，去时合作社只剩这一块了。""儿啊，明儿早点去，给妈多买些，以前家穷，多少年都不知糖味，现在特想吃。"母亲这话让我想起了之前，是啊，为了我们这些孩子，母亲她舍不得吃舍不得喝，有点儿什么好东西都会给我们留着，自己尝都不会尝一口。

"是。明天我一大早就去买一大包来，随您吃。"满意的母亲把那块糖放入口中，有滋有味吃过一阵又问我："儿子，妈吃糖多不会养不起我吧？""这您放心，我现在挣钱多，别说养您一个妈，就是十个妈都养得起。"没想到我这句玩笑话惹得母亲极为不高兴，只见她顿时黑起脸道："又顺嘴胡说，你就我一个妈，哪有十个？如有十个妈那你爹算什么东西？你爹他先走了（父亲是农历二月二那天去世的），等我到了那边一定要问问他做没做过对不起我的事？儿啊，可不许做对不起老婆的事，女人啊，吃苦受累都不怕，最在乎丈夫对自己不好。知道吗？""明白。妈，您说得对极了，我一定听您话。"我这个态度让母亲很高兴，不过转瞬间又满脸忧虑地问我："给我买糖花这么多钱你媳妇不会生气吧？儿子，若她不高兴以后就别再买了，我能忍住不吃糖的。"

"不许哭，找打呢？"母亲的话让我心里的酸楚一股股往上涌，泪水即刻溢满了眼窝。看到母亲巴掌扬起来了，我急忙笑着把眼泪憋了回去。"母亲"这两个字的表达有多种方式，主题却永远只有一个，那就是"爱"。母爱是一本终生都无法读完的巨著，母爱是一片永远都飞不出去的天空。

6

人生越接近终点，人性越是浓烈到极致。痴呆症状越来越重的母亲对好多事已模糊不清了，唯一不变的是心中的爱。不仅对我们这些孩子的爱依旧，对世间万物也依然充满深情。我家院内有一棵哥哥少年时所栽的柿子树，几十年树龄的它根深冠大，年年都硕果累累。初秋，枝头上的柿子绿珍珠似的，随着时光它们由绿又变得红彤彤的。深秋时节，柿子又变得黄澄澄的，远远望去，树冠上就像挂满了红灯笼。摘下的柿子在家中放一个星期左右，就变得软软的，轻咬一口味道极其鲜美，好吃极了。早些年每到收获季节摘下来的柿子母亲都舍不得让我们吃，会拿去集市上卖钱以供我们上学，哪天若母亲能施舍一个，吃后好长时间口中都留有余香，美得不得了。也是基于此，只要逮住机会总会偷一两个来吃。当然，被母亲捉住也少不了会受一顿皮肉之苦。此时柿子树上的叶子已落光，可那枝条最高处还有一些柿子在那里挂着，想来它们也正是身处高位，不好摘才得以留下。望着那几个黄中透红的柿子，回忆着儿时的趣事，肚子里的馋虫随即被勾出，马上拿起一根长竹竿爬上围墙将枝头的柿子摘了下来。吃了一个满口生香，凉凉的、滑滑的，妙不可言。

想着母亲也爱吃甜食，就拿一个放在火炉上烤，然后去里屋叫母亲来吃。见到火炉上及竹筐里的几个柿子，母亲先睁大眼睛怪怪地看着我，待弄清这是我从树上所摘便破口大骂："摘我柿子干吗？你这个浑小子，从小就嘴馋，这么大年纪还不改？前世一定是个饿死鬼，今世投来我家讨债。"母亲这般激烈的反应让我犯了迷糊。"妈，这几个柿子留在树上不也浪费吗？"正在厨房忙的妹妹听到母亲的骂声，急忙过来先扶她坐下，看我不知所措地笑道："哥，是这样，妈是担心那几只常来家中报喜的花喜鹊冬季不好觅食，特意要求留下这些柿子在树上的。她说这几只鸟有情有灵性，你每次回来探亲它们总会提前来家报喜。"

花喜鹊这种鸟会给人报喜信，只是家乡那一带的民间传说，至于真假，因无人考证过，谁也说不清。不过当打开门有鸟在头顶欢唱，会给人带来愉悦这一点不能否认。母亲笃信这些应是思念我所至，同时听听鸟叫也可排除一些心中的孤寂。明其意后急忙将筐里的柿子拿出来放到围墙上，又拿出些粮食来撒在房子的最高处。接着我又一次给母亲做起检讨："妈，实在对不起，别生气啊，您看现在已撒了这么多粮食，够您的花喜鹊吃一阵子了。以后让妹妹时常撒点，保证饿不着它们，粮食比柿子营养还丰富，花喜鹊吃后一定健康欢实，天天来给您报喜。”母亲看着我撒的粮食笑了，我眼睛湿润了。

睡觉前坐在母亲床边随意地聊着，看她有了睡意，站起身刚要离开时，只见闭着眼睛的母亲一脚将被子蹬掉在地上。开始不明白她这样做是什么意思，还以为这是因病而变成了小孩习性的她用这种方式和我闹着玩呢。待反复几次后我忽然明白了，思维已混乱的母亲之所以这么做，是在表达对我的依恋。随即把被褥搬过来在母亲床前搭个铺位，挨着她躺下。见此母亲得意了，笑得很甜，不久就安详地进入了梦乡。

随着时间推移，母亲的病情更重了，经常一个人呆坐着，眼睛痴痴盯着某个地方，眼皮不眨、眼珠不动，愁眉苦脸陷入沉思中。这天下午，母亲和我东一句、西一句聊过一阵又皱起眉头不吱声了，苦思冥想着什么，少顷，忽然问我：“你说，我是谁？”“您是我妈呀。”对我的回答不是很满意的母亲用手拍拍我脑袋道：“傻儿子，这个你已说过多遍，我已知道了。可除了我是你妈，别的呢？我怎么啥也弄不清楚呢？”正在我想着怎样回答母亲的所问时，只见她满脸自豪地拍手道：“我想起来了，我还有个大哥，就是你大舅啊。唉，你大舅他啥时候回来呀？怎么一走就不知回家呢？哥哥，快回来吧，我想您。”接着又郑重地叮嘱我道：“我若不在了，你大舅回来后，你一定要到坟上告诉我，记着啊。”说完这些，母亲又拧起了眉头：“儿啊，这糊里糊涂的日子我实在受不了了，快告诉我，我是谁？我从哪来的？”“妈，人都是母亲所生，我是您生的，您是您妈生的呀。”对我这略有些绕口的回答，母亲茫然了：“我是我妈生的？那我妈是谁？我是谁？”望着痛苦中挣扎的母亲，我既回答不了她提出的问题，亦无一句恰当言语来安慰。因想不起自己是谁而纠结的母亲流泪了，泪水也湿了脸颊的我急忙转过身。

沉沉的夕阳像一个红彤彤的大灯笼，恬静、淡泊。落日的余晖，如同蜡烛燃尽前散发的最后一道光，黯淡、阴晦。日出日落，沧海桑田。一丝愁绪，几抹悲凉。

夜幕降临了，明天又要来了。母亲，愿您被岁月温柔以待。